a Casa negra

STEPHEN E PETER KING STRAUB

a Casa negra

Tradução
Adalgisa Campos da Silva

4ª reimpressão

Copyright © 2001 by Stephen King e Peter Straub
Publicado mediante acordo com o autor através de The Lotts Agency Ltd.

Proibida a venda em Portugal, Angola e Moçambique

Grafia atualizada segundo o Acordo Ortográfico da Língua Portuguesa de 1990, que entrou em vigor no Brasil em 2009.

Título original
Black House

Capa
Pós Imagem Design

Revisão
Octavio Aragão
Ana Kronemberger

---

cip-Brasil. Catalogação na fonte
Sindicato Nacional dos Editores de Livros, rj

K64c
    King, Stephen
        A casa negra / Stephen King e Peter Straub; tradução Adalgisa Campos da Silva. — 2ª ed. — Rio de Janeiro : Objetiva, 2013.

        Título original: Black House.
        isbn 978-85-8105-033-1

        1. Ficção americana i. Straub, Peter. ii. Silva, Adalgisa Campos da. iii. Título

11-7035
        cdd: 813
        cdu: 821.134.3 (81)-3

Todos os direitos desta edição reservados à
editora schwarcz s.a.
Praça Floriano, 19, sala 3001 — Cinelândia
20031-050 — Rio de Janeiro — rj
Telefone: (21) 3993-7510
www.companhiadasletras.com.br
www.blogdacompanhia.com.br
facebook.com/editorasuma
instagram.com/editorasuma
twitter.com/Suma_br

Para David Gernert e Ralph Vicinanza

You take me to a place I never go,
You send me kisses made of gold,
I'll place a crown upon your curls,
All hail the Queen of the World!*

– The Jayhawks, "Smile"

---

* Você me leva aonde eu nunca vou, / Me manda beijos de ouro, / Em seus cabelos pouso uma coroa, /Saudemos todos a Rainha do Mundo!

AQUI E AGORA...

PARTE 1

BEM-VINDO AO CONDADO DE COULEE

Capítulo Um

Aqui e agora, como dizia um velho amigo, estamos no presente fluido, onde não basta enxergar bem para se ter uma visão perfeita. *Aqui*: a uns 60 metros, a altitude de uma águia voando, sobre o extremo oeste de Wisconsin, onde os meandros do rio Mississípi criam uma fronteira natural. *Agora*: manhã de uma sexta-feira de meados de julho de um ano do início de um século e de um milênio novos, seus cursos imprevisíveis tão ocultos que um cego tem mais chance do que você ou eu de enxergar o que está à frente. Aqui e agora, são seis e pouco da manhã, e o sol está baixo no céu limpo do nascente, uma bola amarelada gorda e confiante, avançando como sempre pela primeira vez em direção ao futuro e deixando em seu rastro o passado que não para de se acumular e que escurece à medida que recua, deixando-nos todos cegos.

    Lá embaixo, o sol da manhã realça as ondulações amplas e macias do rio com um reflexo líquido. A luz do sol faísca nos trilhos da ferrovia Burlington Northern Santa Fe que corre entre o rio e os fundos das casas pobres de dois andares, ao longo da estrada municipal Oo, conhecida como alameda Nailhouse, o ponto mais baixo da cidadezinha de aspecto confortável que se estende subindo para leste. Neste momento no condado de Coulee, a vida parece estar com a respiração suspensa. O ar parado à nossa volta é de uma pureza e uma doçura tão extraordinárias que é possível imaginar que um homem seria capaz de sentir o cheiro de um rabanete arrancado a quase 2 quilômetros dali.

Voando em direção ao sol, afastamo-nos do rio pairando sobre os trilhos faiscantes, os quintais e telhados da alameda Nailhouse e uma fila de motocicletas Harley-Davidson estacionadas. Essas casinhas sem graça foram construídas, no início do século recém-terminado, para fundidores, moldadores e caixoteiros empregados da Fábrica de Pregos Pederson. Partindo do princípio de que seria improvável que os trabalhadores se queixassem dos defeitos de suas moradias subsidiadas, estas foram construídas da forma mais barata possível. (A Pregos Pederson, que tivera múltiplas hemorragias nos anos 50, acabou esvaindo-se em sangue em 1963.) As Harleys enfileiradas sugerem que os operários da fábrica foram substituídos por uma gangue de motoqueiros. A aparência uniformemente feroz dos proprietários das Harleys, homens desgrenhados, barbudos, barrigudos, usando brincos e jaquetas de couro e ostentando uma dentadura já desfalcada, parece apoiar essa suposição. Como a maioria das suposições, esta encerra uma meia verdade inquietante.

    Os atuais moradores da alameda Nailhouse, apelidados por nativos desconfiados de os Thunder Five logo após terem tomado as casas ao longo do rio, não podem ser tão facilmente classificados. Eles possuem empregos qualificados na Cervejaria Kingsland, situada ao sul da cidade, um quarteirão a leste do Mississípi. Se olharmos para a direita, podemos ver "a maior embalagem de meia dúzia do mundo", tanques de armazenamento pintados com gigantescos rótulos de cerveja Kingsland. Os homens que moram na alameda Nailhouse conheceram-se no campus Urbana-Champaign da Universidade de Illinois, onde todos, exceto um, cursavam inglês ou filosofia. (A exceção era um médico que fazia residência em cirurgia no hospital universitário UC-UI.) Eles têm um prazer irônico em serem chamados de os Thunder Five: parece-lhes um nome simpaticamente caricatural. Eles se chamam é de "a Escória Hegeliana". Esses cavalheiros constituem um time interessante, e vamos conhecê-los mais tarde. Por ora, só temos tempo de reparar nos cartazes pintados à mão colados na frente de várias casas, em dois postes, e em alguns prédios abandonados. Os cartazes dizem: PESCADOR, É MELHOR PEDIR AO SEU DEUS FEDIDO PARA A GENTE NÃO PEGAR VOCÊ PRIMEIRO! LEMBRE-SE DE AMY!

Da alameda Nailhouse, a rua Chase sobe íngreme entre prédios inclinados com fachadas decadentes e sem pintura, da cor de nevoeiro: o velho Hotel Nelson, onde alguns moradores empobrecidos estão dormindo, uma taberna inexpressiva, uma sapataria cansada exibindo botas de trabalho Red Wing na vitrine embaçada, alguns outros prédios apagados sem indicação de sua função, estranhamente oníricos e vaporosos. Essas construções parecem ressurreições fracassadas, resgatadas do escuro território a oeste, embora ainda estivessem mortas. De certa forma, isso foi exatamente o que aconteceu com elas. Uma listra horizontal ocre, 3 metros acima da calçada na fachada do Hotel Nelson e a 60 centímetros do chão, do lado mais alto da rua, nas faces cinzentas dos dois últimos prédios, representa a marca deixada pela água na enchente de 1965, quando o Mississípi transbordou, inundou a linha férrea e a alameda Nailhouse, e quase chegou ao topo da rua Chase.

Acima da marca da enchente, onde a Chase fica plana, ela se alarga e se transforma na rua principal de French Landing, a cidade lá embaixo. O Teatro Agincourt, o Taproom Bar & Grille, o First Farmer State Bank, o estúdio fotográfico Samuel Stutz (especializado em fotos de formatura e casamento, e retratos de crianças) e lojas, não as relíquias fantasmagóricas de lojas, ladeiam suas calçadas toscas: a Drogaria Benton's Rexall, a Ferragens Confiança, o Saturday Night Video, a Roupas Régias, o Empório Schmitt's, lojas de equipamentos eletrônicos, revistas e cartões de festas, brinquedos e roupas esportivas ostentando os logotipos dos Brewers, dos Twins, dos Packers, dos Vikings e da Universidade de Wisconsin. Algumas quadras depois, o nome da rua muda para rua Lyall, e os prédios se espaçam e encolhem, tornando-se construções de madeira com letreiros anunciando agências de seguros e de viagem; em seguida, a rua vira uma autoestrada que segue para leste passando por uma 7-Eleven, pelo Auditório dos Veteranos de Guerra Reinhold T. Grauerhammer, por uma grande revendedora de implementos agrícolas conhecida localmente como Goltz's, e vai dar numa paisagem de campos planos e contínuos. Subindo mais 30 metros no ar límpido e olhando o que há embaixo e à frente, vemos morainas, barrancos, colinas arredondadas cobertas de pinheiros, vales ricos em terra boa que não se veem do chão antes que se tope com eles, rios serpeantes, um mosaico quilométrico de campos e cidadezinhas — uma delas, Centralia, não mais que prédios esparsos em volta de um cruzamento de duas rodovias estreitas, a 35 e a 93.

Bem embaixo de nós, é como se French Landing tivesse sido evacuada no meio da noite. Não se vê vivalma nas calçadas nem se abaixando para enfiar uma chave em um dos cadeados das portas das lojas da rua Chase. Nas vagas em ângulo em frente às lojas, não há nenhum dos carros e picapes que começarão a aparecer, primeiro um ou dois de cada vez, depois num pequeno fluxo bem-comportado, uma ou duas horas mais tarde. Não há luzes acesas atrás das janelas dos prédios comerciais nem das casas despretensiosas que margeiam as ruas vizinhas. Um quarteirão ao norte da Chase, na rua Sumner, quatro prédios parecidos de dois andares e tijolos aparentes abrigam, de oeste para leste, a Biblioteca Pública de French Landing; o consultório de Patrick J. Skarda, M.D., o clínico-geral local, e o Bell & Holland, um escritório de advocacia agora dirigido por Garland Bell e Julius Holland, os filhos dos fundadores; a Funerária Heartfield & Son, agora filial de um vasto império, cuja matriz fica em St. Louis; e a agência de Correios de French Landing.

Separado desses edifícios pela larga rua que dá acesso a um grande estacionamento nos fundos, o prédio no fim do quarteirão, onde a Sumner cruza com a rua Três, é também de tijolos aparentes e de dois andares, porém mais comprido que seus vizinhos imediatos. Barras de ferro por pintar protegem as janelas dos fundos do segundo andar, e dois dos quatro veículos no estacionamento são viaturas com barras de luzes no teto e as letras DPFL nas laterais. A presença de viaturas da polícia e de janelas gradeadas parece fora de contexto neste reduto rural — que tipo de crime pode acontecer aqui? Nada sério, por certo; por certo, nada mais grave que um pequeno furto, dirigir embriagado ou uma eventual briga de bar.

Como se para provar a paz e a regularidade da vida numa cidade pequena, uma caminhonete vermelha com as palavras LA RIVIERE HERALD nas laterais desce lentamente a rua Três, parando em quase todas as caixas de correio para seu motorista enfiar exemplares do jornal do dia, envolvidos num saco plástico azul, em cilindros de metal cinza ostentando as mesmas palavras. Quando a caminhonete vira na Sumner, onde os prédios têm fendas de correio em vez de caixas, o homem simplesmente atira os jornais ensacados na porta das casas. Pacotes azuis batem nas portas da delegacia, da funerária e dos prédios de escritórios. A agência de Correios não recebe jornal.

O que você sabe: as luzes *estão* acesas no primeiro andar da delegacia. A porta se abre. Um jovem de cabelos escuros com uma camisa de uniforme azul-clara de mangas curtas, cinturão Sam Browne e calça marinho sai à rua. O cinturão e o distintivo dourado no peito de

Bobby Dulac brilham na luz da manhã, e tudo o que ele está usando, inclusive a pistola 9mm presa à sua ilharga, parece tão novo quanto o próprio Bobby Dulac. Ele olha a caminhonete vermelha virar à esquerda na rua Dois e franze o cenho para o jornal enrolado. Empurra-o com a ponta de um sapato preto muito lustroso, inclinando-se sobre ele o suficiente para sugerir que está tentando ler as manchetes através do plástico. Ainda de cenho franzido, Bobby se abaixa e pega o jornal com uma delicadeza inesperada, como uma gata pega um filhote que precisa ser levado para outro lugar. Segurando-o a uma certa distância do corpo, ele dá uma olhada rápida para os dois lados da rua Sumner, dá meia-volta com elegância e torna a entrar na delegacia. Nós, que, curiosos, andávamos sempre descendo em direção ao interessante espetáculo apresentado pelo oficial Dulac, entramos atrás dele.

Um corredor cinzento, passando por uma porta sem identificação e um quadro de avisos com muito pouca coisa afixada, leva a dois lanços de escadas de ferro, um que desce para um pequeno vestiário, os chuveiros e um estande de tiro, outro que sobe para uma sala de interrogatórios e duas fileiras de celas uma em frente à outra, nenhuma delas ocupada no momento. Perto, um rádio sintonizado num programa de entrevistas está num volume que parece alto demais para uma manhã pacata.

Bobby Dulac abre a porta sem placa e entra, com a gente em seus calcanhares lustrosos, na sala de instruções de onde ele acabou de sair. Uma fileira de arquivos ergue-se contra a parede à nossa direita, tendo ao lado uma mesa de madeira surrada sobre a qual há pilhas organizadas de pastas de papéis e um rádio transistorizado, fonte do barulho desagradável. Do estúdio próximo da KDCU-AM, Seu Locutor no condado de Coulee, o teatralmente raivoso George Rathbun deu início à *Barragem dos bichos da terra*, seu popular programa matinal. O bom e velho George parece falar alto demais para a ocasião, por mais baixo que você regule o volume; o cara é simplesmente *esporrento* — isso é parte de sua atração.

No meio da parede à nossa frente há uma porta fechada com uma janela de vidro fosco onde foi pintado DALE GILBERTSON, CHEFE DE POLÍCIA. Dale não estará ali antes de mais ou menos meia hora.

Há duas mesas de aço colocadas em L no canto à nossa esquerda, e, da que está à nossa frente, Tom Lund, um policial louro mais ou menos da idade de seu parceiro, mas sem o aspecto deste de quem acaba de ser produzido há cinco minutos, olha para o saco que Bobby Dulac segura com a ponta de dois dedos da mão direita.

— Certo — disse Lund. — Certo. O último capítulo.

— Você achou que talvez os Thunder Five estivessem nos fazendo outra visita social? Aqui. Não quero ler o raio dessa matéria.

Sem se dignar olhar para o jornal, Bobby, com um movimento atlético do pulso, faz um arremesso de 3 metros em arco sobre o chão encerado com o exemplar do dia de *La Riviere Herald*, gira para a direita, dá um passo largo e coloca-se em frente à mesa de madeira um segundo antes de Tom Lund pegar seu lançamento. Bobby olha ferozmente para os dois nomes e os vários detalhes rabiscados no comprido quadro-negro pendurado na parede ao lado da mesa. Bobby Dulac não está satisfeito; olha como se fosse explodir de raiva.

Gordo e feliz no estúdio da KDCU, George Rathbun grita:

— Ouvinte, dê um tempo, sim, e mande aviar sua receita. Estamos falando do mesmo jogo aqui? Ouvinte...

— Vai ver que Wendell tomou juízo e resolveu se licenciar — diz Tom Lund.

— *Wendell* — diz Bobby.

Porque Lund só pode ver a parte de trás lisa de sua cabeça, o pequeno trejeito de desdém que ele faz com o lábio é um desperdício, mas assim mesmo ele o faz.

— Ouvinte, deixe eu lhe perguntar só uma coisa, e com toda a sinceridade, quero que seja honesto comigo. Você *viu* mesmo o jogo de ontem à noite?

— Eu não sabia que *Wendell* era muito amigo seu — diz Bobby. — Eu não sabia que você já tinha descido até La Riviere. Eu estava aqui pensando que sua ideia de uma grande noitada era uma caneca de cerveja e tentar fazer 100 pontos no Boliche Arden, e agora descubro que você anda com repórteres em cidades universitárias. Provavelmente farreia com o Rato de Wisconsin também, aquele cara da KWLA. Você pega muitas garotas punk assim?

O ouvinte diz que perdeu o primeiro tempo porque teve que pegar o filho no final de uma sessão de aconselhamento especial na Mount Hebron, mas, depois disso, viu tudo.

— Eu disse que Wendell Green era meu amigo? — pergunta Tom Lund. Por cima do ombro esquerdo de Bobby ele pode ver o primeiro dos nomes no quadro-negro. Não consegue tirar os olhos dali. — É que eu o conheci depois do caso Kinderling, e ele não parecia tão ruim. Na verdade, até gostei dele. *Na verdade,* acabei tendo pena dele. Ele queria entrevistar Hollywood, e Hollywood o mandou às favas.

Bem, naturalmente ele viu os tempos extras, diz o infeliz ouvinte, é assim que ele sabe que Pokey Reese estava seguro.

— E quanto ao Rato de Wisconsin, eu não o reconheceria se o visse, e acho que aquela pseudomúsica que ele toca é a maior merda que já ouvi na vida. Para começar, como é que aquele chato magro e branquelo ganhou um programa de rádio? Na *emissora da universidade*? O que isso lhe diz sobre nossa maravilhosa UW-La Riviere, Bobby? O que isso nos diz sobre nossa sociedade toda? Ah, eu esqueci, você gosta dessa merda.

— Não, eu gosto de 311 e Korn, e você está tão por fora que não sabe a diferença entre Jonathan Davis e Dee Dee Ramone, mas esqueça isso, sim? — Devagar, Bobby Dulac se vira e sorri para o parceiro. — Deixe de fugir do assunto. — Seu sorriso não é nada agradável.

— *Estou* fugindo do assunto? — Tom Lund arregala os olhos numa paródia de inocência ferida. — Nossa, fui eu quem atirou o jornal pela sala? Não, acho que não.

— Se você nunca viu o Rato de Wisconsin, como sabe como ele é?

— Do mesmo modo como sei que ele tem cabelo de uma cor engraçada e piercing no nariz. E como sei que ele usa uma jaqueta preta de couro detonada entra dia, sai dia, chova ou faça sol.

Bobby esperou.

— Pelo modo como ele fala. A voz das pessoas é cheia de informações. Um cara diz: Parece que vai ser um dia bonito, e conta a história dele toda. Quer saber mais uma coisa sobre o Rato? Ele não vai ao dentista há uns seis ou sete anos. Os dentes dele estão um lixo.

De dentro da feia estrutura de blocos de cimento da KDCU, perto da cervejaria na península Drive, do rádio que Dale Gilbertson doou para a delegacia muito antes de Tom Lund ou Bobby Dulac começarem a usar seus uniformes, chega o afável grito de ultraje, marca registrada do velho e bom George Rathbun, uma gritaria apaixonada, contagiante, que num raio de 160 quilômetros arranca sorrisos de fazendeiros que tomam o café da manhã sentados na frente de suas mulheres e gargalhadas dos caminhoneiros que passam.

— Eu juro, ouvinte, e isso vai para meu ultimíssimo ouvinte, também, e cada um de vocês aí, porque *adoro* vocês, essa é a verdade verdadeira, adoro vocês como minha mãe adorava o *canteiro de nabos* dela, mas às vezes vocês ME LEVAM À LOUCURA! Ah, garoto. *Fim do décimo primeiro tempo, dois fora!* Seis-sete, *Brewers!* Homens na segunda e terceira. O rebatedor alinha para o armador, Reese sai da terceira, bom arremesso para a base do rebatedor, jogada limpa, *jogada limpa*. UM CEGO PODERIA TER MARCADO ISSO!

— Ei, achei que a jogada foi boa, e só ouvi o jogo no rádio — diz Tom Lund.

Ambos estão fugindo do assunto, e sabem disso.

— Na verdade — grita o sem dúvida mais popular locutor do condado de Coulee —, deixem eu assumir uma posição perigosa aqui, meninos e meninas, deixem eu fazer a seguinte *recomendação*, sim? Vamos substituir cada árbitro do Miller Park, ei, cada árbitro da *Liga Nacional*, por cegos! Sabem de uma coisa, meus amigos? *Garanto* que as marcações deles serão de 60 a 70 por cento mais precisas. DEEM O TRABALHO A QUEM TEM COMPETÊNCIA PARA FAZÊ-LO: OS CEGOS!

A alegria se irradia pela cara sem graça de Lund. Aquele George Rathbun é uma peça, cara. Bobby diz:

— Vamos com isso, sim?

Sorrindo, Lund tira o jornal dobrado do saco e abre-o em cima de sua mesa. Seu rosto endurece; sem alterar a linha, seu sorriso fica glacial.

— Ah, não. Ah, diabo.

— O quê?

Lund emite um gemido disforme e balança a cabeça.

— Nossa. Eu nem quero saber. — Bobby enfia as mãos nos bolsos, depois se levanta todo espigado, puxa a mão direita do bolso e tapa os olhos com ela. — Sou cego, certo? Faça com que eu seja um árbitro, não quero mais ser tira.

Lund não diz nada.

— É uma manchete? A manchete principal? É muito ruim? — Bobby destapa os olhos e fica com a mão no ar.

— Bem — Lund lhe diz —, parece que Wendell não tomou juízo, afinal de contas, e, com certeza, não decidiu se licenciar. Não posso acreditar que eu tenha dito que gostava daquele merda.

— Acorde — diz Bobby. — Ninguém nunca lhe disse que policiais e jornalistas estão de lados opostos da cerca?

O amplo torso de Tom Lund inclina-se sobre sua mesa. Um grosso vinco lateral como uma cicatriz divide sua testa, e suas faces impassíveis enrubescem. Ele aponta um dedo para Bobby Dulac.

— Isso é uma coisa que realmente me irrita em você, Bobby. Há quanto tempo está aqui? Cinco, seis meses? Dale me contratou há quatro anos, e quando ele e Hollywood puseram as algemas no Sr. Thornberg *Kinderling,* que foi o maior caso deste condado talvez em trinta anos, não posso reclamar o crédito, mas pelo menos fiz a minha parte. Ajudei a juntar algumas das peças.

— Uma das peças — diz Bobby.

— Lembrei Dale da barwoman do Taproom, e Dale contou a Hollywood, e Hollywood falou com a garota, e isso foi uma senhora peça. Ajudou a pegá-lo. Portanto, não fale assim comigo.

Bobby Dulac assume uma expressão de contrição completamente hipotética.

— Desculpe, Tom. Acho que estou irritado e ao mesmo tempo exaurido.

O que ele pensa é: *Então você tem uns anos de vantagem sobre mim e uma vez você deu a Dale essa informaçãozinha de merda, e daí?, sou melhor tira do que você jamais vai ser. Quão heroico você foi ontem à noite, afinal de contas?*

Às 11h15 da noite anterior, Armand "Beezer" St. Pierre e seus colegas de viagem dos Thunder Five saíram roncando da alameda Nailhouse e irromperam delegacia adentro para pedir a seus três ocupantes, cada um dos quais tendo trabalhado um turno de 18 horas, detalhes exatos do progresso que eles estavam fazendo na questão que mais lhes interessava. O que diabo estava acontecendo ali? E o terceiro caso, há, e Irma Freneau? Já a encontraram? Esses palhaços tinham *alguma coisa,* ou continuam só soltando fumaça? Precisam de ajuda?, rugiu Beezer, então nos comissionem, vamos lhes dar toda a ajuda de que precisarem e mais alguma. Um gigante chamado Ratinho fora com um sorriso besta até Bobby Dulac e continuara andando, barrigão contra barriga de chope, até encostar Bobby num arquivo, após o que o Ratinho gigante perguntou misteriosamente, com um bafo de cerveja e maconha, se Bobby já havia lido as obras de um cavalheiro chamado Jacques Derrida. Quando Bobby respondeu que nunca havia ouvido falar no cavalheiro, Ratinho disse: "Não diga, Sherlock", e chegou para o lado para olhar os nomes no quadro-negro. Meia hora depois, Beezer, Ratinho e seus companheiros foram mandados embora insatisfeitos, não comissionados, mas sossegados, e Dale Gilbertson disse que tinha que ir para casa dormir um pouco, mas Tom precisava ficar, por via das dúvidas. Ambos os homens do plantão noturno haviam arranjado desculpas para não vir. Bobby disse que iria ficar, também, não tem problema, chefe, por isso a gente encontra esses dois homens na delegacia a essa hora da manhã.

— Me dê isso — diz Bobby Dulac.

Lund pega o jornal, vira-o, e segura-o para Bobby ver: PESCADOR AINDA À SOLTA NA ÁREA DE FRENCH LANDING, diz a manchete em cima do artigo de três colunas no canto esquerdo superior da primeira página. As colunas foram impressas sobre um fundo azul-claro, e uma linha preta as destaca do resto da página. Embaixo da manchete, em caracteres menores, lê-se: *Identidade de assassino psicótico confunde polícia.* Embaixo do subtítulo, uma linha em caracteres ainda menores atribui o artigo a *Wendell Green, com o apoio da redação.*

— O Pescador — diz Bobby. — Desde que a coisa começou, seu *amigo* ainda não fez nada. O Pescador, o Pescador, o Pescador. Se de repente eu me transformasse num macaco de 15 metros e começasse a pisar em prédios, você me chamaria de King Kong? — Lund abaixa o jornal e ri. — Certo — Bobby concede —, exemplo ruim. Digamos que eu assaltasse alguns bancos. Você me chamaria de John Dillinger?

— Bem — diz Lund, com um sorriso ainda mais rasgado —, dizem que o pau de Dillinger era tão grande que o puseram num vidro no Smithsonian. Então...

— Leia para mim a primeira frase — diz Bobby.

Tom Lund olha para baixo e lê:

— "Como a polícia de French Landing não consegue descobrir nenhuma pista da identidade do diabólico assassino e criminoso sexual apelidado de 'o Pescador' por este repórter, os sinistros espectros do medo, do desespero e da desconfiança infestam cada vez mais as ruas daquela cidadezinha, e dali se espalham para as fazendas e aldeias do condado Francês, contaminando com seu toque cada recanto do condado de Coulee."

— Era só o que faltava — diz Bobby. — Nossa! — E num instante já cruzou a sala e está inclinado sobre o ombro de Tom Lund, lendo a primeira página do *Herald* com a mão descansando na coronha da sua Glock, como se estivesse pronto para meter uma bala no artigo agora mesmo.

— "Nossas tradições de confiança e boa vizinhança, nosso hábito de estender carinho e generosidade a todos" [escreve Wendell Green, exagerando no tom editorial] "estão se erodindo diariamente sob o corrosivo ataque dessas emoções aterrorizantes. O medo, o desespero e a desconfiança são um veneno para a alma das comunidades pequenas e grandes, pois viram vizinho contra vizinho e ridicularizam a civilidade.

"Duas crianças foram horrivelmente assassinadas e seus restos mortais, parcialmente consumidos. Agora uma terceira criança desapareceu. Amy St. Pierre, de 8 anos, e Johnny Irkenham, de 7, foram vítimas das paixões de um monstro em forma de gente. Nenhum deles conhecerá a felicidade da adolescência nem as satisfações da idade adulta. Seus pais enlutados jamais conhecerão os netos que teriam acarinhado. Os pais dos colegas de Amy e Johnny guardam seus filhos no recesso de seus próprios lares, assim como os pais cujos filhos não conheceram as vítimas. Por isso, grupos de jogos de verão e outros programas para crianças pequenas foram cancelados em praticamente todas as cidades e municípios do condado Francês.

"Com o desaparecimento de Irma Freneau, de 10 anos, sete dias após a morte de Amy St. Pierre e apenas três dias após a morte de Johnny Irkenham, a paciência do povo está por um fio. Como já disse este correspondente, Merlin Graasheimer, 52, um lavrador desempregado sem endereço certo, foi atacado e espancado por um grupo não identificado de homens numa rua secundária de Grainger na noite de terça-feira. Outro episódio semelhante ocorreu na madrugada de quinta-feira, quando Elvar Praetorious, 36, um turista sueco que viajava desacompanhado, foi atacado por três homens, também não identificados, enquanto dormia no parque Leif Eriksson de La Riviere.

Graasheimer e Praetorious necessitaram apenas de cuidados médicos de rotina, mas futuros incidentes quase certamente acabarão de forma mais séria."

Tom Lund olha para o próximo parágrafo, que descreve o desaparecimento abrupto da menina Freneau de uma calçada da rua Chase, e se afasta de sua mesa.

Bobby Dulac lê em silêncio por algum tempo, depois diz:

— Você precisa ouvir essa merda, Tom. É assim que ele termina: "Quando o Pescador vai atacar de novo?"

"Pois ele vai atacar de novo, meus amigos, não tenham dúvida.

"E quando o chefe de polícia de French Landing, Dale Gilbertson, vai cumprir o seu dever e livrar os cidadãos deste condado da obscena selvageria do Pescador e da compreensível violência produzida por sua própria inércia?"

Bobby Dulac vai para o meio da sala batendo os pés. Sua cor se intensificou. Ele inspira, depois expira uma quantidade monumental de oxigênio.

— E se da próxima vez que o Pescador *atacar* — diz Bobby — ele for direto na bunda mole de Wendell Green?

— Estou com você — diz Tom Lund. — Você pode acreditar nessa babaquice? Violência compreensível? Ele está dizendo que as pessoas podem se meter com qualquer um que parecer suspeito!

Bobby aponta o indicador para Lund.

— Vou prender pessoalmente esse cara. Isso *é* uma promessa. Vou trazê-lo, vivo ou morto. — Na hipótese de Lund não ter entendido, ele repete: — Pessoalmente.

Sabiamente escolhendo não dizer a primeira coisa que lhe vem à mente, Tom Lund faz que sim com a cabeça. O dedo continua apontando. Ele diz:

— Se quiser alguma ajuda para isso, talvez você deva falar com Hollywood. Dale não teve sorte, mas quem sabe você tem.

Bobby faz um gesto descartando essa ideia.

— Não precisa. Dale e eu... e você, também, claro, a gente dá conta. Mas vou pessoalmente pegar esse cara. Isso eu garanto. — Ele faz uma pausa. — Além do mais, Hollywood se aposentou quando se mudou para cá, ou você esqueceu?

— Hollywood é muito moço para se aposentar — diz Lund. — Mesmo para um policial, ele é praticamente uma criança. Então você deve ser pouco mais que um feto.

E na gargalhada compartilhada dos dois, saímos voando da sala de instruções e voltamos para o céu, onde avançamos uma quadra para o norte, até a rua Queen.

Prosseguindo algumas quadras para o leste, descobrimos, lá embaixo, uma construção baixa e cheia de cantos e recantos que se bifurca de um eixo central, ocupando, com seu amplo gramado salpicado aqui e ali de carvalhos e bordos altos, todo um quarteirão orlado de sebes cerradas que pediam uma boa poda. Obviamente, algum tipo de instituição, de início, o prédio parece uma escola primária progressiva em que várias alas representam salas de aula sem paredes, e o eixo central representa o refeitório e os escritórios administrativos. Quando perdemos um pouco de altura, ouvimos o grito afável de George Rathbun subindo em nossa direção de várias janelas. A grande porta de entrada de vidro se abre e uma mulher magra de óculos gatinho sai para a manhã luminosa, com um cartaz numa das mãos e um rolo de fita adesiva na outra. Ela imediatamente se vira e, com gestos rápidos e eficientes, cola o cartaz na porta. A luz do sol faísca numa pedra esfumaçada do tamanho de uma avelã no dedo médio de sua mão direita.

Enquanto ela se detém um instante para admirar seu trabalho, podemos espiar por cima de seu ombro retesado e ver que o cartaz anuncia, com uma alegre explosão de balões desenhados à mão, que HOJE É A FESTA DO MORANGO!!!; quando a mulher volta para dentro, percebemos a presença, numa parte da entrada visível logo abaixo do vertiginoso cartaz, de duas ou três cadeiras de rodas dobradas. Do outro lado das cadeiras, a mulher, cujo cabelo castanho foi preso na nuca numa espiral arquitetônica, vem andando com seus escarpins de salto alto por um saguão agradável com cadeiras de madeira clara e mesas do mesmo material sobre as quais há revistas artisticamente espalhadas, passa por uma espécie de central automática ou balcão de recepção na frente de uma bela parede de pedra bruta e desaparece saltitando imperceptivelmente, por uma porta lustrosa onde se lê WILLIAM MAXTON, DIRETOR.

Que tipo de escola é essa? Por que está funcionando, por que está organizando festivais no meio de julho?

Podemos chamá-la de escola de pós-graduação, pois quem reside aqui se formou em cada estágio de sua existência exceto o último, que é vivido, dia após dia, sob a intendência relapsa do Sr. William "Chipper" Maxton, diretor. Esta é a Casa Maxton para a Velhice, conhecida no passado — numa época mais inocente, e antes da reforma cosmética feita em meados dos anos 80 — como Lar Maxton, que pertencia a seu fundador, Herbert Maxton, pai de Chipper, e por ele era dirigida. Herbert era um homem decente embora sem personalidade que, pode-se dizer com segurança, ficaria apavorado com algumas coisas que seu filho único faz. Chipper nunca quis assumir o "cercado da família", como ele chama, com sua carga de "peguentos", "zumbis", "molhadores de cama" e "babões", e depois de se formar em contabilidade na UW-La Riviere (com especializações duramente conquistadas em promiscuidade, jogo e arte de beber cerveja), nosso garoto aceitou um cargo na Secretaria da Receita Federal de Madison, Wisconsin, com o fim precípuo de aprender a roubar do governo sem ser notado. Cinco anos na Receita ensinaram-lhe muita coisa útil, mas quando sua carreira posterior como freelancer ficou aquém de suas ambições, ele cedeu às súplicas cada vez mais fracas do pai e associou sua sorte aos zumbis e aos babões. Com um certo prazer sinistro, Chipper reconheceu que, apesar de uma triste falta de glamour, o negócio de seu pai ao menos lhe daria a oportunidade de roubar dos clientes e do governo igualmente.

Vamos entrar pela grande porta de vidro, atravessar o belo saguão (notando, enquanto o fazemos, os odores misturados de aromatizante de ambiente e amônia que impregnam até as áreas públicas de todas as instituições deste tipo), passar pela porta com o nome de Chipper e descobrir o que aquela jovem bem-arrumada está fazendo aqui tão cedo.

Do outro lado da porta de Chipper há um cubículo sem janela equipado com uma mesa, um cabide e uma pequena estante abarrotada de impressos de computador, panfletos e folhetos. Há uma porta aberta ao lado da mesa. Pelo vão, vemos um escritório muito mais amplo, revestido com a mesma madeira lustrosa da porta do diretor e contendo cadeiras de couro, uma mesa de centro de tampo de vidro e um sofá cor de aveia. No fim da sala há uma vasta escrivaninha abarrotada de papéis, tão encerada que quase parece brilhar.

Nossa jovem, cujo nome é Rebecca Vilas, está sentada na beira da mesa, as pernas cruzadas de uma forma particularmente arquitetônica. Um joelho está dobrado sobre o outro, e as panturrilhas formam duas linhas bem moldadas mais ou menos paralelas descendo até os bicos triangulares dos escarpins de salto alto, dos quais um aponta para quatro e outro para seis horas. Rebecca Vilas, deduzimos, arrumou-se para ser vista, fez uma pose com intenção de ser apreciada, embora certamente não por nós. Por trás dos óculos gatinho, seu olhar parece cético e divertido, mas não podemos ver o que despertou essas emoções. Supomos que ela seja a secretária de Chipper, e essa suposição, também, só expressa meia verdade: como a desenvoltura e a ironia de sua atitude deixam implícito, os deveres da Srta. Vilas há muito ultrapassaram o secretariado puro e simples. (Podemos especular sobre a origem daquele belo anel que ela está usando; é só pensar em sujeira que acertamos em cheio.)

Passamos pela porta aberta, seguimos a direção do olhar cada vez mais impaciente de Rebecca e nos vemos contemplando a robusta bunda vestida de cáqui de seu patrão ajoelhado, que enfiou a cabeça e os ombros dentro de um cofre grande, no qual entrevemos pilhas de livros de registro e alguns envelopes de papel pardo aparentemente recheados de dinheiro. Algumas notas caem desses envelopes quando Chipper os tira do cofre.

— Você fez o anúncio, o cartaz? — pergunta ele sem se virar.

— Sim, sim, *mon capitaine* — responde Rebecca Vilas. — E vamos ter um dia maravilhoso para a grande ocasião, também, como deve ser.

Seu sotaque irlandês é surpreendentemente bom, ainda que um pouco genérico. Ela nunca esteve em um lugar mais exótico que Atlantic City, onde Chipper usou suas passagens de milhagem para ser seu acompanhante durante cinco dias encantados dois anos atrás. Ela aprendeu o sotaque vendo filmes antigos.

— Odeio a Festa do Morango — diz Chipper, tirando o último envelope do cofre. — As mulheres e os filhos dos zumbis passam a tarde inteira zanzando por aí, excitando-os, e a gente tem que apagá-los com sedativos só para ter um pouco de paz. E se você quer saber a verdade, eu *odeio* balões.

Ele joga o dinheiro no tapete e começa a separar as notas em pilhas de várias denominações.

— Eu só estava querendo saber, com a minha simplicidade do interior — diz Rebecca —, por que eu deveria ser solicitada a aparecer ao romper da aurora no grande dia.

— Sabe o que eu mais odeio? A parte da música. Zumbis cantantes e aquele DJ imbecil. O Stan Sinfônico com seus discos de grandes bandas, ah, garoto, isso é que é emoção.

— Suponho — diz Rebecca, abandonando o sotaque irlandês teatral — que você quer que eu faça alguma coisa com o dinheiro antes do início da ação.

— Hora de mais uma viagem a Miller. — Uma conta sob um nome fictício no State Provident Bank em Miller, a 40 quilômetros dali, recebe depósitos regulares de dinheiro desviado de fundos de pacientes destinados ao pagamento de bens e serviços extras. Chipper gira os joelhos com as mãos cheias de dinheiro e olha para Rebecca. Senta nos calcanhares de novo e deixa as mãos caírem no colo. — Puxa, você tem umas pernas maravilhosas. Com umas pernas assim, você devia ser famosa.

— Pensei que você não fosse reparar nunca — diz Rebecca.

Chipper Maxton tem 42 anos. Tem bons dentes, muito cabelo, uma cara larga, sincera, e olhos castanhos miúdos que sempre parecem um pouco úmidos. Tem também dois filhos, Trey, de 9 anos, e Ashley, de 7, que, como se diagnosticou recentemente, sofre de deficiência da atenção, um problema que, Chipper calcula, irá custar-lhe talvez 2 mil por ano só em comprimidos. E, naturalmente, ele tem uma mulher, sua parceira de vida, Marion, de 39 anos, 1,65m, e mais ou menos uns 86 quilos. Além dessas bênçãos, desde a noite passada, Chipper deve ao seu bookmaker $13.000, em consequência de um mau investimento no jogo dos Brewers sobre o qual George Rathbun continua berrando. Ele reparou, ah, reparou, sim, Chipper reparou nas maravilhosas pernas da Srta. Vilas.

— Antes de você ir lá — diz ele —, pensei que talvez a gente pudesse deitar no sofá e brincar um pouquinho.

— Ah — diz Rebecca. — Brincar como, exatamente?

— Glu, glu, glu — diz Chipper, rindo como um sátiro.

— Seu diabo romântico — diz Rebecca, um comentário que escapa completamente a seu patrão.

Chipper acha que realmente está sendo romântico.

Ela desce elegantemente de onde está empoleirada, e Chipper levanta-se deselegantemente e fecha a porta do cofre com o pé. Com um brilho úmido nos olhos, ele dá alguns passos rufianescos e emproados pelo tapete, passa um braço em volta da cinturinha de Rebecca Vilas e, com o outro, deixa o gordo envelope de papel pardo na mesa. Já está arrancando o cinto antes mesmo de começar a puxar Rebecca para o sofá.

— Então eu posso vê-lo? — diz a esperta Rebecca, que sabe exatamente como transformar o cérebro do amante em mingau...

... e antes que Chipper a satisfaça, fazemos a coisa sensata e nos retiramos para o saguão, que ainda está vazio. Um corredor à esquerda da mesa da recepção nos conduz a duas portas largas e claras com suas janelas de vidro onde se lê MARGARIDA e CAMPÂNULA, os nomes das alas a que elas dão acesso. No final da cinzenta ala Campânula, um homem de macacão folgado bate a cinza do cigarro no ladrilho sobre o qual ele está passando, com requintada lentidão, um esfregão imundo. Entramos na ala Margarida.

A área residencial da Maxton é muito menos atraente do que a comunitária. Há portas numeradas ao longo de ambos os lados do corredor. Cartões escritos à mão dentro de envelopes de plástico embaixo dos números indicam os nomes dos residentes. Quatro portas depois, uma mesa atrás da qual um assistente corpulento de uniforme branco sujo cochila sentado empertigado dá para a entrada dos banheiros masculino e feminino — na Maxton, só os quartos mais caros, os do outro lado do saguão, na ala Asfódelo, fornecem tudo menos uma pia. Há marcas sinuosas de esfregão sujo endurecendo e secando por todo o chão ladrilhado, que se estende por uma distância incrível à nossa frente. Aqui, também, as paredes e o ar parecem ser do mesmo tom de cinza. Se olharmos de perto para as pontas do corredor, na junção das paredes com o teto, vemos teias de aranha, manchas velhas, sujeira acumulada. Desinfetante, amônia, urina e aromas piores perfumam o ambiente. Como uma senhora na ala Campânula gosta de dizer, quando se vive com um monte de gente velha que sofre de incontinência, nunca se fica longe do cheiro de cocô.

Os quartos em si variam de acordo com o estado e os recursos de seus habitantes. Já que quase todo mundo está dormindo, podemos dar uma olhada em algumas dessas acomodações. Aqui no M10, um quarto de solteiro duas portas depois do empregado sonolento, está deitada a velha Alice Weathers (roncando delicadamente, sonhando que dança em perfeito entrosamento com Fred Astaire por um chão de mármore), cercada por tanta coisa de sua vida passada que ela precisa navegar por entre cadeiras e mesas para ir da porta até a cama. Alice ainda conserva uma parcela maior de suas faculdades mentais do que de sua mobília velha, e limpa pessoalmente o quarto, deixando-o imaculado. Ao lado, no M12, dois velhos fazendeiros chamados Thorvaldson e Jesperson, que não se falam há anos, dormem, separados por uma cortina fina, numa confusão alegre de fotografias de família e desenhos de netos.

Descendo o corredor, o M18 apresenta um espetáculo completamente diferente do atravancamento limpo do M10, assim como seu habitante, um homem conhecido como Charles Burnside, poderia ser considerado o extremo oposto de Alice Weathers. No M18, não há mesas laterais, arcas, cadeiras superestofadas, espelhos dourados, lâmpadas, tapetes tramados nem cortinas de veludo: esse quarto despido contém apenas uma cama de ferro, uma cadeira de plástico e uma cômoda. Não há fotografias de filhos nem de netos em cima do móvel, nem há desenhos a lápis de casas quadradas e bonecos magros decorando as paredes. O Sr. Burnside não tem interesse em arrumação de casa, e uma fina camada de poeira cobre o chão, o parapeito da janela e o tampo nu da cômoda. O M18 não tem história nem personalidade; parece tão brutal e sem alma quanto uma cela de prisão. Um cheiro forte de excremento contamina o ar.

Apesar de toda a diversão oferecida por Chipper Maxton, e todo o charme de Alice Weathers, foi principalmente Charles Burnside, "Burny", que viemos ver.

Capítulo Dois

Os antecedentes de Chipper nós conhecemos. Alice chegou à Maxton vinda de um casarão da rua Gale, a parte velha da rua Gale, onde sobreviveu a dois maridos, criou cinco filhos e ensinou piano a quatro gerações de crianças de French Landing, nenhuma das quais jamais se tornou pianista profissional, mas todas se lembram dela com carinho e pensam nela com afeição. Alice chegou a este lugar como a maioria das pessoas chega, num carro dirigido por um de seus filhos, entre relutante e vencida. Ficara muito velha para morar sozinha no casarão da parte antiga da rua Gale; tinha dois filhos casados que eram bastante bons, mas não podia tolerar dar mais trabalho para eles. Alice Weathers passara a vida toda em French Landing e não desejava morar em qualquer outro lugar; de certa forma, sempre soubera que terminaria seus dias na Maxton, que, embora não fosse nada luxuosa, era bem agradável. No dia em que o filho Martin levou-a para inspecionar o local, ela viu que conhecia pelo menos metade das pessoas ali.

Diferentemente de Alice, Charles Burnside, o homem alto, magro deitado à nossa frente, coberto com um lençol em sua cama de ferro, não está em pleno gozo de suas faculdades mentais nem sonhando com Fred Astaire. A superfície cheia de veias de sua estreita cabeça calva desce abaulada até as sobrancelhas, como emaranhados de arame cinza, embaixo dos quais, de cada lado do gancho carnudo de seu nariz, dois olhos estreitos brilham para uma janela voltada para o norte e a extensão de bosque para além da Maxton. Burny é o único de todos os moradores da ala Margarida que não está dormindo. Seus olhos faíscam, e seus lábios estão retorcidos num sorriso bizarro — mas estes detalhes não querem dizer nada, pois a mente de Charles Burnside pode ser tão vazia quanto seu quarto. Burny sofre de mal de Alzheimer há muitos anos, e o que parece uma forma agressiva de prazer poderia não ser mais que uma satisfação física de um tipo muito elementar. Se não tivermos conseguido adivinhar que ele era a origem do fedor deste quarto, as manchas que brotam dentro do lençol que o cobre deixam isso claro. Ele acabou de evacuar, maciçamente, na cama, e o mínimo que podemos dizer sobre sua reação à situação é que ele não está nem aí; não senhor, a vergonha não faz parte deste quadro.

Mas se — diferentemente da encantadora Alice — Burny já não está em seu juízo perfeito, tampouco ele é um paciente de Alzheimer típico. É capaz de passar um ou dois dias resmungando para seu mingau como o resto dos zumbis de Chipper, depois revitalizar-se e tornar a se unir aos vivos. Quando não está morto-vivo, em geral consegue ir até o banheiro no corredor quando necessário, e passa horas ou se esquivando sozinho ou patrulhando o terreno, sendo desagradável — na verdade, ofensivo — com todo mundo. Restabelecido do estado morto-vivo, ele é manhoso, enrustido, rude, cáustico, teimoso, desbocado, mesquinho e ressentido; em outras palavras — no mundo segundo Chipper —, um irmão de sangue dos outros velhos que residem na Maxton. Algumas das enfermeiras e alguns dos ajudantes e assistentes duvidam que Burny realmente tenha Alzheimer. Acham que ele finge, foge da raia, fica na moita, fazendo de propósito com que eles trabalhem mais, enquanto ele descansa e reúne forças para mais um episódio de antipatia. Dificilmente podemos recriminá-los por essa desconfiança. Se não foi mal diagnosticado, Burny provavelmente é o único paciente de Alzheimer avançado no mundo a ter surtos prolongados de remissão.

Em 1996, seu 78º ano, o homem conhecido como Charles Burnside chegou à Maxton numa ambulância do Hospital Geral de La Riviere, não num veículo dirigido por um parente solícito. Ele aparecera na sala de emergência certa manhã, levando duas malas pesadas cheias de roupas sujas e exigindo aos altos brados atenção médica. Suas exigências não eram coerentes, mas eram claras. Ele afirmava ter percorrido uma distância considerável para chegar ao hospital, e queria que o hospital tomasse conta dele. A distância variava a cada afirmação — 16 quilômetros, 24 quilômetros, 40. Ele passara ou não algumas noites dormindo em campos ou na beira da estrada. Seu estado geral e o cheiro que exalava sugeriam que ele andara vagando pelo interior e dormindo ao relento durante talvez uma semana. Se algum dia teve uma carteira, ele a perdera na viagem. O Hospital Geral de La Riviere limpou-o, alimentou-o, deu-lhe uma cama e tentou extrair dele uma história. A maioria de suas declarações acabava em uma fala ininteligível, mas, na ausência de qualquer documento, pelo menos esses fatos pareciam confiáveis: Burnside fora marceneiro, moldureiro e gesseiro na região durante muitos anos, trabalhando por conta própria e para empreiteiros. Uma tia que morava na cidade de Blair lhe dera um quarto.

Ele fizera a pé os 29 quilômetros de Blair até La Riviere, então? Não, começara sua caminhada em outro lugar, não se lembrava onde, mas foi 16 quilômetros antes, não, 40 quilômetros antes, em alguma cidade, e as pessoas naquela cidade eram babacas inúteis e burras. *Como era o nome da tia dele?* Althea Burnside. *Quais eram o endereço e o telefone dela?* Não tinha ideia, não se lembrava. *A tia dele tinha algum emprego?* Tinha, era babaca e burra em tempo integral. *Mas permitira que ele morasse na casa dela?* Quem? Permitira o quê? Charles Burnside não precisava da permissão de ninguém, fazia o que bem entendia. *Sua tia o expulsara de casa?* Está falando com quem, seu burro idiota?

O médico da emergência registrou um diagnóstico inicial de mal de Alzheimer, sujeito ao resultado de vários exames, e a assistente social foi ao telefone e solicitou o endereço e o número do telefone de uma certa Althea Burnside residindo atualmente em Blair. A companhia telefônica respondeu que não constava do guia pessoa alguma com aquele nome em Blair, nem constava dos guias de Ettrick, Cochrane, Fountain, Sparta, Onalaska, Arden, La Riviere, ou quaisquer outras cidades num raio de 80 quilômetros. Ampliando sua rede, a assistente social consultou o Registro Civil e os departamentos da Previdência Social, de Trânsito e da Receita para informações sobre Althea e Charles Burnside. Das duas Altheas que surgiram do sistema, uma era proprietária de um restaurante em Butternut, no norte do estado, e a outra era uma negra que trabalhava numa creche em Milwaukee. Nenhuma delas tinha qualquer ligação com o homem no Hospital Geral de La Riviere. Os Charles Burnsides localizados pelos registros não eram o Charles Burnside da assistente social. Althea parecia não existir. Charles, ao que parecia, era uma dessas pessoas fantasmas que passam pela vida sem jamais pagar impostos, ter título de eleitor, inscrever-se para receber um cartão da Previdência Social, abrir uma conta bancária, ingressar nas

Forças Armadas, tirar carteira de motorista ou passar alguma temporada na penitenciária do estado.

Outra rodada de telefonemas resultou na classificação do vago Charles Burnside como protegido do município e em sua admissão à Casa Maxton para a Velhice, até poderem ser encontradas acomodações no hospital estadual em Whitehall. A ambulância entregou Burnside à Maxton às custas do generoso povo, e o resmungão Chipper jogou-o na ala Margarida. Seis semanas depois, vagou um leito numa ala do hospital estadual. Chipper recebeu a ligação alguns minutos antes de a correspondência do dia lhe trazer um cheque, emitido por Althea Burnside, de um banco em De Pere, para a manutenção de Charles Burnside em sua instituição. O endereço de Althea Burnside era uma caixa postal de De Pere. Quando o hospital estadual ligou, Chipper anunciou que, no espírito do dever cívico, ficaria feliz em continuar com o Sr. Burnside na Casa Maxton para a Velhice. O velho acabara de se tornar seu paciente favorito. Sem fazer Chipper passar por nenhum dos esquemas usuais, Burny contribuíra em dobro para o fluxo de rendimentos.

Pelos seis anos seguintes, o velho foi escorregando ininterruptamente para a escuridão do Alzheimer. Se estava fingindo, teve uma atuação brilhante. Foi indo abaixo, pelas estações descendentes da incontinência, da incoerência, das explosões de raiva frequentes, da perda da memória, da perda da capacidade de se alimentar, da perda da personalidade. Ele se reduziu à infância, depois ao vazio, e passava os dias amarrado a uma cadeira de rodas. Chipper pranteou a inevitável perda de um paciente singularmente cooperativo. Depois, no verão do ano anterior a esses acontecimentos, deu-se a espantosa ressurreição. O rosto flácido de Burny recobrou ânimo, e ele começou a pronunciar veementes sílabas sem sentido. *Abalá! Gorg! Munshun! Gorg!* Queria comer sozinho, queria exercitar as pernas, andar cambaleando pela casa e se reacostumar com o ambiente em volta. Em uma semana, estava usando palavras em inglês para insistir em usar as próprias roupas e ir ao banheiro sozinho. Engordou, ganhou forças, tornou-se novamente um estorvo. Agora, muitas vezes no mesmo dia, ele oscila entre a inexpressividade do estágio avançado do Alzheimer e uma rabugice circunspecta e brilhante, tão saudável num homem de 85 anos, que poderia ser chamada de vigorosa. Burny parece uma pessoa que foi a Lourdes e teve uma experiência de cura, mas partiu antes de ficar completamente curada. Para Chipper, milagre é milagre. Desde que o velho ficasse vivo, quem lá queria saber se ele ficava zanzando pela casa ou escorado no cinto de segurança de sua cadeira de rodas?

Chegamos mais perto. Tentamos ignorar o fedor. Queremos ver o que podemos descobrir pela cara desse sujeito curioso. Nunca foi uma cara bonita, e agora a pele é cinza e as faces são covas murchas. Veias azuis saltadas serpeiam pela calva cinzenta, manchada como um ovo de maçarico. O nariz parecendo borracha tem um ligeiro desvio para a direita, o que aumenta a impressão de manha e retraimento. Os lábios retorcidos se enroscam num sorriso inquietante — o sorriso de um incendiário contemplando um prédio em chamas — que, afinal de contas, pode ser apenas um esgar.

Aí está um verdadeiro solitário americano, um andarilho do interior, uma criatura de quartos feios e restaurantes baratos, de viagens sem objetivo feitas por ressentimento, um colecionador de feridas e injúrias apontadas e reapontadas com amor. Aí está um espião sem uma causa mais elevada do que ele próprio. O nome verdadeiro de Burny é Carl Bierstone, e sob este nome ele conduziu, em Chicago, dos 25 aos 46 anos, atos de violência secretos, uma guerra não oficial, durante a qual fez coisas deploráveis pelos prazeres que elas lhe davam. Carl Bierstone é o grande segredo de Burny, pois ele não pode deixar ninguém saber que sua encarnação anterior, esse eu primeiro, ainda vive dentro de sua pele. Os prazeres terríveis de Carl Bierstone, seus brinquedos perversos, também são de Burny, e ele precisa mantê-los ocultos no escuro, onde só ele pode achá-los.

Então esta é a resposta para o milagre de Chipper? Que Carl Bierstone encontrou uma forma de se esgueirar por uma junção no estado morto-vivo de Burny e assumir o controle do navio que naufragava? A alma humana contém uma infinidade de salas, afinal de contas, algumas delas amplas, algumas não maiores que um armário de vassouras, algumas trancadas, algumas imbuídas de uma luz radiante. Chegamos mais perto do crânio cheio de veias, do nariz sinuoso, das sobrancelhas hirsutas; abaixamo-nos mais sobre o fedor para examinar aqueles olhos interessantes. Eles parecem néon negro; brilham como o luar numa margem de rio inundada. No geral, parecem perturbadoramente alegres, mas não particularmente humanos. Isso não ajuda muito.

Os lábios de Burny se mexem: ele continua sorrindo, se é que se pode chamar aquele ríctus de sorriso, mas começou a murmurar. O que está dizendo?

... eles estão se esgondento em suas maltidas tocas e tapanto os olhos, estão gemento de meto, meus pobres bebês pertitos... Não, não, isso não fai achutar, fai? Ah, fecha os motorres, sim, ah, aqueles motorres lintíssimos, que cena, os lintos motorres contra o foco, como eles xirram, como xirram e artem... vejo um purrago, sim, sim, lá está ele ah tão prilhante nas pontas, tão toprato...

Carl Bierstone pode estar fazendo um relato, mas sua fala ininteligível não ajuda muito. Vamos seguir a direção do olhar embotado de Burny esperando que ele possa nos dar uma pista do que deixou o velho tão excitado. Sexualmente também, como observamos a partir da forma sob o lençol. Ele e Chipper parecem estar em sincronia aqui, já que ambos estão armados, só que em vez do benefício das atenções experientes de Rebecca Vilas, o único estímulo de Burny é a vista de sua janela.

A vista dificilmente está à altura da Srta. Vilas. A cabeça ligeiramente elevada sobre um travesseiro, Charles Burnside olha embevecido por sobre um pequeno gramado para uma carreira de bordos e o início de um vasto bosque. Mais adiante assomam as grandes copas frondosas dos carvalhos. Alguns troncos de bétulas brilham como candeias na escuridão interior. Pela altura dos carvalhos e a variedade das árvores, sabemos que estamos contemplando um resquício da grande floresta que um dia cobriu toda essa parte do país. Como todos os vestígios de florestas antigas, a mata que se estende ao norte e a leste da Maxton fala de mistérios profundos numa voz quase profunda demais para ser ouvida. Embaixo de sua cobertura verde, tempo e serenidade abraçam carnificina e morte; a violência incomoda sem ser vista, constantemente, absorvida em cada aspecto de uma paisagem silenciosa que nunca para, mas se move com uma falta de pressa glacial. O solo cintilante e mole cobre milhões de ossos espalhados em camadas superpostas; tudo que cresce e viceja aqui viceja na podridão. Mundos dentro de mundos se agitam, e grandes universos sistemáticos zumbem lado a lado, cada qual, sem saber, trazendo abundância e catástrofe para seus vizinhos não imaginados.

Será que Burny contempla essa mata, e é animado pelo que vê nela? Ou, aliás, será que continua realmente dormindo, e Carl Bierstone faz travessuras por trás dos olhos esquisitos de Charles Burnside?

Burny murmura: *Rapossas em tocas de rapossa, ratos em purracos de rato, hienas riem de parrica facia, ohó, ahá, isso é muito alecre meus amicos, cada fez mais as criancinhas caminham caminham caminham com os pecinhos sancranto...*

Vamos nos mandar daqui, certo?

Vamos sair da boca feia do velho Burny — já chega. Vamos procurar o ar fresco e voar para o norte, sobre a mata. Raposas em tocas de raposa e ratos em buracos de rato podem estar gemendo, é verdade, é assim que funciona, mas não vamos encontrar nenhuma hiena faminta no oeste de Wisconsin. De qualquer forma, as hienas estão sempre com fome. Ninguém tem pena delas, também. A pessoa tem que ter o coração realmente mole para ter pena de uma criatura que não faz outra coisa senão rondar pela periferia das outras espécies até o momento em que, rindo e gargalhando, pode pilhar suas sobras. Vamos sair, direto pelo telhado.

A leste da Maxton, a mata cobre o solo por cerca de 1.600 a 3.200 metros antes que uma estreita estrada de terra saia da Rodovia 35 como um repartido descuidado numa basta cabeleira. A mata continua por uns 90 metros, depois dá lugar a um loteamento de trinta anos que consiste em duas ruas. Aros de basquete, balanços de fundo de quintal, triciclos, bicicletas e veículos da Fisher-Price atravancam os acessos das casas modestas na Schubert e na Gale. As crianças que farão uso destas coisas estão na cama, sonhando com algodão-doce, filhotes de cães, *home runs*, excursões a territórios distantes e outras maravilhosas infinitudes; também deitados estão seus ansiosos pais, fadados a ficar mais ansiosos ainda após ler o artigo de Wendell Green na primeira página do *Herald*.

Alguma coisa nos chama a atenção — aquela estreita estrada de terra sinuosa saindo da Rodovia 35 e entrando na mata. Mais um caminho que uma estrada de verdade, seu ar de privacidade não combina com sua aparente inutilidade. O caminho entra serpeando no bosque e, 1.200 metros depois, termina. De que adianta, para que serve? Da altitude em que estamos sobre a terra, a trilha parece uma linha fraca feita com um lápis nº 4 — é preciso quase ter olho de águia para vê-la —, mas alguém teve um trabalho considerável para traçar esta linha através do bosque. Árvores tiveram que ser abatidas e retiradas, tocos tiveram que ser arrancados. Se um homem fez isso, deve ter levado meses de árduo trabalho braçal. O resultado de todo esse esforço bárbaro tem a notável propriedade de se *ocultar*, de fugir da vista, de modo que desaparece se a atenção se distrai, e precisa ser localizado de novo. Podemos pensar em anões e minas secretas de anões, a trilha para o tesouro oculto de um dragão — uma riqueza tão protegida que o acesso a ela foi camuflado por um feitiço mágico. Não, minas de anões, tesouro de dragão e feitiços mágicos são muito infantis, mas quando descemos para um exame mais atento, vemos que há um aviso de ENTRADA PROIBIDA apagado no início da trilha, prova de que algo está sendo guardado, ainda que seja apenas a privacidade.

Tendo visto o aviso, olhamos de novo para o fim da trilha. Na escuridão sob as árvores ali, uma área parece mais escura que o resto. Mesmo quando torna a sumir no escuro, essa área possui uma impassibilidade que a distingue das áreas vizinhas. Ahá, ohó, dizemos a nós mesmos ecoando o tatibitate de Burny, o que temos aqui, algum muro? Parece que sem traços marcantes. Quando atingimos o meio da curva da trilha, um triângulo de escuridão quase obscurecido pelas copas das árvores se define como um telhado pontudo. Só quando estamos quase em cima dela a construção inteira se define como uma casa de madeira de três andares, cuja estrutura parece estranhamente instável, com um alpendre baixo e bambo na frente. Esta casa visivelmente ficou vazia por muito tempo, e após captar sua excentricidade, a primeira coisa que notamos é sua inospitalidade a novos locatários. Uma segunda placa de ENTRADA PROIBIDA, inclinada num ângulo incrível contra um pilar de escada, meramente sublinha a impressão dada pela própria construção.

O telhado pontudo só cobre a parte central. À esquerda, um puxado de dois andares recua para o bosque. À direita, brotam acréscimos baixos do prédio, como telheiros exagerados, mais parecendo excrescências que ideias posteriores. Em ambos os sentidos da palavra, a construção parece desequilibrada: uma mente perturbada concebeu-a, depois a criou inexoravelmente torta. O resultado difícil de controlar desvia a investigação e resiste à interpretação. Uma estranha invulnerabilidade monolítica emana dos tijolos e das madeiras, apesar do estrago feito pelo tempo. Obviamente construída em busca de privacidade, se não de isolamento, a casa ainda parece buscá-los.

O mais estranho de tudo, de nossa posição privilegiada: a casa parece ter sido pintada de um preto uniforme — não só as madeiras, mas cada centímetro do exterior, o alpendre, as esquadrias, as calhas, até as janelas. Preto, de cima a baixo. E isso não pode ser possível; neste canto ingênuo e benfazejo do mundo, nem mesmo o construtor mais loucamente misantrópico transformaria sua casa em sua própria sombra. Descemos até rente ao chão e nos aproximamos pelo caminho estreito...

Quando chegamos suficientemente perto para um julgamento confiável, o que vem a ser desconfortavelmente perto, descobrimos que a misantropia pode ir além do que havíamos suposto. A casa já não é negra, mas foi. A tonalidade para a qual desbotou nos faz sentir que talvez tenhamos sido excessivamente críticos quanto à cor original. A casa hoje tem o cinza-chumbo das nuvens de tempestade, dos mares lúgubres e dos cascos dos navios naufragados. Preto seria preferível a esta absoluta ausência de vida.

Podemos ter certeza de que muito poucos dos adultos que moram no loteamento próximo, ou quaisquer adultos de French Landing ou das cidades vizinhas, desafiaram a advertência na 35 e se aventuraram a subir a trilha estreita. Quase nenhum deles sequer nota mais o aviso; nenhum deles sabe da existência da casa negra. Mas podemos ter certeza também de que alguns de seus filhos exploraram o caminho, e algumas dessas crianças foram longe o bastante para encontrar a casa. Elas a teriam visto de uma forma que seus pais não poderiam ver, e o que elas viram as teria feito voltar correndo para a rodovia. A casa negra parece tão deslocada no oeste de Wisconsin quanto um arranha-céu ou um palácio cercado de fossos. Na verdade, a casa negra seria uma anomalia em qualquer lugar em nosso mundo, exceto talvez como uma "Casa Assombrada", um "Castelo de Terrores" num parque de diversões, onde sua capacidade de repelir compradores de ingressos levaria o negócio à falência em uma semana. No entanto, de uma forma específica, ela talvez nos lembre os prédios sombrios da rua Chase ao longo de sua ascensão à respeitabilidade a partir da margem do rio e da alameda Nailhouse. O feio Hotel Nelson, a taberna obscura, a sapataria e as outras lojas marcadas com a listra horizontal desenhada pelo lápis-cera do rio compartilham o mesmo sabor sinistro, onírico, meio irreal que impregna a casa negra.

Neste momento de nosso avanço — e ao longo de tudo o que vem depois — deveríamos nos lembrar que este estranho sabor onírico e ligeiramente antinatural é característico das terras de fronteira. Pode ser detectado em cada confluência entre dois territórios específicos, por mais significativa ou insignificante que seja a fronteira em questão. Terras de fronteira são diferentes de outros locais. São *fronteiriças*.

Digamos que por acaso você esteja passando de carro pela primeira vez por uma parte semirrural do condado de Oostler em seu estado natal, indo visitar um amigo recém-divorciado do sexo oposto que se mudou repentinamente e, segundo você, insensatamente para uma cidadezinha no contíguo condado de Orelost. No banco do carona ao seu lado, em cima de uma cesta de piquenique contendo duas garrafas de vinho branco superior de Bordeaux bem calçadas por várias iguarias em requintadas caixinhas, há um mapa cuidadosamente dobrado para expor a área relevante. Você pode não saber a localização exata, mas você está na estrada certa e fazendo um bom tempo.

Gradualmente, a paisagem muda. A estrada vira circundando uma berma inexistente, depois começa a serpear em curvas inexplicáveis; dos dois lados, a postura das árvores é largada; embaixo de seus galhos tortos, as casas intermitentes ficam menores e mais decadentes. À frente, um cachorro de três pernas passa se contorcendo por uma cerca e investe contra seu pneu dianteiro. Uma velha usando um chapeuzinho de palha e o que parece ser uma mortalha ergue os olhos vermelhos de um balanço de alpendre adernado. Dois jardins à frente, uma garotinha vestida de gaze cor-de-rosa suja e uma coroa de lata abana uma faiscante varinha de condão com uma estrela na ponta para um monte de pneus em chamas. Depois, aparece uma placa retangular com a legenda BEM-VINDO AO CONDADO DE ORELOST. Logo as árvores melhoram a postura e a estrada fica reta. Libertado das ansiedades que você mal notou até que elas desaparecessem, você pisa no acelerador e se apressa para chegar ao seu amigo carente.

Terras de fronteira têm o sabor de indisciplina e distorção. O grotesco, o imprevisível e o sem lei enraízam-se nelas e vicejam. O sabor das terras de fronteira centrais é de resvalamento. E enquanto estamos num cenário de maravilhosa beleza natural, também estamos viajando por uma terra de fronteira natural, delineada por um grande rio e definida por outros rios menores, largas morainas glaciais, escarpas de calcário e vales que permanecem invisíveis, como a casa negra, até você virar no lugar certo e se deparar cara a cara com eles.

Você já viu um velho furioso maltrapilho empurrando um carrinho de compras vazio por ruas desertas e esbravejando sobre uma "porra de um caduno"? Às vezes ele usa um boné de beisebol, outras, uns óculos escuros com uma lente quebrada.

Já foi apavorado até uma porta e observou um homem marcial com uma cicatriz em forma de raio de um lado da cara se meter furioso no meio de uma multidão embriagada e descobrir, estirado de braços abertos no chão, um garoto com a cabeça esmagada e os bolsos virados para fora? Já viu o ódio e o pesar faiscarem na cara mutilada desse homem?

Estes são sinais de *resvalamento*.

Outro está escondido embaixo de nós nos arredores de French Landing, e apesar do terror e da angústia que cercam este sinal, não temos escolha senão testemunhá-lo. Por testemunhá-lo, haveremos de honrá-lo, na medida de nossas capacidades individuais; por ser testemunhado, por oferecer seu testemunho a nosso olhar mudo, ele nos retribuirá numa medida muito maior.

Estamos de volta no ar, e estendido — poderíamos dizer, *de braços abertos* —, embaixo de nós, o condado Francês se espraia como um mapa topográfico. A claridade da manhã, mais forte agora, brilha em campos verdes retangulares e faísca nos para-raios que se erguem no telhado dos celeiros. As estradas parecem limpas. Poças de luz fundida cintilam da capota dos poucos carros rumando para a cidade ao longo dos limites dos campos. As vacas de raça empurram porteiras, prontas para o confinamento nas baias e o encontro matinal com a ordenhadeira automática.

A uma distância segura da casa negra, que já nos deu um excelente exemplo de resvalamento, estamos voando para o leste, cruzando a longa faixa reta da rua Onze e começando uma viagem para uma área de transição de casas espalhadas e pequenos estabelecimentos comerciais antes de a rodovia 35 cortar terras de propriedades rurais propriamente ditas. A 7-Eleven passa, e o Auditório dos Veteranos de Guerra, onde o mastro ainda não exibirá o pavilhão nacional por mais 45 minutos. Em uma das casas recuadas da estrada, uma mulher chamada Wanda Kinderling, esposa de Thornberg Kinderling, um homem mau e insensato que cumpre uma pena de prisão perpétua numa penitenciária da Califórnia, acorda, espia o nível de vodca na garrafa em cima da mesa de cabeceira e decide adiar o café da manhã por mais uma hora. Ao longo de 45 metros, tratores reluzentes em fileiras militares estão de frente para a gigantesca bolha de aço e vidro da concessionária de implementos agrícolas Ted Goltz, a Equipamentos Agrícolas do Condado Francês, onde um marido decente e perturbado chamado Fred Marshall, que já vamos conhecer, logo chegará para trabalhar.

Do outro lado da bolha chamativa e do mar de asfalto do estacionamento da Goltz's, uns 800 metros de um campo pedregoso há muito abandonado acabam degenerando em terra aparente e mato ralo. No final de uma longa entrada invadida pelo capim, há o que parece ser uma pilha de madeiras podres entre um velho galpão e uma antiga bomba de gasolina. Este é o nosso destino. Voamos em direção à terra. A pilha de madeira resume-se a uma estrutura inclinada e dilapidada prestes a ruir. Há um velho anúncio da Coca-Cola, torto e furado de balas na frente do prédio. O chão coberto de mato está coalhado de latas de cerveja e pontas de cigarro. Lá de dentro, vem o zumbido constante e monótono de um enxame de moscas. Queremos recuar para o ar puro e partir. A casa negra era bem ruim; na verdade, era um horror, mas isso... vai ser pior.

Uma outra definição de *resvalamento* é: o sentimento de que as coisas em geral acabaram de piorar, ou vão piorar muito em breve.

A barraca em forma de vagão de carga em petição de miséria à nossa frente antigamente abrigava um estabelecimento mal-administrado e infecto chamado Lanchonete do Ed. De trás de um balcão eternamente desorganizado, uma massa risonha de 150 quilos de gordura chamada Ed Gilbertson servia hambúrgueres engordurados e esturricados, sanduíches de salame e maionese ornamentados com impressões digitais pretas, e casquinhas de sorvete derretido para uma clientela pequena e sem preconceito, principalmente crianças locais que chegavam de bicicleta. Já há muito falecido, Ed era um dos muitos tios do chefe de polícia de French Landing, Dale Gilbertson, um porcalhão e um bronco de bom coração de grande fama local. Seu avental de cozinheiro era de uma imundície indescritível; o estado de suas mãos e unhas teria levado qualquer fiscal da vigilância sanitária à beira da náusea; seus utensílios bem podiam ter sido limpos por gatos. Logo atrás do balcão, latas de sorvete derretido cozinhavam no calor da chapa recoberta por uma crosta. No alto, fitas moles de papel de pegar mosca pendiam invisíveis, cobertas por mil cadáveres de moscas. A triste verdade é que durante décadas a Lanchonete do Ed permitiu que gerações de micróbios e germes se multiplicassem sem controle, passando do chão, do balcão e da chapa — sem hesitar em colonizar o próprio Ed! — para espátulas, garfos e a taça de sorvete não lavada, daí para a horrível comida e, finalmente, para as bocas e entranhas da criançada que come essas coisas, e para as de uma ou outra mãe.

Por incrível que pareça, ninguém jamais morreu por comer naquela lanchonete, e depois que um ataque de coração que já era para ter chegado há muito abateu seu proprietário num dia em que ele subiu num tamborete com o propósito de finalmente pendurar uma dúzia de novas fitas de papel de pegar mosca, ninguém teve coragem de demolir sua barraquinha e remover o entulho. Durante 25 anos, sob o abrigo da escuridão, aquela carcaça em decomposição acolheu casais de adolescentes românticos, bem como reuniões de meninos e meninas em busca de um lugar isolado para investigar pela primeira vez na história registrada, ou assim lhes parecia, a liberação da embriaguez.

O zumbido arrebatado das moscas nos diz que o que quer que estejamos prestes a ver dentro dessa ruína, não será um casal de jovens amantes esgotados nem alguns garotos bobos desmaiados. Aquele rumor delicado e guloso, inaudível da estrada, indica a presença de coisas finais. Poderíamos dizer que representa uma espécie de portal.

Entramos. Uma claridade amena filtrada pelas frestas da parede leste e do telhado danificado deixa o chão arenoso raiado de luz. Há penas e pó pairando e turbilhonando sobre rastros de bichos e pegadas deixadas por vários sapatos que já se foram há muito. Cobertores surrados e embolorados excedentes do Exército estão amontoados contra a parede à nossa esquerda; alguns palmos adiante, latas de cerveja jogadas fora e pontas de cigarro achatadas rodeiam um lampião a querosene com o vidro rachado. A luz do sol derrama listras mornas sobre pegadas frescas que avançam numa curva aberta em volta dos vestígios do terrível balcão da Lanchonete do Ed e penetram no espaço antes ocupado pelo fogão, por uma pia e uma fila de prateleiras. Ali, no que um dia foi o domínio sagrado de Ed, as pegadas somem. Alguma atividade feroz espalhou a poeira e a areia, e algo que não é um velho cobertor do Exército, embora quiséramos que fosse, jaz confusamente contra a parede do fundo, parte dentro e parte fora de uma poça escura e irregular de um líquido pegajoso. Moscas em delírio pairam sobre a poça e pousam ali. No canto oposto, um vira-lata cor de ferrugem de pelo espetado dá uma dentada na junta de carne e osso que se projeta do objeto branco entre suas patas dianteiras. O objeto branco é um sapato de corrida, um tênis. Um tênis New Balance, para ser preciso. Para ser mais preciso, um tênis New Balance infantil, número 34.

Queremos invocar nossa capacidade de voar e dar o fora daqui. Queremos varar o telhado fraco, para voltar ao ar inofensivo, mas não podemos, precisamos testemunhar. Um cachorro feio está comendo o pé amputado de uma criança enquanto se esforça de todas as maneiras para extrair o pé do tênis New Balance branco. O dorso magro do vira-lata abaixa e se alonga, os ombros espetados e a cabeça estreita caem, as patas dianteiras ossudas seguram firmemente a presa, puxa puxa puxa, mas os cordões do tênis estão amarrados — para azar do vira-lata.

Quanto à coisa, que não é um cobertor velho do excedente do Exército, depois de uma confusão de rastros e buracos empoeirados, na outra ponta do chão, sua forma pálida jaz estirada de costas no chão, a metade superior ultrapassando a poça escura. Um braço está molemente esticado na areia; o outro está levantado, apoiado na parede. Ambas as mãos estão cerradas. Cabelos duros louro-ruivos caem para trás da carinha. Se os olhos e a boca exibem alguma expressão reconhecível, é a de leve surpresa. Isso é um acidente estrutural; não quer dizer nada, pois a configuração do rosto da criança deixava-a com um ar levemente surpreso, mesmo dormindo. Há hematomas como borrões de tinta, alguns parecendo ter sido suavizados por uma borracha, em suas maçãs do rosto, sua testa, seu pescoço. Uma camiseta branca com o logotipo dos Milwaukee Brewers, suja de poeira e sangue seco, cobre seu torso do pescoço ao umbigo. A parte inferior de seu corpo, pálida como fumaça, exceto nos locais salpicados de sangue, está dentro da poça escura, onde as moscas em êxtase voejam e pousam. Sua perna esquerda esguia e nua incorpora um joelho coberto de crostas e termina com a pequena protuberância de um tênis New Balance número 34, amarrado com laço duplo, a ponta virada para o teto. Onde deveria estar o par dessa perna há um espaço, pois seu quadril direito termina, abruptamente, num toco dilacerado.

Estamos na presença da terceira vítima do Pescador, Irma Freneau, de 10 anos. As ondas de choque suscitadas por seu desaparecimento ontem à tarde do passeio em frente à loja de vídeo aumentarão em força e em número depois que Dale Gilbertson encontrar seu corpo, daqui a pouco mais de um dia.

O Pescador pegou-a na rua Chase e transportou-a — não podemos dizer como — por toda a rua Chase e a rua Lyall, passou pela 7-Eleven e pelo Auditório dos Veteranos de Guerra, pela casa onde Wanda Kinderling espuma de raiva e bebe, pela cintilante espaçonave de vidro da Goltz's, e foi da cidade para a zona rural.

Ela estava viva quando o Pescador a fez passar pela porta ao lado do anúncio furado da Coca-Cola. Deve ter se debatido, gritado. O Pescador levou-a para a parede dos fundos e calou-a com socos na cara. Muito provavelmente, estrangulou-a. Deitou seu corpo no chão e arrumou suas pernas e braços. À exceção do tênis New Balance branco, ele tirou-lhe toda a roupa da cintura para baixo, calcinha, jeans, short, o que quer que Irma estivesse usando quando ele a raptou. Depois disso, o Pescador amputou-lhe a perna direita. Usando um facão afiado, e sem a ajuda de um cutelo ou de uma serra, ele separou a carne do osso até conseguir destacar a perna do resto do corpo. Então, talvez com não mais que dois ou três golpes no tornozelo, amputou o pé. Descartou-o, ainda calçado com o tênis branco. O pé de Irma não era importante para o Pescador — tudo o que ele queria era sua perna.

Aqui, meus amigos, temos um verdadeiro *resvalamento*.

O corpinho inerte de Irma Freneau parece se achatar como se pretendesse derreter através das tábuas podres do chão. As moscas bêbadas cantam. O cachorro continua arrancando seu prêmio suculento inteiro do tênis. Se trouxéssemos o simplório Ed Gilbertson de volta à vida e o puséssemos em pé ao nosso lado, ele cairia de joelhos e choraria. Já nós...

Não estamos aqui para chorar. Não como Ed, de qualquer forma, horrorizado de vergonha e incredulidade. Um mistério tremendo habitou essa barraca, e seus efeitos e suas pistas pairam em toda parte à nossa volta. Viemos para observar, registrar e gravar as impressões, as imagens persistentes deixadas na cauda de cometa do mistério. Ele fala a partir dos detalhes, portanto, persiste em seu próprio rastro, portanto, nos cerca. Uma gravidade profundíssima flui da cena, e essa gravidade nos humilha. A humildade é a nossa primeira, melhor e mais precisa resposta. Sem ela, não enxergaríamos o ponto principal; o grande mistério nos escaparia, e continuaríamos surdos e cegos, ignorantes como porcos. Não vamos continuar como porcos. Precisamos honrar esta cena — as moscas, o cachorro roendo o pé amputado, o pobre corpo pálido de Irma Freneau, a magnitude do que aconteceu com ela —, reconhecendo nossa pequenez. Em comparação, não passamos de vapores.

Uma abelha gorda entra pelo vão da janela na parede lateral a 1,80m do corpo de Irma e faz um lento circuito exploratório pelos fundos do barraco. Suspensa embaixo de suas asas indistintas, a abelha quase parece pesada demais para voar, mas continua com uma lentidão fácil e desapressada, fazendo uma curva aberta bem acima do chão ensanguentado. As moscas, o vira-lata e Irma não prestam atenção.

Para nós, a abelha, que continua a vagar satisfeita nos fundos da câmara de horror, deixou de ser uma distração bem-vinda e incorporou-se ao mistério em volta. É um detalhe dentro da cena, e ela, também, exige nossa humildade e fala. O pesado zumbido de suas asas parece definir o centro exato das ondas sonoras que sobem e descem, de um tom mais agudo, produzidas pelas moscas gulosas: como um cantor num microfone em frente a um coro, a abelha controla o ambiente sonoro. O som aumenta e atinge um ponto sério. Quando a abelha chega a uma réstia de luz amarela que vem entrando pela parede leste, suas listras cintilam pretas e douradas, as asas formam um leque, e o inseto vira uma intrincada maravilha no ar. A menina massacrada se achata para dentro do assoalho ensanguentado. Nossa humildade, nossa noção de pequenez, nossa apreciação da gravidade profundamente embutida nesta cena nos dão a noção de forças e poderes além de nossa compreensão, de um tipo de grandeza sempre presente e ativo, mas perceptível apenas em momentos como este.

Fomos honrados, mas a honra é insuportável. A abelha falante volta para a janela e passa para outro mundo, e, atrás dela, vamos em frente, saímos pela janela que dá para o sol e o ar superior.

Odores de merda e urina na Casa Maxton para a Velhice; a frágil e escorregadia sensação de *resvalamento* na casa em condições precárias ao norte da rodovia 35; o zumbido das moscas e a visão do sangue na antiga Lanchonete do Ed. Argh! Urgh! Não há nenhum lugar aqui em French Landing, podemos perguntar, onde haja alguma coisa boa por baixo da pele? Onde o que se vê é o que se tem, por assim dizer?

A resposta curta: não. French Landing deveria ser indicada com grandes placas na estrada em cada ponto de acesso: CUIDADO! RESVALAMENTO EM ANDAMENTO! PASSE POR SUA CONTA E RISCO!

A magia em ação aqui é a magia do Pescador. Ela tornou o conceito de "agradável" pelo menos temporariamente obsoleto. Mas podemos ir a algum lugar *melhor* e, se pudermos, provavelmente vamos, porque precisamos de um descanso. Talvez não consigamos fugir do *resvalamento*, mas podemos pelo menos ir aonde ninguém faz cocô na cama nem se esvai em sangue no chão (pelo menos por enquanto).

Então a abelha segue seu caminho e nós, o nosso; o nosso nos leva para sudoeste, sobre mais bosques exalando sua fragrância de vida e oxigênio — não existe ar como este, pelo menos não neste mundo —, e depois, de volta às obras humanas.

Esta parte da cidade é chamada de Vila da Liberdade, assim batizada pelo Conselho Municipal de French Landing em 1976. Você não vai acreditar nisso, mas o barrigudo Ed Gilbertson, o próprio Rei do Cachorro-quente, fazia parte desta banda bicentenária de fundadores da cidade; aquela era uma época estranha, estranha mesmo. Não tão estranha como esta, porém; em French Landing, esta é a época do Pescador, a época escorregadia de resvalamento.

As ruas da Vila da Liberdade têm nomes que adultos acham fascinantes e crianças, dolorosos. Algumas delas, pelo que dizem, batizaram esta área da cidade de Vila das Bichas. Vamos descer agora, através do ar doce da manhã (já está esquentando; este será um dia tipo Festa do Morango, por certo). Cruzamos em silêncio a rua Camelot, passamos pelo cruzamento da Camelot com a Avalon e continuamos descendo a Avalon até a alameda Sta. Marian. Da alameda Sta. Marian, continuamos até — isso é alguma surpresa? — a alameda Robin Hood.

Aqui, no nº 16, uma gracinha de casa que parece perfeita para A Família Trabalhadora Decente Subindo na Vida, encontramos uma janela de cozinha aberta. Sente-se o aroma de café e torrada, uma combinação maravilhosa que nega o resvalamento (se ao menos não tivéssemos percebido; se ao menos não tivéssemos visto o cachorro em ação, comendo o pé que saía de um tênis como uma criança poderia comer a salsicha que saía do pão), e entramos atrás do aroma. É bom ser invisível, não? Observar em nosso silêncio como que divino. Se ao menos o que nossos olhos como que divinos viram fosse apenas um pouquinho menos perturbador! Mas isso não vem ao caso. Agora estamos nessa, para o melhor ou o pior, e seria bom continuarmos fazendo o nosso trabalho. A claridade está se consumindo, como dizem nesta parte do mundo.

Aqui na cozinha do nº 16 está Fred Marshall, cujo retrato atualmente enfeita o cavalete do Vendedor do Mês no showroom da Equipamentos Agrícolas Condado Francês. Fred também recebeu o título de Funcionário do Ano em três dos últimos quatro anos (há dois anos, Ted Goltz deu o prêmio a Otto Eisman, só para quebrar a monotonia), e quando ele está trabalhando, ninguém irradia mais charme, personalidade ou *simpatia* para todos os lados. Vocês queriam simpatia? Senhoras e senhores, apresento-lhes Fred Marshall.

Só que agora seu sorriso de confiança não está em evidência, e seu cabelo, sempre cuidadosamente penteado no trabalho, ainda não viu a escova. Ele está usando um calção Nike e uma camiseta sem manga em vez das calças cáqui com camisa esporte habituais. No balcão está o exemplar de Marshall de *La Riviere Herald,* aberto numa página interna.

Fred anda tendo sua cota de problemas ultimamente — ou, antes, sua mulher Judy tem problemas, e o que é dela é dele, assim disse o sacerdote quando os uniu em matrimônio — e o que ele está lendo não o está fazendo sentir-se nada melhor. Longe disso. É um boxe da reportagem de primeira página, e naturalmente o autor é o repórter investigativo favorito de todos, Wendell "pescador ainda à solta" Green.

O boxe é sua recapitulação básica dos primeiros dois assassinatos (*Horripilante e Mais Horripilante* é como Fred pensa neles), e à medida que lê, Fred dobra primeiro a perna esquerda atrás e depois a direita, alongando aqueles músculos importantíssimos e se preparando para sua corrida matinal. O que poderia ser mais antirresvalamento que uma corrida matinal? O que poderia ser *mais agradável*? O que poderia estragar um começo tão bom de dia tão bonito em Wisconsin?

Bem, que tal isso:

Os sonhos de Johnny Irkenham eram bastante simples, segundo seu desgostoso pai. [*Desgostoso pai*, pensa Fred, alongando-se e imaginando o filho lá em cima. *Meu Deus, faça com que eu nunca seja um pai desgostoso*. Sem saber, obviamente, quão depressa deveria assumir este papel.] *"Johnny queria ser astronauta", disse George Irkenham, um sorriso iluminando brevemente seu rosto exausto. "Isto é, quando não estivesse apagando incêndios para o Corpo de Bombeiros de French Landing ou lutando contra o crime com a Liga de Justiça da América."*

Estes sonhos inocentes viraram um pesadelo inimaginável. [*Mas tenho certeza que vocês tentarão imaginar*, Fred acha, agora começando as flexões dos artelhos.] *Segunda-feira passada, seu corpo desmembrado foi descoberto por Spencer Hovdahl, de Centralia. Hovdahl, funcionário do setor de crédito do First Farmer State Bank, estava inspecionando uma fazenda abandonada de French Landing de propriedade de John Ellison, morador de um condado vizinho, com vistas a iniciar um processo de reintegração de posse. "Para começar, eu não queria estar lá", disse Hovdahl a este repórter. "Se há algo que eu odeio é essa coisa de reintegração.* [Conhecendo Spence Hovdahl como ele conhece, Fred duvida muito se 'coisa' foi a palavra usada por ele.] *Quis estar lá ainda menos depois que entrei no galinheiro. A construção está toda bamba e caindo aos pedaços, e eu não teria entrado se não fosse pelo zumbido das abelhas. Achei que poderia ter uma colmeia lá dentro. Eu me interesso por abelhas, e fiquei curioso. Valha-me Deus, fiquei curioso. Espero nunca mais ficar."*

O que ele descobriu no galinheiro foi o corpo de John Wesley Irkenham, de 7 anos. O cadáver fora desmembrado, as partes estavam penduradas em correntes presas nos caibros. Embora o chefe de polícia Dale Gilbertson não tenha confirmado nem negado isso, fontes confiáveis da polícia em La Riviere afirmam que as coxas, o torso e as nádegas foram mordidos...

Tudo bem, para Fred, isso basta. Ele fecha o jornal e empurra-o pela bancada para a máquina de café. Por Deus, nunca botavam matérias assim no jornal quando *ele* era garoto. E por que cargas d'água o Pescador? Por que precisavam rotular cada monstro com um nome fácil de guardar, transformar um cara como o que fez isso na Celebridade Mórbida do Mês?

Claro, nada parecido com isso jamais acontecera quando ele era da idade de Tyler, mas o princípio... o maldito *princípio* da questão...

Fred termina de flexionar os artelhos, planejando ter uma conversa com Tyler. Será mais difícil do que a que tiveram sobre o porquê de sua coisa às vezes ficar dura, mas é indispensável. *Esquema de turma,* Fred dirá. *Você tem que andar sempre com sua turma agora, Ty. Não vai dar para sair para passear sozinho por uns tempos, certo?*

No entanto, a ideia de Ty ser mesmo assassinado parece a Fred remota: é a matéria dos documentários dramáticos de tevê ou talvez de um filme de Wes Craven. Chame-o de *Pânico 4: O Pescador.* Na verdade, não houve um filme mais ou menos assim? Um cara vestido de pescador perambulando pela cidade matando adolescentes com um anzol? Talvez, mas não criancinhas, não *bebês* como Amy St. Pierre e Johnny Irkenham. Nossa, o mundo estava se desintegrando bem à sua frente.

Partes do corpo penduradas em correntes num galinheiro caindo aos pedaços, esta é a parte que o persegue. Isso pode acontecer mesmo? Pode acontecer *aqui,* bem aqui e agora na terra de Tom Sawyer e Becky Thatcher?

Bem, deixa para lá. É hora de correr.

Mas talvez o jornal tenha se perdido hoje de manhã, pensa Fred pegando-o na bancada e dobrando-o até deixá-lo parecido com um livro grosso (mas parte da manchete o acusa mesmo assim: PESCADOR CONTINUA À S). *Talvez o jornal, sei lá, tenha migrado direto para a velha lata de lixo ao lado da casa.*

Sim, boa ideia. Porque Judy anda estranha ultimamente, e as histórias palpitantes de Wendell Green sobre o Pescador não estão ajudando (*Coxas e torso mordidos,* Fred pensa e desliza em direção à porta pela casa mergulhada no silêncio matinal, *e enquanto você está fazendo isso, garçom, mande me cortarem um bom pedaço malpassado da bunda*). Ela lê obsessivamente os relatos da imprensa, sem fazer comentários, mas Fred não gosta do modo como seus olhos ficam pulando de uma coisa para outra, ou de alguns dos outros tiques que ela adquiriu: tocar obsessivamente o lábio superior com a língua, por exemplo... e às vezes, isso nos últimos dois ou três dias, ele viu sua língua esticar toda para cima e quase tocar o nariz, um feito que ele julgaria impossível se não o tivesse visto de novo a noite passada, durante o noticiário local. Ela se deita cada vez mais cedo, e às vezes fala dormindo — palavras estranhas e pastosas que não parecem inglês. Às vezes, quando Fred fala com ela, ela não reage, simplesmente fica fitando o vazio, os olhos arregalados, movendo ligeiramente os lábios, esfregando as mãos (começaram a aparecer cortes e arranhões nas costas das mãos, embora ela mantenha as unhas sensatamente curtas).

Ty também notou as esquisitices que vão tomando conta de sua mãe. Sábado, enquanto pai e filho almoçavam juntos — Judy estava lá em cima tirando uma de suas longas sonecas, outra inovação —, o garoto de repente perguntou, sem mais nem menos:

— O que tem de errado com mamãe?

— Ty, não tem nada de errado com...

— Tem, sim! Tommy Erbter diz que ela anda com uma telha a menos ultimamente.

E será que ele quase avançara no filho passando por cima da sopa de tomate e dos sanduíches de queijo quente e o esbofeteara? Seu filho único? O velho e bom Ty, que só estava preocupado? Que Deus o ajude, ele fizera isso.

Do lado de fora, no início do passeio de concreto que leva à rua, Fred começa a correr devagar sem sair do lugar, respirando fundo, depositando o oxigênio que ele logo retirará. Esta costuma ser a melhor parte de seu dia (isto é, supondo que ele e Judy não façam amor, e ultimamente isso tem sido raríssimo). Ele gosta da sensação — do *conhecimento* — de que o passeio de sua casa pode ser o início da estrada para qualquer lugar, de que ele poderia sair daqui da Vila da Liberdade, em French Landing, e acabar em Nova York... São Francisco... Bombaim... nos desfiladeiros do Nepal. Cada passo para fora da casa de uma pessoa é um convite para o mundo (talvez até o universo), e isso é algo que Fred Marshall intuitivamente entende. Ele vende tratores John Deere e capinadeiras Case, sim, tudo bem, mas não é desprovido de imaginação. Quando ele e Judy eram estudantes, na UW-Madison, seus primeiros encontros eram no café ao lado do campus, um refúgio para quem queria café expresso, jazz e poesia, chamado Chocolate Watchband. Não seria de todo injusto dizer que eles se apaixonaram ouvindo bêbados irados declamando as obras de Alan Ginsberg e Gary Snyder pelo sistema de alto-falantes barato, mas superpossante.

Fred respira fundo mais uma vez e começa a correr. Desce a alameda Robin Hood até a alameda Sta. Mariam, onde ele acena para Deke Purvis. Deke, de robe e chinelo, acaba de pegar a dose diária de pessimismo de Wendell Green em sua própria varanda. Depois ele entra na rua Avalon, acelerando um pouco agora, mostrando os calcanhares para a manhã.

Mas ele não pode correr mais que suas preocupações.

Judy, Judy, Judy, ele pensa na voz de Cary Grant (uma piadinha que há muito tempo perdeu a graça com o amor de sua vida).

Há a fala ininteligível quando ela está dormindo. Há o modo como os olhos dela saltam de um lado para o outro. E não vamos esquecer a vez (há apenas três dias) em que ele a seguiu até a cozinha e ela não estava lá — estava *atrás* dele, descendo a escada, e *como* ela fez isso lhe parece menos importante do que *por que* o fez, subindo sorrateiramente pelos fundos e descendo com passos pesados pela frente (porque isso é o que ela deve ter feito; é a única explicação que lhe ocorre). Há a língua que ela não para de estalar e remexer. Fred sabe que o resultado é esse: Judy anda agindo como uma mulher aterrorizada. Isso vem acontecendo desde *antes* do assassinato de Amy St. Pierre, portanto não pode ser o Pescador, ou não *inteiramente* o Pescador.

E há um problema maior. Antes das duas últimas semanas, Fred lhe diria que a mulher dele não tinha um pingo de medo. Ela podia ter só 1,57m ("Ora, você é mesmo diminuta", foi o comentário da avó ao conhecer a pretendente do neto), mas Judy tem um coração de leão, de guerreiro viking. Isso não é besteira, nem propaganda, nem licença poética; é a simples verdade na ótica de Fred, e o contraste entre o que ele sempre soube e o que ele vê agora é o que mais o assusta.

Da Avalon, ele corre até a Camelot, atravessando o cruzamento sem olhar para o tráfego, indo muito mais depressa que o normal, quase em disparada em vez de no ritmo de sempre. Está lembrando de algo que aconteceu mais ou menos um mês depois que começaram a sair.

Foi ao Chocolate Watchband que eles haviam ido, como sempre, só que, daquela vez, foram à tarde, para ouvir um quarteto de jazz que foi mesmo muito bom. Não que eles tivessem ouvido muito, como Fred agora lembra; ele conversara com Judy sobretudo sobre quão pouco ele gostava de estar na Faculdade de Agricultura e Ciências da Vida (U Muu, chamavam os convencidos de Letras e Ciências), e quão pouco gostava da suposição tácita da família de que, quando se formasse, ele voltaria para casa e ajudaria Phil a tocar a fazenda da família em French Landing. A ideia de passar a vida atrelado a Phil deixava Fred profundamente deprimido.

O que quer, então?, perguntara Judy. Segurando sua mão por sobre a mesa, uma vela acesa dentro de um vidro de geleia, o conjunto no palco tocando uma musiquinha doce chamada "I'll Be there for You" [Estarei ao seu lado].

Não sei, disse ele, *mas vou lhe dizer uma coisa, Judy, eu deveria estar fazendo Administração, não U Muu. Sou muito melhor em vender do que em plantar.*

Então, por que não muda?
Porque minha família acha...
Sua família não vai ter que viver a sua vida, Fred... você vai.

Falar é fácil, ele lembra de ter pensado, mas aí aconteceu algo na volta ao campus, algo tão incrível e que contrariava tanto seu entendimento de como a vida deveria ser que o deixa admirado até hoje, 13 anos depois.

Ainda falando sobre o futuro dele e o futuro deles dois juntos (*Eu poderia ser fazendeira*, dissera Judy, *mas só se meu marido realmente quiser ser fazendeiro*). Mergulhados nisso. Deixando seus pés levá-los sem querer saber muito onde estavam exatamente. E aí, no cruzamento da rua State com a Gorham, um barulho de freada e um choque metálico violento interrompeu a conversa. Fred e Judy olharam em volta e viram uma picape Dodge que acabara de bater numa caminhonete Ford velha.

Saindo da caminhonete, que nitidamente havia avançado o sinal no final da rua Gorham, estava um homem de meia-idade com um terno marrom de meia-idade. Ele parecia assustado e abalado, e Fred achou que havia motivo para isso; o homem que avançava para ele da picape era jovem, corpulento (Fred lembrava-se particularmente da barriga pulando sobre o cós de sua calça jeans, com um pé de cabra na mão. *Seu babaca descuidado!*, gritou o Jovem e Corpulento. *Olhe o que fez com a minha picape! É a picape do meu pai, seu babaca miserável!*

Terno-de-Meia-idade recuando, olhos arregalados, mãos levantadas, Fred olhando fascinado da frente da Ferragens Rickman, pensando *Ah, não, moço, que ideia. Não se foge de um cara como esse, vai-se para* cima *dele, ainda que ele esteja furioso como está. Você o está provocando — não vê que o está provocando?* Tão fascinado, ele nem percebeu que a mão de Judy já largara a dele, ouvindo com uma espécie de presciência doentia enquanto o Sr. Terno-de-Meia-idade, ainda recuando, dizia o quanto sentia... inteiramente sua culpa, não estava olhando, não estava pensando... documentos do seguro... Cadeia... fazer um diagrama... chamar um guarda para tomar depoimentos...

E o tempo todo, o Jovem e Corpulento vinha avançando, batendo com o pé de cabra na palma da mão, sem ouvir. Não se tratava de seguro ou compensação; tratava-se do bruto susto que o Sr. Terno-de-Meia-idade lhe dera enquanto ele estava apenas dirigindo e cuidando de sua vida e ouvindo Johnny Paycheck cantar "Take this Job and Shove it" [Pegue esse emprego e enfie-o]. O Jovem e Corpulento pretendia dar pessoalmente o troco pelo bruto susto e o tranco que levara atrás do volante... *tinha* que dar algum, porque o cheiro do outro homem o estava incitando, aquele cheiro amarelo-mijo de medo e desamparo inatos. Era um caso de coelho e cachorro de fazenda, e de repente o coelho estava a descoberto; o Sr. Terno-de-Meia-idade foi imprensado contra o lado de sua caminhonete, e num segundo o pé de cabra ia começar a tomar impulso e o sangue ia começar a espirrar.

Só que não *houve* sangue nem um único impulso, porque, de repente, Judy DeLois estava ali, diminuta mas em pé entre os dois, olhando destemida para a cara inflamada do Jovem e Corpulento.

Fred piscou, imaginando como é que ela chegara lá tão depressa. (Muito depois, ele teria a mesma sensação quando a seguiu até a cozinha, só para ouvir seus passos pesados descendo a escada da frente.) E aí? Aí Judy sentou a mão no braço do Jovem e Corpulento! *Chlap*, bateu bem no bíceps carnudo, deixando a mão branca marcada na carne queimada de sol e sardenta abaixo da manga da camiseta azul rasgada do cara. Fred viu isso, mas não conseguia acreditar.

Pare!, Judy gritou na cara surpresa e começando-a-ficar-perplexa do Jovem e Corpulento. *Abaixe isso, pare! Não seja burro! Quer ir em cana por 700 dólares de conserto? Abaixe isso! Controle-se, garotão! Abaixe... ISSO!*

Houve um instante em que Fred não tinha muita certeza se o Jovem e Corpulento ia abaixar o pé de cabra mesmo, e bem na cabeça de sua namoradinha. Mas Judy não recuou; seus olhos não largaram os olhos do rapaz com o pé de cabra, que era pelo menos 30 centímetros mais alto que ela e devia pesar uns 100 quilos mais. Certamente ela não exalava cheiro de mijo amarelo de medo naquele dia; sua língua não tocava seu lábio superior nem quase o nariz; seus olhos ardentes não se desviavam.

E, após mais um momento, o Jovem e Corpulento abaixou o pé de cabra.

Fred não percebera que uma multidão se formara até ouvir o aplauso espontâneo de talvez uns trinta curiosos. Ele uniu-se a eles, nunca tendo se orgulhado mais dela do que naquele momento. E, pela primeira vez, Judy pareceu assustada. Ficou ali, porém, assustada ou não. Aproximou os dois, puxando o Sr. Terno-de-Meia-idade pelo braço, e realmente falou grosso com eles obrigando-os a se apertarem as mãos. Quando os guardas chegaram, o Jovem e Corpulento e o Sr. Terno-de--Meia-idade estavam sentados lado a lado no meio-fio, cada qual estudando os documentos do seguro do outro. Caso encerrado.

Fred e Judy foram andando para o campus, novamente de mãos dadas. Por duas quadras, Fred não falou. Estaria assombrado com ela? Ele agora acha que sim. Afinal, disse: *Foi incrível*.

Ela lhe dirigiu um olharzinho constrangido, um sorrisinho constrangido. *Não, não foi*, disse ela. *Se quiser chamar isso de alguma coisa, chame de cidadania. Eu estava vendo aquele cara se preparando para ir em cana. Não quis que isso acontecesse. Nem que o outro fosse ferido.*

No entanto, ela disse esta última frase quase como se fosse algo que só lhe ocorrera depois, e Fred, pela primeira vez, sentiu não só a sua coragem, mas também seu intrépido coração viking. Ela estava do lado do Jovem e Corpulento... bem, porque o outro sujeito tivera medo.

Mas você não ficou preocupada?, ele lhe perguntou. Ele ainda estava tão pasmo com o que vira que não lhe ocorrera — ainda — pensar que devia estar um pouco envergonhado; afinal de contas, sua namorada é que tomara a atitude, em vez dele, e aquilo não era o Evangelho Segundo Hollywood. *Você não receou que no calor do momento o cara com o pé de cabra acertasse você?*

Os olhos de Judy ficaram intrigados. *Isso nunca me passou pela cabeça,* disse ela.

A Camelot acaba desembocando na rua Chase, onde se vê um pouco do Mississípi em dias claros como esse, mas Fred não vai tão longe. Vira no topo do Alto da Liberdade e volta pelo mesmo caminho, a camisa agora empapada de suor. Em geral a corrida o faz sentir-se melhor, mas não hoje, pelo menos por enquanto. A destemida Judy daquela tarde na esquina da State com a Gorham é tão diferente da Judy de olhos inconstantes, às vezes desligada, que agora vive em sua casa — a Judy dorminhoca, que torce as mãos —, que Fred realmente falou com Pat Skarda sobre isso. Foi ontem, quando o médico estava na Goltz's olhando máquinas de cortar grama pilotáveis.

Fred mostrara-lhe algumas, uma Deere e uma Honda, perguntara pela família, depois perguntara (displicentemente, esperava ele): *Ei, doutor, diga-me uma coisa... acha que é possível uma pessoa enlouquecer de repente? Assim, de uma hora para outra?*

Skarda lhe lançara um olhar mais agudo do que Fred realmente gostaria. *Estamos falando de um adulto ou de uma criança, Fred?*

Bem, não estamos falando de ninguém, *na verdade.* Gargalhada franca — inconvincente aos próprios ouvidos de Fred, e a julgar pelo olhar de Pat Skarda, não muito convincente para ele também. *Ninguém* real, *de qualquer forma. Mas, como hipótese, digamos que de um adulto.*

Skarda pensara um pouco, depois balançara a cabeça. *Há poucas verdades absolutas em medicina, menos ainda em medicina* psiquiátrica. *Isso posto, tenho que lhe dizer que acho muito pouco provável uma pessoa "enlouquecer de repente". Pode ser um processo bastante rápido, mas é um processo. Ouvimos as pessoas dizerem "Fulano pirou", mas raramente é o caso. A disfunção mental — um comportamento neurótico ou psicótico — leva tempo para se desenvolver, e em geral há sinais. Como vai sua mãe, Fred?*

Mamãe? Ah, vai bem. Vendendo saúde.

E Judy?

Ele custou um pouco a abrir um sorriso, mas uma vez que começou, conseguiu um largo. Largo e ingênuo. *Judy? Ela também está vendendo saúde, doutor. Claro que está. Continua firme.*

Claro. Continua firme. Apenas manifestando alguns *sinais*, só isso.

Talvez passe, ele pensa. Essas boas e velhas endorfinas estão finalmente se manifestando, e de repente isso parece plausível. Otimismo é um estado mais normal para Fred, que não acredita em *resvalamento*, e um pequeno sorriso aparece em seu rosto — o primeiro do dia. *Talvez os sinais passem. Talvez o que quer que haja de errado com ela vá embora tão rápido quanto veio. Talvez seja até, sabe, um problema menstrual. Como TPM.*

Deus, se fosse só isso, que *alívio*! Enquanto isso, é preciso pensar em Ty. Ele precisa ter uma conversa com Tyler a respeito do esquema de turma, porque embora Fred não acredite no que Wendell Green aparentemente está tentando insinuar, que o fantasma de um fabuloso canibal da virada do século, um bicho-papão consumado chamado Albert Fish por alguma razão apareceu aqui no condado de Coulee, certamente há *alguém* ali, e esse alguém assassinou duas criancinhas e fez coisas indescritíveis (a não ser para Wendell Green, ao que parece) com os corpos.

Coxas, torso e nádegas mordidos, pensa Fred, e corre mais, embora agora esteja sentindo uma pontada do lado. No entanto, nunca é demais repetir: ele não acredita que esses horrores possam realmente atingir seu filho nem vê como possam ter causado o estado de Judy, já que as esquisitices dela começaram quando Amy St. Pierre ainda estava viva, Johnny Irkenham também, ambos presumivelmente brincando felizes em seus respectivos quintais.

Talvez isso, talvez aquilo... mas, chega de Fred e suas preocupações, certo? Vamos sair de perto desta cabeça perturbada e chegar antes dele de volta ao nº 16 da alameda Robin Hood — vamos direto para a fonte de seus aborrecimentos.

A janela de cima do quarto do casal está aberta, e a persiana certamente não é problema; fazemos força e passamos por ela, entrando com a brisa e os primeiros ruídos do dia que começa.

Os ruídos de French Landing despertando não acordaram Judy Marshall. Não, ela está de olhos abertos desde as três, estudando as sombras, para quê, não sabe, fugindo de sonhos horríveis demais para serem lembrados. No entanto, ela lembra de *algumas* coisas, por menos que queira.

— Vi o olho de novo — comenta ela para o quarto vazio. Sua língua entra e sai sem Fred por perto para vigiá-la (ela sabe que ele está vigiando, está atormentada mas não é *idiota*), não só quase toca as narinas mas *lambe-as* com vontade, como um cachorro lambendo os beiços depois de uma tigela de restos. — É um olho vermelho. O olho *dele*. Olho do Rei.

Ela olha para as árvores lá fora. Elas dançam no teto, fazendo formas e caras, formas e caras.

— Olho do Rei — repete ela, e agora começa com as mãos amassando e torcendo e apertando e arranhando. — Abalá! Raposas em tocas de raposa! Abalá-dum, o Rei Rubro! Ratos em buracos de rato! Abalá Munshun! O Rei está na Torre, comendo pão e bardana! Os Sapadores estão no porão, ganhando toda a grana!

Ela balança a cabeça de um lado para o outro. Ah, essas vozes, elas saem da escuridão, e às vezes ela acorda com uma visão queimando atrás de seus olhos, uma visão de uma vasta torre de ardósia no meio de um roseiral. Um roseiral de sangue. Aí a conversa começa, a fala em línguas, testificação, palavras que ela não pode compreender, muito menos controlar, um fluxo misto de inglês e algaravia.

— Caminham, caminham, caminham — ela diz. — As criancinhas caminham com os pezinhos sangrando... ah, pelo amor de Deus, isso não vai acabar nunca?

Sua língua sai e lambe a ponta de seu nariz; por um momento, suas narinas estão tampadas com sua própria saliva, e sua cabeça ruge

— *Abalá, Abalá-dum, Can-tá Abalá...*

com aquelas terríveis palavras estrangeiras, aquelas terríveis imagens da torre e das cavernas em chamas embaixo, cavernas pelas quais criancinhas caminham com os pés sangrando. Sua mente se esforça com elas, e só há uma coisa que as fará parar, só há uma maneira de obter alívio.

Judy Marshal senta na cama. Na mesa de cabeceira, há uma lâmpada, um exemplar do último romance de John Grisham, um bloquinho de papel (presente de aniversário de Ty, cada folha com o cabeçalho EIS MAIS UMA GRANDE IDEIA QUE TIVE!) e uma caneta esferográfica com a inscrição LA RIVIERE SHERATON gravada do lado.

Judy pega a caneta e escreve no bloco.

Nada de Abalá nada de Abalá-dum nada de Torre sem Sapadores nada de Rei Rubro só sonhos são só meus sonhos

Isso é suficiente, mas canetas também são estradas para qualquer lugar, e antes que consiga separar a ponta desta do bloco de aniversário, ela escreve outra linha:

A Casa Negra é a entrada para Abalá a entrada para o inferno Sheol Munshun todos esses mundos e espíritos

Chega! Bom Deus misericordioso, chega! E o pior: E se isso tudo começar a fazer sentido?

Ela joga a caneta na mesa, e a caneta rola para a base da lâmpada e para. Então ela arranca a folha do bloco, amassa-a e enfia-a na boca. Mastiga-a furiosamente, sem rasgá-la, mas pelo menos deixando-a como uma papa, depois engole. Há um momento terrível quando a folha cola em sua garganta, mas depois desce. Palavras e mais palavras descem e Judy torna a deitar nos travesseiros, exausta. Seu rosto está pálido e suado, os olhos imensos cheios de lágrimas não derramadas, mas as sombras em movimento no teto já não parecem caras para ela — as caras das crianças que caminham, de ratos em seus buracos, raposas em tocas, olho do Rei, Abalá-Abalá-dum! Agora são apenas as sombras das árvores de novo. Ela é Judy DeLois Marshall, mulher de Fred, mãe de Ty. Ali é Vila da Liberdade, ali é French Landing, ali é o condado Francês, ali é Wisconsin, ali são os Estados Unidos, ali é o hemisfério Norte, ali é o mundo, e não há outro mundo além deste. Que assim seja.

Ah, que assim seja.

Seus olhos fecham, e quando ela finalmente torna a adormecer, atravessamos o quarto para ir até a porta, mas na hora em que estamos quase chegando lá, Judy Marshall diz mais uma coisa — diz ao passar a fronteira e cair no sono.

— Burnside não é o seu nome. Onde fica a sua toca?

A porta do quarto está fechada, então usamos o buraco da fechadura, passando por ele como um suspiro. Vamos pelo corredor, passando por retratos da família de Judy e de Fred, entre eles uma foto da fazenda da família Marshall onde Fred e Judy passaram um período horrível, mas felizmente curto, depois de casados. Quer um bom conselho? Não fale com Judy Marshall sobre o irmão de Fred, Phil. Simplesmente não comece, como sem dúvida diria George Rathbun.

Não tem buraco de fechadura na porta no fim do corredor, então passamos por baixo como um telegrama e entramos num quarto que reconhecemos imediatamente como um quarto de menino: podemos dizer pelos odores misturados de meias sujas e geleia de mocotó. É pequeno, este quarto, mas parece maior que o de Fred e Judy no fim do corredor, muito provavelmente porque não tem o cheiro de ansiedade. Nas paredes há retratos de Shaquille O'Neal, Jeromy Burnitz, do time do ano passado dos Milwaukee Bucks... e do ídolo de Tyler Marshall, Mark McGwire. McGwire joga para os Cards, e os Cards são o inimigo, mas, diabos, não é como se os Milwaukee Brewers fossem realmente páreo para alguma coisa. O time dos Brewers era capacho na Liga Americana, e da mesma maneira é capacho na Liga Nacional. E McGwire... bem, ele é um herói, não é? É forte, é modesto, e dá uma tacada de 2 quilômetros. Mesmo o pai de Tyler, que só torce por times de Wisconsin, acha que McGwire tem algo mais. "O maior batedor da história do jogo", ele o chamou depois da temporada dos 70 *home-runs*, e Tyler, embora fosse pouco mais que um bebê naquele célebre ano, nunca esqueceu isso.

Também na parede desse garotinho que logo será a quarta vítima do Pescador (sim, já houve uma terceira, como vimos), no lugar de honra bem acima de sua cama, há um pôster de viagem mostrando um castelo escuro no fim de um prado longo e enevoado. Na parte de baixo do pôster, que ele prendeu com fita adesiva na parede (sua mãe proíbe terminantemente tachinhas), está escrito VOLTE AO TORRÃO NATAL em grandes letras verdes. Ty está pensando em tirar o pôster porque não tem interesse nenhum na Irlanda; para ele, a paisagem fala de um lugar diferente, um lugar Completamente Diferente. É como uma fotografia de um esplêndido reino mítico onde talvez haja unicórnios nas florestas e dragões nas cavernas. A Irlanda não importa; Harry Potter, também não. Hogwarts serve para tardes de verão, mas este é um castelo do Reino Completamente Diferente. Esta é a primeira coisa que Tyler Marshall vê de manhã, a última coisa que vê à noite, e é assim que ele gosta.

Ele dorme encolhido de lado, de cuecas, uma vírgula humana com cabelo louro-escuro desgrenhado e um polegar que está perto da boca, faltando mais ou menos uns 2 centímetros para ser chupado. Ele está sonhando — podemos ver seus globos oculares se mexendo atrás das pálpebras fechadas. Seus lábios se movem... ele está murmurando alguma coisa... Abalá? Está murmurando a palavra de sua mãe? Certamente não, mas...

Chegamos mais perto para escutar, mas antes de conseguirmos ouvir alguma coisa, um circuito no radiorrelógio vermelho espalhafatoso de Tyler se liga e, de repente, a voz de George Rathbun enche o quarto, chamando Tyler, portanto, de quaisquer sonhos que estivessem passando embaixo daquela gaforinha desgrenhada.

— Torcedores, vocês têm que me ouvir agora, quantas vezes eu já lhes disse isso. Se vocês não conhecem os Móveis Irmãos Henreid de French Landing e Centralia, então vocês não conhecem móveis. Isso mesmo, estou falando Irmãos Henreid, o lugar da Festa Colonial. Conjuntos de sala de estar, conjuntos de sala de jantar, dormitórios, nomes famosos em que você aprende a confiar como La-Z-Boy Breton Woods e Moosehead, ATÉ UM CEGO PODE VER QUE IRMÃOS HENREID SIGNIFICAM QUALIDADE!

Ty Marshall está rindo antes mesmo de ter aberto completamente os olhos. Ele adora George Rathbun; George é sabidíssimo.

E agora, emendando no comercial:

— Você está pronto para o Concurso dos Brewers, não está? Mandou aqueles cartões-postais com seu nome, endereço e *el teléfono*? Espero que sim, porque o concurso se encerrou à meia-noite. Se você perdeu... sinto muito.

Ty fecha os olhos de novo e pronuncia a mesma palavra três vezes: *Merda, merda, merda*. Ele esqueceu, *sim*, de mandar, e agora só pode esperar que seu pai (que sabe quão esquecido o filho pode ser) tenha lembrado e se inscrito no concurso por ele.

— Grande prêmio? — George está dizendo. — APENAS a sua chance ou a do seu coleguinha preferido de ser o menino ou a menina responsável pelo equipamento dos Brewers durante toda a série de Cincinnati. APENAS a chance de ganhar um taco de Richie Sexson autografado, a MADEIRA que leva o RAIO! Sem falar nos 50 lugares grátis junto da primeira base ao lado da minha pessoa, George Rathbun, a Universidade Itinerante de Conhecimento de Beisebol do condado de Coulee. MAS POR QUE ESTOU LHE DIZENDO ISSO? Se você perdeu, chegou atrasado. Caso encerrado, fim de jogo, vamos nessa! Ah, sei por que toquei neste assunto: para garantir que você esteja sintonizado conosco na próxima sexta-feira para ver se eu falo SEU NOME no rádio!

Ty geme. Só há duas chances de George falar seu nome no rádio: pouca e nenhuma. Não que ele faça muita questão de ser responsável pelo equipamento do time, vestido com um uniforme folgado dos Brewers e correndo na frente de toda aquela gente no Miller Park, mas quanto a ter o *taco* de Richie Sexson, a madeira com o raio... isso não seria legal?

Tyler sai da cama, cheira a camiseta de ontem debaixo do braço, joga-a de lado, pega outra na gaveta. Seu pai às vezes lhe pergunta por que ele põe o despertador para tão *cedo* — são as férias de verão, afinal de contas —, e Tyler não consegue fazê-lo entender que cada dia é importante, especialmente aqueles quentes e claros e sem responsabilidades especiais. É como se houvesse uma vozinha dentro dele dizendo-lhe para não perder um minuto, nem um único, porque o tempo é curto.

O que George Rathbun diz a seguir limpa a névoa do sono remanescente do cérebro de Tyler — é como um balde de água fria.

— Diga aí, Coulee, quer falar sobre o Pescador?

Tyler para o que está fazendo, um friozinho esquisito subindo-lhe pela espinha e descendo-lhe pelos braços. O Pescador. Um doido matando crianças... e *comendo-as*? Bem, ele ouviu aquele boato, principalmente dos garotos maiores lá no campo de beisebol ou no Centro Recreativo de French Landing, mas quem faria uma coisa tão grosseira? Canibalismo, eca!

A voz de George fala mais baixo.

— Agora vou lhe contar um segredinho, então ouça bem o seu tio George. — Tyler senta na cama, segurando os tênis pelos cadarços e prestando atenção em seu tio George, como foi mandado. Parece estranho ouvir George Rathbun falando de um assunto tão... *não espor-*

tivo, mas Tyler confia nele. George Rathbun não previu que os Bichos da Terra estariam pelo menos entre os oito melhores dois anos atrás, quando o resto das pessoas dizia que eles seriam eliminados na primeira rodada da Grande Dança? Sim, ele previu. Caso encerrado, fim de jogo, vamos nessa.

George fala mais baixo ainda, como se estivesse fazendo uma confidência.

— O Pescador original, meninos e meninas, Albert Fish, morreu há 67 anos, e até onde eu sei, ele nunca esteve mais para oeste do que Nova Jersey. *Além do mais*, ele provavelmente era um TORCEDOR IANQUE! ENTÃO CALMA, CONDADO DE COULEE! CALMA!

Tyler relaxa, sorrindo, e começa a calçar os tênis. Calma, você entendeu. O dia está começando, e sim, tudo bem, sua mãe anda meio lelé da cuca ultimamente, mas vai sair dessa.

Vamos embora depois dessa nota otimista — fazer como uma ameba e nos dividir, como o temível George Rathbun poderia dizer. E, falando em George, aquela voz onipresente da manhã do condado de Coulee, não deveríamos procurá-lo? Vamos fazer isso já.

Capítulo Três

Lá vamos nós pela janela de Tyler, saindo da Vila da Liberdade, voando para o sul em diagonal, agora sem remanchear, mas realmente batendo aquelas velhas asas, voando com um objetivo. Vamos rumo ao lampejo heliográfico do sol do início da manhã no Pai das Águas, e também rumo à maior embalagem de meia dúzia do mundo. Entre isso e a estrada municipal Oo (podemos chamá-la de alameda Nailhouse se quisermos; já somos praticamente cidadãos honorários de French Landing) há uma torre de rádio, a luz de alerta no alto agora invisível na claridade forte das primeiras horas deste dia de julho. Sentimos cheiro de capim e árvores e terra se aquecendo, e à medida que nos aproximamos da torre também sentimos o aroma efervescente e fecundo de cerveja.

Ao lado da torre de rádio, no parque industrial no lado leste da península Drive, há um pequeno prédio de blocos de concreto com um estacionamento com capacidade para apenas meia dúzia de carros e a radiopatrulha de Coulee, um velha van Ford Econoline pintada de rosa-maçã-do-amor. À medida que o sol cai e vai anoitecendo, as sombras cilíndricas do cartucho de meia dúzia se projetam primeiro na placa no gramado careca em frente à rua de acesso, depois no prédio, depois no estacionamento. KDCU-AM, diz a placa, SUA VOZ NO CONDADO DE COULEE. Pichada na placa, num cor-de-rosa quase igual ao da radiopatrulha, há uma declaração apaixonada: TROY AMA MARYANN! SIM! Mais tarde, Howie Soule, o técnico da Equipe U, vai limpar isso (provavelmente durante o programa de Rush Limbaugh, que é alimentado por satélite e totalmente automatizado), mas, por ora, a pichação fica, dizendo-nos tudo o que precisamos saber sobre amor de cidade pequena no centro dos Estados Unidos. Parece que afinal encontramos algo agradável.

Saindo pela porta lateral da estação ao chegarmos está um homem magro de calça de pregas cáqui, camisa de algodão egípcio sem gravata, toda abotoada, e tiras bordô-escuro (são esguias como ele, essas tiras, e muito maneiras para serem chamadas de suspensórios; suspensórios são coisas vulgares usadas por gente como Chipper Maxton e Sonny Heartfield, no salão funerário). Esse sujeito de cabelos prateados também está usando um chapéu de palha *muito* elegante, antigo mas conservadíssimo. A fita bordô-escura combina com as tiras. Óculos de aviador cobrem seus olhos. Ele se posiciona na grama à esquerda da porta, embaixo de um alto-falante amassado que está amplificando a atual transmissão da kdcu: o noticiário local. Este noticiário será seguido pela reportagem agrícola de Chicago, o que lhe dá dez minutos antes de ter que voltar para trás do microfone.

Com uma perplexidade crescente, nós o observamos tirar um maço de cigarros American Spirit do bolso da camisa e acender um com um isqueiro de ouro. Naturalmente este sujeito elegante de tiras, calças de pregas e sapatos Bass não pode ser George Rathbun. Em nossa cabeça, já fizemos um retrato de George, e é um retrato de um sujeito muito diferente deste. Imaginamos um cara com uma pança caindo por cima do cinto branco da calça xadrez (aqueles salsichões todos de estádios de beisebol), uma tez cor de tijolo (aquelas cervejas todas de estádios de beisebol, sem falar em toda aquela gritaria com os árbitros infames), e um pescoço atarracado e grosso (perfeito para abrigar aquelas cordas vocais de amianto). O George Rathbun de nossa imaginação — e de todo o condado de Coulee, não é preciso dizer — tem olhos esbugalhados, bunda grande, cabelo desgrenhado, pulmões duros, é consumidor de pastilhas antiácidas, dirige um Chevy, vota no Partido Republicano, é candidato a um ataque do coração, é um poço de trivialidades sobre esporte, entusiasmos furiosos, preconceitos doidos e colesterol alto.

Esse sujeito não é aquele. Esse sujeito anda como um dançarino. Esse sujeito é um refresco num dia de calor, calmo como o rei de espadas.

Mas aí é que está a graça, não é? Aham. A graça do DJ gordo de voz fina, só que às avessas. Num sentido muito real, George Rathbun absolutamente não existe. É um hobby em ação, uma ficção em carne e osso, e só uma das múltiplas personalidades do homem magro. As pessoas na KDCU sabem o verdadeiro nome dele e acham que estão por dentro da piada (cuja essência obviamente é a marca registrada de

George, aquela coisa de só-um-cego), mas elas não sabem nem a metade. Isso tampouco é uma afirmação metafórica. Elas sabem exatamente um terço, porque o homem de calça de pregas e chapéu de palha, na verdade, é quatro pessoas.

De qualquer maneira, George Rathbun foi a salvação da KDCU, a última estação AM sobrevivente num mercado predatório de FM. Cinco manhãs por semana, entra e sai semana, ele é um filão lucrativo na hora em que as pessoas estão dirigindo. A Equipe U (como eles mesmos se chamam) o ama de paixão.

Acima dele, o alto-falante continua gritando:

— ... ainda não há pistas, segundo o delegado Dale Gilbertson, que chamou o repórter do *Herald,* Wendell Green, de "um forasteiro que explora o medo e se interessa mais em vender jornal do que em como fazemos as coisas em French Landing".

— Enquanto isso, em Arden, um incêndio doméstico tirou a vida de um casal de fazendeiros idosos. Horst P. Lepplemier e sua mulher, Gertrude, ambos de 82 anos...

— Horst P. Lepplemier — diz o homem magro dando uma tragada no cigarro com o que parece ser um grande prazer. — Tente dizer isso dez vezes depressa, sua besta.

Atrás dele, à direita, a porta torna a abrir, e, embora continue bem embaixo do alto-falante, o fumante a ouve perfeitamente. Os olhos atrás dos óculos de aviador estiveram mortos a vida inteira, mas sua audição é refinada.

O recém-chegado tem uma cara macilenta e vem piscando para o sol da manhã como um filhote de toupeira que acaba de ser desalojado de seu buraco pela lâmina de um arado de passagem. Sua cabeça foi raspada, exceto pela listra de moicano no meio do crânio e o rabicho que começa bem acima da nuca e lhe cai até as escápulas. A crista moicana foi pintada de vermelho vivo; o rabicho, de azul elétrico. Balançando numa orelha, há um brinco em forma de raio suspeitamente parecido com a insígnia da SS nazista. Ele está usando uma camiseta preta rasgada com o logo da turnê de 97 dos SNIVELLING SHITS. Numa das mãos, esta figura tem uma caixa de CD.

— Oi, Morris — diz o homem magro de chapéu, ainda sem se virar.

Morris deixa escapar um pequeno ruído de espanto, e, em sua surpresa, parece o bom garoto judeu que ele na verdade é. Morris Rosen é o estagiário de verão da Equipe U da filial de Oshkosh da UW. "Cara, eu adoro essa mão de obra desqualificada que trabalha de graça!", já se ouviu o gerente da estação Tom Wiggins dizer, em geral esfregando as mãos perversamente. Nunca um talão de cheques foi tão bem guardado como o da kdcu é guardado pelo Wigger. Ele parece Smaug o Dragão recostando-se em suas pilhas de ouro (não que haja pilhas de qualquer coisa na contabilidade da 'DCU; nunca é demais repetir que, como uma emissora AM, a estação tem sorte de estar viva).

A cara de surpresa de Morris — talvez seja justo chamá-la de surpresa *desagradável* — se dissolve num sorriso.

— Uau, Sr. Leyden! Essa foi boa! Que ouvido!

Então ele franze o cenho. Mesmo se o Sr. Leyden — que está bem embaixo do alto-falante, não se pode esquecer isso — ouviu *alguém* sair, como em nome de Deus sabia *quem* era esse alguém?

— Como sabia que era eu? — pergunta ele.

— Só duas pessoas aqui recendem a maconha de manhã — diz Henry Leyden. — Uma delas disfarça o cheiro com Scope; a outra, que é você, Morris, simplesmente não faz nada.

— Uau — diz Morris respeitosamente. — Isso é totalmente demais.

— Eu *sou* totalmente demais — concorda Henry. Ele fala de mansinho e com delicadeza. — Este é um trabalho difícil, mas alguém tem que fazê-lo. Em relação ao seu encontro matinal com o inegavelmente saboroso bastão tai, posso lhe oferecer um aforismo apalachiano?

— Vá em frente, cara.

Esta é a primeira conversa real de Morris com Henry Leyden, que é exatamente a cabeça que haviam dito a Morris que esperasse. Exatamente e mais alguma coisa. Já não é tão difícil acreditar que ele poderia ter outra identidade... uma identidade *secreta,* como Bruce Wayne. Mas, mesmo assim... isso é muito *maneiro*.

— O que fazemos na infância forma um hábito — diz Henry com a mesma voz suave, completamente diferente da de George Rathbun. — Este é meu conselho para você, Morris.

— É, totalmente — diz Morris.

Ele não faz a menor ideia do que o Sr. Leyden está falando. Mas, lenta e timidamente, estende a caixa de CD em sua mão. Por um instante, quando Henry não faz nenhum movimento para pegá-la, Morris se sente esmagado, de repente de novo com 7 anos e tentando agradar a seu pai ocupadíssimo com um desenho que ele passou a tarde inteira fazendo no quarto. Então pensa: *Ele é cego, cacete. Pode conseguir farejar maconha na gente e pode ter ouvido de morcego, mas como pode saber que a gente está segurando a porra de um CD?*

Hesitantemente, meio assustado com a própria temeridade, Morris pega o pulso de Henry. Sente o homem se sobressaltar um pouco, mas aí Leyden permite que sua mão seja guiada até a pequena caixa.

— Ah, um CD — diz Henry. — E o que é, diga, por favor?

— Você tem que tocar a sétima faixa hoje à noite no seu programa — diz Morris. — *Por favor.*

Pela primeira vez, Henry parece alarmado. Dá uma tragada no cigarro, depois larga-o (sem nem olhar — claro, ah-ah) no balde de areia ao lado da porta.

— De que programa você pode estar falando? — pergunta.

Em vez de responder diretamente, Morris faz um rápido barulho com a boca, o som de um carnívoro pequeno mas voraz comendo algo saboroso. E, para piorar as coisas, acompanha isso com a fala que é a marca registrada do Rato de Wisconsin, tão familiar para o pessoal da idade de Morris quanto o grito rouco de George Rathbun "Até um cego" para o pessoal mais velho: "Mastigue, coma, engula, *tuuudo sai pelo mesmo lugar*!"

Ele não imita muito bem, mas não há dúvida quanto a *quem* ele está imitando: o famoso Rato de Wisconsin, cujo programa vespertino na KWLA-FM tem fama no condado de Coulee (só que provavelmente queremos dizer "má fama"). A KWLA é a pequena emissora FM universitária de La Riviere, mas a audiência do Rato é enorme.

E se alguém descobriu que o careta George Rathbun, torcedor dos Brewers, eleitor dos republicanos e locutor de AM também era o Rato — que uma vez narrou uma alegre evacuação de seus intestinos ao vivo num CD dos Backstreet Boys —, pode haver problema. Bem sério, possivelmente, repercutindo muito além da unida comunidade do rádio.

— O que em nome de Deus algum dia o faria pensar que sou o Rato de Wisconsin, Morris? — pergunta Henry. — Mal sei de quem você está falando. Quem botou essa ideia maluca na sua cabeça?

— Uma fonte bem-informada — diz Morris maliciosamente.

Ele não vai entregar Howie Soule, nem se eles lhe arrancarem as unhas com torqueses quentes. Além do mais, Howie só descobriu por acaso: um dia entrou no banheiro da emissora depois que Henry havia saído e descobriu que a carteira de Henry caíra do bolso de trás quando ele estava sentado no trono. Seria de imaginar que um sujeito cujos outros sentidos eram tão obviamente ligados sentiria a falta, mas provavelmente Henry estava com a cabeça em outras coisas — ele obviamente era um cara sério que sem dúvida passava os dias às voltas com alguns pensamentos sérios. De qualquer maneira, havia um cartão de identificação da KWLA na carteira de Henry (que Howie examinou "com espírito de curiosidade amigável", como diz), e na linha marcada NOME, alguém carimbou o desenho de um rato. Caso encerrado, fim de jogo, vamos nessa.

— Nunca na vida sequer entrei na KWLA — diz Henry, e isso é absolutamente verdade.

Ele grava as fitas do Rato de Wisconsin (entre outras) no estúdio em sua casa, depois manda-as para a emissora da agência de caixas postais do centro da cidade, onde tem uma alugada no nome de Joe Strummer. A natureza do cartão com o rato carimbado era mais a de um convite da equipe da KWLA do que qualquer outra coisa, um convite que ele nunca aceitou... mas guardou o cartão.

— Você se tornou a fonte bem-informada de alguém, Morris?

— Hã?

— Contou a alguém que acha que sou o Rato de Wisconsin?

— Não! Claro que não!

O que, como todos sabemos, é o que as pessoas sempre *dizem*. Felizmente para Henry, neste caso, por acaso é verdade. Até agora, pelo menos, mas o dia ainda está começando.

— Nem vai contar, não é? Porque boato é uma coisa que cria raízes. Assim como alguns maus hábitos. — Henry finge que solta baforadas e traga.

— Sei como ficar de boca calada — declara Morris, talvez com um orgulho descabido.

— Espero que sim. Porque, se você espalhar isso, vou ter que matá-lo.

Espalhar, pensa Morris. *Ih, cara, esse sujeito é demais.*

— Me matar, é? — diz Morris rindo.

— E comê-lo — diz Henry. *Ele* não está rindo nem sorrindo.

— É, está certo. — Morris ri de novo, mas desta vez a risada soa estranhamente forçada a seus próprios ouvidos. — Como se você fosse o Hannibal Lecture.

— Não, como se eu fosse o Pescador — diz Henry. Ele lentamente vira os óculos de aviador para Morris. O sol reflete neles, por um momento transformando-os em olhos ruivos de fogo. Morris dá um passo para trás sem se dar conta de tê-lo feito. — Albert Fish gostava de começar com a bunda, sabe disso?

— N...

— É, sim. Ele dizia que um bom naco de bunda jovem era gostoso como costeleta de vitela. Suas palavras exatas. Escritas numa carta para a mãe de uma de suas vítimas.

— Estranhíssimo — diz Morris. Sua voz parece fraca a seus próprios ouvidos, a voz de um leitãozinho gordo negando entrada ao lobo mau. — Mas não estou exatamente preocupado que você seja o Pescador.

— Não? Por quê?

— Cara, você é *cego,* para início de conversa!

Henry não diz nada, só olha para o agora nervosíssimo Morris com seus olhos de vidro em chamas. E Morris pensa: *Mas ele é cego? Ele anda muito bem para um cara cego... e como ele soube que era eu assim que cheguei aqui, não foi estranhíssimo?*

— Vou ficar quieto — diz. — Juro por Deus.

— É tudo o que eu quero — diz Henry com doçura. — Agora que esclarecemos isso, o que exatamente você me trouxe? — Ele segura o CD, mas não como se estivesse *olhando* para ele. Morris observa aliviadíssimo.

— É, hum, esse conjunto de Racine. Dirtysperm? E eles têm essa capa de "Where Did Our Love Go" [Aonde foi o nosso amor]? A velha música das Supremes? Só que eles parecem que a tocam com 150 batidas por minuto. É hilário. Sério, isso destrói toda a música pop, cara, *bombardeia-a.*

— Dirtysperm — diz Henry. — Eles não eram Jane Wyatt's Clit?

Morris olha para Henry com um assombro que poderia facilmente virar amor.

— O guitarrista principal do Dirtysperm *formou* o JWC, cara. Depois ele e o baixista tiveram aquela briga política, algo sobre Dean Kissinger e Henry Acheson, e Ucky Ducky, ele é o guitarrista, saiu e criou o Dirtysperm.

— "Where Did Our Love Go"? — reflete Henry, depois devolve o CD. E, como se visse como Morris ficara desapontado: — Não posso ser visto com uma coisa dessas, use a cabeça. Ponha-o no meu escaninho.

O desapontamento de Morris desaparece e ele abre um sorriso solar.

— Sim, certo! Esteja sossegado, Sr. Leyden!

— E não deixe ninguém ver que você está fazendo isso. Sobretudo Howie Soule. Howie é meio xereta. É bom você não o ficar imitando por aí.

— De jeito nenhum!

Ainda sorrindo, encantado com o modo como as coisas correram, Morris estende a mão para o puxador da porta.

— E, Morris...

— Sim?

— Já que você sabe o meu segredo, talvez seja melhor me chamar de Henry.

— Henry! Sim!

Esta é a melhor manhã do verão para Morris Rosen? É melhor acreditar que é.

— E tem mais uma coisa.

— Sim, *Henry?*

Morris ousa imaginar um dia em que eles vão chegar a Hank e Morrie.

— *Fique de boca calada sobre o Rato.*

— Eu já lhe disse...

— Sim, e acredito em você. Mas a tentação chega sorrateira, Morris; a tentação chega sorrateira como um ladrão durante a noite, ou como um matador em busca de uma presa. Se você ceder à tentação, eu vou saber. Vou farejá-la na sua pele como uma colônia ruim. Acredita em mim?

— Há... acredito.

E acredita. Mais tarde, quando tiver tempo para relaxar e refletir, Morris vai achar aquela ideia ridícula, mas sim, na hora, acredita nela. Acredita *nele*. É como estar hipnotizado.

— Muito bem. Agora vá embora. Quero Ferragens Ace, Zaglat Chevy e Sr. Costeletas Saborosas prontos para entrar no primeiro segmento.

— Entendi.

— E o jogo de ontem à noite...

— Wickman eliminado no oitavo? Aquilo foi maneiro. Totalmente anti-Brewers.

— Não, acho que queremos o *home run* de Mark Loretta no quinto. Loretta não acerta muitas, e os torcedores gostam dele. Não posso imaginar por quê. Até um cego pode ver que ele não tem alcance, especialmente da interbase para trás. Vá, filho. Ponha o CD no meu escaninho, e se vir o Rato, eu o entrego a ele. Tenho certeza que ele vai tocá-lo.

— A faixa...

— Sete, sete, rima com repete. Não vou esquecer, nem ele. Agora vá.

Morris lhe lança um último olhar agradecido e entra. Harry Leyden, aliás George Rathbun, aliás o Rato de Wisconsin, também aliás Henry Shake (vamos chegar a este, mas não agora; está ficando tarde), acende outro cigarro e dá uma tragada funda. Não terá tempo de terminá-lo; o relatório agrícola já está no ar (barriga de porco em alta, trigo futuro em baixa e milho em alta mais forte que um elefante), mas ele precisa de algumas tragadas já para se acalmar. Tem um longo dia pela frente, terminando com o Baile da Festa do Morango na Casa Maxton para a Velhice, aquela casa de horrores de antiquário. Que Deus o livre das garras de William "Chipper" Maxton, ele pensa sempre. Se pudesse escolher entre terminar os dias na CMV e queimar a cara com um maçarico, ele escolheria o maçarico sempre. Depois, se não estiver totalmente exausto, talvez seu vizinho vá até sua casa e eles possam começar a leitura há muito prometida de *Casa desolada*. Será um prazer.

Por quanto tempo, ele se pergunta, Morris Rosen pode guardar este segredo importantíssimo? Bem, Henry supõe que descobrirá isso. Ele gosta muito do Rato para denunciá-lo, a menos que seja obrigado a fazê-lo; isto é um fato inegável.

— Dean Kissinger — ele murmura. — Henry Acheson. Ucky Ducky. Deus nos salve.

Ele dá outra tragada no cigarro, depois o joga no balde de areia. Está na hora de entrar no ar, está na hora de repetir o *home run* de Mark Loretta da noite passada, de começar a atender mais ligações dos dedicados fãs de esporte do condado de Coulee.

E, para nós, está na hora de partir. Bateu sete horas no campanário da igreja luterana.

Em French Landing, as coisas estão entrando em marcha acelerada. Ninguém fica muito tempo deitado nesta parte do mundo, e precisamos correr no final da nossa volta. As coisas vão começar a acontecer logo, e talvez aconteçam depressa. Mesmo assim, estamos bem, e só temos que fazer mais uma escala antes de chegar ao nosso destino final.

Subimos nas mornas correntes ascendentes de verão e pairamos um instante ao lado da torre da KDCU (estamos suficientemente perto para ouvir o tique-tique-tique da luz e o zumbido baixo, um tanto sinistro, da eletricidade), olhando para o norte e nos orientando. Treze quilômetros rio acima fica a cidade de Great Bluff, assim chamada por causa do afloramento de calcário que se ergue ali. O afloramento tem fama de ser assombrado, porque em 1888 um chefe da tribo fox (Olhos Afastados era o nome dele) reuniu seus guerreiros, seus xamãs, seus índios e suas crianças, e mandou-os saltar para a morte, fugindo assim de um destino horroroso que ele vislumbrara em sonho. Os seguidores de Olhos Afastados, como os de Jim Jones, fizeram o que lhes mandaram.

Não subiremos tanto o rio, porém; já temos fantasmas suficientes com que lidar aqui mesmo em French Landing. Em vez disso, vamos sobrevoar a alameda Nailhouse mais uma vez (as Harleys foram embora; Beezer St. Pierre conduziu os Thunder Five para o batente na cervejaria), a rua Queen e a Casa Maxton para a Velhice (Burny está ali, ainda olhando pela janela... urgh), até a rua Bluff. Isto é quase o campo de novo. Mesmo agora, no século XXI, as cidades no condado de Coulee logo cedem terreno às matas e aos campos.

A rua Herman é a primeira à esquerda depois da rua Bluff, numa área que não é nem cidade pequena nem cidade grande. Aqui, numa casa de tijolinhos sólida localizada no final de um prado de 800 metros ainda não descoberto pelos construtores (até aqui há alguns construtores, agentes inconscientes de *resvalamento*), mora Dale Gilbertson com sua mulher, Sarah, e seu filho de 6 anos, David.

Não podemos demorar muito, mas vamos pelo menos entrar um instante pela janela da cozinha. Está aberta, afinal de contas, e há espaço para nos empoleirarmos bem aqui na bancada, entre o forninho e a torradeira. Sentado à mesa da cozinha, lendo o jornal e enfiando cereal na boca sem sentir o gosto (ele esqueceu o açúcar e a banana em rodelas na aflição de ver mais uma assinatura de Wendell Green na primeira página do *Herald*) está o chefe Gilbertson em pessoa. Nesta manhã ele é sem dúvida o homem mais infeliz de French Landing. Vamos conhecer seu único rival na disputa desse título idiota, mas por ora vamos ficar com Dale.

O Pescador, pensa ele pesaroso, suas reflexões sobre esse assunto muito semelhantes às de Bobby Dulac e Tom Lund. *Por que não lhe dá um nome um pouco mais da virada do século, seu escrevinhador chato? Algo um pouco mais local? Dahmerboy talvez fosse bom.*

Ah, mas Dale sabe por quê. As semelhanças entre Albert Fish, que agiu em Nova York, e o garoto deles aqui em French Landing são simplesmente muito boas — muito *apetitosas* — para serem ignoradas. Fish estrangulava as vítimas, assim como Amy St. Pierre e Johnny Irkenham aparentemente foram estrangulados; Fish jantava as vítimas, assim como a menina e o menino aparentemente foram jantados; tanto Fish como o sujeito atual mostraram uma predileção especial pelas... bem, pelas regiões posteriores da anatomia.

Dale olha para o seu cereal, depois enfia a colher na gororoba e afasta o prato com o lado da mão.

E as cartas. Não posso esquecer as cartas.

Dale olha para sua maleta, postada ao lado de sua cadeira como um cão fiel. A pasta está ali, e o atrai como um dente cariado que dói atrai a língua. Talvez ele possa manter as *mãos* longe da pasta, pelo menos enquanto está em casa, onde joga bola com o filho e faz amor com a mulher, mas manter a *cabeça* longe... isso já é outra história, como eles também dizem nessas paragens.

Albert Fish escreveu uma carta longa e horrivelmente explícita para a mãe de Grace Budd, a vítima que finalmente mandou o velho canibal para a cadeira elétrica. ("Que execução emocionante vai ser!", parece que Fish dizia aos carcereiros. "A única que não provei!") O atual perpetrador escreveu cartas semelhantes, uma endereçada a Helen Irkenham, outra ao pai de Amy, o terrível (mas genuinamente pesaroso, na avaliação de Dale) Armand "Beezer" St. Pierre. Seria bom se Dale pudesse acreditar que essas cartas foram escritas por algum engraçadinho sem outra conexão com os assassinatos, mas ambas contêm informações que não foram divulgadas à imprensa, informações que presumivelmente só o assassino poderia ter.

Dale afinal cede à tentação (Henry entenderia tão bem...) e levanta a maleta. Abre-a e põe uma pasta grossa onde antes estava seu prato de cereal. Ele devolve a maleta para seu lugar ao lado da cadeira, depois abre a pasta (está marcada ST. PIERRE/IRKENHAM, e não PESCADOR). Passa fotos escolares desoladoras de duas crianças sorridentes e com a dentadura desfalcada, relatórios médicos horríveis demais para se ler e fotos do local do crime horríveis demais para se ver (ah, mas ele precisa olhá-las a toda hora, precisa olhá-las... as correntes ensanguentadas, as moscas, os olhos abertos). Há também várias transcrições, sendo a mais longa a entrevista com Spencer Hovdahl, que encontrou o menino Irkenham e que foi, muito brevemente, considerado suspeito.

Depois vêm cópias de três cartas. Uma fora enviada a George e Helen Irkenham (endereçada só para Helen, se é que isso fazia alguma diferença). Outra para Armand "Beezer" St. Pierre (endereçada assim mesmo também, com apelido e tudo). A terceira fora enviada para a mãe de Grace Budd, da cidade de Nova York, após o assassinato de sua filha no fim da primavera de 1928.

Dale põe as três abertas lado a lado.

Grace sentou no meu colo e me beijou. Decidi comê-la. Assim escrevera Fish à Sra. Budd.

Amy sentou no meu colo e me abraçou. Decidi comê-la. Assim escrevera o correspondente de Beezer St. Pierre, e seria de espantar que este tivesse ameaçado tocar fogo na delegacia de French Landing? Dale não gosta do filho da mãe, mas precisa admitir que sentiria a mesma coisa se estivesse no lugar de Beezer.

Subi e tirei a roupa toda. Eu sabia que se não fizesse isso elas ficariam manchadas com o sangue dela. Fish para a Sra. Budd.

Fui para os fundos do galinheiro e tirei toda a roupa. Eu sabia que, se não fizesse isso, elas ficariam manchadas com o sangue dele. Anônimo, para Helen Irkenham. E havia uma pergunta: Como poderia uma mãe receber uma carta como esta e conservar a sanidade mental? Seria possível? Dale achava que não. Helen respondeu às perguntas coerentemente, até lhe oferecera um chá na última vez em que ele lá esteve, mas tinha um olhar vidrado, espantado, que sugeria que ela estava funcionando só no piloto automático.

Três cartas, duas novas, uma de quase 25 anos. E, no entanto, todas as três são muito parecidas. A carta St. Pierre e a Irkenham foram escritas à mão por alguém que era canhoto, segundo os grafólogos oficiais. O papel era Hammermill branco de mimeógrafo, disponível em qualquer rede de papelarias dos Estados Unidos. A caneta provavelmente fora uma Bic — agora, *havia* uma pista.

Fish para a Sra. Budd, em 1928: *Eu não a fodi, embora pudesse ter feito isso se quisesse. Ela morreu* virgem.

Anônimo para Beezer St. Pierre: *Eu NÃO a fodi, embora pudesse ter feito isso se quisesse. Ela morreu VIRGEM.*

Anônimo para Helen Irkenham: *Isso pode consolá-la: eu NÃO o fodi, embora pudesse ter feito isso se quisesse. Ele morreu VIRGEM.*

Dale está desnorteado aqui e sabe disso, mas espera não ser completamente idiota. Esse perpetrador, embora não assinasse suas cartas com o nome do velho canibal, nitidamente *desejava* que se fizesse a associação. Fez tudo menos deixar algumas trutas mortas nos locais de despejo.

Suspirando com amargura, Dale torna a guardar as cartas na pasta, a pasta dentro da maleta.

— Dale? Amor? — A voz sonolenta de Sarah, do topo da escada.

Dale tem um pequeno sobressalto culpado de quem quase foi flagrado fazendo alguma coisa feia e fecha a maleta.

— Estou na cozinha — grita em resposta.

Não é preciso ter receio de acordar Davey; ele dorme feito uma pedra no mínimo até as 7h30 todos os dias.

— Saindo atrasado?
— Aham.

Ele sempre sai atrasado, depois compensa trabalhando até as sete, oito ou nove da noite. Wendell Green não explorou muito *isso*... pelo menos até agora, mas dê-lhe tempo. Em termos de canibais...

— Dê um pouco d'água para as flores antes de sair, sim? Está muito seco.

— Pode deixar.

Regar as flores de Sarah é uma tarefa que Dale aprecia. Ele elabora alguns de seus melhores raciocínios com a mangueira na mão.

Pausa no andar de cima... mas ele não ouviu o arrastar dos chinelos de volta para o quarto. Espera. E finalmente:

— Você está bem, amor?

— Estou — ele responde, colocando o que ele espera seja o grau certo de entusiasmo na voz.

— Porque você ainda estava se virando de um lado para o outro quando eu peguei no sono.

— Não, eu estou bem.

— Sabe o que Davey me perguntou ontem à noite quando eu estava lavando a cabeça dele?

Dale revira os olhos. Ele odeia conversas a distância. Sarah parece adorar. Ele se levanta e se serve de outra xícara de café.

— Não, o quê?

— Ele perguntou: "Papai vai perder o emprego?"

Dale para com a xícara na mão a meio caminho dos lábios.

— O que você disse a ele?

— Eu disse que não. Claro.

— Então você respondeu certo.

Ele espera, mas não vem mais nada. Tendo instilado nele mais uma gota de preocupação venenosa — com a mente frágil do filho, bem como com o que pode acontecer com o menino na mão de uma certa pessoa, caso David tenha a pouca sorte de se meter com ela —, Sarah volta arrastando os pés para o quarto e, presumivelmente, para o chuveiro do outro lado.

Dale volta para a mesa, toma o café, depois põe a mão na testa e fecha os olhos. Neste momento podemos ver precisamente quão assustado e angustiado ele está. Dale tem apenas 42 anos e é um homem de hábitos abstêmios, mas, na cruel claridade da manhã que chega pela janela pela qual entramos, ele aparenta, no momento, pelo menos uns doentios 60.

Ele *está* preocupado com o emprego, sabe que se o sujeito que matou Amy e Johnny continuar fazendo isso, é quase certo que ele será demitido no próximo ano. Também está preocupado com Davey... embora Davey não seja sua principal preocupação, pois, como Fred Marshall, ele não consegue realmente conceber que o Pescador possa tirar o filho único dele e de Sarah. Não, é com as *outras* crianças de French Landing que ele está mais preocupado, possivelmente com as crianças de Centralia e Arden também.

Seu maior medo é simplesmente não ser bom o bastante para pegar o filho da mãe. É o Pescador matar uma terceira, uma quarta, talvez uma décima primeira e uma décima segunda criança.

Deus sabe que ele pediu ajuda. E recebeu... mais ou menos. Foram designados dois detetives da Polícia Estadual para o caso, e o cara de Madison do FBI vem toda hora se apresentar (informalmente, porém; o FBI não participa oficialmente da investigação). Mesmo essa ajuda externa tem algo de surreal para Dale, algo que em parte foi causado por uma estranha coincidência de nomes. O cara do FBI é o agente John P. Redding. Os detetives estaduais são Perry Brown e Jeffrey Black. Então ele tem Brown, Black e Redding em sua equipe. O Pelotão da Cor, assim os chama Sarah. Todos três deixando claro que são estritamente apoio profissional, pelo menos por ora. Deixando claro que Dale Gilbertson é a base.

Nossa, mas eu gostaria que Jack fosse contratado para me ajudar nisso, pensa Dale. *Eu o nomearia delegado num segundo, exatamente como num daqueles velhos filmes de faroeste piegas.*

Sim, de fato. Num segundo.

Quando Jack foi pela primeira vez a French Landing, quase quatro anos atrás, Dale não sabia o que fazer com o homem que seus funcionários logo apelidaram de Hollywood. Quando eles dois prenderam Thornberg Kinderling — sim, o inofensivo Thornberg Kinderling, difícil de acreditar, mas é a pura verdade —, ele sabia *exatamente* o que fazer com ele. O cara era o melhor detetive nato que Dale já conhecera na vida.

O único detetive nato, *é o que você quer dizer.*

Sim, certo. O *único*. E embora eles tenham dividido o preso (por insistência absoluta do recém-chegado de L.A.), foi o trabalho de detetive de Jack que resolveu o problema. Ele era quase como aqueles detetives de livro... Hercule Poirot, Ellery Queen, um desses. Só que Jack não deduzia exatamente, nem andava por aí batendo na testa e falando sobre sua "massinha cinzenta". Ele...

— Ele escuta — resmunga Dale, e se levanta.

Dirige-se para a porta dos fundos, depois volta para pegar a maleta. Vai botá-la no banco traseiro do carro antes de regar os canteiros de flores. Não quer aquelas fotos horrendas em sua casa mais tempo do que o estritamente necessário.

Ele escuta.

Do jeito que escutou Janna Massengale, a barwoman do Taproom. Dale não sabia por que Jack estava gastando tanto tempo com aquela biscazinha; até ocorreu-lhe que o Sr. Los Angeles Calça de Linho estava tentando levá-la para a cama a fim de poder voltar para casa e dizer a todos os seus amigos da Via Rodeo que havia arranjado uma garota gostosa lá de Wisconsin, onde o ar era rarefeito e as pernas eram compridas e fortes. Mas não fora nada disso. Ele estivera *escutando*, e finalmente ela lhe dissera o que ele precisava ouvir.

É claro, as pessoas têm tiques engraçados quando bebem, dissera Janna. *Tem aquele cara que começa a fazer isso depois de alguns copos.* Ela apertou o nariz com as pontas dos dedos... só que com a mão virada ao contrário, de modo que a palma ficasse virada para fora.

Jack, ainda sorrindo descontraidamente, ainda tomando uma club soda: *Sempre com a palma da mão para fora? Assim?* E imitou o gesto.

Janna sorrindo, meio apaixonada: *Isso mesmo, boneco — você aprende rápido.*

Jack: *Às vezes, eu acho. Como é o nome desse cara, querida?*

Janna: *Kinderling. Thornberg Kinderling.* Ela deu uma risada. *Só que depois de uns dois copos — depois que começa com essa coisa de tapar o nariz — ele quer que todo mundo o chame de Thorny.*

Jack, ainda com aquele seu sorriso: *E ele bebe gim Bombay, querida? Uma pedra de gelo, um pingo de angustura?*

O sorriso de Janna começa a morrer, agora olhando para ele como se ele pudesse ser algum mágico: *Como sabe disso?*

Mas como ele sabia não importava, porque isso era realmente o pacote todo, amarrado com um belo laço. Caso encerrado, fim de jogo, vamos nessa.

Jack acabou voltando para Los Angeles levando Thornberg Kinderling sob custódia — Thornberg Kinderling, apenas um inofensivo vendedor de seguros para fazendas de Centralia que usava óculos, não matava uma mosca, não dizia merda, não ousaria pedir um copo d'água à sua mãe num dia quente, mas matara duas prostitutas da Cidade dos Anjos. Nada de estrangulamento para Thorny; ele fizera seu trabalho com uma faca Buck, que o próprio Dale acabou rastreando até a Lapham Materiais Esportivos, o pequeno e feio posto comercial ao lado do Sand Bar, o botequim mais mal-ajambrado de Centralia.

A essa altura, o exame de DNA ligara Kinderling à porta do celeiro, mas Jack ficara feliz em ter a proveniência da arma do crime, de qualquer forma. Ele ligou pessoalmente para Dale para lhe agradecer, e Dale, que nunca na vida estivera a oeste de Denver, ficara quase absurdamente comovido com a gentileza. Jack dissera várias vezes ao longo da investigação que nunca se podia ter provas suficientes quando o criminoso era um verdadeiro bandido, e Thorny Kinderling era tão mau como se poderia querer. Ele enveredara pelo caminho da loucura, claro, e Dale — que no íntimo esperara talvez ser chamado para testemunhar — ficou radiante quando o júri rejeitou o apelo e condenou-o à prisão perpétua duas vezes.

E o que fez isso tudo acontecer? Qual fora a primeira causa? Ora, o homem estava escutando. Só isso. Escutando uma barwoman acostumada a que olhassem os seus peitos enquanto suas palavras em geral entravam por um ouvido do homem que a olhava e saíam pelo outro. E quem Hollywood Jack ouviu antes de Janna Massengale? Uma piranha de Sunset Strip, ao que parece... ou, mais provavelmente, uma penca delas. (*Que nome você daria a isso?*, Dale se pergunta distraidamente enquanto vai para a garagem buscar sua fiel mangueira. *Uma putaria? Uma putada?*) Nenhuma delas poderia ter reconhecido Thornberg Kinderling numa fila de suspeitos, porque o Thornberg que foi a L.A. certamente não se parecia muito com o Thornberg que viajava para as companhias de suprimentos agrícolas no Coulee ou em Minnesota. O Thorny de L.A. usara peruca, lentes de contato em vez de óculos e um bigodinho falso.

— O mais brilhante foi o produto para escurecer a pele — dissera Jack. — Só um pouco, o suficiente para fazê-lo parecer um nativo.

— Teatro nos quatro anos da escola de ensino médio de French Landing — retrucara Dale com um ar infeliz. — Eu pesquisei. O filho da mãe fez Dom Juan no penúltimo ano, você acredita?

Um monte de pequenas mudanças ardilosas (demais para um júri engolir uma declaração de insanidade, ao que pareceu), mas Thorny esquecera aquele sinalzinho revelador, aquela coisa de tapar o nariz com a palma da mão virada para fora. Uma prostituta lembrara, porém, e quando o mencionou — só de passagem, Dale não tem dúvida, como Janna Massengale mencionou —, Jack escutou.

Porque escutava.

Ligou para me agradecer por ter rastreado a faca, e de novo para me contar como o júri respondeu, Dale pensa, *mas daquela segunda vez ele queria algo, também. E eu sabia o que era. Mesmo antes de ele abrir a boca, eu sabia.*

Porque, embora não seja um detetive genial como seu amigo da Califórnia, Dale não deixara escapar a reação inesperada e imediata do homem mais jovem à paisagem do oeste de Wisconsin. Jack se apaixonara pelo condado de Coulee, e Dale apostaria um bom dinheiro que fora amor à primeira vista. A expressão em seu rosto quando eles foram de French Landing para Centralia, de Centralia para Arden e de Arden para Monroe era inconfundível: admiração, prazer, quase uma espécie de enlevo. A Dale, Jack parecera um homem que fora a um lugar onde nunca estivera antes, só para descobrir que estava de novo em casa.

— Cara, não consigo superar isso — uma vez ele dissera a Dale. Os dois iam no velho Caprice de Dale, o que não ficava alinhado (e cuja buzina às vezes prendia, o que podia ser embaraçoso). — Você percebe a sorte que tem por morar aqui, Dale? Deve ser um dos lugares mais bonitos do mundo.

Dale, que morara no Coulee a vida inteira, não discordara.

No fim da última conversa que tiveram a respeito de Thornberg Kinderling, Jack lembrou Dale de como ele uma vez pedira (nem brincando, nem muito a sério) para Dale informá-lo se algum dia aparecesse no mercado uma casinha simpática na parte do mundo onde Dale morava, algo fora da cidade. E Dale logo vira pela voz de Jack — seu tom quase ansioso — que a brincadeira havia acabado.

— Então você está me *devendo* — murmura Dale, com a mangueira no ombro. — Está me devendo, seu filho da mãe.

Claro que ele pedira a Jack para dar uma mãozinha por fora na investigação do Pescador, mas Jack recusara... quase com uma espécie de medo. *Estou aposentado,* dissera bruscamente. *Se não sabe o que significa essa palavra, Dale, podemos procurar juntos no dicionário.*

Mas é ridículo, não? Claro que é. Como pode um homem de menos de 35 anos estar aposentado? Especialmente um tão infernalmente bom no que faz?

— Você está me *devendo*, garoto — repete ele, agora passando pelo lado da casa em direção à bica.

O céu no alto está limpo; o gramado bem regado está verde; não há nenhum sinal de *resvalamento* aqui na rua Herman. No entanto, talvez haja, e talvez o sintamos. Uma espécie de zumbido dissonante, como o som de toda aquela voltagem letal correndo pelos esteios de aço da torre da KDCU.

Mas já nos demoramos muito aqui. Precisamos alçar voo de novo e continuar em direção ao nosso destino final deste início de manhã. Não sabemos tudo ainda, mas sabemos três coisas importantes: primeiro, que French Landing é uma cidade em terrível aflição; segundo, que algumas pessoas (Judy Marshall, para começar; Charles Burnside, a seguir) entendem num nível profundo que os males da cidade vão muito além das depredações de um único assassino-pedófilo doente; terceiro, que não encontramos ninguém capaz de reconhecer conscientemente a força — o resvalamento — que agora começou a ter ligação com essa cidade sossegada às margens do rio de Tom e Huck. Cada pessoa que conhecemos é, à sua própria maneira, tão cega quanto Henry Leyden. Isto é tão verdadeiro a respeito dos sujeitos que ainda não vimos — Beezer St. Pierre, Wendell Green, o Pelotão da Cor — quanto dos que já vimos.

Nossos corações gemem por um herói. E embora possa ser que não encontremos um (este é o século XXI, afinal de contas, não a época de d'Artagnan e Jack Aubrey, mas de George W. Bush e Dirtysperm), talvez possamos encontrar um homem que *foi* um herói num tempo qualquer.

Vamos, portanto, procurar um velho amigo, um que vimos pela última vez mais de 1.600 quilômetros a leste daqui, na costa do calmo Atlântico. Anos se passaram e de alguma forma diminuíram o menino que foi; ele esqueceu muita coisa e passou boa parte da vida adulta mantendo este estado de amnésia. Mas ele é a única esperança de French Landing, portanto, vamos levantar voo e voltar quase diretamente para o leste, sobrevoando bosques, campos e colinas suaves.

Principalmente, vemos quilômetros de terras cultivadas contínuas: milharais a perder de vista, campos de feno luxuriantes, carreiras gordas e amarelas de alfafa cortada. Estradinhas de terra estreitas levam a casas de fazenda brancas e seus conjuntos de celeiros altos, silos de grãos, silos cilíndricos de blocos de cimento e compridos galpões metálicos para equipamentos. Homens de jaquetas de brim estão se movimentando pelos caminhos batidos entre as casas e os celeiros. Já podemos sentir o cheiro da luz do sol. Seu aroma ricamente compactado de manteiga, fermento, terra, crescimento e deterioração vai se intensificar à medida que o sol subir e a luz ficar mais forte.

Embaixo de nós, a Rodovia 93 cruza a 35 no meio da minúscula Centralia. O estacionamento vazio atrás do Sand Bar espera a turbulenta chegada dos Thunder Five, que costumam passar as tardes e as noites de sábado no bar desfrutando suas mesas de bilhar, seus hambúrgueres e as canecas daquele néctar para cuja criação eles dedicaram suas vidas excêntricas, o melhor produto da Companhia Cervejaria Kingsland, uma cerveja que pode manter sua cabeça cor de creme erguida no meio de qualquer coisa fabricada numa minicervejaria de especialidades ou num mosteiro belga, a Kingsland. Se Beezer St. Pierre, o Rato e companhia dizem que é a melhor cerveja do mundo, por que deveríamos duvidar deles? Além de saberem muito mais sobre cerveja que nós, eles apelaram para todo o conhecimento, a habilidade, a experiência e a inspiração que vêm da prática à sua disposição, para tornar a Kingsland uma referência na arte de fazer cerveja. Na verdade, eles se mudaram para French Landing porque a cervejaria, que eles escolheram após cuidadosa deliberação, estava querendo trabalhar com eles.

Invocar a cerveja Kingsland é desejar uma boa talagada da coisa, mas deixamos a tentação para trás; 7h30 é muito cedo para beber qualquer coisa além de suco de fruta, café e leite (exceto para gente da espécie de Wanda Kinderling, e Wanda considera cerveja, mesmo a Kingsland, um suplemento dietético para a vodca Aristocrat); e estamos à procura de nosso velho amigo, e o mais próximo a que podemos chegar de um herói, que vimos pela última vez como um garoto na costa do oceano Atlântico. Não estamos para perder tempo; estamos seguindo, aqui e agora. Os quilômetros voam embaixo de nós, e ao longo da rodovia 93 os campos se estreitam e as colinas se elevam dos dois lados.

Apesar de toda a nossa pressa, precisamos *ver isso,* precisamos *ver onde estamos.*

Capítulo Quatro

Três anos atrás, nosso velho amigo fez este trecho da 93 no banco do carona do velho Caprice de Dale Gilbertson, o coração aos pulos, um nó na garganta e a boca seca, enquanto Dale, então pouco mais que um tira de cidade pequena que ele impressionara além de qualquer medida racional simplesmente fazendo seu trabalho mais ou menos tão bem quanto podia, levava-o em direção a uma fazenda de 2 hectares que Dale herdara do pai. "A casinha simpática" pôde ser comprada por uma ninharia, já que nem os primos de Dale nem qualquer outra pessoa estavam muito interessados nela. Dale conservava-a por motivos sentimentais, mas também não tinha nenhum interesse especial por ela. Ele não sabia bem o que fazer com uma segunda casa, a não ser passar muito tempo trabalhando em sua manutenção, tarefa que ele achava estranhamente agradável, mas não se importava nada em delegar a outra pessoa. E, nesse ponto do relacionamento deles, Dale estava tão fascinado com o nosso amigo que, longe de se ofender com a perspectiva de este homem ocupar a velha casa de seu pai, considerou-a uma honra.

Quanto ao homem no banco do carona, ele estava muito envolvido com sua reação à paisagem — muito envolvido *pela* paisagem — para se embaraçar com o fascínio de Dale. Em circunstâncias normais, nosso amigo levaria seu admirador para um bar sossegado, pagaria uma cerveja para ele e diria: "Olhe, sei que você está impressionado com o que eu fiz, mas afinal de contas, Dale, sou apenas um policial, como você. Só isso. E, honestamente, tenho muito mais sorte do que mereço." (O que seria verdade, também: desde a última vez que o vimos, nosso amigo foi abençoado, se é que isto é uma bênção, com uma sorte tão incrível que já não ousa jogar cartas nem apostar em eventos esportivos. Quando se ganha quase sempre, ganhar tem gosto de suco de uva estragado.) Mas estas não eram circunstâncias normais, e no enxame de emoções que andaram ameaçando causar sua ruína, desde que eles deixaram Centralia na reta da rodovia 93, a adulação de Dale mal foi registrada. Esta viagem curta para um lugar que ele não conhecia parecia uma volta ao lar há muito adiada: tudo que ele via parecia impregnado de significado e recordações, uma parte dele, essencial. Tudo parecia sagrado. Ele sabia que ia comprar a casinha simpática, não importava o aspecto que tivesse nem quanto custasse, não que o preço pudesse atrapalhar de alguma forma. Ele ia comprá-la, e pronto. O culto ao herói de Dale só o afetava à medida que ele se dava conta de que seria obrigado a impedir que o admirador lhe cobrasse menos. Enquanto isso, lutava com as lágrimas que queriam lhe encher os olhos.

Do alto, vemos os vales glaciais dividindo a paisagem à direita da 93 como as impressões digitais de um gigante. Ele viu apenas as estradas estreitas que saíam de repente da rodovia e resvalavam para um misto de claridade e escuridão. Cada estrada dizia: *Quase lá.* A rodovia dizia: *Este é o caminho.* Olhando para baixo, podemos observar uma área de estacionamento à beira da estrada, duas bombas de gasolina e um longo telhado cinza com a inscrição ROY'S STORE desbotada; quando olhou para a direita e viu, depois das bombas de gasolina, os degraus de madeira subindo para um amplo e convidativo alpendre e para a entrada da loja, ele teve a sensação de já ter subido aqueles degraus cem vezes antes e entrado para pegar pão, leite, cerveja, frios, luvas de trabalho, uma chave de fenda, um saco de pregos, o que quer que ele precisasse da cornucópia de utilidades que abarrotava as prateleiras, como ele faria, depois daquele dia, mais de cem vezes.

Quarenta e cinco metros adiante na rodovia, a lâmina cinza-azulada do riacho Tamarack entra serpeando no Vale Noruega. Quando o carro de Dale atravessou uma pequena ponte de ferro enferrujada, a ponte disse *É aqui!,* e o homem vestido informalmente com roupas caras no banco do carona, dando a impressão de que, em matéria de terras de fazenda, só sabia o que aprendera olhando das janelas da primeira classe nos voos transcontinentais, e, de fato, era incapaz de diferenciar trigo de feno, sentiu o coração estremecer. Do outro lado da ponte, uma placa dizia ESTRADA DO VALE NORUEGA.

— É aqui — disse Dale, e virou à direita para entrar no vale.

Nosso amigo tapou a boca com a mão, prendendo quaisquer sons que seu coração trêmulo pudesse fazê-lo emitir.

Aqui e ali, à beira da estrada, flores silvestres balançavam a cabeça, algumas delas ousadas e vivas, outras meio escondidas num manto de verde vibrante.

— Dirigir nesta estrada sempre me deixa bem-disposto — Dale disse.

— Não é de admirar — conseguiu retrucar o nosso amigo.

A maior parte do que Dale dizia não penetrava no turbilhão de emoções rugindo na cabeça e no corpo de seu carona. Esta é a velha fazenda Lund — primos da minha mãe. A escola de uma única sala onde minha bisavó lecionava era bem ali, só que a demoliram faz tempo. Aqui é a casa de Duane Updahl, ele não é meu parente, graças a Deus. Zumbido borrão resmungo. Borrão resmungo zumbido. Eles tornaram a atravessar o riacho Tamarack, suas águas cintilantes cinza-azuladas rindo e gritando: *Estamos aqui!* Depois de uma curva, o carro foi recebido por uma profusão de flores silvestres luxuriantes na beira da estrada. Em meio a elas, as caras cegas e atentas dos lírios-tigrinos inclinavam-se para encontrar o rosto de nosso amigo. Uma ondulação de sentimento separada do turbilhão, mais silenciosa mas não menos potente, trouxe-lhe aos olhos lágrimas de deslumbramento.

Lírios-tigrinos, por quê? Lírios-tigrinos não queriam dizer nada para ele. Ele usou um bocejo como pretexto para enxugar os olhos, esperando que Dale não tivesse notado.

— Chegamos — disse Dale, tendo ou não notado, e deu uma guinada entrando numa estradinha longa e invadida pelo mato, ladeada de flores silvestres e capim alto, que parecia não levar a lugar algum senão a um extenso prado e moitas de flores que batiam na cintura. Do outro lado do prado, campos listrados subiam até o arvoredo da encosta. — Você já vai ver a velha casa do meu pai. O prado pertence à casa, e meus primos Randy e Kent são donos do campo.

Nosso amigo não viu a sede branca de dois andares que se erguia no fim da última curva da estradinha até Dale Gilbertson estar no meio da curva, e não falou até Dale estacionar o carro na frente da casa, desligar o motor e os dois saltarem. Ali estava a "casinha simpática", sólida, recém-pintada, mantida com amor, modesta mas de belas proporções, afastada da estrada, afastada do mundo, em frente a um prado verde e amarelo com uma profusão de flores.

— Meu Deus, Dale — disse ele. — É a perfeição.

Aqui encontraremos nosso antigo companheiro de viagem, que na infância conheceu um garoto chamado Richard Sloat, e uma vez, muito rapidamente, conheceu mais outro cujo nome era, simplesmente, Lobo. Nesta bela sede branca, sólida e afastada, vamos encontrar nosso velho amigo que na infância atravessou o país de oceano a oceano em busca de uma certa coisa crucial, um objeto necessário, um grande talismã, e que, apesar de obstáculos medonhos e perigos assustadores, conseguiu encontrar o que estava procurando e usou-o bem e com sabedoria. Que, poderíamos dizer, realizou uma série de milagres, heroicamente. E que não se lembra de nada disso. Aqui, preparando o seu café da manhã em sua cozinha, ouvindo George Rathbun na KDCU, afinal encontramos o antigo tenente da polícia do condado de Los Angeles, Divisão de Homicídios, Jack Sawyer.

Nosso Jack, Jacky, como sua mãe, a falecida Lily Cavanaugh Sawyer, costumava chamá-lo.

Ele seguira Dale pela casa vazia, subindo ao primeiro andar e descendo até o porão, admirando conscienciosamente a nova caldeira que Gilbertson instalara um ano antes da morte do pai, a qualidade dos reparos que fizera desde então, o brilho dos assoalhos de madeira, a espessura do isolamento do sótão, a solidez das janelas, e muitos toques artísticos que lhe chamaram a atenção.

— É, fiz muitas obras na casa — Dale lhe disse. — Ela já estava bem em ordem, mas gosto de trabalhar com as mãos. Com o tempo, isso virou uma espécie de hobby. Sempre que eu não tinha nada para fazer, nos fins de semana e feriados, peguei o hábito de vir para cá e trabalhar para me distrair. Não sei, talvez isso tenha ajudado a me sentir como se continuasse em contato com meu pai. Era um ótimo sujeito, o meu pai. Queria que eu fosse fazendeiro, mas quando eu disse que estava pensando em entrar para a polícia, ele me deu todo o apoio. Sabe o que ele disse? "Quem vai se tornar fazendeiro sem entusiasmo terá um castigo de sol a sol. Acabará se sentindo igual a uma mula. Sua mãe e eu não o trouxemos ao mundo para transformá-lo em mula."

— O que ela achou? — perguntou Jack.

— Minha mãe vem de uma longa linhagem de fazendeiros — dissera Dale. — Ela achava que eu podia descobrir que ser mula não era assim tão ruim. Quando morreu, quatro anos antes do meu pai, ela já estava acostumada com o fato de eu ser tira. Vamos sair pela porta da cozinha e dar uma olhada no prado, está bem?

Enquanto estavam lá fora dando a olhada, Jack perguntara a Dale quanto ele queria pela casa. Dale, que estivera esperando essa pergunta, tirou 5 mil do máximo que ele e Sarah julgavam poder obter. Quem ele estava enganando? Dale queria que Jack Sawyer comprasse a casa onde ele crescera — queria que Jack morasse perto dele pelo menos algumas semanas por ano. E se Jack não comprasse a casa, ninguém mais compraria.

— Está falando sério? — perguntara Jack.

Mais consternado do que gostaria de admitir, Dale respondera:

— Me parece um preço justo.

— Não é justo para *você* — dissera Jack. — Não vou deixar você dar essa casa só porque gosta de mim. Aumente o preço, ou estou fora.

— Vocês, magnatas da cidade grande, sabem negociar direitinho. Está certo, acrescente mais 3 mil.

— Cinco — disse Jack. — Senão estou fora.

— Fechado. Mas você está me deixando triste.

— Espero que seja a última vez que compro um imóvel de vocês, noruegueses mesquinhos — disse Jack.

Ele comprara a casa a distância, enviando um sinal de L.A., trocando assinaturas por fax, sem hipoteca, pagando à vista. Qualquer que tenha sido a origem de Jack Sawyer, Dale pensara, era muito mais próspera que a de um policial comum. Algumas semanas depois, Jack reaparecera no meio de um tornado autocriado, providenciando para que o telefone fosse ligado e a conta da energia elétrica fosse transferida para o seu nome, levando o que parecia ser metade do conteúdo da Roy's Store, correndo até Arden e La Riviere para comprar uma cama nova, roupa de cama, artigos de mesa, panelas de ferro fundido e um conjunto de facas francesas, um micro-ondas compacto e uma televisão gigante, e um equipamento de som tão lustroso, preto e resplandecente, que Dale, que fora convidado para tomar um drinque amistoso, calculou que devia ter custado mais que seu salário anual. Muito mais, aliás, Jack trouxe para casa, consistindo uma parte deste muito mais em artigos que Dale nunca pensou pudessem ser obtidos no condado Francês, Wisconsin. Por que alguém precisaria de um saca-rolha de 65 dólares chamado WineMaster? Quem era esse cara, que tipo de família o produzira?

Ele notou uma sacola com um logotipo desconhecido cheia de CDs — de 15, 16 dólares cada; estava olhando para algumas centenas de dólares em CDs. Fosse lá mais o que pudesse ser verdade a respeito de Jack Sawyer, ele era muito ligado em música. Curioso, Dale abaixou-se, pegou um punhado de caixas de CDs e viu imagens de pessoas, em geral negras, em geral com instrumentos encostados na boca ou dentro dela. Clifford Brown, Lester Young, Tommy Flanagan, Paul Desmond.

— Eu nunca ouvi falar desses caras — disse. — O que é isso, jazz, eu acho?

— Achou certo — disse Jack. — Posso lhe pedir para me ajudar a arrastar móveis e pendurar quadros, esse tipo de coisa, daqui a um mês ou dois? Vou despachar uma tralha danada para cá.

— Quando quiser. — Dale teve uma ideia maravilhosa. — Ei, você tem que conhecer meu tio Henry! Ele é inclusive seu vizinho, mora uns 400 metros adiante. Era casado com minha tia Rhoda, irmã de meu pai, que morreu há três anos. Henry parece uma enciclopédia de música estranha.

Jack não partia do pressuposto de que jazz era estranho. Talvez fosse. De qualquer forma, provavelmente parecia estranho para Dale.

— Eu não imaginaria que fazendeiros tivessem muito tempo para ouvir música.

Dale abriu a boca e soltou uma gargalhada.

— Henry não é fazendeiro. Henry... — Rindo, Dale ergueu as mãos, abertas com as palmas para cima, e olhou para longe, procurando a expressão correta. — Ele é o *oposto* de um fazendeiro. Quando você voltar, vou apresentá-lo a ele. Você vai achá-lo o máximo.

Seis semanas depois, Jack voltou para receber o caminhão da mudança e dizer aos homens onde colocar os móveis e as outras coisas que ele despachara; alguns dias depois, quando já desembalara metade das caixas, telefonou para Dale perguntando se ele ainda estava disposto a lhe dar uma mão. Eram 17h de um dia tão parado que Tom Lund adormecera na mesa, e Dale foi para lá sem nem se dar ao trabalho de tirar o uniforme.

Sua primeira reação, depois que Jack lhe apertara a mão e o mandara entrar, foi de choque total. Tendo dado um único passo para além da porta, Dale ficou paralisado, incapaz de prosseguir. Passaram-se dois ou três segundos antes que ele se desse conta de que era um choque *bom*, um choque prazeroso. Sua velha casa fora transformada: era como se Jack Sawyer lhe tivesse pregado uma peça e aberto a conhecida porta da entrada para o interior de uma casa completamente diferente. O trecho da sala até a cozinha não tinha nada a ver nem com o espaço de que ele se lembrava da infância nem com a progressão limpa e vazia do passado recente. Jack decorara a casa com o movimento de uma varinha de condão, pareceu a Dale, transformando-a com isso em algo que ele mal conhecia — uma mansão da Riviera, um apartamento da Park Avenue. (Dale nunca fora a Nova York nem ao Sul da França.) Depois notou que, em vez de transformar a velha casa em algo que ela não era, Jack simplesmente vira mais nela do que Dale jamais havia visto. Os sofás e as poltronas de couro, os tapetes vistosos, as amplas mesas e as luminárias discretas vieram de outro mundo, mas se encaixaram à perfeição, como se tivessem sido feitos especialmente para aquela casa. Tudo que ele via o convidava, e ele percebeu que podia se mexer de novo.

— Uau — disse. — Vendi essa casa para o cara certo.

— Estou feliz que esteja gostando — disse Jack. — Tenho que admitir que também estou. Ficou até melhor do que eu esperava.

— O que devo fazer? Já está tudo organizado.

— Vamos pendurar alguns retratos — disse Jack. — *Depois* vai ficar tudo organizado.

Dale supôs que Jack estivesse falando de fotografias de família. Não entendia por que alguém precisaria de ajuda para pendurar algumas fotografias emolduradas, mas se Jack queria sua assistência, ele a daria. Além disso, os retratos lhe diriam muita coisa sobre a família de Jack, ainda um tema de grande interesse para ele. No entanto, quando Jack o levou até um monte de engradados chatos encostados na bancada da cozinha, Dale mais uma vez teve a sensação de que estava desorientado ali, de que entrara num mundo desconhecido. Os engradados eram feitos à mão; eram objetos sérios feitos para fornecer proteção industrial. Alguns deles tinham 1,50m ou 1,80m de altura, e mais ou menos a mesma largura. Esses monstros não continham retratos de Mamãe e Papai. Ele e Jack tiveram que abrir os cantos e soltar os pregos nas bordas antes de poderem abrir as embalagens. Dava um bocado de trabalho soltar a tábua de cima dos engradados. Dale lamentou não ter parado em casa tempo suficiente para tirar o uniforme, que estava molhado de suor quando ele e Jack tiraram de seus casulos cinco pesados objetos retangulares enrolados em grossas camadas de papel. Ainda havia muitos engradados.

Uma hora depois, eles levaram as embalagens vazias para o porão e subiram para tomar uma cerveja. Depois, cortaram as camadas de papel, expondo quadros e gravuras numa variedade de molduras, inclusive algumas que pareciam ter sido feitas pelo próprio artista, com tábuas de celeiro. Os quadros de Jack ocupavam uma categoria em que Dale pensava vagamente como "arte moderna". Ele não entendia sobre o que deviam ser algumas daquelas coisas, embora realmente gostasse de quase todas, especialmente de algumas paisagens. Sabia que nunca ouvira falar nos artistas, mas seus nomes, achava ele, seriam reconhecidos pelo tipo de gente que morava em cidades grandes e frequentava museus e galerias. Toda essa arte — todas essas imagens grandes e pequenas agora alinhadas no chão da cozinha — o deixava aturdido, não de uma forma completamente agradável. Ele realmente entrara num outro mundo, e não conhecia nenhum de seus pontos de referência. Então lembrou-se que ele e Jack Sawyer iam pendurar esses quadros nas paredes da velha casa de seus pais. Um entusiasmo imediato fluiu para esta ideia e encheu-a até a borda. Por que mundos contíguos não deveriam se misturar de vez em quando? E este outro mundo não era o de Jack?

— Certo — disse ele. — Eu gostaria que Henry, aquele tio de quem lhe falei, que mora ali embaixo, eu gostaria que ele pudesse ver essas coisas. Henry saberia como apreciá-las.

— Por que ele não poderia vê-las? Vou convidá-lo para vir aqui em casa.

— Eu não lhe disse? — perguntou Dale. — Henry é cego.

Quadros foram colocados nas paredes da sala, subiram a escada, entraram nos quartos. Jack pendurou alguns pequenos no banheiro de cima e no pequeno lavabo do térreo. Dale começou a ficar com dor nos braços de segurar as molduras enquanto Jack marcava os pontos em que os pregos entrariam. Após os três primeiros quadros, ele tirara a gravata e arregaçara as mangas, sentindo o suor pingando do cabelo e escorrendo pelo rosto. Seu colarinho desabotoado estava empapado. Jack Sawyer trabalhara tanto ou mais que ele, mas era como se não tivesse feito um esforço maior do que pensar no jantar.

— Você é uma espécie de colecionador de arte, hein? — perguntara Dale. — Levou muito tempo para conseguir todos esses quadros?

— Não sei o suficiente para ser um colecionador — disse Jack. — Meu pai comprou a maioria dessas obras nos anos 50 e 60. Minha mãe também comprava alguma coisa, quando via algo que a interessava. Como aquele pequeno Fairfield Porter ali, com o alpendre e um gramado e as flores.

O pequeno Fairfield Porter, nome que Dale presumiu ser de seu pintor, atraíra-o desde o momento em que ele e Jack o tiraram da embalagem. Você podia pendurar um quadro como aquele em sua sala. Quase podia pisar num quadro como aquele. O engraçado era, pensou Dale, que se você o pendurasse na sala, a maioria das pessoas que entrasse ali não o notaria nunca.

Jack dissera algo quanto a estar feliz em tirar os quadros do depósito.

— Então — disse Dale —, sua mãe e seu pai lhe *deram* esses quadros?

— Eu os herdei depois da morte de minha mãe — disse Jack. — Meu pai morreu quando eu era pequeno.

— Ah, sinto muito — disse Dale, arrancado abruptamente do mundo no qual o Sr. Fairfield Porter o acolhera. — Deve ter sido duro para você, perder seu pai tão cedo.

Ele achou que Jack lhe dera a explicação para a aura de reserva e isolamento que sempre parecia envolvê-lo. Um segundo antes que Jack pudesse responder, Dale disse a si mesmo que aquilo era besteira. Não tinha ideia de como alguém acabava virando um Jack Sawyer.

— É — disse Jack. — Felizmente, minha mãe era mais dura ainda.

Dale pegou essa deixa com as duas mãos.

— O que seus pais faziam? Você foi criado na Califórnia?

— Nascido e criado em Los Angeles — disse Jack. — Meus pais trabalhavam na indústria do entretenimento, mas não vá fazer mau juízo deles por causa disso. Eles eram ótimas pessoas.

Jack não o convidou para ficar para jantar — foi nisso que Dale reparou. Durante a hora e meia que levaram para pendurar o resto dos quadros, Jack Sawyer permaneceu simpático e bem-humorado, mas Dale, que não era policial à toa, sentiu algo evasivo e forçado na afabilidade do amigo: uma porta abrira uma frestinha, depois batera. A expressão "ótimas pessoas" fizera dos pais de Jack um assunto proibido. Quando os dois pararam para outra cerveja, Dale notou um par de sacolas de um armazém de Centralia perto do micro-ondas. Eram quase 20h, pelo menos duas horas depois da hora do jantar naquele condado. Jack poderia razoavelmente ter presumido que Dale já jantara, se seu uniforme não fosse uma prova em contrário.

Ele perguntou a Jack sobre o caso mais difícil que ele já resolvera e foi chegando para perto da bancada. As extremidades vermelhas marmorizadas de dois bifes de picanha despontavam da sacola mais próxima. Seu estômago emitiu um clamor reverberante. Jack ignorou o ronco e disse:

— Thornberg Kinderling era do nível de todos os casos em que eu trabalhei em L.A. Fiquei gratíssimo por sua ajuda.

Dale entendeu. Aqui estava mais uma porta fechada. Esta não se permitira abrir por uma fresta sequer. Não se falava de história aqui; o passado fora lacrado.

Eles terminaram as cervejas e penduraram o último quadro. Nas últimas horas, falaram de centenas de coisas, mas sempre dentro dos limites que Jack Sawyer estabelecera. Dale tinha certeza que sua pergunta sobre os pais de Jack encurtara a noite, mas por que isso deveria ser verdade? O que o cara estava escondendo? E de quem estava escondendo? Terminado o trabalho, Jack agradeceu-lhe calorosamente e acompanhou-o até o carro, cortando com isso qualquer esperança de uma prorrogação de última hora. Caso encerrado, fim de jogo, vamos nessa, nas palavras do imortal George Rathbun. Enquanto estavam na escuridão fragrante embaixo de milhões de estrelas dispostas no alto, Jack suspirou com prazer e disse:

— Espero que saiba o quanto lhe sou grato. Sinceramente. Pena eu ter que voltar para L.A. Quer dar uma espiada como isso é bonito?

Voltando para French Landing, sendo os seus os únicos faróis no longo trecho da rodovia 93, Dale se perguntou se os pais de Jack estariam envolvidos em algum aspecto da indústria do entretenimento embaraçoso para seu filho adulto, como pornografia. Talvez papai dirigisse filmes de sacanagem, e mamãe os estrelasse. As pessoas que faziam filmes pornôs provavelmente ganhavam uma grana, especialmente se trabalhassem em família. Antes que seu odômetro marcasse mais 100 metros, a lembrança do pequeno Fairfield Porter transformou a satisfação de Dale em poeira. Nenhuma mulher que ganhasse a vida fazendo sexo diante das câmeras com estranhos gastaria dinheiro de verdade num quadro como aquele.

Vamos entrar na cozinha de Jack Sawyer. O *Herald* matutino está aberto na mesa de jantar; uma frigideira preta esquenta sobre o círculo de chamas azuis do queimador esquerdo da parte da frente do fogão a gás. Um homem alto, em forma, com um ar distraído, usando um suéter de moletom velho da UCS, jeans e sapatos italianos cor de melado está manejando um batedor dentro de uma tigela de aço inoxidável contendo uma boa quantidade de ovos crus.

Vendo-o franzindo a testa para o vazio bem acima da reluzente tigela, observamos que o belo menino de 12 anos visto pela última vez num apartamento do quarto andar de um hotel deserto de New Hampshire tornou-se um homem cuja boa aparência é apenas o menor dos atributos que o tornam interessante. Pois que Jack Sawyer *é* interessante é óbvio. Mesmo quando distraído por alguma preocupação pessoal, algum *enigma*, melhor dizendo, diante daquela expressão contemplativa, Jack Sawyer não consegue evitar irradiar uma autoridade persuasiva. Só de olhar para ele, sabe-se que ele é uma daquelas pessoas para quem os outros se voltam quando se sentem aturdidos, ameaçados ou contrariados pelas circunstâncias. Inteligência, decisão e confiabilidade moldaram suas feições tão profundamente que a beleza delas é irrelevante para o que elas exprimem. Este homem nunca para para se olhar no espelho — a vaidade não faz parte de seu caráter. Faz sentido ele ser uma estrela em ascensão no Departamento de Polícia de Los Angeles, sua pasta estar abarrotada de recomendações e ele ter sido escolhido para vários programas e cursos de treinamento patrocinados pelo FBI e destinados a impulsionar o progresso de estrelas em ascensão. (Alguns colegas e superiores de Jack concluíram em particular que ele seria o comissário de polícia de uma cidade como San Diego ou Seattle por volta dos 40 anos e, 10 a 15 anos depois, se tudo corresse bem, chegaria a São Francisco ou Nova York.)

Mais impressionante, a idade de Jack não parece mais relevante que sua beleza: ele tem o aspecto de quem passou por vidas antes desta, de quem foi a lugares e viu coisas além do alcance da maioria das outras pessoas. Não espanta que Dale Gilbertson o admire; não espanta que Dale almeje a ajuda de Jack. Em seu lugar, também haveríamos de querer, mas nossa sorte não seria melhor que a dele. Este homem *se aposentou*, está fora do jogo, sinto muito, é uma vergonha e tudo o mais, mas um homem precisa quebrar os ovos quando vai fazer omelete, como disse John Wayne para Dean Martin em *Onde começa o inferno*.

— E, como minha mãe me disse — Jack fala alto para si mesmo —, "Meu filho, quando o Duke *falava*, todo mundo *escutava*, a menos que ele estivesse discorrendo sobre um de seus temas políticos prediletos", sim, ela disse, estas foram suas palavras exatas, como ela as disse a mim. — Meio segundo depois, ele acrescenta: — Naquela bela manhã em Beverly Hills — e finalmente entende o que está fazendo.

O que temos aqui é um homem espetacularmente solitário. A solidão é conhecida de Jack Sawyer há tanto tempo que ele a acha natural, mas a gente acaba se acostumando com aquilo que não consegue consertar, certo? Muitas coisas, como paralisia cerebral e a doença de Lou Gehrig, para citar apenas duas, são piores que a solidão. A solidão é só parte do programa, nada mais. Até Dale notou este aspecto da personalidade do amigo, e apesar de suas muitas virtudes, nosso chefe de polícia não pode ser descrito como um ser humano particularmente dotado de psicologia.

Jack olha para o relógio em cima do fogão e vê que ainda tem 45 minutos até precisar ir a French Landing pegar Henry Leyden no final de seu turno. Isso é bom; ele tem muito tempo, está segurando a barra, e o subtexto disso pode ser *Está tudo bem, e não há nada de errado comigo, muito obrigado.*

Quando Jack acordou essa manhã, uma vozinha em sua cabeça anunciou *sou um puliça*. Sou nada, pensou ele, e mandou a voz deixá-lo em paz. A vozinha podia ir para o inferno. Ele desistira desse trabalho de "puliça", deixara a indústria do homicídio...

... as luzes de um carrossel se refletiam na calva do cadáver de um negro no píer de Santa Mônica...
Não. Não vá lá. Simplesmente... não vá, só isso.

Jack não deveria estar em Santa Mônica, afinal de contas. Santa Mônica tinha seus próprios "puliças". Até onde sabia, eles eram uns caras legais, embora talvez não exatamente do padrão estabelecido por aquele garoto de ouro genial e o mais moço tenente da Divisão de Homicídio do DPLA, ele próprio. O único motivo pelo qual o garoto de ouro genial estivera na área deles em primeiro lugar era ele ter acabado de romper com aquela moradora de Malibu extremamente — ou, pelo menos, moderadamente — boazinha, a Srta. Brooke Greer, uma roteirista admiradíssima em seu gênero, comédia romântica de ação e aventura, também uma pessoa de notável inteligência, insight, charme físico, e enquanto estava voltando para casa pelo belo trecho da rodovia Costa do Pacífico embaixo da saída do cânion de Malibu, ele cedeu a um ataque de tristeza atipicamente nervoso.

Alguns segundos depois de subir a ladeira Califórnia para Santa Mônica, ele viu o aro brilhante da roda-gigante girando acima dos cordões de luzes e da multidão animada do píer. Um encanto barato ou uma barateza encantada tocou-o do coração desta cena. De repente, Jack resolveu estacionar o carro e foi andando para o conjunto de luzes brilhantes piscando no escuro. A última vez que visitara o píer de Santa Mônica, era um garoto de 6 anos excitado puxando a mão de Lily Cavanaugh Sawyer como um cachorro puxando a guia.

O que aconteceu foi acidental. Foi muito insignificante para ser chamado de coincidência. A coincidência une dois elementos sem relação prévia de uma história maior. Aqui, nada tinha ligação, e não havia história maior.

Ele chegou à entrada vistosa do píer e notou que, afinal de contas, a roda-gigante não estava girando. Um aro de luzes paradas pendia sobre gôndolas vazias. Por um momento, a enorme máquina pareceu um invasor alienígena, astutamente disfarçado e esperando até poder fazer o máximo de estrago. Jack quase podia ouvi-la zumbindo para si mesma.

Certo, pensou, *uma roda-gigante má... controle-se. Você está mais abalado do que quer admitir.* Depois, tornou a olhar para a cena à sua frente, e finalmente compreendeu que sua fantasia do píer de Santa Mônica escondera um mal real que sua profissão tornara muito familiar. Ele topara com os estágios iniciais de uma investigação de homicídio.

Algumas das luzes brilhantes que ele vira não vinham da roda-gigante, mas da capota de radiopatrulhas de Santa Mônica. No píer, quatro guardas estavam desencorajando a multidão de civis de romper o cordão de isolamento em volta do carrossel feericamente iluminado. Jack disse a si mesmo para deixar isso para lá. Ele não tinha nada que fazer ali. Além do mais, o carrossel despertava algumas sensações indistintas, todo um conjunto de sentimentos indesejáveis dentro dele. O carrossel era mais arrepiante que a roda-gigante parada. Os carrosséis sempre o assustaram, não? Cavalos anões pintados, paralisados com os dentes arreganhados e tubos de aço enfiados em suas entranhas — sadismo *kitsch.*

Vá embora, Jack disse a si mesmo. *Você levou um fora da namorada e está de péssimo humor.*

E quanto a carrosséis...

A descida abrupta de uma cortina mental de chumbo encerrou o debate sobre carrosséis. Sentindo-se como que empurrado interiormente, Jack subiu no píer e começou a caminhar entre a multidão. Tinha a vaga consciência de estar tomando a atitude mais antiprofissional de sua carreira.

Quando conseguiu chegar à frente da multidão, passou por baixo do cordão de isolamento e mostrou o distintivo a um guarda com cara de bebê que tentou mandá-lo voltar. Perto dali, um guitarrista começou a tocar um blues que Jack quase conseguiu identificar; o título veio à superfície de sua mente, depois mergulhou e sumiu. O guarda bebê lançou-lhe um olhar intrigado e afastou-se para consultar um dos detetives debruçados sobre uma forma longa que Jack não estava muito a fim de olhar naquela hora. A música incomodou-o. Incomodou-o muito. Na verdade, encheu-lhe o saco. Sua irritação era desproporcional à causa, mas que tipo de idiota achava que homicídios precisavam de trilha sonora?

Um cavalo pintado recuou, paralisado na luz ofuscante.

O estômago de Jack se contraiu, e no fundo de seu peito algo feroz e insistente, algo para não ser nomeado em hipótese alguma, dobrou-se e abriu os braços. Ou as asas. A terrível coisa desejou se libertar e se dar a conhecer. Por um instante, Jack receou ter que vomitar. A passagem dessa sensação trouxe-lhe um momento de clareza desconfortável.

Voluntária e negligentemente, ele entrara na loucura, e agora estava louco. Não se podia dizer de outra forma. Marchando em sua direção com uma expressão que combinava bem descrença e fúria estava um detetive chamado Angelo Leone que, antes da conveniente transferência para Santa Mônica, era um colega de Jack que se destacava pelos apetites grosseiros, pela capacidade de violência e corrupção, pelo desprezo por todos os civis, independentemente de cor, raça, credo ou posição social, e, para ser justo, pelo destemor e pela lealdade absoluta a todos os policiais que aceitavam o programa e faziam as mesmas coisas que ele, o que significava qualquer coisa da qual pudessem escapar impunemente. O desdém de Angelo Leone por Jack Sawyer, que não fizera parte do programa, equivalia a seu ressentimento pelo sucesso do homem mais jovem. Em alguns segundos, esse brutamontes iria estar à sua frente. Em vez de tentar imaginar como se explicar para o brutamontes, ele estava obcecado com carrosséis e guitarras, tratando dos detalhes de seu enlouquecimento. Ele não tinha como se explicar. Não havia explicação. A necessidade interna que o impelira para essa posição continuou se manifestando, mas não dava para Jack falar com Angelo Leone de necessidades internas. Também não dava para oferecer uma explicação racional a seu capitão, se Leone registrasse uma queixa.

Bem, está vendo, era como se outra pessoa estivesse puxando meus cordéis, como se outra pessoa estivesse no comando...

As primeiras palavras a sair da boca carnuda de Angelo Leone salvaram-no do desastre.

— Não me diga que está aqui por uma razão, seu imbecilzinho ambicioso.

Uma carreira de pirata como a de Leone inevitavelmente expunha o pirata ao perigo de uma investigação oficial. Uma retirada estratégica para uma força vizinha oferecia pouca proteção contra as escavações arqueológicas secretas que os policiais usavam para montar fichas e perfis quando a imprensa não lhes dava outra escolha. A cada dez ou vinte anos, chatos prestativos, informantes, reclamadores, caguetes, civis irritados e tiras muito burros para aceitar o programa tradicional se reuniam, enfiavam um foguete no rabo coletivo da imprensa e desencadeavam uma orgia de mortes. A paranoia essencial movida pela culpa de Leone sugerira-lhe de imediato que o garoto de ouro da Homicídios de L.A. poderia estar dourando seu currículo.

Como Jack sabia que aconteceria, sua afirmação de ter sido puxado para a cena como um cavalo de fogo para um incêndio aumentou as suspeitas de Leone.

— Certo, *por acaso* você entrou na minha investigação. Ótimo, agora me ouça. Se *por acaso* eu ouvir seu nome associado a alguma coisa de que eu não goste alguma vez nos próximos seis meses, ou melhor, algum dia, você vai precisar de um tubo para mijar até o fim da vida. Agora suma daqui, porra, e me deixe trabalhar.

— Estou indo, Angelo.

O parceiro de Leone veio vindo pelo píer iluminado. Leone contraiu o rosto e fez sinal para que ele recuasse. Sem tencionar fazer isso, inconscientemente, Jack deixou os olhos passarem pelo detetive e baixarem para o cadáver em frente ao carrossel. Com muito mais força que da primeira vez, a feroz criatura dentro de seu peito se dobrou, desenrolou as asas e abriu-as, abriu os braços, as garras, o que quer que fosse, e com um incrível impulso para cima tentou libertar-se de suas amarras.

As asas, os braços, as garras esmagaram os pulmões de Jack. Unhas medonhas rasgaram seu estômago.

Há uma coisa que um detetive de homicídios, especialmente um tenente de homicídios, jamais pode fazer, qual seja: confrontado com um corpo, ele não pode vomitar. Jack fez força para permanecer do lado respeitável do Proibido. A bílis queimava em sua garganta, e ele fechou os olhos. Uma constelação de pontos luminosos cintilou de um lado a outro de suas pálpebras. A criatura, que fedia e vazava, debatia-se contra o que a prendia.

Luzes se refletiam na calva do cadáver de um negro ao lado de um carrossel...

Você não. Não, você não. Bata o quanto quiser, mas você não pode entrar.

As asas, os braços e as garras se fecharam; a criatura reduziu-se a um ponto sonolento. Tendo conseguido evitar o Ato Proibido, Jack viu que era capaz de abrir os olhos. Não sabia quanto tempo se passara. A testa enrugada de Angelo Leone, seus olhos turvos e sua boca carnívora apareceram e, a uma distância de 15 centímetros, ocuparam todo o espaço disponível.

— O que estamos fazendo aqui? Revendo nossa situação?

— Eu gostaria que aquele idiota guardasse a guitarra no estojo. E esta foi uma das surpresas mais estranhas da noite.

— Guitarra? Não estou ouvindo guitarra nenhuma.

Nem ele, Jack percebeu.

Qualquer pessoa normal não tentaria tirar esse episódio da cabeça? Jogar esse lixo no mar? Podia-se fazer qualquer coisa com ele, podia-se *usá-lo*, então, por que agarrar-se a ele? O incidente no píer nada significava. Não se ligava a nada a não ser a si mesmo, e não levava a nada. Era literalmente inconsequente, pois não tivera consequências. Depois que a namorada lhe dera o fora, Jack ficara desarvorado, sofrera um desvio momentâneo, e invadira o local do crime de outra jurisdição. Isso não passava de um erro embaraçoso.

Cinquenta e seis dias e 11 horas depois, o garoto de ouro entrou na sala de seu capitão, entregou o distintivo e a arma e anunciou, para espanto do capitão, sua aposentadoria imediata. Nada sabendo do confronto com o detetive Leone no píer de Santa Mônica, o capitão não perguntou sobre a possível influência na decisão de seu tenente de um carrossel parado e do cadáver de um negro; se tivesse perguntado, Jack lhe teria dito que ele estava sendo ridículo.

Não vá lá, ele aconselha a si mesmo, e faz muito bem em não ir. Recebe alguns flashes involuntários, apenas, instantâneos iluminados da luz estroboscópica da cabeça empinada de um pônei, da cara mal-humorada de Angelo Leone, de outra coisa também, o objeto ocupando o centro morto da cena em todos os sentidos, aquilo que, acima de tudo, não deve ser testemunhado... na hora em que esses raios imagísticos aparecem, ele *os manda embora*. Parece uma atuação mágica. Ele está fazendo mágica, mágica boa. Sabe perfeitamente que estes feitos de banimento de imagem representam uma forma de autoproteção, e se os motivos por trás de sua necessidade dessa mágica protetora permanecem obscuros, a necessidade é motivo suficiente. Quando se quer fazer omelete, é preciso quebrar os ovos, para citar aquela inimpugnável autoridade John Wayne, o Duke.

Jack Sawyer tinha mais coisas na cabeça do que as irrelevâncias sugeridas por uma voz de sonho pronunciando a palavra "polícia" em linguagem tatibitate. Esses assuntos, também, ele deseja *mandar embora* com a execução de um truque mágico, mas os miseráveis assuntos rejeitam o banimento; eles voejam como um enxame de vespas em torno dele.

No geral, o nosso Jack não está se saindo muito bem. Ele está fazendo hora e olhando para os ovos, que já não estão com muito bom aspecto, embora ele não saiba dizer por quê. Os ovos resistem à interpretação. Os ovos são o mínimo. Na periferia de sua visão, a faixa atravessada na página de *La Riviere Herald* parece sair da folha de jornal e flutuar para ele. PESCADOR AINDA À SOLTA EM... Não, basta; ele vira as costas com o terrível conhecimento de ter causado sozinho esse negócio do Pescador. E quanto a EM STATEN ISLAND ou EM BROOKLYN, onde o verdadeiro Albert Fish, uma peça atormentada, se é que já houve alguma, encontrou duas de suas vítimas?

Essa história o está deixando doente. Duas crianças mortas, a menina Freneau desaparecida e provavelmente morta, pedaços de corpo comidos, um doido que plagiava Albert Fish... Dale insistia em bombardeá-lo de informações. Os detalhes entram em seu organismo como algo que contamina. Quanto mais fica sabendo — e para um homem que realmente desejava sair do grupo que mandava, Jack aprendeu muito —, mais os venenos circulam em sua corrente sanguínea, distorcendo suas percepções. Ele viera para o Vale Noruega fugindo de um mundo que de repente se tornara indigno de confiança e inseguro, como se liquefazendo sob pressão térmica. Durante seu último mês em Los Angeles, a pressão térmica ficara intolerável. Possibilidades grotescas espiavam de janelas escuras e dos espaços entre os prédios, ameaçando tomar forma. Em dias de folga, a sensação de lavagem engordurando seus pulmões fazia-o arfar e lutar contra a náusea, então ele trabalhava sem parar, solucionando mais casos do que nunca. (Seu diagnóstico era que o trabalho o estava perturbando, mas dificilmente podemos censurar o capitão por se espantar com o pedido de desligamento do garoto de ouro.)

Ele fugira para este obscuro recanto do interior do país, este abrigo, este porto à beira de um prado amarelo, afastado do mundo das ameaças e da loucura, a cerca de 32 quilômetros de French Landing, a uma boa distância até da estrada do Vale Noruega. No entanto, as camadas de afastamento não conseguiram surtir efeito. Aquilo de que ele estava tentando fugir torna a fazer arruaça em volta dele, aqui em seu reduto. Se se deixasse sucumbir a uma fantasia autocentrada, ele teria de concluir que aquilo de que ele fugiu passara os últimos três anos farejando sua pista e finalmente conseguira encontrá-lo.

Na Califórnia, os rigores de sua tarefa o devastaram; agora os tumultos do oeste de Wisconsin precisavam ser mantidos a distância. Às vezes, tarde da noite, ele acorda com o eco de uma vozinha envenenada gemendo: *Puliça mais não, não vou, muito perto, muito perto.* O que estava muito perto, Jack Sawyer recusa-se a considerar; o eco prova que ele precisa evitar mais contaminação.

Más notícias para Dale, ele sabe, e lamenta sua inabilidade tanto para entrar na investigação quanto para explicar sua recusa ao amigo. Dale está a perigo, é triste mas é verdade. Ele é um bom chefe de polícia, mais do que bom para French Landing, mas avaliou mal a politicagem e deixou os estaduais armarem para ele. Com toda a aparência de respeito pela autoridade local, os detetives estaduais Brown e Black fizeram uma mesura, deram um passo para o lado e permitiram que Dale Gilbertson, que achava que eles lhe estavam fazendo um favor, passasse uma corda em volta do pescoço. Uma pena, mas Dale acaba de ver que está em cima de um alçapão com um saco preto na cara. Se o Pescador matar mais um garoto... Bem, Jack Sawyer envia seus mais profundos pêsames. Ele não pode fazer milagre agora, sinto muito. Jack tem coisas mais urgentes na cabeça.

Penas vermelhas, por exemplo. Pequenas. Peninhas vermelhas estão muito na cabeça de Jack, e já andavam ali, apesar de seus esforços para afastá-las com um passe de mágica, um mês antes de começarem os assassinatos. Certa manhã, quando ele saiu do quarto e começou a descer para fazer o café da manhã, uma peninha vermelha, uma pluma menor que um dedo de bebê, *pareceu* flutuar do teto inclinado no alto da escada. Atrás dela, duas ou três outras vieram voando para ele. Uma placa oval de gesso de 5 centímetros de largura *pareceu* piscar e abrir como um olho, e o olho soltou uma coluna apertada e gorda de penas que saíram do teto como se impelidas através de um canudo. Uma explosão de penas, um furacão de penas deu-lhe uma surra no peito, nos braços levantados, na cabeça.

Mas isso...

Isso nunca aconteceu.

Alguma outra coisa aconteceu, e ele levou uns dois minutos para descobrir. Um neurônio caprichoso falhou em seu cérebro. Um receptor mental bebeu o produto químico errado, ou bebeu demais do produto químico certo. As chaves que a cada noite acionavam os condutos de imagem reagiram a um sinal falso e produziram um *sonho acordado*. O sonho acordado parecia uma alucinação, mas quem tinha alucinações eram alcoólatras, drogados e doidos, especialmente esquizofrênicos paranoicos, com quem Jack lidara em muitas ocasiões durante sua vida de "puliça". Jack não se encaixava em nenhuma dessas categorias, incluindo a última. Ele sabia que não era esquizofrênico paranoico nem outra espécie qualquer de louco. Se você achasse Jack Sawyer louco, *você* era louco. Ele confia plenamente, ou pelo menos 99 por cento, em sua sanidade.

Já que ele não está delirando, as penas devem ter voado para ele em seu sonho acordado. A única outra explicação envolve realidade, e as penas não têm ligação com a realidade. Que tipo de mundo seria esse, se essas coisas acontecessem conosco?

De repente, George Rathbun berra:

— Me *dói* dizer isso, realmente me dói, pois *amo* nosso querido e velho time dos Brewers, vocês sabem que amo, mas tem horas que o *amor* precisa cerrar os dentes e encarar uma *dura* realidade... por exemplo, tomem o estado lastimável de nosso time de arremessadores. Bud Selig, ei, *BU-UD*, aqui é *Houston* chamando. Você poderia fazer o *Favor* de voltar já para a Terra? *Um cego* lançaria melhor que aquele conjunto de BANANAS, PERDEDORES E CABEÇAS DE VENTO!

O bom e velho Henry. Henry faz George Rathbun com tanta perfeição que dá para ver as manchas de suor em suas axilas. Mas a melhor invenção de Henry — na opinião de Jack — tem que ser aquela encarnação do sabe-tudo tranquilão, o respeitado Henry Shake ("O Sheik, o Shake, o Xeque das Arábias"), que pode, se estiver a fim, lhe dizer a cor das meias usadas por Lester Young no dia em que ele gravou "Shoe Shine Boy" e "Lady Be Good", e descrever o interior de duas dúzias de clubes de jazz famosos mas quase todos fechados há muito.

... *e antes de chegarmos à música muito* cool, *linda e simpática sussurrada um domingo no Village Vanguard pelo Bill Evans Trio, podemos prestar a nossa homenagem ao terceiro olho, o interno. Vamos homenagear o olho interno, o olho da imaginação. Estamos no fim de uma tarde quente de julho em Greenwich Village, cidade de Nova York. Na ensolarada Sétima Avenida Sul, chegamos debaixo do toldo do Vanguard, abrimos uma porta branca e descemos por uma longa escada estreita para um salão espaçoso no subsolo. Os músicos sobem ao palco. Bill Evans senta-se ao piano e cumprimenta a plateia com um aceno de cabeça. Scott LaFaro abraça seu baixo. Paul Motian pega suas baquetas. Evans abaixa bem a cabeça e deixa as mãos caírem no teclado. Para aqueles de nós que têm o privilégio de estar ali, nada voltará a ser como antes.*

"My Foolish Heart" pelo Bill Evans Trio, ao vivo, no Village Vanguard, dia 25 de junho de 1961. Sou seu anfitrião, Henry Shake — o Sheik, o Shake, o Xeque das Arábias.

Sorrindo, Jack deita os ovos batidos na frigideira, mexe-os duas vezes com um garfo, e diminui um pouco o fogo. Ocorre-lhe que esqueceu de fazer café. Que se dane o café. Café é a última coisa de que ele precisa; pode tomar suco de laranja. Uma olhada na torradeira sugere que ele também esqueceu de preparar a torrada da manhã. Ele precisa de torrada, torrada é essencial? Pense na manteiga, pense nas placas de colesterol esperando para entupir suas artérias. A omelete já é suficientemente arriscada; na verdade, ele tem a sensação de ter quebrado ovos demais. Agora Jack não consegue se lembrar por que queria fazer uma omelete, para início de conversa. Ele raramente come omelete. Na verdade, costuma comprar ovos por uma noção de obrigação despertada pelas duas carreiras de buracos do tamanho de um ovo na porta de sua geladeira. Se não fosse para as pessoas comprarem ovos, por que as geladeiras viriam com porta-ovos?

Ele enfia uma espátula sob as beiradas dos ovos que estão coagulando mas ainda estão moles, inclina a frigideira para a mistura se espalhar por igual, acrescenta os cogumelos e a cebola e dobra o resultado ao meio. Muito bem. Certo. Parece bom. Quarenta e cinco minutos luxuriantes de liberdade se estendem à sua frente. Apesar de tudo, ele parece estar funcionando bastante bem. Controle não é problema aqui.

Aberto na mesa da cozinha, *La Riviere Herald* dá na vista de Jack. Ele se esqueceu do jornal. Mas o jornal não se esqueceu dele, e pede sua cota apropriada de atenção. PESCADOR AINDA À SOLTA EM, e assim por diante. CÍRCULO POLAR ÁRTICO seria bom, mas não, ele chega mais perto da mesa e vê que o Pescador continua sendo um problema obstinadamente local. De sob a manchete, o nome de Wendell Green salta e se aloja em seu olho como um seixo. Wendell Green é uma peste em todos os sentidos, uma irritação continuada. Após ler os dois primeiros parágrafos do artigo de Green, Jack geme e tapa os olhos com uma das mãos.

Sou cego, me transforme em juiz!

Wendell Green tem a confiança de um herói atlético de cidade pequena que nunca viajou. Alto, de cabelos louro-ruivos e com uma cintura senatorial, Green pavoneia-se pelos bares, tribunais, pelas arenas públicas de La Riviere e suas comunidades vizinhas, distribuindo o encanto de quem abriu os olhos para a realidade. Wendell Green é um repórter que sabe agir como tal, um jornalista à antiga, o grande ornamento do *Herald*.

No primeiro encontro, o grande ornamento pareceu a Jack uma fraude de quinta categoria, e ele não viu nenhuma razão para mudar de ideia desde então. Ele não confia em Wendell Green. Na opinião de Jack, a fachada gregária do repórter esconde uma ilimitada capacidade de traição. Green é um fanfarrão posando na frente de um espelho, mas um fanfarrão malandro, e essas criaturas fazem qualquer coisa para alcançar seus objetivos.

Depois da prisão de Thornberg Kinderling, Green solicitou uma entrevista. Jack recusou, e declinou dos três convites que recebeu depois de sua remoção para a estrada do Vale da Noruega. Suas recusas não dissuadiram o repórter de encenar eventuais encontros "casuais".

Na véspera da descoberta do corpo de Amy St. Pierre, Jack saiu de uma lavanderia da rua Chase com uma caixa de camisas recém-lavadas debaixo do braço, começou a se encaminhar para seu carro e sentiu alguém pegando-o pelo cotovelo. Olhou para trás e viu, contorcido num olhar de deleite espúrio, a rosada máscara pública de Wendell Green.

— Ei, ei, amigo... — Um sorriso de bandido. — *Digo*, tenente Sawyer. Ei, que bom que topei com você. É aqui que você manda lavar suas camisas? Eles trabalham bem?

— Se você não levar em conta a parte dos botões.

— Boa. Você é um cara engraçado, tenente. Deixe eu lhe dar uma dica. Confiável, na rua Três em La Riviere? Eles estão à altura do nome. Não estraga, não rasga. Se quer suas camisas bem lavadas, vá sempre a uma lavanderia chinesa. Experimente o Sam Lee, tenente.

— Não sou mais tenente, Wendell. Me chame de Jack, ou Sr. Sawyer. Me chame de Hollywood, eu não me importo. E agora...

Ele se encaminhou para o carro, e Wendell Green foi andando ao seu lado.

— Alguma chance de algumas palavras, tenente? Desculpe... Jack? O chefe Gilbertson é muito amigo seu, eu sei, e esse caso trágico, a garotinha aparentemente mutilada, coisas terríveis, pode nos oferecer sua autoridade, entrar no caso, dar-nos o benefício de seus pensamentos?

— Quer saber meus pensamentos?

— Tudo o que você puder me contar, amigo.

Pura e irresponsável malícia inspirou Jack a passar o braço pelos ombros de Green e dizer:

— Wendell, amigo velho, verifique um cara chamado Albert Fish. Foi nos anos 20.

— Fisch?

— Fish. De uma família tradicional antiga de Nova York. Um caso incrível. Procure.

Até aquele momento, Jack mal tivera consciência de se lembrar das atrocidades cometidas pelo bizarro Sr. Albert Fish. Açougueiros mais atualizados — Ted Bundy, John Wayne Gacy e Jeffrey Dahmer — eclipsaram Albert Fish, sem falar em exóticos como Edmund Emil Kemper III, que, após cometer oito assassinatos, decapitou a mãe, pendurou a cabeça dela em cima da lareira e usou-a como alvo. (À guisa de explicação, Edmund III disse: "Isso pareceu apropriado.") No entanto, o nome de Albert Fish, uma obscura figura do passado, aflorara na mente de Jack, e ele o pronunciara no ouvido atento de Wendell Green.

O que dera nele? Bem, essa era a questão, não?

Epa, a omelete. Jack pega um prato num armário, talheres de prata numa gaveta, corre ao fogão, desliga o queimador e passa a gororoba da frigideira para o prato. Senta-se e abre o *Herald* na página 5, onde lê sobre Milly Kuby perdendo o terceiro lugar num grande concurso estadual de ortografia, por ter trocado um *c* por um *s* em *opopânace*, o tipo da coisa que deve acontecer num jornal local. Como se espera que uma criança soletre opopânace corretamente, aliás?

Jack come duas ou três garfadas da omelete antes que o sabor característico em sua boca o distraia da monstruosa injustiça cometida contra Milly Kuby. O gosto engraçado parece lixo meio queimado. Ele cospe a comida e vê uma papa cinzenta com legumes crus, meio mastigados. A parte intocada de seu desjejum não parece mais apetitosa. Ele não fez esta omelete; estragou-a.

Deixa pender a cabeça e geme. Um estremecimento, como um fio elétrico solto, percorre seu corpo, soltando faíscas que chamuscam sua garganta, seus pulmões, seus órgãos subitamente palpitantes. *Opopânace*, ele pensa. *Estou desmontando. Aqui e agora. Esqueça que eu disse isso. O selvagem opopânace me agarrou, me sacudiu com o temível opopânace de seus braços opopânaces, e tenciona me jogar no turbulento rio Opopânace, onde encontrarei meu opopânace.*

— O que está acontecendo comigo? — diz ele em voz alta.

O som esganiçado de sua voz o assusta.

Lágrimas opopânaces ferem seus olhos opopânaces, e ele se levanta gemendo de seu opopânace, joga a gororoba na lata de lixo, passa uma água no prato e decide que é hora de começar a entender as coisas por aqui. Não me opopânace nenhum opopânace. Todo mundo erra. Jack examina a porta da geladeira, tentando lembrar se ainda tem um ou dois ovos ali. Claro que tem; um monte deles, uns nove ou dez, praticamente enchiam toda a carreira de buracos ovais na parte superior da porta. Ele não pode ter usado todos; não estava assim tão distraído.

Jack cerra os dedos em volta da beirada da porta da geladeira. De forma totalmente espontânea, a visão de luzes se refletiu na calva de um negro.

Você, não.

A pessoa com quem se está falando não se encontra presente; a pessoa com quem se está falando quase não é uma pessoa.

Não, não, você, não.

A porta se abre sob a pressão de seus dedos; a luz da geladeira ilumina suas prateleiras cheias. Jack Sawyer olha os porta-ovos. Eles parecem estar vazios. Um olhar mais atento revela, aninhada dentro do buraco arredondado no fim da primeira carreira, a presença de um pequeno objeto oval com uma delicada tonalidade de azul: um nostálgico azul suave, muito possivelmente um azul que lembrava um céu de verão observado no início da tarde por um garotinho deitado de costas no gramado de 1.000 metros quadrados localizado atrás de uma simpática propriedade residencial na Via Roxbury, Beverly Hills, Califórnia. Seja quem for o proprietário dessa residência, garoto, uma coisa é certa: ele trabalha na indústria do entretenimento.

Jack sabe o nome desse exato tom de azul graças a um amplo estudo de amostras de cores realizado em companhia de Claire Evinrude, M.D., uma oncologista despachada, no período em que eles planejavam repintar o chalé que então dividiam nas colinas de Hollywood. Claire, a Dra. Evinrude, escolhera esta cor para o quarto principal; ele, recém-chegado de um importante curso do Programa de Análise de Crimes Violentos em Quantico, Virgínia, e recém-promovido à patente de tenente, descartara-a como, há, bem, talvez um pouco fria.

Jack, você já viu mesmo um ovo de sabiá?, perguntou a Dra. Evinrude. Tem alguma ideia de como são lindos? Os olhos cinzentos da Dra. Evinrude se arregalaram quando ela pegou seu bisturi mental.

Jack enfia dois dedos no recipiente do ovo e tira dali um pequeno objeto oval da cor de um ovo de sabiá. O que sabe você, este é um ovo de sabiá. Um ovo de sabiá "mesmo", nas palavras da Dra. Claire Evinrude, saído do corpo de uma sabiá, às vezes chamada de sabiá-laranjeira. Ele deposita o ovo na palma da mão esquerda. Lá fica ele, com sua forma azul achatada nos polos do tamanho de uma peça. A capacidade de raciocínio parece tê-lo deixado. O que ele fez? *Comprou* um ovo de sabiá? Perdão, não, esta relação não está dando certo, o opopânace está pifado. A Roy's Store não vende ovo de sabiá, vou embora.

Lenta, rígida e desajeitadamente como um zumbi, Jack atravessa a cozinha e chega à pia. Estende a mão esquerda sobre o triturador no meio da pia e solta o ovo de sabiá. Lá vai ele depósito de lixo abaixo, irrecuperavelmente. Sua mão direita liga a máquina, com os costumeiros resultados barulhentos. Ronca, tritura, rosna, um monstro está fazendo uma boquinha. Grrr. O fio elétrico desencapado estremece dentro dele, soltando faíscas à medida que se convulsiona, mas ele virou zumbi e mal registra os choques internos. No geral, considerando tudo, o que Jack Sawyer mais tem vontade de fazer no momento...

Quando o sabiá...

Por alguma razão, há muito, muito tempo ele não liga para a mãe. Não atina por quê, e já está na hora de fazer isso. Não quero nem saber de sabiás-laranjeira. A voz de Lily Cavanaugh Sawyer, a Rainha dos filmes B, outrora sua única companheira num quarto de um hotel de New Hampshire inundado de êxtase, transcendente e rigorosamente esquecido, é precisamente a voz que Jack precisa ouvir agora. Lily Cavanaugh é a única pessoa no mundo para quem ele pode contar essa ridícula encrenca em que se meteu. Apesar da vaga e inoportuna consciência de invadir os limites da racionalidade estrita e, portanto, colocando mais em questão sua própria sanidade incerta, ele se desloca ao longo da bancada da cozinha, pega seu telefone celular e tecla o número da simpática residência na Via Roxbury, Beverly Hills, Califórnia.

O telefone em sua velha casa toca cinco, seis, sete vezes. Um homem atende e, com uma voz zangada, ligeiramente bêbada e sonolenta, diz:

— Kimberley... seja lá sobre o que isso for... por você mesma... espero que seja realmente importante.

Jack tecla END e fecha o telefone. *Ai meu Deus ai inferno ai droga.* São só cinco e pouco da manhã em Beverly Hills, ou em Westwood, ou Hancock Park, ou onde quer que este número alcance. Ele esqueceu que a mãe havia morrido. *Ai inferno ai droga ai Deus, dá para segurar isso?*

A tristeza de Jack, que andara se acentuando subterraneamente, mais uma vez sobe para apunhalá-lo, como se fosse pela primeira vez, pá, bem no coração. Ao mesmo tempo, ele acha engraçadíssima, sabe Deus por quê, a ideia de que mesmo por um segundo *pudesse ter esquecido que a mãe havia morrido*. Até que ponto se pode ser ridículo? Deu um ataque de bobeira nele, e sem saber se vai cair em prantos ou na gargalhada, Jack sente uma tonteira e encosta pesadamente na bancada da cozinha.

Babaca escroto, ele lembra de ouvir a mãe dizendo. Lily estivera descrevendo o recém-falecido sócio de seu finado marido antes que seus contadores desconfiados descobrissem que o sócio, Morgan Sloat, andara desviando para o próprio bolso três quartos dos rendimentos das propriedades imobiliárias espantosamente grandes da Sawyer & Sloat. Desde a morte de Phil Sawyer num assim chamado acidente de caça, Sloat roubara milhões de dólares, muitos milhões, da família de seu falecido sócio. Desviou o curso de volta para os canais apropriados e vendeu a companhia para seus novos sócios, sem falar na mina anual que produz os juros que a fundação particular de Jack canaliza para causas nobres. Lily chamou Sloat de coisas muito mais coloridas que *babaca escroto*, mas este é o termo que sua voz pronuncia em seu ouvido interno.

Em maio passado, Jack diz a si mesmo, ele provavelmente encontrou aquele ovo de sabiá num passeio distraído pela campina e o guardou na geladeira por segurança. Para guardá-lo bem. Porque, afinal de contas, ele tinha um tom de azul delicado, um belo azul, para citar a Dra. Evinrude. Guardara-o bem por tanto tempo que esquecera dele. Por isso, ele reconhece agradecido, o sonho acordado presenteou-o com uma explosão de penas vermelhas!

Tudo acontece por uma razão, por oculta que seja; descontraia-se e relaxe tempo suficiente para deixar de ser um babaca escroto, e a razão pode se revelar.

Jack se debruça na pia e, para se refrescar interna e externamente, mergulha o rosto na água contida nas mãos em concha. Por ora, o choque de limpeza lava o desjejum estragado, o telefonema ridículo e os lampejos de imagens corrosivas. É hora de amarrar os patins e ir em frente. Em 25 minutos, o melhor amigo e confidente de Jack Sawyer com sua aura costumeira de percepção rotativa sairá pela porta de entrada do prédio de blocos de cimento da KDCU-AM e, aplicando a chama de seu isqueiro de ouro à ponta de um cigarro, descerá o passeio até a península Drive. Caso a percepção rotativa o informe que a picape de Jack Sawyer está esperando, Henry Leyden infalivelmente localizará o puxador da porta e entrará. A exibição de calma de cego é fascinante demais para ser perdida.

E perdê-la ele não vai, pois, apesar das dificuldades matinais, que, da perspectiva equilibrada e madura concedida por essa viagem pelo lindo interior, acabam parecendo banais, a picape de Jack para no fim do passeio da KDCU-AM que dá na Península Drive às 7h55, mais de cinco minutos antes do horário previsto para seu amigo sair na luz do dia. Henry será bom para ele: só *ver* Henry será como uma dose de tônico para a alma. Certamente Jack não pode ser o primeiro homem (ou mulher) na história do mundo que se sentiu momentaneamente inseguro sob pressão e meio que esqueceu que sua mãe se livrara das velhas preocupações mortais e passara para uma esfera superior. Mortais estressados voltavam-se naturalmente para suas mães em busca de consolo e tranquilidade. O impulso está codificado em nosso DNA. Quando ouvir a história, Henry vai rir e aconselhá-lo a botar a cabeça no lugar.

Pensando melhor, por que nublar o céu de Henry com uma história tão absurda? O mesmo se aplica ao ovo de sabiá, especialmente uma vez que Jack não falou com Henry sobre o sonho acordado de uma erupção de penas, nem está a fim de se envolver num monte de regressões inúteis. Viva no presente; deixe o passado se esticar em seu túmulo; empine o queixo e contorne as poças de lama; não procure seus amigos para fazer terapia.

Ele liga o rádio e aperta o botão para sintonizar na KWLA-FM, a estação da Universidade de Wisconsin-La Riviere, emissora do Rato de Wisconsin e Henry, o Sheik, o Shake, o Xeque. O que sai cintilando dos alto-falantes ocultos do carro deixa-o com os braços arrepiados: Glenn Gould, olho interno luminosamente aberto, tocando algo de Bach, ele não sabe dizer exatamente o quê. Mas é Glenn Gould, e é Bach, com certeza. Uma das Partitas, talvez.

Uma caixa de CD numa das mãos, Henry Leyden sai pela humilde porta lateral da estação, entra na claridade e, sem hesitação, começa a descer o passeio lajeado, pisando no meio de cada laje com as solas de borracha de seus sapatos de camurça marrom-chocolate.

Henry... Henry é uma visão.

Hoje, Jack observa, Henry vem vestido com um de seus conjuntos de proprietário de floresta de teca da Malásia, uma bela camisa sem colarinho, tiras furta-cor, um chapéu de palha vincado à perfeição. Não fora tão bem-vindo na vida de Henry, Jack não teria sabido que a capacidade de misturar roupas do amigo dependia da profunda organização de seu enorme closet há muito estabelecida por Rhoda Gilbertson Leyden, a falecida mulher de Henry: Rhoda arrumara cada peça de roupa do marido por estação, estilo e cor. Item por item, Henry memorizara o sistema inteiro. Embora cego de nascença, portanto incapaz de distinguir entre tons que combinam ou não, Henry nunca erra.

Henry tira do bolso da camisa um isqueiro de ouro e um maço amarelo de American Spirits, acende, solta uma nuvem radiante que, realçada pela luz do sol, fica leitosa e continua seu progresso resoluto pelas lajes do passeio.

As letras de forma cor-de-rosa e inclinadas para trás de TROY AMA MARYANN! SIM!, pichadas na placa no gramado careca, sugerem que: 1) Troy passa muito tempo ouvindo a KDCU-AM; e 2) Maryann também o ama. Bom para Troy, bom para Maryann. Jack aplaude anúncios de amor, mesmo pichados de cor-de-rosa, e deseja felicidade e boa sorte aos amantes. Ocorre-lhe que se no estágio atual de sua existência se puder dizer que ele ama alguém, este alguém teria que ser Henry Leyden. Não no sentido em que Troy ama Maryann, ou vice-versa, mas ele o ama assim mesmo, uma questão que nunca foi tão clara quanto neste momento.

Henry atravessa as últimas lajes e aproxima-se do meio-fio. Uma única passada o leva à porta da picape; ele segura a barra de metal embutida, abre a porta, sobe e senta no carro. Sua cabeça se inclina, aproximando o ouvido direito da música. As lentes escuras de seus óculos de aviador brilham.

— Como consegue fazer isso? — Jack perguntou. — Desta vez, a música ajudou, mas você não precisa de música.

— Consigo porque sou totalmente demais — diz Henry. — Aprendi esta expressão linda com nosso estagiário maconheiro Morris Rosen, que gentilmente aplicou-a a mim. Morris acha que sou Deus, mas ele deve ter alguma coisa na cuca, porque achou que George Rathbun e o Rato de Wisconsin são a mesma pessoa. Espero que o garoto fique de boca calada.

— Eu também — diz Jack —, mas não vou deixar você mudar de assunto. Como consegue sempre abrir a porta logo? Como encontra o puxador sem tatear?

Henry suspira.

— O puxador me diz onde está. É óbvio. Eu só preciso escutá-lo.

— O puxador da porta faz um *barulho*?

— Não como seu rádio high-tech e as *Variações Goldberg*, não. Mais como uma vibração. O som de um som. O som *dentro* de um som. Daniel Barenboim não é um grande pianista? Cara, ouça isso: cada nota, uma coloração diferente. Dá vontade de beijar a tampa do Steinway dele, menino. Imagine os músculos da mão dele.

— Esse é Barenboim?

— Bem, quem mais podia ser? — Lentamente, Henry vira a cabeça para Jack. Um sorriso irritante ergue os cantos de sua boca. — Ah. Estou entendendo, sim. Conhecendo você como eu conheço, seu bobo, vejo que imaginava que estava ouvindo Glenn Gould.

— Eu não — diz Jack.

— Por favor.

— Talvez por um minuto eu tenha me perguntado se era Gould, mas...

— Não, não, não. Nem tente. Sua voz o trai. Tem um pequeno efeito de lamúria em cada palavra; é muito patético. Vamos voltar para o Vale Noruega, ou você gostaria de ficar aqui sentado continuando a me mentir? Quero lhe dizer uma coisa no caminho de casa.

Ele segura o CD.

— Vamos acabar com a sua infelicidade. O maconheiro me deu isso... Dirtysperm tocando uma cançãozinha das Supremes. Eu *abomino* esse tipo de coisa, mas pode ser perfeito para o Rato de Wisconsin. Ponha na faixa sete.

O pianista já não tem nada a ver com Glenn Gould, e a velocidade da música parece ter caído para metade do que era antes. Jack sai de sua infelicidade e enfia o CD na fenda embaixo do rádio. Aperta um botão, depois outro. Em um ritmo doidamente acelerado, gritos de um louco submetido a torturas atrozes explodem dos alto-falantes. Jack cai para trás no assento, com o tranco.

— Meu Deus, Henry — diz ele, e procura o controle do volume.

— Não ouse tocar neste dial — ordena Henry. — Se não faz seu ouvido sangrar, essa bosta não está cumprindo sua tarefa.

"Ouvido", Jack sabe, é, no jargão do jazz, a capacidade de ouvir o que está acontecendo na música à medida que ela se desenrola no ar. Um músico bom de ouvido logo memoriza as canções e os arranjos que é solicitado a tocar, pega ou já sabe a harmonia subjacente ao tema e segue as transformações e substituições para esse padrão introduzidas por seus colegas músicos. Sabendo ou não ler uma partitura, um músico *bom* de ouvido aprende as melodias e os arranjos na mesma hora em que os ouve, capta através de uma intuição impecável as complexidades harmônicas, e imediatamente identifica as notas e os tons registrados por buzinas de táxis, campainhas de elevador e miados de gato. Essas pessoas habitam um mundo definido pelas particularidades de sons individuais, e Henry Leyden é uma delas. Para Jack, o ouvido de Henry é olímpico, maravilhoso.

Foi o ouvido de Henry que lhe deu acesso ao grande segredo de Jack, o papel que sua mãe, Lily Cavanaugh Sawyer, "Lily Cavanaugh", tivera em sua vida, e ele foi a única pessoa a descobrir isso. Pouco depois que Dale os apresentou, Jack e Henry Leyden começaram uma amizade fácil e companheira, surpreendente para ambos. Cada um deles sendo a resposta para a solidão do outro, duas ou três vezes por semana, eles jantavam juntos, ouviam música e conversavam sobre o que quer que lhes desse na cabeça bem abastecida. Ou Jack ia até a excêntrica casa de Henry, ou pegava Henry e depois o levava de volta em casa. Depois de uns seis ou sete meses, Jack se perguntou se o amigo gostaria de passar uma hora mais ou menos ouvindo-o ler em voz alta livros escolhidos de comum acordo por ambas as partes. Henry respondeu: *Puxa vida, que bela ideia. Que tal começarmos com alguns romances doidões de crime?* Eles começaram com Chester Himes e Charles Willeford, passaram para romances contemporâneos, viajaram por S. J. Perelman e James Thurber, e se aventuraram encorajados em mansões ficcionais erguidas por Ford Madox Ford e Vladimir Nabokov. (Marcel Proust vem depois, eles sabem, mas Proust pode esperar; atualmente, eles estão para embarcar em *Casa desolada*, de Charles Dickens.)

Uma noite depois que Jack terminou o capítulo da noite do *O bom soldado* de Ford, Henry pigarreou e disse: Dale me falou que você contou a ele que seus pais trabalhavam na indústria do entretenimento. No show business.

— Isso mesmo.

— Não quero ser curioso, mas você se importaria se eu lhe fizesse algumas perguntas? Se você quiser responder, responda só sim ou não.

Já alarmado, Jack disse: O que você quer com isso, Henry?

— Quero ver se estou certo a respeito de uma coisa.

— Tudo bem. Pergunte.

— Obrigado. Seus pais trabalhavam em aspectos diferentes da indústria?

— Hum.

— Um trabalhava na finalização das coisas, e o outro era ator?

— Hum.

— Sua mãe era atriz?

— Aham.

— Uma atriz famosa, de certa forma. Ela nunca teve o respeito que merecia, mas fez uma montanha de filmes nos anos 50 e até meados dos 60, e, no final da carreira, ganhou um Oscar de melhor atriz coadjuvante.

— Henry — Jack disse. — Onde você...

— Fique quieto. Tenciono gozar este momento. Sua mãe era Lily Cavanaugh. Isso é maravilhoso. Lily Cavanaugh sempre teve muito mais talento que a maioria das pessoas lhe creditava. Ela sempre dava um outro nível aos papéis que fazia, aquelas garotas, aquelas garçonetezinhas duronas e aquelas mulheres com armas na bolsa. Bonita, elegante, peituda, sem pretensão, basta entrar no papel. Ela era cem vezes melhor que qualquer pessoa em volta dela.

— Henry...

— Um daqueles filmes tem uma boa trilha sonora, também. *Lost Summer*, Johnny Mandel? Sumido.

— Henry, como você...

— Você me disse; do contrário, como eu podia saber? Com essas coisinhas que sua voz faz, é assim. Você escorrega na cabeça dos seus *rr*, e pronuncia as outras consoantes numa espécie de cadência, e essa cadência corre por suas frases.

— Uma cadência?

— Pode apostar a bunda, garoto. Um ritmo subjacente, como seu próprio baterista particular. Durante *O bom soldado* inteiro fiquei tentando lembrar onde já tinha ouvido isso. Quase conseguia, mas escapava. Uns dias atrás, lembrei. Lily Cavanaugh. Você não pode me censurar por querer ver se eu estava certo, pode?

— Censurá-lo? — disse Jack. — Estou muito pasmo para censurar alguém, mas me dê uns minutos.

— Seu segredo está seguro. Quando as pessoas o veem, você não quer que a primeira coisa que pensem seja: Ei, lá está o filho de Lily Cavanaugh. Faz sentido para mim.

Henry Leyden tem bom ouvido, mesmo.

Enquanto a picape atravessa French Landing, a zoada que enche a cabine torna impossível conversar. Dirtysperm está abrindo um rombo no centro de marzipã de "Where Did Our Love Go" e, assim, cometendo atrocidades hediondas contra todas aquelas gracinhas das Supremes. Henry, que afirma abominar esse tipo de coisa, refestela-se no banco, joelhos no painel, mãos em ponta embaixo do queixo, rindo de prazer. As lojas da rua Chase estão abertas, e há meia dúzia de carros estacionados em ângulo nas vagas.

Defronte ao empório Schmitt's, quatro garotos de bicicleta saem de repente do passeio para a rua a 6 metros da picape em movimento. Jack pisa no freio; os garotos estacam abruptamente e ficam alinhados lado a lado, esperando que ele passe. Jack avança. Henry se empina, verifica seus misteriosos sensores e encosta novamente. Está tudo bem com Henry. Os garotos, porém, ficam atordoados com a zoada cada vez mais alta à medida que a picape se aproxima. Eles olham para o para-brisa de Jack com uma perplexidade com toques de repugnância, como seus bisavós uma vez olharam para os gêmeos siameses e o Homem Jacaré no show de aberrações nos fundos da feira. Todo mundo sabe que motorista de picape só ouve dois tipos de música, heavy metal ou country, então o que é *esse* desgraçado?

Quando Jack passa pelos meninos, o primeiro, um gordo enfezado com uma cara inflamada de valentão de pátio de escola, faz um gesto obsceno. Os dois seguintes continuam as imitações de seus bisavós curtindo uma noite quente em 1921 e olham com cara de bobos, boquiabertos. O quarto garoto, cujo cabelo louro-escuro embaixo de um boné dos Brewers, os olhos vivos e o ar de inocência o tornam o mais bonito do grupo, encara Jack e lhe dá um sorriso doce e tímido. Este é Tyler Marshall, saindo para dar uma volta — embora sem a menor consciência disso — na terra de ninguém.

Os garotos ficam para trás, e Jack olha pelo espelho e os vê pedalando furiosamente rua acima, Enfezado na frente, o menor, mais simpático, na rabeira, já ficando para trás.

— Um painel de calçada de especialistas deu queixa contra o Dirtysperm — diz Jack. — Quatro garotos de bicicleta.

Já que mal consegue distinguir suas palavras, ele acha que Henry não conseguirá de jeito nenhum ouvi-las.

Henry, ao que parece, ouviu-as perfeitamente, e responde com uma pergunta que desaparece no alarido. Imaginando mais ou menos o que deve ter sido, Jack responde assim mesmo.

— Um totalmente contra, dois indecisos tendendo à rejeição e um cautelosamente a favor.

Henry faz que sim com a cabeça.

O estrondo e o baque da violenta destruição de marzipã terminam na rua Onze. Como se uma névoa tivesse se dissipado da cabine, como se o para-brisa tivesse acabado de ser lavado, o ar parece mais claro, as cores mais vibrantes.

— Interessante — diz Henry. Ele alcança sem vacilar o botão de EJECT, tira o disco do aparelho e guarda-o na caixa. — Isso foi muito revelador, não acha? O ódio bruto, autocentrado, nunca deveria ser rejeitado automaticamente. Morris Rosen estava certo. Isso é perfeito para o Rato de Wisconsin.

— Ei, acho que eles podiam ser maiores que Glenn Miller.

— Isso me faz lembrar — diz Henry. — Você nunca vai adivinhar o que vou fazer mais tarde. Uma apresentação! Chipper Maxton, na verdade, quem está abaixo dele, aquela Rebecca Vilas, que, tenho certeza, é tão maravilhosa quanto parece pela voz, me contratou para fazer a música de um baile que deve ser o ponto alto da grande Festa do Morango da Maxton. Bem, eu não... uma de minhas personas antigas e há muito esquecidas. Stan Sinfônico, o Homem das Grandes Bandas.

— Precisa de carona?

— Não. A maravilhosa Srta. Vilas cuidou das minhas necessidades, na forma de um carro com um assento confortável para o prato do toca-disco e uma mala bem grande para os alto-falantes e caixas de discos, que ela vai mandar. Mas, de qualquer forma, obrigado.

— Stan Sinfônico? — disse Jack.

— Uma encarnação espantosa, frenética, de terno *zoot** da era das *big bands*, e além do mais um cavalheiro encantador e doce. Para os moradores da Maxton, uma evocação dos verdes anos deles e uma alegria para os olhos.

— Você tem mesmo um terno *zoot*?

Magnificamente inexpressivo, o rosto de Henry vira-se para ele.

— Perdão. Não sei o que me deu — corrigiu-se Jack. — Para mudar de assunto, o que você disse, isto é, o que George Rathbun disse sobre o Pescador hoje de manhã provavelmente teve um efeito muito bom. Gostei de ouvir.

Henry abre a boca e convoca George Rathbun em toda a sua glória camarada.

— *O Pescador original, meninas e meninos, Albert Fish, já morreu há 67 anos.* — É estranho ouvir a voz daquele gordo agitado sair da garganta magra de Henry Leyden. Em sua própria voz, Henry diz: — Espero ter feito algum bem. Depois que li os absurdos daquele seu amigo Wendell Green no jornal hoje de manhã, achei que George tinha que dizer *alguma coisa*.

Henry Leyden gosta de usar termos como *li, estava lendo, vi, estava olhando para*. Ele sabe que essas expressões desconcertam seus ouvintes. E referiu-se a Wendell Green como "seu amigo" porque Henry é a única pessoa a quem Jack admitiu ter alertado o repórter sobre os crimes de Albert Fish. Agora, Jack gostaria de não o ter confessado a ninguém. O demagogo Wendell Green não é seu amigo.

— Tendo sido de alguma utilidade para a imprensa — diz Henry —, é razoável achar que você também possa ser útil a nossos meninos de azul. Perdão, Jack, mas você abriu a porta, e só vou dizer isso uma vez. Afinal de contas, Dale é meu sobrinho.

— Não acredito que você esteja fazendo isso comigo — diz Jack.

— Fazendo o quê, sendo sincero? Dale *é* meu sobrinho, lembra? Ele gostaria de aproveitar sua experiência, e acha que você lhe deve um favor. Não lhe ocorreu que você pudesse ajudá-lo a conservar o emprego? Ou

---

* Termo popular entre os adolescentes da pesada americanos nos anos 40 que consistia num paletó de ombreiras enormes que chegava até o meio da coxa e calças folgadas, pregueadas na cintura e de bocas estreitíssimas [N. da T.].

que, se gosta de French Landing e do Vale Noruega tanto quanto diz, você deve a esses sujeitos um pouco do seu tempo e do seu talento?

— Não lhe ocorreu, Henry, que estou aposentado? — Jack diz entre os dentes. — Que investigar homicídios é a última coisa, falando sério, a *última* coisa no mundo que eu quero fazer?

— Claro que sim — diz Henry. — Mas, e de novo espero que você me perdoe, Jack, cá está você, a pessoa que sei que você é, com as habilidades que você tem, que decerto vão muito além das de Dale e provavelmente das desses outros caras todos, e não posso deixar de me perguntar qual é o seu problema.

— Eu não tenho nenhum *problema* — diz Jack. — Sou civil.

— Você é o chefe. O melhor a fazer é ouvirmos o resto do Barenboim. — Henry corre os dedos pelo consolo e aperta o botão do sintonizador.

Nos próximos 15 minutos, o único som que se ouve na cabine da picape é a de um Steinway de cauda meditando sobre *As variações Goldberg* no Teatro Colón, em Buenos Aires. A voz é esplêndida, também, pensa Jack, e a pessoa tem que ser muito ignorante para confundi-la com Glenn Gould. Quem era capaz de cometer este erro provavelmente não conseguia ouvir o som interno, como se fosse uma vibração, produzido por uma tranca de porta de um General Motors.

Quando eles dobram à direita para deixar a rodovia 93 e pegar a estrada do Vale Noruega, Henry diz:

— Pare de ficar emburrado. Eu não devia tê-lo chamado de bobo. Nem dito que você tinha algum problema, porque quem está com um problema sou eu.

— Você? — Jack olha para ele, espantado. A experiência imediatamente sugere que Henry está prestes a pedir algum tipo de ajuda investigativa não oficial. Henry está voltado para o para-brisa, sem trair coisa alguma. — Que tipo de problema *você* pode ter? Suas meias estão desarrumadas? Ah, você está tendo problema com uma das estações?

— Com isso, eu conseguiria me virar. — Henry faz uma pausa, e a pausa se estende num longo silêncio. — O que eu ia dizer é: parece que estou perdendo o juízo. Acho que estou enlouquecendo.

— Que é isso. — Jack alivia o pé do acelerador e reduz a velocidade à metade. Henry assistiu a uma explosão de penas? Claro que não;

Henry não vê nada. E sua própria explosão de penas era meramente um sonho acordado.

Henry vibra como um diapasão. Continua voltado para o para-brisa.

— Me diga o que está acontecendo — pede Jack. — Estou começando a me preocupar com você.

Henry entreabre a boca o suficiente para acomodar uma hóstia, e torna a fechá-la. Outro tremor o percorre.

— Hum — diz. — Isso é mais difícil do que eu pensava.

Surpreendentemente, sua voz seca, controlada, a verdadeira voz de Henry Leyden, treme com um vibrato amplo e incontrolável.

Jack diminui a velocidade da picape, começa a dizer algo e decide esperar.

— Eu ouço minha mulher — diz Henry. — À noite, quando estou deitado na cama. Lá pelas três, quatro da manhã. Os passos de Rhoda andando pela cozinha, subindo as escadas. Devo estar ficando maluco.

— Com que frequência isso acontece?

— Quantas vezes? Não sei exatamente. Três ou quatro.

— Você se levanta e vai procurá-la? Chama o nome dela?

A voz de Henry de novo oscila no trampolim vibrato.

— Já fiz essas duas coisas. Porque tinha certeza que era ela. Os *passos* dela, o *andar*. Rhoda já morreu há seis anos. Bem engraçado, não? Se não achasse engraçado, eu ia pirar.

— Você chama o nome dela — diz Jack. — E levanta da cama e desce.

— Feito um lunático, um doido. "Rhoda? É você, Rhoda?" Ontem à noite, andei pela casa toda. "Rhoda? Rhoda?" Parecia que eu estava esperando que ela respondesse. — Henry não faz caso das lágrimas que pingam de detrás de seus óculos de aviador e escorrem por suas faces. — E eu estava, esse é o problema.

— Não tinha mais ninguém na casa? — pergunta Jack. — Nenhum sinal de tumulto? Nada fora do lugar nem faltando, ou algo assim?

— Não que eu tenha visto. Tudo estava nos devidos lugares. Exatamente onde deixei.

Ele levanta a mão e enxuga o rosto.

A entrada para a estradinha de acesso sinuosa à casa de Jack passa à direita do carro.

— Vou lhe dizer o que penso — diz Jack visualizando Henry perambulando por sua casa às escuras. — Seis anos atrás, você viveu todo aquele luto que se vive quando se perde alguém que se ama, a negação, a barganha, a revolta, a dor, o que for, a aceitação, essa gama toda de emoções, mas depois você ainda continuava com saudades de Rhoda. Ninguém jamais diz que a gente continua com saudades dos mortos que a gente amou, mas continua.

— Agora, isso é profundo — diz Henry. — E reconfortante, também.

— Não interrompa. Coisas esquisitas acontecem. Acredite, sei do que estou falando. Sua mente se rebela. Destrói provas, dá falso testemunho. Quem sabe por quê? Simplesmente faz isso.

— Em outras palavras, você pira — diz Henry. — Acho que é aí que entramos.

— O que estou querendo dizer — explica Jack — é que as pessoas podem ter sonhos acordadas. É o que está acontecendo com você. Não é nada preocupante. Certo, sua entrada está aí, você está em casa.

Ele entra no acesso coberto de mato e sobe para o casarão branco onde Henry e Rhoda Leyden passaram os 15 anos alegres entre seu casamento e a descoberta do câncer de fígado de Rhoda. Henry passou quase dois anos após a morte dela perambulando pela casa todas as noites, acendendo as luzes.

— Sonhos acordado? Onde você arranjou essa?

— Um sonho acordado não é uma coisa incomum — diz Jack. — Especialmente em quem nunca dorme o suficiente, como você. — *Ou como eu*, acrescenta ele em silêncio. — Não estou inventando isso, Henry. Eu mesmo já tive um ou dois. Um, de qualquer maneira.

— Sonhos acordado — diz Henry num tom diferente, pensativo. — Legal.

— Veja só. Vivemos num mundo racional. As pessoas não voltam do mundo dos mortos. Tudo tem uma razão de ser, e as *razões* são sempre racionais. É uma questão de química ou coincidência. Se elas não fossem racionais, a gente nunca descobriria.

— Até um cego pode ver isso — diz Henry. — Obrigado. Palavras sábias. — Ele se afasta, volta, e se debruça na janela. — Quer começar com *Casa desolada* hoje à noite? Devo chegar em casa lá pelas oito e meia, mais ou menos.

— Apareço às nove.

À guisa de despedida, Henry diz:

— Ding-dong.

Ele dá meia-volta, encaminha-se para a porta e entra em casa, que, obviamente, está destrancada. Por ali, só os pais se trancam, e até isso está mudando.

Jack manobra a picape e desce para pegar a estrada do Vale Noruega. Sente-se como se tivesse praticado uma ação duplamente boa, pois, ajudando Henry, também se ajudou. É legal, como as coisas às vezes acontecem.

Quando ele entra na longa estradinha que dá acesso à sua casa, um chocalhar esquisito vem do cinzeiro ao lado do painel. Ele torna a ouvi-lo na última curva, justo antes de avistar a casa. O barulho não é tanto um chocalhar, mas um tinido surdo, abafado. Um botão, uma moeda — algo assim. Ele estaciona ao lado da casa, desliga o motor e abre a porta. Pensando melhor, resolve tirar o cinzeiro.

O que Jack descobre aninhado nos sulcos no fundo da bandeja móvel, um minúsculo ovo de sabiá, um ovo de sabiá do tamanho de um M&M de amêndoa, o faz expelir todo o ar do corpo.

O ovinho é tão azul que um cego poderia enxergá-lo.

Os dedos trêmulos de Jack pinçam o ovo do cinzeiro. Olhando-o, ele salta da picape e fecha a porta. Ainda olhando o ovo, ele finalmente se lembra de respirar. Sua mão dá uma volta e solta o ovo, que cai reto na grama. Intencionalmente, ele levanta o pé e pisa no obsceno pontinho azul. Sem olhar para trás, põe as chaves no bolso e segue rumo à segurança duvidosa de sua casa.

PARTE II

O RAPTO DE TYLER MARSHALL

Capítulo Cinco

Vimos rapidamente um zelador em nosso giro-relâmpago pela Casa Maxton para a Velhice — lembram-se dele? Macacão folgado? Um pouquinho barrigudo? Cigarro pendurado apesar dos avisos de PROIBIDO FUMAR! PULMÕES TRABALHANDO!, colados mais ou menos de 6 em 6 metros ao longo dos corredores? Um esfregão que parece um bolo de aranhas mortas? Não? Não se desculpe. É muito fácil não notar Pete Wexler, um adolescente insignificante (média final no ensino médio de French Landing: 79) que passou por uma juventude insignificante e agora está à beira do que ele espera seja uma meia-idade insignificante. Seu único hobby é dar um ou outro beliscão secreto nos velhinhos corocas que lhe enchem os dias com resmungos e perguntas absurdas, e recendem a gaze e mijo. Os babacas com Alzheimer são os piores. Dizem que ele já apagou cigarro nas costas e nas nádegas descarnadas deles. Ele gosta de seus gritos esganiçados quando bate o calor e começa a doer. Essa torturazinha feia tem um efeito duplo: desperta-os um pouco e satisfaz algo nele. Alegra seus dias, de alguma forma. Refresca a velha perspectiva. Além do mais, a quem eles contariam?

E, ai meu Deus, lá vai o pior deles agora, arrastando-se lentamente pelo corredor da ala Margarida. A boca de Charles Burnside está aberta, como os fundilhos de suas ceroulas. Pete tem uma visão melhor do que gostaria das nádegas descarnadas e cagadas de Burnside. As manchas cor de chocolate descem até o avesso de seus joelhos, por Deus. Ele se encaminha para o banheiro, mas está só um pouquinho atrasado. Um certo cavalo marrom — chame-o de Trovão Matinal — já fugiu da baia e sem dúvida saiu a toda pelos lençóis de Burny.

Graças a Deus, limpá-los não é meu serviço, pensa Pete, e sorri com o cigarro na boca. *Para você, Butch.*

Mas a mesa ao lado dos banheiros dos meninos e das meninas por ora está sem o funcionário responsável. Butch Yerxa vai perder o espetáculo encantador da bunda suja de Burny passando por ali. Butch, ao que parece, saiu para fumar, embora Pete tenha dito ao idiota centenas de vezes que todos aqueles avisos de PROIBIDO FUMAR nada significam — Chipper Maxton podia ligar menos para quem fumava e onde (ou onde os cigarros eram apagados, aliás). Os avisos só estavam ali para manter a velha Casa dos Babões de acordo com certas leis estaduais cansativas.

O sorriso de Pete se alarga, e neste momento ele está muito parecido com seu filho Ebbie, o antigo amigo de Tyler Marshall (foi Ebbie Wexler, na verdade, quem fez o gesto obsceno para Jack e Henry). Pete está se perguntando se devia sair e dizer a Butch que ele tem um servicinho de limpeza no M18 — e no ocupante do M18, obviamente — ou se simplesmente devia deixar Butch descobrir sozinho a última cagada de Burny. Talvez Burny volte para o quarto e faça um pouquinho de pintura a dedo, tipo espalhar em volta a alegria. Isso seria bom, mas também seria bom ver a cara de consternação de Butch quando Pete lhe contasse...

— Pete.

Ah, não. Pego por aquela vagabunda. Ela é uma vagabunda jeitosa, mas uma vagabunda não deixa de ser uma vagabunda. Pete fica onde está por um instante, pensando que talvez, se ele ignorá-la, ela vá embora.

Esperança vã.

— Pete.

Ele se vira. Lá está Rebecca Vilas, atual cacho do chefão. Hoje ela está usando um vestido vermelho de verão, talvez em homenagem à Festa do Morango!, e escarpins pretos de salto alto, provavelmente em homenagem às próprias pernas bem-feitas. Pete imagina rapidamente aquelas pernas enroscadas nele, aqueles saltos altos cruzados em suas costas e apontando como pequenos ponteiros de relógio, depois vê a caixa de papelão que ela está segurando. Trabalho para ele, sem dúvida. Pete também nota o anel faiscante em seu dedo, uma pedra do tamanho de um ovo de sabiá, embora consideravelmente mais clara. Ele se pergunta, não pela primeira vez, o que uma mulher faz para ganhar um anel como aquele.

Ela está ali parada, batendo o pé, deixando-o dar sua olhada. Atrás dele, Charles Burnside continua seu progresso lento e titubeante para o banheiro dos homens. Você poderia pensar, olhando para aquele velho infeliz com aquelas pernas descarnadas e aquele cabelo branco ralo, que o tempo em que ele corria ficara para trás há muito. Mas estaria errado. Redondamente errado.

— Srta. Vilas? — diz Pete afinal.

— Salão, Pete. No duplo. E quantas vezes já lhe disseram para não fumar nas alas dos pacientes?

Antes que ele possa responder, ela se vira fazendo um saracoteio sensual com a saia e parte para o salão da Maxton, onde se realizará o baile da Festa do Morango!, daquela tarde.

Suspirando, Pete deixa a vassoura encostada na parede e a acompanha.

Charles Burnside agora está sozinho na ponta do corredor da ala Margarida. O vazio deixa seus olhos e é substituído por um brilho feroz de inteligência. Na mesma hora, ele parece mais jovem. Na mesma hora, Burny, a máquina humana de merda desapareceu. Em seu lugar está Carl Bierstone, que ceifava os jovens em Chicago com uma eficiência muito selvagem.

Carl... e algo mais. Algo não humano.

Ele — *a coisa* — sorri.

Na mesa sem o funcionário responsável há uma pilha de papéis presa com uma pedra redonda do tamanho de uma xícara de café. Inscrito na pedra em letras pretas está PEDRA DE ESTIMAÇÃO DE BUTCH.

Burny pega a pedra de estimação de Butch Yerxa e vai depressa para o banheiro masculino, ainda rindo.

No salão, as mesas foram arrumadas ao redor das paredes e cobertas com toalhas de papel vermelhas. Mais tarde, Pete acrescentará pequenas luzes vermelhas (à bateria; nada de velas para os babões, nossa, não). Nas paredes, grandes morangos de papelão foram colados com fita adesiva por toda parte, alguns parecendo bem usados — eram pendurados e depois guardados todos os meses de julho desde que Herbert Maxton abriu esta instituição, no final dos anos de embalo da década de 60.

Hoje à tarde e à noitinha, os velhos corocas que ainda se locomovem e estão a fim de fazê-lo vão se arrastar até lá para o som das *big bands* dos anos 30 e 40, pendurados uns nos outros durante os números lentos e provavelmente molhando as fraldas de excitação no final dos *jitterbugs*. (Há três anos, um velho coroca chamado Irving Christie teve um pequeno infarto depois de dançar num passo particularmente extenuante "Não sente embaixo da macieira com ninguém a não ser eu".) Ah, sim, o Baile da Festa do Morango é sempre empolgante.

Sozinha, Rebecca juntou três chapas de madeira e cobriu-as com um pano branco, criando a base para o pódio de Stan Sinfônico. No canto, há um microfone cromado reluzente, com uma grande cabeça redonda, uma relíquia autêntica dos anos 30 que esteve em uso no Cotton Club. É um dos objetos de estimação de Henry Leyden. Ao lado do microfone, está a caixa alta e estreita em que ele chegou ontem. No pódio, embaixo de uma viga decorada com papel crepom vermelho e branco e mais morangos de papelão, há uma escada portátil. Vendo-a, Pete sente um momentâneo ciúme possessivo. Rebecca Vilas esteve em seu armário. Vagabunda invasora! Se ela roubou algum baseado seu, por Deus...

Rebecca pousa a caixa no pódio com um resmungo audível, depois se levanta. Afasta uma mecha de cabelo castanho e sedoso da face corada. Ainda é cedo, mas aquele vai ser um dos dias tórridos do condado de Coulee. Refrigere sua roupa de baixo e use duas vezes mais desodorante, gente, como George Rathbun costumava gritar.

— Piensei que você nonca viria, mieu garoto — diz Rebecca.

— Bem, estou aqui — diz Pete emburrado. — Parece que você está se virando bem sem mim. — Ele faz uma pausa, depois acrescenta: — *Biem*. — Para Pete isso é uma brincadeira muito espirituosa. Ele se adianta e olha dentro da caixa, que, como a que estava ao lado do microfone, tem o selo PROPRIEDADE DE HENRY LEYDEN. Dentro da caixa há um pequeno refletor com um fio enrolado em volta, e um gel circular cor-de-rosa cujo objetivo é fazer a luz ficar da cor de bengalas de açúcar e de balas de morango.

— Que merda é essa? — pergunta Pete.

Rebecca lhe lança um sorriso brilhante, perigoso. Mesmo para um cara relativamente burro como Pete, a mensagem daquele sorriso é clara: você está à beira do lago do jacaré, amigo; quantos passos mais quer dar?

— Luz — diz ela. — L-U-Z. Fica pendurada ali, naquele gancho. G-A-N-C-H-O. É uma coisa na qual o DJ insiste. Diz que o deixa no clima. C-L-I...

— O que aconteceu com Weenie Erickson? — resmunga Pete. — Não tinha nada dessa merda com Weenie. Ele tocava os discos durante duas horas, tomava uns goles da garrafinha de bolso, depois desligava.

— Ele se mudou — diz Rebecca com indiferença. — Para Racine, eu acho.

— Bem — Pete está olhando para cima, estudando a viga com aqueles tufos de papel crepom vermelho e branco. — Não vejo gancho nenhum, Srta. Vilas.

— Pela madrugada — diz ela, e sobe a escada. — Aqui. Você é cego?

Pete, que definitivamente não é cego, raramente foi tão grato por estar em estado de enxergar. De sua posição embaixo dela, ele tem uma clara visão de suas coxas, da espuma de renda vermelha de suas calcinhas e das curvas gêmeas de suas nádegas, agora lindamente contraídas enquanto ela está trepada no quinto degrau da escada.

Ela olha para ele ali embaixo, vê o olhar abobalhado em seu rosto, nota a direção de sua linha de visão. Sua expressão se suaviza um pouco. Como sua querida mãe tão sabiamente observou, alguns homens são doidinhos para ver um pedaço de calcinha.

— Pete. Terra para Pete.

— Há? — Ele olha para ela, boquiaberto, um pingo de saliva no lábio inferior.

— Não tem nenhum gancho na minha calcinha, tenho certeza disso como de poucas coisas na vida. Mas, se você olhar para cima... para a minha mão, em vez de para a minha bunda...

Ele olha para cima, ainda aparvalhado, e vê uma unha de ponta vermelha (Rebecca hoje é uma visão em todos os aspectos, vestida de vermelho-morango, sem dúvida) batendo num gancho que cintila no papel crepom, como um anzol cintilando com um brilho assassino numa isca vistosa.

— Gancho — diz ela. — Cole o gel na lâmpada, prenda a lâmpada no gancho. Lâmpada vira refletor rosa quente, conforme instruções explícitas do DJ. Entendeu, Kemo sabe?

— Há... tá.

— Então, se eu puder cunhar uma expressão, quer fazer o favor de pendurar isso?

Ela desce a escada, decidindo que Pete Wexler viu o cinema de graça mais longo que ele poderia razoavelmente esperar ver por uma tarefa pobre. E Pete, que já tivera uma ereção, tira da caixa o refletor rosa de Stan Sinfônico e se prepara para ter outra. Quando ele sobe a escada, sua braguilha passa pela cara de Rebecca. Ela nota o volume ali e morde o interior da bochecha para reprimir um sorriso. Os homens são bobos, mesmo. Bobos *amáveis,* alguns deles, mas mesmo assim bobos. Só que alguns bobos têm dinheiro para anéis e viagens e jantares à meia-noite em boates de Milwaukee, e outros não.

Com alguns bobos, o máximo que se consegue é fazê-los pendurar uma pobre lâmpada.

— Me espera, gente! — grita Ty Marshall. — Ebbie! Ronnie! T. J.! Me esperem!

Por cima do ombro, Ebbie Wexler (que parece *mesmo* com o Sluggo, o namorado não muito brilhante de Nancy) responde:

— Pegue a gente, lesma!

— É! — berra Ronnie Metzger. — Pegue a gente, mes-la! — Ronnie, um garoto com um monte de horas de consultório fonoaudiológico pela frente, olha para trás por cima do próprio ombro, tira um fino de um parquímetro e quase tromba a bicicleta. Logo estão fugindo, todos os três, ocupando a calçada com suas bicicletas (Deus ajude o pedestre vindo na direção contrária), suas sombras correndo ao lado deles.

Tyler cogita uma arrancada final para alcançá-los, depois decide que suas pernas estão cansadas demais. Seus pais dizem que, com o tempo, ele *vai* alcançá-los, que ele só é pequeno pela sua idade, mas, puxa, Ty tem suas dúvidas. E também tem cada vez mais dúvidas sobre Ebbie, Ronnie e T. J. Vale a pena mesmo nivelar-se a *eles*? (Se soubesse dessas dúvidas, Judy Marshall aplaudiria de pé — há dois anos ela se pergunta quando o filho inteligente e consciencioso finalmente vai se cansar de andar com uma turma de fracassados como aquela... o que ela chama de "gente de baixo nível".)

— Vão tomar banho — diz Ty desconsolado e salta da bicicleta. Não há razão real para correr atrás deles, afinal de contas; ele sabe onde vai encontrá-los: no estacionamento da 7-Eleven, bebendo refrigerante e trocando figurinhas do Magic Johnson. Este é outro problema que Tyler está tendo com os amigos. Atualmente, ele prefere mil vezes trocar figurinhas de beisebol. Ebbie, Ronnie e T. J. não têm o menor interesse pelos Cardinals, os Indians, o Red Sox e os Brewers. Ebbie chegou até a dizer que beisebol é gay, um comentário que Ty considera antes burro (quase digno de pena) do que ofensivo.

Ele vai andando devagar levando a bicicleta pela calçada, recobrando o fôlego. Chega ao cruzamento da Chase com a Queen. Ebbie chama a Queen de Queer.* Claro. Isso não surpreende. E não é esta uma grande parte do problema? Tyler é um garoto que gosta de surpresas; Ebbie Wexler é um garoto que não gosta. O que torna sua reação contrária à música que saía da picape ainda agora, naquela manhã, perfeitamente previsível.

Tyler dá uma parada na esquina, olhando a rua Queen. Há sebes cerradas de ambos os lados. Acima das do lado direito, erguem-se alguns telhados vermelhos interligados. O asilo dos velhos. Ao lado do portão principal foi colocada uma espécie de placa. Curioso. Tyler torna a montar na bicicleta e segue devagar pela calçada para ver. Os galhos mais longos da sebe ao lado dele sussurram no guidom de sua bicicleta.

A placa é um enorme morango. HOJE É A FESTA DO MORANGO!!! está escrito embaixo dela. O que é uma Festa do Morango?, Ty Marshall se pergunta. Uma festa, algo só para velhos? É uma pergunta, mas não muito interessante. Após refletir alguns segundos sobre ela, ele vira a bicicleta e se prepara para voltar à rua Chase.

Charles Burnside entra no banheiro masculino no início do corredor da ala Margarida, ainda rindo e segurando a pedra de estimação de Butch. À sua direita, há uma fileira de pias, e, em cima de cada pia, um espelho — daqueles típicos de banheiros de bares e botequins populares. Em um deles, Burny vê o próprio reflexo sorridente. Em outro, o mais próximo da janela, ele vê um garotinho vestido com uma camiseta dos Brewers de Milwaukee. O garoto está montado em sua bicicleta, do lado de fora do portão, lendo a placa da Festa do Morango!

---

* Queen (rainha) e queer (estranho) são sinônimos de "bicha" [N. da T.].

Burny começa a babar. Não há nada de discreto nisso, tampouco. Burny baba como um lobo num conto de fadas, grumos brancos de saliva espumosa vazando dos cantos de sua boca e escorrendo pelo rolo flácido e escuro de seu lábio inferior. A baba lhe escorre pelo queixo como um rio de espuma de sabão. Ele a limpa distraidamente com as costas da mão nodosa, deixando-a respingar no chão, sem tirar os olhos do espelho. O garoto no espelho não é um dos pobres bebês perdidos desta criatura — Ty Marshall viveu a vida toda em French Landing e sabe exatamente onde está —, mas *poderia* ser. Ele poderia facilmente se perder e acabar numa certa sala. Numa certa cela. Ou caminhando na direção de um horizonte estranho com os pezinhos ardendo e sangrando.

Especialmente se Burny conseguir fazer o que quer. Ele terá que andar depressa, mas, como já notamos, Charles Burnside pode, se estiver bem motivado, andar muito depressa mesmo.

— Gorg — ele diz para o espelho. Ele fala esta palavra sem sentido com um sotaque perfeitamente claro, perfeitamente neutro do meio-oeste. — Vamos, Gorg.

E, sem esperar para ver o que vem depois — ele *sabe* o que vem depois —, Burny vira-se e encaminha-se para a linha de quatro sanitários. Entra no segundo a partir da esquerda e fecha a porta.

Tyler acabou de montar de novo na bicicleta quando a sebe farfalha a 3 metros da placa Festival do Morango! Um corvo enorme passa por entre a ramagem e pousa na calçada da rua Queen. Olha para o menino com um olhar vivo, inteligente. Fica em pé com as patas pretas afastadas, abre o bico e fala.

— Gorg!

Tyler olha para ele, começando a sorrir, sem ter certeza de ter ouvido isso, mas pronto para se deliciar (com 10 anos, ele está sempre pronto para se deliciar, sempre preparado para acreditar no incrível).

— O quê? Você disse alguma coisa?

O corvo bate as asas luzidias e inclina a cabeça de uma forma que torna o feio quase charmoso.

— Gorg! Ty!

O garoto ri. A ave disse seu nome! O corvo disse seu nome!

Ele salta da bicicleta, equilibra-a no descanso e dá alguns passos em direção ao corvo. Pensamentos a respeito de Amy St. Pierre e Johnny Irkenham — infelizmente — nem lhe passam pela cabeça.

Ele pensa que o corvo na certa vai voar quando ele se aproximar, mas a ave apenas bate ligeiramente as asas e escorrega de lado na direção da sebe cerrada e escura.

— Você disse meu nome?

— Gorg! Ty! Abalá!

Por um momento, o sorriso de Tyler vacila. Aquela última palavra é quase familiar para ele, e as associações, embora fracas, não são exatamente agradáveis. A palavra o faz pensar na mãe, por alguma razão. Depois o corvo torna a dizer seu nome; seguramente está dizendo Ty.

Tyler dá mais um passo afastando-se da rua Queen e aproximando-se da ave negra. O corvo dá um passo correspondente, chegando mais perto da moita de sebe. Não há ninguém na rua; esta parte de French Landing está sonhando no sol da manhã. Ty dá outro passo para seu destino, e todos os mundos tremem.

Ebbie, Ronnie e T. J. saem com um ar petulante da 7-Eleven, onde o cabeça-enrolada atrás do balcão acabou de lhes servir refresco de mirtilo (*cabeça-enrolada* é só uma das muitas generalizações pejorativas que Ebbie aprendeu com o pai). Eles também vêm com pacotes novos de figurinhas do Magic Johnson, dois cada um.

Ebbie, os lábios já lambuzados de azul, vira-se para T. J.

— Vá lá embaixo na rua pegar o lesma.

T. J. parece ofendido.

— Por que eu?

— Porque Ronnie comprou as figurinhas, cretino. Ande, vá logo.

— Por que precisamos dele, Ebbie? — pergunta Ronnie.

Ele encosta no bicicletário comendo as lascas frias e doces de gelo.

— Porque eu estou mandando — retruca Ebbie com arrogância.

O fato é que Tyler Marshall em geral tem dinheiro às sextas-feiras. Na verdade, Tyler tem dinheiro quase todo dia. Os pais dele são podres de ricos. Ebbie, que está sendo criado (se é que se pode dizer assim) por um pai solteiro que tem um emprego de merda como zelador, já concebeu um ódio vago contra Tyler por causa disso; as primeiras humilhações não estão longe, e as primeiras surras virão logo depois. Mas, agora, tudo o que ele quer são mais figurinhas do Magic Johnson, um terceiro pacote para cada um deles. O fato de Tyler nem *gostar* tanto assim de Magic Johnson só vai tornar mais saboroso o ato de fazê-lo pagar.

Mas, primeiro, eles precisam trazer o lesminha aqui. Ou o mes-linha, como o tatibitate Ronnie o chama. Ebbie gostou do nome, e acha que vai começar a usá-lo. Mes-la. Uma palavra boa. Goza Ty e Ronnie ao mesmo tempo. Dois pelo preço de um.

— Ande, T. J. A não ser que queira levar um calor.

T. J. não quer. Os calores de Ebbie Wexler doem loucamente. Ele dá um suspiro teatral, tira a bicicleta do bicicletário, monta nela e desce a ladeira suave, segurando o guidom com uma das mãos e o refresco com a outra. Ele espera ver Ty logo, provavelmente andando a pé e empurrando a bicicleta porque está *exausto,* mas parece que Ty não está mesmo na rua Chase... o que aconteceu?

T. J. pedala um pouco mais depressa.

No banheiro masculino, agora estamos olhando para a linha de sanitários. A porta do segundo a partir da esquerda está fechada. As outras três estão escancaradas em suas dobradiças cromadas. Embaixo da porta fechada, vemos um par de tornozelos nodosos e cheios de veias subindo de um par de chinelos imundos.

Uma voz grita com uma força surpreendente. É uma voz de jovem, rouca, faminta e zangada. Ela ecoa surdamente nas paredes azulejadas: *Abalá! Abalá-dum! Munshun gorg!*

De repente as descargas disparam. Não só a do cubículo fechado, mas todas elas. Do outro lado, as descargas dos mictórios também disparam, as válvulas abaixando em perfeita sincronia. A água desce por suas superfícies abauladas de porcelana.

Quando tornamos a olhar dos mictórios para os sanitários, vemos que os chinelos sujos — e os pés que estavam dentro deles — desapareceram. E pela primeira vez *ouvimos* realmente barulho de resvalamento, uma espécie de exalação quente, o tipo de barulho que ouvimos escapando do pulmão de uma pessoa acordando de um pesadelo às duas da manhã.

Senhoras e senhores, Charles Burnside deixou o prédio.

O corvo agora recuou para junto da sebe. Continua olhando para Tyler com seus olhos brilhantes e sinistros. Tyler adianta-se para ele, sentindo-se hipnotizado.

— Diga meu nome de novo — murmura ele. — Diga meu nome e pode ir.

— *Ty!* — crocita o corvo amavelmente, depois dá uma sacudidela nas asas e entra na sebe. Por um momento, Tyler ainda pode vê-lo, um misto de preto luzidio no verde luzidio, depois ele some.

— Caracorvo! — diz Tyler. Ele percebe o que acabou de dizer e dá uma risadinha convulsa. Aconteceu isso? Aconteceu, não?

Ele se aproxima mais do lugar onde o corvo entrou de novo na sebe, pensando que se a ave perdesse uma pena ele iria pegá-la para guardar de lembrança, e nisso um braço branco descarnado irrompe da ramagem e agarra-o com segurança pelo pescoço. Tyler tem tempo de dar um único grito aterrorizado e depois é arrastado através da sebe. Um de seus tênis é arrancado pelos galhos curtos e duros. Do outro lado, vem um único grito gutural e guloso — poderia ter sido *"Garoto!"* —, e depois um baque, o barulho de uma pedra de estimação caindo na cabeça de um garotinho, quem sabe. Depois, não há nada senão o zumbido distante de uma máquina de cortar grama e o zumbido mais próximo de uma abelha.

A abelha está zunindo em volta das flores do outro lado da sebe, o lado da Maxton. Não há mais nada para ser visto ali senão grama, e mais perto do prédio as mesas onde os habitantes idosos irão, ao meio-dia, sentar-se para o piquenique da Festa do Morango.

Tyler Marshall sumiu.

T. J. Renniker vem no embalo e para na esquina da Chase com a Queen. O suco azul de seu refresco está pingando em seu pulso, mas ele mal nota. No meio da rua Queen, ele vê a bicicleta de Ty, bem equilibrada em seu descanso, mas Ty, não.

Pedalando devagar — ele tem um mau pressentimento sobre isso, de alguma forma —, T. J. vai até a bicicleta. A certa altura, ele vê que seu refresco batido com gelo derreteu todo e virou um xarope. Ele joga o copo na sarjeta.

É a bicicleta de Ty, sim. Não dá para confundir aquela Schwinn vermelha aro 20 com guidom de corrida e o decalque verde dos Milwaukee Bucks na lateral. A bicicleta e...

Perto da cerca que cria um limite entre o mundo dos velhos e o das pessoas normais, as pessoas *de verdade*, T. J. vê um pé de tênis Reebock. Em volta dele há algumas folhas verdes reluzentes espalhadas. Uma pena se projeta do tênis.

O garoto arregala os olhos para este tênis. T. J. pode não ser tão brilhante quanto Tyler, mas tem muito mais watts que Ebbie Wexler, e é muito fácil para ele imaginar Tyler sendo arrastado através da cerca, deixando para trás a bicicleta... e um pé de tênis solitário e virado de lado.

— Ty? — ele chama. — Você está de brincadeira? Porque, se estiver, é melhor parar. Vou dizer a Ebbie para lhe dar o maior calor que você já levou.

Nenhuma resposta. Ty não está de brincadeira. De alguma forma, T. J. sabe disso.

Pensamentos de Amy St. Pierre e Johnny Irkenham de repente explodem na cabeça de T. J. Ele ouve (ou imagina ouvir) passos furtivos atrás da sebe: o Pescador, tendo garantido o jantar, voltou para a sobremesa!

T. J. tenta gritar, mas não consegue. Sua garganta tem o calibre de um furo de alfinete. Em vez de gritar, ele voa para a bicicleta e começa a pedalar. Passa da calçada para a rua, querendo se afastar da massa escura daquela sebe o mais depressa possível. Quando desce do meio-fio, o pneu dianteiro de sua bicicleta Huffy atropela o resto de seu refresco. Pedalando em direção à rua Chase, curvado sobre o guidom como um corredor de Grande Prêmio, ele vai deixando um rastro escuro e brilhante no asfalto. Parece sangue. Em algum lugar ali perto, um corvo crocita. Parece uma gargalhada.

Alameda Robin Hood, 16: já estivemos aqui antes, como disse a corista ao arcebispo. Uma espiada pela janela da cozinha, e vemos Judy Marshall dormindo na cadeira de balanço no canto. Há um livro em seu colo, o romance de John Grisham que vimos da última vez em sua mesa de cabeceira. Ao lado dela, no chão, há meia xícara de café frio. Judy conseguiu ler dez páginas antes de adormecer. Não devemos responsabilizar as habilidades narrativas do Sr. Grisham; Judy teve uma noite difícil ontem, e não foi a primeira. Há mais de dois meses ela não consegue dormir mais de duas horas seguidas. Fred sabe que há algum problema com sua mulher, mas não tem ideia da profundidade dele. Se tivesse, estaria muito mais que assustado. Daqui a pouco, que Deus o ajude, ele vai ter uma noção melhor de seu estado mental.

Agora ela começa a gemer profundamente, e a virar a cabeça de um lado para o outro. Aquelas palavras sem sentido começam a sair dela novamente. A maioria delas sai muito confusa para se entender, mas captamos *abalá* e *gorg*.

Seus olhos se abrem de repente. São de um azul-rei brilhante na luz da manhã, que enche a cozinha com o ouro empoeirado do verão.

— *Ty!* — ela diz num arquejo, e seus pés fazem um movimento convulsivo consciente. Ela olha para o relógio em cima do fogão. Passam 12 minutos das nove horas, e tudo parece torto, como tantas vezes parece quando dormimos profundamente, porém mal ou pouco. Ela sugou algum sonho ruim, não exatamente um pesadelo, como cordões mucosos de placenta: homens de chapéus moles abaixados para esconder a cara, caminhando com pernas compridas tipo R. Crumb que terminavam em sapatões de bico redondo tipo R. Crumb, jovens sinistros que andavam depressa demais tendo uma cidade como pano de fundo — Milwaukee? Chicago? — e, na frente, um céu alaranjado ameaçador. A trilha sonora do sonho era a banda de Benny Goodman tocando "King Porter Stomp", que seu pai sempre tocava quando estava tomando um traguinho, e a sensação do sonho fora uma tenebrosa mistura de terror e pesar: coisas horríveis aconteceram, mas a pior estava esperando.

Não há nada do alívio que as pessoas costumam sentir ao acordar de pesadelos — o alívio que ela mesma sentira quando era mais jovem e... e...

— E com a mente sadia — diz ela com uma voz gutural, de quem acabou de acordar. — "King Porter Stomp." Imagine.

Para ela, esta música sempre parecia aquela que se ouvia nos velhos desenhos animados, aquela em que camundongos de luvas brancas entram e saem correndo de buracos de rato com uma velocidade estonteante e febril. Uma vez, quando seu pai estava dançando com ela ao som dessa música, ela sentiu uma coisa dura cutucando-a. Algo nas calças dele. Depois disso, quando ele botava sua música de dança, ela procurava estar em outro lugar.

— Pare com isso — diz ela com a mesma voz gutural.

É uma voz de corvo, e ocorre-lhe que havia um corvo no sonho. Claro, pode apostar. O corvo Gorg.

— Gorg significa morte — ela diz, e lambe o lábio superior seco sem perceber. Sua língua estica mais ainda, e, ao voltar, a ponta lambe as narinas, quentes e úmidas e de certa forma reconfortantes. — Lá, *gorg* significa morte. Lá na...

Lonjura é a palavra que ela não diz. Antes que possa dizer, ela vê algo na mesa da cozinha que não estava lá antes. É uma caixa de vime. Um som está saindo da caixa, um som baixo e monótono.

A agonia vai penetrando em sua barriga, dando a sensação de que seus intestinos estão soltos e aguados. Ela sabe como se chama uma caixa como aquelas: samburá. É um samburá de pescador.

Há um pescador em French Landing atualmente. Um pescador mau.

— Ty? — ela chama, mas obviamente não há resposta.

Ela está sozinha em casa. Fred está trabalhando, e Ty deve estar na rua brincando — pode apostar. Estamos em meados de julho, o coração das férias de verão, e Ty deve estar zanzando pela cidade, fazendo todas as coisas dos livros de Ray Bradbury-August Derleth que os garotos fazem quando têm todo o interminável dia de verão para fazê-las. Mas ele não vai estar sozinho; Fred conversou com ele sobre andar em turma até o Pescador ser pego, *pelo menos* até lá, e ela também. Judy não gosta muito do garoto Wexler (nem dos garotos Metzger e Renniker), mas há segurança no número. Ty provavelmente não está tendo nenhum despertar cultural este verão, mas pelo menos...

— Pelo menos ele está seguro — diz ela em sua voz gutural de corvo Grog.

No entanto, a caixa que apareceu na mesa da cozinha enquanto ela cochilava parece negar todo o conceito de segurança. De onde veio? E o que é a coisa branca em cima dela?

— Um bilhete — ela diz, e se levanta.

Atravessa a pequena distância entre a cadeira de balanço e a mesa como alguém ainda sonhando. O bilhete é um pedaço de papel dobrado.

No meio do papel, ela pode ver escrito *Doce Judy Olhos Azuis*. Na faculdade, pouco antes de conhecer Fred, Judy tinha um namorado que a chamava assim. Ela pediu que ele parasse — era irritante, meloso — e como ele vivia esquecendo (de propósito, ela achava), ela o jogou fora como uma pedra. Agora, aquele apelido idiota está ali de novo, zombando dela.

Judy abre a torneira da pia sem tirar os olhos do bilhete, enche a mão em concha de água fria e bebe. Algumas gotas respingam em *Doce Judy Olhos Azuis* e borram seu nome na mesma hora. Escrito à caneta-tinteiro? Que antiquado! Quem escreve à caneta-tinteiro hoje em dia?

Ela estende a mão para pegar o bilhete, depois recua. O barulho de dentro da caixa agora está mais alto. É um zumbido. São...

— São moscas — ela diz. A água refrescou sua garganta e sua voz não está tão gutural, mas Judy acha que continua parecendo a do corvo Gorg. — A gente conhece barulho de mosca.

Pegue o bilhete.

Não quero.

Sim, mas você PRECISA! Agora, pegue! O que aconteceu com sua CORAGEM, sua cagoninha?

Boa pergunta. Boa *paca*. A língua de Judy sai, lambe seu lábio superior e as narinas. Depois ela pega o bilhete e desdobra-o.

Desculpe só ter um "rin-zinho" (rim). O outro eu fritei e comi. Estava muito gostoso!

O Pescador

Os nervos dos dedos, das palmas das mãos, dos pulsos e dos braços de Judy Marshall de repente se desligaram. A cor desaparece tão completamente de seu rosto que as veias azuis em suas faces ficam visíveis. Certamente é um milagre ela não ter desmaiado. O bilhete lhe cai da mão e vai em zigue-zague para o chão. Gritando o nome do filho sem parar, ela abre a tampa do samburá.

Dentro há pedaços vermelhos e brilhantes de intestino, infestados de moscas. Há sacos enrugados de pulmões e a bomba do tamanho de um punho que era o coração da criança. Há a grossa posta arroxeada de um fígado... e um rim. Este bolo de entranhas está infestado de moscas e o mundo inteiro está gorg, está gorg, está gorg.

Na calma ensolarada de sua cozinha, Judy Marshall agora começa a urrar, e é o som da loucura finalmente libertada de sua frágil gaiola, loucura desenfreada.

Butch Yerxa tencionava entrar depois de fumar só um cigarro — sempre há muito que fazer em dias de Festa do Morango! (embora o bondoso Butch não odeie feriadinhos artificiais como Pete Wexler). Então apareceu Petra English, uma enfermeira da ala Asfódelo, e eles começaram a conversar sobre motocicleta, e quando viram, tinham se passado 20 minutos.

Ele diz a Petra que tem de ir, ela lhe diz para deixar o lado brilhante para cima e o da borracha para baixo, e Butch volta depressa para dentro e encontra uma surpresa desagradável. Lá está Charles Burnside, pelado, em pé ao lado da mesa com a mão em cima da pedra que Butch usa como peso de papel. (O filho dele a fez no acampamento ano passado — pintou as palavras nela, pelo menos —, e Butch acha aquilo o máximo.) Butch não tem nada contra os moradores — certamente ele daria uma surra em Pete Wexler se soubesse daquela coisa dos cigarros, além de apenas denunciá-lo —, mas ele não gosta que mexam nas suas coisas. Especialmente esse cara, que é bem desagradável quando está de posse do pouco juízo que tem. Como é o caso agora. Butch pode ver nos olhos dele. O verdadeiro Charles Burnside veio tomar ar, talvez em homenagem à Festa do Morango!

E por falar em morango, Burny aparentemente já caiu de boca neles. Há traços de vermelho em seus lábios e nos vincos fundos nos cantos de sua boca.

Butch mal olha para isso, porém. Há outras manchas em Burny. Marrons.

— Quer tirar a mão daí, Charles? — ele pede.

— De onde? — Burny pergunta, depois acrescenta: — Babaca.

Butch não quer dizer *Da minha pedra de estimação,* isso parece idiota.

— Do meu peso de papel.

Burny olha para a pedra, que ele acabou de botar de volta no lugar (havia um pouco de sangue e de cabelo nela quando ele saiu do sanitário, mas é para limpeza que pias de banheiro servem). Ele larga a pedra e fica ali parado.

— Me limpe, paspalho. Eu me caguei.

— Estou vendo. Mas primeiro me diga se você foi espalhar seu cocô pela cozinha. E sei que você esteve lá, por isso não minta.

— Lavei as mãos primeiro — diz Burny, e as mostra.

Elas são nodosas, mas estão rosadas e limpas apesar disso tudo. Até as unhas estão limpas. Ele sem dúvida as lavou. Então acrescenta:

— Coió.

— Venha comigo até o banheiro — diz Butch. — O coió babaca vai limpar você.

Burny bufa, mas até que vai de boa vontade.

— Você está pronto para o baile de hoje à tarde? — pergunta-lhe Butch, só para dizer alguma coisa. — Está com seus sapatos de dança bem engraxados, garotão?

Burny, que às vezes pode surpreendê-lo quando é verdadeiramente direto, sorri, mostrando alguns dentes amarelos. Como seus lábios, eles estão manchados de vermelho.

— É, estou pronto para dançar — diz ele.

Embora a cara de Ebbie não mostre, ele ouve com uma inquietação crescente a história de T. J. sobre a bicicleta e o tênis abandonado de Tyler Marshall. A cara de Ronnie, por outro lado, mostra *muita* inquietação.

— Então o que vamos fazer, Ebbie? — T. J. pergunta quando termina.

Finalmente está recobrando o fôlego depois de pedalar velozmente ladeira acima.

— O que você quer dizer com o que vamos fazer? — diz Ebbie. — As mesmas coisas que íamos fazer de qualquer maneira: descer a rua, ver o que podemos encontrar em termos de garrafas reutilizáveis. Ir para o parque e trocar figurinhas do Magic Johnson.

— Mas... e se...

— Cale a boca — diz Ebbie.

Ele sabe quais são as duas palavras que T. J. está prestes a dizer, e não quer ouvi-las. Seu pai diz que dá azar botar chapéu em cima da cama, e Ebbie nunca faz isso. Se isso dá azar, dizer o nome de um assassino tarado tem que dar em dobro.

Mas aí o idiota daquele Ronnie Metzger vai e diz de qualquer jeito... mais ou menos.

— Mas, Ebbie, e se foi o Dapescor? E se Ty foi agarrado pelo...

— Cale a boca, porra! — diz Ebbie e fecha o punho como se para acertar o raio do tatibitate.

Naquele momento o atendente cabeça-enrolada pula da 7-Eleven como um boneco de mola pulando da caixa.

— Eu não quer saber dessa conversa aqui não! — grita ele. — Agora vão embora, vão conversar sua conversa suja outro canto! Senão eu chama polícia!

Ebbie sai pedalando devagar, numa direção que vai levá-lo para mais longe da rua Queer (entre os dentes, ele murmura *preto sujo,* outro termo encantador que aprendeu com o pai), e os outros dois meninos o seguem. Quando eles estão a um quarteirão da 7-Eleven, Ebbie para e se volta para os dois com a barriga e a cara empinadas.

— Ele foi embora sozinho meia hora atrás — diz.

— Hã? — diz T. J.

— Quem fez o quê? — pergunta Ronnie.

— Ty Marshall. Se alguém perguntar, ele foi embora sozinho meia hora atrás. Quando a gente estava... hum...

Ebbie volta o foco de sua mente para trás, algo que é difícil para ele porque ele não tem muita prática. Em circunstâncias normais, o presente é tudo de que Ebbie Wexler precisa.

— Quando estávamos olhando a vitrine do empório? — T. J. pergunta timidamente, esperando não estar atraindo um dos ferozes calores de Ebbie Wexler.

Ebbie olha-o com um olhar vazio por um momento, depois sorri. T. J. relaxa. Só Ronnie Metzger continua parecendo perplexo. Com um taco de beisebol nas mãos ou um par de patins de hóquei nos pés, Ronnie é o máximo. O resto do tempo, ele é bem tonto.

— Isso mesmo — diz Ebbie —, é. A gente estava olhando a vitrine do Schmitt's, aí chegou aquela picape, aquela tocando a música loucona, e aí o Ty disse que tinha que ir embora.

— Aonde ele tinha que ir? — pergunta T. J.

Ebbie não é brilhante, mas possui o que se pode chamar de "malandragem". Ele sabe instintivamente que a melhor versão é uma versão *curta* — quanto menos elementos, menor é a chance de alguém fazer você tropeçar numa inconsistência.

— Ele não disse. Só disse que tinha que ir.

— Ele não foi a lugar nenhum — diz Ronnie. — Só ficou para trás porque é uma... — Faz uma pausa arrumando a palavra e, dessa vez, sai certo. — Lesma.

— Essa não — diz Ebbie. — E se... e se *aquele cara* pegou ele, seu bundão? Quer que digam que foi porque ele não conseguiu nos acompanhar? Que morreu porque deixamos ele para trás? Quer que digam que foi nossa culpa?

— Nossa — diz Ronnie. — Você não acha mesmo que o Dapescor... *Pescador*... pegou Ty, acha?

— Não sei e estou pouco ligando — diz Ebbie —, mas não me importo que ele tenha ido embora. Ele estava começando a me encher o saco.

— Ah.

Ronnie consegue parecer distraído e satisfeito. *Que bundão ele é*, maravilha-se Ebbie. *Que bundão total e completo*. E se você não acreditou, pense em como Ronnie, que é um cavalo de forte, permite que Ebbie lhe dê calor atrás de calor. Provavelmente há de chegar um dia em que Ronnie vai ver que não tem mais que aguentar isso, e nesse dia ele pode bater em Ebbie até enfiá-lo no chão como uma estaca de tenda em forma de gente, mas Ebbie não se preocupa com essas coisas; ele é até pior em dirigir o foco da mente para a frente do que para trás.

— Ronnie — diz Ebbie.

— O quê?

— Onde a gente estava quando Tyler foi embora?

— Hum... no empório Schmitt's?

— Certo. E aonde ele foi?

— Não disse.

Ebbie vê que para Ronnie isso já está virando a verdade e ele está satisfeito. Volta-se para T. J.

— Você entendeu?

— Entendi.

— Então vamos.

Eles saem pedalando. O bundão vai um pouco à frente de Ebbie e T. J. enquanto eles seguem pela rua arborizada, e Ebbie permite isso. Aproxima um pouco mais a bicicleta da de T. J. e diz:

— Você viu alguma outra coisa ali? Alguém? Um cara?

T. J. balança a cabeça.

— Só a bicicleta e o tênis dele. — Ele faz uma pausa, puxando pela memória. — Havia algumas folhas espalhadas em volta. Folhas da sebe. E acho que talvez tivesse uma pena. Tipo uma pena de corvo.

Ebbie não leva isso em conta. Está querendo saber se o Pescador chegou ou não perto dele naquela manhã, perto o suficiente para raptar um de seus colegas. Há uma parte dele sedenta de sangue que gosta da ideia, que adora pensar num monstro impreciso sem cara matando o cada vez mais irritante Ty Marshall e comendo-o de almoço. Há também uma parte dele que tem pavor de bicho-papão (esta parte estará no comando hoje à noite enquanto ele estiver no quarto, sem conseguir dormir, vendo sombras que parecem tomar forma e passar a andar furtivamente em volta de sua cama, cada vez mais perto). E há a parte dele mais madura, que tomou providências instintivas e imediatas para evitar o olho da autoridade, caso o desaparecimento de Tyler se transformasse naquilo que o pai de Ebbie chama de "um estardalhaço".

Mas sobretudo, como ocorre com Dale Gilbertson e o pai de Ty, Fred, há um continente de incredulidade fundamental em Ebbie Wexler. Ele simplesmente não consegue acreditar que nada *definitivo* tenha acontecido com Tyler. Nem mesmo depois de Amy St. Pierre e Johnny Irkenham, que foi cortado em pedacinhos e pendurado num velho galinheiro. Estas são crianças de quem Ebbie ouviu falar no noticiário da noite, ficções da Terra da Tevê. Ele não conhece Amy nem Johnny, por isso eles podiam ter morrido, assim como pessoas ilusórias estavam sempre morrendo nos filmes e na tevê. Ty é diferente. Ty estava ali ainda agora. Conversava com Ebbie, Ebbie conversava com ele. Na cabeça de Ebbie, isso equivalia à imortalidade. Ou *devia equivaler*. Se Ty podia ser raptado pelo Pescador, qualquer garoto podia. Inclusive ele. Portanto, como Dale e Fred, ele simplesmente não acredita. Seu coração mais secreto e fundamental, a parte que garante para o resto dele que está tudo bem no planeta Ebbie, nega o Pescador e todas as suas obras.

T. J. diz:

— Ebbie, você acha...

— Não — diz Ebbie. — Ele vai aparecer. Vamos embora, vamos para o parque. Podemos procurar latas e garrafas depois.

Fred Marshall deixou o paletó esporte em sua sala, arregaçou as mangas e está ajudando Rod Tisbury a desembalar uma nova escavadeira Hiler. É a primeira de uma nova linha Hiler, e é uma beleza.

— Estou esperando por uma máquina assim há vinte anos ou mais — diz Rod. Ele enfia com habilidade a ponta larga do pé de cabra no alto do caixote grande e uma das laterais de madeira cai chapada no chão de concreto da garagem de manutenção. Rod é o mecânico-chefe da Goltz's, e ali na manutenção é rei. — Vai servir para o pequeno fazendeiro; vai servir para o jardineiro urbano, também. Se não conseguir vender uma dúzia dessas máquinas até o outono, você não está fazendo o seu trabalho.

— Vou vender vinte até o fim de agosto — diz Fred com plena confiança.

Todas as suas preocupações foram temporariamente varridas por essa esplêndida pequena máquina verde, que pode fazer muito mais que escavar; há uma quantidade de acessórios sensuais que se encaixam e se desencaixam tão facilmente quanto o forro numa jaqueta de outono. Ele quer ligá-la. Ouvi-la funcionar. Aquele motor de dois cilindros parece bem agradável.

— Fred?

Ele olha em volta com impaciência. É Ina Gaitskill, a secretária de Ted Goltz's e a recepcionista da agência.

— O quê?

— Tem uma ligação para você na linha um.

Ela aponta para o outro lado da garagem — animada com o retinir das máquinas e a zoeira de chaves de parafuso pneumáticas, soltando as porcas de um velho trator Case —, para o telefone na parede, onde há várias luzes piscando.

— Você pode anotar o recado, Ina? Eu ia ajudar Rod a pôr uma bateria nesse bichinho e aí...

— Acho que você devia atender. É uma mulher chamada Enid Purvis. Uma vizinha sua?

Por um momento, dá um branco em Fred, depois, sua cabeça, que guarda nomes compulsivamente, vem acudi-lo. Enid Purvis. Mulher de Deke. Esquina de Robin Hood e Sta. Marian. Ele viu Deke hoje de manhã mesmo. Acenaram um para o outro.

Ao mesmo tempo, ele percebe que os olhos de Ina estão muito arregalados e que sua boca normalmente generosa está muito contraída. Ela parece preocupada.

— O que é? — pergunta Dale. — Ina, o que é?

— Não sei. — Depois, com relutância: — Alguma coisa sobre sua mulher.

— É melhor atender, chefe — diz Rod, mas Fred já está atravessando o chão de concreto manchado de óleo rumo ao telefone.

Ele chega em casa dez minutos depois de ter saído da Goltz's e deixado o estacionamento dos funcionários cantando pneu como um adolescente. A pior parte fora a maneira de falar calma e cuidadosa de Enid Purvis, o esforço que ela fez tentando não parecer assustada.

Ela estava passeando com Potsie e, quando passou pela casa dos Marshall, ouviu Judy gritar, disse. Não uma vez, mas duas. Obviamente Enid fizera o que qualquer bom vizinho faria, Deus a abençoe: foi até a porta, bateu, depois abriu a fresta para cartas e chamou por ali. Se ninguém tivesse respondido, ela disse a Fred, provavelmente ela teria chamado a polícia. Nem teria voltado para casa para fazer isso; teria ido até a casa dos Plotsky ali em frente e telefonado dali. Mas...

— Eu estou bem — respondera Judy, e aí soltara uma gargalhada.

A gargalhada começava estridente e terminava abafada. Enid achou essa risada de certa forma mais perturbadora que os gritos.

— Foi tudo um sonho. Até Ty foi um sonho.

— Você se cortou, querida? — Enid perguntara pela fresta das cartas. — Caiu?

— Não tinha samburá nenhum — Judy respondeu. Ela podia ter dito *camburão*, mas Enid tinha quase certeza de que foi *samburá*. — Eu também sonhei isso. — Então, Enid contou a Fred com relutância, Judy Marshall começara a chorar. Fora muito aflitivo ouvir aquele ruído chegar a ela pela fresta das cartas. Isso até fez o cachorro ganir.

Enid falara através da fresta mais uma vez, perguntando se podia entrar e certificar-se de que Judy não estava ferida.

— Vá embora! — Judy respondera. No meio do choro, ela riu de novo. Uma risada zangada, transtornada. — Você também é um sonho. Esse mundo inteiro é um sonho.

Aí ouviu-se um barulho de vidro quebrando, como se ela tivesse batido numa caneca de café ou num copo de água e derrubado uma coisa ou outra no chão. Ou a atirado na parede.

— Eu não chamei a polícia porque ela parecia bem — Enid disse a Fred (Fred em pé com o telefone grudado numa orelha e a mão tapando a outra para cortar todos aqueles barulhos mecânicos que em geral o agradam e que no momento pareciam entrar em sua cabeça como espetos de cromo). — *Fisicamente* bem, pelo menos. Mas Fred... acho que você devia ir para casa ver como ela está.

Todas as recentes esquisitices de Judy passaram-lhe pela cabeça num turbilhão. As palavras de Pat Skarda também. *Disfunção mental. (...) Ouvimos pessoas dizerem "Fulano pirou", mas em geral há sinais...*

E ele *vira* os sinais, não?

Vira e não fizera nada.

Fred estaciona o carro, um comedido Ford Explorer, na entrada da garagem e sobe correndo os degraus, já chamando o nome da mulher. Não há resposta. Mesmo quando ele cruza a porta da entrada (abre-a com tanta força que a fresta de cartas de latão dá um pequeno estalo absurdo), não há resposta. O interior refrigerado da casa lhe dá uma sensação fria demais na pele e ele percebe que está suando.

— Judy? Jude?

Nada de resposta ainda. Ele vai correndo para a cozinha, onde é mais certo encontrá-la, quando passa em casa por algum motivo no meio do dia.

A cozinha está ensolarada e vazia. A mesa e a bancada estão limpas; os aparelhos brilham; duas xícaras de café foram colocadas no escorredor de pratos em cuja superfície recém-lavada o sol cintila. Mais sol cintila num monte de cacos de vidro no canto. Fred vê um decalque de flores num deles e percebe que era o vaso da janela.

— Judy? — ele chama de novo.

Sente o sangue latejando na garganta e nas têmporas.

Ela não responde, mas ele a ouve lá em cima, começando a cantar.

— *Boi, boi, boi... boi da cara preta... leva esse menino...*

Fred reconhece a cantiga, e em vez de sentir-se aliviado com o som da voz dela, fica mais gelado ainda. Ela costumava cantar para Tyler quando o filho era pequeno. A canção de ninar de Ty. Fred não ouve esta especificamente sair de sua boca há anos.

Ele volta para a escada no saguão, agora vendo o que perdeu na primeira viagem. A gravura de Andrew Wyeth, *O mundo de Christina*, foi tirada da parede e encostada no aquecedor de rodapé. O papel de parede embaixo do prego da gravura foi arrancado em vários lugares, revelando a placa de gesso que havia por baixo. Fred, mais gelado que nunca, sabe que Judy fez aquilo. Não é intuição, exatamente; nem dedução. Chame de telepatia de quem é casado há muito tempo.

Vindo de cima, lindo e afinado embora ao mesmo tempo perfeitamente vazio:

— *... que tem medo de careta. Boi, boi, boi... boi da cara malhada, nina esse menino que não tem medo de nada...*

Fred chega lá em cima subindo de dois em dois degraus, chamando o nome dela.

O saguão do segundo andar está numa confusão assustadora. Foi ali que fizeram a galeria do passado deles. Fred e Judy em frente ao Madison Shoes, um clube de blues aonde eles iam às vezes quando não havia nada de interessante no Chocolate Watchband; Fred e Judy dançando a primeira dança em sua festa de casamento enquanto seus pais olhavam felizes; Judy numa cama de hospital, exausta mas sorridente, segurando a trouxa que era Ty; a foto da fazenda da família Marshall para a qual ela sempre torcia o nariz; e outras mais.

A maioria dessas fotografias emolduradas foi tirada da parede. Algumas, como a da fazenda, foram *jogadas* no chão. Cacos de vidro cobrem o chão formando buquês faiscantes. E ela também atacou o papel de parede atrás de várias. No lugar onde ficava pendurada a foto de Judy e Ty no hospital, o papel foi completamente arrancado, e ele pode ver onde ela arranhou a placa de madeira embaixo. Em alguns dos arranhões há manchas de sangue quase seco.

— Judy! *Judy!*

A porta do quarto de Tyler está aberta. Fred atravessa correndo o saguão do andar de cima com vidro rangendo embaixo dos sapatos.

— ... *pega o Tyler, que não tem medo de nada.*

— Judy! Ju...

Ele fica parado à porta, todas as palavras temporariamente retiradas de dentro dele com um tranco.

O quarto de Ty parece o cenário de filme de detetive após uma busca em regra. As gavetas foram arrancadas da escrivaninha e estão jogadas pelo chão, a maioria virada. A própria escrivaninha foi arrancada da parede. Roupas de verão estão todas espalhadas — jeans e camisetas e cuecas e meias atléticas brancas. A porta do armário está escancarada e mais coisas foram arrancadas dos cabides; esta mesma telepatia conjugal lhe diz que ela rasgou as calças e as camisas sociais de Ty para se certificar de que não havia nada por trás. O paletó do único terno de Ty está pendurado na maçaneta do armário. Seus pôsteres foram retirados das paredes; Mark McGwire foi rasgado ao meio. Em todos, exceto um, ela deixou o papel de parede atrás dos pôsteres intacto, mas a única exceção é uma beleza. Atrás do retângulo onde ficava o pôster do castelo (VOLTE AO TORRÃO NATAL), o papel de parede foi quase todo arrancado. Há mais riscos de sangue na placa de madeira embaixo.

Judy Marshall está sentada no colchão descoberto da cama do filho. Os lençóis estão amontoados no canto, junto com o travesseiro. A própria cama foi arrancada da parede. A cabeça de Judy está virada para baixo. Fred não pode ver-lhe o rosto — o cabelo o cobre —, mas ela está de short e ele pode ver manchas e riscas de sangue em suas coxas bronzeadas. Suas mãos estão entrelaçadas embaixo dos joelhos, escondidas, e Fred fica contente. Não quer ver quão gravemente ela se feriu até ser obrigado a isso. Seu coração está martelando no peito, seu sistema nervoso recebeu uma descarga excessiva de adrenalina, e sua boca tem gosto de cabo de guarda-chuva.

Ela começa a cantar de novo o refrão da cantiga de ninar de Ty e não dá para ele aguentar isso.

— Judy, não — ele diz, indo até ela através do campo minado que, ainda ontem à noite, quando ele entrou para dar um beijo de boa-noite em Ty, era um quarto de garoto razoavelmente arrumado. — Pare, querida, chega.

Por milagre, ela para. Levanta a cabeça, e quando vê a expressão de pavor em seus olhos, ele perde o pouco ar que lhe resta. É mais do que pavor. É *vazio*, como se algo dentro dela tivesse fugido e exposto um buraco negro.

— Ty foi embora — ela diz simplesmente. — Procurei atrás de todas as fotos que pude... eu tinha certeza que ele estaria atrás daquela, se estivesse em algum lugar ele estaria atrás daquela...

Ela aponta para o lugar onde ficava o pôster de viagem da Irlanda, e ele vê que quatro unhas de sua mão direita foram parcial ou totalmente arrancadas. Seu estômago se revira. Os dedos dela parecem ter sido mergulhados em tinta vermelha. *Se ao menos fosse tinta,* pensa Fred. *Se ao menos.*

— ... mas, claro, é só uma foto. Todas são só fotos. Estou vendo isso agora. — Ela faz uma pausa, depois grita: — Abalá! Munshun! Abalá-gorg, Abalá-dun!

Sua língua sai da boca — sai numa extensão incrível, caricatural — e passa cheia de cuspe por seu nariz. Fred vê, mas não consegue acreditar. Isso é como entrar num filme de terror no meio da sessão, descobrir que o filme é real e não saber o que fazer. O que ele *deve* fazer? Quando se descobre que a mulher que se ama enlouqueceu — no mínimo, saiu um pouco da realidade —, o que se deve *fazer*? Como se lida com isso?

Mas ele a ama, amou-a desde a primeira semana em que a conheceu, irresistível e completamente, e sem nunca ter tido um pingo de arrependimento, e agora o amor o guia. Ele senta-se ao lado dela na cama, envolve-a com o braço e simplesmente fica abraçado com ela. Pode senti-la tremendo de dentro para fora. Seu corpo vibra como um arame.

— Amo você — ele diz, surpreso com sua voz. É incrível que aquela calma aparente possa sair de um tal caldeirão de confusão e medo. — Amo você e vai dar tudo certo.

Ela olha para ele e algo volta a seus olhos. Fred não pode chamar isso de sanidade (por mais que queira), mas pelo menos é uma espécie de consciência marginal. Ela sabe onde está e quem está com ela. Por um momento, ele vê gratidão em seus olhos. Então ela contrai o rosto numa tristeza agoniada e começa a chorar. É um ruído exausto, perdido, que o dilacera. Nervos, coração e mente, o ruído o dilacera.

— Ty foi embora — diz Judy. — Gorg o fascinou e o abalá o levou. Abalá-dun!

As lágrimas lhe escorrem pelo rosto. Quando ela ergue a mão para enxugá-las, seus dedos deixam terríveis riscos de sangue.

Embora ele tenha certeza de que Tyler está bem (sem dúvida, *Fred não teve nenhuma premonição hoje, a menos que contemos sua previsão otimista para a nova escavadeira Hiler*), ele sente um estremecimento percorrê-lo ao ver estes riscos, e não é o estado de Judy que causa isso, mas o que ela acaba de dizer: *Ty foi embora.* Ty está com os amigos; ele disse a Fred ainda ontem à noite que ele, Ronnie, T. J. e o desagradável garoto Wexler tencionavam passar o dia "de bobeira". Se os outros três garotos fossem a algum lugar aonde Ty não quisesse ir, ele prometeu que iria direto para casa. Todas as bases parecem estar cobertas, no entanto... não existe essa coisa de intuição de mãe? *Bem*, ele pensa, *talvez na Rede Fox.*

Ele pega Judy nos braços e fica de novo completamente apavorado, agora com a leveza dela. *Ela deve ter perdido uns 10 quilos desde a última vez em que a peguei assim no colo,* ele pensa. *No mínimo 10. Como foi que eu não notei?* Mas ele sabe. A preocupação com o trabalho foi parte do motivo; a teimosia em se aferrar à ideia de que basicamente estava tudo bem foi o restante. *Bem,* ele pensa, saindo do quarto com ela no colo (os braços dela se ergueram cansados e se fecharam em volta do pescoço do marido), *superei* aquele *pequeno equívoco.* E ele acredita mesmo nisso, apesar de continuar com uma confiança cega na segurança do filho.

Judy não esteve no quarto do casal durante seu furor, e a Fred o aposento parece um oásis de sanidade. Judy aparentemente tem a mesma sensação. Ela dá um suspiro cansado, e seus braços caem do pescoço do marido. Ela põe a língua para fora, mas agora só dá uma lambidinha fraca no lábio superior. Fred se abaixa e a põe na cama. Ela levanta as mãos, olha para elas.

— Eu me cortei... me arranhei...

— É — diz ele. — Vou pegar alguma coisa para isso.

— Como...?

Ele senta ao lado dela por um momento. Ela está com a cabeça afundada nos travesseiros macios, as pálpebras caindo. Ele acha que, além da perplexidade que há atrás delas, ainda pode ver aquele vazio aterrador. Espera estar errado.

— Você não se lembra? — ele pergunta a ela.

— Não... eu caí?

Fred opta por não responder. Está começando a pensar de novo. Não muito, ainda não é capaz de pensar muito, mas um pouco.

— Querida, o que é gorg? O que é abalá? É uma pessoa?

— Não... sei... Ty...

— Ty está bem — diz ele.

— Não...

— *Está* — ele insiste. Talvez ele esteja insistindo para ambas as pessoas naquele quarto bonito e bem decorado. — Amorzinho, fique deitada aí. Quero pegar umas coisas.

Os olhos dela se fecham. Ele acha que ela vai dormir, mas suas pálpebras lutam para ficar entreabertas.

— Fique aí deitada — ele diz. — Nada de se levantar e ficar zanzando pela casa. Já chega. Você deu um bruta susto na pobre Enid Purvis. Promete?

— Prometo...

Suas pálpebras tornam a se fechar.

Fred entra no banheiro contíguo, atento a qualquer movimento atrás dele. Nunca viu ninguém mais atordoado do que Judy parece agora, mas os loucos são espertos, e apesar da sua prodigiosa capacidade de negação em algumas áreas, Fred não pode mais se iludir sobre o estado mental atual da mulher. Louca? Realmente louca de pedra? Talvez não. Mas destrambelhada, certamente. *Temporariamente* destrambelhada, ele emenda abrindo o armário de remédios.

Pega um vidro de mercurocromo, depois dá uma olhada nos vidros de medicamentos que exigem receita médica na prateleira acima. Não há muitos. Ele pega um no canto esquerdo. Sonata, farmácia de French Landing, uma cápsula ao deitar, não usar por mais de quatro noites seguidas, médico responsável Patrick J. Skarda, M.D.

Não dá para Fred ver a cama toda no espelho do armário, mas dá para ver o pé da cama... e um dos pés de Judy, também. Ainda na cama. Ótimo. Ele pega uma pílula de Sonata, depois tira as escovas de dentes do copo — não tem intenção de ir lá embaixo pegar um copo limpo, não quer deixá-la sozinha por tanto tempo.

Ele enche o copo, depois volta ao quarto com a água, a pílula e o vidro de mercurocromo. Os olhos dela estão fechados. Ela está respirando tão devagar que ele precisa pôr a mão em seu peito para certificar-se de que ela está realmente respirando.

Ele olha para o sonífero, pondera, depois sacode-a.

— Judy! Judy! Acorde um pouquinho, amor. Só para tomar o remédio, sim?

Ela nem sequer resmunga, e Fred deixa o Sonata de lado. Não será necessário, afinal. Ele sente um leve otimismo com relação a quão depressa e quão profundamente ela adormeceu. É como se uma bolsa ruim tivesse estourado, descarregado seu veneno, deixando-a fraca e cansada, mas possivelmente bem de novo. Poderia acontecer isso? Fred não sabe, mas tem certeza de que ela não está fingindo dormir. Todas as desgraças atuais de Judy começaram com insônia, e a insônia foi a constante em todas elas. Embora só de dois meses para cá ela venha exibindo sintomas angustiantes — falar sozinha e fazer aquela coisa esquisita e repulsiva com a língua, para mencionar apenas dois itens —, ela não vem dormindo bem desde janeiro. Desde o Sonata. Agora parece que finalmente apagou. E será demais esperar que, quando acordar de um sono normal, ela volte ao seu antigo estado normal? Que suas preocupações com a segurança do filho no verão do Pescador a tenham forçado a alguma espécie de clímax? Pode ser que sim, pode ser que não... mas, pelo menos, este intervalo deu tempo a Fred para pensar sobre o que ele deveria fazer em seguida, e seria melhor ele aproveitá-lo bem. Uma coisa lhe parece indiscutível: se Ty estiver ali quando a mãe acordar, Ty terá uma mãe muito mais feliz. A questão imediata é como localizar Tyler o mais depressa possível.

Seu primeiro pensamento é ligar para a casa dos amigos de Ty. Seria fácil. Estes números de telefone estão colados na geladeira, escritos com a clara letra inclinada para trás de Judy, junto com os do Corpo de Bombeiros, da Delegacia de Polícia (incluindo o número particular de Dale Gilbertson; ele é um velho amigo) e da Defesa Civil de French Landing. Mas Fred só leva um instante para perceber que péssima ideia esta é. A mãe de Ebbie morreu e o pai dele é um chato — Fred só esteve com ele uma vez, e uma vez é mais do que suficiente. Fred não gosta muito de ouvir a mulher rotulando algumas pessoas de "baixo nível" (*Quem você pensa que é,* uma vez ele lhe perguntou, *a rainha da China?*), mas no caso de Pete Wexler, o rótulo se aplica. Ele não deve ter a menor noção de onde os garotos estão hoje, nem se preocupa com isso.

A Sra. Metzger e Ellen Renniker talvez, mas já tendo ele próprio sido um garoto em férias — o mundo inteiro a seus pés e pelo menos 2 mil lugares para ir —, Fred duvida muito que elas saibam. Há uma possibilidade de que os garotos possam estar almoçando (é quase hora do almoço) na casa dos Metzger ou dos Renniker, mas vale a pena dar um bruta susto desses em duas mulheres por essa possibilidade minúscula? Porque o assassino será a primeira coisa que vai lhes passar pela cabeça, tão certo como Deus criou peixinhos... e pescadores para pegá-los.

De novo sentado na cama ao lado da mulher, Fred sente o primeiro arrepio de apreensão por causa do filho e tira isso da cabeça bruscamente. Não é hora de ceder a chiliques de medo. Ele precisa se lembrar que os problemas mentais da mulher e a segurança do filho não têm ligação — exceto em sua cabeça. Sua tarefa é apresentar Ty, inteiro, provando assim que os temores dela não têm fundamento.

Fred olha para o relógio ao lado da cama e vê que são 10h45. *Como o tempo voa quando a gente está se divertindo,* pensa ele. Ao lado dele, Judy emite um único ronco arquejante. É um ruído insignificante, realmente bastante feminino, mas Fred de qualquer forma leva um susto. Como ela o assustou quando ele a viu no quarto de Ty! Ele ainda está apavorado.

Ty e os amigos talvez venham almoçar. Judy diz que muitas vezes eles vêm porque na casa dos Metzger não tem muita comida e a Sra. Renniker em geral serve o que os meninos chamam de "gororoba", um prato misterioso que consiste em macarrão e uma carne cinzenta. Judy faz para eles sopa Campbell e sanduíches de mortadela, esse tipo de coisa. Mas Ty tem dinheiro para pagar um lanche no McDonald's para todo mundo na pequena galeria na zona norte, ou eles podem ir ao Sonny's Cruisin's Restaurant, uma casa barata com um ambiente fuleiro anos 50. E Ty não é avesso a convidar. Ele é um menino generoso.

— Vou esperar até o almoço — ele murmura, sem ter a menor consciência de estar pensando alto. Certamente ele não perturba Judy; ela está ferrada no sono. — Então...

Então o quê? Ele não sabe exatamente.

Ele desce, põe a máquina de café para funcionar, e liga para o trabalho. Pede a Ina para dizer a Ted Goltz que ele não vai voltar naquele dia. Judy está doente. Gripe, ele lhe diz. Vômitos e tudo. Desfia uma lista de pessoas que ele esperava encontrar naquele dia e pede que ela peça a Otto Eisman para se ocupar delas. Otto não vai fazer outra coisa.

Uma ideia lhe ocorre enquanto está falando com ela, e, quando termina, ele afinal liga para a casa dos Metzger e dos Renniker. Na dos Metzger, atende a secretária eletrônica, e ele desliga sem deixar recado. Ellen Renniker, porém, atende no segundo toque. Com uma voz natural e alegre — isso vem instintivamente, ele é um vendedor e tanto —, ele pede que ela mande Ty ligar para casa se o menino aparecer lá para almoçar. Fred diz que tem uma coisa para contar ao filho, dando a impressão de que é algo bom. Ellen diz que vai fazer isso, mas acrescenta que T. J. estava seco para gastar os quatro ou cinco dólares que tinha no bolso quando saiu dali naquela manhã, e ela não espera vê-lo antes do jantar.

Fred volta ao quarto para ver como está Judy. Ela não mexeu um dedo sequer, e ele supõe que isso seja bom.

Não. Não há nada de bom em tudo isso.

Em vez de desaparecer agora que a situação se estabilizou — mais ou menos —, seu temor parece estar se intensificando. Dizer a si mesmo que Ty está com os amigos dele já não parece ajudar. A casa ensolarada e silenciosa o está apavorando. Ele percebe que já não quer Ty inteiro só por causa da mulher. Aonde os meninos iriam? Há algum outro lugar...?

Claro que há. Onde eles podem conseguir as figurinhas do Magic Johnson. Esse jogo idiota e incompreensível que eles jogam.

Fred Marshall desce correndo, pega a lista telefônica, procura nas Páginas Amarelas e liga para a 7-Eleven. Como a maioria das pessoas de French Landing, Fred passa na 7-Eleven quatro ou cinco vezes por semana — uma lata de refrigerante aqui, uma caixa de suco de laranja ali — e reconhece a voz do balconista indiano que trabalha de dia. Lembra na mesma hora o nome do homem: Rajan Patel. É aquele velho truque de vendedor de guardar o máximo possível de nomes no arquivo ativo. Isto certamente ajuda aqui. Quando Fred o chama de Sr. Patel, o atendente logo fica simpático, inteiramente disposto a ajudar. Infelizmente, não pode ajudar muito. Montes de garotos vêm ali. Compram figurinhas do Magic Johnson, e também do Pokémon e de beisebol. Alguns trocam essas figurinhas na rua. Ele lembra, *sim*, de três que apareceram de bicicleta naquela manhã, diz. Eles compraram refrescos de fruta e figurinhas, e aí discutiram por causa de alguma coisa lá fora. (Rajan Patel não menciona os palavrões, embora seja principalmente por causa disso que se lembre dos garotos.) Pouco depois, ele diz, eles seguiram o caminho deles.

Fred está tomando café sem se lembrar de quando se serviu. Fios frescos de mal-estar tecem teias de aranha em sua cabeça. Três garotos. *Três.*

Isso não quer dizer nada, você sabe, não sabe?, ele diz a si mesmo. Sabe, *sim,* e ao mesmo tempo *não* sabe. Nem acredita que pegou um pouco da esquisitice de Judy, como um germe de resfriado. Isso é só... bem... esquisitice pela esquisitice.

Ele pede a Patel para descrever os garotos e não se surpreende muito quando Patel não consegue. O atendente acha que um deles era meio gordo, mas nem tem certeza disso.

— Desculpe, mas é que vejo tantos — diz.

Fred lhe diz que compreende. Ele compreende, também, só que toda a compreensão do mundo não vai deixá-lo sossegado.

Três garotos. Não quatro, mas sim três.

Chegou a hora do almoço, mas Fred não tem a mínima fome. O silêncio assustador e ensolarado da casa se mantém. As teias de aranha continuam sendo tecidas.

Não quatro, mas sim três.

Se foi a turma de Ty que o Sr. Patel viu, o garoto gorducho certamente era Ebbie Wexler. A questão é: quem eram os outros dois? E qual deles estava faltando? Qual deles foi burro o bastante para ir embora sozinho?

Ty foi embora. Gorg o fascinou e o abalá o levou.

Conversa doida, sem dúvida alguma... todavia, os braços de Fred se arrepiam. Ele pousa ruidosamente a caneca de café. Vai limpar os cacos de vidro, é isso que vai fazer. Este é o próximo passo, sem dúvida alguma.

O próximo passo *de verdade,* o próximo passo *lógico* sussurra em sua cabeça enquanto ele sobe as escadas, e ele imediatamente o tira da cabeça. Tem certeza de que os guardas ultimamente andam atolados de perguntas de pais histéricos que perderam a pista dos filhos por uma hora mais ou menos. A última vez em que ele viu Dale Gilbertson, o pobre coitado parecia aflito e deprimido. Fred não quer ser visto como parte do problema em vez de parte da solução. Mesmo assim...

Não quatro, mas sim três.

Ele pega a pá e a vassoura no pequeno armário ao lado da lavanderia e começa a varrer os cacos de vidro. Quando termina, vai dar uma olhada em Judy, vê que ela ainda está dormindo (mais profundamente que nunca, pelo aspecto) e vai até o quarto de Ty. Se o visse desse jeito, Ty ficaria uma fera. Ele acharia que a mãe tinha muito mais que uma telha de menos.

Não precisa se preocupar com isso, murmura sua cabeça. *Ele não vai ver o quarto, nem hoje à noite nem nunca. Gorg o fascinou e o abalá o levou.*

— Pare com isso — Fred diz a si mesmo. — Deixe de ser caduco.

Mas a casa está muito vazia, muito silenciosa, e Fred Marshall está com medo.

Pôr o quarto de Tyler em ordem leva mais tempo do que Fred jamais esperaria; sua mulher passou por ali como um furacão. Como uma mulher pequena pode ter tanta força? É a força dos loucos? Talvez, mas Judy não *precisa* da força dos loucos. Quando põe uma coisa na cabeça, ela é um motor incrível.

Quando ele termina a limpeza, quase duas horas se passaram e a única cicatriz óbvia é a falha retangular no papel de parede no local em que o pôster de viagem irlandês ficava pendurado. Sentado na cama refeita de Ty, Fred vê que, quanto mais olha para aquele ponto, menos suporta olhar para a chapa branca, espiando dali tão acintosamente quanto um osso quebrado através da pele magoada. Ele lavou os riscos de sangue, mas não pôde fazer nada quanto aos arranhões que ela fez com as unhas.

Posso, sim, ele pensa. *Posso sim, também.*

A cômoda de Ty é de mogno, um móvel que eles herdaram de um parente distante pelo lado de Judy. Mudá-la de lugar realmente não é trabalho para um homem só, e naquela situação, isso convém perfeitamente a Fred. Ele enfia um pedaço de tapete embaixo da cômoda para evitar que ela arranhe o chão, depois arrasta-a para o outro lado do quarto. Uma vez encostada na parede desse lado, ela tapa a maior parte da área arranhada. Sem ver a parede nua, Fred sente-se melhor. Mais são. Ty não veio almoçar em casa, mas Fred não esperava realmente que ele viesse. Chegará às quatro, o mais tardar. Para o jantar. Com certeza.

Fred volta ao quarto do casal, massageando os rins enquanto caminha. Judy *ainda* não se mexeu, e mais uma vez ele põe uma ansiosa mão em seu peito. Sua respiração está lenta, mas é constante. *Isso* está bem. Ele deita ao lado dela na cama, vai afrouxar a gravata e ri quando sente o colarinho aberto. Paletó e gravata, as duas coisas ficaram na Goltz's. Bem, foi um dia louco. Por ora é bom ficar ali deitado no ar-
-condicionado, acalmando a dor nas costas. Arrastar aquela cômoda foi uma lenha, mas ele está feliz por ter feito isso. Certamente não há chance de ele adormecer; está muito aflito. Além do mais, ele nunca foi de dormir de dia.

Então, pensando, Fred adormece.

Ao lado dele, dormindo também, Judy começa a murmurar: Gorg... abalá... o Rei Rubro. E um nome de mulher.

O nome é Sophie.

Capítulo Seis

Na sala de espera da Delegacia de Polícia de French Landing, o telefone na mesa toca. Bobby Dulac estava tirando meleca do nariz. Agora ele esmaga seu tesouro mais recente na sola do sapato e atende o telefone.

— Alô, Delegacia de Polícia, policial Dulac falando, em que posso ajudá-lo?

— Ei, Bobby. É Danny Tcheda.

Bobby sente uma comichão de desconforto. Danny Tcheda — sobrenome que se pronuncia *Tchita* — é um dos 14 tiras da RPM em tempo integral. Ele atualmente está de serviço, e o procedimento normal dita que policiais de serviço se comuniquem por rádio — o *R* de RPM significa isso, afinal. A única exceção à regra tem a ver com o Pescador. Dale determinou que os patrulheiros falassem por telefone de linha, caso julgassem tratar-se de uma situação que envolvesse o assassino. Muita gente anda na escuta por ali, inclusive, sem dúvida, Wendell "Babaca" Green.

— Danny, o que há?

— Talvez nada, talvez alguma coisa não muito boa. Estou com uma bicicleta e um pé de tênis na mala do carro. Encontrei-os na rua Queen. Perto da Casa Maxton para a Velhice.

Bobby puxa um bloco e começa a escrever. A coceira de desconforto virou um mau pressentimento.

— Nada errado com a bicicleta — continua Danny —, estava ali equilibrada no descanso, mas aliada ao pé de tênis...

— Sim, sim, estou entendendo o seu ponto, Danny, mas você nunca devia ter mexido no que pode ser a prova de um crime...

Por favor, meu Deus, não permita que isso seja a prova de um crime, Bobby Dulac está pensando. *Por favor, meu Deus, não permita que seja mais um.*

A mãe de Irma Freneau esteve ali ainda há pouco para falar com Dale, e embora não tenha havido gritaria, ela saiu chorando e parecendo a morte em pessoa. Eles ainda não podem ter certeza de que a garotinha tenha sido a terceira vítima do Pescador, mas...

— Bobby, eu *precisei* mexer. Estou patrulhando sozinho, e não queria botar isso no ar, tinha que achar um telefone. Se eu deixasse a bicicleta ali, *outra* pessoa podia brincar com ela. Roubá-la, puxa. É uma boa bicicleta, Schwinn de três marchas. Melhor que a do meu filho, posso lhe dizer.

— Qual é sua posição?

— 7-Eleven, lá em cima, na 35. O que fiz foi marcar o local da bicicleta e o do tênis com uma cruz a giz na calçada. Peguei-os com luvas e botei o tênis num saco de provas.

Danny está parecendo mais que nervoso. Bobby sabe como ele deve estar se sentindo, compreende as escolhas que Danny precisou fazer. Patrulhar sozinho é uma lenha, mas French Landing já está sustentando tantos policiais — em tempo integral e em meio expediente — quanto o orçamento comporta. A menos, obviamente, que esse negócio de Pescador fuja totalmente do controle; nesse caso, os administradores da cidade sem dúvida encontrarão mais elasticidade no orçamento.

Talvez já tenha fugido do controle, Bobby pensa.

— Certo, Danny. Certo. Entendo seu ponto.

Se *Dale* entende ou não, isso é outra coisa, Bobby pensa.

Danny abaixa a voz.

— Ninguém precisa saber que eu quebrei a cadeia de provas, precisa? Quer dizer, se o assunto vier à baila. No tribunal, ou algo assim.

— Acho que isso é com Dale.

Ai meu Deus, pensa Bobby. Um novo problema acaba de lhe ocorrer. Todas as ligações que entram nesta linha são automaticamente gravadas. Bobby decide que vai aparecer um defeito no gravador, retroativo mais ou menos até as duas da tarde.

— E quer saber a outra coisa? — Danny está perguntando. — A *grande* coisa? Eu não queria que vissem a bicicleta. Uma bicicleta assim em pé sozinha, não é preciso ser a porra do Sherlock Holmes para tirar uma certa conclusão. E as pessoas estão à beira do pânico, especialmente depois daquele artigo irresponsável no jornal hoje de manhã. Eu não queria ligar da Maxton pela mesma razão.

— Vou passar sua ligação. É melhor você falar com Dale.
Com uma voz infelicíssima, Danny diz:
— Minha nossa.

Na sala de Dale Gilbertson há um quadro de ocorrências tomado por fotografias ampliadas de Amy St. Pierre e Johnny Irkenham. Uma terceira foto será acrescentada em breve, a de Irma Freneau. Embaixo das duas fotos atuais, Dale está sentado em sua mesa, fumando um Marlboro 100. Está com o ventilador ligado. O aparelho, ele espera, fará a fumaça se dissipar. Sarah quase o mataria se soubesse que ele estava fumando de novo, mas, puxa vida, ele precisa de *alguma coisa*.

Sua conversa com Tansy Freneau foi realmente um sofrimento. Tansy é uma biriteira, uma freguesa assídua do Sand Bar, e durante a conversa o cheiro de licor de café era tão forte que quase parecia estar lhe saindo dos poros (outra desculpa para o ventilador). Ela estava meio embriagada, e Dale deu graças a Deus. Isso a manteve calma, pelo menos. Não colocou nenhuma centelha em seus olhos mortos, licor de café não servia para isso, mas ela estava calma. De forma medonha, ela até dissera: "Obrigada por estar me ajudando", antes de sair.

O ex de Tansy — o pai de Irma — mora do outro lado do estado, em Green Bay ("Green Bay é a cidade do diabo", costumava dizer o pai de Dale, sabe Deus por quê), onde trabalha numa garagem e, segundo Tansy, sustenta vários bares com o nome de Zona Final e Linha dos 50 Metros. Até hoje, havia alguma razão para crer — pelo menos para esperar — que Richard "Cubby" Freneau tivesse raptado a filha. Um e-mail da Delegacia de Polícia de Green Bay descartou essa hipótese. Cubby Freneau mora com uma mulher que tem dois filhos, e ele estava na cadeia no dia em que Irma desapareceu. Ainda não há corpo, e Tansy não recebeu carta do Pescador, mas...

A porta se abre, Bobby Dulac põe a cabeça para dentro. Dale apaga o cigarro na parte interior da tampa da lixeira, queimando as costas da mão com fagulhas ao fazer isso.

— Pô, Bobby, você não sabe *bater* na porta?
— Perdão, chefe. — Bobby olha para a espiral de fumaça subindo da lixeira sem surpresa nem interesse. — Danny Tcheda está ao telefone. Acho melhor você atender.

— É sobre o quê? — Mas ele sabe. Do contrário, por que seria um telefonema? Bobby só repete, não sem solidariedade: — Acho melhor você atender.

O carro enviado por Rebecca Vilas deixa Henry na Casa Maxton para a Velhice às 15h30, 90 minutos antes da hora marcada para o início do baile da Festa do Morango! A ideia é abrir o apetite dos velhinhos na pista de dança, depois rumar para a cafeteria — bem decorada para a ocasião —, para um jantar a uma hora glamourosamente avançada (19h30 é *tardíssimo* para a Maxton). Com vinho, para aqueles que bebem.

Um Pete Wexler ressentido foi convocado por Rebecca Vilas para trazer aquela merda toda do DJ (Pete pensa em Henry como o "cego viciado em disco"). A dita merda consiste em dois alto-falantes (muito grandes), um toca-discos (leve mas chato paca de carregar), um pré-amplificador (muito pesado), cabos sortidos (todos embaraçados, mas isso é problema do cego viciado em disco) e quatro caixas de discos propriamente ditos, que saíram de moda uns cem anos atrás. Pete imagina que o cego viciado em disco nunca ouviu um CD na vida.

O último item é um saco de roupa pendurado num cabide. Pete deu uma espiada e verificou que a roupa é um terno branco.

— Pendure isso aí, por favor — diz Henry apontando com uma precisão infalível para o quarto de guardados que foi designado como seu camarim.

— Certo — diz Pete. — O que é isso exatamente, se me permite perguntar?

Henry sorri. Ele sabe perfeitamente bem que Pete já deu uma olhada. Ouviu o saco plástico farfalhar e o zíper zunir num dueto que só ocorre quando alguém afasta o saco do cabide no colarinho.

— Dentro desse saco, meu amigo, Stan Sinfônico, o Homem das *Big Bands*, só está esperando eu vesti-lo e lhe dar vida.

— Aah, ah-ah — diz Pete, sem saber se sua pergunta foi respondida ou não.

A única coisa de que ele tem certeza é que aqueles discos são quase tão pesados quanto o pré-amplificador. Alguém realmente devia dar ao cego viciado em disco algumas informações sobre CDs, o próximo grande salto à frente.

— Você me fez uma pergunta; posso lhe fazer outra?

— À vontade — diz Pete.

— Parece que a polícia esteve hoje à tarde aqui na Casa Maxton para a Velhice — diz o cego viciado em disco. — Agora os policiais já foram, mas estavam aqui quando cheguei. Qual é o problema? Não houve um assalto ou uma agressão entre os velhos, espero.

Pete para de chofre ao lado de um grande morango de papelão, segurando o saco de roupa e olhando para o cego viciado em disco com um espanto quase palpável.

— Como sabe que a polícia esteve aqui?

Henry põe um dedo no lado do nariz e inclina a cabeça para o lado. Responde com uma voz rouca e conspiratória.

— Farejei algo azul.

Pete parece intrigado, questiona se faz mais perguntas ou não e decide não fazer. Seguindo seu caminho para o quarto de guardados--camarim, diz:

— Eles estão escondendo o jogo, mas acho que estão procurando mais uma criança desaparecida.

A expressão de curiosidade divertida desaparece do rosto de Henry.

— Minha nossa — ele diz.

— Eles entraram e saíram correndo. Aqui não tem criança, Sr... há, Leyden?

— Leyden — confirma Henry.

— Uma criança aqui se destacaria como uma rosa num canteiro de sumagre venenoso, se sabe o que estou querendo dizer.

Henry não vê nenhuma analogia entre velhos e sumagre venenoso, mas entra de fato no raciocínio do Sr. Wexler.

— O que os fez pensar...?

— Acharam alguma coisa na calçada — diz Pete. Aponta para a janela, e aí se dá conta de que o cego não enxerga seu gesto. *Pô,* como diria Ebbie. Ele abaixa a mão. — Se um garoto foi raptado, alguém deve ter passado de carro e agarrado o pobrezinho. Aqui não tem sequestrador, isso eu posso lhe dizer.

Pete ri só de pensar num velho coroca da Maxton agarrando qualquer criança com tamanho para andar de bicicleta. A criança provavelmente quebraria o joelho do cara como um pau seco.

— Não — diz Henry calmamente —, isso não parece muito provável, parece?

— Mas acho que os tiras têm que botar os pingos nos is. — Ele faz uma pausa. — Isso é uma brincadeirinha minha.

Henry sorri educadamente, pensando que, em algumas pessoas, o mal de Alzheimer pode ser um verdadeiro progresso.

— Quando pendurar meu terno, Sr. Wexler, poderia fazer a fineza de sacudi-lo um pouquinho? Só para eliminar qualquer amassado incipiente.

— Certo. Quer que eu tire o terno do saco para o senhor?

— Obrigado, não precisa.

Pete entra no armário de guardados, pendura o saco de roupa e sacode-o de leve. *Incipiente*, que diabo quer dizer *isso*? Há um rudimento de biblioteca na Maxton; talvez ele vá procurar a palavra no dicionário. É vantajoso aumentar o seu poder vocabular, como dizem na *Seleções*, embora Pete duvide que isso seja muito vantajoso para ele naquele trabalho.

Quando ele volta para o salão, o cego viciado em disco — o Sr. Leyden, Stan Sinfônico, seja ele quem diabos for — já começara a desenrolar fios e ligá-los com uma velocidade e uma precisão que Pete acha um tanto enervante.

O pobre Fred Marshall está tendo um sonho terrível. *Saber* que é sonho devia torná-lo menos horrível, mas de certa forma não o torna. Ele está num barco a remo com Judy num lago. Judy está sentada na proa. Eles estão pescando. Pelo menos, *ele* está. A cara dela tem uma expressão vazia. Sua pele está amarelada. Seus olhos têm uma expressão abobalhada, bêbada. Ele luta cada vez mais desesperadamente para entrar em contato com ela, tentando puxar um assunto atrás do outro. Nenhum dá certo. Fazendo o que, naquelas circunstâncias, seria uma metáfora bastante adequada, ela cospe cada isca. Ele vê que seus olhos vazios parecem grudados no samburá que está entre eles no fundo do barco. Fios gordos de sangue escorrem pela trama do vime.

Não é nada, é só sangue de peixe, ele tenta lhe assegurar, mas ela não responde. Na verdade, o próprio Fred não tem muita certeza. Está pensando que precisa dar uma olhada dentro do samburá, para se certificar, quando seu caniço dá um tremendo tranco — se não tivesse bons reflexos, teria perdido a vara. Fisgou um grandão!

Fred colhe a linha, o peixe do outro lado lutando palmo a palmo com ele. Aí, quando finalmente consegue trazer a presa até perto do barco, ele vê que não tem rede. *Diabo,* ele pensa, *é tudo ou nada.* Ele dá um puxão no caniço, *arriscando* arrebentar a linha, e o peixe — o raio da truta mais enorme que se pode esperar ver — descreve um arco prateado ao saltar de dentro d'água agitando as nadadeiras. Aterrissa no fundo do barco (ao lado do samburá por onde o sangue vaza, na verdade) e começa a se debater. Também começa a fazer ruídos de sufocação macabros. Fred nunca ouviu um peixe fazer barulhos assim. Ele se abaixa e vê que a truta tem a cara de Tyler. Seu filho de alguma forma virou uma truta-do-outro-mundo, e agora está morrendo no fundo do barco. Sufocado.

Fred agarra o peixe, querendo tirar o anzol e devolvê-lo à água enquanto ainda é tempo, mas aquela coisa terrível asfixiada continua lhe escorregando da mão, deixando só uma gosma brilhante de escamas em seus dedos. De qualquer maneira, seria difícil tirar o anzol. O peixe-Ty engoliu-o inteiro, e a ponta com a rebarba está mesmo saindo de uma das guelras, bem embaixo do ponto em que a cara humana some. O sufoco de Ty fica ainda mais ruidoso, mais áspero, infinitamente mais horrível...

Fred senta-se reto com um grito baixo, com a sensação de estar sufocando também. Por um momento, está completamente à deriva quanto a tempo e lugar — perdido no resvalamento, poderíamos dizer —, e aí percebe que está no seu próprio quarto, sentado no seu lado da cama que divide com Judy.

Repara que tem muito menos luz ali, porque o sol passou para o outro lado da casa. *Meu Deus,* ele pensa, *quanto tempo eu dormi? Como pude...*

Ah, mas tem outra coisa: aquele terrível barulho de sufocação seguiu-o fora do sonho. Está mais alto que nunca. Vai acordar Judy, assustá-la...

Porém Judy não está mais na cama.

— Jude? *Judy?*

Ela está sentada no canto. Seus olhos estão arregalados e vazios como no sonho. Um bolo de papel amassado sai de sua boca. Sua garganta está grotescamente inchada, parece a Fred um salsichão que foi grelhado até o invólucro estar prestes a arrebentar.

Mais papel, ele pensa. *Nossa, ela está sufocando com isso.*

Fred rola para o outro lado da cama, cai e aterrissa nos joelhos como um ginasta fazendo um truque. Estica o braço para alcançá-la. Ela não faz nenhum movimento para fugir dele. Pelo menos isso. E embora ela esteja sufocando, ele ainda não vê expressão em seus olhos. São zeros empoeirados.

Fred puxa-lhe o bolo de papel da boca. Há outro atrás. Fred põe a mão entre seus dentes, pinça este segundo bolo de papel com os dois primeiros dedos da mão direita (pensando *Por favor não me morda, Judy, não me morda*) e puxa-o também. Há um terceiro bolo atrás desse, lá no fundo de sua boca. Ele pega esse também e o extrai. Embora esteja amassado, ele pode ver as palavras GRANDE IDEIA impressas, e sabe o que ela engoliu: folhas do bloco que Ty lhe deu de aniversário.

Ela ainda está sufocando. Sua pele está ficando azul.

Fred agarra-a pelos braços e levanta-a. Ela vem facilmente, mas quando ele para de fazer força, os joelhos dela se dobram e ela começa a desabar de novo. Virou uma boneca de trapo. O barulho de sufocação continua. Sua garganta de salsicha...

— Me ajude, Judy! Me ajude, sua vagabunda!

Sem consciência do que está dizendo. Ele puxa a mão dela — com tanta força quanto puxou o caniço no sonho — e gira-a como uma bailarina quando ela fica na ponta do pé. Aí agarra-a num abraço de urso, seus pulsos roçando a parte de baixo dos seios dela, o traseiro dela colado em sua braguilha, o tipo da posição que ele acharia extremamente sensual se por acaso sua mulher não estivesse morrendo sufocada.

Ele lhe enfia o polegar erguido entre os seios como alguém pedindo carona, depois diz a palavra mágica ao fazer um movimento para cima e para trás. A palavra mágica é *Heimlich*, e funciona. Mais dois bolos de papel voam da boca de Judy, impulsionados por uma golfada de vômito que é pouco mais que bílis — seu consumo de comida nas últimas 12 horas resume-se a três xícaras de café e um bolinho de mirtilo.

Ela solta um arquejo, tosse duas vezes, depois começa a respirar mais ou menos normalmente.

Ele a põe na cama... joga-a na cama. Sente cãibras violentas nas costas, o que, realmente, não é de espantar; primeiro a cômoda de Ty, agora isso.

— Bem, o que você acha que estava fazendo? — ele lhe pergunta elevando a voz. — O que em nome de Cristo você acha que estava *fazendo*?

Ele percebe que levantou a mão para a cara virada para cima de Judy como se para esbofeteá-la. Parte dele *quer* esbofeteá-la. Ele a ama, mas neste momento também a odeia. Imaginou muitas coisas ruins durante os anos em que estão casados — Judy com câncer, Judy paralítica depois de um acidente, Judy primeiro arranjando um amante, depois pedindo o divórcio —, mas nunca imaginou Judy mentindo para ele, e não é nisso que isto se resume?

— O que você acha que estava *fazendo*?

Ela olha para ele sem medo... mas sem mais nada, também. Seus olhos estão mortos. Seu marido abaixa a mão, pensando: *Eu cortaria a mão antes de bater em você. Posso estar danado com você. Estou danado com você, mas eu cortaria minha mão antes de fazer isso.*

Judy rola, de bruços, em cima da colcha, os cabelos espalhados em volta da cabeça numa coroa.

— Judy?

Nada. Ela não se mexe.

Fred olha para ela um momento, depois desamassa uma das bolas gosmentas de papel com as quais ela tentou se sufocar. Está coberta de palavras garatujadas. Gorg, abalá, ilili, munshun, bas, lum, opopânace: estas nada significam para ele. Outras, escravo, babaca, preto, vermelho, Chicago e Ty — são palavras de verdade, mas fora de contexto. Escrito de um dos lados da folha está SE VOCÊ TEM O PRÍNCIPE ALBERTO DENTRO DE UMA LATA, COMO PODE FAZÊ-LO SAIR ALGUM DIA? No alto de outra, como um teletipo travado no modo de repetição, há isto: CASA NEGRA REI RUBRO CASA NEGRA REI RUBRO CASA

Se perder tempo procurando sentido nisso, você é tão doido quanto ela, Fred pensa. *Você não pode perder tempo...*

Tempo.

Ele olha para o relógio no seu lado da cama e não pode acreditar no que ele anuncia: 16h17. Será possível? Ele olha para o relógio de pulso e vê que é.

Sabendo que é bobagem, sabendo que teria ouvido o filho entrar mesmo se estivesse ferrado no sono, Fred vai até a porta de pernas bambas.

— *Ty!* — ele grita. — *Ei, Ty! TYLER!*

Esperando uma resposta que não virá, Fred percebe que tudo em sua vida mudou, muito possivelmente para sempre. As pessoas dizem a você que isso pode acontecer — *num piscar de olhos,* elas dizem, *antes que você se dê conta,* elas dizem —, mas você não acredita nelas. Aí vem um vento.

Ir até o quarto de Ty? Verificar? Ter certeza?

Ty não está lá — Fred sabe disso —, mas vai assim mesmo. O quarto está vazio, como ele sabe que estaria. E parece estranhamente deformado, quase sinistro, com a cômoda agora do outro lado.

Judy. Você a deixou sozinha, seu idiota. Ela deve estar comendo papel de novo agora, eles são espertos, os loucos são espertos...

Fred volta correndo para o quarto do casal e dá um suspiro de alívio quando vê Judy deitada como ele a deixou, de bruços, o cabelo espalhado em volta da cabeça. Ele descobre que suas preocupações com a sua mulher louca agora foram suplantadas por suas preocupações com o seu filho desaparecido.

Ele vai estar em casa às quatro, o mais tardar... com certeza. Assim ele pensara. Mas quatro horas chegou e passou. Um vento forte começou e levou a certeza pelos ares. Fred vai até o seu lado da cama e senta junto da perna direita aberta da mulher. Pega o telefone e tecla um número. É um número fácil, apenas três dígitos.

— Alô, Delegacia de Polícia, policial Dulac falando, você ligou para 911, está em alguma emergência?

— Policial Dulac, aqui é Fred Marshall. Eu gostaria de falar com Dale, se ele ainda estiver aí.

Fred tem quase certeza de que Dale está. Ele trabalha até tarde quase todos os dias, especialmente desde que...

Ele reprime o resto, mas dentro de sua cabeça o vento sopra com mais força. Mais alto.

— Puxa, Sr. Marshall, ele está, mas está em reunião e acho que não...

— Chame-o.

— Sr. Marshall, o senhor não me ouviu. Ele está com dois caras da Polícia Estadual de Wisconsin e do FBI. Se o senhor pudesse me dizer...

Fred fecha os olhos. É interessante, não? Há alguma coisa interessante ali. Ele ligou para 911, mas o idiota do outro lado parece ter esquecido isso. Por quê? Porque é um conhecido seu. É o velho Fred Marshall, comprou um cortador de grama Deere com ele no ano retrasado. Deve ter ligado para 911 porque é mais fácil do que procurar o número normal. Porque *ninguém que Bobby conheça* pode estar numa emergência.

Fred se lembra de ter tido uma ideia parecida naquela manhã — um Fred Marshall diferente, um que achava que o Pescador nunca poderia tocar em seu filho. *Seu* filho, não.

Ty foi embora. Gorg o fascinou, e o abalá o levou.

— Alô? Sr. Marshall? Fred? Ainda está...

— Preste atenção — diz Fred, de olhos ainda fechados. Lá na Goltz's, ele já estaria chamando o homem do outro lado de Bobby, mas a Goltz's nunca pareceu tão longe; a Goltz's fica no sistema solar Opopânace, no planeta Abalá. — Preste bem atenção. Anote, se precisar. Minha mulher enlouqueceu e meu filho desapareceu. Você entende essas coisas? Mulher louca. Filho desaparecido. *Agora me passe para o seu chefe!*

Mas Bobby Dulac não passa, não de imediato. Ele tirou uma conclusão. Um policial mais diplomático (como Jack Sawyer era em seus verdes anos, por exemplo) guardaria esta conclusão para si mesmo, mas Bobby não consegue fazer isso. Bobby fisgou um graúdo.

— Sr. Marshall? Fred? Seu filho não tem uma Schwinn, tem? Uma Schwinn de três marchas, vermelha? Com uma placa de brinquedo que diz... há... BIG MAC?

Fred não consegue responder. Por vários longos e terríveis segundos, ele não consegue sequer respirar. Entre suas orelhas, o vento sopra mais alto e mais forte. Agora é um furacão.

Gorg o fascinou... o abalá o levou.

Finalmente, quando parece que ele vai começar a sufocar também, seu peito se abre e puxa uma quantidade dilacerante de ar.

— *PONHA O DELEGADO GILBERTSON NA LINHA! AGORA, SEU FILHO DA PUTA!*

Embora ele grite isso a plenos pulmões, a mulher deitada de bruços em cima da colcha ao seu lado não se mexe. Ouve-se um clique. Ele aguarda na linha. Não muito tempo, mas o suficiente para ele ver a falha na parede do quarto do filho desaparecido, a coluna inchada da garganta de sua mulher louca e o sangue escorrendo pelo samburá naquele sonho. Suas costas doem terrivelmente, e Fred agradece a dor. É como um telegrama do mundo real.

Então Dale pega o telefone, Dale está lhe perguntando o que houve, e Fred Marshall começa a chorar.

Capítulo Sete

Deus deve saber onde Henry Leyden encontrou aquele terno incrível, mas nós certamente não sabemos. Numa loja de fantasias? Não, é muito elegante para ser fantasia; é uma peça autêntica, não uma imitação. Mas que tipo de peça autêntica é? As lapelas largas descem 2 centímetros abaixo da cintura, e as abas duplas da casaca chegam quase até os tornozelos das calças largas de pregas, que, por baixo do alvo colete transpassado, parecem chegar quase ao nível do esterno. Nos pés de Henry, polainas brancas de cano longo adornam sapatos de verniz branco; em seu pescoço, um colarinho duro e alto se dobra com as pontas viradas sobre uma gravata-borboleta larga e fluida de cetim branco, amarrada à perfeição. O efeito geral é de uma elegância diplomática antiquada, combinando harmoniosamente com um terno *zoot*: a vulgaridade do conjunto supera sua formalidade, mas a dignidade do paletó e o colete dão à roupa um tipo específico de suntuosidade, aquela que se vê muitas vezes em animadores e músicos afro-americanos.

Acompanhando Henry ao salão enquanto o mal-humorado Pete Wexler vem atrás, empurrando um carrinho carregado de caixas de discos, Rebecca Vilas se lembra vagamente de ter visto Duke Ellington usando uma casaca desse tipo num clipe de um filme antigo... ou era Cab Calloway? Ela lembra de uma sobrancelha erguida, um sorriso luminoso, uma cara sedutora, uma figura empertigada diante de uma banda, porém quase nada mais. (Se fossem vivos, o Sr. Ellington ou o Sr. Calloway poderiam ter informado Rebecca de que a roupa de Henry, incluindo as calças de cós alto pregueadas na cintura, sem dúvida foi feita à mão por um dos quatro alfaiates específicos localizados nos bairros negros de Nova York, Washington, D.C., Filadélfia ou Los Angeles, mestres de seu ofício durante os anos 30 e 40, alfaiates clandestinos, agora tão mortos quanto seus célebres clientes. Henry Leyden sabe exatamente quem fez esta roupa, de onde ela veio e como lhe caiu nas mãos, mas em se tratando de pessoas como Rebecca Vilas, Henry não passa mais nenhuma informação além do que ela já deve saber.) No corredor que leva ao salão, a casaca branca parece ter luz própria, uma impressão só aumentada pelos exagerados óculos escuros de pai descolado com armação de bambu, com o que talvez sejam safiras miúdas cintilando nos cantos do aro.

Será que há alguma loja que venda roupas chiques de grandes líderes de bandas dos anos 30? Será que algum museu herda essas coisas e as põe em leilão? Rebecca não pode mais conter a curiosidade.

— Sr. Leyden, onde comprou essa bela roupa?

De trás, e tomando cuidado para parecer que está falando sozinho, Pete Wexler opina que obter uma roupa daquelas provavelmente exige que se persiga uma pessoa de uma etnia que começa com a letra *n* por no mínimo uns 4 quilômetros.

Henry ignora Pete e sorri.

— É tudo uma questão de saber onde procurar.

— Imagino que nunca tenha ouvido falar em CD — diz Pete. — Os CDs são uma grande invenção.

— Cale a boca e vá trabalhar, cara — diz a Srta. Vilas. — Estamos quase acabando.

— Rebecca, minha querida, com licença — diz Henry. — O Sr. Wexler tem todo o direito de resmungar. Afinal, ele não poderia saber que eu tenho uns 3 mil CDs, poderia? E se o primeiro dono desta roupa pode ser chamado de crioulo, eu também ficaria orgulhoso de ser chamado assim. Seria uma honra *incrível*. Eu gostaria de afirmar isso.

Henry parou. Pete e Rebecca, chocados, cada qual à sua maneira, com a palavra proibida, também pararam.

— E — diz Henry — devemos respeito àqueles que nos ajudam na execução de nossos deveres. Pedi ao Sr. Wexler para sacudir meu terno quando ele o pendurasse, e ele muito gentilmente me atendeu.

— É — diz Pete. — Também pendurei sua luz e botei seu toca-discos e seus alto-falantes e aquela merda toda onde o senhor queria.

— Muito obrigado, Sr. Wexler — diz Henry. — Agradeço o trabalho que está tendo comigo.

— Ora, porra — diz Pete —, eu só estava fazendo meu serviço, sabe? Mas, qualquer coisa que precise depois que terminar, lhe dou uma mão.

Sem a vantagem de um lampejo de calcinha e um vislumbre de bunda, Pete Wexler andava totalmente desarmado. Rebecca acha isso espantoso. Considerando tudo, cego ou não, Henry Leyden, ela se dá conta, é de longe o ser humano mais descolado que ela já teve o privilégio de conhecer em seus 26 anos na face da Terra. Pouco importam suas roupas — de onde vêm esses *caras assim*?

— Acha mesmo que um garotinho sumiu da calçada aqui em frente hoje à tarde? — pergunta Henry.

— O quê? — pergunta Rebecca.

— Me parece que sim — diz Pete.

— O quê? — Rebecca pergunta de novo, agora para Pete Wexler, não para Henry. — O que está dizendo?

— Bem, ele me fez uma pergunta e eu respondi — diz Pete. — Só isso.

Fervendo perigosamente, Rebecca dá um passo em sua direção.

— Isso aconteceu em *nossa* calçada? Outra criança, em frente ao *nosso prédio*? E você não disse nada para mim nem para o Sr. Maxton?

— Não havia nada a dizer — defende-se Pete.

— Talvez você possa nos contar o que aconteceu realmente — diz Henry.

— Claro. O que aconteceu foi que eu fui lá fora fumar, entendem? — Isso não é estritamente verdadeiro. Tendo que escolher entre andar 9 metros até o banheiro masculino do corredor da ala Margarida para jogar o cigarro na privada ou andar 9 metros até a entrada e arremessá-lo para o estacionamento, Pete sensatamente escolheu livrar-se da guimba ao ar livre. — Então eu fui lá fora, e foi aí que vi. Um carro da polícia estacionado ali em frente. Aí fui até a sebe, e tinha um tira ali, um tira jovem, acho que se chama Tchita, ou coisa assim, e ele estava botando uma bicicleta de criança na mala do carro. E mais outra coisa, só que não deu para ver o que era a não ser que era pequena. Depois disso, ele pegou um giz no porta-luvas e veio marcar a calçada com uns X.

— Você falou com ele? — pergunta Rebecca. — Perguntou o que ele estava fazendo?

— Srta. Vilas, eu não falo com tira, a não ser que não tenha outra saída, está entendendo? O Tchita nem me viu. O cara não falaria nada, mesmo. Estava com uma cara... parecia, puxa, espero que dê para chegar ao banheiro antes que eu me borre nas calças, uma cara desse tipo.

— Então ele simplesmente foi embora?

— Rapidinho. Vinte minutos depois, dois outros tiras apareceram.

Rebecca ergue as duas mãos, fecha os olhos e pressiona a testa com as pontas dos dedos, dando a Pete Wexler uma excelente oportunidade, que ele não deixa de aproveitar até o fim, de admirar a forma de seus seios por baixo da blusa. Pode não ser tão espetacular quanto a visão do pé da escada, mas serve, serve, sim. No que diz respeito ao pai de Ebbie, uma visão dos peitos de Rebecca Vilas despontando de sua blusa é como uma boa fogueira numa noite fria. Eles são maiores do que se poderia esperar numa coisinha esguia como ela, e quer saber de uma coisa?, quando os braços sobem, os peitos também sobem! Ei, se soubesse que ela ia dar um show desses, ele teria contado sobre Tchita e a bicicleta na hora em que aconteceu.

— Muito bem — ela diz, ainda pressionando a testa com as pontas dos dedos.

Ela levanta o queixo, erguendo os braços mais alguns centímetros, e franze o cenho concentrando-se, parecendo por um momento uma estátua num pedestal.

Hurra, aleluia, pensa Pete. *Tudo tem um lado bom. Se outro guri for agarrado na calçada amanhã de manhã, para mim já vai ser tarde.*

Rebecca diz:

— Está bem, está bem, está bem.

Ela abre os olhos e abaixa os braços. Pete Wexler está olhando fixo para um ponto por cima do ombro dela, com um olhar vazio de falsa inocência que ela logo entende. Minha nossa, que troglodita.

— Não é tão ruim quanto pensei. Em primeiro lugar, você só viu um policial pegando uma bicicleta. Talvez fosse roubada. Talvez algum outro garoto tenha pegado a bicicleta emprestada, a tenha largado e fugido. O guarda podia estar à procura dela. Ou o garoto *dono* da bicicleta podia ter sido atropelado por um carro. E mesmo se aconteceu o pior, não vejo como pode nos afetar. A Maxton não é responsável por nada que acontece fora de seu terreno.

Ela se vira para Henry, que dá a impressão de desejar estar a quilômetros de distância.

— Perdão, sei que isso pareceu de uma frieza terrível. Estou tão aflita com esse negócio do Pescador quanto todo mundo, com esses dois pobres garotos e a garota desaparecida. Estamos todos tão transtornados que mal podemos pensar direito. Mas eu odiaria que acabássemos arrastados para essa confusão, não vê o que eu quero dizer?

— Vejo perfeitamente — diz Henry. — Sendo um daqueles cegos sobre quem George Rathbun vive gritando.

— Ah! — late Pete Wexler.

— E concorda comigo, não?

— Sou um cavalheiro, concordo com todo mundo — diz Henry. — Concordo com Pete que outra criança pode ter sido raptada por nosso monstro local. O policial Tchita, ou seja lá como se chama, parecia nervoso demais só para estar recolhendo uma bicicleta perdida. E concordo com você que a Maxton não pode ser responsabilizada por nada do que aconteceu.

— Ótimo — diz Rebecca.

— A não ser, claro, que alguém aqui esteja envolvido nos assassinatos dessas crianças.

— Mas isso é impossível! — diz Rebecca. — A maioria dos nossos clientes masculinos nem consegue lembrar do próprio nome.

— Uma garota de 10 anos poderia enfrentar a maioria desses débeis — diz Pete. — Mesmo os que não têm doença de velho andam por aí todos borrados com a própria... você sabe.

— Você está esquecendo os funcionários — diz Henry.

— Ora — diz Rebecca momentaneamente quase sem palavras. — O que é que há. Dizer isso é de uma leviandade total.

— É mesmo. Mas, se isso continuar, não haverá ninguém acima de qualquer suspeita. Este é o meu ponto.

Pete Wexler sente um calafrio — se os palhaços da cidade começarem a interrogar residentes da Maxton, suas diversões particulares podem ser reveladas, e Wendell Green não teria um prato cheio com isso? Uma ideia brilhante lhe ocorre, e ele a manifesta, esperando impressionar a Srta. Vilas.

— Sabe de uma coisa? Os tiras deviam falar com aquele cara da Califórnia, o famoso detetive que prendeu o babaca daquele Kinderling há uns dois ou três anos. Ele agora mora por aqui, não? Alguém assim, ele é o cara que a gente precisa para isso. Os tiras daqui estão totalmente perdidos. Aquele cara é, como é que se diz, um *recurso* danado.

— Estranho você dizer isso — observa Henry. — Não posso estar mais de acordo com você. Já está na hora de Jack Sawyer fazer o trabalho dele. Vou insistir de novo com ele.

— Você o conhece? — pergunta Rebecca.

— Ah, sim — diz Henry. — Conheço, sim. Mas não está na hora de eu começar a fazer o meu trabalho?

— Daqui a pouco. Ainda estão todos lá fora.

Rebecca o conduz pelo restante do corredor até o salão, que os três atravessam para chegar ao grande palco. O microfone de Henry está ao lado de uma mesa equipada com seus alto-falantes e seu toca-discos. Com uma precisão enervante, Henry diz:

— Tem muito espaço aqui.

— Você consegue perceber isso? — pergunta ela.

— Moleza — diz Henry. — Devemos estar chegando perto agora.

— Está bem na sua frente. Quer alguma ajuda?

Henry estica um pé e bate no lado do estrado. Passa a mão pela borda da mesa, localiza a armação do microfone, e diz:

— Por enquanto não, querida. — E sobe agilmente no palco.

Guiado pelo tato, ele vai para trás da mesa e localiza o toca-discos.

— Está tudo nos conformes — ele diz. — Pete, quer fazer o favor de pôr as caixas de discos na mesa? A de cima fica *aqui,* e a outra, ao lado.

— Como ele é, o seu amigo Jack? — pergunta Rebecca.

— Um órfão da tempestade. Um doce, mas um doce *difícil.* Devo dizer que ele pode ser um verdadeiro pé no saco.

Pelas janelas, desde que eles entraram na sala, chegam ruídos de multidão, um burburinho de conversa entrelaçado com vozes de crianças e músicas tocadas pesadamente num velho piano de parede. Depois de pôr as caixas de discos na mesa, Pete diz:

— É melhor eu ir lá, porque Chipper deve estar me procurando. Vai ter uma sujeira danada para limpar quando eles entrarem.

Pete sai arrastando os pés, empurrando o carrinho à sua frente. Rebecca pergunta se Henry quer que ela faça mais alguma coisa para ele.

— As luzes de cima estão acesas, não estão? Por favor, apague-as, e espere a primeira leva entrar. Então acenda o refletor rosa e prepare-se para dançar até botar os bofes pela boca.

— Quer que eu apague as luzes?

— Você vai ver.

Rebecca vai até a porta, apaga as luzes de cima, e vê, exatamente como Henry prometera. Uma iluminação fraca e suave que vem das janelas paira no ar, substituindo a claridade intensa e a dureza de antes por uma bruma agradável e indistinta, como se a sala estivesse atrás de um véu. Aquele refletor cor-de-rosa vai ficar ótimo aqui, Rebecca pensa.

Lá fora, no gramado, a festança pré-baile está terminando. Montes de velhos e velhas estão diligentemente acabando de traçar seus biscoitos de morango e seus refrigerantes nas mesas de piquenique, e o pianista de chapéu de palha e ligas de mangas vermelhas chega ao fim de "Heart and Soul", *ba bump ba bump ba ba bump bump bump,* sem habilidade mas bem alto, fecha a tampa do piano e fica de pé para os aplausos esparsos. Netos que antes haviam reclamado de ter que ir à grande festa esgueiram-se por entre mesas e cadeiras de rodas, fugindo dos olhares dos pais e esperando conseguir um último balão da mulher dos balões vestida de palhaço com uma peruca vermelha, ai que alegria.

Alice Weathers aplaude o pianista, como seria de se esperar: quarenta anos atrás, ele absorveu com relutância as noções que Alice tinha da arte de tocar piano apenas o suficiente para ganhar alguns trocados em ocasiões como esta, quando não era obrigado a exercer sua função usual, a de vender blusões e bonés de beisebol na rua Chase. Charles Burnside, depois de ter levado uma faxina geral do bondoso Butch Yerxa e se enfarpelado com uma camisa branca velha e uma calça larga imunda, está ligeiramente afastado da multidão à sombra de um grande carvalho, sem aplaudir mas sorrindo com um ar de desprezo. O colarinho aberto da camisa lhe cai bambo em volta do pescoço comprido e forte. De quando em quando, ele limpa a boca e palita os dentes com a unha quebrada do polegar, mas essencialmente não se mexe. Parece que alguém o jogou na beira de uma estrada e foi embora. Toda vez que chegam correndo perto dele, as crianças desviam na mesma hora, como se repelidas por um campo de força.

Entre Alice e Burny, três quartos dos residentes da Maxton circulam perto das mesas apoiados em andadores, sentam-se embaixo de árvores, ocupam suas cadeiras de rodas, mancam aqui e ali — tagarelando, cochilando, rindo, peidando, dando tapinhas em manchas frescas cor de morango em suas roupas, olhando para a cara dos parentes, olhando para suas mãos trêmulas, olhando para o vazio. Meia dúzia dos mais ausentes entre eles está usando chapéus de festa cônicos de um vermelho e um azul berrantes, as cores da alegria forçada. As mulheres da cozinha começaram a circular entre as mesas com grandes sacos de lixo pretos, pois logo terão que se retirar para seus domínios a fim de preparar o grande banquete da noite à base de salada de batata, purê de batata, batata com creme, feijão no forno, salada de frutas com gelatina, salada de frutas com marshmallow e salada de frutas com chantilly, além, obviamente, do poderoso biscoito de morango!

O soberano incontestado e hereditário deste reino, Chipper Maxton, cuja disposição em geral parece a de um gambá preso num buraco lamacento, passou os 90 minutos anteriores passeando por ali, sorrindo e apertando mãos, e já está farto.

— Pete — ele rosna —, por que demorou tanto? Comece a guardar as cadeiras dobráveis, sim? E ajude a levar essa gente para o salão. Vamos andar logo. Vamos.

Pete sai correndo, e Chipper bate palmas duas vezes, alto, depois levanta os braços.

— Ei, gente — grita ele —, dá para acreditar no dia deslumbrante que o Senhor nos deu para este belo evento? Não é *demais*?

Meia dúzia de vozes fracas se eleva concordando.

— Vamos, gente, vocês podem fazer melhor que isso! Quero ouvir seu louvor por este dia maravilhoso, por estas horas maravilhosas que estamos vivendo e por toda a ajuda e todo o apoio que recebemos de nossos voluntários e nossos funcionários!

Um clamor ligeiramente mais exuberante recompensa seus esforços.

— Muito *bem*! Ei, sabem de uma coisa? Como diria George Rathbun, até um cego poderia ver como estamos nos divertindo. Eu sei que estou, e ainda não terminamos! Temos o maior DJ que vocês já ouviram, um sujeito chamado Stan Sinfônico, o Homem das *Big Bands*, esperando para fazer um show espetacular no salão, música e dança até o grande jantar da Festa do Morango, e ele também saiu barato para a gente, mas não digam isso a ele! Então, amigos e familiares, está na hora de se despedirem e deixarem seus entes queridos irem dançar ao som dos sucessos antigos como eles, ha ha! Antigos somos nós todos aqui na Maxton. Nem eu sou mais jovem como era, ha ha, então talvez eu dê um giro na pista com alguma felizarda.

"Sério, gente, está na hora de calçarmos nossos sapatos de dança. Por favor, despeçam-se de papai, mamãe, vovô ou vovó, e, na saída, talvez vocês queiram deixar uma contribuição para nossas despesas na cesta em cima do piano de Ragtime Willie ali, dez dólares, cinco dólares, qualquer coisa que vocês puderem poupar nos ajuda a cobrir os custos de proporcionar à sua mãe, ao seu pai, um dia muito alegre. *Nós fazemos isso por amor, mas metade deste amor é o de vocês*."

E no que talvez para nós pareça um tempo surpreendentemente curto, mas não para Chipper Maxton, que entende que muito pouca gente deseja se demorar mais que o necessário numa instituição para idosos, os parentes dão seus abraços e beijos finais, reúnem a garotada exausta e seguem em fila pelos caminhos e pelo gramado para o estacionamento, alguns depositando notas na cesta em cima do piano de parede de Ragtime Willie na passagem.

Mal tem início este êxodo, Pete Wexler e Chipper Maxton começam, com toda a habilidade de que dispõem, a convencer os velhinhos a voltar para dentro do prédio. Chipper diz coisas do tipo "Agora o senhor sabe o quanto queremos vê-lo usar seus dotes de bailarino, Sr. Syversom!", enquanto Pete escolhe a abordagem mais direta de "Anda, cara, é hora de sacudir as canelas", mas ambos usam as técnicas sutis e não tão sutis de cutucões, empurrões, agarramento de braço e condução de cadeira de rodas para fazer seus decrépitos tutelados entrarem.

Em seu posto, Rebecca Vilas observa os residentes entrarem no salão enevoado, alguns deles caminhando num passo um tanto apertado para seu próprio bem. Henry Leyden está imóvel atrás de suas caixas de LPs. Seu terno cintila; sua cabeça é apenas um vulto escuro na frente das janelas. Muito ocupado para devorar o peito de Rebecca com os olhos, Pete Wexler passa segurando o braço de Elmer Jesperson, deixa-o a 2,5 metros da entrada e dá meia-volta para localizar Thorvald Thorvaldson, o mais caro inimigo de Elmer e seu companheiro de quarto no M12.

Alice Weathers entra flutuando por si só e cruza as mãos sob o queixo, esperando a música começar. Alto, magro, faces encovadas, no centro de um espaço vazio que é só seu, Charles Burnside entra de mansinho e logo se coloca bem à parte. Quando seus olhos mortos encontram indiferentemente os dela, Rebecca estremece. O próximo par de olhos a encontrar os seus pertencem a Chipper, que empurra a cadeira de rodas de Flora Flostad como se ali estivesse sendo transportado um caixote de laranjas e lhe lança um olhar impaciente completamente em desacordo com o sorriso natural em seu rosto. Tempo é dinheiro, é mesmo, mas dinheiro também é dinheiro, vamos começar este show, já. A primeira leva, Henry lhe dissera — é isso o que eles têm ali, a primeira leva? Ela olha para o outro lado da sala, imaginando como perguntar, e vê que a pergunta já foi respondida, pois tão logo ela olha para cima, Henry lhe dá o sinal de OK.

Rebecca liga o interruptor do refletor cor-de-rosa e quase todo mundo na sala, incluindo alguns velhos que pareciam incapazes de reagir de alguma forma a qualquer estímulo, emitem um suave *aaah*. O terno, a camisa, as polainas chamejando no cone de luz, um Henry Leyden transformado desliza e se inclina para o microfone enquanto um LP de 12 polegadas, que aparentemente se materializou num passe de mágica, gira como uma cartola na palma de sua mão direita. Seus dentes brilham, seu cabelo reluzente cintila; as safiras faíscam dos aros de seus óculos escuros encantados. Henry parece estar quase dançando, com seu passo de lado delicado e esperto... Só que já não é mais Henry Leyden. De jeito nenhum, Renee, como George Rathbun gosta de gritar. O terno, as polainas, o cabelo emplastrado para trás, as sombras, mesmo o maravilhosamente eficaz refletor cor-de-rosa são mero figurino de palco. A verdadeira magia aqui é Henry, aquela criatura singularmente maleável. Quando é George Rathbun, ele é *todo* George. *Idem* o Rato de Wisconsin; *idem* Henry Shake. Há 18 meses ele tirou o Stan Sinfônico do armário e encaixou-se nele como uma mão numa luva para deslumbrar o pessoal num baile dos Veteranos de Guerra de Madison, mas o figurino ainda serve, serve, sim, e ele se encaixa nele, um seguidor de modismos renascido inteiro num passado que ele nunca viu em primeira mão.

Na palma de sua mão estendida, o LP girando parece uma bola de praia preta, lisa e parada.

Sempre que faz um baile, Stan Sinfônico começa com "In the Mood". Embora ele não deteste Glenn Miller como alguns aficionados de jazz detestam, com o passar do tempo, cansou-se deste número. Mas a música sempre atinge seu objetivo. Mesmo se os clientes não têm outra escolha a não ser dançar com um pé na cova e o outro na proverbial casca de banana, eles dançam *mesmo*. Além do mais, ele sabe que depois que foi convocado Miller contou ao arranjador Billy May sobre seu plano para "sair dessa guerra como um herói de algum tipo", e, diabos, ele cumpriu com a palavra, não?

Henry alcança o microfone e coloca no prato o disco em movimento com um gesto displicente da mão direita. A plateia o aplaude com um oooh exalado.

— Sejam bem-vindos todos vocês, gatos e gatas — diz Henry.

As palavras emergem dos alto-falantes envoltas na voz macia, ligeiramente dominante de um verdadeiro locutor de rádio em 1938 ou 1939, um dos homens que faziam locução ao vivo de cabarés e boates localizados de Boston a Catalina. Da garganta desses talentos da noite escorria mel, e eles nunca perdiam uma batida.

— Me digam só, garotas e garotos, vocês podem imaginar uma maneira melhor de começar uma noite de embalo do que com Glenn Miller? Vamos lá, meus irmãos e minhas irmãs, digam *éééé*.

Dos residentes da Maxton — alguns dos quais já se encontram na pista de dança e outros estão em volta dela presos a cadeiras de rodas, em posturas variadas de confusão e ausência — vem uma resposta sussurrada, menos um grito de festa do que o farfalhar de um vento de outono ao passar por galhos despidos. Stan Sinfônico sorri como um tubarão e ergue as mãos como se para acalmar uma multidão animada, depois rodopia como um dançarino do Salão de Baile Savoy inspirado em Chick Webb. As abas de seu paletó se abrem como asas, seus pés efervescentes voam e aterrissam e tornam a voar. O momento se evapora e duas bolas de praia pretas aparecem nas palmas das mãos do DJ, uma girando para dentro de sua manga, a outra para ir ao encontro da agulha.

— Muito bem, certo certíssimo, suas gatinhas saltitantes e coelhinhas dançantes, aí vem o Cavalheiro Sentimental, o Sr. Tommy Dorsey, então mostrem o dinheiro e peguem o companheiro enquanto o vocalista Dick Haymes, o orgulho de Buenos Aires, Argentina, faz a pergunta musical "Como vou conhecer você?". Frank Sinatra ainda não entrou no prédio, meus irmãos e minhas irmãs, mas a vida ainda é boa como mmm-mmm vinho.

Rebecca Vilas não consegue acreditar no que está vendo. Esse cara está fazendo quase todo mundo ir para a pista de dança, mesmo algumas das pessoas nas cadeiras de rodas, que estão sassaricando e rodopiando com os mais saudáveis. Embonecado em sua roupa exótica e incrível, Stan Sinfônico — Henry Leyden, ela não se deixa esquecer — é ao mesmo tempo meloso e impressionante, absurdo e convincente. Ele é como... um tipo de *cápsula do tempo,* fechado em seu papel e no que esses velhos querem ouvir. O feitiço dele os trouxe de volta à vida, a qualquer resquício de juventude que lhes tivesse sobrado. Inacreditável! Não há outra palavra. As pessoas que ela considerara zeros à esquerda estão florescendo bem na sua frente. Quanto a Stan Sinfônico, ele continua como um dervixe elegante, fazendo-a pensar em palavras como *suave, polido, civilizado, desequilibrado, sensual, elegante,* palavras que não têm ligação senão através dele. E essa coisa que ele faz com os discos! Como é possível?

Rebecca não se dá conta de que está batendo o pé e balançando no ritmo da música até Henry botar "Beguin the Beguine" [Entrar no *beguine*], de Artie Shaw, quando ela literalmente entra em seu próprio *beguine* começando a dançar sozinha. O jazz animado de Henry, a visão de tanta gente de cabelos brancos, azuis e de calvas deslizando pela pista de dança, Alice Weathers feliz e sorridente nos braços de ninguém menos que Thorvald Thorvaldson, Ada Meyerhoff e "Tom Tom" Boettcher rodopiando em volta um do outro em suas cadeiras de rodas, a pulsação arrebatadora da música conduzindo tudo para baixo da radiação em fusão da clarineta de Artie Shaw, todas essas coisas abrupta e magicamente se fundem numa visão de beleza terrena que lhe traz lágrimas aos olhos. Sorrindo, ela ergue os braços, gira e acaba habilmente agarrada pelo irmão gêmeo de Tom Tom, Hermie Boettcher, de 89 anos, o professor de geografia aposentado do A17 anteriormente considerado um pateta, que, sem uma palavra, vai dançando com ela até o meio do salão.

— É uma pena ver uma moça bonita dançando sozinha — diz Hermie.

— Hermie, eu iria atrás de você para qualquer lugar — ela retruca.

— Vamos chegar mais perto da banda — diz ele. — Quero ver melhor o figurão com aquele terno elegante. Dizem que ele é cego que nem morcego, mas eu não acredito.

A mão firmemente plantada na base da espinha dela, os quadris gingando no ritmo de Artie Shaw, Hermie guia-a até junto ao palco, onde o Sinfônico já está fazendo seu truque com um novo disco enquanto espera o último compasso do atual. Rebecca poderia jurar que Stan/Henry não só sente sua presença diante dele, mas até *pisca* para ela! Mas isso é totalmente impossível... não?

O Sinfônico faz o disco de Shaw entrar girando dentro de sua manga, faz o novo cair no prato, e diz:

— Voces podem dizer "Vout"? Vocês podem dizer "Sólido"? Agora que estamos todos de pé, vamos começar a pular e dançar com Woody Herman e "Wild Root". Essa música é dedicada a todas vocês, lindas senhoras, especialmente a que está usando Calyx.

Rebecca ri e diz:

— Ai, meu Deus.

Ele sentiu o cheiro de seu perfume; reconheceu-o!

Sem se intimidar pelo ritmo quente de "Wild Root", Henry Boettcher escorrega o pé para trás, estica o braço e faz Rebecca rodopiar. Na primeira batida do compasso seguinte, ele a pega nos braços e muda de direção, ambos girando para o outro lado do palco, onde está Alice Weathers ao lado do Sr. Thorvaldson, contemplando Stan Sinfônico.

— A senhora especial deve ser você — diz Hermie. — Porque esse seu perfume vale uma dedicatória.

Rebecca pergunta:

— Onde aprendeu a dançar assim?

— Meu irmão e eu éramos garotos de cidade pequena. Aprendemos a dançar na frente da jukebox da Alouette's, em Arden. — Rebecca conhece a Alouette's, na rua Principal de Arden, mas no balcão onde antes serviam-se refrigerantes, agora, serve-se almoço, e a jukebox desapareceu mais ou menos na época em que Johnny Mathis saiu das paradas. — Se você quer um bom dançarino, arranje um garoto de cidade pequena. Já o Tom Tom, ele sempre foi o dançarino mais elegante das redondezas, e você pode atirá-lo naquela cadeira, mas não pode tirar o ritmo dele.

— Sr. Stan, ei, Sr. Stan? — Alice Weathers inclinou a cabeça e pôs as mãos em concha em volta da boca. — O senhor aceita pedidos?

Uma voz desafinada e dura como o som de uma pedra esfregando na outra diz:

— Eu estava aqui primeiro, velha.

Essa grosseria implacável faz Rebecca estacar. O pé direito de Hermie pisa de leve no seu esquerdo, e logo é retirado, sem machucar mais que um beijo. Mais alto que Alice, Charles Burnside fuzila Thorvald Thorvaldson com os olhos. Thorvaldson recua e puxa a mão de Alice.

— Claro, querida — diz Stan com uma mesura. — Me diga seu nome e o que gostaria de ouvir.

— Sou Alice Weathers, e...

— Eu estava aqui primeiro — Burny repete falando alto.

Rebecca olha para Hermie, que balança a cabeça e faz uma cara de mau humor. Garoto de cidade pequena ou não, ele está tão intimidado quanto o Sr. Thorvaldson.

— "Moonglow", por favor. Com Benny Goodman.

— É a minha vez, sua besta. Quero aquela música de Woody Herman chamada "Lady Magowan's Nightmare" [O pesadelo de Lady Magowan]. Essa é *boa*.

Hermie inclina-se para o ouvido de Rebecca.

— Ninguém gosta desse sujeito, mas ele consegue o que quer.

— Não dessa vez — diz Rebecca. — Sr. Burnside, quero que o senhor...

Stan Sinfônico a faz calar com um gesto. Ele se vira para ficar de frente para o dono da voz desagradabilíssima.

— Não dá, senhor. A música se chama "Lady Magowan's Dream" [O sonho de Lady Magowan], e hoje eu não trouxe essa pecinha animada, sinto muito.

— Tudo bem, amigo, e "I Can't Get Started", a que Bunny Berigan gravou?

— Ah, eu *adoro* essa — diz Alice. — É, toque "I Can't Get Started".

— Com todo o prazer — diz Stan com a voz normal de Henry Leyden. Sem se dar ao trabalho de dançar ou girar os discos na mão, ele simplesmente troca o LP do toca-discos por um da primeira caixa. Ele parece estranhamente murcho quando volta ao microfone e diz: — Dei a volta ao mundo de avião, resolvi revoluções na Espanha. Não posso começar. Dedicada à encantadora Alice Vestido Azul e Àquela que Anda à Noite.

— Você não vale mais que um macaco num pau — diz Burny.

A música começa. Rebecca cutuca Hermie e vai para o lado de Charles Burnside, por quem ela nunca sentiu outra coisa senão repugnância moderada. Agora que o tem em foco, sua indignação e seu nojo fazem-na dizer:

— Sr. Burnside, o senhor vai pedir desculpas a Alice e a nosso amigo aqui. O senhor é um provocador infame e grosseiro, e, depois que pedir desculpas, quero que volte para o seu quarto, que é o seu lugar.

Suas palavras não surtem efeito. Os ombros de Burnside estão caídos. Ele tem no rosto um sorriso largo e sentimental, e fita o vazio com um olhar parado. Parece longe demais para lembrar o próprio nome e menos ainda o de Bunny Berigan. De qualquer forma, Alice Weathers já saiu dali dançando, e Stan Sinfônico, de novo no fundo do palco e fora do refletor cor-de-rosa, parece estar absorto em seus pensamentos. Os casais idosos bailam na pista. Em seu canto, Hermie Boettcher finge que dança e interroga-a com um olhar.

— Sinto muito por isso — diz ela a Stan/Henry.

— Não precisa se desculpar. "I Can't Get Started" era o disco preferido da minha mulher. Tenho pensado nela muito nesses últimos dias. Isso me surpreendeu.

Ele passa a mão pelo cabelo luzidio e abre os braços, visivelmente voltando ao seu papel.

Rebecca decide deixá-lo em paz. Na verdade, quer deixar todo mundo em paz por um tempinho. Sinalizando a Hermie que lamenta e que o dever a chama, ela atravessa a multidão e sai do salão. De alguma forma, Burny chegou antes dela no corredor. Vai distraído, encaminhando-se para a ala Margarida, cabisbaixo, arrastando os pés.

— Sr. Burnside — ela diz —, seu jeito pode enganar o resto das pessoas, mas quero que saiba que a mim não engana.

Aos arrancos, o velho se vira. Primeiro mexe um pé, depois uma perna, a cintura torta, por fim o tronco cadavérico. A feia inflorescência da cabeça de Burny pende da haste fina, oferecendo a Rebecca uma visão de seu crânio manchado. Seu nariz comprido se projeta como um leme deformado. Com a mesma lentidão terrível, sua cabeça se ergue para revelar olhos velados e uma boca mole. Um lampejo de desejo de vingança surge nos olhos parados, e os lábios mortos se retorcem.

Assustada, Rebecca instintivamente dá um passo para trás. A boca de Burny esticou-se toda num sorriso medonho. Rebecca quer fugir, mas a raiva por ter sido humilhada por esse pateta miserável faz com que ela fique firme.

— Lady Magowan teve um pesadelo horrível — Burny lhe informa. Ele parece drogado, ou meio dormindo. — E Lady Sophie teve um pesadelo. Só que o dela foi pior. — Ele ri. — O rei estava na contabilidade, contando seus docinhos. Foi o que Sophie viu quando adormeceu. — Ele ri mais alto, e diz algo que poderia ser Sr. Munching. Seus lábios abrem e fecham, revelando dentes amarelos e irregulares, e seu rosto encovado sofre uma mudança sutil. Um novo tipo de inteligência parece aguçar suas feições. — Você conhece o Sr. Munshun? Sr. Munshun e seu amiguinho Gorg? Sabe o que aconteceu em Chicago?

— Pare já com isso, Sr. Burnside.

— Xá ofiu falar em Fritz Haarman, que era tão simpático? Era chamado de "Vamp, Vamp, Vamp de Hanover", é, era, sim, sim, sim. Toto munto, toto munto tem pessatelo tota horra, tota horra, ha ha ho ho.

— *Pare de falar assim!* — grita Rebecca. — *Você não está me enganando!*

Por um momento, uma nova inteligência brilha nos olhos apagados de Burny. Quase de imediato, desaparece. Ele lambe os beiços e diz:

— Acorte, Burn-Burn.

— Tudo bem — diz Rebecca. — O jantar é às sete lá embaixo. Vá dormir um pouco, sim?

Burny lhe lança um olhar enervado e turvo e pousa de novo um pé no chão, iniciando o tedioso processo que o fará dar meia-volta.

— Você pode escrever. Fritz Haarman. Em Hanover. — Sua boca se torce num sorriso perturbadoramente malicioso. — Quando o rei vier aqui, talvez possamos dançar juntos.

— Não, obrigada. — Rebecca vira as costas para o velho horror e segue pelo corredor batendo os saltos, inconfortavelmente consciente dos olhos dele a segui-la.

A linda bolsinha Coach de Rebecca está em cima de sua mesa na antessala sem janela do escritório de Chipper. Antes de entrar, ela para para pegar uma folha de papel, escreve *Fritz Harmann (?), Hanover (?)*, e enfia o papel na divisão central da bolsa. Pode não ser nada — provavelmente não é —, mas quem sabe? Ela está furiosa por ter deixado Burnside assustá-la, e se puder arranjar um jeito de usar os absurdos dele contra ele, fará o que estiver ao seu alcance para expulsá-lo da Maxton.

— Garota, é você? — pergunta Chipper.

— Não, é Lady Magowan e seu pesadelo maluco.

Ela entra na sala de Chipper e encontra-o à sua mesa, contando alegremente as notas doadas naquela tarde pelos filhos de seus clientes.

— Minha Becky parece muito chateada — diz ele. — O que aconteceu, um dos nossos zumbis pisou no seu pé?

— Não me chame de Becky.

— Ei, ei, anime-se. Você não vai acreditar na grana que o seu amigo bom de conversa tirou hoje dos parentes. Cento e vinte e seis paus! Dinheiro de graça! Tudo bem, mas qual foi o problema?

— Charles Burnside me assustou, foi isso. Ele devia estar num hospício.

— Está brincando? Esse zumbi específico vale o quanto pesa em ouro. Enquanto for vivo, Charles Burnside sempre terá um lugar no meu coração. — Rindo, ele brande um punhado de notas. — E quem tem um lugar no meu coração, gatinha, sempre tem um lugar na Maxton.

A lembrança de Burnside dizendo *O rei estava na contabilidade, contando seus docinhos* faz com que ela se sinta suja. Se Chipper não estivesse rindo com a boca frouxa daquela maneira exultante, Rebecca acha que ele não lhe lembraria de forma tão desagradável o seu residente favorito. *Toto munto, toto munto tem pesatelo tota horra, tota horra, ha ha ho ho* — essa não era uma má descrição da French Landing do Pescador. Engraçado, ninguém pensaria que o velho Burny repararia mais que Chipper nesses assassinatos. Rebecca nunca ouviu o amante mencionar os crimes do Pescador, a não ser na vez em que reclamou que não poderia contar a ninguém que ia pescar até Dale Gilbertson se mexer, e que tipo de negócio de merda era aquele?

Capítulo Oito

Dois telefonemas e mais outro, particular, um que ele está fazendo o possível para negar, conspiraram para arrancar Jack Sawyer de seu casulo no Vale Noruega e botá-lo na estrada para French Landing, rua Sumner e a Delegacia de Polícia. A primeira ligação fora de Henry, e Henry, ligando da lanchonete da Maxton durante um dos intervalos do Sinfônico, insistira em dizer o que pensava. Uma criança aparentemente fora raptada em frente à Maxton, poucas horas atrás, naquele dia. Fossem quais fossem as razões de Jack para ficar fora do caso, as quais, por sinal, ele nunca explicara, elas não contavam mais, sinto muito. Com essa, eram quatro crianças perdidas para o Pescador, porque Jack não achava realmente que Irma Freneau fosse aparecer entrando em casa a qualquer momento, achava? Quatro crianças!

— Não — dissera Henry —, eu não ouvi isso no rádio. Aconteceu hoje de manhã.

— De um zelador da Maxton — dissera Henry. — Ele viu um tira com cara preocupada pegar uma bicicleta e botá-la na mala do carro.

— Certo — dissera Henry —, talvez eu não *saiba* ao certo, mas *estou* certo. Hoje à noite, Dale vai identificar o pobre garoto, e amanhã o nome dele estará no jornal inteiro. E *aí* este país inteiro vai ficar histérico. Você não entende? Só saber que você está envolvido vai ajudar muito a acalmar as pessoas. Você já não pode mais se dar ao luxo de uma aposentadoria, Jack. Tem que fazer a sua parte.

Jack disse-lhe que ele estava tirando conclusões precipitadas, que conversariam sobre isso mais tarde.

Quarenta e cinco minutos depois, Dale Gilbertson ligara com a notícia de que um garoto chamado Tyler Marshall sumira em frente à Maxton naquela manhã, e que o pai de Tyler, Fred Marshall, estava agora mesmo na delegacia, pedindo para falar com Jack Sawyer. Fred era um cara maravilhoso, um homem de família, direito, um cidadão de peso, *amigo* de Dale, poderíamos dizer, mas no momento já não tinha mais forças. Aparentemente, Judy, sua mulher, já andava com algum tipo de distúrbio mental antes mesmo que o problema começasse, e o desaparecimento de Tyler a enlouquecera de vez. Ela não dizia coisa com coisa, se ferira, destruíra a casa.

— E eu conheço Judy Marshall — dissera Dale. — Uma linda mulher, baixinha, mas forte por dentro, com os pés no chão, uma grande figura, uma pessoa incrível, alguém que a gente nunca acharia que iria perder o controle, acontecesse o que acontecesse. Parece que ela já achava ou sabia que Tyler tinha sido raptado antes mesmo que a bicicleta dele aparecesse. Hoje à tarde, ela ficou tão ruim que Fred teve que ligar para o Dr. Skarda e levá-la para o Hospital Luterano do Condado Francês, em Arden, onde a examinaram e a botaram na enfermaria D, a ala para doentes mentais. Então você pode imaginar como Fred está. Ele insiste em falar com você. *Não confio em você,* ele me disse.

— Bem — dissera Dale —, se você não vier aqui, Fred Marshall vai aparecer na sua casa, é o que vai acontecer. Não posso botar o cara na coleira, e não vou prendê-lo só para mantê-lo longe de você. Ainda por cima, precisamos de você aqui, Jack.

— Está bem — dissera Dale. — Sei que você não está prometendo nada. Mas você sabe o que deve fazer.

Essas conversas teriam sido suficientes para fazê-lo entrar em sua picape e rumar para a rua Sumner? Muito provavelmente, Jack imagina, o que torna o terceiro fator, o segredo, um segredo mal admitido, irrelevante. Não significa nada. Um ataque de nervos ridículo, uma escalada da ansiedade, coisa completamente natural naquelas circunstâncias, que pode acontecer com todo mundo. Ele estava a fim de sair de casa, e daí? Ninguém podia acusá-lo de *fugir*. Ele estava indo ao encontro, não fugindo, daquilo de que ele mais queria *fugir* — a contracorrente escura dos crimes do Pescador. Tampouco estava se comprometendo a qualquer envolvimento mais profundo. Amigo de Dale e pai de um filho aparentemente desaparecido, esse Fred Marshall insistia em falar com ele; ótimo, pode falar. Se meia hora com um detetive aposentado pudesse ajudar Fred Marshall a começar a entender seus problemas, o detetive aposentado estava disposto a lhe conceder o tempo.

Tudo o mais era meramente pessoal. Sonhos acordado e ovos de sabiá fundiam a cuca, mas isso era meramente pessoal. A gente podia esperar mais, ser mais esperto, entender. Nenhum ser racional levava isso a sério; como um temporal de verão, chegava e passava. Agora, quando atravessou o sinal verde em Centralia e notou, por reflexo de tira, as Harleys enfileiradas no estacionamento do Sand Bar, ele sentiu que se alinhava com as dificuldades da tarde. Fazia todo o sentido não ter conseguido — bem, digamos, não ter querido — abrir a porta da geladeira. Surpresas desagradáveis faziam a gente pensar duas vezes. Queimara uma lâmpada em sua sala, e quando ele foi até a gaveta que continha meia dúzia de lâmpadas halógenas novas, não conseguira abri-la. Na verdade, não conseguira abrir nenhuma gaveta e nenhum armário em sua casa, o que o tornava incapaz de fazer uma xícara de chá, mudar de roupa, preparar o almoço, ou fazer qualquer coisa senão folhear revistas desanimadamente e assistir à televisão. Quando a aba da caixa de correspondência ameaçara esconder uma pirâmide de ovinhos azuis, ele decidira só pegar a correspondência no dia seguinte. De qualquer forma, ele só recebia demonstrações financeiras, revistas e propaganda.

Não vamos fazer isso parecer pior do que foi, Jack diz a si mesmo. *Eu poderia ter aberto qualquer porta, gaveta ou armário na casa, mas não quis. Eu não temia que ovos de sabiá fossem cair de dentro da geladeira ou do armário — só que eu não queria correr o risco de encontrar o raio de uma dessas coisas. Me mostre um psiquiatra que diga que isso é neurótico e eu lhe mostro um cretino que não entende de psicologia. A velha guarda toda me dizia que trabalhar com homicídios fundia a cuca. Diabo, antes de tudo, foi por isso que me aposentei!*

O que eu devia fazer, ficar na ativa até comer a pistola? Você é um cara esperto, Henry Leyden, e adoro você, mas algumas coisas você não ENTENDE!

Tudo bem, ele estava indo para a rua Sumner. Todo mundo estava gritando para ele fazer alguma coisa, e era isso que ele ia fazer. Ia dar boa-noite a Dale, cumprimentar os rapazes, sentar com esse Fred Marshall, o cidadão de peso com um filho desaparecido, e despejar-lhe a lenga-lenga habitual sobre estar sendo feito todo o possível, blablablá, o FBI está trabalhando em conjunto conosco neste caso, e eles têm os melhores investigadores do mundo. *Essa* lenga-lenga. No que dizia respeito a Jack, seu primeiro dever era alisar Fred Marshall, como se para acalmar os sentimentos de um gato machucado; quando Marshall tivesse sossegado, a suposta obrigação de Jack para com a comunidade — uma obrigação que existia inteiramente na cabeça dos outros — estaria cumprida, liberando-o para voltar à privacidade que ele conquistara. Se Dale não gostasse disso, ele poderia se atirar no Mississípi; se Henry não gostasse, Jack se recusaria a ler *Casa desolada* e, em vez disso, iria obrigá-lo a ouvir Lawrence Welk, Vaughn Monroe, ou alguma coisa igualmente penosa. Dixieland ruim. Anos atrás, alguém dera a Jack um CD chamado *Fats Manassas & His Muskrat All Stars Stompin' the Ramble*. Trinta segundos de Fats Manassas e Henry iria estar pedindo penico.

A imagem faz Jack sentir-se suficientemente confortável para provar que sua hesitação diante de armários e gavetas fora meramente uma relutância temporária, não uma incapacidade fóbica. Mesmo enquanto sua atenção estava em outra coisa, como em geral estava, o cinzeiro fechado embaixo do consolo zombara dele e o ridicularizara desde a primeira vez em que ele entrara na picape. Uma espécie de sugestionabilidade sinistra, uma aura de malícia latente cerca o pequeno consolo do cinzeiro.

Será que ele receia que haja um ovinho azul escondido atrás do pequeno consolo?

Claro que não. Ali não há nada a não ser ar e plástico preto moldado. Nesse caso, ele pode abri-lo.

Os prédios nos arredores de French Landing deslizam pelas janelas da picape. Jack chegou quase ao ponto exato em que Henry desligou o Dirtysperm. Obviamente, ele pode abrir o cinzeiro. Nada poderia ser mais simples. Basta pegar por baixo e puxar. A coisa mais fácil do mundo. Ele estica a mão. Antes de seus dedos encostarem no consolo, ele puxa a mão. Gotas de suor lhe escorrem pela testa e se alojam em suas sobrancelhas.

— Não tem nada de mais — ele diz em voz alta. — Você está com algum problema aqui, Jacky?

De novo, ele estica a mão para o cinzeiro. Abruptamente percebendo que está prestando mais atenção na parte inferior do painel do que na estrada, ele ergue os olhos e reduz a velocidade à metade. Recusa-se a frear. É só um cinzeiro, pelo amor de Deus. Seus dedos tocam o consolo, e se encolhem embaixo do rebordo. Jack olha de novo para a estrada. Depois, com a decisão de uma enfermeira arrancando um esparadrapo da barriga peluda de um paciente, puxa a bandeja deslizante. A parte do isqueiro, que ele inadvertidamente deslocara na entrada de sua garagem naquela manhã, pula 7 centímetros no ar, parecendo muito, aos olhos apavorados de Jack, um ovo voador preto e prateado.

Ele dá uma guinada e sai da estrada, atravessa aos solavancos o acostamento coberto de mato e se encaminha para um poste telefônico ameaçador. O isqueiro cai na bandeja com um baque metálico alto que nenhum ovo no mundo poderia ter produzido. O poste telefônico se aproxima e praticamente enche todo o para-brisa. Jack pisa no freio e para com um tranco, provocando um chocalhar dentro do cinzeiro. Se não tivesse diminuído a velocidade antes de abrir o cinzeiro, teria batido no poste, que está a cerca de um metro do capô da picape. Jack enxuga o suor do rosto e pega o isqueiro.

— Cacilda.

Ele enfia o acessório em seu receptáculo e cai para trás no banco.

— Não admira que digam que o fumo pode matar — diz ele.

A piada é muito fraca para diverti-lo, e por alguns segundos ele não faz mais nada senão ficar atirado no banco e olhar o tráfego esparso na rua Lyall. Quando seu coração volta a um estado mais ou menos normal, ele se lembra que, afinal de contas, abriu o cinzeiro.

O louro e amassado Tom Lund evidentemente fora preparado para sua chegada, pois quando Jack passa por três bicicletas enfileiradas ao lado da porta e entra na delegacia, o jovem policial sai voando de sua mesa e vem lhe dizer baixinho que Dale e Fred Marshall estão à sua espera na sala de Dale, e ele vai acompanhá-lo até lá. Eles ficarão felizes em vê-lo, isso é certo.

— Eu também estou, tenente Sawyer — acrescenta Lund. — Menino, eu tenho que dizer. Eu acho que a gente está precisando do que você tem.

— Pode me chamar de Jack. Não sou mais tenente. Nem sou mais policial.

Jack conhecera Tom Lund durante a investigação do caso Kinderling, e gostara da garra e da dedicação do jovem. Apaixonado por aquele trabalho, aquele uniforme e aquele distintivo, cheio de consideração pelo chefe e assombrado com Jack, Lund passara, sem reclamar, centenas de horas ao telefone, em registros de ocorrências e em seu carro, checando e rechecando os detalhes muitas vezes contraditórios estabelecidos pela colisão entre um vendedor de seguros rurais de Wisconsin e uma trabalhadora de Sunset Strip. O tempo todo, Tom Lund conservara a disposição de um zagueiro de time escolar entrando em campo para o primeiro jogo.

Ele já não é mais assim, Jack observa. Manchas escuras sublinham seus olhos, e os ossos estão mais proeminentes em seu rosto. Há mais do que sonolência e exaustão por trás do estado de Lund: seus olhos têm aquela expressão de perplexidade incontida de quem foi vítima de um choque moral. O Pescador roubou grande parte da juventude de Tom Lund.

— Mas vou ver o que posso fazer — diz Jack, oferecendo a promessa de um empenho maior do que pretendia.

— Certamente podemos aproveitar tudo que você puder nos dar — diz Lund.

É demais, servil demais, e enquanto Lund dá meia-volta e o conduz até a sala, Jack pensa: *Não vim aqui para ser seu salvador.*

A ideia imediatamente o faz sentir-se culpado.

Lund bate, abre a porta para anunciar Jack, o faz entrar e desaparece como um fantasma, totalmente despercebido pelos dois homens que se levantam e colam os olhos no rosto do visitante, um com visível gratidão, o outro com um enorme grau da mesma emoção aliada a uma carência óbvia, o que deixa Jack sentindo-se pior ainda.

Em cima da apresentação embrulhada de Dale, Fred Marshall diz:

— Obrigado por concordar em vir, muito obrigado. É só o que posso...

Seu braço direito se estende como uma alavanca de bomba. Quando Jack lhe dá a mão, uma quantidade de sentimentos ainda maior inunda o rosto de Fred Marshall. Sua mão aperta a de Jack e parece quase *reclamá-la*, como um bicho reclama sua presa. Ele espreme, com força, muitas e muitas vezes. Seus olhos ficam marejados.

— Não posso... — Marshall puxa a mão e esfrega o rosto para enxugar as lágrimas. Agora seus olhos parecem irritados e intensamente vulneráveis. — Puxa vida — diz ele. — Estou muito feliz que o senhor esteja aqui, Sr. Sawyer. Ou devo dizer tenente?

— Jack está bem. Por que vocês dois não me põem a par do que aconteceu hoje?

Dale aponta para uma cadeira vaga; os três tomam seus lugares; a dolorosa mas essencialmente simples história de Fred, Judy e Tyler Marshall começa. Fred fala primeiro, bastante. Em sua versão da história, uma mulher brava e corajosa, mãe e esposa dedicada, sucumbe a desconcertantes transformações e distúrbios multifacetados, e desenvolve misteriosos sintomas negligenciados por seu marido ignorante, idiota e autocentrado. Ela deixa escapar palavras sem sentido; escreve coisas malucas em folhas de bloco, enfia os papéis na boca e tenta engoli-los. *Ela vê com antecedência a tragédia chegando, e isso a desequilibra.* Parece loucura, mas o marido autocentrado acha que é a verdade. Isto é, ele *acha* que acha que é a verdade, porque está achando isso desde a primeira vez que falou com Dale, e, embora pareça loucura, faz sentido. Que outra explicação poderia haver? Então é isso que ele acha que acha — que sua mulher começou a enlouquecer porque sabia que o Pescador estava a caminho. Esse tipo de coisa é possível, ele imagina. Por exemplo, a brava esposa doente sabia que seu filho lindo maravilhoso estava desaparecido mesmo antes de seu marido idiota e egoísta, que foi trabalhar exatamente como se aquele fosse um dia normal, lhe contar sobre a bicicleta. Isso provava bem o que ele estava falando. O lindo garotinho saiu com os três amigos, mas só os três amigos voltaram, e o policial Danny Tcheda encontrou a bicicleta Schwinn do filhinho e um pé de seu pobre tênis na calçada em frente à Maxton.

— Danny Tchita? — pergunta Jack, que, como Fred Marshall, começa a achar que acha uma quantidade de coisas alarmantes.

— Tcheda — diz Dale, e soletra para ele.

Dale conta-lhe a sua versão pessoal da história, muito mais curta. Na história de Dale Gilbertson, um garoto sai para andar de bicicleta e some, talvez por ter sido raptado, em frente à Maxton. É só isso que Dale sabe da história, e ele acredita que Jack Sawyer será capaz de preencher muitas das lacunas circundantes.

Jack Sawyer, para quem os outros dois homens na sala estão olhando, custa a se ajustar às três ideias que agora acha que tem. A primeira não é tanto uma ideia quanto uma resposta que exprime uma ideia oculta: desde o momento em que Fred Marshall apertou sua mão e disse "Puxa vida", Jack começou a gostar do homem, uma reviravolta não prevista no enredo da noite. Fred Marshall mais ou menos lhe parece o garoto-propaganda da vida numa cidade pequena. Se pusesse o retrato dele em cartazes anunciando imóveis do condado Francês, você poderia vender um monte de casas de campo para gente de Milwaukee e Chicago. A cara simpática e atraente de Fred Marshall e seu corpo esguio de corredor são certificados de responsabilidade, decência, boas maneiras e boa vizinhança, modéstia e um coração generoso. Quanto mais Fred Marshall se chama de egoísta e idiota, mais Jack gosta dele. E quanto mais gosta dele, mais compreende o que ele sente naquela terrível situação por que ele está passando, mais tem vontade de ajudá-lo. Jack chegara à delegacia esperando que iria responder ao amigo de Dale como policial, mas seus reflexos de tira enferrujaram por falta de uso. Ele está respondendo de cidadão para cidadão. Os tiras, como Jack bem sabe, raramente veem os civis enredados na esteira de um crime como concidadãos, e certamente nunca nos estágios iniciais de uma investigação. (A ideia oculta no centro da resposta ao homem à sua frente é que Fred Marshall, sendo o que é, não pode abrigar suspeitas de ninguém com quem tenha boas relações.)

A segunda ideia de Jack é a de um tira e concidadão, e embora ele continue o seu ajuste à terceira, que é inteiramente um produto de seus reflexos de tira enferrujados porém ainda precisos, ele a torna pública.

— As bicicletas que eu vi lá fora pertencem aos amigos de Tyler? Alguém os está interrogando agora?

— Bobby Dulac — responde Dale. — Falei com eles quando eles entraram, mas não cheguei a nenhuma conclusão. Segundo eles, estavam todos juntos na rua Chase, e Tyler foi embora sozinho. Eles afirmam não ter visto nada. Talvez seja verdade.

— Mas você acha que há mais coisa.

— Sinceramente, acho. Mas não sei que diabo poderia ser, e temos que mandá-los para casa antes que os pais deles fiquem aflitos.

— Quem são eles, como se chamam?

Fred Marshall aperta os dedos como se estivesse segurando um taco de beisebol invisível.

— Ebbie Wexler, T. J. Renniker e Ronnie Metzger. São os garotos com quem Ty anda saindo este verão.

Uma crítica não falada paira ao redor desta última frase.

— Parece que você não os considera a melhor companhia para seu filho.

— Bem, não — diz Fred, preso entre a vontade de falar a verdade e o desejo inato de evitar parecer injusto. — Não, se você colocar as coisas assim. Ebbie parece meio metido a valentão e os outros dois talvez sejam meio... *devagar*. Espero... ou esperava... que Ty visse que podia fazer melhor e passar o tempo livre com garotos que sejam mais do... você sabe...

— Mais do nível dele.

— Certo. O problema é que meu filho é meio baixo para a idade dele, e Ebbie Wexler é... há...

— Forte e alto para a idade — diz Jack. — A situação perfeita para um valentão.

— Você está dizendo que *conhece* Ebbie *Wexler*?

— Não, mas eu o vi hoje de manhã. Ele estava com os outros dois garotos e seu filho.

Dale se empertiga de repente na cadeira, e Fred Marshall larga o taco invisível.

— Quando foi isso? — Dale pergunta.

Ao mesmo tempo, Fred Marshall pergunta:

— Onde?

— Na rua Chase, mais ou menos às 8h10. Vim pegar Henry Leyden para levá-lo para casa. Quando estávamos saindo da cidade, os garotos apareceram de bicicleta no meio da rua bem na minha frente. Vi bem o seu filho, Sr. Marshall. Ele parecia um ótimo garoto.

Os olhos arregalados de Fred Marshall indicam que algum tipo de esperança, alguma promessa, está tomando forma na sua frente. Dale relaxa.

— Isso combina bastante com a história deles. Deve ter sido justo antes de Ty ir embora sozinho. Se é que foi.

— Ou eles foram embora e o largaram — diz o pai de Ty. — Eles eram mais rápidos na bicicleta que Ty, e às vezes, sabe... implicavam com ele.

— Andando a toda e o largando sozinho — diz Jack.

O aceno de cabeça triste de Fred Marshall fala de humilhações de infância compartilhadas com seu pai compreensivo. Jack se lembra da cara hostil, inflamada e do gesto obsceno de Ebbie Wexler e se pergunta se o menino poderia estar se protegendo e como. Dale dissera que ele sentira cheiro de falsidade na história dos meninos, mas por que eles iriam mentir? Fossem quais fossem suas razões, a mentira com certeza deve ter começado com Ebbie Wexler. Os outros dois obedeciam a ordens.

Por ora deixando de lado a terceira de suas ideias, Jack diz:

— Quero falar com os meninos antes que vocês os mandem para casa. Onde eles estão?

— Na sala de interrogatório, lá em cima. — Dale aponta para o teto. — Tom vai levar você lá.

Com suas paredes cinza-belonave, sua mesa de aço cinza e sua única janela estreita como uma seteira no muro de um castelo, a sala de cima parece projetada para obter confissões através de tédio e desespero, e quando Tom Lund entra com Jack, os quatro habitantes da sala de interrogatório parecem ter sucumbido à sua atmosfera plúmbea. Bobby Dulac olha de lado, para de tamborilar com um lápis na mesa e diz:

— Bem, viva Hollywood. Dale disse que você viria. — Até Bobby brilha um pouco mais discretamente nessa escuridão. — Quer interrogar esses arruaceiros aqui, tenente?

— Já, já, talvez.

Dois dos três arruaceiros do outro lado da mesa observam Jack passar por Bobby Dulac como se receando que ele fosse pô-los numa cela. As palavras "interrogar" e "tenente" tiveram o efeito vivificante de um vento frio soprando do lago Michigan. Ebbie Wexler aperta os olhos para Jack, tentando parecer durão, e o garoto a seu lado, Ronnie Metzger, se torce na cadeira, os olhos como pratos. O terceiro garoto, T. J. Renniker, deitou a cabeça em cima dos braços cruzados e parece estar dormindo.

— Acordem-no — diz Jack. — Tenho uma coisa para dizer e quero que vocês todos ouçam.

Na verdade, ele não tem nada para dizer, mas precisa que aqueles garotos prestem atenção nele. Já sabe que Dale tinha razão. Se eles não estão mentindo, pelo menos estão ocultando alguma coisa. Por isso sua aparição repentina dentro daquele cenário adormecido os assustou. Se estivesse tratando do caso, Jack teria separado os meninos e os interrogado individualmente, mas agora tinha que lidar com o erro de Bobby Dulac. Tem que tratá-los coletivamente, para começar, e tem que explorar o medo deles. Não quer aterrorizar os meninos, só fazer seus corações baterem um pouquinho mais depressa; depois disso, pode separá-los. O elo mais fraco e mais culpado já se declarou. Jack não tem escrúpulo nenhum em mentir para obter informações.

Ronnie Metzger cutuca o ombro de T. J. e diz:
— Acorda, cobrom... *bronco*.

O garoto adormecido geme, levanta a cabeça da mesa, começa a se espreguiçar. Seus olhos colam em Jack, e, piscando e engolindo em seco, ele se levanta.

— Bem-vindo de volta — diz Jack. — Quero me apresentar e explicar o que estou fazendo aqui. Meu nome é Jack Sawyer, e sou tenente da Divisão de Homicídios do Departamento de Polícia de Los Angeles. Tenho uma ficha excelente e uma sala cheia de menções honrosas e medalhas. Quando vou atrás de um bandido, geralmente acabo prendendo o bicho. Três anos atrás, vim aqui por causa de um caso de Los Angeles. Duas semanas depois, um homem chamado Thornberg Kinderling foi despachado de volta para L.A. algemado. Porque eu conheço esta área e trabalhei com seus policiais que fazem cumprir a lei, o DPLA me pediu para ajudar a polícia local na investigação dos crimes do Pescador.

Ele olha para ver se Bobby Dulac está rindo desse absurdo, mas Bobby está olhando para a frente com uma expressão congelada.

— Seu amigo Tyler Marshall estava com vocês antes de desaparecer hoje de manhã. Será que o Pescador o pegou? Odeio dizer isso, mas acho que sim. Talvez a gente consiga ter Tyler de volta, talvez não, mas se eu for deter o Pescador, preciso que vocês me contem exatamente o que aconteceu, nos mínimos detalhes. Vocês têm que ser inteiramente honestos comigo, porque, se mentirem ou esconderem alguma coisa, serão culpados de obstrução de justiça. A obstrução de justiça é um crime sério. Policial Dulac, qual é a pena mínima para esse crime no estado de Wisconsin?

— Cinco anos, tenho quase certeza — diz Bobby Dulac.

Ebbie Wexler morde o interior da bochecha; Ronnie Metzger olha para o lado e franze o cenho para a mesa; T. J. Renniker contempla estupidamente a janela estreita.

Jack senta-se ao lado de Bobby Dulac.

— Por sinal, eu era o cara na picape para quem um de vocês fez aquele gesto obsceno hoje de manhã. Não posso dizer que eu esteja encantado em ver vocês de novo.

Duas cabeças giram para Ebbie, que franze os olhos ferozmente, tentando resolver esse problema novíssimo.

— Eu não fiz — diz ele, tendo se decidido pela recusa total. — Talvez tenha dado a impressão de que fiz, mas não fiz.

— Você está mentindo, e ainda nem começamos a falar sobre Tyler Marshall. Vou lhe dar mais uma chance. Diga a verdade.

Ebbie sorri com maldade.

— Eu não ando por aí fazendo gestos obscenos para gente que eu não conheço.

— Levante-se — diz Jack.

Ebbie olha de um lado para o outro, mas seus amigos são incapazes de sustentar seu olhar. Ele empurra a cadeira para trás e se levanta, com hesitação.

— Policial Dulac — diz Jack —, leve esse garoto para fora e segure-o lá.

Bobby Dulac executa seu papel à perfeição. Levanta-se da cadeira e mantém os olhos em Ebbie enquanto se aproxima dele. Parece uma pantera a caminho de uma lauta refeição. Ebbie Wexler pula para trás e tenta deter Bobby com uma mão levantada.

— Não, não, eu retiro o que disse, eu fiz, está certo?

— Agora é tarde — diz Jack.

Ele olha enquanto Bobby agarra o menino pelo braço e o puxa em direção à porta. Vermelho e suando, Ebbie planta os pés no chão e a força com que seu braço é puxado o faz dobrar-se sobre a pança. Ele avança quase caindo, chorando e gritando. Bobbie Dulac abre a porta e arrasta-o para o corredor lúgubre do segundo andar. A porta bate e corta um gemido de medo.

Os dois outros garotos ficaram brancos como papel e incapazes de se mexer.

— Não se preocupem com ele — diz Jack. — Ele vai estar bem. Em 15 ou 20 minutos, vocês estarão livres para ir para casa. Achei que não adiantava nada falar com alguém que mente desde o início, só isso. Lembrem-se: até os péssimos tiras sabem quando alguém está mentindo para eles, e eu sou um *ótimo* tira. Então é isso que a gente vai fazer agora. Vamos falar do que aconteceu hoje de manhã, do que Tyler estava fazendo, da maneira como vocês se separaram dele, onde vocês estavam, o que fizeram depois, qualquer pessoa que vocês possam ter visto, esse tipo de coisa. — Ele se inclina para trás e espalma as mãos sobre a mesa. — Vamos, me contem o que aconteceu.

Ronnie e T. J. se entreolham. T. J. enfia o indicador direito na boca e começa a roer a unha com os dentes da frente.

— Ebbie lhe fez um gesto obsceno — diz Ronnie.

— Sem brincadeira. Depois disso.

— Há, Ty disse que tinha que ir a algum lugar.

— Ele tinha que ir a algum lugar — ecoa T. J.

— Onde vocês estavam nessa hora?

— Há, em frente ao pomério Schmitt's.

— *Empório* — diz T. J. — Não é pomério, cabeça-dura, é *em-pó-rio*.

— E?

— E Ty disse — Ronnie olha para T. J. — Ty disse que tinha que ir a algum lugar.

— Para que lado ele foi, leste ou oeste?

Os garotos tratam esta pergunta como se ela tivesse sido feita em outra língua, tentando respondê-la, em silêncio.

— Para o lado do rio ou para o lado oposto?

Eles se consultam de novo. A pergunta foi feita em inglês, mas não sai nenhuma resposta adequada. Finalmente Ronnie diz:

— Não sei.

— E você, T. J.? Você sabe?

T. J. balança a cabeça.

— Muito bem. Isso é honesto, vocês não sabem porque não o viram ir embora, viram? E na verdade ele não disse que tinha que ir a algum lugar, disse? Aposto que Ebbie inventou isso.

T. J. se torce, e Ronnie olha para Jack maravilhado e assombrado. Ele acaba de se revelar o Sherlock Holmes.

— Lembram quando passei por vocês na minha picape? — Eles fazem que sim em uníssono. — Tyler estava com vocês. — Eles tornam a fazer que sim. — Vocês já tinham saído da calçada em frente ao empório Schmitt's e estavam indo para leste na rua Chase. Para o lado oposto ao rio. Vi vocês pelo retrovisor. Ebbie estava pedalando muito depressa. Vocês dois quase não conseguiam acompanhá-lo. Tyler é menor que vocês todos e ficou para trás. Então eu *sei* que ele não foi embora sozinho. Ele não conseguiu acompanhá-los.

Ronnie Metzger geme.

— E ele ficou muito para trás e o Dapescor agarrou ele.

Ele logo cai em prantos.

Jack se inclina à frente.

— Vocês viram acontecer? Algum de vocês?

— *Nããão* — soluça Ronnie.

T. J. lentamente faz que não com a cabeça.

— Vocês não viram ninguém falando com Ty, ou um carro parando, ou ele entrando numa loja, ou algo assim?

Os meninos gaguejam ao mesmo tempo palavras sem nexo para dizer que não viram nada.

— Quando perceberam que ele tinha desaparecido?

T. J. abre e fecha a boca. Ronnie diz:

— Quando estávamos tomando refresco.

O rosto contraído de tensão, T. J. balança a cabeça concordando.

Duas outras perguntas revelam que eles haviam tomado os refrescos na 7-Eleven, quando também compraram figurinhas de Magic Johnson, e que não levaram mais que alguns minutos para dar por falta de Tyler.

— Ebbie disse que Ty ia comprar mais figurinhas para a gente — acrescenta o prestativo Ronnie.

Eles chegaram ao momento pelo qual Jack esperava. Fosse qual fosse o segredo, ele aconteceu logo depois que os meninos saíram da 7-Eleven e viram que Tyler ainda não se reunira a eles. E o segredo é só de T. J. O garoto está praticamente suando sangue, enquanto as lembranças dos refrescos e das figurinhas acalmaram extraordinariamente seu amigo. Só há uma pergunta que ele deseja fazer aos dois.

— Então Ebbie queria encontrar Tyler. Vocês todos montaram na bicicleta e foram procurar, ou Ebbie mandou só um?

— Há? — diz Ronnie.

T. J. abre a boca e cruza os braços em cima da cabeça, como se para proteger-se de um soco.

— Tyler foi para outro lugar — diz Ronnie. — A gente não foi atrás dele. Foi para o parque. Trocar figurinha.

— Entendo — diz Jack. — Ronnie, obrigado. Você ajudou muito. Eu gostaria que você fosse lá para fora ficar com Ebbie e o policial Dulac enquanto eu tenho uma conversinha com T. J. Não deve demorar mais que cinco minutos, se tanto.

— Posso ir?

Ao gesto de cabeça de Jack, Ronnie levanta-se da cadeira com insegurança. Quando ele chega à porta, T. J. choraminga um pouco. Aí Ronnie se foi, e T. J. encosta bruscamente no espaldar da cadeira e tenta se encolher ao máximo, enquanto olha para Jack com olhos que ficaram brilhantes, vazios e perfeitamente redondos.

— T. J. — diz Jack —, você não tem com que se preocupar, eu lhe prometo. — Agora que está sozinho com o garoto que declarou sua culpa adormecendo na sala de interrogatório, Jack Sawyer quer acima de tudo absolvê-lo dessa culpa. Ele sabe o segredo de T. J., e o segredo não é nada; é inútil. — Não importa o que você me disser, eu não vou prender você. Isso é uma promessa, também. Você não está em nenhuma encrenca, filho. Na verdade, estou feliz por você e seus amigos terem podido vir aqui e nos ajudar a esclarecer as coisas.

Ele continua nesse estilo por mais três ou quatro minutos, durante os quais T. J. Renniker, antes condenado a ser executado por um pelotão de fuzilamento, aos poucos compreende que seu perdão chegou e sua libertação daquilo que seu amigo Ronnie chamaria de são taliber é iminente. Um pouco de cor lhe volta ao rosto. Ele volta ao tamanho original, e seus olhos perdem aquele brilho apavorado.

— Me conte o que Ebbie fez — diz Jack. — Só entre nós dois. Não vou contar nada a ele. Palavra. Não vou fazer sujeira com você.

— Ele queria que Ty comprasse mais figurinhas de Magic Johnson — diz T. J., tateando por território desconhecido. — Se Ty estivesse ali, ele compraria. Ebbie às vezes é meio mau. Então... ele me disse, vá lá pegar o lesma, senão eu lhe dou um calor.

— Você pegou sua bicicleta e desceu a rua Chase.

— Aham. Eu procurei, mas não vi Ty em lugar nenhum. Achei que *iria* ver, sabe? Porque, onde mais ele poderia estar?

— E...? — Jack colhe a resposta que ele sabe estar vindo, girando a mão no ar.

— E continuei sem ver. E entrei na rua Queen, onde fica o lar dos velhos, com aquela sebe grande na frente. E, há, vi a bicicleta dele ali. Na calçada em frente à sebe. O tênis dele estava ali, também. E algumas folhas da sebe.

Aí está, o segredo inútil. Talvez não de todo inútil: determina para eles com bastante precisão a hora do desaparecimento do menino: 8h15, digamos, ou 8h20. A bicicleta ficou na calçada ao lado do tênis por cerca de quatro horas antes que Danny Tcheda a visse. A Maxton ocupa quase toda aquela parte da rua Queen, e ninguém chegaria para a Festa do Morango antes do meio-dia.

T. J. descreve ter tido medo — se o Pescador puxou Ty para dentro daquela sebe, talvez voltasse querendo mais! Em resposta à pergunta final de Jack, o menino diz:

— Ebbie mandou a gente dizer que Tyler se separou de nós em frente ao empório, para as pessoas não nos culparem. Caso ele tivesse sido morto. Ty não foi morto mesmo, foi? Um garoto como *Ty* não é morto.

— Espero que não — diz Jack.

— Eu também. — T. J. funga e limpa o nariz no braço.

— Vamos deixar você ir para casa — Jack diz, levantando-se da cadeira.

T. J. se levanta e vai passando ao lado da mesa.

— Ah! Acabei de me lembrar.

— O quê?

— Vi umas penas na calçada.

O chão embaixo dos pés de Jack parece balançar para a esquerda, depois para a direita, como o convés de um navio. Ele se equilibra agarrando o encosto de uma cadeira.

— É mesmo? — Ele tem o cuidado de se acalmar antes de se virar para o garoto. — Penas, como?

— Pretas. Grandes. Pareciam penas de corvo. Uma estava ao lado da bicicleta e a outra estava *dentro* do tênis.

— Engraçado — diz Jack, ganhando tempo até cessar o seu abalo por causa da aparição inesperada de penas em sua conversa com T. J. Renniker.

Que ele tenha tido alguma reação é ridículo; que tenha sentido, por um segundo sequer, que ia desmaiar é grotesco. As penas de T. J. eram penas de corvo de verdade numa calçada de verdade. As suas eram penas de sonho, penas de sabiás irreais, ilusórias como tudo o mais num sonho. Jack diz a si mesmo algumas coisas úteis como esta, e logo torna mesmo a se sentir normal, mas devemos ter em mente que, pelo resto da noite e grande parte do dia seguinte, a palavra *penas* flutua, envolta numa aura tão carregada quanto uma tempestade elétrica, embaixo e através de seus pensamentos, vindo à tona de vez em quando com o estrondo de um raio.

— É esquisito — diz T. J. — Como é que uma pena entrou no *tênis* dele?

— Talvez levada pelo vento — diz Jack, ignorando convenientemente a inexistência de vento neste dia.

Tranquilizado pela estabilidade do chão, ele faz sinal para T. J. sair para o corredor e o acompanha.

Ebbie Wexler se desencosta da parede e fica em pé ao lado de Bobby Dulac. De temperamento calmo, Bobby poderia ter sido esculpido de um bloco de mármore. Ronnie Metzger sai de fininho.

— Podemos mandar esses garotos para casa — diz Jack. — Eles já cumpriram o dever deles.

— T. J., o que você disse? — pergunta Ebbie, furioso.

— Ele deixou claro que você não sabia nada sobre o desaparecimento do seu amigo — diz Jack.

Ebbie relaxa, porém não sem distribuir olhares fulminantes para todo lado. O último e mais malévolo é para Jack, que ergue as sobrancelhas.

— Eu não chorei — diz Ebbie. — Eu estava assustado, mas não chorei.

— Você estava assustado, tudo bem — diz Jack. — Da próxima vez, não minta para mim. Você teve sua chance de ajudar a polícia e a jogou fora.

Ebbie peleja com essa ideia e consegue absorvê-la, pelo menos em parte.

— Tudo bem, mas eu não estava realmente lhe fazendo um gesto obsceno. Foi aquela música idiota.

— Eu também detestava aquela música. O cara que estava comigo insistiu em tocá-la. Sabe quem era ele?

Diante do olhar desconfiado e furioso de Ebbie, Jack diz:

— George Rathbun.

É como dizer "Super-homem" ou "Arnold Schwarzenegger"; a desconfiança de Ebbie desaparece, e seu rosto se transforma. Uma expressão de maravilhamento inocente enche seus olhos miúdos e juntos.

— Você conhece George Rathbun?

— Ele é um de meus melhores amigos — diz Jack, sem acrescentar que a maioria de seus outros melhores amigos é, em certo sentido, também George Rathbun.

— Legal — diz Ebbie.

No fundo, T. J. e Ronnie ecoam:

— *Legal.*

— George *é* legal à beça — Jack diz. — Vou contar a ele que você disse isso. Vamos descer e botar vocês nas suas bicicletas.

Ainda envolvidos na glória de terem visto com os próprios olhos o grande, o *tremendo* George Rathbun, os garotos montam nas bicicletas, descem a rua Sumner e entram na Dois. Bobby Dulac diz:

— Foi um bom truque, isso que você falou sobre George Rathbun. Fez com que eles fossem embora felizes.

— Não foi um truque.

Tão espantado que volta para dentro da delegacia esbarrando em Jack, Bobby diz:

— George Rathbun é seu amigo?

— É — diz Jack. — E, às vezes, ele é um verdadeiro pé no saco.

Dale e Fred Marshall erguem os olhos quando Jack entra na sala, Dale com uma expectativa cautelosa, Fred Marshall com o que Jack interpreta, comovido, como esperança.

— Bem — diz Dale.

(penas)

— Você tinha razão, eles estavam escondendo alguma coisa, mas não é nada importante.

Fred Marshall se deixa cair para trás na cadeira, e parte de sua crença em uma esperança futura foge dele como ar de um pneu furado.

— Pouco depois de terem chegado à 7-Eleven, o garoto Wexler mandou T. J. descer a rua procurando seu filho — diz Jack. — Quando chegou à rua Queen, T. J. viu a bicicleta e o tênis na calçada. Claro, todos eles pensaram no Pescador. Ebbie Wexler imaginou que eles poderiam ser recriminados por tê-lo deixado para trás e inventou a história que vocês ouviram: que Tyler os largou, em vez de o contrário.

— Se você viu os quatro meninos às 8h10, isso significa que Tyler desapareceu só alguns minutos depois. O que esse cara faz? Se esconde em sebes?

— Talvez ele faça isso mesmo — diz Jack. — Vocês mandaram alguém verificar aquela sebe?

(penas)

— A polícia estadual passou por cima, por dentro e por baixo dela. Só encontrou folha e terra.

Como que cravando uma ponteira com a mão, Fred Marshall bate com o punho na mesa.

— Meu filho já estava desaparecido há quatro horas quando viram a bicicleta dele. Já são quase sete e meia! Já faz quase 12 horas que ele sumiu! Eu não devia estar sentado aqui, devia estar rodando por aí de carro, à procura dele.

— Todo mundo está à procura do seu filho, Fred — diz Dale. — Meus homens, a polícia estadual, até o FBI.

— Não tenho fé neles — diz Fred. — Eles não encontraram Irma Freneau, encontraram? Por que vão encontrar meu filho? Na minha opinião, eu tenho uma chance aqui. — Quando ele olha para Jack, a emoção transforma seus olhos em lâmpadas. — A chance é você, tenente. Vai me ajudar?

A terceira e mais desconcertante ideia de Jack, até agora contida e puramente a ideia de um policial experiente, o faz dizer:

— Eu gostaria de falar com sua mulher. Se for visitá-la amanhã, você se incomodaria se eu fosse junto?

Dale pisca e diz:

— Talvez a gente devesse conversar sobre isso.

— Acha que isso vai trazer algum benefício?

— Talvez — diz Jack.

— Ver você talvez faça bem para *ela*, de alguma forma — diz Fred. — Você não mora no Vale Noruega? Fica no caminho para Arden. Posso pegá-lo lá pelas nove.

— Jack — diz Dale.

— Vejo você às nove — diz Jack, ignorando os sinais de agonia e raiva misturadas, emanando do amigo, e também a vozinha que sussurra (*pena*).

— Incrível — diz Henry Leyden. — Não sei se lhe agradeço ou lhe dou os parabéns. As duas coisas, suponho. O jogo já está muito avançado para dizer "demais", como eu, mas acho que você devia dar uma tentada em "genial".

— Não perca a cabeça. Só fui lá para manter o pai do garoto longe da minha casa.

— Não foi só por isso.

— Tem razão. Eu estava meio nervoso e me sentindo pressionado. Estava a fim de sair, mudar o cenário.

— Mas havia também *outro* motivo.

— Henry, você está cheio de merda, sabe disso? Quer pensar que eu agi por dever cívico, ou honra, ou compaixão, ou altruísmo, ou alguma coisa, mas não agi. Não gosto de dizer isso, mas sou muito menos generoso e responsável do que você pensa.

— "Cheio de merda?" Cara, você está certíssimo. Ando atolado na merda, até o peito e às vezes até o *queixo*, quase desde que nasci.

— Simpático de sua parte admitir isso.

— No entanto, você está me interpretando mal. Tem razão, acho mesmo você uma boa pessoa, decente. E não acho só, eu sei. Você é modesto, compassivo, honrado, responsável, não importa a opinião que você tenha a seu respeito agora. Mas não era disso que eu estava falando.

— O que *quis* dizer, então?

— O outro motivo pelo qual você decidiu ir à delegacia tem ligação com esse problema, essa preocupação, qualquer que seja ela, que anda lhe perturbando nas últimas semanas. É como se você estivesse andando por aí debaixo de uma sombra.

— Há — disse Jack.

— Esse problema, esse *segredo* seu, lhe toma metade da atenção, então você só está meio presente; o resto da sua pessoa está em outro lugar. Querido, não acha que vejo quando você está preocupado ou aflito? Posso ser cego, mas vejo as coisas.

— Tudo bem. Vamos supor que ultimamente ando encucado com uma coisa. O que isso tem a ver com ir à delegacia?

— Há duas possibilidades. Ou você estava partindo para enfrentar a coisa, ou estava fugindo dela.

Jack fica calado.

— Isso tudo sugere que esse problema tem a ver com sua vida de policial. Poderia ser um caso antigo voltando para persegui-lo. Talvez um bandido psicótico que você botou na cadeia tenha sido solto e esteja ameaçando matá-lo. Ou, diabo, eu só digo besteira, e você descobriu que está com câncer no fígado e tem três meses de vida.

— Não estou com câncer, pelo menos que eu saiba, e nenhum ex-presidiário quer me matar. Todos os meus casos antigos, a maioria, de qualquer forma, estão dormindo em segurança nos arquivos do DPLA. Claro, tem alguma coisa me incomodando ultimamente, e eu esperaria que você enxergasse esse dado. Mas não quis sobrecarregá-lo com ele até conseguir entendê-lo por mim mesmo.

— Quer me dizer uma coisa? Você estava indo ao encontro ou fugindo disso que o incomoda?

— Essa pergunta não tem resposta.

— Vamos ver. A comida já não está pronta? Estou faminto, literalmente *faminto*. Você cozinha muito devagar. Eu já teria terminado há dez minutos.

— Controle-se — Jack diz. — Já está saindo. O problema é essa sua cozinha maluca.

— A cozinha mais racional dos Estados Unidos. Talvez do mundo.

Depois de dar o fora depressa da delegacia para evitar uma conversa inútil com Dale, Jack cedeu ao impulso e ligou para Henry oferecendo-se para preparar um jantar para eles dois. Dois bons bifes, uma boa garrafa de vinho, cogumelos grelhados, uma salada farta. Ele podia comprar todo o necessário em French Landing. Jack já cozinhara para Henry em três ocasiões, e Henry preparara um jantar tremendamente esquisito para Jack. (A governanta tirara todas as ervas e especiarias da prateleira para lavá-la, e depois guardara tudo no lugar errado.) O que ele estava fazendo em French Landing? Ele explicaria isso quando chegasse lá. Às oito e meia, estacionara na frente da espaçosa casa de fazenda de Henry, cumprimentara Henry e levara as compras e seu exemplar de *Casa desolada* para a cozinha. Jogara o livro para a ponta da mesa, abrira o vinho, servira um copo para o anfitrião e um para si mesmo, e começara a cozinhar. Precisara de um bom tempo para se familiarizar novamente com as excentricidades da cozinha de Henry, em que os objetos não eram guardados por espécie — panelas com panelas, facas com facas, potes com potes —, mas segundo o tipo de refeição que exigia seu uso. Se Henry quisesse preparar rapidamente uma truta com batatinhas, bastava ele abrir o armário certo para encontrar todos os utensílios necessários. Estes eram arrumados em quatro grupos básicos (carne, peixe, aves e vegetais), com muitos subgrupos e subsubgrupos dentro de cada categoria. O sistema de arquivamento confundia Jack, que muitas vezes precisava procurar em vários reinos bem separados antes de encontrar a frigideira ou a espátula que buscava. Enquanto Jack picava, perdia-se nas prateleiras e cozinhava, Henry havia posto a mesa na cozinha com pratos e prataria, e sentara para interrogar o amigo perturbado.

Agora os bifes, sangrentos, são passados para os pratos, os cogumelos dispostos em volta e a enorme saladeira de madeira é instalada no centro da mesa. Henry declara a refeição deliciosa, toma um gole de vinho e diz:

— Se você continua não querendo falar sobre seu problema, seja ele qual for, seria melhor pelo menos me contar o que aconteceu na delegacia. Suponho que quase não haja dúvida que outra criança foi raptada.

— Quase nenhuma, sinto dizer. É um garoto chamado Tyler Marshall. O nome do pai dele é Fred Marshall, e ele trabalha na Goltz's. Você o conhece?

— Tem muito tempo que comprei uma máquina de ceifar e debulhar com ele — diz Henry.

— A primeira impressão que tive foi que Fred Marshall era muito bom sujeito — diz Jack, e começa a contar, com os maiores detalhes e sem deixar nada de fora, os acontecimentos e as revelações da tarde, exceto por um assunto, o de sua terceira ideia não expressa.

— Você pediu mesmo para visitar a mulher de Marshall? Na ala para doentes mentais do Hospital Luterano do Condado Francês?

— Pedi, sim — diz Jack. — Vou lá amanhã.

— Não entendo. — Henry come caçando a comida com a faca, espetando-a com o garfo e cortando uma tira fina de carne. — Por que você haveria de querer ver a mãe?

— Porque, de uma maneira ou de outra, acho que ela está envolvida — diz Jack.

— Ah, essa não. A própria mãe do garoto?

— Não estou tentando dizer que ela seja o Pescador, porque claro que não é. Mas, segundo o marido, o comportamento de Judy Marshall começou a mudar antes de Amy St. Pierre desaparecer. Ela foi piorando à medida que os assassinatos foram acontecendo, e no dia em que o filho desapareceu, ela pirou de vez. O marido teve que interná-la.

— Não acha que ela teve um motivo excelente para endoidar?

— Ela pirou *antes* que alguém lhe contasse sobre o filho. O marido acha que ela tem PES! Ele disse que ela viu os crimes com antecedência, sabia que o Pescador estava a caminho. E sabia que o filho tinha sumido antes que encontrassem a bicicleta: quando Fred Marshall chegou em casa, encontrou-a arrancando o papel de parede e sem dizer coisa com coisa. Completamente descontrolada.

— A gente ouve falar em montes de casos em que uma mãe de repente percebe alguma ameaça ou algum acidente com o filho. Um elo psíquico. Parece bobagem, mas acho que acontece.

— Não acredito em PES, e não acredito em coincidência.

— Então o que você está dizendo?

— Judy Marshall *sabe* de alguma coisa, e seja lá o que for é realmente impressionante. Fred não consegue ver. Ele está perto demais. E Dale também não consegue. Você devia tê-lo ouvido falar dela.

— Então, o que supõe que ela saiba?

— Acho que ela pode conhecer o autor dos crimes. Acho que tem que ser alguém próximo a ela. Seja quem for, ela sabe o nome dele, e isso a está enlouquecendo.

Henry franze o cenho e usa sua técnica de lagarta para atrair outro pedaço de carne.

— Então você vai ao hospital para fazê-la se abrir — ele diz finalmente.

— É. Basicamente.

Um silêncio misterioso acompanha essa afirmação. Henry calmamente corta a carne, mastiga o pedaço cortado e o faz descer com cabernet Jordan.

— Como foi sua apresentação como DJ? Foi boa?

— Foi uma beleza. Todos os velhinhos adoráveis soltos na pista de dança, até os que usam cadeiras de rodas. Teve um cara que me irritou. Ele foi grosseiro com uma mulher chamada Alice, e pediu que eu tocasse "Lady Magowan's Nightmare", que não existe, como você deve saber...

— É "Lady Magowan's Dream". Woody Herman.

— Muito bem. Acontece que ele tinha uma voz *horrorosa*. Parecia uma coisa saindo do inferno. De qualquer forma, eu não tinha o disco do Woody Herman, e ele pediu o "I Can't Get Started" do Bunny Berigan. Que por acaso era a música preferida de Rhoda. E com minhas alucinações bobas de ouvido e tudo, isso mexeu comigo. Não sei por quê.

Por alguns minutos, eles se concentram em seus pratos.

Jack diz:

— O que acha, Henry?

Henry inclina a cabeça, ouvindo uma voz interior. Franzindo o cenho, ele pousa o garfo. A voz interior continua exigindo sua atenção. Ele ajusta os óculos e vira-se para Jack.

— Apesar de tudo o que diz, você ainda pensa como tira.

Jack se indigna com a suspeita de que Henry não o está elogiando.

— O que quer dizer com isso?

— Os tiras veem as coisas de maneira diferente. Quando olha para uma pessoa, um tira se pergunta de que ela é culpada. A possibilidade de inocência nunca lhe entra na cabeça. Para quem é tira há muito tempo, quem tem dez anos de serviço ou mais, todo mundo que não é tira é culpado. Só que quase ninguém foi pego ainda.

Henry descreveu a mentalidade de dezenas de homens com quem Jack trabalhou.

— Henry, como você sabe disso?

— Vejo nos olhos deles — diz Henry. — Essa é a visão de mundo de um policial. Você é um policial.

Jack deixa escapar:

— Eu sou um "puliça". — Apavorado, enrubesce. — Perdão, ando com essa frase idiota na cabeça, e ela simplesmente escapou.

— Por que não tiramos a mesa e começamos *Casa desolada*?

Depois que aqueles poucos pratos foram empilhados ao lado da pia, Jack pega o livro na ponta da mesa e segue Henry para a sala, parando para dar uma olhada, como sempre, no estúdio do amigo. Uma porta com uma ampla janela de vidro dá para uma câmara pequena e acusticamente isolada abarrotada de equipamentos eletrônicos: o microfone e o toca-discos que voltaram da Maxton e foram reinstalados diante da cadeira giratória bem estofada de Henry; um trocador de discos e seu conversor digital-analógico, bem à mão, ao lado de um painel de mixagem e um enorme gravador junto da outra janela mais larga, que dá para a cozinha. Quando Henry estava planejando o estúdio, Rhoda exigiu as janelas, porque, dissera ela, ela queria poder vê-lo trabalhando. Não há um fio à vista. O estúdio inteiro tem a ordem disciplinada dos aposentos do capitão em um navio.

— Parece que você vai trabalhar hoje à noite — diz Jack.

— Quero ter mais dois Henry Shakes prontos para enviar, e estou trabalhando numa homenagem de aniversário a Lester Young e Charlie Parker.

— Eles nasceram no mesmo dia?

— Quase. Vinte sete e 29 de agosto. Sabe, não posso dizer ao certo se você vai querer as luzes acesas ou não.

— Vamos acendê-las — diz Jack.

E assim Henry Leyden acende as duas lâmpadas perto da janela, e Jack Sawyer vai para a poltrona estofada ao lado da lareira, acende a lâmpada de pé em um de seus braços arredondados, e olha o amigo caminhar com firmeza para a luz junto à porta da entrada e ao móvel decorado ao lado dele, seu local de descanso predileto, o sofá estilo Missão, acendendo primeiro uma, depois a outra, então senta no sofá com uma perna esticada no sentido do comprimento do móvel.

— *Casa desolada*, de Charles Dickens — ele diz. Pigarreia. — Certo, Henry, saímos para as corridas.

— Londres. As férias da festa de São Miguel terminaram há pouco — ele lê e entra num mundo de fuligem e lama. Cachorros sujos de lama, cavalos sujos de lama, gente suja de lama, um dia sem luz. Logo chega ao segundo parágrafo: — Nevoeiro por toda parte. Nevoeiro rio acima, onde corre entre ilhotas e prados verdes; nevoeiro rio abaixo, onde rola sujo entre as fileiras de navios e a imundície da ribeira de uma cidade grande (e suja). Nevoeiro nos pântanos de Essex, nevoeiro nas colinas de Kent. Nevoeiro se insinuando nas cozinhas de brigues carvoeiros; estirando-se nos estaleiros e pairando no cordame de grandes navios; nevoeiro baixando nas amuradas de barcaças e pequenos botes.

Sua voz prende, e sua mente sai temporariamente de foco. O que ele está lendo com tristeza lembra-lhe French Landing, rua Sumner e rua Chase, as luzes na janela da Pousada Tree, os Thunder Five escondidos na alameda Nailhouse, e a subida cinzenta do rio, a rua Queen e as sebes da Maxton, as casinhas se espalhando em grades de ruas, tudo abafado por um nevoeiro invisível — que traga uma placa de PROIBIDA A ENTRADA na rodovia e engole o Sand Bar e desliza faminto e penetrante pelos vales abaixo.

— Desculpe — ele diz. — Eu só estava pensando...
— Eu também estava — diz Henry. — Continue, por favor.

Exceto por esse breve relance de uma velha placa de PROIBIDA A ENTRADA desconhecendo totalmente a casa negra onde terá que entrar um dia, Jack se concentra de novo na página e continua a ler *Casa desolada*. As janelas escurecem à medida que as lâmpadas esquentam. O caso de Jarndyce e Jarndyce se arrasta nos tribunais, ajudado ou retardado pelos promotores Chizzle, Mizzle e Drizzle; Lady Dedlock deixa Sir Leicester Dedlock em paz em sua grande mansão, com sua capela cheia de mofo, seu rio parado e seu "Passeio do Fantasma"; Esther Summerson começa a pipilar na primeira pessoa. Nossos amigos decidem que o aparecimento de Esther exige uma pequena libação, se forem enfrentar mais pipilos. Henry se levanta do sofá, vai até a cozinha e volta com dois copos curtos e largos cheios até um terço da capacidade de uísque puro malte Balvenie Doublewood, bem como um copo d'água sem gás para o leitor. Alguns goles, alguns murmúrios de avaliação, e Jack recomeça. Esther, Esther, Esther, mas sob a tortura transparente de sua alegria inexorável a história esquenta e leva o leitor e o ouvinte com ela.

Tendo chegado a um ponto de interrupção conveniente, Jack fecha o livro e boceja. Henry levanta-se e se espreguiça. Eles vão para a porta e Henry sai atrás de Jack para baixo de um vasto céu noturno pontilhado de estrelas luzindo.

— Conte-me uma coisa — diz Henry.

— O quê?

— Quando estava na delegacia, você se sentiu mesmo como um tira? Ou como se estivesse fingindo ser um?

— Na verdade, foi um pouco surpreendente — diz Jack. — Na mesma hora, eu me senti de novo como um tira.

— Ótimo.

— Ótimo por quê?

— Porque significa que você está indo ao encontro desse misterioso segredo, não fugindo dele.

Balançando a cabeça e sorrindo, deliberadamente não dando a Henry a satisfação de uma resposta, Jack entra em sua picape e dá adeus da ligeira porém marcada elevação do banco do motorista. O motor tosse e pega, os faróis se acendem, e Jack está indo para casa.

Capítulo Nove

Não muitas horas depois, Jack se vê caminhando pela rua principal de um parque de diversões vazio sob um sol cinzento de outono. De ambos os lados há barracas lacradas: a de cachorro-quente Fenway Franks, a Galeria de Tiro Annie Oakley, a Atire até Ganhar. Já choveu, e vai chover mais; o ar está úmido e frio. Não muito longe, ele ouve o ronco solitário das ondas quebrando na praia deserta. De mais perto, vêm os acordes animados de uma guitarra. Devia ser um som alegre, mas, para Jack, é o terror musicado. Ele não devia estar ali. Esse é um lugar antigo, um lugar perigoso. Ele passa uma montanha-russa lacrada. Uma placa na frente diz: O VELOZ OPOPÂNACE REABRIRÁ NO MEMORIAL DAY DE 1982 — ATÉ LÁ!

Opopânace, Jack pensa, só que ele não é mais Jack; agora é Jacky. É Jacky, e ele e a mãe estão fugindo. De quem? De Sloat, claro. Do tio Morgan trambiqueiro.

Speedy, Jack pensa, e como se tivesse recebido uma deixa telepática, uma voz quente, ligeiramente engrolada, começa a cantar. *Quando o sabiá-laranjeira chegar salti-ti-tando / Não vai ter mais choro quando ele estiver cantando sua velha canção brejeira...*

Não, pensa Jack. *Não quero ouvir sua velha canção brejeira. Aliás, você não pode estar aqui, você está morto. Morto no Píer de Santa Mônica. Preto velho e careca morto à sombra de um cavalo de carrossel parado.*

Ai, mas não. Quando volta, a velha lógica de policial se instala como um tumor, até em sonhos, e não é preciso muito dessa lógica para perceber que aqui não é Santa Mônica — é muito frio e muito antigo. Aqui é a terra do passado, quando Jacky e a Rainha dos filmes B fugiram da Califórnia, como os fugitivos que eles se tornaram. E não pararam de fugir até chegar à outra costa, o lugar aonde Lily Cavanaugh Sawyer...

Não, eu não penso nisso, nunca *pensei nisso*

... chegou para morrer.

— Acorde, acorde, seu dorminhoco!

A voz de seu velho amigo.

Amigo, uma ova. Ele é um dos que me puseram no caminho das provações, o que causou desavenças entre mim e Richard, meu amigo de verdade. Ele é um dos que quase me mataram, quase me enlouqueceram.

— Acorde, acorde, saia da cama!

Acorte, acorte, acorte. Horra de efrentar o terrível opopânace. Horra de foltar a ser quem erra naquela época não muito fácil.

— Não — sussurra Jack, e aí a rua principal termina.

Adiante está o carrossel, mais ou menos parecido com o do Píer de Santa Mônica e com o que ele se lembra de... bem, do passado. É um híbrido, em outras palavras, uma especialidade de sonho, nem cá nem lá. Mas não há como confundir o homem que está sentado embaixo de um dos cavalos empinados com sua guitarra no joelho. Jacky reconheceria essa cara em qualquer lugar, e todo o amor antigo surge em seu coração. Ele luta contra isso, mas esta é uma luta que pouca gente vence, especialmente quem aos 12 anos de idade foi mandado voltar para trás.

— Speedy! — ele grita.

O velho olha para ele e seu rosto escuro se abre num sorriso.

— Jack Viajante — ele diz. — Como senti saudades suas, filho.

— Também senti saudades suas — diz ele. — Mas não viajo mais. Estou morando em Wisconsin. Isso... — Ele aponta para um corpo de garoto magicamente restaurado, vestido de jeans e camiseta. — Isso é só um sonho.

— Talvez sim, talvez não. De qualquer maneira, você ainda tem muito que viajar, Jack. Ando lhe dizendo isso há algum tempo.

— Como assim?

O sorriso de Speedy é irônico no meio, exasperado nos cantos.

— Não se faça de bobo comigo, Jacky. Mandei as penas para você, não mandei? Mandei um ovo de sabiá, não mandei? Mandei mais de um.

— Por que as pessoas não podem me deixar em paz? — pergunta Jack. Sua voz lembra muito um choramingo. Não é um som bonito. — Você... Henry... Dale...

— Pare com isso já — diz Speedy, agora severo. — Não tenho mais tempo para pedir com gentileza. O jogo ficou duro. Não é?

— Speedy...

— Você tem seu trabalho e eu tenho o meu. O mesmo trabalho, também. Não choramingue comigo, Jack, e não me faça mais ir atrás de você. Você é um "puliça", como sempre foi.

— Estou aposentado...

— Vá à *merda* com esse seu aposentado. As crianças que ele matou já são uma coisa horrível. Pior ainda as que ele *pode* matar se o deixarem continuar. Mas a que ele pegou... — Speedy se inclina à frente, os olhos escuros soltando chispas em seu rosto escuro. — Aquele garoto tem que ser trazido de volta, e *logo*. Se não puder trazê-lo de volta, você tem que matá-lo você mesmo, por mais que me desagrade pensar nisso. Porque ele é um Demolidor. Poderoso. Talvez ele só precise de mais um para desmontar aquilo.

— Ele quem? — pergunta Jack.

— O Rei Rubro.

Speedy olha um momento para ele, depois começa a tocar aquela cançãozinha animada em vez de responder.

— Não vai ter mais choro quando ele estiver cantando sua velha canção brejeira...

— Speedy, eu *não posso*!

A música termina com um dedilhado desafinado. Speedy olha para o Jack Sawyer de 12 anos com uma frieza que congela o garoto por dentro, até atingir o coração oculto do homem. E quando torna a falar, seu sotaque sulista está mais carregado. Impregnou-se de um desprezo que é quase líquido.

— Você vai pôr mãos à obra agora, está ouvindo? Vai parar de gemer e choramingar e ser preguiçoso. Vai catar sua garra onde quer que a tenha deixado e *pôr mãos à obra*!

Jack recua. Uma pesada mão cai em seu ombro e ele pensa: *É o tio Morgan. Ele ou talvez Sunlight Gardener. É 1981 e tenho que fazer isso tudo de novo...*

Mas aquele é um pensamento de garoto, e esse é um sonho de homem. O Jack Sawyer que ele é agora afasta o desespero submisso da criança. *Não, de jeito nenhum. Eu nego isso. Deixei essas caras e esses luga-*

res de lado. Foi um trabalho duro, e não vou vê-lo todo desfeito por algumas penas fantasmas, alguns ovos fantasmas e um sonho ruim. Arranje outro garoto, Speedy. Este aqui cresceu.

Ele se vira, pronto para brigar, mas não há ninguém ali. Atrás dele, na passarela, de lado como um pônei morto, jaz uma bicicleta infantil. Há uma placa na traseira onde se lê BIG MAC. Em volta da bicicleta, há penas luzidias de corvo espalhadas. E agora Jack ouve uma outra voz, fria e desafinada, feia e inconfundivelmente má. Ele sabe que é a voz da coisa que o tocou.

— É isso mesmo, babaca. Fique fora disso. Meta-se comigo e espalho suas tripas de Racine até La Riviere.

Um buraco giratório se abre na passarela bem em frente à bicicleta. Abre-se como um olho espantado. Continua se abrindo, e Jack mergulha nele. É o caminho de volta. A saída. A voz de desprezo o segue.

— É isso, panaca — ela diz. — Fuja! Fuja do abalá! Fuja do rei! Fuja para salvar a porra dessa sua pele miserável!

A voz se dissolve em uma risada, e é o barulho louco dessa risada que acompanha Jack Sawyer para a escuridão entre os dois mundos.

Horas depois, Jack está nu na janela de seu quarto, coçando distraidamente a bunda e vendo o dia raiar no leste. Está acordado desde as quatro. Não consegue se lembrar muito de seu sonho (suas defesas podem estar vacilando, mas mesmo agora não quebraram completamente), no entanto, o que ainda resta dá para ele ter certeza de uma coisa: o cadáver no Píer de Santa Mônica o perturbou tanto que ele largou o emprego porque o corpo lembrou-lhe alguém que ele conheceu.

— Isso tudo nunca aconteceu — diz ele ao novo dia numa voz falsamente paciente. — Eu tive uma espécie de colapso nervoso pré-adolescente, causado por estresse. Minha mãe pensava que estava com câncer, me agarrou e fugimos até a Costa Leste. Até New Hampshire. Ela achava que estava voltando ao Grande Lugar Feliz para morrer. Acabou que era sobretudo depressão, o raio de uma crise de meia-idade de uma atriz, mas o que sabe um garoto? Eu estava estressado. Sonhava.

Jack suspira.

— Sonhei que eu salvava a vida da minha mãe.

O telefone atrás dele toca, o barulho estridente e descontínuo no quarto sombrio.

Jack Sawyer grita.

— Acordei-o — diz Fred Marshall, e Jack sabe imediatamente que esse homem passou a noite em claro, sentado em sua casa, sem mulher e sem filho. Vendo álbuns de fotografias, talvez, com a tevê ligada. Sabendo que está esfregando sal nas feridas, mas incapaz de parar de fazer isso.

— Não — diz Jack —, na verdade eu estava...

Ele para. O telefone está ao lado da cama, e há um bloco ao lado. Há um bilhete escrito no bloco. Jack deve tê-lo escrito, já que é a única pessoa ali — e-le-men-tar, porra, meu caro Watson —, mas não é a letra dele. No sonho, em algum momento ele escreveu esse bilhete com a letra da mãe.

A Torre. Os Feixes. Se os Feixes quebrarem, Jacky,
se os Feixes quebrarem e a Torre cair

Não há mais nada. Só o pobre Fred Marshall que descobriu quão depressa as coisas podem se deteriorar na vida mais ensolarada do meio-oeste. A boca de Jack tentou dizer algumas coisas enquanto sua mente está ocupada com essa falsificação de suas coisas subconscientes, talvez não muito sensatas, mas isso não incomoda Fred; ele simplesmente continua falando sem nenhuma das pausas e hesitações que as pessoas costumam empregar para indicar fins de frases ou mudanças de raciocínio. Fred está só desabafando, descarregando, e, mesmo aflito como está, Jack percebe que Fred Marshall da alameda Robin Hood 16, aquela gracinha de casa estilo Cape Cod, está chegando ao limite da resistência. Se as coisas não mudarem para ele em breve, ele não precisará visitar a mulher na enfermaria D do Hospital Luterano do Condado Francês; os dois serão companheiros de quarto.

E é sobre a visita prevista deles a Judy que Fred está falando, Jack se dá conta. Ele para de tentar interromper e apenas escuta, enquanto olha intrigado para o bilhete que escreveu para si mesmo. Torre e Feixes. Que tipo de feixes? De madeira? De concreto? Levantem bem o feixe central, carpinteiros?

— ... sei que eu disse que ia pegá-lo às nove mas o Dr. Spiegleman é o médico dela lá o nome dele é Spiegleman ele disse que ela passou uma noite muito ruim gritando e berrando muito e depois tentando levantar e comer o papel de parede e talvez algum tipo de ataque então estão testando uma nova medicação nela talvez ele tenha dito Pamizene ou Patizone não anotei Spiegleman me ligou há 15 minutos eu me pergunto se esses caras dormem alguma hora e disse que devíamos poder vê-la por volta das quatro ele acha que ela vai estar mais estabilizada lá pelas quatro e a gente podia vê-la então de modo que pego você às três ou talvez você tenha...

— Três está ótimo — diz Jack com calma.

— ... outra coisa para fazer outros planos eu poderia passar aí se você não tiver é sobretudo que eu não quero ir sozinho...

— Vou estar esperando você — disse Jack. — Vamos na minha picape.

— ... pensei que talvez fosse ter alguma notícia de Ty ou de quem quer que o tenha raptado talvez um pedido de resgate mas ninguém ligou só Spiegleman ele é o médico da minha mulher lá no...

— Fred, vou encontrar seu filho.

Jack fica apavorado com esta afirmação simples, com a confiança suicida que ouve na própria voz, mas isso pelo menos tem uma utilidade: cortar a torrente de palavras mortas de Fred. Há silêncio do outro lado da linha.

Finalmente, Fred fala num sussurro trêmulo.

— Ah, tenente. Se ao menos eu pudesse acreditar no que você disse.

— Quero que tente — diz Jack. — E, enquanto estivermos trabalhando nisso, talvez possamos encontrar o juízo da sua mulher.

Talvez os dois estejam no mesmo lugar, ele pensa, mas não diz.

Sons líquidos vêm do outro lado da linha. Fred começou a chorar.

— Fred.

— Sim?

— Você vai passar aqui em casa às três.

— Sim.

Um suspiro poderoso; um choro sofrido que é em grande parte abafado. Jack tem uma ideia de quão vazia a casa de Fred Marshall deve parecer neste momento, e mesmo essa vaga ideia é bem ruim.

— Minha casa fica no Vale Noruega. Depois da Roy's Store, atravessando o riacho Tamarack...

— Eu sei onde é.

Um tom tênue de impaciência insinuou-se na voz de Fred. Jack está muito feliz em ouvi-lo.

— Ótimo. Estou esperando você.

— Não tenho dúvida.

Jack ouve um fantasma da animação de vendedor de Fred, e isso lhe corta o coração.

— A que horas?

— T-três? — Então, com uma segurança marginal: — Três.

— Está certo. Vamos pegar minha caminhonete. Quem sabe a gente come alguma coisa na Gertie's Kitchen na volta. Até logo, Fred.

— Até logo, tenente. E obrigado.

Jack desliga o telefone. Olha mais um pouco para a sua reprodução de memória da letra da mãe e pergunta como se chamaria uma coisa dessas em jargão de tira. Autofalsificação? Ele bufa, depois amassa o bilhete e começa a se vestir. Tomará um copo de suco e sairá para dar uma caminhada de uma hora mais ou menos. Varrer da cabeça todos os sonhos maus. E, enquanto trabalha nisso, varrer o som da terrível voz monótona de Fred Marshall. E então, depois de uma chuveirada, ele pode ou não ligar para Dale Gilbertson e perguntar se houve alguma novidade. Se ele realmente for se envolver nisso, terá que se pôr em dia com registros de montes de ocorrências... vai querer entrevistar de novo os pais... dar uma olhada no lar dos idosos próximo ao local onde o garoto Marshall desapareceu...

Com a cabeça cheia desses pensamentos (pensamentos *agradáveis*, na verdade, embora, se isso lhe tivesse sido sugerido, ele teria negado energicamente), Jack quase tropeça numa caixa depositada no capacho em frente à sua porta da entrada. É onde Buck Evitz, o carteiro, deixa pacotes quando há pacotes para deixar, mas ainda são seis e meia, e Buck só passará em seu caminhãozinho azul dali a três horas.

Jack se abaixa e pega o pacote com cuidado. É do tamanho de uma caixa de sapatos, embrulhado de qualquer maneira em papel pardo rasgado e unido não com fita adesiva, mas com grandes pingos de lacre vermelho. Além disso, há voltas complicadas de barbante branco amarradas com um laço infantil exagerado. Há um monte de selos no canto superior, dez ou 12, representando vários pássaros. (Nenhum sabiá, no entanto; Jack nota isso com alívio compreensível.) Há algo de errado com esses selos, mas a princípio Jack não vê o que é. Ele está concentrado demais no endereço, que está *espetacularmente* incorreto. Não tem o número da caixa postal, não tem o carimbo do correio, não tem o CEP. Não tem *nome*, realmente. O endereço consiste numa simples palavra rabiscada em letras de forma grandes:

JACKY

Olhando para esses garranchos, Jack imagina uma mão fechada empunhando uma caneta Pilot; olhos franzidos; a ponta de uma língua projetando-se do canto da boca de algum doido. O ritmo de seus batimentos cardíacos dobrou.

— Não estou gostando disso — ele sussurra. — Não estou gostando *nada* disso.

E, naturalmente, há ótimas razões, razões de "puliça", para isso. Isso *é* uma caixa de sapatos; dá para ele sentir a beira da tampa através do papel pardo, e é sabido que loucos põem bombas em caixas de sapatos. Ele seria louco se a abrisse, mas tem ideia de que *vai* abri-la, assim mesmo. Se ela explodir mandando-o pelos ares, pelo menos ele poderá se retirar da investigação do Pescador.

Jack levanta o pacote para ver se ouve algum tique-taque, tendo consciência plena de que bombas que fazem tique-taque estão tão fora de moda quanto desenhos animados da Betty Boop. Ele nada ouve, mas vê o que há de errado com os selos, que não têm nada de selos. Alguém recortou as figuras de uns 12 envelopes de açúcar, desses que se oferecem nas lanchonetes, e colou-as nesta caixa de sapatos embrulhada. Uma risada sem graça escapa de Jack. Algum doido mandou isso, com certeza. Algum louco, numa instituição fechada, com acesso mais fácil a envelopes de açúcar que a selos. Mas como aquilo chegou *ali*? Quem deixou aquilo (com os selos falsos sem carimbo), enquanto ele sonhava aqueles sonhos confusos? E quem, nesta parte do mundo, poderia conhecê-lo como Jacky? Seu tempo de Jacky já passou há muito.

Não passou, não, Jack Viajante, murmura uma voz. *Falta muito.*

Está na hora de parar de chorar e chegar salti-ti-tando, garoto. Comece vendo o que tem nessa caixa.

Ignorando firmemente sua própria voz mental, que lhe diz que ele está sendo perigosamente idiota, Jack arrebenta o barbante e usa a unha do polegar para cortar os pingos de lacre vermelho. Quem usa lacre hoje em dia? Ele põe de lado o papel de embrulho. Mais uma coisa para os rapazes da perícia, talvez.

Não é uma caixa de sapatos, mas sim uma caixa de tênis. Uma caixa de tênis New Balance, para ser exato. Número 34. Um tamanho de criança. E com isso o coração de Jack bate três vezes mais depressa. Ele sente gotas de suor frio brotando na testa. Sua garganta e seu esfíncter estão ambos se fechando. Esta reação também é familiar. É como um "puliça" se arma e se fecha, preparando-se para ver algo terrível. E isso *certamente* é terrível. Jack não tem dúvida quanto a isso, e não tem dúvida quanto a quem enviou o pacote.

Essa é minha última chance de recuar, ele pensa. *Depois disso, é todos a bordo e vamos para... seja lá aonde for.*

Mas até isso é mentira, ele percebe. Dale estará à sua procura na delegacia na rua Sumner ao meio-dia. Fred Marshall vai passar na casa de Jack às três horas e eles vão ver a Dona-de-casa Louca da Alameda Robin Hood. O ponto de recuo já chegou e já passou. Jack ainda não sabe ao certo como aconteceu, mas parece que ele voltou à ativa. E se Henry Leyden cometer a temeridade de felicitá-lo por isso, Jack acha que provavelmente dará um pontapé na bunda cega de Henry.

Uma voz de seu sonho sussurra debaixo do piso da consciência de Jack como uma lufada de ar podre — *Vou espalhar suas tripas de Racine até La Riviere* —, mas isso o incomoda menos que a loucura inerente aos selos de envelopes de açúcar e às letras laboriosamente desenhadas de seu velho apelido. Ele já lidou com loucos antes. Sem falar em sua cota de ameaças.

Ele senta nos degraus com a caixa de tênis no colo. À sua frente, no campo norte, tudo está parado e cinza. Bunny Boettcher, filho de Tom Tom, veio dar o segundo corte só há uma semana, e agora uma bruma fina paira no restolho que bate no tornozelo. No alto, o céu começou a clarear. Nenhuma nuvem por enquanto marca sua calma ausência de cor. Em algum lugar, um pássaro pia. Jack respira fundo e pensa: *Se é aqui que eu saio, eu podia fazer pior. Muito pior.*

Depois, com muito cuidado, ele abre a caixa e põe a tampa de lado. Nada explode. Mas parece que alguém encheu a caixa de tênis New Balance com noite. Então ele percebe que a encheram de penas de corvo pretas e luzidias, e seus braços se arrepiam.

Ele vai pegá-las, depois hesita. Quer tocar nessas penas tanto quanto quer tocar no cadáver em decomposição de uma vítima de peste, mas há algo embaixo delas. Ele pode ver. Deveria ir buscar umas luvas? Há luvas no armário da entrada...

— Fodam-se as luvas — Jack diz, e vira a caixa na folha de papel pardo ao seu lado na varanda.

Há uma inundação de penas, que rodopiam um pouco, mesmo no ar totalmente parado da manhã. Então ouve-se um baque quando o objeto em volta do qual as penas foram colocadas cai na varanda de Jack. O cheiro atinge o nariz de Jack logo depois, um odor de salame podre.

Alguém enviou um tênis de criança manchado de sangue para a casa de Sawyer na estrada do Vale Noruega. Algo roeu com vontade o calçado, e com mais vontade ainda o seu conteúdo. Ele vê um forro de algodão ensanguentado — seria uma meia. E dentro da meia, pedaços de pele. Isso é um tênis New Balance com um pé dentro, um pé que foi muito comido por algum bicho.

Ele mandou isso, Jack pensa. *O Pescador.*

Intimidando-o. Dizendo-lhe: *Se quer entrar, entre. A água está boa, Jacky, a água está* boa.

Jack se levanta. Seu coração bate forte, as batidas agora muito aceleradas para se contar. As gotas de suor em sua testa incharam e estouraram e escorreram pelo seu rosto como lágrimas, seus lábios e suas mãos estão dormentes... no entanto, ele diz a si mesmo que está calmo. Que já viu coisas piores, muito piores, empilhadas em pilares de pontes e passagens subterrâneas de autoestradas em L.A. Este tampouco é o seu primeiro pedaço de corpo decepado. Uma vez, em 1997, ele e seu parceiro Kirby Tessier encontraram um único testículo em cima do reservatório de água de um vaso sanitário na biblioteca pública da cidade de Culver, parecendo um ovo cozido velhíssimo. Então ele diz a si mesmo que está calmo.

Ele se levanta e desce os degraus da varanda. Passa pelo capô de sua Dodge Ram bordô com o sistema de som de primeira linha; passa pela casa de passarinho que ele e Dale montaram no limite do campo norte um mês ou dois depois que Jack se mudou para esta casa, a mais perfeita do universo. Ele diz a si mesmo que está calmo. Diz a si mesmo que isso são provas, mais nada. Só mais uma volta no laço que o Pescador vai acabar botando no próprio pescoço. Ele diz a si mesmo para não pensar naquilo como o pedaço de uma criança, o pedaço de uma garotinha chamada Irma, mas como Prova A. Ele sente o orvalho molhando seus tornozelos sem meia e a barra das calças, sabe que qualquer tipo de passeio em cima de restolho de feno vai estragar um par de sapatos Gucci de 500 dólares. E daí, se estragar? Ele é invulgarmente rico; pode ter tantos sapatos quanto Imelda Marcos, se quiser. O importante é manter a calma. Alguém lhe trouxe uma caixa de sapatos com um pé humano dentro, depositou-a em sua varanda na calada da noite, mas ele está calmo. Isso é uma prova, nada mais. E ele? Ele é um "puliça". Provas são tudo para ele. Ele só precisa de um pouco de ar, precisa tirar do nariz aquele cheiro de salame podre que saiu da caixa...

Jack emite um ruído estrangulado de quem está tendo um engulho e começa a andar mais depressa. Há uma sensação de clímax iminente crescendo em sua mente (*minha mente* calma, ele diz a si mesmo). Algo está se preparando para irromper... ou mudar... ou voltar ao que *era*.

A última ideia é particularmente alarmante e Jack começa a correr pelo campo, levantando cada vez mais os joelhos, mexendo os braços. Sua passagem deixa uma linha escura no restolho, uma diagonal que começa na entrada da garagem e pode terminar em qualquer lugar. No Canadá, talvez. Ou no Polo Norte. Mariposas brancas, despertadas de sua sonolência matinal pesada de orvalho, sobem voejando em espirais rendadas e tornam a pousar no restolho.

Ele corre mais, fugindo do tênis comido e ensanguentado na varanda da casa perfeita, fugindo de seu próprio horror. Mas essa sensação de clímax iminente permanece com ele. Caras começam a surgir em sua mente, cada qual com sua trilha sonora. Caras e vozes que ele ignora há vinte anos ou mais. Quando essas caras aparecem ou essas vozes murmuram, ele até agora contou para si mesmo a velha mentira, que ele foi um menino assustado que pegou o terror neurótico da mãe como quem pega um resfriado e inventou uma história, uma grande fantasia tendo no centro o bom e velho Jack Sawyer salvador da mamãe. Nada disso era real, e tudo foi esquecido quando ele tinha 16 anos. Nessa época ele estava calmo. Assim como está agora, correndo como um doido pela parte norte do seu campo, deixando um rastro escuro e essas nuvens de mariposas assustadas ao passar, mas está fazendo isso *com calma*.

Rosto fino, olhos apertados embaixo de um boné branco de papel inclinado: *Se você puder me trazer um barril quando eu precisar de um, pode ter o emprego.* Smokey Updike, de Oatley, Nova York, onde bebiam cerveja e depois comiam o copo. Oatley, onde houve algo no túnel fora da cidade e onde Smokey o manteve prisioneiro. Até...

Olhos indiscretos, sorriso falso, terno branco reluzente: *Já nos vimos antes, Jack... onde? Diga-me. Confesse.* Sunlight Gardener, um pregador de Indiana cujo nome também era Osmond. Osmond em algum outro mundo.

A cara larga e hirsuta e os olhos assustados de um garoto que não era um garoto de jeito nenhum: *Esse é um lugar ruim, Jacky, Lobo sabe.* E era, era um péssimo lugar. Eles o botaram numa caixa, botaram o bom e velho Lobo numa caixa, e finalmente o mataram. Lobo morreu de uma doença chamada América.

— Lobo! — o homem que está correndo no campo arqueja. — Lobo, ai, meu Deus, desculpe!

Caras e vozes, todas essas caras e vozes surgindo diante de seus olhos, fazendo barulho em seus ouvidos, exigindo serem vistas e ouvidas, dando-lhe aquela sensação de clímax, cada defesa prestes a ser levada pelas águas como um quebra-mar diante de uma onda gigante.

A náusea ruge por seu corpo e inclina o mundo. Ele torna a fazer aquele ruído de engulho, e dessa vez esse ruído lhe enche o fundo da garganta com um gosto do qual ele se lembra: o gosto de vinho barato e desagradável. E de repente é New Hampshire de novo, o Parque Funworld de novo. Ele e Speedy de novo ao lado do carrossel, todos aqueles cavalos parados (*Todos os cavalos de carrossel têm nome, sabe disso, Jack?*), e Speedy está estendendo uma garrafa de vinho e dizendo-lhe que é suco mágico, um golezinho e ele atravessa, *passa* para lá...

— Não! — grita Jack, sabendo que já é tarde demais. — *Eu não quero atravessar!*

O mundo se inclina para o outro lado e ele cai de quatro na relva de olhos bem fechados. Não precisa abri-los; os cheiros mais ricos, mais acentuados que de repente lhe enchem o nariz lhe dizem tudo o que ele precisa saber. Isso e a noção de estar voltando para casa após tantos anos sombrios, quando quase todo movimento e toda decisão de seu estado de vigília de certa forma foram dedicados a esconder (ou pelo menos adiar) a chegada deste exato momento.

Este é Jack Sawyer, senhoras e senhores, ajoelhado num vasto campo de relva macia debaixo de um céu matinal sem uma única partícula de poluição. Ele está chorando. Sabe o que aconteceu, e está chorando. Seu coração explode de medo e alegria.

Este é Jack Sawyer vinte anos depois, já homem feito, e afinal de volta aos Territórios.

É a voz de seu velho amigo Richard — às vezes conhecido como Richard Racional — que o salva. Richard como é agora, cabeça de seu próprio escritório de advocacia (Sloat & Associados Ltda.), não o Richard que ele era quando Jack talvez o conheceu melhor, durante umas longas férias em Seabrook Island, na Carolina do Sul. O Richard de Seabrook Island tinha imaginação, uma basta cabeleira, era bem-falante, veloz e magro como uma sombra matinal. O atual Richard, o Richard do direito societário, está afinando em cima, engrossando no meio, é a favor do sedentarismo e do uísque Bushmills. Além disso, esmagou a imaginação, tão brilhantemente alegre naquela época de Seabrook Island, como uma mosca incômoda. A vida de Richard Sloat foi uma vida de redução, Jack às vezes pensava, mas uma coisa foi acrescentada (provavelmente no curso de direito): o pomposo ruído de hesitação semelhante a um balido, particularmente irritante ao telefone, que é a marca registrada vocal de Richard. Este ruído começa com os lábios fechados, depois aumenta à medida que os lábios de Richard se abrem, deixando-o parecido com uma absurda combinação de um coroinha de Viena e Lorde Haw-Haw.*

---

* Locutor de rádio, nascido nos Estados Unidos e radicado em Londres, propagandista do nazismo durante a Segunda Guerra Mundial. [N. da T.]

Agora, ajoelhado de olhos fechados na vasta extensão verde que costumava ser a parte norte do seu próprio campo, sentindo os cheiros novos e mais acentuados de que tão bem se lembra e pelos quais tanto ansiou sem ao menos se dar conta, Jack ouve Richard Sloat começar a falar dentro de sua cabeça. Que alívio essas palavras são! Ele sabe que é só sua mente imitando a voz de Richard, mas ainda assim é maravilhoso. Se Richard estivesse ali, Jack acha que iria abraçar o velho amigo e dizer: *Que você possa pontificar para sempre, Richie. Com balidos e tudo.*

O Richard Racional diz: *Você percebe que está sonhando, Jack, não?... ba-haaa... a tensão de abrir aquele pacote, sem dúvida... ba-haaa... sem dúvida, fez você desmaiar, e isso, por sua vez, causou... ba-HAAA!... o sonho que você está tendo agora.*

De joelhos, os olhos ainda fechados e o cabelo caindo no rosto, Jack diz:

— Em outras palavras, isso é o que chamávamos de...

Certo! O que costumávamos chamar... ba-haaa... "Coisa de Seabrook Island." *Mas Seabrook Island foi há muito tempo, Jack, então sugiro que você abra os olhos, levante-se e lembre-se que se vir alguma coisa fora do normal... b'haa!... ela não está exatamente ali.*

— Não está exatamente ali — murmura Jack. Levanta-se e abre os olhos.

Sabe desde a primeira olhada que a coisa está ali mesmo, mas guarda na sua cabeça a voz pomposa de Richard de pareço-trinta-e--cinco-mas-tenho-mesmo-sessenta, escudando-se nela. Assim, é capaz de manter um equilíbrio precário em vez de desmaiar de verdade, ou — talvez — pirar de vez.

No alto, o céu está de um azul-escuro infinitamente límpido. Em volta dele, o feno e o capim-rabo-de-gato estão na altura do peito, e não do tornozelo; não há nenhum Bunny Boettcher nesta parte do mundo para cortá-los. Na verdade, não há casa nenhuma no caminho por onde ele veio, só um velho celeiro pitoresco com um moinho do lado.

Onde estão os homens voadores?, Jack pensa, olhando para o céu, e então sacode a cabeça com vigor. Nenhum homem voador; nenhum papagaio de duas cabeças; nenhum lobisomem. Tudo isso era coisa de Seabrok Island, uma neurose que ele pegou da mãe e até passou para Richard durante algum tempo. Era só... *ba-haaa...* besteira.

Ele aceita isso, sabendo ao mesmo tempo que besteira de fato seria não acreditar no que está em volta dele. O cheiro de capim, agora tão forte e doce, misturado com o cheiro mais floral de cravo e o cheiro mais forte, *basso profundo,* da terra preta. O som interminável dos grilos na relva, vivendo sua vida irracional de grilo. As esvoaçantes mariposas brancas do campo. A face intocada do céu, sem a marca de nenhum cabo telefônico ou de alta-tensão, de nenhum rastro de jato.

O que mais impressiona Jack, porém, é a perfeição do campo em volta dele. Há um círculo atapetado onde ele caiu de joelhos, a relva pesada de orvalho amassada. Mas não há nenhuma trilha *levando* ao círculo, nenhuma marca de passagem através da relva úmida e macia. Ele deve ter caído do céu. Isso é impossível, claro, também é coisa de Seabrook Island, porém...

— Porém, eu *de certa forma* caí do céu, sim — diz Jack com uma voz extraordinariamente calma. — Vim de Wisconsin. *Passei* para cá.

A voz de Richard protesta vigorosamente contra isso, explodindo numa rajada de *rrãmps* e *ba-haaas,* mas Jack mal nota. É só o velho e bom Richard Racional fazendo aquela sua coisa de Richard Racional dentro de sua cabeça. Richard já passara por experiências assim e saíra do outro lado com a cabeça mais ou menos intacta... mas tinha 12 anos. Eles dois tinham 12 anos naquele outono, e quando você tem 12 anos, a mente e o corpo são mais elásticos.

Jack andou dando uma volta lenta, sem ver nada além de campos abertos (a névoa sobre eles agora se dissipando numa bruma fina, à medida que o dia esquenta) e a mata cinza-azulada do outro lado. Agora há algo mais. A sudoeste, há uma estrada de terra a pouco mais de um quilômetro e meio dali. Do outro lado da estrada, no horizonte ou talvez logo além, o céu perfeito de verão está um pouco enfumaçado.

Não são fogões de lenha, pensa Jack, *não em julho, mas talvez sejam pequenas fábricas. E...*

Ele ouve um apito — três longos silvos ao longe. Seu coração parece aumentar em seu peito, e os cantos de sua boca se repuxam numa espécie de sorriso inevitável.

— O Mississípi é para lá, meu Deus — ele diz, e em volta dele as mariposas do campo parecem dançar concordando, renda da manhã.

— É o Mississípi ou seja qual for o nome que lhe dão aqui. E o apito, amigos e vizinhos...

Dois outros silvos cortam o dia de verão. São fracos ao longe, sim, mas de perto seriam fortes. Jack sabe.

— É uma barca do rio. Uma barca enorme. Talvez uma movida por roda.

Jack começa a caminhar para a estrada, dizendo a si mesmo que isso tudo é um sonho, sem acreditar nem um segundo que seja, mas usando essa ideia como um acrobata usa a vara para se equilibrar. Depois de ter andado uns 100 metros, ele olha para trás. Uma linha escura corta o capim-rabo-de-gato, começando no local em que ele caiu e vindo reta até onde ele está. É a marca de sua passagem. A *única* marca. À esquerda (na verdade, quase atrás dele agora) estão o celeiro e o moinho. *Essas são a minha casa e a minha garagem,* Jack pensa. *Pelo menos é o que são no mundo de Chevrolets, guerras no Oriente Médio e o programa Oprah Winfrey.*

Ele segue, e está quase chegando à estrada quando percebe que há mais que fumaça a sudoeste. Há uma espécie de vibração, também. Ela lateja na cabeça como o início de uma enxaqueca. E é estranhamente variável. Se ele fica com a cara virada para o sul, esse latejar desagradável diminui. Basta virar para leste que desaparece. Para o norte, *quase* desaparece. Aí, conforme ele continua a girar, a vibração volta com força total. Pior do que nunca agora que ele notou, assim como o zumbido de uma mosca ou o ruído de um radiador num quarto de hotel fica pior depois que se começa realmente a notá-lo.

Jack dá outra volta completa, devagar. Sul, e a vibração diminui. Leste, some. Norte, está começando a voltar. Oeste, está voltando com força. Sudoeste e ele está trancado como o botão PROCURAR num rádio de carro. Pou, pou, pou. Uma vibração desagradável e incômoda como uma dor de cabeça, um cheiro como que de fumaça antiga.

— Não, não, não, fumaça não — diz Jack.

Ele está em pé com grama quase até o peito, as calças encharcadas, mariposas brancas voejando em volta da sua cabeça como um meio halo, olhos abertos, faces de novo pálidas. Nesse momento, ele parece ter de novo 12 anos. É sinistro como ele encontrou seu eu mais jovem (e talvez melhor).

— Fumaça não, isso tem cheiro de...

Ele de repente torna a fazer aquele ruído de engulho. Porque o cheiro — não em seu nariz, mas dentro de sua cabeça — é de salame podre. O cheiro do pé decepado e em decomposição de Irma Freneau.

— Estou sentindo o cheiro dele — Jack sussurra, sabendo que não é um cheiro que ele quer dizer. Ele pode fazer o que quiser desse pulsar... inclusive, ele percebe, pode fazê-lo sumir. — Estou sentindo o cheiro do Pescador. Dele ou... não sei.

Ele começa a andar e, 90 metros à frente, torna a parar. O latejar em sua cabeça de fato desapareceu. Saiu do ar como saem as emissoras de rádio quando o dia esquenta e a temperatura sobe. É um alívio.

Jack quase chegou à estrada, que, sem dúvida, leva, de um lado, para alguma versão de Arden e, do outro, para versões de Centralia e French Landing, quando ouve um batuque irregular. Ele também sente isso, subindo por suas pernas como uma batida de Gene Krupa.

Ele vira à esquerda, depois grita entre surpreso e feliz. Três enormes criaturas marrons de orelhas compridas e saltitantes passam aos pulos por Jack, subindo acima do capim, afundando novamente nele, depois tornando a subir. Parecem uma cruza de coelho com canguru. Seus olhos negros e saltados espreitam com um terror cômico. Os bichos atravessam a estrada, com os pés chatos (de pelo branco em vez de marrom) levantando poeira.

— Cruzes! — diz Jack, meio rindo e meio soluçando. Bate no meio da testa com a base da palma da mão. — O que foi isso, Richie? Tem algum comentário sobre *isso*?

Richie, obviamente, tem. Ele diz a Jack que Jack acaba de sofrer uma... *ba-haaa!*... alucinação extremamente vívida.

— Claro — diz Jack. — Coelhos gigantes. Me leve para a primeira reunião dos AA.

Então, quando pisa na estrada, ele olha de novo para o horizonte sudoeste. Para a bruma de fumaça ali. Um vilarejo. E os moradores têm medo quando as sombras da tarde chegam? Têm medo da noite que chega? Têm medo da criatura que está levando suas crianças? Precisam de um "puliça"? Claro que sim. Claro que...

Algo jaz no meio da estrada. Jack se abaixa e pega um boné de beisebol dos Milwaukee Brewers, gritantemente deslocado neste mundo de coelhos gigantes saltitantes, mas indubitavelmente real. A julgar pela tira de plástico reguladora atrás, é um boné infantil de beisebol. Jack olha o interior, sabendo o que vai achar, e lá está, cuidadosamente escrito na pala: TY MARSHALL. O boné não está tão molhado como o jeans de Jack, que está encharcado de orvalho da manhã, mas também não está seco. Está ali na beira da estrada, ele pensa, desde ontem. A suposição lógica seria que o raptor de Ty tivesse trazido Ty por ali, mas Jack não acredita nisso. Talvez seja o pulsar persistente da vibração que desperte um pensamento diferente, uma imagem diferente: o Pescador, com Ty cuidadosamente escondido, andando por essa estrada de terra. O homem tem debaixo do braço uma caixa de sapatos embrulhada, decorada com selos falsos. Pousado na cabeça, tem o boné de beisebol de Ty, meio equilibrado ali por ser pequeno demais para que o use. Mesmo assim, ele não quer mexer na tira de ajuste. Não quer que Jack confunda este com um boné de adulto, nem por um segundo. Porque está atiçando Jack, convidando Jack a entrar no jogo.

— Levou o garoto para o nosso mundo — Jack murmura. — Fugiu com ele para *este* mundo. Escondeu-o em algum lugar seguro, como uma aranha escondendo uma mosca. Vivo? Morto? Vivo, eu acho. Não sei por quê. Talvez seja só o que quero acreditar. Não importa. Depois ele foi para onde quer que tenha escondido Irma. Pegou o pé dela e o trouxe para mim. Trouxe-o através *deste* mundo, depois voltou para o *meu* mundo para deixá-lo na varanda. Perdeu o boné no caminho, talvez? Caiu da cabeça dele?

Jack não acha isso. Jack acha que esse puto, essa peste, esse nojento, deixou o boné de propósito. Sabia que, se passasse nessa estrada, Jack o encontraria.

Segurando o boné junto ao peito como um torcedor do Miller Park mostrando respeito à bandeira durante o hino nacional, Jack fecha os olhos e se concentra. É mais fácil do que ele teria esperado, mas ele supõe coisas que a gente nunca esquece — como descascar uma laranja, andar de bicicleta, passar de um mundo para o outro.

Um garoto como você não precisa de vinho barato, de qualquer forma, ele ouve o velho amigo Speedy Parker dizer, e lá está o tom de riso na voz de Speedy. Ao mesmo tempo, essa sensação de vertigem percorre

Jack de novo. Em seguida, ele ouve o barulho alarmante de um carro chegando.

Ele recua, abrindo os olhos ao fazer isso. Vê de relance uma estrada asfaltada — a estrada do Vale Noruega, mas...

Uma buzina soa e um velho Ford empoeirado passa a toda por ele, o espelho do lado do carona tirando um fino do nariz de Jack Sawyer. Ar quente, mais uma vez impregnado do odor fraco mas pungente de hidrocarbonetos, passa pela cara de Jack, junto com a voz indignada de um garoto de fazenda.

— ... sai da estrada, *babaca*...

— Não gosto de ser chamado de babaca por um bacharel em escola de vaca — Jack diz em sua melhor voz de Richard Racional, e, embora acrescente um pomposo *Ba-haaa!* de quebra, seu coração está batendo forte. Cara, ele quase voltou para o outro lado na frente daquele sujeito!

Por favor, Jack, me poupe, disse Richard. *Você sonhou tudo isso.*

Jack sabe o que faz. Embora olhe em volta completamente espantado, no fundo não está nada espantado, não, nem um pouquinho. Ele ainda tem o boné, para início de conversa — o boné dos Brewers de Ty Marshall. E depois, a ponte sobre o riacho Tamarack é logo depois da próxima elevação. No outro mundo, aquele onde coelhos gigantes passam saltitando por você, ele andou talvez um pouco mais de 1,5 quilômetro. Neste, andou pelo menos 6.

Assim é que era antes, ele pensa, *assim é que era quando Jacky tinha 6 anos. Quando todo mundo morava na Califórnia e ninguém morava em nenhum outro lugar.*

Mas isso está errado. Errado de alguma forma.

Jack está em pé na beira da estrada que era de terra alguns segundos atrás, e agora é asfaltada, está olhando para o boné de beisebol de Ty Marshall e tentando imaginar exatamente o que está errado e *como* está errado, sabendo que provavelmente não será capaz de conseguir. Isso tudo foi há muito tempo, e, além do mais, ele se empenhou para enterrar suas lembranças de infância reconhecidamente bizarras desde os 13 anos. Mais de metade de sua vida, em outras palavras. Uma pessoa não pode dedicar tanto tempo a tentar esquecer, depois estalar os dedos e esperar...

Jack estala os dedos. Diz à manhã de verão que vai esquentando:

— O que aconteceu quando Jacky tinha 6 anos?

E responde à própria pergunta:

— Quando Jacky tinha 6 anos, papai tocava corneta.

O que quer dizer *isso*?

— Papai não — diz Jack de repente. — Não o *meu* pai. Dexter Gordon. A *música* se chamava "Papai tocava corneta". Ou talvez o disco. O LP. — Ele fica ali em pé, balançando a cabeça, depois faz que sim. — *Toca*. Papai toca. *"Papai toca corneta."*

E num piscar de olhos, tudo volta. Dexter Gordon tocando na vitrola. Jacky Sawyer atrás do sofá, brincando com seu táxi londrino de brinquedo, tão satisfatório por causa do peso, que de alguma forma o fazia parecer mais real que um brinquedo. Seu pai e o pai de Richard conversando. Phil Sawyer e Morgan Sloat.

Imagine o que esse cara seria lá, dissera tio Morgan, e esta fora a primeira pista que Jack Sawyer tivera dos Territórios. Quando Jacky tinha 6 anos, Jacky teve a informação. E...

— Quando Jacky tinha 12 anos, Jacky realmente *foi* lá — ele diz.

Ridículo!, berra o filho de Morgan. *Inteiramente... ba-haa!... ridículo! Em seguida você vai me dizer que* havia *realmente homens no céu!*

Mas, antes que Jack possa contar sua versão mental a seu velho amigo ou outra coisa qualquer, chega outro carro. Este para ao lado dele. Olhando desconfiada pela janela do motorista (a expressão é habitual, Jack achou, e, em si, nada significa) está Elvena Morton, a governanta de Henry Leyden.

— O que você está fazendo aqui, Jack Sawyer? — ela pergunta.

Ele lhe dá um sorriso.

— Não dormi muito bem, Sra. Morton. Pensei em dar uma voltinha para clarear as ideias.

— E sempre vai caminhar no molhado quando quer clarear as ideias? — ela pergunta olhando para seu jeans, que está molhado até o joelho e até um pouco mais para cima. — Isso ajuda?

— Acho que me distraí com o que eu estava pensando — diz ele.

— Acho que sim — concorda ela. — Entre que lhe dou uma carona quase até sua casa. Isto é, a não ser que você ainda tenha mais ideias para clarear.

Jack ri. Essa é boa. Na verdade, lembra-lhe sua finada mãe. (Quando seu filho impaciente lhe perguntava o que era o jantar e quando seria servido, Lily Cavanaugh era capaz de dizer: "Peidos fritos com cebola, pudim de vento e molho de ar de sobremesa, venha pegá-lo às picles e meia.")

— Acho que minhas ideias estão tão claras hoje quanto posso esperar que estejam — ele diz, e dá a volta pela frente do velho Toyota marrom da Sra. Morton.

No banco do carona, há uma sacola de papel pardo de onde se projetam algumas verduras. Jack passa-a para o meio, e senta.

— Não sei se Deus ajuda a quem cedo madruga — diz ela, seguindo viagem —, mas o cliente que cedo madruga consegue as melhores verduras na Roy's, isso eu posso lhe dizer. Além disso, gosto de chegar lá antes dos preguiçosos.

— Preguiçosos, Sra. Morton?

Ela olha para ele com seu olhar mais desconfiado, enviesado, o canto direito da boca contraído para baixo como se tivesse provado algo amargo.

— Se instalam no bar da lanchonete e ficam conversando sobre o Pescador. Quem ele pode ser, *o que* pode ser (sueco, polonês ou irlandês) e, claro, o que vão fazer com ele quando ele for pego, o que já teria acontecido há muito tempo se qualquer pessoa que não aquela anta do Dale Gilbertson estivesse encarregada do caso. Assim eles dizem. É fácil falar quando se está com o rabo bem sentadinho num dos bancos de Roy Soderholm, uma xícara de café numa das mãos e uma rosquinha na outra. Eu acho. Claro, metade deles também está com o cheque do seguro desemprego no bolso, mas eles não falam nisso. Meu pai costumava dizer: "Mostre-me um homem bom demais para ceifar em julho e eu lhe mostro um homem que também não faz nada o resto do ano."

Jack se acomoda no banco do carona, joelhos encostados no painel, e observa a estrada se desenrolar. Eles estarão de volta logo. Suas calças estão começando a secar e ele se sente estranhamente em paz. O bom em Elvena Morton é que você não precisa fazer a sua parte da conversa porque ela se encarrega de tudo com prazer. Outro Lily-ismo lhe ocorre. Sobre uma pessoa muito tagarela (tio Morgan, por exemplo), ela podia dizer que a língua de fulano era "pendurada no meio e correndo nas duas pontas".

Ele ri um pouco, e levanta a mão com naturalidade para a Sra. M. não ver sua boca. Ela lhe perguntaria qual era a graça, e o que ele diria? Que tinha acabado de pensar que a língua dela tinha duas pontas? Mas também é engraçado como está voltando uma enxurrada de pensamentos e lembranças. Ontem mesmo ele não tentou ligar para a mãe, esquecendo que ela havia morrido? Isso agora parece algo que pode ter feito numa vida diferente. Talvez *fosse* uma vida diferente. Deus sabe que ele não parece o mesmo homem que se levantou da cama hoje de manhã, cansado, e com uma sensação que pode ser mais bem descrita como sensação de fim. Ele se sente inteiramente vivo pela primeira vez... bem, desde a primeira vez que Dale o trouxe por essa mesma estrada, ele supõe, e lhe mostrou a casinha que pertencera ao seu pai.

Elvena Morton, enquanto isso, segue em frente.

— Embora eu também admita que dou qualquer desculpa para sair de casa quando ele começa com o Mongoloide Maluco — diz ela. O Mongoloide Maluco é como a Sra. Morton chama a persona Rato de Wisconsin de Henry. Jack balança a cabeça sinalizando compreensão, sem saber que em poucas horas ele conhecerá um sujeito apelidado de Húngaro Maluco. Pequenas coincidências da vida.

— É sempre de manhã cedo quando ele resolve fazer o Mongoloide Maluco, e eu já lhe disse: "Henry, se você tem que gritar assim e dizer coisas horrorosas e depois tocar essa música horrorosa de garotos que não deveriam ser autorizados a passar perto de uma *tuba*, quanto mais de uma *guitarra elétrica*, por que você faz isso de manhã quando sabe que estraga o seu dia?" E estraga, ele tem dor de cabeça, quatro em cada cinco vezes em que finge ser o Mongoloide Maluco, e à tarde fica de cama com um saco de gelo na testa e nem come nada no almoço nesses dias. Às vezes a janta dele não está na geladeira quando eu confiro no dia seguinte (eu sempre deixo no mesmo lugar na geladeira, a não ser que ele me diga que ele mesmo quer prepará-la), mas metade das vezes a comida ainda está onde eu deixei, e mesmo quando não está eu acho que ele vira o prato na lixeira.

Jack resmunga. É tudo o que ele tem que fazer. As palavras dela o inundam e ele pensa como irá botar o tênis numa bolsa de plástico, segurando-o com a pinça da lareira, e quando entregá-lo na delegacia, a cadeia de provas terá início. Ele está pensando sobre como precisa se certificar de que não há nada mais na caixa de sapatos, e verificar o papel de embrulho. Também quer verificar aqueles envelopes de açúcar. Talvez haja o nome de um restaurante impresso embaixo das imagens de pássaro. É uma hipótese remota, mas...

— E *ele* diz: "Sra. M., é mais forte que eu. Alguns dias eu simplesmente acordo como o Rato. E, embora eu pague por isso depois, é uma alegria enorme quando tenho o acesso. Uma *alegria* completa." E perguntei a ele: "Como pode haver alegria em uma música que fala de crianças que querem matar os pais e comer fetos e fazer sexo com animais", como era *realmente* o tema de uma daquelas músicas, Jack, eu ouvi claro como água, "e isso tudo?", eu perguntei a ele, e ele disse.... Opa, chegamos.

Eles de fato chegaram à estradinha que leva à casa de Henry. Quatrocentos metros adiante está o telhado da casa de Jack. Sua picape Ram pisca serenamente na entrada da garagem. Ele não consegue ver a varanda, com toda a certeza não pode ver o horror que jaz em cima de suas tábuas, esperando que alguém venha limpá-lo. Limpá-lo em nome da decência.

— Eu *poderia* levá-lo lá em cima — ela diz. — Por que não faço isso?

Jack, pensando no tênis e no cheiro de salame podre pairando em volta, sorri, balança a cabeça e rapidamente abre a porta do carona.

— Acho que preciso raciocinar mais um pouco, afinal de contas — diz.

Ela olha para ele com aquela expressão de desconfiança descontente que é, Jack desconfia, amor. Ela sabe que Jack alegrou a vida de Henry Leyden, e só por isso ele acha que ela o ama. De qualquer maneira, ele gosta de ter essa esperança. Ocorre-lhe que ela em nenhum momento mencionou o boné de beisebol que ele está segurando, mas por que mencionaria? Nesta parte do mundo, todo homem tem pelo menos quatro.

Ele começa a subir a estrada, o cabelo balançando (seus dias de cortes estilizados no Chez-Chez de Rodeo Drive são coisa do passado — aqui é o condado de Coulee, e quando pensa em cabelo, ele vai cortá-lo com o velho Herb Roeper na rua Chase, perto da Amvets), o andar solto e desengonçado como o de um garoto. A Sra. Morton se debruça na janela e grita para ele.

— Troque esse jeans, Jack! Assim que entrar em casa! Não deixe secar no corpo! É assim que a artrite começa.

Ele levanta a mão sem se virar e responde:

— Certo!

Cinco minutos depois, ele está subindo de novo a rampa de sua casa. Pelo menos temporariamente, o medo e a depressão o deixaram. O êxtase também, o que é um alívio. A última coisa de que um "puliça" precisa é atacar uma investigação num estado de êxtase.

Ao ver a caixa na varanda — e o papel de embrulho, e as penas, o popularíssimo tênis infantil, não se pode esquecer isso —, a mente de Jack volta para a Sra. Morton citando o grande sábio Henry Leyden.

É mais forte que eu. Alguns dias eu simplesmente acordo como o Rato. E, embora eu pague por isso depois, é uma alegria enorme quando tenho o acesso. Uma alegria completa.

Alegria completa. Jack sente isso de vez em quando como detetive, às vezes durante a investigação do local de um crime, mais frequentemente enquanto interroga uma testemunha que sabe mais do que está dizendo... e isso é algo que Jack Sawyer quase sempre percebe, algo que ele fareja. Ele supõe que os marceneiros sintam isso quando trabalham particularmente bem, os escultores, quando fazem um bom queixo ou um bom nariz, os arquitetos, quando os traços caem em suas plantas como devem cair. O único problema é que alguém em French Landing (talvez em uma das cidades vizinhas, mas Jack está supondo French Landing) tem essa sensação de alegria matando crianças e comendo pedaços de seus pequenos corpos.

Alguém em French Landing está, cada vez com mais frequência, acordando como o Pescador.

Jack entra em casa pela porta dos fundos. Para na cozinha para pegar a caixa de bolsas plásticas grandes, alguns sacos de lixo, uma pá e uma vassoura. Abre o compartimento de fazer gelo da geladeira e despeja mais ou menos metade dos cubos em um dos sacos de lixo — ao que consta a Jack Sawyer, o pobre pé de Irma Freneau atingiu seu estágio máximo de decomposição.

Ele dá um pulo no escritório, onde pega um bloco, uma caneta marca-texto preta e uma esferográfica. Na sala, pega a pinça menor da lareira. E, ao voltar para a varanda, já deixou bastante de lado sua identidade secreta como Jack Sawyer.

Sou um "PULIÇA", ele pensa, sorrindo. *Defensor do Estilo Americano, amigo dos aleijados, dos estropiados e dos mortos.*

Depois, quando olha para o tênis cercado por sua triste nuvem de fedor, o sorriso desaparece. Ele sente um pouco do imenso mistério que sentimos ao nos depararmos com Irma nas ruínas do restaurante abandonado. Ele fará o possível para respeitar esse resto, como fizemos o possível para respeitar a criança. Ele pensa nas autópsias a que assistiu, na solenidade verdadeira que se esconde nas piadas e nas vulgaridades de açougue.

— Irma, é você? — ele pergunta baixinho. — Se for, me ajude, agora. Fale comigo. Esta é a hora de os mortos ajudarem os vivos.

Sem pensar, Jack beija os dedos e sopra o beijo na direção do tênis. Ele pensa: *Eu gostaria de matar o homem — ou a coisa — que fez isso. Deixá-lo pendurado numa corda aos gritos enquanto ele se borra nas calças. Despachá-lo no fedor de sua própria sujeira.*

Mas tais pensamentos não são dignos, e ele os expulsa.

A primeira bolsa plástica é para o tênis contendo o resto de pé. Usar a pinça. Fechar o zíper. Marcar a data na bolsa com a caneta Pilot. Anotar a natureza da prova com a caneta esferográfica no bloco. Botá-la no saco de lixo com o gelo dentro.

A segunda é para o boné. Não há necessidade de pinça aqui; ele já segurou a peça. Coloca-a na bolsa de plástico. Fecha o zíper. Marca a data, anota a natureza da prova no bloco.

A terceira bolsa é para o papel de embrulho. Ele o segura no alto um instante com a pinça, examinando os falsos selos de pássaros. FABRICADO POR DOMINO está impresso embaixo de cada imagem, mas isso é tudo. Nada de nome de restaurante, nada desse tipo. Para dentro da bolsa. Fechar o zíper. Marcar a data. Anotar a natureza da prova.

Ele varre as penas e as põe na quarta bolsa. Há mais penas na caixa. Ele pega a caixa com a pinça, vira as penas na pá e aí seu coração dá um pulo no peito, parecendo acertar um soco no lado esquerdo de sua caixa torácica. A mesma caneta Pilot foi usada para fazer os mesmos garranchos. E quem quer que tenha escrito isso sabia para quem estava escrevendo. Não o Jack Sawyer exterior, do contrário, ele — o Pescador — sem dúvida o teria chamado de Hollywood.

A mensagem está endereçada ao homem secreto, e à criança que estava ali antes de sequer se cogitar em Jack "Hollywood" Sawyer.

> Experimente a Lanchonete do Ed, puliça.
> Seu tiete,
>
> O Pescador.

— Seu tiete — Jack murmura. — Sim.

Ele pega a caixa com a pinça e a põe no segundo saco de lixo; não tem nenhuma bolsa plástica suficientemente grande para ela. Depois empilha ordenadamente todas as provas ao seu lado. A coisa sempre tem o mesmo aspecto, macabro e ao mesmo tempo prosaico, como o tipo de fotografias que se costumava ver naquelas revistas de crimes reais.

Ele entra e disca o número de Henry. Receia que a Sra. Morton atenda, mas acaba sendo Henry mesmo, graças a Deus. Seu atual acesso de Ratismo aparentemente passou, embora tenha ficado um resíduo; mesmo pelo telefone, Jack pode ouvir aquele toque fraco de "guitarras elétricas".

Ele conhece a Lanchonete do Ed, Henry diz, mas por que cargas d'água *Jack* haveria de querer ir a um lugar como aquele?

— É só uma ruína agora; Ed Gilbertson morreu há muito tempo e muita gente em French Landing acha isso uma bênção, Jack. O lugar era um palácio de intoxicação alimentar, se já houve algo assim. Uma dor de barriga na certa. Seria de esperar que fosse fechado pela vigilância sanitária, mas Ed conhecia gente, Dale Gilbertson, por exemplo.

— Eles são parentes? — pergunta Jack, e quando Henry responde "São, porra", alguma coisa que o amigo nunca diria normalmente, Jack entende que embora Henry possa ter evitado uma enxaqueca dessa vez, aquele Rato continua correndo em sua cabeça.

Jack já ouviu fragmentos semelhantes de George Rathbun pipocarem de quando em quando, exultações gordas inesperadas da garganta magra de Henry, e há a maneira como Henry muitas vezes se despede, jogando um *Ding-dong* ou um *Ivey-divey** por cima do ombro: aqui é só o Sheik, o Shake, o Xeque entrando no ar.

---

* "Ivey-divey" é uma gíria cunhada pelo músico de jazz Lester Young, famoso tanto pelo talento quanto pelas frases excêntricas. Significa algo como "beleza", "tranquilo". (N. da E.)

— Onde é exatamente? — pergunta Jack.

— É difícil dizer — responde Henry. Ele agora parece um pouco rabugento. — Perto da loja de equipamentos agrícolas... Goltz's. Pelo que me lembro, o caminho de acesso é tão longo que se poderia chamá-lo de estrada de acesso. E se algum dia houve alguma placa, já sumiu há muito. Quando Ed Gilbertson vendeu aquela sanduicheria infecta, Jack, você devia estar na primeira série. O que você está pretendendo?

Jack sabe que o que está pensando em fazer é ridículo pelos padrões investigativos normais — não se convida uma pessoa qualquer para o local de um crime, especialmente o local de um assassinato —, mas esta não é uma investigação normal. Ele tem uma prova ensacada que foi recuperada em outro mundo, que tal isso em termos de anormalidade? Claro que ele pode encontrar a Lanchonete do Ed há muito fechada; alguém na Goltz's certamente vai indicar direitinho. Mas...

— O Pescador acabou de me mandar um pé de tênis da Irma Freneau — Jack diz. — Com o pé de Irma dentro.

A resposta inicial de Henry é uma inspiração funda e marcada.

— Henry? Você está bem?

— Estou. — A voz de Henry está chocada, mas firme. — Que horror para a menina e para a mãe dela. — Faz uma pausa. — E para você. Para Dale. — Outra pausa. — Para esta cidade.

— É.

— Jack, quer que eu o leve à Lanchonete do Ed?

Henry é capaz de fazer isso, Jack sabe. Com um pé nas costas. *Ivey-divey*. E vamos ver a realidade: para começar, por que ele ligou para Henry?

— Quero — ele responde.

— Você chamou a polícia?

— Não.

Ele vai me perguntar por que não, e o que vou dizer? Que não quero Bobby Dulac, Tom Lund e o resto do pessoal andando por ali, misturando os cheiros deles com o do assassino, até eu ter uma chance de sentir o cheiro? Que eu não acredito que nenhum deles não vá foder tudo, e isso inclui o próprio Dale?

Mas Henry não pergunta.

— Vou estar lá embaixo na entrada — ele disse. — Só me diga a que horas.

Jack calcula o resto das tarefas com as provas, tarefas que terminarão com ele guardando tudo no cofre, no fundo da picape. Lembra de pegar o telefone celular, que em geral não faz outra coisa senão ficar encaixado no pequeno carregador em seu escritório. Ele vai querer chamar todo mundo logo que vir os despojos de Irma Freneau *in loco* e terminar essa primeira tarefa vital. Então vamos deixar Dale e seus rapazes virem. Vamos deixá-los trazer a banda da escola, se quiserem. Ele olha para o relógio e vê que são quase oito horas. Como ficou tão tarde tão cedo? As distâncias são mais curtas no outro lugar, isso ele se lembra, mas o tempo também passa mais depressa? Ou simplesmente ele perdeu contato?

— Estarei aí às 8h15 — diz Jack. — E quando eu chegar à Lanchonete do Ed, você vai ficar sentado no meu carro como um menino bonzinho até eu dizer que pode saltar.

— Entendido, *mon capitaine*.

— Ding-dong. — Jack desliga e volta para a varanda.

As coisas não vão acontecer do jeito que Jack espera. Ele não vai conseguir aquela primeira visão nem aquele primeiro cheiro claros. Na verdade, esta tarde, a situação em French Landing, já delicada, estará quase fugindo do controle. Embora haja muitos fatores atuando aqui, a causa principal dessa última escalada será o Húngaro Maluco.

Há uma dose daquele bom e velho humor de cidade pequena neste apelido, como chamar o bancário raquítico de Grande Joe ou o proprietário da livraria que usa óculos trifocais de Águia. Arnold Hrabowski, com 1,67m e 67quilos, é o menor homem no quadro atual de Dale Gilbertson. Na verdade, ele é a menor *pessoa* no quadro atual de Dale, pois tanto Debbi Anderson como Pam Stevens pesam mais e são mais altas que ele (com 1,85m, Debbi poderia comer ovos mexidos na cabeça de Arnold Hrabowski). O Húngaro Maluco é também um sujeito bastante inofensivo, o tipo do cara que continua se desculpando por aplicar multas, não importa quantas vezes Dale lhe tenha dito que esta é uma péssima política, e que é conhecido por começar interrogatórios com frases infelizes como *Sinto muito, mas eu estava querendo saber*. Por isso, Dale o mantém no gabinete o máximo possível, ou no centro da cidade, onde todo mundo o conhece e a maioria das pessoas o trata com um respeito ausente. Ele dá aulas de segurança nas escolas de primeiro grau do condado seguindo o programa educativo da polícia. As crianças, sem saber que estão recebendo do Húngaro Maluco as primeiras aulas sobre os malefícios da maconha, adoram-no. Quando ele dá palestras mais pesadas sobre drogas, álcool e direção perigosa na escola de ensino médio, as crianças cochilam ou passam bilhetinhos, embora achem realmente que o carro do programa educativo de resistência ao abuso de drogas que ele dirige, financiado pelo governo federal — um Pontiac lento e reluzente com DIGA NÃO gravado nas portas —, é muito legal. Basicamente, o policial Hrabowski é tão empolgante quanto um sanduíche de atum em pão branco, sem maionese.

Mas nos anos 70, sabe, havia um lançador reserva do St. Louis e depois do Kansas City Royals, um sujeito *muito* assustador, e ele se chamava *Al* Hrabosky. Ele vinha do aquecimento com passos largos e, antes de começar a lançar (em geral, no nono tempo, com as bases animadas e o jogo a perigo), Al Hrabosky voltava da primeira base, abaixava a cabeça, cerrava os punhos e os levantava e abaixava uma vez, com muita força, se concentrando. Então virava e começava a lançar bolas rápidas maldosas, muitas delas quase acertando o queixo dos rebatedores. Naturalmente, deram-lhe o nome de Húngaro Maluco, e até um cego podia ver que ele era o melhor reserva dos profissionais. E claro que Arnold Hrabowski agora é conhecido, *deve* ser conhecido, como o Húngaro Maluco. Ele até tentou deixar crescer um bigode de Fu Manchu alguns anos atrás, igual ao do famoso reserva. Mas enquanto o Fu de Al Hrabosky era tão assustador quanto uma pintura de guerra zulu, o de Arnold apenas provocava risadas — um Fu brotando daquela cara meiga de contador, imagine só! — e então ele o raspou.

O Húngaro Maluco de French Landing não é um mau sujeito; ele dá o melhor de si, e em circunstâncias normais o melhor dele é bastante bom. Mas estes não são dias normais em French Landing, estes são os dias escorregadios de resvalamento, os dias abalá-opopânace, e ele é exatamente o tipo de policial que Jack teme. E esta manhã, ele vai fazer, sem ter propriamente essa intenção, uma situação ruim ficar muito pior.

* * *

A ligação do Pescador entra no 911 às 8h10, enquanto Jack está terminando suas anotações no bloco amarelo e Henry está passeando na entrada de sua casa, sentindo o cheiro da manhã de verão com grande prazer apesar da sombra que as notícias de Jack lançaram em sua mente. Diferentemente de alguns dos policiais (Bobby Dulac, por exemplo), o Húngaro Maluco lê o roteiro colado ao lado do telefone de emergência, palavra por palavra.

ARNOLD HRABOWSKI: Alô, aqui é do Departamento de Polícia de French Landing, policial Hrabowski falando. Você ligou para 911. Está em alguma emergência?

[Ruído ininteligível... pigarro?]

AH: Alô? Aqui é o policial Hrabowski atendendo a linha 911. Está...

INTERLOCUTOR: Alô, babaca.

AH: Quem está falando? Está em alguma emergência?

I: Você está numa emergência. Não eu. Você.

AH: Quem está falando, por favor?

I: Seu pior pesadelo.

AH: Senhor, eu poderia lhe pedir para se identificar?

I: Abalá. Abalá-dun. *[Fonético.]*

AH: Senhor, eu não...

I: Eu sou o Pescador.

[Silêncio.]

I: Qual é o problema? Está assustado? Devia estar.

AH: Senhor. Ah, senhor. Há penalidades por falso...

I: Há chicotes no inferno e correntes no sheiol. *[O interlocutor pode estar dizendo Sheol.*]*

AH: Senhor, se eu pudesse saber seu nome...

I: Meu nome é legião. Meu número é muitos. Sou um rato debaixo do chão do universo. Robert Frost disse isso. *[O interlocutor ri.]*

AH: Senhor, se aguardar na linha, posso passá-lo para o meu chefe...

I: Cale a boca e ouça, babaca. Seu gravador está ligado? Espero que sim. Eu poderia amassá-lo *[O interlocutor pode estar dizendo "paralisá-lo", mas não se distingue a palavra]*, se eu quisesse, mas eu não quero.

AH: Senhor, eu...

---

* O mundo dos mortos dos hebreus. [N. da T.]

I: Vá tomar no cu, seu macaco. Deixei uma coisa para você e estou cansado de esperar que a encontre. Tente a Lanchonete do Ed. Pode estar meio podre agora, mas quando nova era muito *[O interlocutor prolonga o i para "muiiiiito"]* gostosa.
AH: Onde o senhor está? Quem está falando? Se isso for um trote...
I: Diga ao puliça que mandei lembranças.

Quando o telefonema começou, o pulso do Húngaro Maluco estava perfeitamente normal, com uma frequência de 68 batimentos por minuto. Quando termina, às 8h12, Arnold Hrabowski está com taquicardia. Seu rosto está pálido. No meio do telefonema, ele olhou para o identificador de chamadas e anotou o número exibido no visor, com uma mão tão trêmula que os algarismos dançaram para cima e para baixo em três linhas do bloco. Quando o Pescador desliga e ele ouve o ruído de discar, Hrabowski está tão nervoso que aperta o botão para ligar para o número que fez a chamada, esquecendo que o telefone vermelho só recebe ligações. Seus dedos batem na frente macia do fone e ele deixa este cair no gancho com uma exclamação assustada. Olha para aquilo como algo que o mordeu.

Hrabowski pega o fone do aparelho preto ao lado do 911, começa a teclar a discagem automática para a última chamada, mas seus dedos o traem e batem em duas teclas ao mesmo tempo. Ele torna a praguejar, e Tom Lund, passando por ali com uma xícara de café, diz:

— O que está havendo aí, Arnie?

— Chame Dale! — grita o Húngaro Maluco, dando um susto tão grande em Tom que ele derrama café nos dedos. — Chame-o *já*!

— Que diabo houve com vo...

— *JÁ, droga!*

Tom fica olhando para Hrabowski mais um momento, sobrancelhas erguidas, depois vai dizer a Dale que o Húngaro Maluco parece ter ficado realmente maluco.

Na segunda tentativa, Hrabowski consegue discar para o número que fez a última chamada. Toca. Toca. E toca mais um pouco.

Dale Gilbertson aparece com sua própria xícara de café. Há olheiras escuras embaixo de seus olhos, e as rugas dos cantos de sua boca estão muito mais acentuadas do que costumavam ser.

— Arnie? O que...

— Rode a última ligação — diz Arnold Hrabowski. — Acho que era... alô! — Ele rosna esta última palavra, inclinando-se para a frente na mesa de atendimento, empurrando papéis para todos os lados. — Alô, quem está falando?

Ouve.

— É da polícia. Policial Hrabowski, DPFL. Agora fale comigo. Quem está na linha?

Dale, enquanto isso, pôs os fones de ouvido na cabeça e está ouvindo a última chamada para o 911 de French Landing com um horror crescente. *Ai meu Deus*, ele pensa. Seu primeiro impulso — o primeiríssimo — é ligar para Jack Sawyer e pedir ajuda. *Chorando*, como um garotinho com a mão presa na porta. Então diz a si mesmo para segurar a barra, que esse é o seu trabalho, goste ou não, e era melhor ele segurar a barra e tentar fazê-lo. Além do mais, Jack foi para Arden com Fred Marshall para ver a mulher louca de Fred. Pelo menos esse era o plano.

Enquanto isso, tiras estão se aglomerando em volta da mesa de atendimento: Lund, Tcheda, Stevens. O que Dale vê quando olha para eles não são senão olhos arregalados e caras lívidas e perplexas. E os que estão na patrulha? Os que estão de folga? A mesma coisa. Com a possível exceção de Bobby Dulac, a mesma coisa. Ele sente desespero e horror. Ah, isso é um pesadelo. Um caminhão sem freio descendo em direção ao pátio de recreio de uma escola.

Ele arranca os fones de ouvido, fazendo um pequeno corte na orelha, sem sentir.

— De onde veio a ligação? — ele pergunta a Hrabowski. O Húngaro Maluco desligou o telefone e está ali parado, perplexo. Dale agarra seu ombro e sacode-o. — *De onde veio?*

— Da 7-Eleven — responde o Húngaro Maluco, e Dale ouve Danny Tcheda resmungar. Não muito longe de onde a bicicleta do garoto Marshall apareceu, em outras palavras. — Acabei de falar com o Sr. Rajan Patel, que atende durante o dia. Ele diz que o número da última chamada pertence ao telefone público, fora da loja.

— Ele viu quem fez a ligação?

— Não. Estava nos fundos, recebendo uma entrega de cerveja.

— Tem certeza que o próprio Patel não...

— Tenho. Ele tem sotaque indiano. Forte. O cara no 911... Dale, você o ouviu. Ele tinha uma voz parecida com a de *qualquer pessoa*.

— O que está havendo? — pergunta Pam Stevens. Ela tem alguma ideia, porém todos têm. É só uma questão de detalhes. — O que aconteceu?

Por ser a melhor maneira de colocá-los a par rapidamente, Dale repete a gravação do telefonema, dessa vez no alto-falante.

No silêncio estupefato que se segue, Dale diz:

— Vou lá, à Lanchonete do Ed. Tom, você vem comigo.

— Sim senhor! — Tom Lund diz.

Parece quase doente de excitação.

— Quero mais quatro carros atrás de mim. — A maior parte da mente de Dale está congelada: essa coisa de procedimento anda sozinha. *Sou bom em procedimento e organização*, ele pensa. *A única coisa que está me perturbando um pouco é pegar o raio do assassino louco.* — Em duplas. Danny, você e Pam no primeiro. Saiam cinco minutos depois de Tom e de mim. Cinco minutos contados no relógio, e nada de luzes nem sirene. Vamos ficar na moita enquanto pudermos.

Danny Tcheda e Pam Stevens se entreolham, fazem um gesto de cabeça afirmativo, e tornam a olhar para Dale. Dale está olhando para Arnold "o Húngaro Maluco" Hrabowski. Ele determina mais três duplas, terminando com Dit Jesperson e Bobby Dulac. Bobby é quem ele realmente quer lá; os outros são apenas para dar cobertura e — Deus permita que isso não seja necessário — controlar o povo. Todos eles devem sair com cinco minutos de intervalo.

— Deixe eu ir também — implora Arnie Hrabowski. — Vamos, chefe, o que diz?

Dale abre a boca para dizer que quer Arnie onde ele está, mas aí vê o olhar esperançoso naqueles úmidos olhos castanhos. Mesmo naquela sua angústia profunda, Dale não consegue evitar se sensibilizar com isso, pelo menos um pouco. Para Arnie, a vida de policial é, na maioria das vezes, ficar na calçada assistindo à parada passar.

Que parada, ele pensa.

— Vou lhe dizer uma coisa, Arn — ele fala. — Quando você acabar todas as outras chamadas, toque para Debbi. Se conseguir que ela venha para cá, pode ir até a Lanchonete do Ed.

Arnold balança a cabeça empolgado, e Dale quase sorri. O Húngaro Maluco terá Debbi ali às 9h30, ele imagina, mesmo se tiver que arrastá-la pelos cabelos como Brucutu.

— Quem faz dupla comigo, Dale?

— Vá sozinho — Dale responde. — No carro do programa educativo contra as drogas, por que não? Mas, Arnie, se você deixar essa mesa sem alguém para substituí-lo no segundo em que se levantar da cadeira, amanhã mesmo estará procurando outro emprego.

— Ah, não se preocupe — diz Hrabowski, e, húngaro ou não, naquela empolgação ele parece positivamente sueco. Isso também não surpreende, já que Centralia, onde ele cresceu, já foi conhecida como Cidade Sueca.

— Vamos, Tom — diz Dale. — Vamos pegar o kit de provas no...

— Há... chefe?

— *O que,* Arnie? — Obviamente querendo dizer: *O que é agora?*

— Eu devo chamar aqueles caras da Polícia Estadual, Brown e Black?

Danny Tcheda e Pam Stevens riem. Tom sorri. Dale não faz nada disso. Seu coração, já no porão, se afunda mais. *Subsubsolo, senhoras e senhores... falsas esperanças à esquerda, causas perdidas à direita. Última parada, todo mundo para fora.*

Perry Brown e Jeff Black. Esquecera-se deles, que engraçado. Brown e Black, que agora quase certamente iriam tirar esse caso dele.

— Eles ainda estão no Motel Paradise — continua o Húngaro Maluco —, embora eu ache que o cara do FBI voltou para Milwaukee.

— Eu...

— E os caras da Municipal — persiste o Húngaro. — Não se esqueça deles. Quer que eu ligue primeiro para o legista, ou para o furgão da perícia? O furgão da perícia é uma van Ford Econoline, que carrega de tudo, desde gesso de secagem rápida para tirar impressões de pneus até um estúdio de vídeo rolante. Coisas a que o DP de French Landing nunca terá acesso.

Dale fica onde está, cabeça baixa, olhando melancolicamente para o chão. Vão tirar-lhe o caso. A cada palavra que Hrabowski diz, isso é mais evidente. E de repente ele quer o caso para si. Apesar do quanto odeia este caso e quanto ele o assusta, Dale o quer com todas as forças. O Pescador é um monstro, mas não é um monstro municipal, um monstro estadual ou um monstro do FBI. O Pescador é um monstro de French Landing, o monstro de *Dale Gilbertson*, e ele quer ficar com o caso por motivos que nada têm a ver com prestígio pessoal ou com a questão prática de segurar seu emprego. Ele quer porque o Pescador é uma ofensa a tudo o que Dale quer e crê e precisa. Aquelas coisas que ninguém pode mencionar sem parecer piegas e idiota, mas elas são verdade apesar de tudo isso. Ele sente uma raiva repentina e tola de Jack. Se Jack tivesse embarcado nessa antes, talvez...

E se desejos fossem cavalos, os mendigos seriam cavaleiros. Ele tem que notificar o município, nem que seja apenas para tirar de cena o legista, e tem que notificar a Polícia Estadual, nas pessoas dos detetives Brown e Black, também. Mas não antes de dar uma olhada no que há ali, no campo depois da Goltz's. No que o Pescador deixou. Por Deus, não antes disso.

E talvez não antes de dar um golpe final no filho da mãe.

— Faça nossos homens saírem com intervalos de cinco minutos — ele ordena —, exatamente como eu lhe disse. Depois ponha Debbi na cadeira de atendimento. Mande que *ela* ligue para o estado e para o município. — A cara intrigada de Arnold Hrabowski faz Dale ter vontade de gritar, mas de alguma maneira ele se controla. — Quero ter algum tempo de vantagem.

— Ah — diz Arnie, e então, quando *realmente* percebe: — *Ah!*

— E não conte a ninguém, a não ser os nossos rapazes, sobre a ligação nem sobre a nossa resposta. *Ninguém*. Você poderia provocar pânico. Está entendendo?

— Perfeitamente, chefe — diz o Húngaro.

Dale olha para o relógio: 8h26.

— Vamos, Tom — ele diz. — Vamos andando. *Tempus fugit.*

O Húngaro Maluco nunca foi mais eficiente, e as coisas acontecem conforme se esperava, como um sonho. Até Debbi Anderson leva a questão da mesa com espírito esportivo. Entretanto, o tempo todo, a voz no telefone permanece com ele. Rouca, áspera, com um sotaquezinho — do tipo que qualquer pessoa morando nesta parte do mundo poderia pegar. Nada de inusitado quanto a isso. Entretanto, a voz o persegue.

Não pelo fato de o cara o ter chamado de babaca — ele já foi chamado de coisas muito piores pelos bêbados costumeiros das noites de sábado —, mas por algumas das outras coisas. *Há chicotes no inferno e correntes no sheiol. Meu nome é legião.* Coisas assim. E *abalá*. O que é um abalá? Arnold Hrabowski não sabe. Só sabe que o simples som dessa palavra em sua cabeça o faz sentir-se mal e assustado. É como uma palavra num livro secreto, do tipo que se pode usar para invocar um demônio.

Quando ele está agoniado, só há uma pessoa que pode aliviá-lo, e esse alguém é a sua esposa. Ele sabe que Dale lhe disse para não contar a ninguém sobre o que estava acontecendo, e ele compreende as razões, mas obviamente o chefe não se referia a Paula. Eles estão casados há vinte anos, e Paula não é absolutamente uma outra pessoa. É o resto dele.

Então (mais para dissipar a agonia profunda do que para mexericar; vamos pelo menos conceder isso a Arnold) o Húngaro Maluco comete o terrível erro de confiar na discrição da mulher. Ele liga para Paula e conta que falou com o Pescador há menos de meia hora. Sim, o *Pescador* mesmo! Ele lhe conta sobre o corpo que supostamente está aguardando Dale e Tom Lund na Lanchonete do Ed. Ela lhe pergunta se ele está bem. Sua voz treme de assombro e alvoroço, e o Húngaro Maluco acha isso bastante satisfatório, já que também está assombrado e alvoroçado. Eles conversam mais um pouco, e quando desliga Arnold sente-se melhor. O terror daquela voz áspera, estranhamente cúmplice ao telefone, diminuiu um pouco.

Paula Hrabowski é a discrição em pessoa, a própria alma da discrição. Ela só conta a suas duas melhores amigas sobre a ligação que Arnie recebeu do Pescador e sobre o corpo na Lanchonete do Ed, e faz as duas jurarem segredo. Ambas dizem que nunca contarão a ninguém, e foi por isso que, uma hora depois, antes mesmo que a polícia estadual e a equipe de legistas do município tivessem sido chamadas, todo mundo sabe que a polícia encontrou um matadouro na Lanchonete do Ed. Meia dúzia de crianças assassinadas.

Talvez mais.

Capítulo Dez

Quando o carro pilotado por Tom Lund desce a rua Três para pegar a Chase — luzes da capota convenientemente apagadas, sirene desligada —, Dale pega a carteira e começa a procurar na barafunda da divisão de trás: cartões de visita que as pessoas lhe dão, algumas fotografias com a ponta virada, papeizinhos dobrados. Num desses, ele encontra o que quer.

— O que está fazendo, chefe? — pergunta Tom.

— Não é da sua conta. Vá dirigindo, e pronto.

Dale pega o telefone da base no consolo, faz uma careta e limpa o pó em que se transformaram os resíduos da rosquinha de alguém, depois, sem muita esperança, disca o número do telefone celular de Jack Sawyer. Começa a sorrir quando o telefone é atendido no quarto toque, mas o sorriso se transforma em expressão intrigada. Ele conhece aquela voz e devia reconhecê-la, mas...

— Alô? — diz a pessoa que aparentemente atendeu o telefone de Jack. — Fale agora, seja você quem for, ou cale-se para sempre.

Então Dale sabe. Saberia imediatamente se estivesse em casa ou em sua sala no trabalho, mas neste contexto...

— Henry? — ele diz, sabendo que parece idiota, mas não podendo evitar. — Tio Henry, é você?

Jack está pilotando a picape na Ponte Tamarack quando seu celular começa a tocar com aquele apito irritante no bolso de sua calça. Ele pega o aparelho e o encosta na mão de Henry.

— Cuide disso — ele diz. — Telefone celular dá câncer no cérebro.

— O que convém para mim, mas não para você.

— Mais ou menos, é.

— É disso que eu gosto em você, Jack — diz Henry, e abre o telefone com um meneio tranquilo do pulso. — Alô? — E após uma pausa:

— Fale agora, seja você quem for, ou cale-se para sempre. — Jack olha para ele, depois para a estrada de novo. Eles estão chegando à Roy's Store, onde quem cedo madruga consegue as melhores verduras. — Sim, Dale. De fato é seu estimado... — Henry ouve, franzindo o cenho um pouquinho e sorrindo um pouquinho. — Estou na caminhonete de Jack — ele diz. — George Rathbun não está trabalhando hoje de manhã porque a KDCU está cobrindo a Maratona de Verão em La Riv... — Ele ouve mais um pouco, depois diz:

— Se for Nokia, que é o que parece, então é antes digital que analógico. Espere. — Ele olha para Jack. — Seu celular — ele diz — é Nokia?

— Sim, mas por que...

— Porque os telefones digitais são supostamente menos vulneráveis à escuta — diz Henry, e volta ao telefone. — É um digital, e vou passar para ele. Tenho certeza que Jack pode explicar tudo.

Henry lhe passa o telefone, cruza as mãos afetadamente no colo e olha pela janela exatamente como se supervisionando um cenário. *E talvez esteja fazendo isso,* Jack pensa. *Talvez de alguma maneira esquisita de morcego frugívoro ele esteja mesmo.*

Ele para no acostamento da rodovia 93. Não gosta de telefone celular, para início de conversa — algemas de escravos do século XXI, ele pensa —, mas *odeia* com todas as forças dirigir falando em um. Além do mais, Irma Freneau não vai a lugar nenhum naquela manhã.

— Dale? — ele diz.

— Onde você está? — Dale pergunta, e Jack sabe de imediato que o Pescador andou trabalhando em outro lugar, também. *Desde que não seja outra criança morta,* ele pensa. *Não isso, ainda não, por favor.* — Como você está com Henry? Fred Marshall está aí, também?

Jack lhe conta sobre a mudança de planos, e está prestes a prosseguir quando Dale interrompe.

— O que quer que você esteja fazendo, quero que vá para um lugar chamado Lanchonete do Ed, perto da Goltz's. Henry pode ajudá-lo a encontrar. O Pescador ligou para a delegacia, Jack. Ele ligou para o 911. Nos disse que o corpo de Irma Freneau está lá. Bem, não com tantas palavras, mas ele disse que era *ela*, sim.

Dale não está propriamente balbuciando, mas quase. Jack nota isso como qualquer bom clínico notaria os sintomas de um paciente.

— Preciso de você, Jack. Muito...

— Era para lá mesmo que a gente ia — diz Jack calmamente, embora naquele momento eles não estejam indo para lugar nenhum, apenas parados no acostamento enquanto um carro ou outro passa zunindo na 93.

— *O quê?*

Esperando que Dale e Henry tenham razão a respeito das virtudes da tecnologia digital, Jack conta ao chefe de polícia de French Landing sobre a entrega daquela manhã, consciente de que Henry, embora ainda olhando pela janela, é todo ouvidos. Ele diz a Dale que o boné de Ty Marshall estava em cima da caixa que continha as penas e o pé de Irma.

— Puta... — diz Dale, parecendo sem fôlego. — Puta que pariu.

— Me diga o que você fez — pede Jack, e Dale diz.

Parece bastante bom — até aquele momento, pelo menos —, mas Jack não gosta da parte sobre Arnold Hrabowski. O Húngaro Maluco lhe pareceu o tipo do sujeito que nunca será capaz de agir como um tira de verdade, por mais que tente. Em L.A., costumavam chamar os Arnie Hrabowskis da vida de os Mayberry RFDs.*

— Dale, e o telefone na 7-Eleven?

— É um telefone *público* — diz Dale, como se falasse com uma criança.

— É, mas pode ter impressões digitais — retruca Jack. — Quer dizer, vai ter *bilhões* de impressões digitais, mas a perícia pode isolar as mais recentes. *Facilmente.* Ele pode ter usado luvas, mas pode não ter usado. Se está deixando recados e cartões de visita bem como escrevendo para os pais, ele foi para o Segundo Estágio. Matar já não é mais suficiente para ele. Ele quer jogar contra você agora. Jogar *com* você. Talvez até queira ser pego e detido, como o Filho de Sam.

---

* Série de tevê americana do final da década de 60. [N. do E.]

— O telefone. Impressões digitais recentes no telefone. — Dale parece humilhadíssimo, e Jack se solidariza com ele. — Jack, não posso fazer isso. Estou perdido.

Essa confissão é algo a que Jack prefere não dar trela. Em vez disso, pergunta:

— Quem você tem que possa cuidar do telefone?

— Dit Jesperson e Bobby Dulac, acho eu.

Bobby, Jack pensa, é bom demais para ser desperdiçado por muito tempo na 7-Eleven fora da cidade.

— Mande que eles lacrem o telefone com fita amarela e falem com o cara que está de serviço. Depois eles podem ir para o local.

— Certo — Dale hesita, depois faz uma pergunta. O tom de derrota, a sensação quase completa de anulação entristecem Jack. — Mais alguma coisa?

— Você ligou para a Polícia Estadual? Municipal? O cara do FBI sabe? Aquele que se acha parecido com Tommy Lee Jones?

Dale bufa.

— Há... na verdade, eu resolvi adiar um pouquinho a notificação.

— Ótimo — diz Jack, e a violenta satisfação em sua voz faz Henry deixar aquela contemplação cega da paisagem e virar-se para o amigo, sobrancelhas erguidas.

Vamos subir de novo — usando asas como águias, como o reverendo Lance Hovdahl, o pastor luterano de French Landing, poderia dizer — e sobrevoar a faixa escura da rodovia 93, de novo em direção à cidade. Chegamos à rodovia 35 e viramos à direita. Mais próximo e à nossa direita está o caminho tomado pelo mato que leva não ao ouro oculto de um dragão nem a minas secretas de anões, mas sim àquela singularmente desagradável casa negra. Um pouco mais adiante, podemos ver o domo futurista da Goltz's (bem... parecia futurista nos anos 70, pelo menos). Todas as nossas referências estão no lugar, inclusive a trilha pedregosa e invadida pelo mato que sai da estrada principal à esquerda. Esta é a trilha que leva às ruínas do antigo palácio de prazeres culpados de Ed Gilbertson.

Vamos pousar na linha telefônica do outro lado dessa trilha. Fofocas quentes fazem cócegas em nossos pés de pássaro: Myrtle Harrington, amiga de Paula Hrabowski, passando adiante a notícia do corpo (ou dos corpos) na Lanchonete do Ed para Richie Bumstead, que por sua vez vai passá-la para Beezer St. Pierre, pai enlutado e líder espiritual dos Thunder Five. Essa passagem de vozes através do fio não devia nos agradar, mas agrada. A fofoca sem dúvida é uma coisa ruim, mas *realmente* energiza o espírito humano.

    Agora, do oeste chega o carro com Tom Lund ao volante e Dale Gilbertson no banco do lado. E do leste chega a picape Ram bordô de Jack. Eles chegam ao desvio para a Lanchonete do Ed ao mesmo tempo. Jack faz um gesto mandando Dale ir primeiro, depois o segue. Alçamos voo, voamos acima deles e depois na frente. Empoleiramo-nos na bomba de gasolina enferrujada da Esso para observar a evolução das coisas.

Jack vem devagar pelo caminho do prédio meio desmoronado que fica num emaranhado de ervas daninhas e varas-de-ouro. Está procurando algum sinal de passagem, e só vê as marcas recentes deixadas pelo carro de Dale e Tom.

    — Temos o lugar para nós — ele informa Henry.
    — Sim, mas por quanto tempo?

Não muito teria sido a resposta de Jack, caso ele tivesse se dado ao trabalho de responder. Em vez disso, ele estaciona ao lado do carro de Dale e salta. Henry abaixa o vidro, mas fica a postos, como lhe mandaram.

    A Lanchonete do Ed era uma simples construção de madeira mais ou menos do tamanho de um vagão de carga fechado da Burlington Northern e com o teto chato de um vagão. Na ponta sul, podia-se comprar sorvete de uma de três janelas. Na norte, podia-se pegar o cachorro-quente infecto ou o peixe com fritas para viagem mais infecto ainda. No meio, havia um pequeno restaurante com um balcão e bancos de assento vermelho onde se podia comer sentado. Agora a ponta sul desmoronou toda, provavelmente com o peso da neve. Todas as janelas foram arrombadas. Há algumas pichações — Fulano chupa pau, fodemos Patty Jarvis até ela berrar, TROY AMA MARYANN —, mas não tantas quanto Jack talvez esperasse. Todos os bancos exceto um foram pilhados. Grilos conversam na grama. São ruidosos, mas não tanto quanto as moscas dentro do restaurante em ruínas. Há *montes* de moscas lá dentro, uma convenção de moscas em regra acontecendo. E...

— Está sentindo o cheiro? — Dale lhe pergunta.

Jack faz que sim com a cabeça. Claro que está. Já o sentiu hoje, mas agora é pior. Porque ali há mais pedaços de Irma para feder. Muito mais do que caberia apenas numa caixa de sapatos.

Tom Lund arranjou um lenço e está enxugando a cara larga e desolada. Está quente, mas não o suficiente para justificar o suor que lhe escorre do rosto e da testa. E sua pele está lívida.

— Policial Lund — Jack diz.

— Há!

Tom pula e olha para Jack de forma bastante descontrolada.

— Talvez você tenha que vomitar. Se sentir que precisa, vomite lá. — Jack aponta para uma trilha tomada pelo mato, ainda mais antiga e mal definida do que a que sai da estrada principal. Esta parece serpear em direção à Goltz's.

— Já vai passar — diz Tom.

— Sei que vai. Mas, se precisar descarregar, não faça isso em cima do que pode ser uma prova.

— Quero que você comece a cercar o prédio todo com fita amarela — diz Dale a seu policial. — Jack? Uma palavra?

Dale pega o braço de Jack e vai se encaminhando de volta para a picape. Embora tenha muitas coisas na cabeça, Jack nota quão forte é essa mão. E ela não está tremendo. Ainda não, pelo menos.

— O que é? — Jack pergunta impacientemente quando estão perto da janela do carona da picape. — Queremos ver antes que o mundo inteiro chegue aqui, não? Não era essa a ideia ou eu...

— Você precisa pegar o pé, Jack — Dale diz. E depois: — Oi, tio Henry, você está bonito.

— Obrigado — diz Henry.

— De que você está falando? — pergunta Jack. — Aquele pé é uma *prova*.

Dale faz que sim com a cabeça.

— Acho que deve ser uma prova encontrada aqui, porém. A não ser, obviamente, que você goste da ideia de passar 24 horas respondendo a perguntas em Madison.

Jack abre a boca para dizer a Dale que não perca o pouco tempo que eles têm com idiotices completas, depois torna a fechá-la. De repente lhe ocorre o que a posse daquele pé pode parecer a sabichões principiantes como os detetives Brown e Black. Talvez até para um sabichão profissional como John Redding do FBI. Tira brilhante se aposenta cedíssimo e se muda para a extremamente bucólica cidade de French Landing, Wisconsin. Ele tem muita grana, mas a fonte de renda é nebulosa, para dizer o mínimo. E, ah, olhe para isso, de repente tem um assassino serial em ação na vizinhança.

Talvez o tira brilhante tenha um parafuso solto. Talvez ele seja como aqueles bombeiros que gostam tanto das lindas chamas que viram incendiários. Certamente o Pelotão da Cor tivesse que se perguntar por que o Pescador enviaria para alguém que se aposentou precocemente como Jack o pedaço do corpo de uma vítima. *E um boné,* pensa Jack. *Não esqueça o boné de beisebol de Ty.*

De repente ele sabe como Dale se sentiu quando Jack disse-lhe que o telefone da 7-Eleven tinha que ser isolado. *Exatamente.*

— Ah, cara — ele diz. — Você está certo. — Olha para Tom Lund, industriosamente esticando o cordão amarelo da polícia enquanto borboletas dançam em volta de seus ombros e as moscas prosseguem com sua zoeira bêbada nas sombras da Lanchonete do Ed. — E ele?

— Tom vai ficar de boca fechada — diz Dale, e depois disso Jack resolve confiar nele. Não confiaria, se fosse o Húngaro.

— Fico lhe devendo uma — diz Jack.

— É — concorda Henry de seu lugar no banco do carona. — Até um cego poderia ver que ele lhe deve uma.

— Cale a boca, tio Henry — diz Dale.

— Sim, *mon capitaine.*

— E o boné? — pergunta Jack.

— Se acharmos mais alguma coisa de Ty Marshall... — Dale faz uma pausa, depois engole em seco. — Ou o próprio Ty, deixamos o boné. Se não, por enquanto, você o guarda.

— Acho que talvez você tenha me poupado um aborrecimento importante — diz Jack, levando Dale para a traseira da picape. Ele abre uma caixa de aço inoxidável atrás da cabine, a qual não se deu ao trabalho de trancar para a viagem até ali, e tira um dos sacos de lixo. De dentro, vem o chape da água e o tilintar de algumas pedras de gelo remanescentes. — Da próxima vez que começar a se sentir bobo, você pode se lembrar disso.

Dale ignora completamente essa observação.

— Aimeudeus — ele diz numa palavra só.

Está olhando para a bolsa plástica que acaba de emergir do saco de lixo. Há gotas d'água grudadas nos lados transparentes.

— Que *cheiro*! — Henry diz com inegável angústia. — Ai, coitadinha.

— Você sente o cheiro mesmo através do plástico? — Jack pergunta.

— Sinto, sim. E vindo dali. — Henry aponta para o restaurante em ruínas e depois pega os cigarros. — Se soubesse, eu teria trazido um vidro de Vick e um El Producto.

De qualquer maneira, não há necessidade de passar com a bolsa contendo o artefato macabro perto de Tom Lund, que agora desapareceu atrás das ruínas com seu carretel de fita amarela.

— Vá lá dentro — Dale instrui Jack baixinho. — Dê uma olhada e cuide da coisa dentro dessa bolsa de plástico se você encontrar... sabe... a menina. Quero falar com Tom.

Jack passa pelo vão torto e sem porta e chega ao fedor mais intenso. Lá fora, ele ouve Dale dando instruções a Tom para que, tão logo Pam Stevens e Danny Tcheda cheguem, ele os mande voltar ao final da estrada de acesso, onde eles servirão de controladores de passaporte.

O interior da Lanchonete do Ed provavelmente estará bem claro à tarde, mas agora está sombrio, iluminado principalmente por raios de sol malucos, entrecruzados. Galáxias de poeira giram preguiçosamente por eles. Jack pisa com cuidado, desejando ter uma lanterna, mas não querendo ir pegar uma no carro até resolver o problema do pé. (Ele pensa nisso como "redistribuição estratégica".) Há rastros humanos na poeira, lixo e montes de penas cinzentas velhas. Os rastros são de adulto. Entrelaçando-se nele, há as pegadas de um cachorro. À sua esquerda, Jack avista um montinho de excrementos bem-feito. Ele contorna os vestígios enferrujados de uma grelha a gás virada para baixo e segue os dois pares de pegadas em volta do balcão imundo. Lá fora, vem subindo a segunda radiopatrulha de French Landing. Ali, naquele mundo mais escuro, o zumbido das moscas virou um rugido suave e o fedor... o *fedor*...

Jack pega um lenço no bolso e o coloca no nariz ao seguir os rastros para a cozinha. Aqui as marcas de pata se multiplicam e as pegadas humanas desaparecem completamente. Jack pensa com preocupação no círculo de relva batida que ele fez no campo daquele outro mundo, um círculo sem nenhuma trilha batida levando até ele.

Encostado na parede em frente, próximo a uma poça de sangue seco, está o que resta de Irma Freneau. Sua cabeleira louro-ruiva imunda felizmente lhe esconde o rosto. Acima dela, num pedaço de lata que provavelmente servia de anteparo para o óleo das frigideiras, duas palavras foram escritas com o que Jack tem certeza de que era uma caneta marca-texto preta.

Oi meninos

— Ai, *porra* — Dale Gilbertson diz quase logo atrás dele, e Jack por pouco não grita.

Lá fora, o bafafá começa quase imediatamente.

No meio da estrada de acesso, Danny e Pam (nem um pouco desapontados por terem sido designados para ficar de guarda depois que viram a ruína desmoronada da Lanchonete do Ed e sentiram o cheiro que vinha de lá) quase batem de frente com uma picape International Harvester que vem subindo na direção da lanchonete bem a uns 60 quilômetros por hora. Felizmente, Pam dá uma guinada para a direita, e o motorista da picape — Teddy Runkleman — dá uma para a esquerda. Os veículos não se chocam por alguns centímetros e entram no capim dos dois lados desse pobre arremedo de estrada. O para-choque da picape bate numa pequena bétula.

Pam e Danny saem de sua unidade, o coração palpitando, a adrenalina jorrando. Quatro homens saltam da cabine da picape como palhaços saltando de um carrinho no circo. A Sra. Morton reconheceria todos eles como fregueses assíduos da Roy's Store. Ela os chamaria de preguiçosos.

— O que em nome de Deus vocês estão *fazendo*? — ruge Danny Tcheda. Sua mão cai na coronha da pistola e depois desce com relutância. Ele está ficando com dor de cabeça.

Os homens (Runkleman é o único cujo nome os policiais sabem, embora eles reconheçam a fisionomia dos outros três) estão com os olhos arregalados de excitação.

— Quantos vocês acharam? — um deles cospe. Pam pode mesmo ver a saliva espirrando no ar da manhã, uma visão a qual ela poderia passar sem. — Quantos o filho da mãe matou?

Pam e Danny trocam um único olhar desolado. E antes que eles respondam, santo Deus, lá vem um velho Chevrolet Bel Air com mais quatro ou cinco homens dentro. Não, um dos passageiros é mulher. Eles param e saltam do carro, também como palhaços saltando do carrinho.

Mas nós somos os verdadeiros palhaços, Pam pensa. *Nós.*

Pam e Danny estão cercados por oito homens semi-histéricos e uma mulher semi-histérica, todos fazendo perguntas.

— Diabo, vou lá em cima ver pessoalmente! — grita Teddy Runkleman, quase com júbilo, e Danny percebe que a situação está quase fugindo do controle. Se esses malucos subirem o resto da estrada de acesso, Dale primeiro vai lhe abrir um cu novo e depois vai salgá-lo.

— *PAREM AÍ MESMO, VOCÊS TODOS!* — ele grita, e saca de fato a pistola.

É a primeira vez que faz isso, e odeia o peso dela na mão — esses aí são pessoas comuns, afinal de contas, não bandidos —, mas isso lhes chama a atenção.

— Isso é um local de crime — diz Pam, finalmente conseguindo falar num tom de voz normal. Ela dá um passo para o motorista do Chevrolet. — Quem é o senhor? — Um Saknessum? Parece um Saknessum.

— Freddy — ele admite.

— Bem, volte para o seu veículo, Freddy Saknessum, e vocês que vieram com ele também, caiam fora daqui de marcha à ré. Não se deem ao trabalho de fazer a manobra, vocês vão ficar entalados.

— Mas... — começa a mulher.

Pam acha que ela é uma Sanger, um clã de imbecis, se algum dia isso existiu.

— Entre no carro e vá embora — Pam lhe diz.

— E você, logo atrás dele — Danny diz a Teddy Runkleman. Ele só espera em Cristo que não venha mais ninguém, senão eles vão acabar tendo que administrar uma parada ao contrário. Ele não sabe como a notícia se espalhou, e neste momento não pode se dar ao luxo de se importar com isso. — A menos que queira ser citado por interferir com uma investigação policial. Isso pode fazê-lo pegar cinco anos.

Danny não tem ideia se existe tal acusação, mas ela os bota para correr mais do que a visão de sua pistola.

O Chevrolet dá ré, rabeando. A picape de Runkleman segue atrás, com dois dos homens de pé na caçamba, olhando por cima da cabine, tentando ver pelo menos o telhado do restaurante. A curiosidade lhes dá uma aparência desagradável de falta de inteligência. O carro da polícia vem por último, pastoreando o carro velho e a picape mais velha ainda como um cachorro corgi pastoreando ovelhas, agora com as luzes da capota piscando. Pam é obrigada a ir a maior parte do tempo com o pé no freio, e, enquanto dirige, deixa escapar baixinho uma torrente de palavras que sua mãe nunca lhe ensinou.

— Com essa boca você beija seus filhos antes de eles irem dormir? — pergunta Danny, não sem admiração.

— Cale a boca — responde ela. Depois: — Tem uma aspirina aí?

— Eu ia lhe perguntar a mesma coisa — diz Danny.

Eles voltam para a estrada principal na hora H. Vêm vindo mais três veículos da direção de French Landing, dois da direção de Centralia e Arden. Ouve-se uma sirene no ar que vai esquentando. Outra radiopatrulha, a terceira no que deveria ser uma fila discreta, vem vindo, passando pelos curiosos da cidade.

— Ih, cara. — Danny parece à beira das lágrimas. — Ih, cara, ih, cara, ih cara. Vai ser um carnaval, e aposto que os caras da Estadual *ainda* não sabem. Eles vão ter um treco. *Dale* vai ter um treco.

— Vai dar tudo certo — diz Pam. — Fique calmo. Vamos só atravessar a estrada e estacionar. Bote também sua pistola de volta na porra do coldre.

— Sim, Mamãe. — Ele guarda a arma enquanto Pam manobra na estrada de acesso, recuando para deixar passar a terceira radiopatrulha, e vindo à frente novamente para bloquear a passagem. — É, talvez a gente tenha chegado a tempo para controlar a coisa.

— Claro que chegamos.

Eles relaxam um pouco. Ambos esqueceram o trecho de estrada que vai da Lanchonete do Ed até a Goltz's, mas há muita gente na cidade que o conhece. Beezer St. Pierre e seus rapazes, por exemplo. E embora Wendell Green não o conheça, caras como ele parecem sempre conseguir achar a estrada secundária. É algo instintivo neles.

Capítulo Onze

A jornada de Beezer começou com Myrtle Harrington, a amorosa esposa de Michael Harrington, sussurrando ao telefone para Richie Bumstead, por quem ela tem uma paixonite aguda embora ele tenha sido casado com sua segunda melhor amiga, Glad, que caiu morta na cozinha com a incrível idade de 31 anos. De sua parte, Richie Bumstead já recebeu de Myrtle uma cota de caçarolas de macarrão com atum e telefonemas sussurrados que dá para o resto desta vida e de mais duas, mas este é um conjunto de sussurros que ele está feliz, até estranhamente aliviado, em ouvir, porque é motorista de caminhão da Companhia Cervejaria Kingsland e conhece Beezer St. Pierre e o resto dos rapazes, pelo menos um pouco.

    A princípio, Richie pensou que os Thunder Five eram um bando de arruaceiros, aqueles caras grandões e cabeludos e barbudos atravessando a cidade em suas Harleys, mas, numa sexta-feira, ele por acaso estava ao lado de alguém chamado Ratinho na fila do pagamento, e Ratinho olhou para ele e disse algo engraçado sobre como trabalhar por amor nunca fez o contracheque parecer maior, e eles iniciaram uma conversa que deixou Richie Bumstead tonto. Duas noites depois, ele viu Beezer St. Pierre e alguém chamado Doc batendo papo no pátio no fim do expediente dele, e depois de ter trancado o caminhão para a noite, foi até eles e entrou em outra conversa que o deixou como se tivesse entrado numa combinação de bar de blues quente e um campeonato de *Jeopardy!** Esses caras — Beezer, Ratinho, Doc, Sonny e Kaiser Bill — pareciam violentos e da pesada, mas eram *espertos*. Acontece que Beezer era o cervejeiro-chefe da divisão de projetos especiais da Cerveja Kingsland, e os outros caras eram subordinados a ele. Eles todos tinham

---

* Programa de perguntas da televisão americana. [N. da T.]

feito *faculdade*. Estavam interessados em fazer uma ótima cerveja e se divertir, e Richie desejou poder comprar uma moto, relaxar e fazer o que quisesse, como eles, mas uma longa tarde de sábado, entrando noite adentro no Sand Bar, provou que a linha entre uma boa farra e o desregramento total era muito tênue para ele. Ele não tinha resistência para botar para dentro duas canecas de Kingsland, jogar uma partida decente de bilhar, beber mais duas canecas enquanto discutia as influências de Sherwood Anderson e Gertrude Stein no jovem Hemingway, começar um ataque sério, beber mais duas canecas, emergir disso tudo com a cabeça suficientemente no lugar para sair a toda pelo campo, pegar duas garotas que topam tudo de Madison, queimar muito baseado do bom e trepar até de madrugada. Você tem que respeitar quem consegue fazer isso e ainda segurar um emprego bom.

No que toca a Richie, ele tem o *dever* de contar a Beezer que a polícia finalmente soube do paradeiro do corpo de Irma Freneau. Aquela abelhuda da Myrtle disse que era um segredo que Richie tinha que guardar, mas ele tem certeza que depois de ter lhe dado a notícia, Myrtle ligou para quatro ou cinco pessoas. Aquelas pessoas vão ligar para seus melhores amigos, e logo, logo metade de French Landing vai estar na 35 para participar dos acontecimentos. Beezer tem mais direito de estar lá que a maioria das pessoas, não?

Menos de 30 segundos depois de se livrar de Myrtle Harrington, Richie Bumstead procura o número de Beezer St. Pierre no catálogo e liga para ele.

— Richie, espero que você não esteja me sacaneando — diz Beezer.

— Ele ligou, é? — Beezer quer que Richie repita. — Para aquele merda do carro do programa educativo antidrogas, o Húngaro Maluco?... E disse que a garota estava *onde*?

— Porra, a cidade inteira vai estar lá — diz Beezer. — Mas obrigado, cara, muito obrigado. Lhe devo uma.

Um segundo antes de o fone bater no gancho, Richie julga ter ouvido Beezer começar a dizer alguma outra coisa que se dissolve num jato escaldante de emoção.

E na casinha da alameda Nailhouse, Beezer St. Pierre varre lágrimas para a barba, delicadamente empurra o telefone um pouco para trás na mesa e vira-se para encarar a Ursa, sua concubina, sua patroa, a mãe de Amy, cujo nome verdadeiro é Susan Osgood, e que o está fitando de sob a franja loura cerrada, marcando com o dedo a página de um livro.

— É a garota Frenau — diz ele. — Preciso ir.

— Vá — diz-lhe a Ursa. — Leve o celular e me ligue assim que puder.

— Sim — ele diz, arrancando o celular do carregador e metendo-o no bolso da frente do jeans. Em vez de ir para a porta, ele enfia a mão no emaranhado ruivo da barba e distraidamente a penteia com os dedos. Seus pés estão enraizados no chão, seus olhos perderam o foco. — O Pescador ligou para o 911 — diz. — Pode acreditar nessa merda? Eles não conseguiram encontrar a garota Freneau sozinhos, foi preciso *ele* lhes dizer onde encontrar o corpo dela.

— Escute aqui — diz a Ursa e se levanta, percorrendo o espaço entre eles muito mais depressa do que parece. Ela aconchega seu corpinho compacto no volume maciço do companheiro, e Beezer enche o peito com seu cheiro limpo e calmante, uma combinação de sabonete e pão fresco. — Quando você e os rapazes chegarem lá, cabe a você mantê-los na linha. Então você não pode sair da linha, Beezer. Por mais furioso que esteja, você não pode perder a cabeça e começar a espancar as pessoas. Principalmente os policiais.

— Suponho que você acha que eu não devo ir.

— Você tem que ir. Só não quero que vá parar na cadeia.

— Ei — ele diz —, sou cervejeiro, não arruaceiro.

— Não se esqueça disso — ela retruca, e lhe dá um tapinha nas costas. — Você vai chamar o pessoal?

— Da rua. — Beezer vai para a porta, abaixa-se para pegar o capacete e sai. O suor lhe escorre pela testa e se infiltra por sua barba. Dois passos o levam à sua motocicleta. Ele põe a mão no selim, enxuga a testa e grita: — A PORRA DO PESCADOR DISSE PARA A PORRA DAQUELE TIRA HÚNGARO ONDE ACHAR O CORPO DE IRMA FRENEAU. QUEM VEM COMIGO?

De ambos os lados da alameda Nailhouse cabeças barbudas se projetam para fora das janelas e vozes gritam "Espere aí", "Puta merda!" e "Ei!". Quatro homenzarrões de jaquetas de couro, jeans e botas saem correndo de quatro casas. Beezer quase tem que rir — ele adora esses caras, mas às vezes eles lhe lembram personagens de desenho animado.

Mesmo antes que o alcancem, ele começa a explicar sobre Richie Bumstead e a ligação para o 911, e, quando termina, Ratinho, Doc, Sonny e Kaiser Bill estão montados em suas motos aguardando o sinal.

— Mas este é o trato — diz Beezer. — Duas coisas. Vamos lá por Amy e Irma Freneau e Johnny Irkenham, não por nós. Queremos nos certificar de que tudo seja feito como deve, e não vamos rachar a cabeça de ninguém, a menos que a pessoa esteja pedindo. Entenderam?

Os outros resmungam, grunhem, rezingam, aparentemente assentindo. Quatro barbas emaranhadas balançam para baixo e para cima.

— E segundo, quando *realmente* racharmos a cabeça de alguém, vai ser a do Pescador. Porque já aturamos merda suficiente por aqui, e agora tenho certeza que é nossa vez de caçar a porra do filho da mãe que matou minha filhinha... — A voz de Beezer fica embargada, e ele ergue o punho antes de continuar. — E jogou essa outra menina na porra daquela barraca perto da 35. Porque eu vou agarrar a porra desse escroto, e quando eu fizer isso, vou enrabá-lo COM TODA A RAZÃO!

Seus rapazes, sua equipe, seu pelotão agitam os punhos no ar e berram. Ouve-se o ronco estrondoso de cinco motos sendo ligadas.

— Vamos dar uma olhada no lugar da rodovia e voltar para a estrada atrás da Goltz's — grita Beezer, e desce a rua, para subir a rua Chase com os outros na esteira.

Vão pelo centro da cidade, Beezer à frente, Ratinho e Sonny praticamente em seu cano de descarga, Doc e Kaiser logo atrás, barbas ao vento. O ronco de suas motos faz tremer as vitrines do empório Schmitt's e espanta os estorninhos pousados na marquise do Teatro Agincourt. Debruçado no guidom de sua Harley, Beezer parece um pouco com King Kong preparando-se para estraçalhar um trepa-trepa. Depois de passarem pela 7-Eleven, Kaiser e Doc emparelham com Sonny e Ratinho e ocupam toda a largura da estrada. Quem segue para oeste na 35 vê as figuras vindo em sua direção e desvia para o acostamento; os motoristas que as veem pelo retrovisor chegam para o lado da estrada, põem o braço para fora da janela e fazem sinal para elas passarem.

Quando o grupo se aproxima de Centralia, Beezer passa mais ou menos pelo dobro dos carros que realmente deveriam estar trafegando por uma estrada rural numa manhã de sábado. A situação é até pior do que ele imaginaria que seria: Dale Gilbertson deve estar com dois guardas bloqueando o tráfego que vem da 35, mas dois guardas não poderiam dar conta de mais que dez ou 12 curiosos mórbidos determinadíssimos a ver, realmente *ver*, a obra do Pescador. French Landing não tem guardas suficientes para controlar todos os malucos que estiverem se dirigindo para a Lanchonete do Ed. Beezer prageja, imaginando-se perdendo o controle, transformando um punhado de gente vidrada no Pescador em estacas de tenda. Perder o controle é exatamente o que ele não pode se dar ao luxo de fazer, não, se espera alguma cooperação de Dale Gilbertson e seus lacaios.

Beezer faz os companheiros contornarem um velho Toyota vermelho caindo aos pedaços e tem uma ideia tão perfeita que se esquece de encarar o motorista da charanga e rosnar, para infundir-lhe um medo irracional: "Eu faço a cerveja Kingsland, a melhor cerveja do mundo, seu cretino." Ele fez isso com dois motoristas essa manhã, e nenhum deles o decepcionou. As pessoas que merecem esse tratamento seja por dirigirem mal, seja por possuírem um veículo realmente feio imaginam que ele as esteja ameaçando com alguma forma grotesca de ataque sexual, e ficam paralisadas como coelhos, duras. Divertidíssimo, como cantavam os cidadãos da Cidade Esmeralda em *O Mágico de Oz*. A ideia que distraiu Beezer de seus prazeres inofensivos possui a simplicidade das inspirações mais válidas. *A melhor forma de conseguir cooperação é oferecê-la.* Ele sabe exatamente como amaciar Dale Gilbertson: a resposta é botando um boné de beisebol, pegando as chaves do carro e saindo porta afora — a resposta está à volta dele.

Uma pequena parte dessa resposta está ao volante do Toyota vermelho que acaba de ser ultrapassado por Beezer e sua turma alegre. Wendell Green mereceu a falsa reprimenda que ele deixou de receber em ambos os terrenos convencionais. De início, seu carrinho podia não ser feio, mas agora está tão desfigurado por amassados e arranhões que parece um riso de sarcasmo sobre rodas; e Green dirige com uma arrogância inflexível que ele considera "arrojo". Passa a toda nos sinais amarelos, costura imprudentemente e cola no para-choque de quem está na frente como uma forma de intimidação. Obviamente, ele buzina à menor provocação. Wendell é uma ameaça. A maneira como ele trata o carro expressa bem o seu caráter, sem consideração pelos outros, indelicado e convencido. No momento, ele está dirigindo pior ainda que de hábito, porque, enquanto tenta ultrapassar carro sim, carro não, na estrada, quase toda a sua concentração está focalizada no gravador de bolso que ele segura perto da boca e nas palavras de ouro que sua voz também de ouro derrama na preciosa máquina. (Wendell muitas vezes lamenta a falta de visão das estações de rádio locais em dar tanto tempo no ar a idiotas como George Rathbun e Henry Shake, quando poderiam subir de nível simplesmente dando-lhe uma hora diária para fazer um comentário contínuo das notícias.) Ah, a deliciosa combinação das palavras de Wendell e da voz de Wendell — Edward R. Murrow em seu apogeu nunca pareceu ser tão eloquente, ter tanta repercussão.

Eis o que ele está dizendo: *Hoje de manhã uni-me ao que praticamente vem a ser uma caravana dos chocados, dos enlutados e dos meramente curiosos numa peregrinação melancólica seguindo para leste pela bucólica rodovia 35. Não pela primeira vez, este jornalista estava impressionado, e profundamente, com o contraste gritante entre o encanto e a paz da paisagem do condado de Coulee e a monstruosidade e a selvageria que um ser humano perturbado produziu em seu seio despreocupado. Parágrafo.*

A notícia se espalhou como rastilho de pólvora. Vizinho ligou para vizinho, amigo ligou para amigo. Segundo um telefonema matutino para o 911 da Delegacia de French Landing, o corpo mutilado da pequena Irma Freneau está dentro das ruínas de uma antiga sorveteria e cafeteria chamada Lanchonete do Ed. E quem fez a ligação? Certamente algum cidadão consciencioso. Absolutamente, senhoras e senhores, absolutamente...

Senhoras e senhores, isso é reportagem da linha de frente, isso é notícia sendo escrita *enquanto acontece*, um conceito que só pode sussurrar "Prêmio Pulitzer" no ouvido de um jornalista experiente. O furo chegou a Wendell Green por intermédio de seu barbeiro, Roy Royal, que o ouviu de sua mulher, Tillie Royal, que foi informada pela própria Myrtle Harrington, e Wendell Green cumpriu seu dever para com seus leitores: pegou o gravador e a máquina fotográfica e correu para seu carrinho feio sem parar para telefonar para seus editores no *Herald*. Ele não precisa de fotógrafo; pode tirar todas as fotografias de que precisa com aquela velha Nikon F2A confiável no banco do carona. Uma mistura orgânica de palavras e fotos — um exame penetrante do crime mais hediondo do novo século — uma exploração cuidadosa da natureza do mal — um retrato compassivo do sofrimento de uma comunidade — um relato severo da inépcia de um Departamento de Polícia...

Com tudo isso lhe vindo à cabeça, à medida que suas palavras melífluas gotejam uma a uma no microfone do gravador cassete em riste, será de admirar que Wendell Green não ouça o barulho das motocicletas, ou não perceba de algum modo a presença dos Thunder Five, até a hora em que por acaso olha para o lado à procura da frase perfeita? Para o lado ele olha, e com um acesso de pânico observa, não mais que três palmos à sua esquerda, Beezer St. Pierre montado em sua Harley roncante, aparentemente cantando, a julgar por seus próprios lábios

cantando

hein?

Não pode ser, não. Pela experiência de Wendell, Beezer St. Pierre tem muito mais probabilidade de estar praguejando como um marujo numa briga da zona portuária. Quando, após a morte de Amy St. Pierre, Wendell, que só estava obedecendo a antigas regras de sua profissão, passou no nº 1 da alameda Nailhouse, e perguntou ao pai enlutado qual era a sensação de saber que sua filha fora esquartejada como um porco e parcialmente comida por um monstro em forma de gente, Beezer agarrara o inocente farejador de notícias pelo pescoço, soltara uma torrente de obscenidades e concluíra berrando que se algum dia tornasse a ver o Sr. Green, ele lhe arrancaria a cabeça fora e usaria o toco como um orifício sexual.

É esta ameaça que causa o momento de pânico de Wendell. Ele olha pelo espelho retrovisor e vê a legião de Beezer em formação na estrada como um exército invasor de godos. Em sua imaginação, eles estão brandindo crânios pendurados em cordas de pele humana e gritando sobre o que vão fazer com seu pescoço depois que lhe arrancarem fora a cabeça. O que quer que estivesse para ditar na inestimável máquina evapora instantaneamente, junto com seus sonhos de ganhar o Prêmio Pulitzer. Seu estômago se contrai, e o suor brota de todos os poros em sua cara larga e vermelha. Sua mão esquerda treme no volante, a direita sacode o gravador como uma castanhola. Wendell levanta o pé do acelerador e desliza no banco, virando a cabeça o mais que ousa para a direita. Seu desejo básico é se encolher debaixo do painel e fingir ser um feto. O ronco possante atrás dele fica mais alto, e o coração pula em seu peito como um peixe. Wendell choraminga. Uma fila de tímbalos martela o ar do outro lado da frágil casca da porta do carro.

Então as motocicletas passam chispando por ele a caminho da autoestrada. Wendell Green enxuga o rosto. Lentamente, ele convence seu corpo a sentar-se direito. Seu coração para de tentar lhe fugir do peito. O mundo do outro lado de seu para-brisa, que encolhera até o tamanho de uma mosca, volta ao tamanho normal. Ocorre a Wendell que ele não ficou mais apavorado do que qualquer ser humano ficaria, naquela situação. A presunção enche-o como o hélio enche um balão. A maioria dos sujeitos que ele conhece teria saído da estrada, ele pensa; a maioria teria se borrado nas calças. O que Wendell Green fez? Diminuiu um pouco a marcha, só isso. Agiu como um cavalheiro e deixou os babacas dos Thunder Five passarem por ele. Em se tratando de Beezer e seus macacos, Wendell pensa, ser cavalheiro é melhor do que se arriscar. Ele acelera, vendo os motoqueiros correrem à frente.

Em sua mão, o gravador continua ligado. Wendell leva-o à boca, lambe os lábios e descobre que esqueceu o que ia dizer. A fita em branco corre de um carretel para o outro.

— Droga — ele diz, e aperta o botão OFF.

Uma frase inspirada, uma cadência melodiosa dissipou-se no éter, talvez para sempre. Mas a situação é muito mais frustrante que isso. Parece a Wendell que toda uma série de conexões lógicas dissipou-se com a frase perdida: ele consegue se lembrar de ver a forma de um grande esboço para pelo menos meia dúzia de artigos penetrantes que iriam além do Pescador para... fazer o quê? Conquistar-lhe o Pulitzer, certamente, mas como? A área em sua mente que lhe deu o imenso esboço ainda conserva sua forma, mas a forma está vazia. Beezer St. Pierre e seus capangas assassinaram o que agora parece a melhor ideia que Wendell jamais teve, e Wendell não sabe ao certo se poderá trazê-la de volta à vida.

O que esses motomaníacos estão fazendo ali, afinal?

A resposta é óbvia: alguma alma caridosa achou que Beezer devia saber sobre a ligação do Pescador para o 911, e agora os motomaníacos estão se encaminhando para as ruínas da Lanchonete do Ed, como ele. Felizmente, tantas outras pessoas estão indo para o mesmo lugar que Wendell imagina poder evitar sua nêmesis. Não querendo correr riscos, ele fica alguns carros atrás dos motoqueiros.

O tráfego engrossa e fica mais lento; à frente, os motoqueiros formam uma fila única e passam ao longo da fila que vai se arrastando em direção ao velho caminho de terra para a Lanchonete do Ed. A uns 70 ou 80 metros de onde ele está, Wendell pode ver dois guardas, um homem e uma mulher, tentando fazer os basbaques seguirem adiante. Cada vez que um novo carro para na frente deles, eles têm que repetir a mesma pantomima de fazer seus ocupantes desviarem e apontar para a estrada. Para reforçar a mensagem, há um carro da polícia atravessado na pista, bloqueando quem tentar se meter a besta. Este quadro de modo nenhum incomoda Wendell, pois a imprensa automaticamente tem acesso a tais cenas. Os jornalistas são o meio, a abertura através da qual locais e acontecimentos que do contrário seriam proibidos chegam ao público. Wendell Green é o representante do povo aqui, e o jornalista mais destacado do oeste de Wisconsin, além do mais.

Depois de ter conseguido avançar mais 9 metros, ele vê que os guardas orientando o tráfego são Danny Tcheda e Pam Stevens, e sua complacência fraqueja. Há uns dois dias, Tcheda e Stevens responderam a seu pedido de informação mandando-o ir para o inferno. De qualquer maneira, Pam Stevens é uma bruaca metida a sabe-tudo, uma destruidora profissional da confiança dos homens. Por que outro motivo uma senhora de aspecto mais ou menos razoável haveria de querer ser tira? Stevens o mandaria embora da cena pelo simples prazer de fazê-lo — ela iria *curtir* isso! Provavelmente, Wendell percebe, ele terá que se insinuar ali de alguma maneira. Imagina-se rastejando pelos campos e estremece repugnado.

Pelo menos ele pode ter o prazer de ver os tiras dando uma banana para Beezer e sua turma. Os motoqueiros passam roncando por mais meia dúzia de carros sem diminuir a marcha, de modo que Wendell supõe que eles estão planejando entrar derrapando na curva, desviar daqueles dois paspalhos de azul e contornar a viatura como se ela não existisse. O que os tiras fariam então, Wendell se pergunta: iriam sacar as armas e tentar parecer ferozes? Atirar para impor respeito e acertar o pé um do outro?

Espantosamente, Beezer e seu séquito de motoqueiros não prestam atenção nos carros tentando entrar no caminho de terra, em Tcheda e em Stevens, nem em qualquer outra coisa ali. Eles nem viram a cabeça para olhar para a barraca em ruínas, para o carro do chefe, a picape — que Wendell reconhece na hora — e os homens em pé no capim batido, dois dos quais são Dale Gilbertson e o proprietário da picape, Hollywood Jack Sawyer, aquele idiota convencido de L.A. (O terceiro cara, que está usando um chapéu creme, óculos escuros e um paletó elegante, não faz nenhum sentido, pelo menos para Wendell. Ele parece ter saído de um filme antigo de Humphrey Bogart.) Não, eles passam por toda a cena confusa com seus capacetes apontados à frente, como se tudo o que tivessem em mente fosse ir para Centralia e arrebentar com o Sand Bar. Lá vão eles, todos os cinco filhos da mãe, indiferentes como uma matilha de cães selvagens. Tão logo chegam novamente à estrada aberta, os outros quatro entram em formação paralela atrás de Beezer e tomam conta da rodovia. Depois, a um só tempo, dão uma guinada para a esquerda, levantam grande quantidade de poeira e cascalho, e dão cinco balões. Sem diminuir a marcha — sem sequer parecer desacelerar —, dividem-se naquele padrão um-dois-dois e voltam a toda para oeste, em direção ao local do crime e a French Landing.

Raios me partam, pensa Wendell. *Beezer deu meia-volta e desistiu. Que covarde.* O nó dos motoqueiros fica cada vez maior, à medida que vem se aproximando dele, e logo o espantado Wendell Green avista a cara lúgubre de Beezer St. Pierre, que também vai ficando maior, à medida que se aproxima.

— Nunca imaginei que você fosse frouxo — diz Wendell, vendo Beezer se aproximar mais ainda. O vento repartiu sua barba em duas mechas iguais que se agitam atrás dele de ambos os lados de sua cabeça. Atrás dos óculos de aviador, os olhos de Beezer parecem estar fazendo mira com um rifle. A ideia de que Beezer pode virar esses olhos de caçador para ele faz Wendell sentir os intestinos perigosamente soltos. — Frouxo — ele diz, não muito alto.

Com um ronco ensurdecedor, Beezer passa chispando pelo Toyota amassado. O resto dos Thunder Five martela o ar e continua em disparada pela estrada.

A prova da covardia de Beezer deixa Wendell animado quando ele vê os motoqueiros diminuírem no espelho retrovisor, mas uma ideia que ele não pode ignorar começa a se insinuar através das sinapses de seu cérebro. Wendell pode não ser o Edward R. Murrow da atualidade, mas é repórter há quase trinta anos, e desenvolveu alguns instintos. A ideia imiscuindo-se através de seus canais mentais dispara uma série de ondas de alarme que afinal a empurra para a consciência. Wendell a *capta* — ele vê o desenho oculto; entende o que está se passando.

— Bem, cachorrão — ele diz e, com um sorriso largo, buzina, dá uma guinada para a esquerda e faz uma curva com um estrago apenas mínimo em seu para-choque e no do carro à sua frente. — Seu filho da mãe sonso — diz quase rindo de satisfação.

O Toyota sai da fila de veículos aproados para leste e passa para as pistas que levam para oeste. Chocalhando e aos peidos, dispara atrás dos motoqueiros ardilosos.

Wendell não vai precisar rastejar pelos milharais: o sonso daquele filho da mãe do Beezer St. Pierre conhece um outro caminho para a Lanchonete do Ed! Basta nosso astro da reportagem manter uma distância suficiente para não ser visto que ganha um passe livre para a cena. Lindo. Ah, que ironia: Beezer dá uma mão para a imprensa — muito obrigado, seu bandido arrogante. Wendell dificilmente supõe que Dale o deixará tomar conta do pedaço, mas será mais difícil expulsá-lo do que fazê-lo voltar. No tempo que tem, ele poderá fazer algumas perguntas perspicazes, tirar algumas fotos reveladoras e — acima de tudo! — imbuir-se do clima para produzir um de seus lendários artigos "cheios de cor".

Animado, Wendell passeia pela estrada a 80 por hora, deixando os motoqueiros correrem bem à sua frente sem jamais perdê-los de vista. O número de carros vindo em sua direção cai para grupos espaçados de dois ou três, depois para um ou outro carro, depois para zero. Como se estivessem esperando para não serem observados, Beezer e seus amigos atravessam a rodovia e entram na rampa de acesso ao domo da era espacial da Goltz's.

Wendell sente uma ponta incômoda de insegurança, mas não vai logo presumir que Beezer e seus capangas tiveram um súbito desejo de passear de trator e pilotar cortadores de grama. Ele acelera, se perguntando se eles o viram e estão tentando despistá-lo. Até onde sabe, não há nada naquele morro senão o showroom, a garagem de manutenção e o estacionamento. O raio daquele lugar parece um deserto. Depois do estacionamento... tem o quê? De um lado, ele se lembra de um campo coberto de arbustos estendendo-se para o horizonte; do outro, umas árvores, como uma floresta, só que não tão cerradas. Ele pode ver as árvores de onde está agora, descendo o morro como um quebra-vento.

Sem se dar ao trabalho de sinalizar, ele acelera, atravessa a pista e entra na rampa de acesso à Goltz's. O ronco das motos ainda é audível, mas vai ficando mais fraco, e Wendell se sobressalta, com medo de que eles lhe tenham de alguma forma pregado uma peça e estejam indo embora, caçoando dele! No alto do morro, ele contorna a frente do showroom e entra no vasto estacionamento. Há dois enormes tratores amarelos em frente à garagem das máquinas, mas o dele é o único carro à vista. Do outro lado do estacionamento vazio, uma mureta de concreto da altura de um para-choque separa o asfalto do prado ladeado de árvores. Do outro lado da carreira de árvores, a mureta termina na rampa de asfalto que vem dos fundos do showroom.

Wendell vira o volante e acelera em direção ao outro lado da mureta. Ele ainda ouve as motos, mas elas parecem um enxame de abelhas zumbindo ao longe. Eles devem estar a uns 800 metros dali, Wendell pensa, e salta do Toyota. Ele mete o gravador num bolso da jaqueta, pendura a Nikon no pescoço, contorna a mureta e entra no prado. Mesmo antes de ver a carreira de árvores, ele vê os vestígios de uma velha estrada de macadame, esburacada e tomada pelo mato, descendo entre as árvores.

Wendell imagina, superestimando, que a velha Lanchonete do Ed esteja a pouco mais de 1,5 quilômetro dali, e se pergunta se seu carro pode cobrir essa distância naquele piso irregular. Em alguns lugares, há fissuras no macadame formando placas tectônicas, em outros, a cobertura se desfez em cascalho preto. Buracos e valas cheios de mato se irradiam das raízes grossas e sinuosas das árvores. Um motoqueiro poderia passar razoavelmente bem por aquela buraqueira, mas Wendell vê que suas pernas se sairão melhor que seu Toyota naquela jornada, então parte pela velha trilha no meio das árvores. Pelo que viu enquanto estava na rodovia, ele ainda tem muito tempo antes que o legista e o furgão da perícia apareçam. Mesmo com a ajuda do famoso Hollywood Sawyer, os tiras locais estão zanzando por ali aturdidos.

O barulho das motos aumenta, à medida que Wendell avança, como se os rapazes tivessem parado para discutir algumas coisas quando chegaram ao fim da velha estrada secundária. Perfeito. Wendell espera que eles continuem conversando até ele praticamente os alcançar; espera que estejam gritando uns com os outros e agitando os punhos no ar. Quer vê-los congestionados de raiva e de adrenalina, mas sabe Deus o que mais esses selvagens têm nas bolsas. Wendell adoraria tirar uma foto de Beezer St. Pierre quebrando os dentes da frente de Dale Gilbertson com um direito certeiro, ou dando uma gravata em seu colega Sawyer. A fotografia que Wendell mais quer, porém, e pela qual está preparado para subornar todo guarda, funcionário público, autoridade estadual ou espectador inocente capaz de estender a mão, é uma foto boa, limpa e dramática do corpo nu de Irma Freneau. De preferência uma que não deixe dúvidas quanto aos estragos do Pescador, sejam eles quais forem. Duas seria o ideal — uma de seu rosto pela emoção, a outra uma tomada de corpo inteiro para os pervertidos —, mas ele se contenta com a do corpo, se for preciso. Uma imagem como essa rodaria o mundo, gerando milhões nesse trajeto. Só o *National Enquirer* iria dar, vejamos — 200 mil, 300? — por uma foto da pobre Irma morta, toda esparramada com as mutilações bem visíveis. Isso é que é mina de ouro! Isso é que é ter peito!

Depois de Wendell ter feito uns 160 metros daquela estrada miserável, a concentração dividida entre a exultação com todo o dinheiro que a pequena Irma vai lhe transferir para os bolsos e os receios de cair e torcer o pé, o tumulto causado pelas Harleys dos Thunder Five cessa abruptamente. O silêncio resultante parece imenso, depois é imediatamente preenchido por outros sons, mais calmos. Wendell pode ouvir o ar entrando e saindo de seus pulmões, e também outro barulho, uma combinação de chocalhar com baques surdos, vindo de trás dele. Ele se vira e vê, bem para cima da estrada em petição de miséria, um caminhão antigo sacolejando em sua direção.

É quase engraçada a maneira como o caminhão balança de um lado para o outro quando um pneu, depois outro, afunda num desnível invisível ou passa por um trecho de estrada inclinado. Isto é, seria engraçado se essas pessoas não estivessem buzinando em sua rota de acesso particular ao corpo de Irma Freneau. Toda vez que o caminhão passa por um pedaço de aspecto particularmente robusto de raiz de árvore, as quatro cabeças escuras na cabine dançam como marionetes. Wendell dá um passo à frente, tencionando mandar esses caipiras voltarem para o lugar de onde vieram. A suspensão do veículo raspa em uma pedra chata, tirando fagulhas do chassi. Essa geringonça deve ter trinta anos, no mínimo, pensa Wendell — é um dos poucos veículos na estrada que parecem ainda em pior estado que o seu carro. Quando o caminhão chega mais perto, ele vê que é um International Harvester. Ervas daninhas e gravetos decoram o para-choque enferrujado. A International Harvester ainda faz caminhões? Wendell ergue a mão como um jurado prestando o juramento, e o caminhão continua aos solavancos por mais alguns metros cheios de costelas antes de parar. Seu lado esquerdo começa visivelmente mais para cima que o direito em relação ao nível do chão. Na sombra que as árvores fazem, Wendell não consegue identificar bem as caras que olham para ele pelo para-brisa, mas tem a sensação de que pelo menos duas delas são conhecidas.

O homem ao volante põe a cabeça para fora da janela do motorista e diz:

— Salve, Sr. Repórter Mandachuva. Bateram a porta na sua cara, também?

É Teddy Runkleman, que regularmente chama a atenção de Wendell enquanto ele está passando os olhos nas matérias policiais do dia. As outras três pessoas da cabine zurram como mulas da piada de Teddy. Wendell conhece dois deles — Freddy Saknessum, que faz parte de um clã pouco favorecido que vive entrando e saindo de vários barracos ao longo do rio, e Toots Billinger, um garoto franzino que de alguma maneira se sustenta catando restos de metal em La Riviere e French Landing. Como Runkleman, Toots já foi preso por várias contravenções, mas nunca foi condenado por nada. A fisionomia da mulher robusta e mal-ajambrada entre Freddy e Toots não lhe diz muita coisa para que ele possa identificá-la.

— Oi, Teddy — diz Wendell. — Olá, Freddy e Toots. Não, depois que vi aquela confusão lá na frente, resolvi vir por trás.

— Ei, Wendell, não se lembra de mim? — diz a mulher, de modo ligeiramente patético. — Doodles Sanger, caso sua memória tenha ido para o inferno. Vim com um pessoal no Bel Air de Freddy, e Teddy estava com outro pessoal, mas depois que fomos postos pra correr pela Srta. Bruaca, o resto quis voltar para o bar.

Claro que ele se lembra dela, embora a cara calejada à sua frente agora só tenha uma leve semelhança com a da garota de programa dissoluta de cognome Doodles Sanger que servia bebidas no Hotel Nelson dez anos atrás. Wendell acha que ela foi despedida mais por beber excessivamente no trabalho do que por roubar, mas Deus sabe que ela fez as duas coisas. Na época, Wendell gastava muito dinheiro no bar do Hotel Nelson. Ele tenta se lembrar se alguma vez foi para a cama com Doodles.

Evita se arriscar e diz:

— Nossa, Doodles, como eu poderia esquecer uma coisinha linda como você?

Os rapazes recebem essa gracinha com uma grande vaia. Doodles dá um cutucão nas costelas de Toots Billinger, sorri fazendo beicinho para Wendell e diz:

— Ai, obrigada, gentil senhor.

É, ele a comeu, sim.

Esta seria a hora certa de mandar esses patetas de volta para suas tocas, mas Wendell tem uma inspiração classe A.

— O que essas pessoas encantadoras que vocês são achariam de ajudar um cavalheiro da imprensa e ganhar 50 pratas com isso?

— Cinquenta cada, ou todo mundo junto? — pergunta Teddy Runkleman.

— Ora, todo mundo junto — diz Wendell.

Doodles se inclina à frente e diz:

— Vinte para cada, está bem, bonzão? Se concordarmos em fazer o que você quer.

— Ai, vocês estão me partindo o coração — diz Wendell sacando a carteira do bolso de trás e tirando quatro notas de 20, ficando apenas com uma de dez e três de um para passar o dia. Eles aceitam o pagamento e, num piscar de olhos, o guardam. — Agora, isso é o que quero que vocês façam — diz Wendell, e se debruça para a janela e as quatro caras de abóbora sorridentes na cabine.

Capítulo Doze

Alguns minutos depois, o caminhão dá um solavanco e para próximo à última das árvores, onde o macadame desaparece no meio das ervas daninhas e do capim alto. As motocicletas dos Thunder Five estão bem alinhadas, inclinadas em seus descansos alguns metros à frente, à sua esquerda. Wendell, que tomou o lugar de Freddy Saknessum no banco da frente, salta e dá alguns passos adiante, esperando que nada do cheiro forte de suor seco, corpo sem banho e cerveja choca que emana de seus companheiros de viagem tenha ficado entranhado em suas roupas. Atrás, ele ouve Freddy pulando da caçamba do caminhão enquanto os outros saltam e fecham as portas sem fazer nada mais que o dobro do barulho necessário. Tudo o que Wendell pode ver da posição em que se encontra é a parede dos fundos deteriorada e sem cor da Lanchonete do Ed erguendo-se da moita de cenoura silvestre e lírios tigrinos. Vozes baixas, uma delas a de Beezer St. Pierre, chegam a ele. Wendell dá uma olhada rápida na Nikon, tira a tampa da lente e põe o rolo novo de filme no lugar antes de passar de mansinho pelas motos e pela lateral das ruínas da lanchonete.

Logo ele consegue ver a estrada de acesso tomada pelo mato e a viatura atravessada ali como uma barreira. Perto da rodovia, Danny Tcheda e Pam Stevens brigam com meia dúzia de homens e mulheres que deixaram para trás os carros espalhados como brinquedos. Isso não vai funcionar por muito mais tempo: se Tcheda e Stevens deveriam ser uma barragem, alguns vazamentos sérios estão prestes a aparecer nela. Boa notícia para Wendell: uma confusão maior lhe daria muito mais margem de manobra e proporcionaria uma história colorida. Ele gostaria de poder murmurar agora para seu gravador.

A inexperiência dos homens do delegado Gilbertson era evidente nos esforços inúteis dos policiais Tcheda e Stevens para fazer retornar todos esses cidadãos ansiosos para ver com os próprios olhos a última prova da insanidade do Pescador... Ah, algo, algo, depois: *mas este jornalista conseguiu se colocar no coração da cena, onde teve o orgulho e a humildade de servir de olhos e ouvidos para seus leitores...*

Wendell odeia perder tais coisas esplêndidas, mas não pode ter certeza se vai se lembrar disso, e não ousa correr o risco de ser entreouvido. Aproxima-se mais da frente da Lanchonete do Ed.

Os ouvidos humildes do público captam o som de uma conversa surpreendentemente amável entre Beezer St. Pierre e Dale Gilbertson bem na frente do prédio; os olhos humildes do público observam Jack Sawyer aparecendo no campo visual, com uma bolsa plástica vazia e um boné de beisebol balançando na mão direita. O nariz humilde do público sente um fedor verdadeiramente terrível que garante a presença de um corpo em decomposição na pequena estrutura feia à direita. Jack vai andando um pouco mais depressa que de hábito, e embora seja óbvio que ele só está indo para sua picape, ele continua olhando de um lado para o outro.

O que está acontecendo ali? O Garoto de Ouro parece mais que um pouco furtivo. Está agindo como um larápio numa loja guardando as mercadorias dentro do casaco, e os garotos de ouro não devem agir assim. Wendell levanta a máquina fotográfica e focaliza seu alvo. Aí está você, velho Jack, meu velho, estalando como uma nota nova e duas vezes mais elegante. Faça uma cara bonita para a máquina, agora, e deixe a gente ver o que você tem na mão, sim? Wendell bate uma foto e observa pelo visor enquanto Jack se aproxima de sua picape. O Garoto de Ouro vai esconder essas coisas no porta-luvas, pensa Wendell, e não quer que ninguém o veja fazendo isso. Que pena, garoto, você está na Câmera Indiscreta. E que pena para os altivos porém humildes olhos e ouvidos do condado Francês, porque quando chega à sua caminhonete, Jack Sawyer não entra, mas se encosta na lateral e fica brincando com algo, dando ao nosso nobre jornalista uma boa visão de suas costas e nada mais. O nobre jornalista faz uma foto assim mesmo, para estabelecer uma sequência com a próxima foto, na qual Jack Sawyer se afasta da caminhonete de mãos vazias e não mais furtivo. Ele escondeu seus tesouros sujos ali, longe da vista das pessoas, mas o que tornava aquelas coisas tesouros?

Então, um raio atinge Wendell Green. Seu couro cabeludo estremece e seu cabelo ondulado ameaça ficar liso. Uma reportagem espetacular simplesmente ficou *incrivelmente* espetacular. Assassinato Diabólico, Criança Morta Mutilada e... a Queda de um Herói! Jack Sawyer sai da ruína carregando uma bolsa plástica e um boné dos Brewers, tenta se certificar de que não está sendo observado e esconde as coisas em sua picape. Ele *achou* aqueles objetos na Lanchonete do Ed e os escondeu bem debaixo do nariz de seu amigo e admirador Dale Gilbertson. O Garoto de Ouro retirou *provas* do *local de um crime*! E Wendell tem a prova em filme, Wendell tem a prova de que o altíssimo e todo-poderoso Jack Sawyer é culpado, Wendell vai fazê-lo cair com um estrondo todo-poderoso. Cara, Wendell tem vontade de dançar, ele dança, e não consegue se segurar para não dançar uma giga desajeitada com a maravilhosa máquina fotográfica na mão e um sorriso sentimental no rosto.

Ele se sente tão bem, tão triunfante, que quase decide esquecer os três idiotas aguardando seu sinal e simplesmente acabar com isso. Mas, ei, não vamos ficar todos assanhados e tontos aqui. Os tabloides de supermercado estão desesperados por uma bela foto macabra do corpo morto de Irma Freneau, e Wendell Green é o homem para lhes dar isso.

Wendell dá mais um passo cauteloso em direção à frente do prédio em ruínas e vê algo que o faz parar de repente. Quatro dos motoqueiros foram para o fim do caminho invadido pelo mato, onde parecem estar ajudando Tcheda e Stevenson a mandar voltar as pessoas que querem dar uma boa olhada nos corpos todos. Teddy Runkleman ouviu que o Pescador guardou pelo menos seis, talvez oito crianças meio comidas naquela barraca: a notícia foi ficando cada vez mais sensacional, à medida que era filtrada pela comunidade. Então os tiras ficam felizes em contar com a ajuda extra, mas Wendell desejaria que Beezer e sua turma estivessem atiçando a confusão e não ajudando a contê-la. Ele chega ao fim do prédio e olha em volta para ver tudo o que está acontecendo. Para conseguir o que quer, ele terá que esperar pelo momento perfeito.

Uma segunda viatura do DPFL fura a fila de veículos na 35 e passa pela de Tcheda para estacionar em cima do mato e do cascalho em frente à velha barraca. Dois tiras mocinhos que trabalham em meio expediente chamados Holtz e Nestler saltam e se encaminham para Dale Gilbertson, esforçando-se para não reagir ao fedor que fica cada vez mais nauseabundo a cada passo que eles dão. Wendell pode ver que aqueles rapazes têm mais dificuldade ainda em esconder sua consternação e seu espanto em ver o chefe entretido numa conversa aparentemente amável com Beezer St. Pierre, que eles devem considerar suspeito de uma quantidade de crimes inomináveis. Eles são garotos de fazenda que largaram a Universidade de Wisconsin-River Falls, dividem um salário e estão se esforçando tanto para conseguir ser policiais que tendem a ver as coisas rigidamente em preto e branco. Dale os acalma, e Beezer, que podia pegar um em cada mão e amassar seus crânios como ovos quentes, sorri com benevolência. Em resposta ao que devem ter sido as ordens de Dale, os novos rapazes voltam trotando para a rodovia, lançando olhares de adoração para Jack Sawyer na passagem, os pobres bocós.

Jack vem até Dale para uma pequena confabulação. Pena que Dale não saiba que seu colega está escondendo provas, ha! Ou, reflete Wendell, será que sabe — e também está envolvido nisso? Uma coisa é certa: tudo virá à tona, quando o *Herald* publicar as fotos reveladoras.

Enquanto isso, o cara de chapéu de palha e óculos escuros está ali parado de braços cruzados na frente do peito, parecendo sereno e confiante, como se tivesse tudo tão sob controle que nem o cheiro pode atingi-lo. Esse cara é obviamente um ator importante, pensa Wendell. Ele dá as ordens. O Garoto de Ouro e Dale querem mantê-lo feliz; pode-se ver isso pelas atitudes deles. Um toque de respeito, de deferência. Se estão encobrindo algo, estão fazendo isso para ele. Mas, por quê? E quem diabos é ele? O cara é de meia-idade, cinquentão, uma geração mais velha que Jack e Dale; ele tem muito estilo para viver no campo, então é de Madison, talvez, ou de Milwaukee. Obviamente não é um policial, e também não parece um empresário. É uma mãe autoconfiante; isso é claro.

Então outro carro da polícia fura as defesas na 35 e passa ao lado dos rapazes que trabalham em meio expediente. O Garoto de Ouro e Gilbertson vão até o veículo e saúdam Bobby Dulac e aquele outro, o gordo, Dit Jesperson, mas o cara de chapéu nem olha para lá. Agora, *isso* é legal. Ele está ali parado, sozinho, como um general supervisionando suas tropas. Wendell observa o homem misterioso pegar um cigarro, acendê-lo e soltar uma baforada de fumaça branca. Jack e Dale acompanham os recém-chegados até a velha lanchonete, e essa pessoa continua fumando seu cigarro, sublimemente alheia a tudo à sua volta. Pela parede em ruínas, Wendell pode ouvir Dulac e Jesperson reclamando do cheiro; então um deles exclama *Uh!,* quando vê o corpo.

— Ei, rapazes? — diz Dulac. — Essa merda é real? *Ei, rapazes?*

As vozes dão a Wendell uma boa ideia da localização do cadáver, lá atrás encostado na parede do fundo.

Antes de os três tiras e Sawyer começarem a se encaminhar para a frente da lanchonete, Wendell se espicha, focaliza a máquina e bate uma foto do homem misterioso. Para seu horror, o Gatola da Cartola instantaneamente olha em sua direção e diz:

— Quem tirou uma foto minha?

Wendell recua para a proteção da parede, mas sabe que o cara deve tê-lo visto. Aqueles óculos escuros estavam apontados para ele! O cara tem ouvido de morcego — captou o barulho do obturador.

— Saia daí! — Wendell o ouve gritar. — Não adianta se esconder; sei que você está aí.

De seu reduzido ponto de observação, Wendell pode apenas ver um carro da Polícia Estadual, seguido pelo Pontiac do programa educativo de combate às drogas de French Landing, vindo a toda do congestionamento do fim do caminho. As coisas ali parecem estar começando a ferver. A menos que Wendell esteja errado, ele acha que vê um dos motoqueiros puxando um homem pela janela de um simpático Oldsmobile verde.

Hora de chamar a cavalaria, com certeza. Wendell recua um pouco da frente do prédio e acena para a tropa. Teddy Runkleman grita:

— *Ei, garoto!*

Doodles grita como uma gata no cio, e os quatro assistentes de Wendell passam desabalados por ele, fazendo todo o barulho que ele poderia desejar.

Capítulo Treze

Danny Tcheda e Pam Stevens já estão suficientemente ocupados com penetras em potencial quando ouvem o ronco das motocicletas precipitando-se naquela direção, e a chegada dos Thunder Five é tudo de que precisam para tornar seu dia realmente completo. Verem-se livres de Teddy Runkleman e Freddy Saknessum foi bastante fácil, mas menos de cinco minutos depois as pistas no sentido leste da rodovia 35 se encheram de gente que se julgava no direito de contemplar embasbacada todos os pequenos cadáveres supostamente empilhados nas ruínas da Lanchonete do Ed. Para cada carro que eles acabavam conseguindo mandar embora, apareciam mais dois. As pessoas todas exigem uma longa explicação de por que elas, como contribuintes e cidadãs interessadas, não deviam ter permissão para entrar no local de um crime, especialmente um tão trágico, tão pungente, tão... bem, empolgante. A maioria se recusa a acreditar que o único corpo dentro daquele prédio caindo aos pedaços é o de Irma Freneau; três pessoas seguidas acusam Danny de estar encorajando o abafamento do caso, e uma delas de fato usa a palavra "Pescadorgate". De uma maneira esquisita, muitos desses caçadores de cadáveres quase acham que a polícia local está protegendo o Pescador!

Algumas delas desfiam terços enquanto esbravejam com ele. Uma senhora lhe acena com um crucifixo na cara e lhe diz que ele tem uma alma suja e deve ir para o inferno. Pelo menos metade das pessoas que ele manda embora está levando máquinas fotográficas. Que tipo de gente parte num sábado de manhã para tirar fotos de crianças mortas? O que irrita Danny é isso: todas essas pessoas se acham perfeitamente normais. Quem é o nojento? *Ele.*

O marido de um casal idoso da alameda Sta. Marian diz:

— Rapaz, aparentemente você é a única pessoa neste município que não entende que a história está acontecendo à nossa volta. Madge e eu achamos que temos direito a uma lembrança.

Uma lembrança?

Suado, indisposto, e completamente farto, Danny perde a calma.

— Amigo, estou de pleno acordo com você — diz. — Se fosse por mim, você e sua encantadora esposa poderiam sair daqui com uma camiseta ensanguentada e talvez um ou dois dedos amputados na mala do carro. Mas o que posso dizer? O delegado é um cara muito injusto.

Lá vão os dois da alameda Sta. Marian, chocados demais para falar. O próximo da fila começa a berrar no momento em que Danny se abaixa para sua janela. Ele é exatamente igual à imagem que Danny tem de George Rathbun, mas sua voz é mais áspera e de um tom ligeiramente mais alto.

— *Não pense que não posso ver o que você está fazendo, rapaz!*

Danny diz ótimo, porque está tentando proteger o local de um crime, e aquele George Rathbun, que está dirigindo um velho Dodge Caravan azul sem o para-choque dianteiro e o espelho lateral direito, grita:

— *Estou aqui sentado há 20 minutos enquanto você e aquela senhora não fazem nada! Espero que não se surpreenda quando vir uma AÇÃO DOS VIGILANTES* por aqui!*

É nesse momento suave que Danny ouve o inconfundível ronco dos Thunder Five avançando pela rodovia em sua direção. Ele não se sente bem desde que encontrou a bicicleta de Tyler Marshall em frente ao lar dos velhos, e a ideia de discutir com Beezer St. Pierre lhe enche o cérebro de rolos de uma fumaça oleosa preta e um turbilhão de fagulhas vermelhas. Ele abaixa a cabeça e olha bem nos olhos do sujeito de cara vermelha parecido com George Rathbun. Sua voz sai num tom morto e monocórdio.

— Senhor, se continuar nesta linha, vou algemá-lo, prendê-lo no banco de trás do meu carro até eu poder ir embora, e então levá-lo para a delegacia e acusá-lo de tudo o que me vier à mente. Isto é uma promessa. Agora, faça um favor a si mesmo e dê o fora daqui.

---

* No século XIX, membros de uma comissão de voluntários organizada para suprimir e punir sumariamente os crimes. [N. da T.]

A boca do homem abre e fecha, como a de um peixe. Manchas mais vermelhas aparecem em sua cara bochechuda já rubra. Danny continua olhando-o nos olhos, quase esperando uma desculpa para botar-lhe um par de algemas e atirá-lo no banco traseiro de seu carro. O cara considera suas opções e a cautela vence. Ele baixa os olhos, posiciona a alavanca da mudança no R e dá ré praticamente em cima do Miata atrás dele.

— Não acredito que isso esteja acontecendo — diz Pam. — Qual foi o imbecil que espalhou a história?

Como Danny, ela está observando Beezer e seus amigos virem em sua direção passando pela fila de carros à espera.

— Não sei, mas eu gostaria de enfiar meu cassetete pela goela dele abaixo. E depois dele, estou procurando Wendell Green.

— Não vai precisar procurar muito longe. Ele está uns seis carros atrás na fila — Pam aponta para o calhambeque de Wendell.

— Nossa Senhora — diz Danny. — Na verdade, estou satisfeito em ver esse fanfarrão miserável. Agora posso lhe dizer exatamente o que penso dele.

Sorrindo, ele se abaixa para falar com o adolescente ao volante do Miata. O garoto vai embora, e Danny acena para o motorista atrás dele enquanto vê os Thunder Five se aproximarem cada vez mais. Ele diz a Pam:

— A esta altura, se Beezer chegar na minha cara e só *parecer* que vai partir para a violência, vou sacar meu berro, juro por Deus.

— Papo-furado, papo-furado — diz Pam.

— Eu realmente estou pouco ligando.

— Bem, lá vamos nós — ela fala, dizendo-lhe que se ele sacar a arma, ela vai apoiá-lo.

Mesmo os motoristas que estão discutindo para entrar no caminho de terra param para ver Beezer e os rapazes. Em movimento, cabelos e barbas ao vento, caras enfezadas, eles parecem prontos para criar o máximo de tumulto possível. O coração de Danny Tcheda acelera, e ele sente o esfíncter se contrair.

Mas os motoqueiros Thunder Five passam batidos sem sequer virar a cabeça, um após o outro. Beezer, Ratinho, Doc, Sonny e o Kaiser — lá vão eles, saindo da cena.

— Ora, *droga* — diz Danny, incapaz de decidir se está aliviado ou desapontado.

O susto que ele toma quando os motoqueiros dão um balão levantando cascalho 30 metros adiante lhe diz que o que ficou foi aliviado.

— Ah, por favor, não — diz Pam.

Nos automóveis à espera, cada cabeça vira quando as motos tornam a passar, voltando por onde vieram. Por alguns segundos, o único som que se ouve é o furor decrescente das cinco Harley-Davidson. Danny Tcheda tira o quepe e enxuga a testa. Pam Stevens arqueia as costas e expira. Então alguém mete a mão na buzina, e duas outras buzinas entram no coro, e um cara com um bigode grisalho de morsa e uma camisa de brim está mostrando um distintivo menor num estojo de couro e explicando que é primo de um juiz municipal e membro honorário da força policial de La Riviere, o que basicamente significa que nunca é multado por excesso de velocidade ou estacionamento proibido e pode ir aonde bem entende. O bigode se estica num grande sorriso.

— Então me deixe passar, e pode voltar a fazer o seu trabalho, seu guarda.

Não deixá-lo passar *é* o trabalho dele, diz Danny, e é obrigado a repetir essa mensagem várias vezes antes de poder passar ao próximo caso. Após mandar embora mais alguns cidadãos descontentes, ele olha para ver quanto tempo precisa esperar antes de poder repreender Wendell Green. Certamente o repórter não pode estar mais de dois ou três carros atrás. Tão logo Danny levanta a cabeça, buzinas soam e pessoas começam a gritar para ele. *Deixe a gente entrar! Ei, colega, eu pago o seu salário, lembra? Quero falar com Dale, quero falar com Dale!*

Alguns homens saltaram de seus carros. Seus dedos estão apontados para Danny e suas bocas estão se mexendo, mas ele não pode distinguir o que estão gritando. Uma tira de dor corre como uma barra de ferro em brasa de detrás de seu olho até o meio de seu cérebro. Algo está errado; ele não está vendo o feio carro vermelho de Green. Onde diabos está? Droga, droga e duas vezes droga, Green deve ter saído da fila e entrado no campo ao lado da Lanchonete do Ed. Danny olha em volta e inspeciona o campo. Vozes irritadas e buzinas fervem às suas costas. Nada de Toyota arrebentado, nada de Wendell Green. Imagine só, o falastrão desistiu!

Alguns minutos depois, o movimento diminui e Danny e Pam pensam que seu trabalho está praticamente encerrado. Todas as quatro pistas da rodovia 35 estão vazias, seu estado normal num sábado de manhã. O único caminhão rodando por ali continua rodando, a caminho de Centralia.

— Acha que devemos ir até lá? — pergunta Pam, indicando com a cabeça as ruínas da lanchonete.

— Talvez, daqui a pouco.

Danny não está ansioso para chegar à área daquele cheiro. Ficaria muito feliz em continuar ali até a chegada do legista e do furgão da perícia. O que deu nessas pessoas, afinal? Ele abriria mão com prazer de dois dias de salário para ser poupado da visão do pobre corpo de Irma Freneau.

Então ele e Pam ouvem dois barulhos distintos ao mesmo tempo, e nenhum deles os deixa confortáveis. O primeiro é o de uma nova leva de veículos chegando a toda pela estrada; o segundo, o ronco de motocicletas descendo para o local do crime de algum lugar atrás da velha lanchonete.

— Existe alguma outra estrada para esse lugar? — ele pergunta incrédulo.

Pam ergue os ombros.

— Parece que sim. Mas, olhe, Dale vai ter que se virar com os capangas do Beezer, porque vamos estar ocupadíssimos aqui.

— Ai, cacilda — diz Danny.

Uns trinta carros e picapes estão chegando ao fim do pequeno caminho, e tanto ele quanto Pam podem ver que seus ocupantes estão mais zangados e mais determinados que os da primeira leva. No final da aglomeração, alguns homens e mulheres estão abandonando o veículo no acostamento e vindo na direção dos dois policiais. Os motoristas da frente estão sacudindo os punhos e gritando mesmo antes de tentar entrar no caminho. Incrivelmente, uma mulher e dois adolescentes estão segurando uma longa faixa que diz QUEREMOS O PESCADOR! Um homem num velho Caddy coberto de pó enfia o braço pela janela e exibe um cartaz feito à mão: GILBERTSON TEM QUE SAIR.

Danny olha por cima do ombro e vê que os Thunder Five devem ter encontrado um outro caminho, porque quatro deles estão parados na frente da Lanchonete do Ed, estranhamente parecendo agentes do Serviço Secreto, enquanto Beezer St. Pierre está muito envolvido numa discussão com o chefe. E *eles* parecem, ocorre a Danny, dois chefes de Estado negociando um acordo de comércio. Isso não faz nenhum sentido, e Danny se vira de novo para os carros, os lunáticos com os cartazes e os homens e as mulheres vindo em sua direção e na de Pam.

Um velho de 72 anos barrigudo com um cavanhaque branco, Hoover Dalrymple, planta-se na frente de Pam e começa a exigir seus direitos inalienáveis. Danny se lembra de seu nome porque Dalrymple começou uma briga no bar do Hotel Nelson uns seis meses atrás, e agora cá está ele de novo, se vingando.

— Não quero falar com seu parceiro — ele grita — nem ouvir nada do que ele diz, porque ele não está interessado nos direitos das pessoas desta comunidade.

Danny manda embora um Subaru laranja dirigido por um adolescente mal-encarado com uma camiseta preta do Black Sabbath, depois uma Corvette preta com placas do revendedor de La Riviere e uma jovem lindíssima e desbocadíssima. De onde vem essa gente? Ele não reconhece ninguém exceto Hoover Dalrymple. Quase todas as pessoas que agora estão na sua frente, Danny supõe, foram chamadas de fora da cidade.

Ele tinha intenção de ajudar Pam quando uma mão bate em seu ombro; ele olha para trás e vê Dale Gilbertson ao lado de Beezer St. Pierre. Os outros quatro motoqueiros estão ali por perto. O que se chama Ratinho, que, obviamente, é mais ou menos do tamanho de um monte de feno, encontra o olhar de Dale e ri.

— O que está *fazendo*? — pergunta Danny.

— Calma — diz Dale. — Os amigos do Sr. St. Pierre se ofereceram para nos ajudar no controle do povo, e acho que queremos toda a ajuda que eles puderem nos dar.

De canto de olho, Danny vislumbra os gêmeos Neary surgindo à frente da multidão, e ergue a mão para detê-los.

— O que eles tiram disso?

— Simples informação — diz o chefe. — Muito bem, rapazes, ao trabalho.

Os amigos de Beezer se separam e se aproximam da multidão. O chefe chega para o lado de Pam, que primeiro olha para ele espantada, depois balança a cabeça. Ratinho rosna para Hoover Dalrymple e diz:

— Pelo poder de que estou investido, ordeno-lhe que dê o fora daqui, Hoover.

O velho some tão depressa que parece ter-se desmaterializado.

O resto dos motoqueiros provoca o mesmo efeito nos curiosos zangados. Danny espera que eles consigam manter a calma em face de abusos contínuos: um homem de 135 quilos, que parece um dos Hells Angels no limite entre o autocontrole e uma fúria crescente, faz milagres numa multidão rebelde. O motoqueiro mais perto de Danny manda Floyd e Frank Neary embora apenas levantando o punho para eles. Enquanto eles voltam para o carro, o motoqueiro pisca para Danny e se apresenta como Kaiser Bill. O amigo de Beezer gosta do processo de controlar a multidão, e um imenso sorriso ameaça abrir caminho através de sua carranca, mas a raiva em fusão fervilha por baixo assim mesmo.

— Quem são os outros caras? — pergunta Danny.

Kaiser Bill identifica Doc e Sonny, que estão dispersando a multidão à direita de Danny.

— Por que vocês estão fazendo isso?

O Kaiser abaixa a cabeça de modo que sua cara fica a 5 centímetros da de Danny. É como confrontar um touro. Calor e raiva se derramam das feições largas e da pele cabeluda. Danny quase espera ver fumaça saindo das ventas do homem. Ele tem uma das pupilas menor que a outra e um emaranhado de fios vermelhos explosivos no branco dos olhos.

— Por quê? Estamos fazendo isso por *Amy*. Isso não está claro para você, policial Tcheda?

— Sinto muito — resmunga Danny.

Claro. Ele espera que Dale consiga controlar esses monstros. Vendo Kaiser Bill balançar um Mustang antigo que pertencia a um garoto bobo que não deu ré a tempo, ele está extremamente feliz pelo fato de aqueles motoqueiros não terem nenhum objeto pesado.

Pela vaga deixada pelo Mustang do garoto, um carro da polícia vem em direção de Danny e do Kaiser. Enquanto ele vem abrindo caminho no meio do povo, uma mulher de camiseta sem manga e calça

Capri bate nas janelas do lado oposto ao do motorista. Quando o carro alcança Danny, os dois policiais que trabalham em meio expediente, Bob Holtz e Paul Nestler, saltam, olham boquiabertos para o Kaiser, e perguntam se Danny e Pam precisam de ajuda.

— Vá lá em cima e fale com o chefe — Danny diz, embora não devesse ter dito.

Holtz e Nestler são bons sujeitos, mas têm muito que aprender sobre cadeia de comando, e tudo o mais.

Um minuto e meio depois, Bobby Dulac e Dit Jesperson aparecem. Danny e Pam fazem sinal para eles passarem enquanto os motoqueiros entram na confusão e arrastam das laterais e do capô do veículo cidadãos que estão entoando palavras de ordem. Ruídos de briga chegam a Danny sobrepondo-se a gritos zangados vindos da turba à sua frente. Parece que ele já está ali há horas. Enxotando as pessoas com grandes braçadas, Sonny surge para se colocar ao lado de Pam, que está fazendo o melhor que pode. Ratinho e Doc conseguem chegar à clareira. O nariz sangrando, uma mancha vermelha escurecendo-lhe a barba no canto da boca, o Kaiser caminha a passos largos ao lado de Danny.

Quando a turba começa a entoar "NÓS NÃO VAMOS! NÓS NÃO VAMOS!", Holtz e Nestler voltam para apoiar a fila. *Nós não vamos, nós não vamos?*, Danny se pergunta. *Esse bordão não se referia ao Vietnã?*

Só vagamente consciente do som de uma sirene de polícia, Danny vê Ratinho entrar no meio da multidão e nocautear as três primeiras pessoas que consegue alcançar. Doc pousa as mãos na janela aberta de um conhecidíssimo Oldsmobile e pergunta ao motorista baixo e meio calvo o que diabo ele pensa que está fazendo.

— Doc, deixe-o em paz — diz Danny, mas a sirene soa de novo e abafa suas palavras.

Embora pareça um incompetente professor de matemática ou um funcionário público de terceiro escalão, o homenzinho ao volante do Oldsmobile possui a determinação de um gladiador. É o reverendo Lance Hovdahl, o velho professor de catecismo de Danny.

— Pensei que eu podia ajudar — diz o reverendo.

— Com toda essa algazarra, não consigo ouvi-lo muito bem, deixe-me ajudá-lo a chegar mais perto — diz Doc.

Ele se debruça para dentro da janela quando a sirene torna a soar e um carro da Polícia Estadual passa do outro lado.

— Pare, Doc, PARE! — Danny grita vendo os dois homens no carro da Polícia Estadual, Brown e Black, espichando o pescoço para ver o espetáculo de um homem barbudo com um físico de urso arrancando um ministro luterano de dentro do carro pela janela. Chegando furtivamente atrás deles, outra surpresa, Arnold Hrabowski, o Húngaro Maluco, está olhando arregalado pelo para-brisa de seu carro do programa antidrogas como se aterrorizado com o caos em volta.

O fim do caminho de terra agora parece uma zona de guerra. Danny entra no meio da turba ruidosa e empurra algumas pessoas enquanto vai indo até Doc e seu velho professor de catecismo, que parece abalado mas nada machucado.

— Bem, Danny, minha *nossa* — diz o ministro. — Estou mesmo contente em vê-lo aqui.

Doc fuzila os dois com o olhar.

— Vocês se conhecem?

— Reverendo Hovdahl, este é Doc — diz Danny. — Doc, este é o reverendo Hovdahl, o pastor da Igreja Luterana Monte Hebron.

— Cacilda — diz Doc, e imediatamente começa a dar tapinhas na lapela do homenzinho e a puxar a bainha de seu paletó, como se para ajeitá-lo. — Sinto muito, reverendo, espero não o ter machucado.

Os tiras estaduais e o Húngaro Maluco conseguem afinal sair do meio daquele bolo de gente. O nível de ruído diminui para um rumor fraco — de uma maneira ou de outra, os amigos de Doc calaram os membros mais ruidosos da oposição.

— Felizmente, a janela é mais larga que eu — diz o reverendo.

— Diga, será que eu podia passar na igreja e conversar com o senhor um dia desses? — diz Doc. — Ultimamente, ando lendo muito sobre o cristianismo do primeiro século. Sabe, Géza Vermès, John Dominic Crossan, Paula Fredriksen, coisas desse tipo. Eu gostaria de trocar umas ideias com o senhor.

O que quer que o reverendo Hovdahl tencione dizer é obliterado pela súbita algazarra do outro lado da pista. Uma voz de mulher se eleva como a de uma *banshee*,* num grito fantasmagórico que arrepia os cabelos da nuca de Danny. Parece-lhe que loucos fugidos mil vezes mais perigosos que os Thunder Five estão aos berros pela paisagem. Que diabo pode ter *acontecido* ali?

— "Alô, rapazes?" — Incapaz de conter sua indignação, Bobby Dulac vira-se para olhar primeiro para Dale, depois para Jack. Sua voz se eleva, endurece. — Essa merda é real? *"Alô, rapazes?"*

Dale tosse na mão e dá de ombros.

— Ele queria que a achássemos.

— Mas por que ele faria isso? — pergunta Bobby.

— Ele se orgulha do que faz.

De alguma vaga encruzilhada na memória de Jack, uma voz feia diz: *Fique fora disso. Meta-se comigo e espalho suas tripas de Racine até La Riviere.* De quem era essa voz? Sem nenhuma outra prova senão sua convicção, Jack entende que, se conseguisse localizar essa voz, poria um nome no Pescador. Não consegue; tudo o que Jack Sawyer consegue fazer neste momento é se lembrar de um fedor pior que a nuvem infecta que enche esse prédio em ruínas — um cheiro medonho que vinha do sudoeste de um outro mundo. Aquilo era o Pescador, também, ou o que quer que o Pescador fosse naquele mundo.

Uma ideia digna do antigo astro em ascensão da Divisão de Homicídios do DPLA desperta em sua mente, e ele diz:

— Dale, acho que você deveria deixar Henry ouvir a fita do 911.

— Não estou entendendo. Para quê?

— Henry se liga em coisas que só morcego ouve. Mesmo se não reconhecer a voz, ele ficará sabendo cem vezes mais do que o que sabemos agora.

— Bem, tio Henry nunca esquece uma voz, é verdade. Está bem, vamos sair daqui. O legista e o furgão da perícia devem aparecer daqui a pouco.

Deixando-se ficar para trás dos outros dois, Jack pensa no boné dos Brewers de Tyler Marshall e onde o encontrou — naquele mundo

---

* Espírito feminino do folclore gaélico que, com seus lamentos, anuncia uma morte iminente na família. [N. da T.]

que ele passou mais da metade da vida negando, e sua volta a esse mundo naquela manhã continua a lhe enviar choques pelo organismo. O Pescador deixou o boné para ele nos Territórios, a terra de que ouviu falar pela primeira vez quando Jacky tinha 6 anos — quando Jacky tinha 6 anos e papai tocava corneta. Está tudo lhe voltando à mente, aquela imensa aventura, não porque ele o deseje, mas porque *tem* que voltar: forças externas a ele estão pegando-o pelo cangote e levando-o adiante. Adiante para seu próprio passado! O Pescador se orgulha de sua obra, sim, o Pescador está premeditadamente caçoando deles — uma verdade tão óbvia que nenhum dos três teve que dizê-la em voz alta —, mas realmente o Pescador está tentando só Jack Sawyer, o único que viu os Territórios. E se *aquilo* for verdade, como tem que ser, então...

... então os Territórios e tudo o que eles contêm estão envolvidos de alguma forma nesses crimes deprimentes, e ele foi empurrado para um drama de consequências enormes que ele não pode captar agora. *A Torre. O Feixe.* Ele viu isso escrito com a letra da mãe, algo sobre a Torre caindo e os Feixes quebrando: essas coisas são parte do quebra-cabeça, qualquer que seja seu significado, como é a convicção profunda de Jack de que Tyler Marshall ainda está vivo, metido em algum buraco do outro mundo. A certeza de que ele jamais pode falar sobre isso com qualquer outra pessoa, nem mesmo Henry Leyden, o faz sentir-se intensamente só.

Os pensamentos de Jack se dispersam no tumulto que irrompe junto ao barracão. Parece um ataque índio num filme de caubói, uivos e gritos e barulho de correria. Uma mulher dá um grito agudo sinistramente parecido com os *blip-blips* da sirene da polícia que ele vagamente notou há alguns instantes. Dale resmunga "Nossa", e sai em disparada, seguido por Bobby e Jack.

Do lado de fora, o que parece uma meia dúzia de pessoas malucas está correndo de um lado para o outro no piso de cascalho tomado pelo mato em frente à Lanchonete do Ed. Dit Jesperson e Beezer, ainda muito pasmos para reagir, observam-nas pularem para lá e para cá. As pessoas malucas fazem um barulho incrível. Um homem grita: "MATEM O PESCADOR! MATEM O FILHO DA MÃE NOJENTO!" Outro está gritando: "LEI, ORDEM E CERVEJA DE GRAÇA!" Uma figura esquálida de macacão emenda: "CERVEJA DE GRAÇA! QUEREMOS CERVEJA DE GRAÇA!" Uma mulher velha demais para aquela blusa sem manga e aquele jeans azul roda por ali agitando os braços e gritando a plenos pulmões. O sorriso na cara dessas pessoas indica que elas estão envolvidas em alguma brincadeira cretina. Elas estão se divertindo como nunca.

Do fim do caminho vem vindo um carro da Polícia Estadual, com o Pontiac do programa antidrogas do Húngaro Maluco bem atrás. No meio do caos, Henry Leyden põe a cabeça de lado e ri sozinho.

Quando vê seu chefe partir atrás de um dos homens, o gordo Dit Jesperson entra em ação e vê Doodles Sanger, contra quem ele guarda ressentimento desde que ela o rejeitou uma noite no Hotel Nelson. Dit reconhece Teddy Runkleman, o sujeito alto e desengonçado de nariz quebrado que Dale está perseguindo; e conhece Freddy Saknessum, mas Freddy sem dúvida é muito rápido para ele e, além do mais, Dit tem a sensação de que se tocar em Freddy Saknessum, mais ou menos oito horas depois, provavelmente, vai aparecer com alguma doença realmente ruim. Bobby Dulac está atrás do magricelo, então Doodles é o alvo de Dit, e ele está ansioso para derrubá-la no chão e fazê-la pagar por tê-lo chamado do que chamou, seis anos atrás no bar imundo do Nelson. (Na frente de 12 dos caras mais devassos de French Landing, Doodles comparou-o a Tubby, o velho delegado vira-lata fedorento e rebolador na época.)

Dit olha-a nos olhos, e por um segundo ela para de pular para plantar os dois pés no chão e lhe fazer o pequeno gesto de chamamento com os dedos de ambas as mãos. Ele parte para cima dela, mas quando chega aonde ela estava, ela está três passos à direita, trocando de pé como um jogador de basquete.

— Tubby-Tubby — ela diz. — Pega, Tub-Tub.

Furioso, Dit avança, erra e quase perde o equilíbrio. Doodles sai saracoteando e rindo e articula a expressão odiosa. Dit não entende — por que Doodles simplesmente não se manda? É como se ela quase quisesse ser pega, mas primeiro ela precisa esgotar o tempo.

Depois de outra investida séria que erra o alvo por um triz, Dit Jesperson enxuga o suor do rosto e confere a cena. Bobby Dulac está algemando o magricelo, mas Dale e Hollywood Sawyer só estão se dando um pouquinho melhor do que ele. Teddy Runkleman e Fred Saknessum se esquivam e fogem de seus perseguidores, ambos rindo como idiotas e gritando seus slogans imbecis. Por que a ralé é sempre tão ágil? Dit supõe que ratos como Runkleman e Saknessum adquirem mais prática em ter os pés ligeiros do que as pessoas normais.

Ele avança para Doodles, que escapa e, às gargalhadas, começa a dançar um puladinho. Por cima do ombro dela, Dit vê Hollywood finalmente fazer a finta em Saknessum, passar-lhe um braço em volta da cintura e jogá-lo no chão.

— Você não precisava ser violento — diz Saknessum. Desvia os olhos e faz um rápido gesto de cabeça. — Ei, Runks.

Teddy Runkleman olha para ele, e também desvia os olhos. Fica parado. O chefe diz:

— O que, perdeu o gás?

— A festa acabou — diz Runkleman. — Ei, a gente só estava se divertindo, sabe?

— Ai, Runksie, quero brincar mais — diz Doodles, acrescentando uns requebros ao puladinho.

Num piscar de olhos, Beezer St. Pierre joga seu corpo portentoso entre ela e Dit. Ele se adianta, roncando como uma carreta subindo uma rampa íngreme. Doodles tenta dançar para trás, mas Beezer agarra-a e a leva em direção ao chefe.

— Beezie, você não gosta mais de mim? — pergunta Doodles.

Beezie resmunga enojado e deposita-a na frente do chefe. Os dois tiras estaduais, Perry Brown e Jeff Black, estão parados, parecendo ainda mais enojados que o motoqueiro. Se o processo mental de Dit fosse transcrito da estenografia deles para o vernáculo padrão, o resultado seria: *Ele deve ter alguma coisa na cuca se faz aquela Kingsland Ale, porque essa é uma cerveja ótima. E olha o chefe! Está tão desesperado para fazer alguma coisa que nem consegue ver que estamos prestes a perder esse caso.*

— Vocês estavam SE DIVERTINDO? — ruge o chefe. — O que há com vocês, seus idiotas? Não têm nenhum respeito por aquela pobre garota ali?

Quando os tiras estaduais se adiantam para assumir, Dit e Beezer ficam parados em estado de choque por um momento, depois afastam-se do grupo o mais discretamente possível. Ninguém senão Dit Jesperson presta atenção nele — o enorme motoqueiro fez a sua parte, e agora seu papel terminou. Arnold Hrabowski, que andava mais ou menos escondido atrás de Brown e Black, enfia as mãos nos bolsos, encolhe os ombros e lança um olhar envergonhado, expressando suas desculpas a Dit. Dit não entende: de que o Húngaro Maluco tem que se sentir culpado? Ora, ele acabou de chegar ali. Dit torna a olhar para Beezer, que está avançando pesadamente em direção ao barracão e — surpresa, surpresa! — o melhor amigo e o repórter preferido de todo mundo, o Sr. Wendell Green, agora parecendo um pouco alarmado. *Acho que mais de um tipo de escória subiu à tona,* pensa Dit.

Beezer gosta de mulheres inteligentes e sensatas, como a Ursa; piranhas burras como Doodles levam-no à loucura. Ele avança, agarra dois punhados de carne esbranquiçada coberta de raiom e segura a esperneante Doodles debaixo do braço.
Doodles diz:
— Beezie, você não gosta mais de mim?
Ele põe a cretina no chão na frente de Dale Gilbertson. Quando Dale finalmente explode com aqueles quatro delinquentes juvenis já crescidos, Beezer se lembra do sinal que Freddy fez para Runskie e olha por cima do ombro do chefe para a frente da velha lanchonete. À esquerda da entrada cinzenta em ruínas, Wendell Green está mirando a máquina fotográfica no grupo à sua frente, fazendo gracinhas, se abaixando e se inclinando, chegando para um lado e para o outro enquanto bate fotos. Quando vê Beezer olhando para ele através de sua lente, Wendell se endireita e abaixa a máquina. Tem um sorrisinho amarelo no rosto.
Green deve ter vindo pelo outro caminho, Beezer imagina, porque os tiras lá na frente não o deixariam passar de jeito nenhum. Imagine, Doodles e os palermas devem ter vindo pelo mesmo caminho. Ele espera que aquele pessoal não tenha ficado sabendo do atalho por tê-lo seguido, mas existe essa possibilidade.
O repórter deixa a câmera pendurada na alça e, mantendo os olhos em Beezer, afasta-se do velho barracão. Seu jeito culpado e assustado de andar faz lembrar a Beezer uma hiena aproximando-se furtivamente de sua carniça. Wendell Green realmente tem medo de Beezer, e Beezer

não pode censurá-lo. Green tem sorte de Beezer não ter mesmo lhe arrancado a cabeça, em vez de meramente ter falado dela. No entanto... aquele andar de hiena de Green parece muito estranho a Beezer, naquela situação. Ele não pode estar com medo de levar uma surra na frente de todos esses tiras, pode?

O mal-estar de Green se associa na cabeça de Beezer à comunicação que ele viu entre Runkleman e Freddy. Quando os olhos deles se desviaram, quando olharam para o outro lado, eles estavam olhando para o repórter! *Ele tinha armado tudo antes.* Green estava usando os palermas como uma distração para o que quer que ele estivesse fazendo com aquela máquina fotográfica, claro. Tal sordidez, tal imoralidade enfurece Beezer. Arrebatado pela abominação, ele se afasta de mansinho de Dale e dos outros policiais e dirige-se para Wendell Green, mantendo os olhos grudados nos do repórter.

Ele vê Wendell pensar em fugir, e rejeitar a ideia, provavelmente por saber que não tem chance de escapar.

Quando Beezer está a 3 metros dele, Green diz:

— Não precisamos de nenhum problema aqui, Sr. St. Pierre. Só estou fazendo o meu trabalho. Certamente o senhor pode entender isso.

— Entendo um monte de coisas — diz Beezer. — Quanto pagou àqueles palhaços?

— Quem? Que palhaços? — Wendell finge estar acabando de ver Doodles e os outros. — Ah, eles? São eles que estão fazendo esse bafafá todo?

— E por que eles fariam uma coisa dessas?

— Porque são animais, eu acho.

A expressão no rosto de Wendell transmite um grande desejo de se alinhar com Beezer do lado de seres humanos, em oposição a animais como Runkleman e Saknessum.

Tendo o cuidado de olhar fixo para os olhos de Green, em vez de para sua máquina, Beezer chega mais perto e diz:

— Wen, você é uma figura, sabia?

Wendell ergue as mãos para deter Beezer.

— Ei, podemos ter tido nossas diferenças no passado, mas...

Ainda olhando-o nos olhos, Beezer segura a máquina com a mão direita e chapa a esquerda no peito de Wendell Green. Dá um puxão com a direita e um forte safanão em Green com a esquerda. Uma das duas coisas vai arrebentar, o pescoço de Green ou a alça da máquina, e ele não está muito preocupado em saber qual será.

Depois de um ruído como o de um chicote estalando, o repórter braceja para trás, mal conseguindo ficar em pé. Beezer está tirando a máquina do estojo, do qual pendem duas tiras de couro arrebentado. Ele larga o estojo e gira o aparelho em suas manzorras.

— Ei, não faça isso! — diz Wendell, com uma voz mais alta do que o normal, mas sem chegar a gritar.

— O que é isso, uma velha F2A?

— Se sabe isso, você sabe que é uma peça clássica. Devolva.

— Não vou machucá-la. Vou limpá-la. — Beezer abre a máquina, enfia um dedão embaixo do pedaço de filme exposto e arranca o rolo inteiro. Sorri para o repórter e joga o filme no mato. — Vê como fica melhor sem toda aquela bosta aí dentro? Essa é uma maquinazinha boa, você não devia botar lixo dentro dela.

Wendell não ousa mostrar quão furioso está. Esfregando o ponto dolorido no pescoço, resmunga:

— Esse chamado lixo é meu ganha-pão, seu palerma, seu imbecil. Agora devolva minha máquina.

Beezer segura displicentemente o aparelho na frente dele.

— Não captei bem tudo isso. O que você disse?

Dando como resposta apenas um olhar vazio, Wendell arranca a máquina da mão de Beezer.

Quando os dois tiras estaduais finalmente se adiantam, Jack sente um misto de desapontamento e alívio. O que eles vão fazer é óbvio, então deixe que façam. Perry Brown e Jeff Black vão tirar de Dale o caso do Pescador e tocar sua própria investigação. De agora em diante, será sorte de Dale receber migalhas da mesa do estado. A maior tristeza de Jack é que Brown e Black tenham entrado neste hospício, neste circo. Eles estavam o tempo todo esperando por isso — num sentido, esperando que o cara local provasse sua incompetência —, mas o que está acontecendo agora é uma humilhação pública para Dale, e Jack gostaria que isso não estivesse ocorrendo. Ele não poderia imaginar que ficaria agradecido pela chegada de uma turma de motoqueiros no local de um crime, mas isso mostra o quanto a coisa está feia. Beezer St. Pierre e seus companheiros mantiveram o povo afastado com mais eficiência do que os policiais de Dale. A questão é, como essa gente toda descobriu?

Fora o prejuízo para a reputação e a autoestima de Dale, porém, Jack tem poucas tristezas quanto ao caso passar para outra jurisdição. Deixe Brown e Black vasculharem todos os porões do condado Francês: Jack tem a sensação de que eles não vão avançar mais do que o Pescador permitir. Para avançar, ele acha, é preciso ir em direções que Brown e Black jamais poderiam entender, visitar lugares que eles têm certeza que não existem. Avançar significa fazer amizade com o *opopânace*, e homens como Brown e Black não confiam em nada que sequer cheire a *opopânace*. O que significa que, apesar de tudo o que Jack disse a si mesmo desde o assassinato de Amy St. Pierre, ele terá que pegar o Pescador sozinho. Ou talvez não de todo sozinho. Dale vai ter muito mais tempo disponível, afinal de contas, e seja o que for que a Polícia Estadual faça com ele, Dale está envolvido demais neste caso para se afastar dele.

— Chefe Gilbertson — diz Perry Brown —, acho que já vimos o suficiente aqui. É isso que você chama de fazer a segurança de uma área?

Dale desiste de Teddy Runkleman e se vira frustrado para os policiais estaduais, que estão lado a lado, como uma tropa de choque. Pela expressão dele, Jack pode ver que ele sabe exatamente o que vai acontecer, e que espera não seja humilhantemente brutal.

— Fiz tudo o que estava em meu poder para garantir a segurança desta área — Dale diz. — Depois que recebemos a ligação no 911, falei com meus homens pessoalmente e dei ordem para que eles saíssem em duplas a intervalos razoáveis, para não despertar nenhuma curiosidade.

— Chefe, você deve ter usado o rádio — diz Jeff Black. — Porque, com certeza, *alguém* estava sintonizado.

— Eu não usei o rádio — diz Dale. — E meu pessoal não ia espalhar a notícia. Mas, sabe de uma coisa, policial Black? Se o Pescador ligou para nós no 911, talvez também tenha dado alguns telefonemas anônimos para os cidadãos.

Teddy Runkleman estava assistindo a esta discussão como um espectador assistindo a uma final de tênis. Perry Brown diz:

— Vamos começar do começo. O que pretende fazer com este homem e com os amigos dele? Vai indiciá-los? Ver a cara dele está me dando nos nervos.

Dale pensa um pouco e diz:

— Não vou indiciá-los. Saia daqui, Runkleman. — Teddy recua, e Dale diz: — Espere um pouco. Como chegou aqui?

— Pelo atalho — diz Teddy. — Vem direto dos fundos da Goltz's. Os Thunder Five vieram pelo mesmo caminho. Aquele repórter importante, o Sr. Green, também.

— Wendell Green está aqui?

Teddy aponta para o lado da ruína. Dale olha por cima do ombro, e Jack olha na mesma direção e vê Beezer St. Pierre arrancando o filme da máquina fotográfica, enquanto Wendell Green assiste consternado.

— Mais uma pergunta — Dale diz. — Como você ficou sabendo que o corpo daquela garota Freneau estava aqui?

— Havia cinco ou seis corpos na Lanchonete do Ed, foi o que eu ouvi. Meu irmão Erland ligou e me contou. Ele ouviu isso da namorada dele.

— Ande, saia daqui — diz Dale, e Teddy Runkleman vai andando como se tivesse sido condecorado como cidadão exemplar.

— Muito bem — diz Perry Brown. — Chefe Gilbertson, você chegou ao fim da linha. De agora em diante, essa investigação será conduzida pelo tenente Black e por mim. Quero uma cópia da gravação do 911 e cópias de todas as anotações e depoimentos tomados por seus policiais. Seu papel *é* manter-se inteiramente subordinado à investigação estadual e cooperar plenamente quando chamado. Você receberá informações de acordo com o que o tenente Black e eu julgarmos apropriado.

"Se me perguntar, chefe Gilbertson, você está recebendo bem mais do que merece. Nunca vi um local de crime mais desorganizado. Você violou a um ponto *inacreditável* a segurança deste sítio. Quantos de vocês entraram na... na construção?"

— Três — diz Dale. — Eu, o policial Dulac e o tenente Sawyer.

— Tenente *Sawyer* — diz Brown. — Perdão, o tenente Sawyer reingressou no DPLA? Ele passou a ser um membro oficial do seu departamento? Se não, por que lhe deu acesso àquela construção? Na verdade, o que o *Sr.* Sawyer está fazendo aqui, para começo de conversa?

— Ele já solucionou mais casos de homicídio do que você e eu jamais solucionaremos na vida, por mais longa que ela seja.

Brown lança um olhar perverso para Jack, e Jeff Black fica olhando para a frente. Depois dos dois tiras estaduais, Arnold Hrabowski também olha para Jack Sawyer, embora não como Perry Brown olhou. A expressão de Arnold é a de um homem que deseja profundamente ficar invisível, e quando descobre o olho de Jack em cima dele, ele rapidamente olha para o outro lado e troca de pé.

Ah, Jack pensa. *Claro, o Húngaro Maluco Maluco Maluco Maluco Maluco, pronto.*

Perry Brown pergunta a Dale o que o *Sr.* St. Pierre e seus amigos estão fazendo ali, e Dale responde que estão ajudando a controlar a multidão. Dale informou ao Sr. St. Pierre que em troca do seu serviço ele seria mantido a par da investigação? Foi uma coisa assim, realmente.

Jack recua e vai se colocar discretamente ao lado de Arnold Hrabowski.

— Incrível — diz Brown. — Diga, chefe Gilbertson, você decidiu esperar um pouco antes de passar a notícia ao tenente Black e a mim?

— Fiz tudo de acordo com a norma — diz Dale.

Em resposta à pergunta seguinte, diz que chamou, sim, o legista e o furgão da perícia, que, por sinal, ele vê chegando agora mesmo.

A força que o Húngaro Maluco faz para se controlar só consegue deixá-lo parecendo estar apertadíssimo para urinar. Quando Jack coloca a mão em seu ombro, ele fica teso como um índio de loja de charuto.

— Calma, Arnold — diz Jack, depois levanta a voz. — Tenente Black, se está assumindo este caso, há uma informação que deveria ter.

Brown e Black voltam a atenção para ele.

— O homem que fez a ligação para o 911 usou um telefone público na loja da 7-Eleven na rodovia 35 em French Landing. Dale mandou lacrar o telefone, e o proprietário sabe impedir que as pessoas o manuseiem. Talvez você consiga umas impressões úteis nesse telefone.

Black escreve alguma coisa em seu caderno, e Brown diz:

— Cavalheiros, acho que seu papel está encerrado aqui. Chefe, use seu pessoal para dispersar aqueles indivíduos no final do caminho. Quando o legista e eu sairmos daquela ruína, não quero ver uma única pessoa ali, incluindo você e seus policiais. Você será comunicado durante a semana, se eu tiver alguma informação nova.

Mudo, Dale vira as costas e vê Bobby Dulac descendo o caminho, onde a multidão minguou para umas poucas pessoas teimosas encostadas em seus carros. Brown e Black cumprimentam o legista e conferenciam com os especialistas encarregados do furgão da perícia.

— Agora, Arnold — diz Jack —, você gosta de ser tira, não?

— Eu? Eu adoro ser tira. — Arnold não consegue se forçar para olhar nos olhos de Jack. — E eu poderia ser um bom, sei que poderia, mas o chefe não tem muita fé em mim.

Ele enfia as mãos trêmulas nos bolsos das calças.

Jack está dividido entre sentir pena desse frustrado e o impulso de dar-lhe um chute e isolá-lo no fim do caminho. Um bom tira? Arnold não poderia ser nem um bom chefe de escoteiro. Graças a ele, Dale Gilbertson recebeu uma descompostura em público que provavelmente o fez sentir-se como se tivesse sido posto no tronco.

— Mas você não obedeceu às ordens, obedeceu, Arnold?

Arnold estremece como uma árvore fulminada por um raio.

— O quê? Eu não fiz nada.

— Você contou a alguém. Talvez tenha contado a umas duas pessoas.

— Não! — Arnold abana a cabeça violentamente. — Só liguei para minha mulher, mais ninguém. — Ele olha para Jack de uma forma suplicante. — O Pescador falou *comigo*, ele *me* disse onde tinha posto o corpo da menina, e eu queria que Paula soubesse. Sinceramente, Holl... tenente Sawyer, eu não pensei que ela fosse ligar para ninguém, eu só queria *contar* a ela.

— Péssima jogada, Arnold — diz Jack. — Você vai contar ao chefe o que fez, e vai fazer isso agora mesmo. Porque Dale merece saber o que deu errado, e ele não deveria ter que se culpar. Você gosta de Dale, não?

— O chefe? — A voz de Arnold treme de respeito por seu chefe. — Claro que sim. Ele é, ele é... ele é o máximo. Mas ele não vai me botar na rua?

— Isso é com ele, Arnold — diz Jack. — Se você me perguntar, você merece, mas talvez tenha sorte.

O Húngaro Maluco vai se arrastando na direção de Dale. Jack observa sua conversa um instante, depois passa por eles e vai para a lateral da velha lanchonete, onde Beezer St. Pierre e Wendell Green se encaram num silêncio triste.

— Olá, Sr. St. Pierre — ele diz. — Olá, Wendell.

— Estou apresentando uma queixa — diz Green. — Estou fazendo a maior reportagem da minha vida e esse imbecil estraga um rolo inteiro de filme. Não se pode tratar a imprensa desse jeito; temos o *direito* de fotografar o que quisermos.

— Acho que você teria dito que tinha o direito de fotografar o corpo da minha filha, também. — Beezer olha fuzilando para Jack. — Esse merda pagou a Teddy e aos outros palermas para se fazerem de loucos e assim ninguém notar quando ele se infiltrasse ali. Ele tirou fotos da menina.

Wendell espeta um dedo no peito de Jack.

— Ele não tem como provar isso. Mas vou lhe dizer uma coisa, Sawyer. Eu tirei fotos suas. Você estava escondendo provas na traseira da sua picape, e eu peguei você com a boca na botija. Então pense duas vezes antes de tentar se meter comigo, porque eu encrenco você.

Uma perigosa névoa vermelha enche a cabeça de Jack.

— Você ia vender fotos do corpo daquela garota?

— Por que isso interessa a você? — Um sorriso feio estica a boca de Wendell Green. — Você também não é exatamente imaculado, é? Talvez possamos fazer algum bem um ao outro, hein?

A névoa vermelha escurece e enche os olhos de Jack.

— Fazer algum bem um ao outro?

Em pé ao lado de Jack, Beezer St. Pierre abre e cerra os enormes punhos. Beezer, Jack sabe, capta seu tom perfeitamente, mas a visão de cifrões prendeu tanto a atenção de Wendell Green que ele ouve a ameaça de Jack como uma pergunta direta.

— Você me deixa pôr outro filme na máquina e tirar as fotos que eu preciso e eu fico quieto a seu respeito.

Beezer abaixa a cabeça e torna a cerrar os punhos.

— Vou lhe dizer uma coisa. Sou um cara generoso. Talvez eu até pudesse lhe dar uma participação, digamos, dez por cento do meu total.

Jack preferiria quebrar-lhe o nariz, mas se contenta com um soco no estômago do repórter. Green aperta as entranhas e se dobra em dois, depois cai no chão. Sua cara está cor-de-rosa e agitada, e ele respira com dificuldade. Seus olhos registram choque e descrença.

— Está vendo, eu também sou um cara generoso, Wendell. Devo ter lhe poupado milhares de dólares de dentista, mais uma mandíbula quebrada.

— Não esqueça a cirurgia plástica — diz Beezer, esfregando um punho na palma da outra mão.

Ele parece alguém que acabou de ser roubado da sobremesa favorita na mesa do jantar.

A cara de Wendell adquiriu um tom arroxeado.

— Para sua informação, Wendell, não importa o que você acha que viu, eu não estou escondendo provas. Quando muito, estou *revelando* provas, embora não espere que você entenda isso.

Green consegue sorver ruidosamente uns 2 centímetros cúbicos de ar.

— Quando seu ar começar a voltar, saia daqui. Rasteje, se preciso. Volte para seu carro e vá embora. E, pelo amor de Deus, ande rápido, senão seu amigo aqui está propenso a botar você numa cadeira de rodas para o resto da vida.

Beezer abaixa-se e sussurra:

— Você quer ficar tetraplégico, por acaso?

Lentamente, Wendell Green se ajoelha, sorve outra talagada ruidosa de oxigênio e se põe mais ou menos de pé. Ele agita a mão aberta para eles, mas seu significado não é claro. Ele poderia estar dizendo a Beezer e Jack para ficarem longe dele, ou que não vai mais perturbá-los, ou as duas coisas. Com o tronco inclinado sobre o cinto, as mãos apertando o estômago, Green passa aos tropeções pela lateral do prédio.

— Acho que eu devia lhe agradecer — diz Beezer. — Você deixou que eu cumprisse a promessa que fiz para a patroa. Mas tenho que dizer que Wendell Green é um cara que eu gostaria muito de desconstruir.

— Cara — diz Jack —, eu não sabia se poderia agir antes que você o fizesse.

— É verdade, meu autocontrole estava ruindo.

Os dois sorriem.

— Beezer St. Pierre — diz Beezer, e estende a mão.

— Jack Sawyer.

Jack aperta a mão estendida e não sente mais que um segundo de dor.

— Você vai deixar os caras do estado fazerem todo o trabalho, ou vai continuar agindo sozinho?

— O que você acha? — diz Jack.

— Se algum dia precisar de ajuda, ou quiser algum reforço, basta pedir. Porque eu quero mesmo pegar esse filho da mãe, e imagino que você tem mais chance do que ninguém de encontrá-lo.

Na volta para o Vale Noruega, Henry diz:

— Ah, Wendell tirou uma foto do corpo mesmo. Quando você saiu do prédio e foi para a picape, ouvi alguém fotografando, mas achei que podia ser Dale. Aí tornei a ouvir a mesma coisa quando você e Dale estavam lá dentro com Bobby Dulac, e percebi que alguém estava fotografando a *mim*! *Bom, agora*, falei com meus botões, *deve ser o Sr. Wendell Green*, e mandei que ele saísse de trás da parede. Foi quando aquelas pessoas apareceram, gritando e berrando. Na hora em que isso aconteceu, ouvi o Sr. Green dar a volta, entrar no prédio e bater algumas fotos. Aí ele saiu sorrateiro e ficou do lado do prédio, que foi onde seu amigo Beezer o alcançou e cuidou das coisas. Beezer é um sujeito extraordinário, não?

— Henry, você ia me *contar* sobre isso?

— Claro, mas você estava correndo de um lado para o outro, e eu sabia que Wendell Green não iria embora até ser posto para fora. Nunca mais vou ler uma palavra que ele escreve. Nunca.

— Nem eu — diz Jack.

— Mas você não está desistindo do Pescador, está? Apesar do que aquele tira estadual pomposo disse.

— Não posso desistir agora. Para lhe dizer a verdade, acho que aqueles sonhos acordado que mencionei ontem estão ligados a esse caso.

— *Ivey-divey*. Agora, vamos voltar a Beezer. Eu o ouvi dizer que ele queria "desconstruir" Wendell?

— É, acho que ouviu.

— Ele deve ser um homem fascinante. Sei pelo meu sobrinho que os Thunder Five passam as tardes e as noites de sábado no Sand Bar. Semana que vem, talvez eu pegue o velho carro de Rhoda e vá até Centralia, tomar umas boas cervejas e bater um bom papo com o Sr. St. Pierre. Garanto que ele tem um gosto musical interessante.

— Você quer ir dirigindo para Centralia?

Jack fica olhando para Henry, cuja única concessão ao absurdo dessa sugestão é um sorrisinho.

— Os cegos são capazes de dirigir perfeitamente bem — diz. — Provavelmente, dirigem melhor que a maioria das pessoas que enxergam. De qualquer maneira, Ray Charles dirige.

— Espere aí, Henry. Por que você acharia que Ray Charles sabe dirigir?

— Por que, você pergunta? Porque uma noite em Seattle, uns quarenta anos atrás, quando eu tinha um programa na KIRO, Ray me levou para dar uma volta. Macia como o traseiro de Lady Godiva. Nenhum problema. Ficamos nas estradas secundárias, claro, mas Ray chegou a 90, tenho quase certeza.

— Supondo que isso tenha realmente acontecido, você não teve medo?

— Medo? Claro que não. Eu era o navegador dele. Eu certamente não acho que teria problema navegando para Centralia por esse trecho de estrada rural em que dá vontade de dormir. Os cegos só não dirigem porque as outras pessoas não deixam. É uma questão de poder. Elas querem nos manter marginalizados. Beezer St. Pierre entenderia isso perfeitamente.

— E cá estava eu, achando que ia visitar um hospício hoje à tarde — diz Jack.

Capítulo Quatorze

No alto da colina íngreme entre o Vale Noruega e Arden, as curvas fechadas da rodovia 93, agora só com duas pistas, se transformam em reta para a longa descida em direção à cidade, e do lado leste da estrada, o topo do morro se abre num platô relvado. Duas mesas vermelhas castigadas pelo tempo aguardam quem escolhe parar por alguns minutos para apreciar a vista espetacular. Um mosaico de fazendas se estende por 24 quilômetros de uma paisagem suave, não de todo plana, entremeada de riachos e estradas rurais. Uma parede maciça de colinas acidentadas azul-esverdeadas forma o horizonte. No céu imenso, nuvens brancas banhadas de sol pairam como lençóis limpos.

Fred Marshall leva seu Ford Explorer até o acostamento de cascalho, para e diz:

— Deixe eu lhe mostrar uma coisa.

Quando embarcou no Explorer em sua casa, Jack levava uma pasta de couro preto ligeiramente gasta, e ela agora está atravessada em seu colo. As iniciais do pai de Jack, P.S.S., de Philip Stevenson Sawyer, estão gravadas ao lado da alça no alto da pasta. Fred olhou com curiosidade para a maleta algumas vezes, mas não perguntou nada, e Jack não adiantou nada. Haverá tempo para demonstrações, pensa Jack, depois que ele falar com Judy Marshall. Fred salta do carro, e Jack passa a velha pasta do pai por trás das pernas e encosta-a no banco antes de seguir o outro homem pelo capim macio. Quando chegam à primeira das mesas de piquenique, Fred aponta para a paisagem.

— Não temos muito do que você poderia chamar de atrações turísticas, mas este lugar é bem bom, não?

— É muito bonito — diz Jack. — Mas acho que aqui tudo é bonito.

— Judy gosta muito desta vista. Sempre que vamos a Arden num dia decente, ela tem que parar aqui e saltar do carro, relaxar e ficar contemplando um pouco. Sabe, é como fazer uma reserva das coisas importantes antes de voltar à rotina. Eu, às vezes, fico impaciente e penso, vamos, você já viu esta vista mil vezes, tenho que voltar para o trabalho, mas eu sou homem, certo? Então toda vez que a gente entra aqui e senta alguns minutos, vejo que minha mulher sabe mais que eu e que eu devia ouvir o que ela diz.

Jack sorri e senta no banco, esperando o resto. Desde que o pegou, Fred Marshall só falou duas ou três frases de agradecimento, mas é evidente que escolheu este lugar para fazer algum desabafo.

— Fui ao hospital hoje de manhã e ela, bem... ela está *diferente*. Olhando para ela, falando com ela, a gente tem que dizer que ela está muito melhor que ontem. Embora ainda esteja doente de preocupação com Tyler, é *diferente*. Você acha que isso pode ser efeito da medicação? Nem sei o que estão lhe dando.

— Você consegue ter uma conversa normal com ela?

— Às vezes, sim. Por exemplo, hoje de manhã ela estava me contando sobre uma matéria no jornal de ontem falando de uma menina de La Riviere que perdeu o terceiro lugar num concurso estadual de ortografia só porque não sabia soletrar uma palavra maluca que ninguém conhece. *Popôlace,* ou algo assim.

— Opopânace — diz Jack.

Sua voz soa como se ele tivesse uma espinha de peixe entalada na garganta.

— Você também viu essa matéria? É interessante, vocês dois notarem essa palavra. Deu um certo prazer a ela. Ela pediu às enfermeiras para descobrirem o que queria dizer, e uma delas procurou em alguns dicionários. Não encontrou a palavra.

Jack havia encontrado a palavra em seu *Concise Oxford Dictionary*; seu sentido literal não era importante.

— Esta provavelmente é a definição de *opopânace* — diz Jack. — "1. Uma palavra que não se acha no dicionário. 2. Um mistério assustador."

— Ah! — Fred Marshall andou rodando nervosamente pela área do mirante e agora para ao lado de Jack, que, ao olhar para cima, vê o outro examinando o longo panorama. — Talvez seja isso o que significa. — Os olhos de Fred permanecem fixos na paisagem. Ele ainda não está totalmente pronto, mas está progredindo. — Foi ótimo vê-la interessada numa coisa como essa, uma matéria minúscula do *Herald*...

Ele enxuga lágrimas dos olhos e dá um passo na direção do horizonte. Quando se vira, olha diretamente para Jack.

— Há, antes de você conhecer Judy, quero lhe contar algumas coisas sobre ela. O problema é que não sei que impressão isso vai lhe causar. Até eu fico... Sei lá.

— Tente — diz Jack.

Fred diz "Tudo bem", cruza as mãos e abaixa a cabeça. Depois, torna a olhar para cima, e seus olhos são vulneráveis como os de um bebê.

— Ahhh... não sei como dizer isso. Está certo, vou simplesmente falar. Com uma parte do meu cérebro, acho que Judy *sabe* alguma coisa. De qualquer forma, quero achar isso. Por outro lado, não quero me iludir e achar que, só por parecer estar melhor, ela não pode mais estar maluca. Mas realmente quero acreditar nisso. Puxa, que coisa!

— Acredite que ela sabe de alguma coisa.

A sensação sinistra despertada pelo *opopânace* diminui ante essa validação de sua teoria.

— Algo que nem sequer é muito claro para ela — Freddy diz. — Mas você se lembra? Ela sabia que Ty tinha desaparecido antes mesmo que eu contasse.

Ele lança um olhar angustiado para Jack e se afasta. Bate os punhos um no outro e olha para o chão. Outra barreira interna desmorona diante de sua necessidade de explicar seu dilema.

— Tudo bem, olhe. Isso é o que você tem que entender a respeito de Judy. Ela é uma pessoa especial. Certo, muitos caras diriam que suas mulheres são especiais, mas Judy é especial de uma maneira especial. Em primeiro lugar, ela é lindíssima, mas nem é disso que estou falando. E ela é corajosíssima, mas também não é isso. É como se ela estivesse ligada em alguma coisa que o resto das pessoas nem pode começar a entender. Mas isso pode ser real? Até que ponto é loucura? Talvez, quando está ficando maluca, primeiro a pessoa arme uma grande briga e fique histérica, depois já está muito louca para continuar brigando, então fica calma e cordata. Tenho que falar com o médico dela, porque isso está me torturando.

— Que tipo de coisa ela diz? Ela explicou por que está tão mais calma?

Os olhos de Fred Marshall ardem nos de Jack.

— Bem, para começar, Judy parece pensar que Ty ainda está vivo, e que você é a única pessoa que pode ajudar a encontrá-lo.

— Muito bem — diz Jack, sem querer adiantar mais antes de poder falar com Judy. — Diga, Judy alguma vez mencionou alguém que ela conhecia, um primo, ou um namorado antigo, que ela ache que pode ter levado Ty?

Sua teoria parece menos convincente do que pareceu na cozinha ultrarracional e absolutamente bizarra de Henry Leyden; a resposta de Fred Marshall enfraquece-a ainda mais.

— Não, a não ser que o nome dele seja Rei Rubro, ou Gorg, ou Abalá. Tudo o que posso lhe dizer é que Judy acha que *vê* alguma coisa, e embora isso não faça sentido, com certeza eu espero que a explicação esteja aí.

Uma visão súbita do mundo onde ele encontrou um boné infantil dos Brewers transpassa Jack Sawyer como uma lança de ponta de aço.

— E é aí que Tyler está.

— Se parte de mim não achasse que isso talvez *pudesse* ser verdade, eu enlouqueceria agora mesmo — Fred diz. — A menos que eu já tenha pirado.

— Vamos falar com sua mulher — diz Jack.

De fora, o Hospital Luterano do Condado Francês parece um hospício do século XIX no norte da Inglaterra. Paredes da cor de tijolos encardidos com contrafortes escurecidos e arcos em ponta, um telhado pontiagudo com pináculos arrematados com elementos decorativos, torres atarracadas, janelas mínimas, e toda a longa fachada pontilhada de manchas pretas de sujeira antiga. Situado dentro de um parque murado com um bosque cerrado de carvalhos na fronteira ocidental de Arden, o enorme prédio, de estilo gótico sem a característica grandiosidade, parece punitivo, impiedoso. Jack até espera ouvir a estridente música de órgão de um filme de Vincent Price.

Eles passam por uma porta de madeira estreita terminando em ponta e entram num saguão tranquilizadoramente familiar. Um homem entediado de uniforme numa mesa central dirige os visitantes para os elevadores; bichos de pelúcia e buquês de flores enchem a vitrine da loja de presentes, pacientes de roupão de banho ligados a suportes de soro ocupam com suas famílias mesas colocadas a esmo, e outros pacientes encontram-se nas cadeiras encostadas nas paredes laterais; dois médicos de jaleco branco conferenciam num canto. No alto, mais à frente, dois lustres elaborados e empoeirados distribuem uma luz ocre suave que, momentaneamente, parece dourar as exuberantes flores dos lírios arrumados em vasos altos, ao lado da entrada da loja de presentes.

— Uau, este lugar com certeza é mais bonito por dentro — diz Jack.

— Em geral, é — diz Fred.

Eles se aproximam do homem atrás da mesa e Fred diz:

— Ala D.

Num gesto rápido e delicado de interesse, o homem lhes dá dois cartões retangulares com o carimbo VISITANTE e faz um sinal mandando-os passar. O elevador chega, e eles entram em um compartimento revestido de madeira do tamanho de um armário de vassouras. Fred Marshall aperta um botão indicando 5 e o elevador estremece enquanto sobe. A mesma suave luz dourada permeia o interior comicamente minúsculo. Dez anos atrás, um elevador parecidíssimo com este, embora situado num luxuoso hotel de Paris, manteve Jack e uma estudante de pós-graduação de História da Arte da UCLA chamada Iliana Tedesco presos por duas horas e meia, durante as quais a Srta. Tedesco anunciou que sua relação chegara ao destino final, muito obrigada, apesar de sua gratidão pelo que fora até aquele momento uma viagem a dois enriquecedora. Depois de refletir, Jack decide não perturbar Fred Marshall com essa informação.

Mais bem-comportado que seu primo francês, o elevador estremece ao parar e, com uma leve demonstração de resistência, abre a porta e deixa Jack Sawyer e Fred Marshall no quinto andar, onde a bela luz parece ligeiramente mais escura que a do elevador e do saguão.

— Infelizmente, é lá do outro lado — diz Fred a Jack.

Um corredor aparentemente interminável abre-se à esquerda deles como um exercício de perspectiva, e Fred aponta o caminho.

Eles entram por dois pares de portas duplas, passam pelo corredor da ala B, por duas amplas salas ladeadas por cubículos guarnecidos de cortinas, viram à esquerda de novo na entrada fechada para a Gerontologia, seguem por uma longuíssima galeria com as paredes forradas de quadros de avisos, passam pela entrada da ala C, depois, na altura dos banheiros masculino e feminino, viram abruptamente à direita, passam pela Oftalmologia Ambulatorial e o Anexo dos Prontuários e afinal chegam a um corredor marcado como ALA D. À medida que prosseguem, parece que vai ficando mais escuro, as paredes vão se contraindo, as janelas encolhendo. Sombras se escondem no corredor da ala D, e uma pequena poça d'água brilha no chão.

— Estamos agora na parte mais velha do prédio — diz Fred.

— Você deve estar querendo tirar Judy daqui o mais rápido possível.

— Bem, claro, assim que Pat Skarda achar que ela está pronta. Mas você vai se surpreender. Judy, de certo modo, gosta daqui. Acho que isso aqui a ajuda. O que ela me disse foi que se sente completamente segura, e que, das pessoas que conseguem falar, algumas são extremamente interessantes. É como estar num cruzeiro, ela diz.

Jack ri surpreso e incrédulo, e Fred Marshall toca em seu ombro e diz:

— Isso significa que ela está muito pior ou muito melhor?

No fim do corredor, eles saem diretamente numa sala de bom tamanho que parece se manter inalterada há cem anos. Uma meia parede de lambri marrom-escuro ergue-se a 1,20m do assoalho de madeira marrom-escura. Bem no alto, na parede cinza à direita, duas janelas estreitas emolduradas como quadros admitem uma luz cinza filtrada. Um homem sentado atrás de um balcão de madeira encerada aperta um botão que abre uma porta de ferro reforçada com uma placa indicando ALA D e uma pequena janela de vidro blindado.

— O senhor pode entrar, Sr. Marshall, mas quem é ele?

— O nome dele é Jack Sawyer. Ele está comigo.

— Ele é parente, ou profissional de algum ramo da medicina?

— Não, mas minha mulher quer vê-lo.

— Aguarde aqui um momento.

O atendente desaparece pela porta de aço e a tranca com um tinido de prisão ao passar. Um minuto depois, ele reaparece com uma enfermeira cuja cara pesada e marcada, os braços e as mãos grandes e as pernas grossas fazem-na parecer um travesti. Ela se apresenta como

Jane Bond, a enfermeira-chefe da ala D, uma combinação de palavras e circunstâncias que sugere irresistivelmente pelo menos dois apelidos. A enfermeira submete Fred e Jack, depois apenas Jack, a uma bateria de perguntas antes de desaparecer atrás da porta enorme.

— Ala Bond — diz Jack, incapaz de não fazê-lo.

— Nós a chamamos de carcereira Bond — diz o atendente. — Ela é firme, mas, por outro lado, é injusta. — Ele tosse e olha para as janelas altas. — Temos um servente que a chama de 000.

Alguns minutos depois, a enfermeira-chefe carcereira Bond, Agente 000, abre a porta de aço e diz:

— Podem entrar agora, mas prestem atenção ao que vou dizer.

A princípio, a ala parece um enorme hangar de aeroporto dividido em seções, uma com uma fileira de bancos acolchoados, outra com mesas redondas e cadeiras de plástico e uma terceira seção onde duas mesas compridas estão cobertas de papel de desenho, caixas de lápis-cera e conjuntos de aquarela. No amplo espaço, esses móveis parecem mobília de casa de boneca. Espalhados aqui e ali pelo chão de cimento pintado de um tom suave e neutro de cinza, há colchonetes retangulares; a 6 metros do chão, janelas pequenas gradeadas pontuam a parede em frente, de tijolos um dia aparentes e há muito cobertos com duas mãos de tinta branca. Num recinto de vidro à esquerda da porta, uma enfermeira atrás de uma mesa ergue os olhos de um livro. Mais adiante à direita, bem depois das mesas com material de artes, três portas de aço trancadas dão para mundos próprios. A sensação de estar num hangar gradualmente dá lugar à sensação de um aprisionamento benigno, porém inflexível.

Um burburinho vem das 20 a 30 pessoas espalhadas pela enorme sala. Só algumas dessas pessoas estão conversando com companheiros visíveis. Elas andam em círculos, ficam paradas no mesmo lugar, encolhem-se como bebês nos colchonetes; contam nos dedos e escrevem em cadernos; contorcem-se, bocejam, choram, olham para o vazio e para dentro de si mesmas. Algumas delas estão usando batas verdes de hospital, outras, roupas comuns de todos os tipos: camisetas e shorts, conjuntos de moletom, trajes de corrida, camisas, malhas e calças normais. Nenhuma delas usa cinto, e nenhum dos sapatos tem cadarço. Dois homens musculosos de cabelo cortado rente e camisetas branquíssimas estão sentados nas mesas redondas com ar de cães de guarda pacientes. Jack tenta localizar Judy Marshall, mas não consegue identificá-la.

— Pedi sua atenção, Sr. Sawyer.

— Perdão — diz Jack. — Eu não esperava que isso fosse tão grande.

— É melhor sermos grandes, Sr. Sawyer. Servimos a uma população em expansão. — Ela aguarda um reconhecimento de sua importância, e Jack acena com a cabeça. — Muito bem. Vou lhe dar algumas regras básicas. Se ouvir o que digo, sua visita aqui será a mais agradável possível para todos nós. Não fite os pacientes, e não fique alarmado com o que eles dizem. Não aja como se achasse inusitado ou angustiante tudo o que eles dizem. Apenas seja educado, e eles acabarão por deixá-lo em paz. Se eles lhe pedirem coisas, faça como quiser, dentro do racional. Mas, por favor, abstenha-se de lhes dar dinheiro, quaisquer objetos afiados ou comestíveis não previamente autorizados por um dos médicos. Alguns medicamentos interagem de forma adversa com certos tipos de alimentos. Em algum momento, uma mulher idosa chamada Estelle Packard provavelmente o abordará perguntando se o senhor é pai dela. Responda como quiser, mas se disser não, ela irá embora desapontada, e se disser sim, ela ganhará o dia. Tem alguma pergunta, Sr. Sawyer?

— Onde está Judy Marshall?

— Ela está deste lado, de costas para nós, no último banco. Consegue vê-la, Sr. Marshall?

— Eu a vi logo — diz Fred. — Houve alguma mudança desde hoje de manhã?

— Não que eu saiba. O médico que a admitiu, o Dr. Spiegleman, estará aqui mais ou menos em meia hora, e ele pode ter alguma informação para o senhor. Gostaria que eu o levasse e ao Sr. Sawyer até sua mulher, ou prefere ir sozinho?

— Pode deixar — diz Fred Marshall. — Quanto tempo podemos ficar?

— Estou lhes dando 15 minutos, 20 no máximo. Judy ainda está no estágio de avaliação, e quero manter seu nível de estresse no mínimo. Ela parece bem tranquila agora, mas também está profundamente desligada e, para ser bem franca, variando. Eu não me surpreenderia com outra manifestação histérica, e não precisamos prolongar o período de avaliação introduzindo uma nova medicação neste ponto, precisamos?

Então, por favor, Sr. Marshall, mantenha a conversa livre de estresse, leve e positiva.

— A senhora acha que ela está tendo alucinações?

A enfermeira Bond sorri penalizada.

— Muito provavelmente, Sr. Marshall, sua mulher as tem há anos. Ah, ela conseguiu esconder isso, mas fantasias como as dela não surgem da noite para o dia, não senhor. Essas coisas levam anos para serem construídas, e o tempo todo a pessoa pode parecer normal. Aí alguma coisa faz a psicose se declarar totalmente. Neste caso, por certo, foi o desaparecimento do seu filho. Aliás, quero lhe trazer minha solidariedade numa hora dessas. Que coisa horrível.

— Foi, sim — diz Fred Marshall. — Mas Judy começou a ficar estranha já antes...

— A mesma coisa, receio. Ela precisava ser confortada, e seus delírios, seu mundo irreal ficaram à vista, porque esse mundo fornecia exatamente o conforto de que ela precisava. O senhor deve ter ouvido um pouco disso hoje de manhã, Sr. Marshall. Sua mulher mencionou alguma coisa sobre ir a outros mundos?

— Ir a outros mundos? — pergunta Jack, estarrecido.

— Uma fantasia esquizofrênica bastante típica — diz a enfermeira Bond. — Mais da metade das pessoas nesta ala tem delírios semelhantes.

— Acha que minha mulher é esquizofrênica?

A enfermeira Bond olha em volta para fazer um balanço abrangente dos pacientes em seu domínio.

— Não sou psiquiatra, Sr. Marshall, mas já tenho uma longa experiência de vinte anos lidando com doentes mentais. Com base nessa experiência, devo lhe dizer que, na minha opinião, sua mulher manifesta os sintomas clássicos de esquizofrenia paranoica. Eu gostaria de ter notícias melhores para o senhor. — Ela olha de novo para Fred Marshall. — Claro, o Dr. Spiegleman fará o diagnóstico final, e será capaz de responder a todas as suas perguntas, explicar suas opções de tratamento e assim por diante.

O sorriso que ela dá a Jack parece congelar no momento em que aparece.

— Eu sempre digo a meus novos visitantes que é pior para a família do que para o paciente. Algumas dessas pessoas não se preocupam com nada no mundo. Realmente, a gente quase tem inveja delas.

— Claro — diz Jack. — Quem não teria?

— Então podem ir — diz ela com uma ponta de irritação. — Aproveitem a visita.

Algumas cabeças viram quando eles caminham lentamente pelo chão empoeirado para a fileira mais próxima de bancos; muitos pares de olhos acompanham seu avanço. Curiosidade, indiferença, confusão, desconfiança, prazer e uma raiva impessoal transparecem nos rostos pálidos. A Jack, parece que cada paciente na ala está se aproximando deles.

Um homem flácido de meia-idade vestido com um roupão de banho começou a passar por entre as mesas, como se temesse perder o ônibus para o trabalho. No fim do banco mais próximo, uma velha magra de cabelos brancos escorridos se levanta e lança um olhar de súplica para Jack. Suas mãos cruzadas e erguidas tremem violentamente. Jack se força a não encontrar seus olhos. Quando ele passa por ela, ela diz entre cantando e sussurrando:

— Meu fofinho estava atrás da porta, mas eu não sabia, e lá estava ele, *naquela água toda*.

— Hum — diz Fred. — Judy me contou que o filhinho dela se afogou na banheira.

Pelo canto do olho, Jack estava observando o homem de roupão de banho e cabelo encaracolado correr em direção a eles, de boca aberta. Quando ele e Fred chegam atrás do banco de Judy Marshall, o homem levanta um dedo, como se fazendo sinal para que o ônibus espere por ele, e segue em frente. Jack observa-o se aproximar; maluco, conforme o parecer da carcereira Bond. Ele não vai deixar esse doido passar por cima dele, de jeito nenhum. O dedo levantado chega a um palmo do nariz de Jack, e os olhos turvos do homem procuram seu rosto. Os olhos se retiram; a boca fecha. Instantaneamente, o homem gira nos calcanhares e sai correndo, o roupão voando, o dedo ainda procurando o alvo.

O que foi isso?, Jack se pergunta. *Ônibus errado?*

Judy Marshall não se mexeu. Ela deve ter ouvido o homem que passou correndo por ela, sua respiração acelerada quando ele parou, depois, sua partida apressada, mas continua com as costas retas no camisolão verde folgado, a cabeça virada para a frente na mesma posição aprumada. Parece desligada de tudo em volta. Se seu cabelo estivesse lavado, escovado e penteado, se ela estivesse vestida convencionalmente e tivesse uma mala do lado, ela seria exatamente igual a uma mulher sentada num banco de estação de trem, aguardando a hora da partida.

Então, antes que Jack veja a cara de Judy Marshall, antes que ela fale uma única palavra, há nela uma sensação de partida, de viagens começadas e recomeçadas — uma sugestão de viagem, uma pista de um possível outro lugar.

— Vou dizer a ela que estamos aqui — murmura Fred, e dá rapidamente a volta no banco para se ajoelhar diante da mulher. Sua cabeça se inclina à frente sobre a coluna reta como se para responder à sensação ao mesmo tempo de desgosto, amor e nervosismo ardendo no belo rosto do marido. Cabelos louro-escuros mesclados com dourado estão grudados na curva infantil do crânio de Judy Marshall. Atrás de sua orelha, várias mechas de cores variadas se juntam formando um emaranhado.

— Como está se sentindo, amorzinho? — Fred pergunta delicadamente à mulher.

— Estou conseguindo me divertir — ela diz. — Sabe, amor, eu devia ficar aqui pelo menos por uns tempos. A enfermeira-chefe garante que sou completamente maluca. Isso não é conveniente?

— Jack Sawyer está aqui. Você gostaria de falar com ele?

Judy dá um tapinha no joelho levantado de Fred.

— Diga ao Sr. Sawyer para dar a volta e vir aqui na frente, e você, sente bem aqui ao meu lado, Fred.

Jack já está vindo, olhando a cabeça novamente erguida de Judy, que não se vira. Ajoelhado, Fred pegou com as duas mãos a mão que ela estendeu, como se tencionasse beijá-la. Parece um cavaleiro perdido de amor diante de uma rainha. Quando leva a mão dela ao rosto, Jack vê a gaze branca em volta das pontas dos dedos da infeliz. A maçã do rosto de Judy aparece, depois o lado de sua boca sisuda; em seguida, seu perfil todo fica visível, nítido como o romper do gelo no primeiro dia da primavera. É o perfil majestoso e idealizado que se vê num camafeu ou numa moeda: a leve curva ascendente dos lábios, a linha precisa e bem-feita do nariz, o contorno do maxilar, cada ângulo num alinhamento perfeito, suave e estranhamente familiar com o todo.

Essa beleza inesperada o deixa pasmo; por uma fração de segundo, ela o deixa com a nostalgia profunda do que não chega a ser uma evocação de outro rosto. Grace Kelly? Catherine Deneuve? Não, nenhuma destas; ocorre-lhe que o perfil de Judy lhe lembra alguém que ele ainda está para conhecer.

Então o momento estranho passa: Fred Marshall se levanta, o rosto de Judy em outro ângulo perde seu ar majestoso enquanto ela observa o marido sentar-se a seu lado no banco, e Jack rejeita como uma ideia absurda o que acabou de lhe vir à cabeça.

Ela não levanta os olhos até ele estar à sua frente. Seu cabelo está desgrenhado e sem brilho; por baixo da roupa do hospital, ela está usando uma camisola velha de renda azul que já era sem graça quando nova. Apesar dessas desvantagens, Judy Marshall arrebata-o para si no momento em que seus olhos encontram os dele.

Uma corrente elétrica que começa nos nervos ópticos dele parece descer-lhe palpitando pelo corpo, e ele, impotente, conclui que ela tem que ser a mulher mais deslumbrante que ele já viu. Teme que a força de sua reação a ela o derrube, depois — pior ainda! —, que ela veja o que está acontecendo e o ache tolo. Ele não quer de jeito nenhum que ela o veja como um tolo. Brooke Greer, Claire Evinrude, Iliana Tedesco, maravilhosas como eram, à sua maneira, parecem garotas fantasiadas para o Halloween perto dela. Judy Marshall põe suas antigas namoradas na prateleira, ela as expõe como caprichos e fantasias, cheias de falsas ideias a respeito de si mesmas e de milhares de inseguranças paralisantes. A beleza de Judy não é mostrada na frente de um espelho, mas vem com uma simplicidade espantosa, do mais profundo de seu ser: o que se vê é apenas a pequena parte visível de uma qualidade interior muito maior, mais abrangente, mais radiante e mais formal.

Jack mal pode acreditar que o bom e agradável Fred Marshall realmente teve a fantástica sorte de se casar com esta mulher. Ele sabe quão sensacional, quão literalmente maravilhosa ela é? Jack se casaria com ela num minuto, se ela fosse solteira. Parece-lhe que ele se apaixonou por ela na hora em que viu sua cabeça por trás.

Mas ele não pode estar apaixonado por ela. Ela é a mulher de Fred Marshall e mãe do filho deles, e ele simplesmente terá que viver sem ela.

Ela pronuncia uma frase curta que vibra ao passar por ele numa onda sonora. Jack se abaixa murmurando umas desculpas, e Judy, sorrindo, oferece-lhe um gesto que o convida a sentar-se à sua frente. Ele senta-se no chão com os tornozelos cruzados à frente, ainda sob o efeito do choque de tê-la visto pela primeira vez.

O rosto dela se impregna lindamente de sentimento. Ela viu exatamente o que acabou de acontecer com ele, e não há problema. Ele não cai no seu conceito por causa disso. Jack abre a boca para fazer uma pergunta. Embora não saiba que pergunta será, precisa fazê-la. A natureza da pergunta não é importante. A indagação mais idiota há de servir; ele não pode ficar ali sentado olhando para aquele rosto maravilhoso.

Antes que ele fale, uma versão da realidade súbito se transforma em outra silenciosamente, e, na mesma hora, Judy Marshall é uma balzaquiana de aparência cansada, cabelo emaranhado e olheiras marcadas encarando-o do banco de uma enfermaria para doentes mentais. Essa visão deveria parecer uma restauração de sua sanidade, mas parece antes um truque, como se a própria Judy Marshall tivesse feito isso, para facilitar aquele encontro para ele.

As palavras que escapam dele são tão banais quanto ele receava que fossem. Jack se ouve dizer que é um prazer conhecê-la.

— É um prazer conhecê-lo, também, Sr. Sawyer. Já ouvi muitas coisas maravilhosas a seu respeito.

Ele procura um sinal de que ela reconhece a enormidade do momento que acabou de passar, mas vê apenas seu sorriso caloroso. Naquela situação, isso parece um reconhecimento suficiente.

— Como está se dando aqui? — ele pergunta, e a balança pende mais ainda para o lado dele.

— Com a companhia, a gente custa a se habituar, mas as pessoas aqui se perderam e não conseguiram achar o caminho de volta, só isso. Algumas delas são muito inteligentes. Tive conversas aqui que foram muito mais interessantes do que as do meu grupo da igreja ou da Associação de Pais e Mestres. Talvez eu devesse ter vindo antes para a ala D! Estar aqui me ajudou a aprender algumas coisas.

— Por exemplo?

— Por exemplo, primeiro, que há muitas maneiras diferentes de a pessoa se perder, e se perder é mais fácil do que se admite. As pessoas aqui não podem esconder como se sentem, e a maioria delas nunca descobriu como lidar com seu medo.

— Como se deve lidar com isso?

— Ora, você lida com o medo assumindo que tem medo, é assim! Não diz apenas estou perdido e não sei como voltar, você continua indo na mesma direção. Põe um pé na frente do outro até se perder *mais*. Todo mundo devia saber isso. Especialmente você, Jack Sawyer.

— Especial...

Antes que ele consiga terminar a pergunta, uma mulher idosa com um rosto meigo e enrugado aparece ao lado dele e lhe toca no ombro.

— Com licença. — Ela tem uma timidez tão infantil que quase encosta o queixo na garganta. — Quero lhe perguntar uma coisa. Você é meu pai?

Jack sorri para ela.

— Deixe antes eu lhe perguntar uma coisa. Seu nome é Estelle Packard?

Com os olhos brilhando, a velha faz que sim com a cabeça.

— Então eu sou seu pai, sim.

Estelle Packard segura as mãos na frente da boca, abaixa a cabeça e recua, vibrando de prazer. Quando está a uns 3 metros, dá um adeusinho para Jack, gira nos calcanhares e vai-se embora.

Quando Jack olha de novo para Judy Marshall, é como se ela tivesse aberto seu véu de normalidade apenas o suficiente para revelar uma pequena parte de sua alma enorme.

— Você é um homem muito simpático, não é, Jack Sawyer? Eu não teria visto isso logo de início. Você é um homem bom, também. Obviamente, você também é charmoso, mas charme e decência nem sempre andam juntos. Será que devo lhe dizer mais algumas coisas a seu respeito?

Jack olha para Fred, que está segurando a mão da mulher e sorrindo.

— Quero que diga qualquer coisa que queira dizer.

— Há coisas que não posso dizer, não importa como eu me sinta, mas você talvez as ouça de qualquer forma. Posso dizer isso, no entanto: sua boa aparência não o tornou fútil. Você não é superficial, e isso pode ter algo a ver com aquilo. Principalmente, porém, você tem o dom de uma boa educação. Eu diria que teve uma mãe maravilhosa. Estou certa, não estou?

Jack ri, comovido com esse insight inesperado.

— Eu não sabia que isso transparecia.

— Sabe uma maneira pela qual transparece? No seu jeito de tratar os outros. Quase garanto que você vem de um meio que as pessoas aqui só conhecem nos filmes, mas isso não lhe subiu à cabeça. Você nos vê como gente, não como caipiras, e é por isso que podemos confiar em você. É óbvio que sua mãe fez um ótimo trabalho. Eu também fui uma boa mãe, ou pelo menos tentei ser, e sei do que estou falando. Eu posso *ver*.

— Você diz que *foi* uma boa mãe? Por que usar...

— O tempo passado? Porque eu estava falando de antes.

O sorriso de Fred murcha e se transforma numa expressão de preocupação mal disfarçada.

— O que você quer dizer com "antes"?

— O Sr. Sawyer deve saber — ela diz, lançando para Jack o que ele julga ser um olhar de encorajamento.

— Desculpe, acho que não sei — ele diz.

— Quero dizer, antes que eu acabasse aqui e finalmente começasse a pensar um pouco. Antes que as coisas que estavam acontecendo comigo parassem de me deixar louca de medo, antes que eu percebesse que podia olhar para dentro de mim e examinar esses sentimentos que eu tive a vida inteira. Antes que eu tivesse tempo para viajar. Acho que ainda sou uma boa mãe, mas não sou exatamente a *mesma* mãe.

— Amor, por favor — diz Fred. — Você é a mesma, você só teve um colapso nervoso. Devíamos falar de Tyler.

— Estamos falando de Tyler. Sr. Sawyer, conhece aquele mirante na rodovia 93, bem no topo do morro grande, mais ou menos um quilômetro e meio ao sul de Arden?

— Conheci hoje — diz Jack. — Fred me mostrou.

— Viu toda aquela sucessão interminável de fazendas? E os morros ao longe?

— Vi. Fred me disse que você adorava a vista dali.

— Eu sempre quero parar e saltar do carro. Adoro tudo naquela vista. A gente enxerga quilômetros e quilômetros ao longe, e aí, pumba!, para, não dá para ver mais. Mas o céu continua, não? O céu prova que existe um mundo do outro lado daqueles morros. Se viajar, a gente pode chegar lá.

— É, pode.

De repente, os antebraços de Jack estão arrepiados e a parte de trás de seu pescoço está formigando.

— Eu? Eu só posso viajar mentalmente, Sr. Sawyer, e só me lembrei como se fazia isso porque vim parar no hospício. Mas me ocorreu que *você* pode chegar lá... ao outro lado dos morros.

A boca dele está seca. Ele registra a angústia crescente de Fred Marshall sem ser capaz de reduzi-la. Querendo fazer mil perguntas a Judy, começa com a mais simples:

— Como isso lhe ocorreu? O que quer dizer com isso?

Judy Marshall retira sua mão da do marido e estende-a para Jack, que a segura com ambas as suas. Se algum dia ela pareceu uma mulher comum, não foi agora. Ela está brilhando como um farol, como uma fogueira num penhasco distante.

— Digamos... tarde da noite, ou se eu ficasse muito tempo sozinha, alguém vinha sussurrar para mim. Não era tão concreto assim, mas digamos que era como se uma pessoa estivesse sussurrando para mim do outro lado de uma parede grossa. Uma garota como eu, uma garota da minha idade. E se eu dormisse, então, eu quase sempre sonhava com um lugar onde aquela garota vivia. Eu chamava esse lugar de Lonjura, e era como este mundo, o condado de Coulee, só que mais luminoso e mais limpo e mais mágico. Na Lonjura, as pessoas andavam de carruagem e moravam em grandes tendas brancas. Na Lonjura, havia homens que voavam.

— Você está certa — diz Jack. Fred olha da mulher para Jack com uma incerteza sofrida, e Jack diz: — Parece loucura, mas ela está certa.

— Quando essas coisas ruins começaram a acontecer em French Landing, eu tinha quase esquecido a Lonjura. Eu não pensava nisso desde os 12 ou 13 anos. Mas, quanto mais perto chegavam as coisas ruins, para Fred, Ty e para mim, isto é, quanto mais os meus sonhos pioravam, mais irreal minha vida parecia ser. Escrevi palavras sem saber que estava escrevendo, disse coisas loucas, eu estava desmontando. Não entendia que a Lonjura estava tentando me dizer alguma coisa. A garota estava de novo sussurrando para mim do outro lado da parede, só que agora ela estava crescida e quase morta de medo.

— O que a fez pensar que eu podia ajudar?

— Foi só uma sensação que eu tive, quando você prendeu o Kinderling e sua foto saiu no jornal. A primeira coisa que pensei quando vi sua fotografia foi: *Ele sabe sobre a Lonjura.* Não me perguntei como, nem como tive essa sensação só de ver uma fotografia; eu simplesmente entendi que você sabia. Então, quando Ty desapareceu e eu fiquei louca e acordei aqui, achei que se você pudesse ver o que tem dentro da cabeça de algumas dessas pessoas, a ala D não seria tão diferente da Lonjura, e me lembrei de ter visto a sua fotografia. E foi aí que comecei a entender o que era viajar. Essa manhã inteira, estive caminhando pela Lonjura na minha cabeça. Vendo o lugar, tocando nele. Respirando aquele ar incrível. Sabe, Sr. Sawyer, que lá existem lebres do tamanho de cangurus? A gente ri só de ver os bichos.

Jack abre um largo sorriso, e se curva para beijar a mão dela, num gesto muito parecido com o do marido.

Delicadamente, ela retira a mão.

— Quando Fred me disse que o havia conhecido, e que você estava ajudando a polícia, eu sabia que estava aqui por um motivo.

O que essa mulher fez deixa Jack espantado. No pior momento de sua vida, com o filho perdido e a sanidade desmoronando, ela usou um monumental feito da memória para convocar todas as suas forças e, efetivamente, realizar um milagre. Ela descobriu dentro de si a capacidade de *viajar*. De uma enfermaria isolada, ela saiu um pouco deste mundo e entrou em outro conhecido apenas de sonhos infantis. Nada senão a imensa coragem que seu marido descreveu poderia tê-la capacitado a dar este passo misterioso.

— Você uma vez *fez* alguma coisa, não? — Judy lhe pergunta. — Você esteve lá, na Lonjura, e *fez* alguma coisa, alguma coisa tremenda. Não precisa dizer que sim, porque eu posso ver isso em você; é claro como água. Mas precisa dizer que sim, para eu ouvir, então diga, diga que sim.

— Sim.

— Fez o quê? — pergunta Fred. — Nesse país de sonho? Como pode dizer que sim?

— Espere — Jack lhe diz —, tenho uma coisa para lhe mostrar depois.

Então volta para a mulher extraordinária sentada à sua frente. Judy Marshall está inflamada de insight, coragem e fé e, embora seja proibida para ele, agora parece ser a única mulher neste mundo ou em qualquer outro que ele poderia amar para o resto da vida.

— Você era como eu — ela diz. — Esqueceu tudo sobre aquele mundo. E saiu e virou policial, detetive. Na verdade, tornou-se um dos melhores detetives que já existiram. Sabe por que fez isso?

— Acho que o trabalho me atraía.

— O que o atraía em particular nesse trabalho?

— Ajudar a comunidade. Proteger gente inocente. Botar os bandidos na cadeia. Era um trabalho interessante.

— E achou que nunca deixaria de ser interessante. Porque sempre haveria um novo problema para resolver, uma nova pergunta precisando de resposta.

Ela acertou num ponto que, até aquele momento, ele não sabia que existia.

— Isso mesmo.

— Você era um grande detetive porque, embora não soubesse, havia alguma coisa, alguma coisa vital, que você precisava detectar.

Sou um puliça, Jack se lembra. Aquela sua voz sussurrando na noite, falando com ele do outro lado de uma parede muito grossa.

— Algo que você teve que achar, pelo bem de sua própria alma.

— Sim — diz Jack. Suas palavras penetram no cerne de seu ser, e lágrimas brotam em seu olhos. — Eu sempre quis achar o que estava faltando. Minha vida inteira foi a busca de uma explicação secreta.

Numa lembrança viva como um trecho de filme, ele vê uma grande tenda, uma sala branca onde uma rainha linda e desgastada jaz moribunda e uma garotinha, dois ou três anos mais moça que seu eu de 12 anos, entre seus servidores.

— Você chamava esse lugar de Lonjura? — pergunta Judy.

— Eu chamava de os Territórios. — Dizer as palavras em voz alta é como abrir um baú com um tesouro que finalmente ele pode compartilhar.

— É um bom nome. Fred não vai entender isso, mas quando eu estava fazendo minha longa caminhada hoje de manhã, senti que meu filho estava em algum lugar na Lonjura, em seus Territórios. Em algum lugar não à vista, e escondido. Correndo grave perigo, mas ainda vivo e ileso. Numa cela. Dormindo no chão. Mas vivo. Ileso. Acha que isso poderia ser verdade, Sr. Sawyer?

— Espere um instante — diz Fred. — Sei que você sente dessa maneira, e quero acreditar nisso, também, mas estamos falando aqui do mundo real.

— Acho que há muitos mundos reais — diz Jack. — E, sim, acredito que Tyler esteja em algum lugar na Lonjura.

— Pode resgatá-lo, Sr. Sawyer? Pode trazê-lo de volta?

— É como a senhora disse antes, Sra. Marshall — responde Jack. — Devo estar aqui por alguma razão.

— Sawyer, espero que o que quer que você vá me mostrar faça mais sentido que vocês dois — diz Fred. — Terminamos por ora, de qualquer forma. Lá vem a carcereira.

Saindo do estacionamento do hospital, Fred Marshall olha para a pasta no colo de Jack, mas não diz nada. Fica em silêncio até entrar na 93, então diz:

— Estou feliz por você ter vindo comigo.

— Obrigado — diz Jack. — Eu também estou.

— Sinto-me meio desorientado aqui, sabe, mas gostaria de ouvir suas impressões de como andaram as coisas lá. Acha que andaram razoavelmente bem?

— Acho que foi melhor que isso. Sua mulher é... Eu não sei como descrevê-la. Me faltam as palavras para lhe dizer quão maravilhosa acho que ela é.

Fred balança a cabeça concordando e olha furtivamente para Jack.

— Então não acha que ela está perturbada da cabeça, imagino.

— Se isso é ser doido, eu gostaria de ser doido junto com ela.

A estrada de duas pistas asfaltada que se estende à frente deles sobe a encosta íngreme e, no topo, parece estender-se pela imensidão do céu azul adentro.

Outro olhar cauteloso de Fred.

— E você diz que já viu esse... esse *lugar* que ela chama de Lonjura.

— Já, sim. Por mais difícil de acreditar que isso seja.

— Sem sacanagem. Por sua mãe morta.

— Por minha mãe morta.

— Você já esteve lá. E não só em sonho, esteve lá *mesmo*.

— No verão, quando eu tinha 12 anos.

— Eu poderia ir lá?
— Provavelmente não — diz Jack.

Isso não é verdade, já que Fred poderia ir aos Territórios se Jack o levasse, mas Jack quer deixar essa porta fechada com toda a firmeza possível. Ele pode imaginar levar Judy Marshall para aquele outro mundo; Fred é outra coisa. Judy mais que mereceu uma viagem aos Territórios, enquanto Fred continua incapaz de acreditar em sua existência. Judy se sentiria em casa lá, mas seu marido seria como uma âncora que Jack teria que arrastar com ele, como Richard Sloat, em outras palavras.

— Eu achei que não poderia. — diz Fred. — Se você não se importa, eu gostaria de parar de novo quando chegássemos ao alto.

— Acho ótimo — diz Jack.

Fred segue para a crista do morro e atravessa a estrada estreita para estacionar no refúgio de cascalho. Em vez de saltar do carro, ele aponta para a pasta no colo de Jack.

— O que você vai me mostrar está aí dentro?

— Está — diz Jack. — Eu ia lhe mostrar antes, mas depois da nossa primeira parada aqui quis esperar até ouvir o que Judy tinha a dizer. E ainda bem que esperei. Talvez o objeto que vá ver faça mais sentido para você agora que ouviu pelo menos parte da explicação de como o encontrei.

Jack destranca a pasta, abre-a e, de seu interior forrado de couro claro, tira o boné dos Brewers que encontrou naquela manhã.

— Dê uma olhada — diz ele, e passa o boné para Fred.

— Aimeudeus — Fred Marshall diz espantado, atropelando as palavras. — Isso é... esse é...? — Ele olha dentro do boné e bufa ao ver o nome do filho. Seus olhos pulam para os de Jack. — É de Tyler. Nossa Senhora, é de Tyler. Minha nossa. — Ele amassa o boné junto ao peito e respira duas vezes, ainda segurando o olhar de Jack. — Onde encontrou isso? Há quanto tempo foi?

— Encontrei na estrada, hoje de manhã — responde Jack. — No lugar que sua mulher chama de Lonjura.

Com um longo gemido, Fred Marshall abre a porta e salta do carro. Quando Jack o alcança, ele está na ponta do mirante, segurando o boné junto ao peito e contemplando as montanhas verde-azuladas para lá da longa sucessão de fazendas. Ele se vira para olhar para Jack.

— Acha que ele ainda está vivo?

— Sim, acho que ele está vivo — diz Jack.

— Naquele mundo. — Fred aponta para as montanhas. Lágrimas saltam de seus olhos, e sua boca relaxa. — O mundo que fica em algum lugar lá do outro lado, Judy diz.

— Naquele mundo.

— Então, vá lá e o encontre! — grita Fred. O rosto banhado de lágrimas, ele gesticula nervosamente para o horizonte com o boné de beisebol. — Vá lá e traga-o de volta, droga! *Eu* não posso fazer isso, então *você* tem que fazer.

Ele dá um passo à frente como se fosse desferir um soco, depois se abraça com Jack, soluçando.

Quando os ombros de Fred param de tremer e ele começa a respirar em arquejos, Jack diz:

— Farei tudo o que puder.

— Sei que fará. — Ele se afasta e enxuga o rosto. — Sinto muito por ter gritado assim com você. Sei que você vai nos ajudar.

Os dois voltam para o carro. A oeste, ao longe, uma faixa solta e lanosa cinza-claro cobre a várzea do rio.

— O que é aquilo? — Jack pergunta. — Chuva?

— Não, nevoeiro — diz Fred. — Vindo do Mississípi.

# PARTE III

NAS TREVAS INFERNAIS

Capítulo Quinze

À noite, a temperatura caiu oito graus, pois uma frente fria está chegando ao nosso pequeno trecho do condado de Coulee. Não há trovoadas, mas, à medida que o céu vai se tingindo de violeta, chega o nevoeiro. Vem do rio e sobe a ladeira da rua Chase, primeiro escurecendo as sarjetas, depois as calçadas, depois turvando os próprios prédios. Não consegue escondê-los completamente, como os nevoeiros de primavera e inverno às vezes fazem, mas o enevoamento é de alguma forma pior: rouba cores e suaviza formas. O nevoeiro faz o comum parecer estranho. E há o cheiro, o cheiro antigo, evocador de gaivotas, que nos enche as narinas e desperta a parte de trás de nosso cérebro, a parte que é perfeitamente capaz de acreditar em monstros quando a linha de visibilidade encurta e o coração está inquieto.

Na rua Sumner, Debbi Anderson continua despachando. Arnold "o Húngaro Maluco" Hrabowski foi mandado para casa sem o distintivo — na verdade, suspenso — e acha que precisa fazer à mulher algumas perguntas diretas (a certeza de que já sabe as respostas o deixa ainda mais deprimido). Debbi agora está na janela, uma xícara de café na mão, o semblante levemente franzido.

— Não gosto disso — ela diz a Bobby Dulac, que está morosamente e em silêncio escrevendo relatórios. — Me faz lembrar dos filmes de Hammer que eu via na tevê quando estava no ensino médio.

— Filmes de Hammer? — pergunta Bobby, erguendo os olhos.

— Filmes de terror — diz ela, olhando para o nevoeiro que vai se adensando lá fora. — Um monte deles era sobre Drácula. Também sobre Jack o Estripador.

— Não quero ouvir nada sobre Jack o Estripador — diz Bobby. — Veja bem, Debster. — E recomeça a escrever.

No estacionamento da 7-Eleven, o Sr. Rajan Patel está ao lado de seu telefone (ainda lacrado com a fita amarela da polícia, e quando poderá ser usado de novo, este Sr. Patel não poderia nos dizer). Ele olha em direção ao centro da cidade, que agora parece se elevar de uma vasta tigela de creme. Os prédios da rua Chase descem para dentro dessa tigela. Aqueles no ponto mais baixo da rua só são visíveis do segundo andar para cima.

— Se ele estiver lá embaixo — diz o Sr. Patel baixinho, para ninguém senão ele mesmo —, hoje à noite ele vai deitar e rolar.

Ele cruza os braços no peito e estremece.

Dale Gilbertson está em casa, por milagre. Ele planeja jantar na mesa com a mulher e o filho mesmo que o mundo acabe por causa disso. Ele sai de sua sala (onde passou 20 minutos falando com o membro da Polícia Estadual de Wisconsin, Jeff Black, uma conversa em que ele teve que exercitar toda sua disciplina para não gritar), e vê sua mulher em pé à janela, olhando para a rua. Sua postura é quase a mesma de Debbi Anderson, só que ela tem na mão um copo de vinho em vez de uma xícara de café. O semblante levemente franzido é idêntico.

— Nevoeiro do rio — diz Sarah lugubremente. — Não é perfeito? Se ele estiver lá...

Dale aponta para ela.

— Não diga isso. Nem pense.

Mas ele sabe que nenhum deles pode evitar pensar naquilo. As ruas de French Landing — as ruas *enevoadas* de French Landing — hão de estar desertas agora: ninguém comprando nas lojas, ninguém perambulando nas calçadas, ninguém nos parques. Especialmente nenhuma criança. Os pais hão de estar segurando os filhos em casa. Até na alameda Nailhouse, onde bons pais são antes a exceção do que a regra, os pais hão de estar segurando as crianças dentro de casa.

— Não vou falar isso — ela concede. — É o que eu posso fazer.

— O que tem de jantar?

— Que tal torta de frango?

Normalmente, um prato tão quente numa noite de julho lhe pareceria uma péssima escolha, mas hoje à noite, com o nevoeiro entrando, parece perfeito. Ele chega por trás dela, aperta-a rapidamente e diz:

— Ótimo. Jantar mais cedo seria melhor.

Ela se vira, desapontada.

— Vai voltar para o trabalho?

— Eu não deveria ter que voltar, não com Brown e Black rolando a bola...

— Aqueles chatos — ela diz. — *Nunca* gostei deles.

Dale ri. Ele sabe que a antiga Sarah Asbury nunca ligou muito para o modo como ele ganha a vida, e isso torna sua lealdade furiosa ainda mais comovente. E, hoje à noite, parece vital, também. Foi o dia mais doloroso de toda a sua carreira na polícia, terminando com a suspensão de Arnold Hrabowski. Arnie, Dale sabe, acha que voltará a trabalhar em pouco tempo. E a verdade chata é que Arnie talvez esteja certo. Baseado na forma como as coisas estão caminhando, Dale pode precisar até de um exemplo refinado de inépcia como o Húngaro Maluco.

— De qualquer forma, eu não devia *ter* que voltar, mas...

— Você está com um pressentimento.

— Estou.

— Bom ou mau?

Ela passou a respeitar as intuições do marido, de maneira nenhuma por causa do intenso desejo de Dale de ver Jack Sawyer morando num lugar suficientemente perto para ser alcançado com sete dígitos em vez de 11. Hoje à noite isso lhe parece uma ótima decisão.

— As duas coisas — diz Dale, e então, sem explicar nem dar chance a Sarah de perguntar mais: — Cadê o Dave?

— Está na mesa da cozinha com os lápis-cera dele.

Aos 6 anos, o jovem David Gilbertson está tendo um violento caso amoroso com os lápis de cera; já gastou duas caixas desde que terminaram as aulas. A grande esperança de Dale e Sarah, que mesmo um para o outro só expressam à noite, deitados na cama antes de dormir, é que possam estar criando um verdadeiro artista. O próximo Norman Rockwell, Sarah disse uma vez. Dale — que ajudou Jack Sawyer a pendurar seus quadros estranhos e maravilhosos — tem esperanças mais elevadas para o menino. Elevadas demais para expressar, realmente, até na cama de casal depois de apagada a luz.

Com seu próprio copo de vinho na mão, Dale vai até a cozinha.

— O que está desenhando, Dave? O quê...

Ele para. Os lápis foram abandonados. O trabalho — um desenho semiacabado do que poderia ser tanto um disco voador quanto talvez só uma mesinha redonda — também foi abandonado.

A porta dos fundos está aberta.

Olhando para a brancura que esconde lá fora o balanço e o trepa-trepa de David, Dale sente um medo terrível lhe pular na garganta, sufocando-o. Imediatamente, torna a sentir o cheiro de Irma Freneau, aquele cheiro terrível de carne crua estragada. Qualquer sensação de que sua família mora num círculo mágico protegido — *pode acontecer com os outros, mas nunca, nunca, com a gente* — desaparece agora. O que a substitui é a certeza absoluta: David se foi. O Pescador atraiu-o para fora de casa e sumiu com ele no nevoeiro. Dale pode ver o sorriso na cara do Pescador. Pode ver a mão enluvada — é amarela — cobrindo a boca de seu filho, mas não os olhos arregalados e aterrorizados do menino.

Para dentro do nevoeiro e para fora do mundo conhecido.

David.

Ele atravessa a cozinha com pernas que parecem desprovidas de ossos bem como de nervos. Põe na mesa o copo de vinho, que pousa desequilibrado em cima de um lápis, e não vê quando o vinho entorna e cobre o desenho semi-acabado de David com algo horrivelmente parecido com sangue venoso. Ele vai para fora, e embora tenha intenção de gritar, sua voz sai num suspiro fraco e quase sem forças:

— David?... Dave?

Por um momento que parece durar cem anos, não há nada. Então ele ouve o ruído macio de passos correndo na grama molhada. Um jeans e uma camisa de rugby de listras vermelhas surgem daquela sopa grossa. Logo depois, ele vê a cara querida e sorridente do filho e uma gaforinha amarela.

— Pai! Papai! Eu estava me balançando no nevoeiro! Parecia que eu estava dentro de uma nuvem!

Dale o pega no colo. Sente um impulso ruim e cego de esbofetear o filho, de machucá-lo por assustar tanto o pai. Isso passa tão depressa como veio. Ele beija David em vez de esbofeteá-lo.

— Eu sei — ele diz. — Deve ter sido divertido, mas está na hora de entrar agora.

— Por que, papai?

— Porque às vezes os meninos pequenos se perdem no nevoeiro — ele diz, olhando para o quintal branco. Ele pode ver a mesa do pátio, mas é só um fantasma; ele não saberia para o que estava olhando se não a tivesse visto mil vezes. Beija de novo o filho. — Às vezes, os meninos pequenos se perdem — ele repete.

Ah, podíamos conferir com quantos amigos quisermos, novos e antigos. Jack e Fred Marshall voltaram de Arden (nenhum deles sugeriu parar na Gertie's Kitchen, em Centralia, quando passaram por lá), e ambos estão agora em suas casas desertas, não fora pela presença deles. Pelo resto da volta a French Landing, Fred não largou um minuto o boné de beisebol do filho, e está com a mão em cima dele agora mesmo, enquanto janta uma comida pronta esquentada no micro-ondas em sua sala vazia demais e assiste ao noticiário.

As notícias de hoje à noite são principalmente sobre Irma Freneau, claro. Fred pega o controle remoto quando passam do vídeo tremido da Lanchonete do Ed a uma reportagem gravada no Holiday Trailer Park. O câmera focalizou um feio trailer em particular. Há algumas flores, resistentes mas condenadas, espalhadas na terra ao lado do pórtico, que consiste em três tábuas sustentadas por dois blocos de cimento.

— Aqui, nos arredores de French Landing, a mãe enlutada de Irma Freneau está retirada do mundo — diz o correspondente no local. — A gente pode imaginar o que essa mãe solteira está sentindo hoje à noite.

O repórter é mais bonito que Wendell Green, mas tem aquela mesma aura de excitação glamourosa e doentia.

Fred aperta o botão OFF no controle remoto e resmunga:

— Por que você não pode deixar a infeliz em paz?

Ele olha para a carne picadinha na torrada, mas perdeu o apetite.

Lentamente, levanta o boné de Tyler e o põe na cabeça. Não cabe, e Fred por um momento pensa em soltar a tira de plástico atrás. A ideia o choca. E se fosse apenas isso que bastasse para matar seu filho? Esta modificação simples e mortal? Ele acha a ideia ridícula e ao mesmo tempo absolutamente indiscutível. Supõe que, se isso continuar, ele logo estará tão doido quanto a mulher... ou Sawyer. Confiar em Sawyer é uma loucura tão grande quanto achar que ele pode matar o filho mudando o tamanho do boné do menino... e, no entanto, ele acredita nas duas coisas. Pega o garfo e recomeça a comer, o boné do Brewers de Ty pousado em sua cabeça como o chapeuzinho de Spanky num velho curta-metragem de *Os Batutinhas*.

Beezer St. Pierre está sentado de cuecas em seu sofá, um livro aberto no colo (na verdade, é um livro de poemas de William Blake), mas não lê. A Ursa está dormindo na outra sala, e ele está lutando contra a vontade de dar um pulo no Sand Bar e descolar um pó, seu antigo vício, intocado já há cinco anos. Desde a morte de Amy, ele luta contra essa vontade todos os dias, e, ultimamente, só a vence lembrando-se que não vai conseguir encontrar o Pescador — e puni-lo como ele merece ser punido — se estiver com a cara cheia de pó.

Henry Leyden está em seu estúdio com um par enorme de fones de ouvido Akai na cabeça, ouvindo Warren Vaché, John Bunch e Phil Flanigan tocarem "I Remember April". Ele pode sentir o cheiro do nevoeiro pelas paredes, e para ele parece o cheiro do ar na Lanchonete do Ed. Cheiro de morte ruim, em outras palavras. Ele está se perguntando como Jack se virou na boa e velha ala D do Hospital Luterano do Condado Francês. E está pensando em sua mulher, que ultimamente (sobretudo depois do baile na Maxton, embora ele não se dê conta disso conscientemente) parece mais próxima que nunca. E aflita.

Sim, de fato, há amigos de todo tipo disponíveis para nossa inspeção, mas pelo menos um parece ter sumido. Charles Burnside não está no salão da Maxton (onde um episódio antigo de *Caras e Caretas* está passando na velha tevê colorida presa à parede), nem no refeitório, onde há lanches disponíveis no início da noite, nem em seu quarto, onde os lençóis estão limpos (mas onde ainda há um leve cheiro de merda velha). E no banheiro? Não. Thorvald Thorvaldson entrou para fazer um pipi e lavar as mãos, mas, fora ele, não há ninguém lá dentro. Uma coisa estranha: há um chinelo felpudo virado num dos cubículos. Com suas listras pretas e amarelas brilhantes, parece o cadáver de uma imensa abelha. E, sim, é o segundo cubículo a partir da esquerda. O preferido de Burny.

Devemos procurá-lo? Talvez sim. Talvez não saber onde aquele malandro está nos deixe inquietos. Vamos atravessar o nevoeiro então, silenciosos como um sonho, descendo a rua Chase. Aqui é o Hotel

Nelson, seu andar térreo agora submerso no nevoeiro do rio, a listra ocre marcando o nível a que chegou a água naquela enchente antiga não mais que um sussurro de cor na luz que vai desmaiando. Vizinha ao hotel, de um lado está a Sapataria Wisconsin, onde o expediente já está encerrado. Do outro, está a Taberna Lucky's, onde uma velha de pernas tortas (seu nome é Bertha van Dusen, se lhe interessa) está dobrada em dois com as mãos plantadas nos joelhos avantajados, vomitando na sarjeta todo o chope que bebeu. Ela faz ruídos que lembram um mau motorista arranhando a mudança. Na entrada propriamente dita do Hotel Nelson, está um velho vira-lata paciente, que esperará até Bertha ter voltado para a taberna, e irá furtivamente até o meio-fio para comer as salsichas de aperitivo meio digeridas boiando na cerveja. Da Lucky's chega a voz cansada e fanhosa do falecido Dick Curless, Velho Caolho Country, cantando sobre aquela floresta Hainesville, onde há uma lápide a cada quilômetro e meio.

O cachorro dá um único rosnado desinteressado quando passamos por ele e entramos no saguão do Nelson, onde cabeças roídas de traça — um lobo, um urso, um alce e um antiquíssimo bisão meio careca com um único olho de vidro — olham para sofás vazios, cadeiras vazias, o elevador que não funciona desde 1994 e o balcão de registros vazio. (Morty Fine, o recepcionista, está no escritório com os pés apoiados numa gaveta de arquivo aberta, lendo *People* e limpando o nariz.) O saguão do Hotel Nelson sempre tem o cheiro do rio — está nos poros do lugar —, mas esta noite está mais forte que de hábito. É um cheiro que nos faz pensar em ideias ruins, investimentos perdidos, cheques falsificados, saúde deteriorada, material de escritório roubado, pensão alimentícia não paga, promessas vazias, tumores de pele, ambição perdida, caixas de amostras abandonadas cheias de novidades baratas, esperança morta, pele morta e arcos caídos. Este é o tipo de lugar aonde você não vem a não ser que já tenha estado ali antes e não tiver mais nenhuma opção. É um lugar onde homens que abandonaram suas famílias vinte anos antes agora se deitam em camas estreitas com colchões manchados de mijo, tossindo e fumando cigarros. O salão sebento (onde o velho e sebento Hoover Dalrymple era o centro das atenções e distribuía sopapos quase toda sexta e todo sábado à noite) foi fechado por decisão unânime da Prefeitura no início de junho, quando Dale Gilbertson escandalizou a elite política local exibindo-lhe um vídeo de *stripteasers* que se denominavam Trio da Universidade Anal, executando um número sincronizado com um pepino no pequeno palco (câmera do DPFL: policial Tom Lund, uma salva de palmas para ele), mas os residentes do Nelson sempre só precisam ir ali ao lado se quiserem tomar uma cerveja; é conveniente. Paga-se por semana no Nelson. Pode-se manter um fogareiro elétrico no quarto, mas só com autorização e depois de inspecionado o fio. Pode-se morrer com uma renda fixa no Nelson, e o último som que se vai ouvir será o rangido de molas de cama em cima da cabeça quando outro velho fracassado abandonado bate uma punheta.

Vamos subir o primeiro lance de escadas, passando pela velha mangueira de incêndio em sua caixa de vidro. Virar à direita no patamar do segundo andar (depois do telefone público com seu aviso amarelado de AVARIADO) e continuar subindo. Quando chegamos ao terceiro andar, o cheiro do nevoeiro do rio mistura-se ao cheiro de canja esquentando no fogareiro de alguém (o fio devidamente aprovado por Morty Fine ou George Smith, o gerente do dia).

O cheiro está vindo do 307. Se entrarmos pelo buraco da fechadura (nunca houve nem nunca haverá chaves de cartão no Nelson), estaremos na presença de Andrew Railsback, 70 anos, calvo, magro, bem-humorado. Ele vendia aspiradores de pó para a Electrolux e aparelhos para a Sylvania, mas essa época já passou para ele. Estes são seus anos dourados.

Um candidato para a Maxton, podemos pensar, mas Andy Railsback conhece aquele lugar, e lugares como aquele. Para ele, não, obrigado. Ele é bastante sociável, mas não quer ninguém lhe dizendo quando ir para a cama, quando levantar e quando pode tomar um traguinho de Early Times. Ele tem amigos na Maxton, visita-os sempre, e de quando em quando encontra o olho efervescente, raso e predatório de nosso amigo Chipper. Ele já pensou em mais de uma ocasião dessas que o Sr. Maxton parece o tipo de sujeito que transformaria alegremente em sabão os cadáveres de seus diplomados se achasse que poderia ganhar uma grana com isso.

Não, para Andy Railsback, o terceiro andar do Hotel Nelson é bom o bastante. Ele tem seu fogareiro elétrico; tem sua garrafa de birita;

tem quatro maços de Bicycles e joga paciência nas noites em que o joão-pestana se perde.

Hoje à noite ele fez três pacotes de sopa, achando que iria convidar Irving Throneberry para tomar uma tigela e bater papo. Talvez depois eles irão à Lucky ali ao lado pegar uma cerveja. Ele verifica a sopa, vê que atingiu uma boa temperatura de cozimento, cheira o vapor fragrante e aprova. Ele também tem bolachas, que vão bem com a sopa. Ele sai do quarto para ir lá em cima bater na porta do quarto de Irv, mas o que ele vê no corredor o deixa gelado.

É um velho com uma bata azul sem forma, afastando-se dele com uma rapidez suspeita. Embaixo da bainha da bata, as pernas do estranho são brancas como barriga de carpa e marcadas com nós de veias varicosas. No pé esquerdo, ele tem um chinelo felpudo amarelo e preto. O pé direito está descalço. Embora nosso novo amigo não possa dizer com certeza — não com o sujeito de costas para ele —, o sujeito não se parece com nenhum conhecido de Andy.

Ele está testando maçanetas enquanto segue seu caminho pelo corredor do terceiro andar. Em cada uma, dá uma única sacudida forte e rápida. Como um carcereiro. Ou um gatuno. A porra de um gatuno.

Sim. Embora o homem seja visivelmente velho — mais velho que Andy, parece — e esteja vestido como se para ir dormir, a ideia de roubo ressoa na mente de Andy com uma certeza estranha. Nem mesmo o pé descalço, indicando que o sujeito não deve ter vindo da rua, é suficiente para derrubar sua forte intuição.

Andy abre a boca para gritar — algo como *Posso ajudar?*, ou *Procurando alguém?* — e então muda de ideia. Ele simplesmente tem essa sensação a respeito do homem. Tem a ver com a ligeireza com que o estranho corre enquanto testa as maçanetas, mas não é só isso. Há os bolsos da bata do velhote, Andy pode vê-los, e talvez haja uma arma num deles. Os ladrões nem *sempre* têm armas, mas...

O velho vira a esquina e some. Andy fica onde está, refletindo. Se tivesse telefone no quarto, poderia ligar para baixo e avisar Morty Fine, mas não tem. Então, o que fazer?

Após um breve debate interno, ele vai pé ante pé até a esquina e olha. É um cul-de-sac com três portas: 312, 313 e, no final, 314, o único quarto atualmente ocupado daquele pequeno apêndice. O homem do 314 está ali desde a primavera, mas quase tudo o que Andy sabe a respeito dele é o nome: George Potter. Andy perguntou a Irv e a Hoover Dalrymple sobre Potter, mas Hoover não sabe porra nenhuma e Irv só ficou sabendo pouca coisa mais.

— Você deve saber — objetou Andy (essa conversa aconteceu em fim de maio ou começo de junho, mais ou menos na época em que o Salão Cabeça de Cervo lá embaixo fechou). — Vi você na Lucky's com ele, tomando cerveja.

Irv ergueu uma sobrancelha hirsuta com aquele seu jeito cínico.

— Me viu tomando cerveja com ele. O que você é? — rosnou ele. — A porra da minha mulher?

— Só estou dizendo. Você toma cerveja com um homem, conversa um pouco...

— Em geral, pode ser. Com ele, não. Eu me sentei, pedi um chope, e principalmente tive o dúbio prazer de ouvir a mim mesmo pensando. Eu disse: "O que acha dos Brewers este ano?", e ele disse: "Uma droga, como no ano passado. Posso pegar os Cubs à noite no rá-ádio..."

— Foi assim que ele falou? *Rá-á*dio?

— Bem, não é a maneira como *eu* falo, é? Você já me ouviu dizer rá-ádio? Eu digo rádio, como qualquer pessoa normal. Quer ouvir isso ou não?

— Não parece que haja muito para ouvir.

— Você entendeu tudo, meu chapa. Ele disse: "Posso pegar os Cubs à noite no rá-ádio, e isso me basta. Eu sempre ia a Wrigley com meu pai quando eu era garoto." Então eu descobri que ele era de Chicago; fora isso, nada.

A primeira coisa que veio à cabeça de Andy depois de ver a porra do gatuno no corredor do terceiro andar fora Potter, mas o Sr. George Fico-na-minha-Potter é um cara alto, talvez de 1,92m, ainda com uma basta cabeleira grisalha. O Sr. Um-pé-de-chinelo era mais baixo que isso, encurvado como um sapo. (Um sapo *venenoso*, *isso* é o que logo veio à cabeça de Andy.)

Ele está aqui, Andy pensa. *A porra do gatuno está no quarto de Potter, talvez vasculhando as gavetas de Potter, procurando um dinheirinho escondido. Uns 50 ou 60 enrolados dentro de uma meia, como eu costumava fazer. Ou roubando o rádio de Potter. A porra do rá-ádio dele.*

Bem, e o que era isso para ele? Você passava por Potter no corredor, dava-lhe um bom dia ou um boa tarde educados, e o que recebia era um grunhido malcriado. *Nada,* em outras palavras. Você o via na Lucky's, ele estava bebendo sozinho, do lado oposto ao da jukebox. E imaginava que podia sentar-se com ele que ele racharia um caneco de chope com você — o pequeno tête-à-tête de Irv com ele comprovava que sim —, mas o que adiantava isso sem uma conversinha para acompanhar? Por que deveria ele, Andrew Railsback, arriscar a ira de um sapo venenoso de bata por um velho ranzinza que não lhe dizia um sim, um não, nem um talvez?

Bem...

Porque esta é a casa dele, por mais mixa que seja, é por isso. Porque, quando viu um velho maluco calçado com um único pé de chinelo procurando dinheiro ou o rá-ádio facilmente afanado, você simplesmente não virou as costas e se mandou. Porque a sensação ruim que ficou do velho elfo fujão (*a vibração ruim,* diriam seus netos) provavelmente não passava de frescura. Porque...

De repente Andy Railsback tem uma intuição que, embora não seja um tiro certeiro, pelo menos chega perto da verdade. Suponha que *seja* um cara que veio da rua? Suponha que seja um dos velhos da Casa Maxton para a Velhice? O asilo não é tão longe, e ele sabe que de vez em quando um velho (ou uma velha) fica perturbado (ou perturbada) e escapa da reserva. Em circunstâncias normais, essa pessoa seria localizada e levada de volta muito antes de chegar a este ponto do centro da cidade — é difícil deixar de ser notado na rua de roupa de hospital e calçado só com um pé de chinelo —, mas esta noite o nevoeiro chegou, e as ruas estão quase completamente desertas.

Olhe para você, Andy se repreende. *Morto de medo de um sujeito que deve ter mais dez anos que você e geleia no lugar do cérebro. Chegou aqui depois de passar pela recepção vazia — não há a menor chance de Fine estar lá na frente; ele deve estar nos fundos lendo uma revista ou um livro de ação — e agora está procurando seu quarto na Maxton, testando cada maçaneta no raio do corredor, não tem mais ideia de onde está do que um esquilo na rampa de acesso de uma autoestrada. Potter deve estar tomando uma cerveja ali ao lado* (isso, pelo menos, é verdade) *e deixou a porta destrancada* (isso, podemos ter certeza, não é).

E embora ainda esteja assustado, Andy vem lá do fim do corredor e caminha lentamente na direção da porta aberta. Seu coração bate acelerado, porque metade de sua mente ainda está convencida de que o velho pode ser perigoso. Lá estava, afinal de contas, aquela sensação ruim que ele sentiu só de olhar para as *costas* do estranho...

Mas ele vai. Deus o ajude, ele vai.

— Moço? — ele chama quando chega à porta aberta. — Ei, moço, acho que se enganou de quarto. Este é o do Sr. Potter. Não...

Ele para. Não faz sentido falar, porque o quarto está vazio. Como é possível?

Andy sai e testa as maçanetas do 312 e do 313. Ambas trancadas, como sabia que estariam. Constatado isso, ele entra no quarto de George Potter e dá uma boa olhada em volta — a curiosidade matou o gato, a satisfação o trouxe de volta. O quarto de Potter é um pouco maior que o seu, mas, fora isso, não é muito diferente: é um caixote de pé-direito alto (antigamente, faziam lugares em que dava para um homem ficar em pé, isso tem que ser dito em favor daqueles arquitetos). A cama de solteiro tem um buraco no meio, mas está arrumada. Na mesa de cabeceira, há um frasco de pílulas (são de um antidepressivo chamado Zoloft) e um porta-retrato com a foto de uma mulher. Andy a acha um susto, mas Potter deve vê-la de forma diferente. Afinal de contas, botou o retrato dela num lugar onde é a primeira coisa para a qual ele olha de manhã e a última que vê à noite.

— Potter? — Andy pergunta. — Alguém? Alô?

De repente ele tem a sensação de que há alguém atrás dele, e se vira, os lábios arreganhados mostrando a dentadura num sorriso que é quase uma careta de medo. A mão sobe para proteger o rosto do soco que de repente ele está certo que virá... só que não há ninguém ali. Será que ele está escondido no final desse pequeno adendo ao corredor principal? Não. Andy *viu* o estranho dobrar aí. Não há como esse homem estar atrás dele de novo... a não ser que fosse andando pelo teto como uma mosca...

Andy olha lá para cima, sabendo que está sendo ridículo, se borrando à toa, mas não tem ninguém ali para vê-lo, então, qual é o problema? E também não tem nada para ele ver lá em cima. Só um teto normal, agora amarelado pelo tempo e por décadas de fumaça de charuto e cigarro.

O rádio — ah, perdão, *rá-ádio* — está no parapeito da janela, e parece não ter sido molestado. É danado de bom, aliás, um Bose, o tipo de que Paul Harvey sempre fala em seu programa do meio-dia.

Atrás do rádio, do outro lado da vidraça suja, está a escada de incêndio.

Ah-ha!, pensa Andy, e corre até a janela. Uma olhada no trinco virado e sua expressão triunfante murcha. Ele olha para fora assim mesmo, e vê um curto trecho de ferro preto úmido descendo nevoeiro adentro. Nada de bata, nada de careca escamosa. Claro que não. O sacudidor de maçanetas não saiu por ali, a menos que tivesse algum truque mágico para tornar a fechar o trinco da janela quando estava na escada de incêndio.

Andy se vira, fica um instante onde está, pensando, depois se ajoelha e olha embaixo da cama. O que vê é um velho cinzeiro com um maço fechado de Pall Mall e um isqueiro descartável da cerveja Kingsland. Nada mais, exceto montes de poeira. Ele põe a mão na colcha preparando-se para se levantar, e seus olhos se fixam na porta do armário. Está escancarada.

— Lá — Andy sussurra, quase muito baixo para seus ouvidos ouvirem.

Ele se levanta e vai até a porta do armário. O nevoeiro pode ou não entrar com passinhos de gato, como dizia Carl Sandburg, mas é certamente assim que Andy Railsback atravessa o quarto de George Potter. Seu coração está batendo forte de novo, a ponto de fazer pular a veia proeminente que ele tem no meio da testa. O homem que ele viu está dentro do armário. A lógica exige isso. A intuição grita. E se o sacudidor de maçanetas for só um velho confuso que saiu do nevoeiro para o Hotel Nelson, por que não falou com Andy? Por que se escondeu? Porque ele pode ser velho, mas não está confuso, é isso. Não mais confuso do que o próprio Andy. O sacudidor de maçanetas é a porra de um gatuno e está dentro do armário. Pode estar segurando uma faca que tirou do bolso da velha bata surrada. Talvez um cabide que ele abriu e transformou numa arma. Talvez ele só esteja parado ali dentro no escuro, olhos arregalados, dedos crispados como garras. Andy já não se importa mais. Pode-se intimidá-lo, não há dúvida — ele é um vendedor aposentado, não o Super-homem —, mas carregando-se suficientemente na tensão, transforma-se o medo em raiva, da mesma forma como uma pressão suficiente transforma carvão em diamante. E agora Andy está mais furioso que assustado. Ele cerra os dedos em volta do frio puxador de vidro da porta do armário. Aperta-o. Respira uma vez... mais outra... fortalecendo-se, preparando-se... *fazendo sua cabeça*, diriam os netos... respira de novo, só para dar sorte, e...

Com um ruído baixo e tenso — meio rosnado e meio uivo —, Andy escancara a porta do armário, fazendo os cabides chocalharem. Ele se agacha, punhos cerrados, parecendo um antigo esparro do Ginásio do Tempo do Onça.

— Saia daí, sua porra...

Ninguém ali. Quatro camisas, um paletó, duas gravatas e três calças penduradas como pele morta. Uma mala castigada que parece ter sido chutada por todos os terminais de ônibus da América do Norte. Mais nada. Nem o raio de um ga...

Mas há algo. Há algo no chão embaixo das camisas. Várias coisas. Quase meia dúzia de coisas. Primeiro, Andy Railsback ou não entende o que está vendo ou não *quer* entender. Aí a coisa chega a ele, fica gravada em sua mente e em sua memória como uma pegada, e ele tenta gritar. Não consegue. Tenta de novo e não sai nada além de um bufo enferrujado de pulmões que não parecem maiores que duas peles de ameixas secas. Ele tenta se virar e também não consegue. Tem certeza de que George Potter está vindo, e se Potter encontrá-lo aqui, a vida de Andy vai terminar. Ele viu uma coisa sobre a qual Potter nunca vai deixá-lo falar. Mas ele não consegue se virar. Não consegue gritar. Não consegue tirar os olhos do segredo no armário de George Potter.

Não consegue se mexer.

Por causa do nevoeiro, já é quase noite fechada em French Landing muito antes da hora; são só 18h30. As luzes amarelas enevoadas da Casa Maxton para a Velhice parecem as luzes de um navio de cruzeiro flutuando na calmaria. Na ala Margarida, onde moram a maravilhosa Alice Weathers e o muito menos maravilhoso Charles Burnside, Pete Wexler e Butch Yerxa já foram para casa. Uma loura oxigenada de ombros largos chamada Vera Hutchinson está agora na recepção. Diante dela há um livro intitulado *Palavras cruzadas fáceis*. Ela está fazendo a 6 horizontal: *Garfield, por exemplo.* Seis letras, a primeira é F, a terceira é L, a sexta é O. Ela odeia essas difíceis.

Há o ruído de uma porta de banheiro abrindo. Ela ergue os olhos e vê Charles Burnside saindo do banheiro masculino com sua bata azul e um par de chinelos listrados de amarelo e preto parecendo grandes abelhas felpudas. Ela os reconhece na hora.

— Charlie? — ela pergunta, botando o lápis no livro e fechando-o.

Charlie apenas vai andando, a boca pendurada, um longo fio de baba também pendurado. Mas ele tem um desagradável meio sorriso no rosto para o qual Vera não liga. Esse aí pode não ter mais quase nada na cabeça, mas o pouco que ficou é ruim. Às vezes ela sabe que Charles Burnside realmente não ouve quando ela fala (ou não a entende), mas ela tem certeza que às vezes ele só *finge* não ouvir. Ela acha que este é o caso agora.

— Charlie, o que está fazendo com os chinelos de abelha de Elmer? Você sabe que ele ganhou esses chinelos da bisneta.

O velho — Burny para nós, Charlie para Vera — apenas continua andando, numa direção que acabará por levá-lo de volta à M18. Isto é, supondo que ele siga nesse rumo.

— Charlie, pare.

Charlie para. Fica no início do corredor da ala Margarida como uma máquina que acaba de ser desligada. Sua boca está pendurada. O fio de baba arrebenta e, de repente, há um pequeno ponto molhado no linóleo ao lado de um daqueles chinelos ridículos, mas engraçados.

Vera se levanta, vai até ele, ajoelha-se à sua frente. Se soubesse o que sabemos, provavelmente pensaria duas vezes antes de botar seu pescoço branco e indefeso ao alcance daquelas mãos caídas, que a artrite entortou mas ainda são fortes. Mas, obviamente, não sabe.

Ela agarra o pé esquerdo do chinelo de abelha.

— Levante — diz.

Charles Burnside levanta o pé direito.

— Ah, deixe de ser bobo — ela diz. — O outro.

Burny levanta um pouco o pé esquerdo, apenas o suficiente para ela tirar o chinelo.

— *Agora*, o direito.

Sem ser visto por Vera, que está olhando para os pés dele, Burny puxa o pênis para fora da braguilha daquelas calças de pijama folgadas e finge mijar na cabeça inclinada de Vera. Seu sorriso se arreganha. Ao mesmo tempo, ele levanta o pé direito e tira o outro chinelo. Quando ela olha para cima, a velha e enrugada peça de Burny está de novo em seu lugar. Ele considerou batizá-la, considerou mesmo, mas já tinha feito muita confusão por uma noite. Mais uma pequena tarefa e ele estará indo para a terra dos sonhos maravilhosos. Ele agora é um monstro velho. Precisa de descanso.

— Muito bem — diz Vera. — Quer me dizer por que um está mais sujo que o outro? — Nada de resposta. Ela realmente não esperava uma. — Ótimo, maravilha. Volte para o seu quarto ou para o salão, se quiser. Hoje tem pipoca de micro-ondas e jujuba, eu acho. Estão passando *A noviça rebelde*. Vou fazer com que esses chinelos voltem para o lugar deles, e o fato de você os ter pegado será nosso segredinho. Se tornar a pegá-los, terei que dar queixa de você. *Capisce?*

Burny só fica ali parado, vazio... mas com aquele sorrisinho maldoso levantando suas velhas bochechas enrugadas. E aquele brilho nos olhos dele. Ele *capisce*, sim.

— Ande — diz Vera. — E é melhor não ter descarregado nada ali no chão, seu urubu velho.

Mais uma vez, ela não espera resposta, mas dessa vez recebe. A voz de Burny está baixa, mas perfeitamente clara.

— Dobre essa língua, sua bruaca gorda, senão vou comê-la aí na sua cabeça mesmo.

Ela recua como se esbofeteada. Burny fica ali com as mãos balançando e aquele sorrisinho.

— Saia daqui — ela diz. — Senão vou dar queixa de você.

E isso traria muitas vantagens. Charlie é uma das fontes de renda da Maxton, e Vera sabe disso.

Charlie recomeça sua lenta caminhada (Pete Wexler apelidou esse passo em particular de Marcha dos Coroas), agora descalço. Então ele se vira para trás. As luzes indistintas de seus olhos olham para ela.

— A palavra que você está procurando é *felino*. Garfield é um felino. Entendeu? Sua anta.

Com isso, ele continua sua viagem pelo corredor. Vera fica onde está, olhando para ele boquiaberta também. Já nem se lembrava das palavras cruzadas.

Em seu quarto, Burnie se deita na cama e enfia a mão atrás dos rins. Daí para baixo, ele está sentindo uma dor desgraçada. Mais tarde vai tocar para chamar a velha bruaca gorda, pedir que ela lhe traga um anti-inflamatório. Por ora, porém, ele tem que aguentar firme. Falta fazer mais uma coisinha.

— Encontrei você, Potter — ele murmura. — Bom... e velho... Potsie.

Burny não andou sacudindo nenhuma maçaneta (não que Andy Railsback algum dia vá saber disso). Ele andou procurando o sujeito que o passara para trás num negócio imobiliário em Chicago nos anos 70. Lado Sul, terra dos White Sox. Bairro negro, em outras palavras. Rios de dinheiro federal nele, e muita grana de Illinois também. Erva disponível para durar anos, mais ângulos que num campo de beisebol, mas George "Vá Foder Sua Mãe" Potter chegou primeiro, o dinheiro mudou de mãos por baixo do proverbial pano, e Charles Burnside (ou talvez ele ainda se chamasse Carl Bierstone; é difícil lembrar) ficou de fora.

Mas Burny não perdeu de vista o gatuno esses anos todos. (Bem, não o próprio Burny, na verdade, mas como agora já devemos ter percebido, este é um homem com amigos poderosos.) O velho Potsie — como seus amigos o chamavam na época em que ele tinha alguns — faliu em La Riviere nos anos 90, e perdeu quase tudo o que ainda tinha escondido durante a grande quebradeira das empresas de Internet em 2000. Mas isso não chega para Burny. Potsie exige um castigo maior, e a coincidência daquele escroto específico indo parar naquele buraco específico de uma cidade é boa demais para se deixar passar. O principal motivo de Burny — um desejo irracional de continuar mexendo a panela, para se certificar de que o que é ruim piore ainda mais — não mudou, mas isso também servirá para este fim.

Então ele viajou para o Nelson, fazendo isso de um modo que Jack entende e Judy Marshall intuiu, chegando ao quarto de Potsie como um morcego antigo. E quando sentiu Andy Railsback atrás dele, obviamente exultou. Railsback evitará que ele tenha que dar outro telefonema anônimo, e Burny está, na verdade, ficando cansado de fazer *todo* o trabalho deles.

Agora, de volta ao seu quarto, todo confortável (isto é, a não ser pela artrite), ele deixa de pensar em George Potter e começa a Invocar.

No escuro, os olhos de Charles Burnside voltados para cima começam a brilhar de uma forma distintamente inquieta.

— *Gorg* — ele diz. — *Gorg tilí. Dinit a abalá. Samã Tansy. Samã a montá a Irma. Dinit a abalá. Gorg. Dinit a Ram Abalá.*

Gorg. Gorg, venha. Sirva ao abalá. Encontre Tansy. Encontre a mãe de Irma. Sirva ao abalá, Gorg.

Sirva ao Rei Rubro.

Os lábios de Burny se fecham. Ele adormece com um sorriso no rosto. E por baixo das pálpebras enrugadas, seus olhos continuam brilhando como lâmpadas por trás de um quebra-luz.

Morty Fine, o gerente da noite do Hotel Nelson, está cochilando em cima de sua revista quando Andy Railsback irrompe por ali adentro, assustando-o tanto que ele quase cai da cadeira. Sua revista cai no chão com um barulho seco.

— Jesus Cristo, Andy, você quase me fez ter um infarto! — grita Morty. — Já ouviu falar em bater na porta ou pelo menos *pigarrear*?

Andy não faz caso, e Morty vê que o velho está branco como papel. Talvez *ele* é que esteja tendo um infarto. Não seria a primeira vez que isso acontecia no Nelson.

— Você tem que chamar a polícia — diz Andy. — São *horríveis*. Cruzes, Morty, são as fotos mais horríveis que já vi... Polaroids... e, puxa, achei que ele fosse chegar de volta... de volta a qualquer momento... mas primeiro eu simplesmente *fiquei paralisado,* e eu... eu...

— Devagar — diz Morty, preocupado. — De que você está falando?

Andy respira fundo e faz um esforço visível para se controlar.

— Viu Potter? — pergunta. — O cara do 314?

— Não — diz Morty —, mas quase toda noite, a essa hora, ele está na Lucky tomando umas cervejas e quem sabe comendo um hambúrguer. Embora eu não saiba por que alguém vai comer alguma coisa naquele lugar. — Depois, talvez associando um palácio da ptomaína a outro: — Ei, já soube o que a polícia achou na Lanchonete do Ed? Trevor Gordon esteve aqui e disse...

— Não interessa. — Andy senta na cadeira do outro lado da mesa e olha para Morty com olhos úmidos, aterrorizados. — Chame a polícia. Imediatamente. Diga a eles que o Pescador é um homem chamado George Potter, e que ele mora no terceiro andar do Hotel Nelson. — A cara de Andy se contrai num esgar duro, depois torna a relaxar. — No mesmo corredor que o degas aqui.

— *Potter?* Você está sonhando, Andy. Aquele cara é só um construtor aposentado. Não faria mal a uma mosca.

— Quanto a moscas eu não sei, mas ele machucou à beça umas criancinhas. Vi as fotos Polaroid que ele tirou delas. Estão no armário dele. São a pior coisa que já vi.

Então Andy faz uma coisa que espanta Morty e o convence de que isso não é uma piada, nem possivelmente um erro. Andy Railsback começa a chorar.

Tansy Freneau, também conhecida como a mãe enlutada de Irma Freneau, ainda não está de luto. Ela sabe que deveria estar, mas o luto foi adiado. Agora ela tem a sensação de estar flutuando numa nuvem de lá quente e luminosa. A médica (a sócia de Pat Skarda, Norma Whitestone) deu-lhe 5 miligramas de lorazepam há quatro ou cinco horas, mas isso é só o começo. O Holiday Trailer Park, onde Irma e Tansy moraram desde que Cubby Freneau se mandou para Green Bay em 98, é perto do Sand Bar, e ela tem um caso rolando em meio expediente com Lester Moon, um dos barmen. Os Thunder Five apelidaram Lester Moon de "Queijo Fedido" por algum motivo, mas Tansy sempre o chama de Lester, o que ele aprecia quase tanto quanto o amasso eventual depois de umas biritas no quarto de Tansy ou nos fundos do bar, onde há um colchão (e uma luz escura) no depósito. Hoje, por volta das cinco da tarde, Lester foi até lá com uma garrafa de licor de café e 400 miligramas de OxyContin, tudo bem amassado e pronto para cheirar. Tansy já cheirou meia dúzia de carreiras, e está viajando. Vendo fotos antigas de Irma e simplesmente... você sabe... viajando.

Que bebê bonito ela era, Tansy pensa, sem saber que perto dali um apavorado funcionário de hotel está vendo uma foto muito diferente de seu lindo bebê, um pesadelo Polaroid que ele nunca conseguirá esquecer. É uma foto que a própria Tansy nunca terá que ver, o que sugere que talvez *haja* um Deus no céu.

Ela vira uma página (foi colada uma etiqueta MEMÓRIAS DOURADAS na frente de seu álbum) e aí está uma foto de Tansy e Irma no piquenique da companhia Mississippi Electrix, quando Irma tinha 4 anos e a Mississippi Electrix ainda estava há um ano da falência e tudo ia mais ou menos bem. Na foto, Irma está andando com uma penca de outros guris, a cara sorridente lambuzada de sorvete de chocolate.

Olhando fixamente para esse instantâneo, Tansy pega o copo de licor de café e dá um pequeno gole. E de repente, do nada (ou do lugar de onde nossos pensamentos mais ameaçadores e desconexos chegam flutuando para a luz do nosso olhar), ela começa a se lembrar daquele poema idiota de Edgar Alan Poe que sua turma teve que decorar na nona série. Ela não pensa nisso há anos e não tem razão para pensar agora, mas as palavras da estrofe inicial lhe vêm perfeitamente à mente sem nenhum esforço. Olhando para Irma, ela as recita com uma voz neutra e corrida que sem dúvida fariam a Sra. Normandie agarrar os compridos cabelos brancos e gemer. A declamação de Tansy não nos afeta assim; mas nos deixa arrepiados. É como ouvir uma leitura de poema feita por um cadáver.

— Numa meia-noite agreste quando eu lia lento e triste vagos e curiosos tomos de ciências ancestrais e já quase adormecida ouvi o que parecia o som de alguém que batia levemente a meus umbrais...*

Neste exato momento ouve-se uma batida suave na porta ordinária do Airstream de Tansy Freneau. Ela olha para cima, os olhos flutuando, os lábios contraídos e molhados de licor de café.

— Les-ter? É você?

Pode ser, ela acha.

Não, pelo menos, o pessoal da tevê, ela espera que não seja. Não quer falar com o pessoal da tevê, eles podem se mandar. Sabe, numa parte tristemente esperta de sua mente, que eles a acalmariam e reconfortariam só para fazê-la parecer uma idiota debaixo de seus refletores, como as pessoas no *Jerry Springer Show* sempre acabam parecendo.

Nenhuma resposta... e aí, recomeça. Toc. Toc-toc.

— Uma visita — ela diz, se levantando. É como levantar sonhando. — "Uma visita", eu me disse, "está batendo a meus umbrais, é só isso e nada mais."

---

* Adaptação da tradução de Fernando Pessoa do poema "O corvo". [N. da T.]

Toc. Toc-toc.

Não parece nós de dedos. É um som mais fino que isso. Parece uma unha só.

Ou um bico.

Ela atravessa o quarto naquele atordoamento de droga e bebida, os pés descalços sussurrando no carpete que já havia sido empelotado e agora está ficando careca: a ex-mãe. Ela abre a porta para essa noite de verão enevoada e não vê nada, porque está olhando muito para cima. Então alguma coisa farfalha no capacho.

Alguma coisa, uma *coisa* preta, está olhando para ela com olhos vivos e inquisitivos. É um corvo, aimeudeus é o *corvo* de Poe que veio visitá-la.

— Nossa, estou viajando — diz Tansy, e passa as mãos nos cabelos finos.

— Nossa! — repete o corvo no capacho. E depois, alegre como um chapim: — Gorg!

Se lhe perguntassem, Tansy teria dito que estava muito de porre para ter medo, mas aparentemente não é assim, porque ela dá um gritinho desconcertado e recua.

O corvo cruza saltitando a soleira da porta e chega ao tapete roxo, ainda olhando para cima com seus olhos vivos. Suas penas reluzem com gotas de umidade condensada. Ele passa por ela, depois para para ajeitar as penas. Olha em volta como se para perguntar: *Como estou, amorzinho?*

— Vá embora — Tansy diz. — Não sei o que você está fazendo aqui, porra, nem se você está aqui, mas...

— Gorg! — insiste o corvo, depois abre as asas e atravessa correndo a sala do trailer, uma partícula de fuligem que se desprendeu das costas da noite. Tansy grita e se encolhe de medo, instintivamente protegendo o rosto, mas Gorg não chega perto dela. Pousa na mesa ao lado da garrafa, já que não há nenhum busto de Pallas à mão.

Tansy pensa: *Ele ficou desorientado no nevoeiro, só isso. Podia até estar com hidrofobia, ou ter aquela doença de Lime, ou seja lá que nome tenha. Tenho que ir à cozinha pegar a vassoura. Enxotá-lo antes que ele cague tudo...*

Mas a cozinha é muito longe. No estado em que ela está, a cozinha parece a quilômetros de distância, lá para as bandas de Colorado Springs.

E não deve haver nenhum corvo ali. Pensar no raio daquele poema fez com que ela tivesse uma alucinação, só isso... isso, e perder a filha.

Pela primeira vez a dor atravessa o atordoamento, e Tansy se contrai sentindo seu calor forte e cruel. Ela se lembra das mãozinhas que às vezes apertavam tanto seu pescoço. Chora na noite, chamando-a para acordá-la do sono. O cheiro dela, saindo do banho.

— O nome dela era Irma! — ela grita de repente para a criação de sua imaginação ali tão impudente ao lado da garrafa de licor. — *Irma,* não Lenore, porra, que nome idiota é Lenore? Vamos ouvir você dizer *Irma*!

— Irma! — grasna o visitante obediente, deixando-a pasma e muda. E aqueles olhos. Ah!, aqueles olhos brilhantes atraem-na, como os olhos do Marinheiro Antigo naquele outro poema que ela devia ter aprendido, mas nunca conseguiu. — Irma-Irma-Irma-Irma...

— *Pare!* — Ela não quer ouvi-lo afinal. Ela estava errada. O nome de sua filha saindo daquela garganta alienígena é horrível, insuportável. Ela quer tapar os ouvidos e não consegue. As mãos estão muito pesadas. Suas mãos foram para junto do fogão e da geladeira em Colorado Springs. Tudo o que ela consegue fazer é olhar para aqueles olhos negros que brilham.

Ele se ajeita para ela, arrepiando as negras penas de cetim. Elas produzem um pequeno ruído abominável percorrendo suas costas de alto a baixo, e ela pensa: *"Profeta!", disse eu, "profeta — ou demônio ou ave preta!"*

A certeza lhe enche o coração como água fria.

— O que você sabe? — ela pergunta. — Por que veio?

— Sabe! — grasna o corvo Gorg, balançando vivamente o bico em sinal de assentimento. — Veio!

E ele pisca? Meu Deus, *ele pisca para ela?*

— Quem a matou? — sussurra Tansy Freneau. — Quem matou minha bonequinha linda?

Os olhos do corvo fitam-na, transformam-na num inseto ou num alfinete. Lentamente, sentindo-se mais que nunca como se estivesse sonhando (mas isso *está* acontecendo em algum nível, ela entende isso perfeitamente), ela vai até a mesa. O corvo ainda a olha, o corvo ainda a chama. *Lá nas trevas infernais*, ela pensa. *Lá na porra das trevas infernais.*

— Quem? Conte para mim o que sabe!

O corvo olha para ela com seus vivos olhos negros. Seu bico abre e fecha, revelando em pequenos relances um interior vermelho úmido.

— Tansy! — ele grasna. — Vem!

As pernas lhe faltam, e ela cai de joelhos, mordendo a língua e fazendo-a sangrar. Gotas carmim mancham seu blusão da Universidade de Wisconsin. Agora sua cara está na altura da do corvo. Ela pode ver uma de suas asas roçando sensualmente o vidro da garrafa de licor de café. Gorg cheira a pó e montes de moscas mortas e urnas antigas de especiarias enterradas. Seus olhos são negros portais brilhantes, olhando para um outro mundo. O Inferno talvez. Ou Sheol.

— *Quem?* — ela sussurra.

Gorg abre as asas e estica o pescoço até seu bico chegar realmente ao ouvido dela. Ele começa a sussurrar, e Tansy acaba começando a fazer que sim com a cabeça. A luz da sanidade saiu de seus olhos. E quando voltará? Ah, acho que todos sabemos a resposta a essa pergunta.

Você pode dizer "Nunca mais"?

Capítulo Dezesseis

18h45. French Landing está dentro do nevoeiro, exausta e inquieta, mas sossegada. O sossego não vai durar. Uma vez começado, o *resvalamento* nunca para por muito tempo.

Na Maxton, Chipper ficou até mais tarde, e, considerando o boquete desapressado (e realmente sensacional) que lhe está sendo ministrado por Rebecca Vilas enquanto ele está esparramado na cadeira de seu escritório, sua decisão de fazer um pouco de hora extra não surpreende tanto assim.

No salão, os velhos estão siderados por Julie Andrews e *A noviça rebelde*. Alice Weathers está até chorando de felicidade — *A noviça* é o filme de que ela mais gostou na vida. *Cantando na chuva* chega perto, mas nunca levou a melhor. Entre os moradores da CMV que conseguem andar, apenas Burny está faltando... só que ninguém aqui sente nem um pouco a falta dele. Burny está ferrado no sono. O espírito que agora o controla — o demônio, poderíamos dizer — tem seu próprio programa de ação em French Landing, e mais ou menos usou Burny nestas últimas semanas (não que Burny esteja reclamando: ele é um cúmplice muito complacente).

Na estrada do Vale Noruega Jack Sawyer está chegando com sua Dodge Ram à casa de Henry Leyden. O nevoeiro ali está mais fraco, mas ainda transforma os faróis da picape em coroas macias. Hoje ele vai recomeçar *Casa desolada* no Capítulo 7 ("O passeio do fantasma") e, com otimismo, chegar ao final do Capítulo 8 ("Encobrindo uma multidão de pecados"). Mas, antes de Dickens, ele prometeu ouvir o mais novo candidato do Rato de Wisconsin à rotação quente, uma música chamada "Gimme Back My Dog" [Devolva o meu cachorro], por Slobberbone.

— Mais ou menos de cinco em cinco anos aparece uma grande música de rock-'n'-roll — dissera-lhe Henry ao telefone, e Jack não tem dúvida que ouve o Rato gritando na voz do amigo, fazendo malabarismos com os discos na fímbria da escuridão. — Esta é uma *grande* música de rock-'n'-roll.

— Se você está dizendo — Jack retruca cético.

Sua ideia de uma grande música de rock-'n'-roll é "Runaround Sue", por Dion.

Na alameda Robin Hood 16 (aquela gracinha de casa estilo Cape Cod), Fred Marshall está de quatro, usando um par de luvas de borracha verdes, lavando o chão. Ele ainda está com o boné de beisebol de Tyler equilibrado na cabeça, e está chorando.

Lá no Holiday Trailer Park, o corvo Gorg está envenenando os ouvidos de Tansy Freneau.

Na sólida casa de tijolos aparentes da rua Herman, onde mora com a bela Sarah e o igualmente belo David, Dale Gilbertson está se aprontando para voltar à delegacia, os movimentos ligeiramente retardados por dois pratos de torta de galinha e um de pudim de pão. Quando o telefone toca, ele não se surpreende muito. Já teve esse pressentimento, afinal de contas. Quem está ligando é Debbi Anderson, e, pela primeira palavra que ela disse, ele sabe que estourou uma bomba.

Ele ouve, balançando a cabeça, fazendo uma pergunta ou outra. Sua mulher está à porta da cozinha, olhando-o com preocupação. Dale se abaixa e escreve no bloco ao lado do telefone. Sarah vai até lá e lê dois nomes:

Andy Railsback e M. Fine.

— Ainda está com Railsback na linha? — ele pergunta.

— Estou, na espera...

— Me ligue com ele.

— Dale, não sei se sei fazer isso.

Debbi parece perturbada de um modo que não lhe é característico. Dale fecha os olhos um momento, lembra-se de que aquele não é o trabalho usual dela.

— Ernie não está mais aí?

— Não.

— Quem está?

— Bobby Dulac... Acho que Dit deve estar no banho...

— Ponha Bobby na mesa — diz Dale, e fica aliviado quando Bobby consegue botá-lo na linha rapidamente e sem problemas com Andy

Railstack na sala de Morty Fine. Os dois estiveram no quarto 314, e uma olhada nas fotos Polaroid espalhadas no chão do armário de George Potter fora suficiente para Morty. Ele agora está tão pálido quanto o próprio Andy. Talvez mais.

Em frente à delegacia, Ernie Therriault e Reginald "Doc" Amberson se encontram no estacionamento. Doc acaba de chegar em sua velha (mas muito bem conservada) Harley modelo Fat Boy. Eles trocam cumprimentos amáveis no nevoeiro. Ernie Therriault é outro tira — mais ou menos —, mas relaxe: é o último que teremos que conhecer (bem, *há* um agente do FBI correndo por aí em algum canto, mas ele não interessa agora; está em Madison, e é um idiota).

Ernie é um sujeito enxuto de 65 anos, aposentado da ativa há 12 anos, e ainda quatro vezes mais tira que Arnold Hrabowski jamais será. Ele complementa sua pensão despachando à noite na DPFL (não tem dormido muito bem ultimamente, graças a uma próstata caprichosa) e trabalhando como segurança para o First Bank de Wisconsin às sextas-feiras, quando o pessoal da Wells Fargo passa às duas e o da Brinks, às quatro.

Doc é a cara dos Hells Angels, com aquela barba grisalha comprida (que às vezes ele trança com fitas no estilo do pirata Edward Teach), e vive de fazer cerveja, mas os dois homens se dão muito bem. Em primeiro lugar, eles reconhecem a inteligência um do outro. Ernie não sabe se Doc *é* médico mesmo, mas poderia ser. Talvez em algum momento tenha sido.

— Alguma coisa mudou? — Doc pergunta.

— Não que eu saiba, meu amigo — diz Ernie.

Um dos Five passa ali todas as noites, um de cada vez, para conferir. Hoje é a vez de Doc.

— Posso entrar com você?

— Pode — diz Ernie. — Desde que respeite a regra.

Doc faz um gesto de assentimento. Alguns dos outros Fives podem ficar danados com a regra (especialmente Sonny, que fica danado com um monte de coisas), mas Doc se conforma: uma xícara de café, ou cinco minutos, o que acabar primeiro, depois, rua. Ernie, que viu muitos Hells Angels *de verdade* quando era policial em Phoenix nos anos 70, aprecia a paciência que Beezer St. Pierre e sua turma têm tido. Mas, naturalmente, eles não são Hells Angels, nem Pagãos, nem Animais de Moto, nem qualquer desses absurdos. Ernie não sabe exatamente *o que* eles são, mas sabe que escutam Beezer, e desconfia que a paciência de Beezer está se esgotando. Ernie sabe que a sua agora estaria.

— Bem, então vamos entrar — diz Ernie, dando um tapinha no ombro do homenzarrão. — Vamos ver o que está rolando.

Muita coisa, como se verá.

Dale descobre que é capaz de pensar rápido e com clareza. Já não sente o medo de antes, em parte porque a cagada já aconteceu e o caso — o caso *oficial*, de qualquer forma — já lhe foi tirado. Sobretudo porque sabe que agora pode chamar Jack se precisar, e Jack responderá. Jack é sua rede de segurança.

Ele ouve a descrição de Railsback das fotos — a maior parte do tempo deixando o velho desabafar e se acalmar um pouco —, e então faz uma única pergunta sobre as duas fotos do menino.

— Amarela — Railsback responde sem hesitação. — A camisa era amarela. Deu para ler a palavra *Kiwanis* nela. Mais nada. O... o... sangue...

Dale diz que entende, e avisa a Railsback que um policial já vai ao encontro deles.

Ouve-se o som do fone mudando de mão, e então Fine está no aparelho — um sujeito que Dale conhece e para quem não dá muita bola.

— E se ele voltar, chefe? E se Potter voltar aqui para o hotel?

— Dá para você ver o saguão daí de onde está?

— Não. — Petulante. — Estamos no escritório. Eu lhe disse isso.

— Então vá para a rua. Finja que está ocupado. Se ele entrar...

— Não quero fazer isso. Se você tivesse visto aquelas fotos, você também não iria querer.

— Você não tem que falar com ele — diz Dale. — Simplesmente ligue se ele passar.

— Mas...

— Desligue o telefone, senhor. Tenho muito o que fazer.

Sarah pôs a mão no ombro do marido. Dale põe a mão livre sobre a dela. Há um clique no fone, alto o bastante para parecer descontente.

— Bobby, você está trabalhando?

— Aqui mesmo, chefe. Debbi também, e Dit. Ah, e Ernie acabou de entrar. — Ele baixa a voz. — Está com um daqueles motoqueiros. O que se intitula Doc.

Dale pensa furiosamente. Ernie, Debbi, Dit e Bobby: todos de uniforme. Não servem para o que ele quer. Ele toma uma decisão súbita e diz:

— Ponha o motoqueiro na linha.

— *O quê?*

— Você me ouviu.

Um segundo depois, ele está falando com Doc Amberson.

— Você quer ajudar a pegar o puto que matou a filhinha de Armand St. Pierre?

— Quero, pombas. — Nenhuma hesitação.

— Muito bem: não faça perguntas e não faça com que eu me repita.

— Estou ouvindo — diz Doc sucintamente.

— Diga ao policial Dulac para lhe dar o telefone celular azul do depósito de provas, o que a gente tomou do traficante que escapuliu. Ele vai saber a quem me refiro.

Se alguém tentar rastrear uma ligação que partiu desse telefone, Dale sabe, não conseguirá chegar à delegacia dele, e isso é bom. Afinal de contas, ele supostamente está fora do caso.

— Telefone celular azul.

— Depois, vá a pé até a Lucky's, ao lado do Hotel Nelson.

— Tenho minha moto...

— Não. *Vá a pé.* Entre. Compre um bilhete de loteria. Você vai estar procurando um homem alto, magro, cabelo grisalho, uns 70 anos, calças cáqui, talvez uma camisa cáqui, também. Provavelmente sozinho. O lugar preferido dele é entre a jukebox e o corredorzinho que vai para os banheiros. Se ele estiver lá, ligue para a delegacia. Basta ligar 911. Entendeu?

— Entendi.

— Vá. Sebo nas canelas, doutor.

Doc nem se dá ao trabalho de se despedir. Um segundo depois, Bobby está de novo ao telefone.

— O que vamos fazer, Dale?

— Se ele estiver lá, vamos pegar o filho da mãe — diz Dale. Ele ainda está sob controle, mas pode sentir os batimentos cardíacos se acelerando, realmente começando a se ligar. O mundo se apresenta diante dele com um brilho que não havia desde o primeiro assassinato. Ele pode sentir cada dedo da mão da mulher em seu ombro, o cheiro de sua maquiagem e de seu xampu. — Chame Tom Lund. E pegue três dos coletes Kevlar. — Ele reflete sobre isso, depois diz: — Melhor quatro.

— Você vai ligar para Hollywood?

— Vou — ele diz —, mas não vamos esperá-lo.

Dito isso, ele desliga. Porque quer sair correndo, obriga-se a ficar parado um instante. Enche o peito de ar. Solta, depois torna a encher.

Sarah pega as mãos dele.

— Tenha cuidado.

— Ah, sim — diz Dale. — Pode deixar.

Ele se encaminha para a porta.

— E Jack? — ela pergunta.

— Vou falar com ele do carro — ele responde sem diminuir o passo. — Se Deus estiver do nosso lado, vamos prender o cara antes de Jack estar a meio caminho da delegacia.

Cinco minutos depois, Doc está no bar da Lucky's, ouvindo Trace Adkins cantar "I Left Something Turned On at Home" e raspando uma raspadinha de Wisconsin. Raspou e ganhou *mesmo* — dez pratas —, mas quase toda a atenção de Doc está focalizada na direção da jukebox. Ele mexe a cabeça um pouquinho, como se realmente estivesse indo no embalo desse exemplo específico do Shitkicker Deluxe.

Sentado à mesa do canto com um prato de espaguete à frente (o molho vermelho como sangue de uma hemorragia nasal) e uma caneca de cerveja bem à mão está o homem que ele procura: alto mesmo sentado, magro, rugas vincando a cara bronzeada de cão de caça, cabelo grisalho bem penteado para trás. Não dá muito para Doc ver a camisa, porque o sujeito tem um guardanapo enfiado na gola, mas a perna comprida que se projeta de sob a mesa está vestida de cáqui.

Se tivesse plena certeza de que este era o safado assassino-de-criancinhas que matou Amy, Doc efetuaria uma prisão de cidadão[*] agora

---

[*] Nos Estados Unidos, a lei confere ao cidadão o direito de prender uma pessoa que seja suspeita de ter cometido um crime e até usar força física para isso. [N. da T.]

mesmo — e violentíssima. Fodam-se os tiras e aquela babaquice de ler os direitos. Mas talvez o cara seja só uma testemunha, ou um cúmplice, ou uma coisa qualquer.

Ele pega suas dez pratas da mão do barman, rejeita a sugestão de ficar para tomar uma cerveja e volta para dentro do nevoeiro lá fora. Dez passos ladeira acima, ele pega o celular azul no bolso e tecla 911. Desta vez é Debbi que atende.

— Ele está aqui — diz Doc. — O que é para fazer agora?

— Traga de volta o telefone — ela diz, e desliga.

— Bem, muito agradecido, porra — diz Doc com delicadeza.

Mas ele será bonzinho. Vai jogar de acordo com as regras. Só que primeiro...

Ele tecla outro número no telefone azul (que tem mais uma tarefa para fazer antes de sair definitivamente de nossa história) e a Ursa atende.

— Chame o Beezer, fofa — ele pede, esperando que ela não lhe diga que este foi para o Sand Bar.

Se o Beez for lá sozinho, é porque está à cata de uma coisa. Uma coisa ruim.

Mas logo depois a voz de Beezer está em seu ouvido — rouca, como se ele estivesse chorando.

— Oi. O que foi?

— Reúna o pessoal e se mandem para o estacionamento da delegacia — Doc lhe diz. — Não estou cem por cento certo, mas acho que eles talvez estejam se preparando para agarrar o filho da puta que fez aquilo. Talvez eu até o tenha visto...

Nem bem Doc tirou o fone do ouvido e apertou o botão OFF, Beezer já havia saído. Ele fica parado no nevoeiro, olhando para as luzes veladas da delegacia de French Landing, se perguntando por que não disse a Beezer e aos rapazes para encontrá-lo em frente à Lucky's. Ele acha que sabe a resposta. Se Beezer chegar àquele velho antes dos tiras, espaguete pode acabar sendo a última refeição do velho.

Melhor esperar, talvez.

Esperar e ver.

Há só uma leve bruma na rua Herman, mas o caldo engrossa praticamente tão logo Dale vira para o centro. Ele acende as luzes de estacionamento, mas isso não basta. Acende os faróis baixos, depois telefona para Jack. Ouve a secretária eletrônica entrar, desliga e liga para tio Henry. E tio Henry atende. Ao fundo, Dale ouve o acorde distorcido de uma guitarra aos berros e alguém resmungando "Devolva o meu *cachorro*!", sem parar.

— Sim, ele acabou de chegar — admite Henry. — No momento, estamos na fase de Apreciação Musical de nossa noite. A seguir, vem literatura. Chegamos a um ponto crítico em *Casa desolada*... Chesney Wold, o Passeio do Fantasma, a Sra. Rouncewell, tudo isso, então, a menos que a sua necessidade seja mesmo *urgente*...

— E é. Chame o Jack *agora,* tio.

Henry suspira.

— *Oui, mon capitaine.*

Segundos depois, ele está falando com Jack, que, obviamente, na mesma hora concorda em ir. Isso é bom, mas o chefe de polícia de French Landing acha algumas reações de seu amigo ligeiramente intrigantes. Não, Jack não quer que Dale segure a prisão até ele chegar. Muito amável da parte dele perguntar, e também muito amável da parte de Dale ter guardado um colete Kevlar (parte do butim que choveu no DPFL e em milhares de outros pequenos departamentos de polícia durante os anos Reagan para garantir o cumprimento da lei), mas Jack acha que Dale e seus homens podem pegar George Potter sem muito problema.

A verdade é que Jack Sawyer só parece ligeiramente interessado em George Potter. *Idem* nas fotos horrendas, embora elas certamente devam ser autênticas; Railsback identificou a camisa amarela da Liga Júnior Kiwanis, um detalhe jamais passado à imprensa. Nem mesmo o abominável Wendell Green descobriu este fato específico.

Jack pergunta — não uma, mas várias vezes — sobre o cara que Andy Railsback viu no corredor.

— Bata azul, um chinelo, e não sei mais nada! — Dale acaba sendo obrigado a admitir. — Nossa, Jack, o que tem isso? Olhe, tenho que desligar.

— Ding-dong — retruca Jack, muito tranquilo, e desliga.

Dale entra no estacionamento envolto na bruma. Vê Ernie Therriault e o motoqueiro-cervejeiro chamado Doc em frente à porta dos fundos, conversando. Eles são pouco mais que sombras no nevoeiro móvel.

A conversa de Dale com Jack deixou-o muito inquieto, como se houvesse pistas e indícios enormes que ele (idiota que é) não viu de todo. Mas que pistas? Pelo amor de Deus, *que* indícios? E agora uma pitada de ressentimento tempera sua inquietação. Talvez um tipo dinâmico como Jack Sawyer simplesmente não consiga acreditar no óbvio. Talvez homens como ele estejam mais interessados no cão que *não* ladra.

O som se propaga bem no nevoeiro, e, a meio caminho para a porta dos fundos da delegacia, Dale ouve o ronco de motos sendo ligadas lá para a beira do rio. Na alameda Nailhouse.

— Dale — diz Ernie.

Ele faz um cumprimento de cabeça como se esta fosse uma noite comum.

— Ei, chefe — Doc diz. Ele está fumando um cigarro sem filtro, parece Pall Mall ou Chesterfield. *Que médico!,* Dale pensa. E prossegue: — A noite está maravilhosa na vizinhança. Você não diria?

— Você os chamou — Dale diz, sacudindo a cabeça na direção das motocicletas aceleradas.

Dois pares de faróis entram no estacionamento. Dale vê Tom Lund ao volante da primeira viatura. A segunda é quase certamente a de Danny Tcheda. A tropa está se reunindo de novo. Felizmente, desta vez eles podem evitar quaisquer cagadas cataclísmicas. Melhor evitarem. Desta vez eles poderiam estar jogando para valer.

— Bem, eu não poderia comentar isso diretamente — diz Doc —, mas poderia perguntar, se eles fossem seus amigos, o que você faria?

— A mesma coisa — Dale diz, e entra.

Henry Leyden mais uma vez senta-se muito comportadamente no banco do carona da picape Ram. Hoje ele está vestido com uma camisa social branca e uma boa calça de brim azul. Magro como um modelo masculino, cabelos prateados penteados para trás. Sydney Carton parecia mais calmo indo para a guilhotina? Mesmo na cabeça de Charles Dickens? Jack duvida.

— Henry...

— Eu sei — diz Henry. — Ficar sentado aqui no carro feito um bom menino até ser chamado.

— Com as portas trancadas. E não diga *Oui, mon capitaine.* Essa aí já cansou.

— *Positivo* serve?

— Muito bem.

O nevoeiro se adensa, à medida que eles se aproximam da cidade, e Jack abaixa os faróis — farol alto não adianta nessa merda. Ele olha para o relógio do painel. 19h03. As coisas estão se acelerando. Ele está feliz. Aja mais, pense menos, a receita de Sawyer para a saúde mental fácil.

— Eu o chamo logo que eles prenderem Potter.

— Você não espera que eles tenham problema com isso, espera?

— Não — diz Jack, depois muda de assunto. — Sabe, você me surpreendeu com aquele disco do Slobberbone. — Ele não pode realmente chamar aquilo de música, não quando o principal vocalista simplesmente gritava a maior parte da letra a plenos pulmões. — Aquele era bom.

— É a guitarra principal que faz o disco — diz Henry, notando o uso cuidadoso da palavra por parte de Jack. — Surpreendentemente sofisticado. Em geral, o melhor que se pode esperar está na harmonia. — Ele abaixa o vidro, põe a cabeça para fora como um cachorro, depois recolhe-a. Falando no mesmo tom de conversa, diz: — A cidade inteira fede.

— É o nevoeiro. Puxa a essência mais fétida do rio.

— Não — Henry retruca num tom neutro —, é a morte. Sinto o cheiro dela, e acho que você também. Só que talvez não com o seu nariz.

— Estou sentindo — Jack admite.

— Potter é o homem errado.

— Acho que é.

— O homem que Railsback viu era um bode expiatório.

— O homem que Railsback viu era quase certamente o Pescador.

Eles seguem em silêncio por algum tempo.

— Henry?

— Positivo.

— Qual é o melhor disco? O melhor disco e a melhor música?

Henry pensa.

— Você está percebendo que pergunta terrivelmente pessoal é essa?

— Estou.

Henry pensa mais, depois diz:

— "Stardust", talvez. Hoagy Carmichael. E para você?

O homem ao volante pensa, chegando até à época dos 6 anos de Jacky. Seu pai e tio Morgan eram fanáticos por jazz; sua mãe teve gostos mais simples. Ele se lembra dela ouvindo a mesma música sem parar num verão interminável em L.A., sentada, olhando pela janela e fumando. *Quem é essa senhora, mãe?*, Jacky pergunta, e sua mãe responde: *Patsy Cline. Ela morreu num desastre de avião.*

— "Crazy Arms" — diz Jack. — A versão de Patsy Cline. De autoria de Ralph Mooney e Chuck Seals. É o melhor disco dela. É a melhor música.

Henry não fala mais durante o resto da viagem. Jack está chorando. Henry sente o cheiro de suas lágrimas.

Agora vamos olhar da perspectiva mais ampla, como um político ou outro sem dúvida diriam. Quase temos que fazer isso, porque as coisas começaram a se superpor. Enquanto Beezer e o resto dos Thunder Five estão chegando ao estacionamento na esquina da rua Sumner, Dale, e Tom Lund e Bobby Dulac — volumosos em seus coletes Kevlar — estão estacionando em fila dupla em frente à Lucky's. Eles estacionam na rua porque Dale quer muito espaço para abrir bem a porta traseira do carro, de modo que Potter possa ser posto lá dentro o mais rápido possível. Ao lado, Dit Jesperson e Danny Tcheda estão no Hotel Nelson, onde irão isolar o quarto 314 com fita amarela LINHA DA POLÍCIA. Feito isso, suas ordens são levar Andy Railsback e Morty Fine para a delegacia. Dentro da delegacia, Ernie Therriault está chamando os membros da Polícia Estadual de Wisconsin, Brown e Black, que chegarão depois do fato... e se ficarem danados com isso, tudo bem. No Sand Bar, uma Tansy Freneau apavorada acaba de puxar a tomada da *jukebox*, desligando as Wallflowers.

— *Ouçam todos!* — ela grita numa voz que não é dela. — *Eles o pegaram! Pegaram o filho da mãe assassino de criancinhas! O nome dele é Potter! Vão levá-lo para Madison à meia-noite, e, se a gente não fizer alguma coisa, segunda-feira ele já pode ter sido solto por algum advogado esperto! QUEM QUER ME AJUDAR A FAZER ALGUMA COISA A RESPEITO DISSO?*

Há um momento de silêncio... depois um alvoroço. Os frequentadores assíduos meio drogados, meio bêbados do Sand Bar sabem *exatamente* o que querem fazer a respeito disso. Jack e Henry, nesse meio-tempo, sem nevoeiro para retardá-los até chegarem à cidade, entram no estacionamento da delegacia logo atrás dos Thunder Five, que estacionam em volta da Fat Boy de Doc. O estacionamento está enchendo depressa, principalmente com veículos particulares de tiras. A notícia da prisão iminente se espalhou como fogo em capim seco. Dentro, um membro da equipe de Dale — não precisamos nos dar ao trabalho de saber exatamente qual — vê o telefone celular que Doc usou do lado de fora da Lucky's. Este tira o pega e entra furtivamente na sala do tamanho de um armário marcada como DEPÓSITO DE PROVAS.

Na Pousada Oak Tree, onde ficará hospedado enquanto durar o caso Pescador, Wendell está emburrado, se embriagando. Apesar dos três uísques duplos, seu pescoço ainda dói do puxão que levou quando teve a máquina arrancada pelo babaca motoqueiro, e suas entranhas ainda doem do soco que levou do babaca Hollywood. As partes dele que mais doem, porém, são o orgulho e a carteira. Que Sawyer escondeu provas é tão certo como merda gruda em cobertor. Wendell está quase acreditando que *o próprio* Sawyer é o Pescador... mas como pode provar uma coisa ou outra sem seu filme? Quando o barman diz que é telefone para ele, Wendell quase o manda enfiar o telefone no rabo. Mas ele é um profissional, droga, *uma águia da notícia profissional,* e então vai até o bar e pega o telefone.

— Green — ele resmunga.

— Alô, babaca — diz o tira com o telefone celular azul. Wendell ainda não sabe que quem lhe ligou é tira, só sabe que é algum bobo alegre roubando o inestimável tempo que ele tem para beber. — Quer escrever uma notícia boa para variar?

— Notícia boa não vende jornal, meu chapa.

— Essa vai vender. Pegamos o cara.

— *O quê?* — Apesar dos três uísques duplos, Wendell Green de repente é o homem mais sóbrio do planeta.

— Eu gaguejei? — O interlocutor está definitivamente se deleitando, mas Wendell já não liga. — Pegamos o Pescador. Não foram os caras da Estadual, nem os do FBI, mas *nós.* O nome dele é George Potter.

Setenta e poucos anos. Empreiteiro aposentado. Tinha fotos Polaroid de todas as três crianças mortas. Se correr, talvez possa chegar aqui para bater a foto quando Dale o trouxer para o xadrez.

Esse pensamento — essa *possibilidade luminosa* — explode na cabeça de Wendell Green como um foguete. Uma foto dessas poderia valer cinco vezes mais que uma do corpinho de Irma, porque as revistas sérias iriam querê-la. E a tevê! Além do mais, imagine só: e se alguém baleasse o filho da mãe enquanto o delegado Dillon o estivesse levando em cana? Dado o estado de espírito da cidade, isso está longe de ser impossível. Wendell tem uma lembrança breve e viva de Lee Harvey Oswald apertando a barriga, a boca aberta naquele grito agonizante.

— Quem está falando? — ele pergunta.
— O Policial Amigo, porra — diz a voz do outro lado, e desliga.

Na Taberna Lucky's, Patty Loveless agora está informando àqueles ali reunidos (mais velhos que o pessoal do Sand Bar, e muito menos interessados em substâncias não alcoólicas) que ela não consegue se satisfazer e que o trator dela não consegue tracionar. George Potter terminou o espaguete dele, dobrou com cuidado o guardanapo (que acabou só tendo que pegar uma gota de molho de tomate) e voltou-se seriamente para sua cerveja. Sentado perto da jukebox como está, ele não nota que a sala ficou em silêncio com a entrada de três homens, apenas um uniformizado, mas os três armados e usando algo muito parecido com coletes à prova de bala para ser outra coisa.

— George Potter? — diz alguém, e George ergue os olhos.
Com o copo numa das mãos e o caneco de cerveja na outra, ele é um alvo fácil.

— Sim, o que é que tem? — ele pergunta, e então é agarrado pelos braços e ombros e arrancado de onde está.

Seus joelhos conectam-se à parte de baixo da mesa, derrubando-a. O prato de espaguete e o caneco batem no chão. O prato quebra. O caneco, feito de material mais resistente, não. Uma mulher grita. Um homem diz "Uau!", com uma voz baixa e respeitosa.

Potter agarra-se por um momento a seu copo parcialmente cheio e aí Tom Lund arranca-lhe da mão essa arma em potencial. Um segundo depois, Dale Gilbertson o está algemando, e tem tempo para pensar que aquele clique é o barulho mais gratificante que já ouviu na vida. *Seu trator finalmente conseguiu tracionar um pouco, por Deus.*

Esta jogada está a anos-luz do bafafá na Lanchonete do Ed; esta é tiro e queda. Menos de dez segundos depois de Dale ter feito a única pergunta — "George Potter?" — o suspeito está dentro do nevoeiro na rua. Tom segura um braço, Bobby, o outro. Dale ainda está recitando o aviso sobre os direitos, parecendo um leiloeiro que tomou anfetamina, e os pés de George Potter não chegam a tocar a calçada.

Jack Sawyer está totalmente vivo pela primeira vez desde que tinha 12 anos, quando voltava da Califórnia numa limusine Lincoln dirigida por um lobisomem. Ele tem uma ideia de que mais tarde irá pagar caro por essa vivacidade readquirida, mas espera apenas calar a boca e soltar o dinheiro quando chegar a hora. Porque o resto de sua vida agora parece muito *cinzento*.

Ele está fora da picape, olhando pela janela para Henry. O ar está úmido e já carregado de excitação. Ele ouve as luzes do estacionamento chiando, como algo fritando em molhos quentes.

— Henry.
— Positivo.
— Conhece o hino "Amazing Grace"?
— Claro que sim. Todo mundo conhece o "Amazing Grace".

Jack diz:
— "Eu era cego e agora vejo." Agora entendo isso.

Henry vira sua cara cega e assustadoramente inteligente para Jack. Ele está sorrindo. É o segundo sorriso mais meigo que Jack já viu. O campeão ainda é o de Lobo, aquele amigo querido de seu errante 12º outono. Bom e velho Lobo, que gostava de tudo aqui e agora.

— Você voltou, não?

Em pé no estacionamento, nosso velho amigo sorri.
— Jack voltou, isso é positivo.
— Então vá fazer aquilo que você veio fazer — diz Henry.
— Quero que você feche as janelas.
— E não poder ouvir? Acho que não — diz-lhe Henry, de maneira bastante simpática.

Mais policiais vêm chegando, e desta vez o primeiro carro vem com as luzes azuis piscando e a sirene soluçando. Jack detecta um tom celebratório naqueles pequenos soluços e decide que não tem tempo para ficar ali em pé discutindo com Henry sobre as janelas da Ram.

Encaminha-se para a porta dos fundos da delegacia e dois dos arcos branco-azulados duplicam sua sombra no nevoeiro, uma cabeça escura a norte e uma a sul.

Holtz e Nestler, os policiais de meio expediente, vêm atrás do carro que traz Gilbertson, Lund, Dulac e Potter. Não estamos muito interessados em Holtz e Nestler. Em seguida, vêm Jesperson e Tcheda, com Railsback e Morton Fine no banco traseiro (Morty está se queixando de falta de espaço para as pernas). Estamos interessados em Railsback, mas ele pode esperar. O próximo a entrar no estacionamento — ah, isso é interessante, se não de todo inesperado: o Toyota vermelho arrebentado de Wendell Green, com o próprio ao volante. Em seu pescoço, está sua máquina fotográfica de reserva, uma Minolta que fica tirando fotos desde que Wendell fique apertando o botão. Ninguém do Sand Bar — por enquanto —, mas *há* mais um carro aguardando para entrar no já lotado estacionamento. É um discreto Saab verde com um adesivo FORÇA POLICIAL no lado esquerdo do para-choque e um com os dizeres DROGA É BREGA no esquerdo. Ao volante do Saab, parecendo atarantado, mas determinado a fazer a coisa certa (seja lá o que isso for), está Arnold "o Húngaro Maluco" Hrabowski.

Encostados lado a lado na parede de tijolos da delegacia estão os Thunder Five. Estão usando coletes de brim idênticos com um 5 de ouro no lado esquerdo do peito. Cinco pares de braços carnudos estão cruzados sobre cinco peitos largos. Doc, Kaiser Bill e Sonny têm a grossa cabeleira presa num rabo de cavalo. A de Ratinho está dividida em trancinhas. E a de Beezer lhe cai sobre os ombros, deixando-o parecido, na opinião de Jack, com Bob Seger nos bons tempos. Brincos cintilam. Tatuagens arqueiam-se em enormes bíceps.

— Armand St. Pierre — diz Jack para o mais perto da porta. — Jack Sawyer. Da Lanchonete do Ed. — Ele estende a mão e não fica propriamente surpreso quando Beezer apenas olha para ela. Jack sorri com simpatia. — Você ajudou à beça lá. Obrigado.

O Beez fica quieto.

— Vai haver problema com a entrada do prisioneiro, você acha? — pergunta Jack.

Ele poderia estar perguntando se Beezer acha que vai chover depois da meia-noite.

Beezer olha por cima do ombro de Jack enquanto Dale, Bobby e Tom ajudam George Potter a saltar do carro e começam a empurrá-lo para a porta dos fundos. Wendell Green ergue a máquina, aí é quase derrubado por Danny Tcheda, que nem tem o prazer de ver em que babaca deu uma trombada.

— Cuidado, idiota — grita Wendell.

Beezer, enquanto isso, concede a Jack a honra — se esta é a palavra — de um olhar breve e frio.

— Bem — ele diz. — Vamos ter que ver como isso vai rolar, não vamos?

— Vamos sim — Jack concorda.

Ele parece quase feliz. Mete-se entre Ratinho e Kaiser Bill, arranjando um lugar: os Thunder Five Mais Um. E talvez porque sentem que ele não os teme, os dois armários dão espaço. Jack também cruza os braços sobre o peito. Se tivesse um colete, um brinco e uma tatuagem, realmente se encaixaria bem ali.

O prisioneiro e seus guardiães fazem rapidamente o percurso entre o carro e o prédio. Quando estão quase chegando, Beezer St. Pierre, líder espiritual dos Thunder Five e pai de Amy, cujo fígado e a língua foram comidos, posta-se à frente da porta. Seus braços continuam cruzados. Na claridade impiedosa das luzes do estacionamento seus enormes bíceps são azuis.

Bobby e Tom de repente parecem sujeitos com uma ligeira gripe. Dale parece imperturbável. E Jack continua a sorrir com gentileza, braços placidamente cruzados, parecendo olhar para todo canto e ao mesmo tempo para lugar nenhum.

— Saia da frente, Beezer — diz Dale. — Quero autuar este homem.

E George Potter? Está perplexo? Resignado? As duas coisas? É difícil dizer. Mas quando os olhos azuis injetados de sangue de Beezer encontram os olhos castanhos de Potter, Potter não desvia a vista. Atrás dele, os curiosos no estacionamento se calam. Colocados entre Danny

Tcheda e Dit Person, Andy Railsback e Morty Fine estão boquiabertos. Wendell Green ergue a máquina e prende a respiração como um atirador que tem a sorte de dar um tiro — só um, atenção — no general comandante.

— Você matou minha filha? — Beezer pergunta.

A indagação gentil é de certa forma mais terrível que qualquer grito violento poderia ser, e o mundo parece prender o fôlego. Dale não se mexe. Naquele momento, ele parece tão paralisado quanto o resto do pessoal. O mundo espera, e o único som é um apito baixo e lúgubre de algum barco entrando no nevoeiro.

— Senhor, eu nunca matei ninguém — diz Potter.

Ele fala de mansinho e sem ênfase. Embora Jack não esperasse outra coisa, as palavras ainda esmurram seu coração. Há nelas uma dignidade inesperada. É como se George Potter estivesse falando por todos os homens bons do mundo.

— Saia da frente, Beezer — diz Jack com gentileza. — Você não quer machucar este homem.

E Beezer, de repente parecendo nada seguro de si, realmente sai da frente.

Antes que Dale consiga fazer seu prisioneiro continuar a andar, uma voz ruidosamente alegre — só pode ser a de Wendell — grita:

— Ei! Ei, Pescador! Sorria para a máquina!

Todos olham em volta, não só Potter. Têm que olhar; aquele grito é insistente como uma unha arranhando devagarinho um quadro-negro. Uma luz intermitente ilumina o estacionamento enevoado — um! dois! três! quatro! — e Dale rosna.

— Ai, meu cacete! Vamos, pessoal! Jack! Jack, quero você!

De trás, um dos outros tiras grita:

— Dale! Quer que eu agarre esse cretino?

— Deixe-o em paz! — grita Dale, e vai entrando como um touro.

Só depois que a porta fecha atrás dele e ele está no saguão do térreo com Jack, Tom e Bobby é que Dale percebe quão certo estava de que Beezer simplesmente iria lhe arrancar o velho das mãos. E depois quebrar-lhe o pescoço como um osso de galinha.

— Dale? — Debbi Anderson grita com hesitação do meio da escada. — Está tudo bem?

Dale olha para Jack, que continua de braços cruzados sobre o peito ainda com aquele seu sorrisinho.

— Acho que sim — diz Dale. — Por enquanto.

Vinte minutos depois, Jack e Henry (este último cavalheiro resgatado da picape e ainda quietinho) estão sentados no gabinete de Dale. Atrás da porta fechada, o vozerio e as gargalhadas ressoam na sala de instruções: quase todos os tiras do DPFL estão lá, e parece uma festa de ano-novo. Há gritos e ruídos de palmas ocasionais que só podem ser de rapazes (e moças) de azul batendo as mãos espalmadas ao se cumprimentarem. Dali a pouco, Dale porá fim a essa bagunça, mas por ora está feliz de deixá-los ir em frente. Ele entende como eles se sentem, embora já não se sinta mais daquela maneira.

George Potter teve as impressões digitais tiradas e foi posto numa cela do andar de cima para refletir sobre as coisas. Brown e Black, da Polícia Estadual, estão a caminho. Por ora, isso basta. Quanto à vitória... bem, algo no sorriso de seu amigo e em seus olhos distantes deixou a vitória esperando.

— Não pensei que você fosse dar a Beezer o momento dele — Jack diz. — Fez bem. Poderia haver problemas aqui em River City se você tentasse desconcertá-lo.

— Suponho que hoje tenho uma ideia melhor de como ele se sente — replica Dale. — Perdi meu filho de vista hoje à noite, e isso me deu o maior cagaço.

— David? — Henry grita, inclinando-se à frente. — David está bem?

— Sim, tio Henry, David está bem.

Dale volta o olhar para o homem que agora mora na casa de seu pai. Está se lembrando da primeira vez que Jack pôs os olhos em Thornberg Kinderling. Dale naquela altura só conhecia Jack havia nove dias — tempo suficiente para formar algumas opiniões favoráveis, mas não para se dar conta de quão realmente extraordinário Jack Sawyer era. Foi no dia em que Janna Massengale, no Taproom, contou a Jack sobre aquele gesto que Kinderling fez quando estava enchendo a cara, o de apertar as narinas com a palma da mão virada para fora.

Eles haviam acabado de chegar de volta à delegacia depois de entrevistar Janna, Dale em sua unidade pessoal naquele dia, e ele tocara no ombro de Jack bem na hora em que Jack estava para saltar do carro.

— A gente fala no diabo, e ele aparece, é o que minha mãe costumava dizer. — Ele apontou para a rua Dois, onde um careca de ombros largos acabara de sair da banca de jornais, um jornal debaixo do braço e um maço de cigarros novo na mão. — Esse é Thornberg Kinderling em pessoa.

Jack se inclinara à frente sem falar, olhando com o olhar mais penetrante (e talvez o mais implacável) que Dale já vira na vida.

— Quer abordá-lo? — perguntara Dale.

— Não. Silêncio.

E Jack simplesmente ficou sentado com uma perna dentro do carro de Dale e outra fora, imóvel, os olhos apertados. Até onde Dale podia dizer, ele nem respirava. Jack observou Kinderling abrir o maço de cigarros, tirar um, botá-lo na boca e acendê-lo. Observou Kinderling dar uma olhada na manchete do *Herald* e depois ir calmamente para o próprio carro, um Subaru com tração nas quatro rodas. Observou-o entrar. Observou-o partir. E então, Dale se deu conta de que estava com a respiração em suspenso.

— Bem? — perguntara quando o Kinderling-móvel se foi. — O que acha?

E Jack dissera:

— Acho que ele é o cara.

Só que Dale já sabia. Mesmo então ele já sabia. Jack estava dizendo *acho* porque sua relação com o chefe Dale Gilbertson de French Landing, Wisconsin, ainda era recente, uma relação de quem está se conhecendo, começando a trabalhar junto. O que ele queria dizer era *eu sei*. E, embora isso fosse impossível, Dale chegara a acreditar nele.

Agora, sentado em sua sala com Jack bem à sua frente do outro lado da mesa — seu relutante porém assustadoramente talentoso assistente —, Dale pergunta:

— O que acha? Foi ele?

— Espere aí, Dale, como posso...

— Não me faça perder tempo, Jack, porque aqueles babacas da PEW vão chegar aqui a qualquer momento e vão levar Potter para o outro lado da serra. Você sabia que era Kinderling na hora em que olhou para ele, e você estava a meia quadra dele. Estava perto o suficiente de Potter quando eu o trouxe para cá para contar os pelos do nariz dele. Então, o que acha?

Jack é rápido, pelo menos; poupa-lhe o suspense e apenas administra a pancada.

— Não — diz. — Potter não. Potter não é o Pescador.

Dale sabe que Jack acredita nisso — sabia pela cara dele —, mas ouvir isso ainda é um baque. Ele encosta na cadeira, desapontado.

— Dedução ou intuição? — pergunta Henry.

— As duas coisas — diz Jack. — E pare de me olhar como se eu tivesse matado sua mãe, Dale. Talvez você ainda tenha a chave dessa coisa.

— Railsback?

Jack faz um gesto de vaivém com a mão — talvez sim, talvez não, diz.

— Railsback provavelmente viu o que o Pescador quis que ele visse... embora o pé de chinelo seja intrigante, e eu queria perguntar a Railsback sobre isso. Mas se o Sr. Um Pé de Chinelo *era* o Pescador, por que levaria Railsback, e nós, a Potter?

— Para tirar a gente da pista dele — Dale diz.

— Ah, e a gente está nela? — pergunta Jack educadamente, e quando nenhum dos dois responde: — Mas digamos que ele *ache* que estamos na pista dele. Posso quase aceitar isso, especialmente se ele de repente se lembrou de alguma bobeada que tenha dado.

— Nada ainda no telefone da 7-Eleven de qualquer forma, se é nisso que você está pensando — Dale lhe diz.

Jack parece ignorar isso. Volta os olhos para um ponto a meia distância. Aquele sorrisinho está de novo em seu rosto. Dale olha para Henry e vê Henry olhando para Jack. O sorriso do tio é mais fácil de interpretar: alívio e deleite. *Veja só*, pensa Dale. *Ele está fazendo aquilo para o que ele foi feito. Por Deus, até um cego pode ver isso.*

— Por que Potter? — Jack finalmente repete. — Por que não um dos Thunder Five, ou o hindu da 7-Eleven, ou Ardis Walker lá da loja de iscas? Por que não o reverendo Hovdahl? Que motivo costuma vir à tona quando se descobre uma armação?

Dale reflete.

— Represália — ele diz afinal. — Vingança.

Na sala de instruções, um telefone toca.

— Silêncio, silêncio! — berra Ernie para os outros. — Vamos tentar agir profissionalmente aqui por uns 30 segundos!

Jack, enquanto isso, está balançando a cabeça em sinal de aprovação para Dale.

— Acho que preciso interrogar Potter, e bem minuciosamente.

Dale parece alarmado.

— Então é melhor começar já, antes que Brown e Black... — Ele para, franzindo o cenho, com a cabeça de lado. Um barulho como um ronco tomou conta de sua atenção. É baixo, mas vai aumentando. — Tio Henry, o que é isso?

— Motores — diz Henry prontamente. — Muitos. Estão a leste daqui, mas vindo nesta direção. No limite da cidade. E não sei se você notou isso, mas parece que a festa na sala ao lado acabou, cara.

Como se isso fosse uma deixa, o grito aflito de Ernie Therriault entra pela porta.

— Ai, *merda*.

Dit Jesperson:

— O que está...

Ernie:

— Chame o chefe. Ai, pode deixar, eu...

Há uma única batida leve na porta e aí Ernie está olhando para os especialistas lá dentro. Ele está mais calmo e marcial do que nunca, mas suas faces empalideceram bastante sob o bronzeado de verão, e uma veia está pulsando no meio de sua testa.

— Chefe, acabei de receber uma ligação no 911, a posição era o Sand Bar.

— *Aquele* buraco — resmunga Dale.

— Quem ligou foi o barman. Diz que umas 50 a 70 pessoas estão a caminho.

Agora o barulho de motores se aproximando é muito forte. Parece a Henry as 500 milhas de Indianápolis justo antes de a volta de aquecimento acabar e a bandeira xadrez ser abaixada.

— Não me diga — Dale diz. — O que falta para meu dia ficar completo? Deixe-me pensar. Eles estão vindo para levar meu prisioneiro.

— Há, é, senhor, foi o que o barman disse — concorda Ernie. Atrás dele, os outros tiras estão calados. Naquele momento, para Dale, eles absolutamente não parecem tiras. Não parecem nada senão caras angustiadas grosseiramente desenhadas em cerca de 12 balões brancos (dois pretos também — não se pode esquecer Pam Stevens e Bob Holtz). O barulho dos motores continua aumentando.

— Talvez também queira saber uma outra coisa que o barman disse.

— Nossa, *o quê?*

— Disse que, há... — Ernie procura uma palavra que não seja *turba*. — O grupo de protesto estava sendo comandado pela mãe da garota Freneau.

— Ai... meu... Cristo — diz Dale. Ele lança a Jack um olhar de pânico doentio e absoluta frustração, o olhar de um homem que sabe que está sonhando mas não consegue acordar, por mais que tente. — Se eu perder Potter, Jack, French Landing será a matéria principal na CNN amanhã de manhã.

Jack abre a boca para responder, e o telefone celular em seu bolso escolhe este momento para começar aquele seu apito irritante.

Henry Leyden imediatamente cruza os braços e enfia as mãos nas axilas.

— Não me entregue isso — ele diz. — Telefone celular dá câncer. Já concordamos a esse respeito.

Dale, nesse ínterim, saiu da sala. Enquanto Jack procura o celular (pensando que alguém escolheu uma hora cataclismicamente infeliz para lhe perguntar sobre suas preferências em matéria de rede de televisão), Henry segue o sobrinho, caminhando depressa com as mãos agora ligeiramente estendidas, mexendo suavemente os dedos, parecendo interpretar as correntes de ar para detectar obstáculos. Jack ouve Dale dizendo que se vir *uma única arma sacada,* a pessoa que a sacou irá se unir a Arnie Hrabowski na lista de suspensão. Jack está pensando exatamente uma coisa: ninguém vai levar Potter a lugar algum até Jack Sawyer ter tido tempo de fazer algumas perguntas diretas. De jeito nenhum.

Ele abre o celular e diz:

— Agora não, seja você quem for. Temos...

— Oi, Jack Viajante — diz a voz ao telefone, e para Jack Sawyer, os anos mais uma vez vão embora.

— *Speedy?*

— O próprio — diz Speedy. Então o sotaque desapareceu. A voz fica enérgica e profissional. — De puliça para puliça, filho, acho que você devia fazer uma visita ao banheiro particular do chefe Gilbertson. Agora mesmo.

Na rua, há veículos chegando em número suficiente para sacudir o prédio. Jack tem uma sensação ruim a respeito disso, desde que ouviu Ernie dizer quem estava comandando a parada dos tolos.

— Speedy, não tenho exatamente tempo para fazer uma visita ao local ag...

— Você não tem tempo para visitar mais nada — Speedy retruca friamente. Só que agora ele é o outro. O garoto duro chamado Parkus.

— O que vai achar lá você pode usar duas vezes. Mas se não usar essa coisa muito depressa na primeira vez, não vai precisar dela na segunda. Porque aquele homem vai estar em cima de um poste de luz.

E de repente, Speedy sumiu.

Quando Tansy conduz os ávidos clientes para o estacionamento do Sand Bar, não há nada da algazarra que foi a tônica do esporro na Lanchonete do Ed. Embora, em sua maioria, as pessoas que encontramos na lanchonete tivessem passado a noite no bar, enchendo mais ou menos a cara, elas estão recolhidas, até fúnebres, ao saírem atrás de Tansy e ligarem os respectivos carros e picapes. Mas é um recolhimento selvagem. Ela assimilou algo de Gorg — algum veneno fortíssimo — e passou-o para as pessoas.

No cinto de sua calça, há uma pena de corvo.

Doodles Sanger lhe dá o braço e a conduz delicadamente para o caminhão International Harvester de Teddy Runkleman. Quando Tansy se dirige para a caçamba do veículo (que já leva dois homens e uma mulher gorda de uniforme de garçonete de raiom branco), Doodles leva-a para a cabine.

— Não, querida — Doodles diz —, sente aqui em cima. Vá com conforto.

Doodles quer aquele último lugar na caçamba do caminhão. Ela viu uma coisa, e sabe exatamente o que fazer com ela. Doodles é rápida com as mãos, sempre foi.

Não há muito nevoeiro a essa distância do rio, mas depois que duas dúzias de carros e caminhões saíram do estacionamento de terra do bar, seguindo o IH com uma única luz traseira e todo amassado de Teddy Runkleman, mal se pode ver a taberna. Dentro só ficaram seis pessoas — estas foram de certa forma imunes à voz sinistramente poderosa de Tansy. Uma delas é Queijo Fedido, o barman. Fedido tem muitos bens líquidos para proteger aqui e não vai a lugar nenhum. Quando ligar para o 911 e falar com Ernie Therriault, será mais por petulância. Se ele não pode ir junto e se divertir, por Deus, pelo menos pode estragar a festa para o resto daqueles macacos.

Vinte veículos deixam o Sand Bar. Quando a caravana passa pela Lanchonete do Ed (a pista que leva até lá está bloqueada com fita amarela) e pela placa de PROIBIDA A ENTRADA na beira do caminho invadido pelo mato que dá acesso àquela casa esquisita (não bloqueada, nem sequer notada, aliás), a caravana aumentou para trinta. Há cinquenta carros e caminhões rodando nas duas pistas da rodovia 35 quando a turba chega à Goltz's, e quando passa pela 7-Eleven, deve haver oitenta veículos ou mais, e talvez 250 pessoas. Credite-se esse crescimento fantasticamente rápido ao onipresente telefone celular.

Teddy Runkleman, estranhamente calado (ele está, na verdade, com medo da mulher pálida sentada ao seu lado — aquela boca agressiva e aqueles olhos arregalados que não pestanejam), para o caminhão velho em frente à entrada do estacionamento do DPFL. A rua Sumner é íngreme aqui, e ele puxa o freio de mão. Os outros veículos param atrás dele, tomando a rua de um lado ao outro, deixando escapar uma grande zoada pelos silenciosos enferrujados e os canos de descarga quebrados. Faróis mal alinhados penetram no nevoeiro como raios de holofotes numa estreia de filme. O cheiro úmido de peixe foi recoberto por odores de gasolina queimada, óleo fervente e embreagem queimada. Após um momento, portas começam a abrir e depois fechar. Mas não há conversa. Não há gritaria. Não há berros indecorosos de celebração. Hoje não. Os recém-chegados estão em grupos em volta dos veículos que os trouxeram, vendo as pessoas na caçamba do caminhão de Teddy pularem pelas laterais ou escorregarem pela traseira, vendo Teddy ir até a porta do carona, neste momento tão atento quanto um rapaz chegando com a acompanhante ao baile de formatura da escola, vendo quando ele ajuda a descer a moça esbelta que perdeu a filha. A bruma parece delineá-la de alguma forma e lhe dar uma aura elétrica bizarra, o mesmo azul das lâmpadas de sódio nos braços de Beezer. As pessoas dão um suspiro coletivo (e estranhamente amoroso) quando a veem. Ela é o que as liga. A vida inteira, Tansy Freneau foi a esquecida — até Cubby Freneau acabou esquecendo-a, fugindo para Green Bay e abandonando-a aqui para fazer biscates e receber a Ajuda aos Filhos Dependentes. Só Irma se lembrava dela, só Irma se importava, e agora Irma está morta. Não está aqui para ver (a menos que esteja olhando do céu, Tansy pensa em alguma parte recôndita de sua mente) a mãe subitamente idolatrada. Tansy Freneau hoje tornou-se o tema mais caro aos olhos e ao coração de French Landing. Não à sua mente, porque sua mente está temporariamente fora do ar (talvez em busca de sua consciência), mas certamente a seus olhos e seu coração, sim. E agora, tão delicadamente quanto a menina que ela um dia foi, Doodles Sanger aproxima-se desta mulher do momento. O que Doodles viu no chão da caçamba do caminhão de Teddy foi um pedaço de corda velha, suja e engordurada, mas suficientemente grossa para servir. Embaixo do punho miúdo de Doodles, está o laço que suas mãos espertas confeccionaram no caminho para a cidade. Ela o dá para Tansy, que o segura na luz enevoada.

A multidão dá outro suspiro.

Laço erguido, parecendo um Diógenes feminino antes à procura de um homem honesto do que de um canibal merecendo ser linchado, Tansy, delicada com aquele jeans e aquele blusão manchado de sangue, entra no estacionamento. Teddy, Doodles e Freddy Saknessum vão atrás dela, e atrás deles vem o resto. Eles se dirigem para a delegacia como a maré.

Os Thunder Five ainda estão encostados na parede de tijolos aparentes, de braços cruzados.

— O que a gente faz, porra? — pergunta Ratinho.

— Você, eu não sei — diz Beezer —, mas eu vou ficar aqui em pé até me prenderem, o que provavelmente eles vão fazer. — Ele está olhando para a mulher com o laço levantado. Ele é grande, e já esteve em muitos lugares perigosos, mas essa garota o assusta com aqueles olhos inexpressivos, arregalados, como os olhos de uma estátua. E ela tem uma coisa enfiada no cinto. Uma coisa preta. É uma faca? Um tipo de punhal? — E não vou brigar, porque não vai dar certo.

— Eles vão trancar a porta, correto? — pergunta Doc nervosamente. — Quero dizer, os guardas vão trancar a porta.

— Imagino — diz Beezer, sem tirar os olhos de Tansy Freneau. — Mas, se essas pessoas querem Potter, ele não vai conseguir se safar. *Olhe* para elas, pelo amor de Deus. Há umas duzentas.

Tansy para, ainda com o laço erguido.

— Tragam o homem aqui — ela diz. Sua voz está mais alta do que deveria estar, como se um médico astuciosamente tivesse escondido um aparelho amplificador em sua garganta. — Tragam o homem aqui. Queremos o assassino!

Doodles faz coro.

— Tragam o homem aqui!

E Teddy.

— Queremos o assassino!

E Freddy.

— *Tragam o homem aqui! Queremos o assassino!*

E aí o resto. Quase poderia ser a trilha sonora do *Barragem dos bichos da Terra* de George Rathbun, só que em vez de "*Bloqueie aquele chute!*, ou "*Para Wisconsin!*", eles estão gritando:

— TRAGAM O HOMEM AQUI! QUEREMOS O ASSASSINO!

— Eles vão pegá-lo — murmura Beezer. Ele se vira para sua tropa, os olhos ferozes e assustados. Gotas de suor grandes e perfeitas destacam-se em sua testa. — Eles estiverem inflados, ela virá e eles vão seguir na cola dela. Não corram, nem descruzem os braços. E quando pegarem vocês, deixem. Se quiserem ver a luz do dia amanhã, *deixem*.

A multidão está afundada até os joelhos no nevoeiro qual leite desnatado estragado, entoando:

— *TRAGAM O HOMEM AQUI! QUEREMOS O ASSASSINO!*

Wendell Green está fazendo coro com eles, mas isso não o impede de continuar tirando fotografias.

Porque, porra, esta é a reportagem da vida dele.

Da porta atrás de Beezer ouve-se um clique. *É, eles trancaram a porta,* ele pensa. *Obrigado, seus putos.*

Mas é o trinco, não a chave. A porta abre. Jack Sawyer sai. Ele passa por Beezer sem olhar nem reagir quando Beez resmunga:

— Ei, cara, eu não chegaria perto dela.

Jack avança lentamente, mas sem hesitar, para a terra de ninguém entre o prédio e a multidão com a mulher à frente, a Dama Liberdade erguendo o laço de forca em vez de uma tocha. Com aquela camisa cinza simples sem colarinho e aquela calça escura, Jack parece um cavaleiro de alguma lenda romântica adiantando-se para pedir alguém em casamento. As flores que ele leva na mão reforçam essa impressão. Aquelas florzinhas brancas são o que Speedy deixou para ele ao lado da pia no banheiro de Dale, um maço de flores brancas com um perfume incrível.

São lírios-do-vale, e são dos Territórios. Speedy não lhe deixou explicação alguma sobre como usá-las, mas Jack não precisa de nenhuma.

A multidão fica em silêncio. Só Tansy, perdida no mundo que Gorg fez para ela, continua a entoar:

— *Tragam o homem aqui! Queremos o assassino!*

Ela não para até Jack estar bem à sua frente, e ele não se ilude que sejam seu belo rosto ou sua figura vistosa que põem fim ao refrão demasiado alto. É o cheiro das flores, seu cheiro doce e vibrante, o oposto do fedor de carne que pairava sobre a Lanchonete do Ed.

Os olhos dela clareiam... um pouco, pelo menos.

— Tragam o homem aqui — ela diz a Jack. É quase uma pergunta.

— Não — ele diz, e a palavra vem carregada de uma ternura desoladora. — Não, querida.

Atrás deles, Doodles Sanger de repente pensa em seu pai pela primeira vez em talvez vinte anos e começa a chorar.

— Tragam o homem aqui — Tansy implora. Agora seus olhos estão ficando marejados. — Tragam aqui o monstro que matou minha bonequinha.

— Se eu o tivesse, talvez eu trouxesse — diz Jack. — Talvez eu trouxesse neste caso. — Embora ele saiba que não. — Mas o homem que nós temos não é o que você quer. Não é ele.

— Mas Gorg disse...

Aí está uma palavra que ele conhece. Uma das que Judy Marshall tentou comer. Jack, não nos Territórios, mas também não inteiramente neste mundo naquele momento, estende a mão e puxa a pena do cinto dela.

— Gorg lhe deu isto?

— Deu...

Jack deixa a pena cair, depois pisa nela. Por um momento ele acha — *sabe* — que a sente zumbindo zangada embaixo da sola de seu sapato, como uma vespa semiesmagada. Então o zumbido para.

— Gorg mente, Tansy. O que quer que Gorg seja, ele mente. O homem que está aí dentro não é o assassino.

Tansy solta um grande gemido e larga a corda. Atrás dela, a multidão suspira.

Jack passa o braço ao redor dela e pensa de novo na dignidade sofrida de George Potter; pensa em todos os perdidos, penando sem uma única aurora limpa dos Territórios para iluminar seu caminho. Ele a abraça, sentindo o cheiro de suor e luto e loucura e licor de café.

No ouvido dela, Jack sussurra:

— Vou pegá-lo para você, Tansy.

Ela se enrijece.

— Você...

— Sim.

— Promete?

— Prometo.

— Ele não é o assassino?

— Não, querida.

— Jura?

Jack lhe entrega os lírios e diz:

— Pela minha mãe.

Ela leva o nariz às flores e respira fundo. Quando sua cabeça torna a subir, Jack vê que o perigo a deixou, mas não a insanidade. Ela agora é um dos perdidos. Algo a perturbou muito. Talvez, se o Pescador for pego, ela volte ao normal. Jack gostaria de acreditar nisso.

— Alguém precisa levar esta senhora para casa — diz Jack. Ele fala num tom de voz normal, mas mesmo assim convence a multidão. — Ela está muito cansada e cheia de tristeza.

— Eu levo — diz Doodles. Seu rosto está molhado de lágrimas. — Eu a levo no caminhão de Teddy, e se ele não me der as chaves, eu o derrubo. Eu...

E é aí que a cantoria recomeça, agora vindo da retaguarda da multidão:

— *Tragam aqui o assassino! Queremos o assassino! Queremos o Pescador! Tragam aqui o Pescador!*

Por um momento, é um solo, e depois algumas outras vozes hesitantes começam a fazer coro e dar harmonia.

Ainda encostado na parede, Beezer St. Pierre diz:

— Ai, merda. Lá vamos nós de novo.

Jack proibiu Dale de ir com ele ao estacionamento, dizendo que a visão do uniforme de Dale podia fazer a multidão explodir. Não mencionou o pequeno buquê de flores que estava segurando, e Dale mal o notou; estava muito apavorado com a ideia de perder Potter para o primeiro linchamento de Wisconsin em duzentos anos. Desceu atrás de Jack, porém, e agora requisitou o buraco de fechadura da porta por direito de antiguidade.

O resto do DPFL ainda está lá em cima, olhando pelas janelas da sala de interrogatório. Henry ordenou que Bobby Dulac lhe irradiasse o que via. Mesmo em seu atual estado de preocupação com Jack (Henry acha que há pelo menos 40 por cento de chance de que a turba vá pisoteá-lo ou dilacerá-lo), Henry fica alegre e lisonjeado ao perceber que Bobby Dulac está fazendo o papel de George Rathbun sem nem se dar conta.

— Tudo bem, Hollywood está lá... ele se aproxima da mulher... nenhum sinal de medo... o resto das pessoas está calmo... Jack e a mulher parecem estar conversando... e, caramba, ele está dando a ela um buquê de flores! Que estratagema!

"Estratagema" é um dos termos esportivos preferidos de George Rathbun, como em *O estratagema do time dos Brewers de bater e correr falhou de novo ontem à noite em Miller Park.*

— Ela está *indo embora*! — Bobby grita exultante. Ele agarra o ombro de Henry e o sacode. — Caramba, acho que acabou! *Acho que Jack a sossegou!*

— Até um cego poderia ver que ele a sossegou — diz Henry.

— Na hora certa, também — diz Bobby. — Lá está o Canal 5 e tem outro caminhão com um daqueles postes laranja grandes... Fox-Milwaukee, eu acho... e...

— *Tragam o homem aqui!* — uma voz lá fora começa a berrar. Soa como alguém enganado e indignado. — *Queremos o assassino! Queremos o Pescador!*

— Ah, nãããão! — fala Bobby, mesmo agora parecendo George Rathbun, dizendo a seus ouvintes do dia seguinte como outro comício de Wisconsin começou a mixar. — Agooora não, não com a tevê aqui! Isso...
— *Tragam aqui o Pescador!*
Henry já sabe quem está falando. Mesmo através de duas camadas de vidro reforçado com tela de galinheiro, aquele grito estridente é inconfundível.

Wendell Green entende do que faz — nunca cometa o erro de achar que ele não entende. O trabalho dele é *reportar* a notícia, *analisar* a notícia, às vezes *fotografar* a notícia. O trabalho dele não é *fazer* a notícia. Mas hoje ele não consegue evitar. Esta é a segunda vez nas últimas 12 horas que uma reportagem capaz de fazer a carreira de uma pessoa chegou às suas mãos ávidas e implorantes, para acabar sendo roubada no último minuto.
— *Tragam o homem aqui!* — berra Wendell. A força rude em sua voz o surpreende, depois o empolga. — *Queremos o assassino! Queremos o Pescador!*
O som das outras vozes entrando em coro estabelece uma correria incrível. É, como dizia seu velho colega de quarto na faculdade, um verdadeiro arrebenta-zíper.
Wendell dá um passo à frente, peito inchado, rosto corado, a confiança aumentando. Ele está vagamente consciente de que o caminhão do Noticiário do Canal 5 vem vindo lentamente em sua direção no meio do povo. Logo haverá holofotes brilhando no nevoeiro; logo haverá câmeras de tevê gravando naquela luz forte. E daí? Se a mulher de blusão sujo de sangue no fim foi muito covarde para defender a própria filha, Wendell fará isso por ela! Wendell Green, um modelo de responsabilidade cívica! Wendell Green, um *líder do povo*!
Ele começa a fotografar freneticamente. É estimulante. Como estar de novo na faculdade! Num concerto do Skynyrd! Chapado! É como...
Há um enorme clarão na frente dos olhos de Wendell Green. Aí as luzes se apagam. Todas elas.

— *ARNIE ACERTOU-O COM A LANTERNA!* — Bobby está gritando.
Ele agarra o tio cego de Dale pelos ombros e gira-o numa roda delirante. Um cheiro forte de Aqua Velva desce sobre Henry, que sabe que

Bobby vai lhe aplicar um beijo de cada lado, à francesa, um segundo antes de Bobby realmente fazer isso. E quando a narração de Bobby recomeça, ele parece tão extasiado quanto George Rathbun naquelas raras ocasiões em que os times locais realmente contrariam as probabilidades e ganham a parada.

— Você pode acreditar nisso, o Húngaro Maluco acertou-o com sua adorada lanterna e... GREEN ESTÁ NO CHÃO! A PORRA DO HÚNGARO DERRUBOU O REPÓRTER BABACA PREFERIDO DE TODOS! BOA, HRABOWSKI!

Em volta deles, há tiras comemorando a plenos pulmões. Debbi Anderson começa a entoar "We Are the Champions". E outras vozes rapidamente lhe dão apoio.

Esses são dias estranhos em French Landing, pensa Henry. Ele está com as mãos nos bolsos, sorrindo, ouvindo a confusão. O sorriso não mente; ele está feliz. Mas também está com o coração inquieto. Com medo por Jack.

Com medo por eles todos, de fato.

— Foi um bom trabalho, cara — Beezer diz a Jack. — Quero dizer, não fazer nada.

Jack faz um sinal afirmativo de cabeça.

— Obrigado.

— Não vou lhe perguntar de novo se aquele era o cara. Você disse que não é, então não é. Mas se pudermos fazer algo para ajudá-lo a encontrar o cara certo, basta nos chamar.

Os outros membros dos Thunder Five murmuram em assentimento; Kaiser Bill dá um tapinha amigável no ombro de Jack. Provavelmente vai deixar uma mancha roxa.

— Obrigado — Jack repete.

Antes que ele consiga bater na porta, ela já está aberta. Dale o agarra e lhe dá um abraço apertado. Quando seus peitos se encontram, Jack sente o coração de Dale batendo forte e acelerado.

— Você me salvou — Dale diz no ouvido dele. — O que eu puder fazer...

— Você pode fazer uma coisa, sim — Jack diz, puxando-o de lado. — Vi outro carro de polícia atrás dos caminhões de reportagem. Não posso dizer ao certo, mas acho que esse era azul.

— Ih — diz Dale.

— Ih está certo. Preciso pelo menos de 20 minutos com Potter. Pode ser que isso não leve a nada, mas pode ser que nos ajude muito. Pode segurar Brown e Black por 20 minutos?

Dale dá um sorrisinho desanimado para o amigo.

— Vou providenciar para que você tenha meia hora. No mínimo.

— Ótimo. E a fita da ligação do Pescador para o 911, você ainda tem?

— Foi com o resto das provas que estávamos guardando depois que Brown e Black assumiram o caso. Um guarda do estado veio buscá-la hoje à tarde.

— Dale, *não*!

— Calma, rapaz. Tenho uma cópia cassete guardada na minha mesa.

Jack lhe dá um tapinha no peito.

— Não me assuste assim.

— Perdão — diz Dale, pensando: *Vendo-o lá fora, eu não imaginaria que você tivesse medo de alguma coisa.*

No meio da escada, Jack se lembra de Speedy lhe dizendo que ele poderia usar duas vezes o que fora deixado no banheiro... mas ele deu as flores para Tansy Freneau. Merda. Então ele põe as mãos em concha sobre o nariz, inspira e sorri.

Talvez ele ainda as tenha, afinal de contas.

Capítulo Dezessete

George Potter está sentado no beliche da terceira cela situada num pequeno corredor que cheira a mijo e desinfetante. Está olhando pela janela para o estacionamento, ainda há pouco o cenário de muita excitação e ainda cheio de gente circulando. Ele não se vira ao ouvir os passos de Jack se aproximando.

Enquanto caminha, Jack passa por dois avisos. UMA CHAMADA SIGNIFICA UMA CHAMADA, diz o primeiro. REUNIÕES DOS A.A. SEGUNDA-FEIRA ÀS 19H, REUNIÕES DOS N.A. QUINTA-FEIRA ÀS 20H, diz o segundo. Há um bebedouro empoeirado e um extintor de incêndio velhíssimo, que algum engraçadinho rotulou de GÁS DO RISO.

Jack chega à grade da cela e bate numa das barras com sua chave de casa. Potter finalmente sai da janela. Jack, ainda naquele estado de hiperconsciência que ele agora reconhece como uma espécie de resíduo dos Territórios, sabe a verdade essencial do homem só de olhar para ele. Está nos olhos afundados e nas olheiras escuras embaixo deles; está na tez amarelada e nas têmporas ligeiramente encovadas com seus delicados ninhos de veias; está na proeminência aguda do nariz.

— Olá, Sr. Potter — ele diz. — Quero falar com o senhor e tem que ser rápido.

— Eles me queriam — Potter comenta.

— Queriam.

— Talvez o senhor devesse ter deixado me pegarem. Daqui a uns três ou quatro meses, estou fora do páreo mesmo.

Jack tem no bolso o cartão magnético que Dale lhe deu e usa-o para abrir a porta da cela. Ela faz um zumbido áspero ao correr no trilho curto. Quando Jack retira o cartão, o zumbido para. Lá embaixo, na sala de interrogatório, uma luz âmbar indicando H.C. 3 deve estar acesa agora.

Jack entra e senta-se na ponta do beliche. Ele guardou sua penca de chaves, para evitar que o cheiro metálico corrompesse o perfume dos lírios.

— Onde é?

Sem perguntar como Jack sabe, Potter ergue uma nodosa mão — mão de carpinteiro — e toca o diafragma. Depois deixa a mão cair.

— Começou no intestino. Faz cinco anos. Tomei direitinho os comprimidos e as injeções. Foi em La Riviere. Aquilo... cara, eu vomitava a toda hora. Nas esquinas e em todo canto. Uma vez vomitei na cama e nem vi. Acordei no dia seguinte com vômito secando no peito. Sabe alguma coisa sobre isso, filho?

— Minha mãe teve câncer — disse Jack calmamente. — Quando eu tinha 12 anos. Depois, a doença foi embora.

— Ela viveu mais cinco anos?

— Mais.

— Teve sorte — diz Potter. — Mas acabou morrendo disso, não?

Jack faz que sim com a cabeça.

Potter faz o mesmo gesto em solidariedade. Eles ainda não são propriamente amigos, mas estão caminhando para isso. É assim que Jack trabalha, sempre foi.

— Essa merda entra e fica esperando — diz Potter. — Sou da teoria de que *nunca* vai embora, de fato. De qualquer forma, não tomo mais nenhuma injeção. Nem comprimido. Só para aliviar a dor. Vim para cá para o fim.

— Por quê?

Esta não é uma coisa que Jack precise saber, e o tempo é curto, mas sua técnica é essa, e ele não vai abandonar o que funciona só porque tem dois patetas da Polícia Estadual lá embaixo esperando para pegar o garoto dele. Dale terá que segurá-los, só isso.

— Parece uma cidadezinha bem simpática. E gosto do rio. Desço até lá diariamente. Gosto de ver o sol na água. Às vezes, penso em todos os outros lugares onde trabalhei: Wisconsin, Minnesota, Illinois. E aí, às vezes, não penso em nada. Às vezes fico só sentado ali na beira do rio e me sinto em paz.

— O senhor trabalhava em quê, Sr. Potter?

— Comecei como carpinteiro, como Jesus. Passei a mestre de obras, depois cresci demais. Quando acontece isso com um mestre de obras, ele geralmente passa a se intitular empreiteiro. Ganhei 3 ou 4 milhões de dólares, tinha um Cadillac, uma moça com quem eu saía nas noites de sexta-feira. Boa moça. Sem problemas. Então perdi tudo. A única coisa que me fez falta foi o Cadillac. Era mais macio que a mulher. Aí recebi a minha notícia ruim e vim para cá.

Ele olha para Jack.

— Sabe o que eu penso às vezes? Que French Landing é parecida com um mundo melhor, um mundo onde as coisas parecem melhores e cheiram melhor. Talvez onde as pessoas *ajam* de uma maneira melhor. Eu não saio com ninguém, não sou do tipo sociável, mas isso não quer dizer que eu não sinta as coisas. Tenho esta ideia na cabeça de que nunca é tarde demais para ser decente. Acha que sou maluco?

— Não — diz Jack. — Foi mais ou menos por isso que vim para cá. Vou lhe dizer como é para mim. Sabe como é quando a gente cobre uma janela com um pano fino e o sol passa através dele?

George Potter olha para ele com olhos que de repente estão acesos. Jack nem tem que terminar o raciocínio, o que é bom. Ele encontrou a sintonia — quase sempre encontra, é um dom seu — e agora é hora de ir ao que interessa.

— Você sabe das coisas — Potter diz com simplicidade.

Jack concorda com um gesto de cabeça.

— Sabe por que está aqui?

— Acham que matei a filha daquela senhora — Potter indica a janela com a cabeça. — Aquela lá fora que estava segurando o laço. Eu não matei. É isso o que sei.

— Tudo bem, é um começo. Agora me ouça.

Muito depressa, Jack expõe a cadeia de acontecimentos que levou Potter àquela cela. Enquanto Jack fala, Potter fica sério, apertando as mãos grandes.

— Railsback — ele diz afinal. — Eu devia ter sabido! Raio de velho xereta, sempre fazendo perguntas, sempre perguntando se você queria jogar cartas ou talvez uma partida de bilhar ou de gamão, sei lá! Ele vive fazendo perguntas. Sujeito xereta...

Ele segue nesta linha, e Jack deixa-o falar durante algum tempo. Tenha câncer ou não, este velho foi arrancado de uma forma meio impiedosa de sua rotina normal e precisa desabafar um pouco. Se Jack o cortar para poupar tempo, vai acabar perdendo mais tempo. É difícil ser paciente (como Dale está segurando aqueles dois idiotas?, Jack nem quer saber), mas é necessário ter paciência. Quando Potter começa a ampliar o alvo de seu ataque, no entanto (Morty Fine é mencionado por alguns desaforos, assim como o amigo de Andy Railsback, Irv Throneberry), Jack entra.

— O que interessa, Sr. Potter, é que Railsback seguiu alguém até seu quarto. Não, não é bem assim. Railsback foi *conduzido* ao seu quarto.

Potter não responde, só fica olhando para as mãos. Mas faz que sim com a cabeça. Ele é velho, está doente, e piorando, mas está longe de ser burro.

— A pessoa que conduziu Railsback quase certamente foi a mesma que deixou as Polaroids das crianças mortas no seu armário.

— É, faz sentido. E se tinha as fotos das crianças mortas, devia ser a pessoa que as matou.

— Certo. Então tenho que me perguntar...

Potter faz um gesto impaciente.

— Acho que sei o que você tem que se perguntar. Quem aqui por essas bandas gostaria de ver o Potsie de Chicago pendurado pelo pescoço. Ou pelo saco.

— Exatamente.

— Não quero atrapalhar você, filho, mas não consigo pensar em ninguém.

— Não? — Jack ergue as sobrancelhas. — Nunca fez negócios por aqui, construiu uma casa ou fez um campo de golfe?

Potter levanta a cabeça e olha com impaciência para Jack.

— Claro que sim. De que outra maneira você acha que eu saberia como aqui é bom? Especialmente no verão? Sabe a parte da cidade que chamam de Vila da Liberdade? Aquelas ruas "do tempo antigo" como Camelot e Avalon?

Jack faz que sim com a cabeça.

— Construí metade delas. Nos anos 70. Tinha um cara naquela época... um bicão que eu conhecia de Chicago... ou julgava conhecer...

Ele era do ramo? — Isto parece ser Potter dirigindo-se a Potter. De qualquer maneira, ele sacode rapidamente a cabeça. — Não me lembro. Não tem importância, aliás. Como poderia ter? O cara já era velho, já deve ter morrido. Foi há muito tempo.

Mas Jack, que interroga da mesma forma que Jerry Lee Lewis tocava piano, acha que tem importância, *sim*. Na parte em geral obscura de sua mente, onde a intuição mantém seu quartel-general, as luzes estão se acendendo. Não muitas ainda, mas talvez mais do que apenas umas poucas.

— Um bicão — ele diz como se nunca tivesse ouvido a palavra antes. — O que é isso?

Potter lhe lança um breve olhar irritado.

— Um cidadão que... bem, não exatamente um *cidadão*. Alguém que acha que conhece pessoas bem relacionadas. Ou talvez às vezes pessoas bem relacionadas o chamem. Talvez eles se façam favores mutuamente. Bicão. Não é a melhor coisa do mundo para ser.

Não, Jack pensa, *mas ser bicão pode lhe conseguir um Cadillac que anda macio como aquele.*

— Você já foi bicão, George?

Agora tem que ficar um pouco mais íntimo. Esta não é uma pergunta que Jack possa fazer a um Sr. Potter.

— Talvez — diz Potter após uma pausa reticente para ponderação. — Talvez sim. Em Chicago. Lá você tinha que chaleirar as pessoas e molhar a mão delas se quisesse pegar os grandes contratos. Não sei como é agora, mas naquela época um empreiteiro limpo era um empreiteiro pobre. Sabe?

Jack concorda com um gesto de cabeça.

— O maior negócio que eu já fiz foi um loteamento no Lado Sul de Chicago. Igual àquela música sobre o Leroy Brown mau, mau.

Potter solta uma risada rouca. Por um momento, não está pensando em câncer, nem em falsas acusações, nem em quase ser linchado. Está vivendo no passado, e o passado pode ser meio sórdido, mas é melhor que o presente — a cama presa à parede por uma corrente, o vaso sanitário de aço, o câncer se espalhando por suas entranhas.

— Cara, esse foi *grande*, sem brincadeira. Muito dinheiro federal, mas os figurões locais decidiam à noite para onde a grana ia. E eu e aquele cara, aquele bicão, nós estávamos num páreo...

Ele se interrompe, olhando Jack com olhos arregalados.

— Caramba, o que você é, mágico?

— Não sei o que você quer dizer. Estou aqui parado.

— *Aquele* foi o cara que apareceu aqui. Era o bicão!

— Não estou acompanhando você, George.

Mas Jack acha que está. E embora esteja começando a se empolgar, não demonstra mais do que demonstrou quando o barman lhe contou sobre aquele jeito que Kinderling tinha de apertar o nariz.

— Não deve ser nada — diz Potter. — O cara tinha muitos motivos para não gostar do Degas aqui, mas ele deve ter morrido. Estaria com oitenta e poucos, caramba.

— Fale-me dele — diz Jack.

— Ele era um bicão — Potter repete, como se isso explicasse tudo. — E deve ter se encrencado em Chicago ou em algum lugar perto de Chicago porque, quando apareceu aqui, tenho quase certeza de que estava usando outro nome.

— Quando você o ferrou no negócio do loteamento, George?

Potter sorri, e algo no tamanho de seus dentes e no modo como parecem se projetar das gengivas permite que Jack veja com que rapidez a morte vem se aproximando desse homem. Ele fica arrepiado, mas retribui o sorriso com bastante facilidade. Esse também é seu jeito de trabalhar.

— Se vamos falar de agir como bicão e ferrar os outros, é melhor me chamar de Potsie.

— Tudo bem, Potsie, quando você ferrou esse cara em Chicago?

— Essa é fácil — diz Potter. — Era verão quando as propostas foram apresentadas, mas os figurões ainda estavam discutindo sobre como os hippies haviam chegado à cidade no ano anterior e acabado com a reputação dos policiais e do prefeito. Então eu diria 1969. O que aconteceu é que eu tinha feito um grande favor ao representante da comissão de obras, e outro àquela velha que mandava na Comissão de Moradia Oportunidades Iguais que o prefeito Daley criou. Então, quando as propostas foram apresentadas, a minha recebeu uma consideração especial. Aquele outro cara, o bicão, eu não tenho dúvida de que a proposta dele era melhor. Ele conhecia o sistema, e deve ter feito os contatos dele, mas, daquela vez, eu estava levando vantagem.

Ele sorri. Os dentes horríveis aparecem, depois tornam a desaparecer.

— A oferta do bicão? De alguma maneira se perde. Chega tarde. Azar. Potsie de Chicago pega o negócio. Aí, quatro anos depois, o bicão aparece aqui, entrando na licitação para o negócio da Vila da Liberdade. Só que dessa vez, quando eu ganhei dele, tudo foi correto, não mexi nenhum pauzinho. Encontrei-o por acaso no bar do Hotel Nelson na véspera do contrato sair. E ele disse: "Você era aquele cara de Chicago." E eu: "Há montes de caras em Chicago." Agora, esse cara era um bicão, mas um bicão *assustado*. Ele tinha como que um cheiro. Não sei explicar melhor do que isso. De qualquer forma, eu era grande e forte naquela época, podia ser mau, mas fui bastante manso daquela vez. Mesmo depois de uns dois drinques, fui bastante manso.

"'É', disse ele, 'tem montes de caras em Chicago, mas só um que me engrupiu. Ainda não esqueci isso, Potsie, tenho boa memória'."

"Outra hora qualquer, com qualquer outra pessoa, eu talvez tivesse perguntado quão boa tinha ficado a memória dele depois que ele deu com a cabeça no chão, mas, com ele, eu só ouvi. Nada mais foi dito entre nós. Ele saiu. Acho que nunca mais o vi, mas ouvia falar nele às vezes enquanto eu estava trabalhando na obra da Vila da Liberdade. Principalmente da parte dos meus peões. Parece que o bicão estava fazendo uma casa para ele em French Landing. Para quando se aposentasse. Não que ele tivesse idade para se aposentar naquela época, mas estava chegando perto. Cinquentão, eu diria... e isso foi em 72."

— Ele estava fazendo uma casa aqui na cidade — Jack reflete.

— É. Tinha um nome, também, como uma daquelas casas inglesas. As Bétulas, Casa do Lago, Solar Beardsley, você sabe.

— Como era o nome?

— Merda, nem consigo me lembrar do nome do *bicão*, como espera que eu me lembre do nome da casa que ele construiu? Mas de uma coisa eu me lembro: nenhum dos peões gostava dela. Tinha fama.

— Má?

— A pior possível. Houve acidentes. Um cara cortou a mão fora numa serra elétrica, quase morreu de hemorragia antes que o levassem para o hospital. Outro cara caiu de um andaime e ficou paralítico... o que chamam de tetraplégico. Sabe o que é isso?

Jack faz que sim com a cabeça.

— A única casa que já ouvi as pessoas dizerem que era assombrada antes de estar terminada. Fiquei com a ideia de que ele teve que terminar a maior parte dela sozinho.

— O que mais diziam sobre essa casa? — Jack faz a pergunta como quem não quer nada, como se não se importasse com a resposta, mas se importa muito. Nunca ouviu falar de uma casa pseudoassombrada em French Landing. Ele sabe que não está ali há tempo suficiente para ter ouvido todas as histórias e lendas, mas uma coisa dessas... seria de pensar que algo assim logo ficaria famoso.

— Ah, cara, não consigo me lembrar. Só que...

Ele faz uma pausa, os olhos distantes. Na rua, a multidão finalmente começa a se dispersar. Jack se pergunta como Dale está se virando com Brown e Black. O tempo parece estar voando e ele ainda não conseguiu de Potter o que precisa. O que conseguiu até agora é apenas o suficiente para apavorar.

— Um cara me contou que lá nunca batia sol mesmo quando estava sol — diz Potter abruptamente. — Ele disse que a casa era um pouco afastada da estrada, numa clareira, e devia receber sol pelo menos cinco horas por dia no verão, mas, de alguma forma... não recebia. Ele disse que os caras perdiam a própria sombra, como num conto de fadas, e eles não gostavam disso. E às vezes eles ouviam um cachorro rosnando no mato. Parecia grande. E mau. Mas eles nunca viram o bicho. Você sabe como é, imagino. A história começa, e aí eles vão aumentando...

Os ombros de Potter caem de repente. Ele abaixa a cabeça.

— Cara, é tudo o que consigo lembrar.

— Como se chamava o bicão quando estava em Chicago?

— Não me lembro.

Jack de repente põe as mãos abertas embaixo do nariz de Potter. De cabeça baixa, Potter não as vê até elas estarem ali e recua, arquejando. Ele aspira o final daquele cheiro na pele de Jack.

— O quê...? Nossa, o que é isso? — Potter agarra uma das mãos de Jack e cheira de novo, avidamente. — Puxa, é gostoso. O que é?

— Lírios — diz Jack, mas não é o que pensa. O que pensa é *A lembrança de minha mãe*. — Como se chamava o bicão quando estava em Chicago?

— É algo como Birstain. Não é isso, mas é parecido. É o melhor que posso fazer.

— Birstain — diz Jack. — E como se chamava quando chegou a French Landing três anos depois?

De repente, ouve-se uma discussão nas escadas.

— Não me interessa! — grita alguém. Jack acha que é Black, o mais zeloso deles. — É nosso o caso, ele é nosso prisioneiro, e nós vamos levá-lo! *Já!*

Dale:

— Não estou discutindo. Só estou dizendo que o registro de ocorrência...

Brown:

— Ah, foda-se o registro de ocorrência. Vamos levá-lo conosco.

— Como era o nome dele em French Landing, Potsie?

— Não consigo... — Potsie pega de novo as mãos de Jack. As suas estão secas e frias. Ele cheira as de Jack, de olhos fechados. Durante a longa expiração, ele diz: — Burnside. Chapa Burnside. Não que fosse chapa de alguém. O apelido era uma piada. Acho que o nome dele mesmo devia ser Charlie.

Jack retira a mão. Charles "Chapa" Burnside. Antes conhecido como Birstain. Ou algo semelhante.

— E a casa? Como era o nome da casa?

Brown e Black já vêm vindo pelo corredor, com Dale correndo atrás deles. *Não há tempo,* Jack pensa. *Droga, se eu tivesse pelo menos mais cinco minutos...*

E aí Potsie diz:

— Casa Negra. Não sei se o nome foi dado por ele ou pelos peões da obra, mas era este, sim.

Jack arregala os olhos. A imagem da sala aconchegante de Henry Leyden lhe passa pela cabeça: sentado com um copo de bebida ao lado, lendo sobre Jarndyce e Jarndyce.

— Você disse Casa *desolada*?

— *Negra* — reitera Potsie impaciente. — Porque era *mesmo*. Era...

— Ai meu Deus — diz um dos policiais do estado num tom mal-humorado de olhe-o-que-o-gato-levou que deixa Jack com vontade de lhe rearrumar a cara. É Brown, mas quando Jack ergue os olhos, é o parceiro de Brown que ele vê. A coincidência do nome Black* do outro policial faz Jack sorrir.

— Oi, rapazes — diz Jack, levantando-se da cama.

— O que está fazendo aqui, Hollywood? — pergunta Black.

— Só batendo um papinho e esperando por vocês — diz Jack, e sorri inteligentemente. — Suponho que vocês queiram esse cara.

— Está certíssimo — rosna Brown. — E se você ferrou o nosso caso...

— Nossa, acho que não — diz Jack. É difícil, mas ele consegue falar num tom amável. Depois, para Potsie: — O senhor estará mais seguro com eles do que aqui em French Landing.

George Potter reassume uma expressão vazia. Resignada.

— De qualquer forma, não importa muito — diz ele, depois sorri como se lhe ocorresse uma ideia. — Se o velho Chapa ainda estiver vivo, e você se encontrar com ele, pode lhe perguntar se ele ainda está sentido comigo pela falcatrua que fiz com ele em 69. E diga a ele que o velho Potsie de Chicago manda lembranças.

— Do que vocês estão falando? — Brown pergunta, com um ar hostil.

Está com as algemas na mão, e vê-se que está louco para botá-las em George Potter.

— Velhos tempos — diz Jack. Ele enfia as mãos perfumadas nos bolsos e sai da cela. Sorri para Brown e Black. — Nada do interesse de vocês.

O policial Black vira-se para Dale.

— Você está fora deste caso — diz. — Estas são palavras de duas sílabas. Não posso dizer isso de maneira mais simples. Então diga de uma vez por todas, chefe: você entendeu?

— Claro que sim — diz Dale. — Pegue o caso, e com todo o prazer. Mas desça do seu pedestal, sim? Se esperava que eu não fizesse nada e deixasse uma turba de bêbados do Sand Bar tirar esse homem da Lucky's e linchá-lo...

---

* "Black" em inglês significa "preto". [N. da T.]

— Não se faça de mais idiota do que já é — diz Brown. — Eles ficaram sabendo o nome dele pelos telefonemas dos seus policiais.

— Duvido — diz Dale calmamente, pensando no telefone celular do drogado pego no depósito de provas.

Black agarra o estreito ombro de Potter, torce-o com maldade, depois o empurra com tanta força em direção à porta no final do corredor que o homem quase cai. Potter se recupera, a cara abatida cheia de dor e dignidade.

— Policiais — diz Jack.

Ele não fala alto nem com irritação, mas ambos se viram.

— Se maltratarem o prisioneiro mais uma vez na minha frente, vou ligar para os mandachuvas de Madison assim que vocês saírem, e podem acreditar, eles vão me ouvir. A atitude de vocês é arrogante, coercitiva e contraproducente para a solução deste caso. A capacidade de cooperação interdepartamental de vocês é nula. Seu comportamento é antiprofissional e prejudicial à imagem do estado de Wisconsin. Ou vocês se comportam ou garanto que sexta-feira que vem estarão procurando emprego de segurança.

Embora seu tom de voz tenha permanecido o mesmo do começo ao fim, Black e Brown parecem se encolher enquanto ele fala. Quando termina, eles parecem duas crianças castigadas. Dale está olhando para Jack com assombro. Só Potter parece não se ter afetado; está olhando para as mãos algemadas com olhos que poderiam estar a quilômetros de distância.

— Agora vão em frente — diz Jack. — Peguem seu prisioneiro, peguem seus arquivos e sumam daqui.

Black abre a boca para falar, depois torna a fechá-la. Eles saem. Quando a porta se fecha atrás deles, Dale olha para Jack e diz com muita suavidade:

— Uau.

— O quê?

— Se você não sabe — diz Dale —, não vou lhe contar.

Jack ergue os ombros.

— Potter vai mantê-los ocupados, o que nos libera para trabalhar um pouco. Se há um lado bom nisso tudo que aconteceu hoje à noite, é este.

— O que conseguiu dele? Alguma coisa?

— Um nome. Pode não significar nada. Charles Burnside. Apelido, Chapa. Já ouviu falar nele?

Dale estica e recolhe o lábio inferior com um ar pensativo. Depois relaxa e balança a cabeça.

— O nome não me soa totalmente estranho, mas talvez seja só por ser muito comum. O apelido, não.

— Ele era um mestre de obras, um empreiteiro, um virador em Chicago há mais de trinta anos. Segundo Potsie, pelo menos.

— Potsie — diz Dale. O adesivo está descolando no canto do aviso UMA CHAMADA SIGNIFICA UMA CHAMADA, e Dale cola-o novamente com o ar de alguém que não sabe direito o que está fazendo. — Vocês dois ficaram bem chapas, não?

— Não — diz Jack. — Chapa é *Burnside*. E o policial Black não é dono da Casa Negra.

— Você pirou. Que casa negra?

— Primeiro, é um nome próprio. Casa com *C* maiúsculo, negra com *N* maiúsculo. Casa Negra. Já ouviu falar de uma casa com este nome por aqui?

Dale ri.

— Nossa, não.

Jack retribui o sorriso, mas de repente é seu sorriso interrogativo, não seu sorriso estou-discutindo-um-assunto-com-meu-amigo. Porque ele agora é um "puliça". E viu uma vacilação engraçada nos olhos de Dale Gilbertson.

— Tem certeza? Espere um pouco. Pense.

— Já lhe disse, não. Aqui as pessoas não dão nome às casas. Ah, acho que a Srta. Graham e a Srta. Pentle chamam a casa delas em frente à biblioteca da cidade de Madressilva, por causa das moitas de madressilva da cerca, mas é a única que eu já ouvi com nome por estas bandas.

De novo, Jack vê aquele lampejo. Potter é que será acusado de assassinato pela Polícia Estadual de Wisconsin, mas Jack não viu aquela vacilação profunda nos olhos de Potter nem uma vez durante a entrevista. Porque Potter foi franco com ele.

Dale não está sendo franco.

Mas tenho que ser delicado com ele, Jack diz a si mesmo. *Porque ele não* sabe *que não está sendo franco. Como é possível?*

Como se em resposta, ele ouve a voz de Potsie de Chicago: *Um cara me contou que lá nunca batia sol mesmo quando estava sol... disse que os caras perdiam a própria sombra, como num conto de fadas.*

A *memória* é uma sombra; qualquer policial tentando reconstruir um crime ou um acidente pelos relatos conflitantes de testemunhas sabe bem disso. A Casa Negra de Potter será assim? Algo que não dá sombra? A resposta de Dale (ele está de cara para o cartaz que está descolando, massageando o adesivo com tanta seriedade quanto poderia estar massageando uma vítima de infarto na rua, ministrando a ressuscitação cardiopulmonar conforme o manual até a ambulância chegar) sugere a Jack que talvez seja algo *parecido*. Três dias atrás ele não teria se permitido cogitar numa ideia dessas, mas três dias atrás ele não havia voltado aos Territórios.

— Segundo Potsie, essa casa ficou com fama de mal-assombrada mesmo antes de terminada — diz Jack, pressionando um pouco.

— Não. — Dale passa para o cartaz sobre as reuniões dos A.A. e dos N.A. Examina o adesivo atentamente, sem olhar para Jack. — Não me diz nada.

— Tem certeza? Um homem quase morreu de hemorragia. Outro levou um tombo que o deixou paralítico. As pessoas reclamavam, ouça essa, Dale, é boa, segundo Potsie, as pessoas reclamavam de perder a própria sombra. Não viam sua sombra nem ao meio-dia, com o sol a pino. Não é alguma coisa?

— Claro que é, mas não me lembro de nenhuma história desse tipo.

Quando Jack se aproxima de Dale, Dale se afasta. Quase sai correndo, embora o chefe Gilbertson não costume ser homem de sair correndo. É um tanto engraçado, um tanto triste, um tanto horrível. Ele não sabe que está fazendo isso, Jack tem certeza. *Há* uma sombra. Jack a vê, e, em algum nível, Dale *sabe* que ele a vê. Se Jack o forçasse demais, Dale também teria que ver... e Dale não quer isso. Porque é uma sombra *ruim*. É pior que um monstro que mata crianças e depois come partes escolhidas do corpo delas? Aparentemente parte de Dale acha que sim.

Eu poderia fazê-lo ver essa sombra, Jack pensa friamente. *Botar minhas mãos embaixo do nariz dele — minhas mãos cheirando a lírio — e fazê-lo ver. Parte dele até quer ver. A parte puliça.*

Então outra parte da mente de Jack fala com o sotaque de Speedy Parker, sotaque este de que ele agora se lembra de sua infância. *Você poderia levá-lo a ter um colapso nervoso também, Jack. Deus sabe que ele está quase tendo um, depois de tudo o que houve desde que o garoto Irkenham foi pego. Quer arriscar isso? E para quê? Ele não sabia o nome, sobre isso, ele* estava *sendo franco.*

— Dale?

Dale lança a Jack um olhar vivo e rápido, depois desvia a vista. A característica furtiva dessa olhadela corta o coração de Jack.

— O quê?

— Vamos tomar um café.

Diante dessa mudança de assunto, o rosto de Dale ganha uma expressão aliviada. Ele segura o ombro de Jack.

— Boa ideia!

Ideia genial, agora mesmo, Jack pensa, depois sorri. Há mais de uma maneira para se tirar o couro de um gato, e mais de uma maneira para se encontrar uma Casa Negra. Foi um dia longo. Talvez seja melhor deixar isso para lá. Pelo menos por hoje.

— E Railsback? — pergunta Dale quando eles estão descendo. — Ainda quer falar com ele?

— Claro — Jack responde, com bastante entusiasmo, mas não espera muito de Andy Railsback, uma testemunha escolhida que viu exatamente o que o Pescador queria que ela visse. Com uma pequena exceção... talvez. O pé de chinelo. Jack não sabe se aquilo vai dar em alguma coisa, mas pode dar. No tribunal, por exemplo... como um elo de identificação...

Isso nunca vai para o tribunal, você sabe muito bem. Talvez nem termine neste m...

Seus pensamentos são cortados por um vozerio alegre quando eles entram no misto de sala de instruções e centro de despacho. Os membros do Departamento de Polícia de French Landing estão aplaudindo de pé. Henry Leyden também está aplaudindo de pé. Dale começa a aplaudir também.

— Nossa, rapazes, deixem disso — diz Jack, rindo e corando ao mesmo tempo.

Mas não vai mentir para si mesmo, tentar dizer a si mesmo que aqueles aplausos não lhe dão prazer. Ele sente o carinho daqueles homens; vê o brilho nos olhos deles. Aquelas coisas não são importantes. Mas dão uma sensação de volta ao lar, é isso.

Quando Jack e Henry saem da delegacia cerca de uma hora depois, Beezer, Ratinho e Kaiser Bill ainda estão lá. Os outros dois voltaram para casa para inteirar as respectivas patroas dos acontecimentos daquela noite.

— Sawyer — diz Beezer.
— Sim — diz Jack.
— Qualquer coisa que a gente possa fazer, cara. Pode sacar isso? *Qualquer.*

Jack olha pensativo para o motoqueiro, perguntando-se o que é essa história... isto é, além de luto. Um luto de pai. Os olhos de Beezer continuam firmes nos dele. A um canto, Henry Leyden está com a cabeça levantada para sentir o cheiro do nevoeiro do rio, cantarolando baixinho.

— Vou fazer uma visita à mãe de Irma amanhã, lá pelas 11 — Jack diz. — Acha que você e seus amigos podiam me encontrar no Sand Bar lá pelo meio-dia? Ela mora perto dali, eu acho. Pago uma rodada de limonada para vocês.

Beezer não sorri, mas seu olhar se aquece um pouquinho.
— Estaremos lá.
— Ótimo — diz Jack.
— Importa-se de me dizer por quê?
— Há um lugar que a gente precisa encontrar.
— Isso tem a ver com a pessoa que matou Amy e os outros garotos?
— Talvez.
Beezer faz que sim com a cabeça.
— Talvez já basta.

Jack vai dirigindo devagar na volta para o Vale Noruega, e não só por causa do nevoeiro. Embora ainda seja cedo, ele está exausto e supõe que Henry também esteja. Não porque ele esteja calado; Jack já se habituou aos períodos ocasionais de letargia de Henry. Não, é o silêncio na própria picape. Em circunstâncias normais, Henry é um ouvinte de rádio agitado e compulsivo, sintonizando em todas as estações de La Riviere, conferindo a KDCU ali na cidade, depois mudando de cidade, tentando pegar Milwaukee, Chicago, talvez até Omaha, Denver e St. Louis, se as condições estiverem adequadas. Um aperitivo de *bop* aqui, uma salada de música *spiritual* ali, talvez uma pitada de Perry Como lá no fim do *dial*: *hot-diggity, dog-diggity, boom what-ya-do-to-me*. Mas hoje não. Hoje Henry está sentado ao seu lado no carro, com as mãos cruzadas no colo. Finalmente, quando eles não estão a mais de 3 quilômetros da entrada de sua casa, Henry diz:

— Nada de Dickens hoje, Jack. Vou direto para a cama.

O cansaço na voz de Henry espanta Jack, deixa-o inquieto. Henry não parece ele mesmo nem qualquer de suas personas do rádio; naquele momento, parece apenas velho e cansado, a caminho do esgotamento.

— Eu também — concorda Jack, tentando não deixar transparecer a preocupação na voz.

Henry nota cada nuança vocal. Ele é assustador assim.

— O que tem em mente para os Thunder Five, posso saber?

— Ainda não sei ao certo — diz Jack, e, talvez por estar cansado, passa essa inverdade para Henry.

Ele pretende fazer Beezer e seus amigos procurarem o lugar sobre o qual Potsie lhe falou, o lugar onde as sombras sempre desapareciam. Pelo menos nos anos 70. Ele também tencionava perguntar a Henry se já tinha ouvido falar num domicílio de French Landing chamado Casa Negra. Mas não agora. Não depois de ouvir quão exausto Henry parece. Talvez amanhã. Quase com certeza, aliás, porque Henry é um recurso bom demais para não ser usado. Melhor deixá-lo se reciclar um pouco, porém.

— Você tem a fita, certo?

Henry puxa do bolso da camisa parte da fita cassete com a ligação do Pescador para o 911 e torna a guardá-la.

— Sim, mamãe. Mas acho que hoje não consigo ouvir um assassino de criancinhas, Jack. Nem se você entrar e ouvir comigo.

— Pode ser amanhã — diz Jack, esperando não estar condenando à morte nenhuma das criancinhas de French Landing por dizer isso.

— Você não tem plena certeza disso.

— Não — concorda Jack —, mas você ouvir essa fita com ouvidos surdos pode fazer mais mal que bem. Disso eu tenho certeza.

— Amanhã, à primeira hora. Prometo.

A casa de Henry agora está à frente. Parece solitária só com uma luz acesa em cima da garagem, mas obviamente Henry não precisa de lâmpadas acesas lá dentro para saber onde está.

— Henry, você vai ficar bem?

— Vou — diz Henry, mas a Jack ele não parece cem por cento.

— Nada de Rato hoje — Jack lhe diz com firmeza.

— Nada.

— Nem de Shake, Xeque, Sheik.

Os lábios de Henry se esticam num pequeno sorriso.

— Nem mesmo uma promoção de George Rathbun para a Chevrolet de French Landing, onde o preço é rei e você não paga um centavo de juros nos primeiros seis meses com crédito aprovado. Direto pra cama.

— Eu também — diz Jack.

Mas uma hora depois de se deitar e apagar a luz da mesa de cabeceira, Jack ainda está sem dormir. Caras e vozes rodam em sua mente como ponteiros de relógio malucos. Ou um carrossel num parque deserto.

Tansy Freneau: *Tragam aqui o assassino que matou minha bonequinha.*

Beezer St. Pierre: *Temos que ver como vai rolar, não?*

George Potter: *Essa merda entra e fica esperando. Sou da teoria de que nunca vai embora, de fato.*

Speedy, uma voz do passado distante no tipo de telefone que era ficção científica quando Jack o conheceu: *Olá, Jack Viajante... De puliça para puliça, filho, acho que você devia fazer uma visita ao banheiro particular do chefe Gilbertson. Agora mesmo.*

De puliça para puliça, certo.

E principalmente, sem parar, Judy Marshall: *Você não diz simplesmente: estou perdido e não sei voltar — você vai indo...*

Sim, mas vai indo para onde? *Para onde?*

Afinal ele se levanta e vai até a varanda com o travesseiro debaixo do braço. A noite está quente; no Vale Noruega, onde o nevoeiro estava ralo a princípio, os últimos vestígios agora desapareceram, levados por um vento leste suave. Jack hesita, depois desce os degraus, só de cuecas. A varanda é ruim para ele, porém. Foi onde ele encontrou a caixa diabólica com os selos de envelope de açúcar.

Ele passa pela picape, pela casa de passarinho e entra na parte norte do campo. No céu, bilhões de estrelas. Grilos cricrilam baixinho na relva. Seu caminho de fuga pelo feno e pelo capim-rabo-de-gato sumiu, ou quem sabe agora ele esteja entrando no campo por outro lugar.

Um pouco mais para dentro, ele se deita, põe o travesseiro embaixo da cabeça e olha para as estrelas. *Só um pouquinho*, ele pensa. *Só até todas essas vozes fantasmagóricas saírem da minha cabeça. Só um pouquinho.*

Pensando nisso, ele começa a cochilar.

Pensando nisso, ele atravessa.

No céu, o padrão das estrelas muda. Ele *vê* as novas constelações se formarem. Qual é aquela, no lugar onde estava a Ursa Maior há um segundo? É o Sagrado Opopânace? Talvez seja. Ele ouve um rangido baixo e agradável e sabe que é o moinho de vento que viu quando passou para lá naquela manhã, mil anos atrás. Ele não precisa olhar para ter certeza, como não precisa olhar para onde estava sua casa e ver que ela se transformou outra vez num celeiro.

Crec... crec... crec: enormes pás de madeira girando naquele mesmo vento leste. Só que agora o vento está infinitamente mais suave, infinitamente mais puro. Jack toca no elástico de sua cueca e sente uma trama áspera. Não há cuecas Jockey neste mundo. Seu travesseiro também mudou. A espuma se transformou em plumas de ganso, mas ainda é confortável. Mais confortável que nunca, na verdade. Doce, sob sua cabeça.

— Vou pegá-lo, Speedy — sussurra Jack Sawyer para as novas formas nas novas estrelas. — Pelo menos vou tentar.

Ele dorme.

Quando acorda, está amanhecendo. A brisa parou. Na direção de onde vinha, há uma linha laranja brilhante no horizonte — o sol a caminho. Ele está rígido, com a bunda doendo, molhado de orvalho, mas descansado. Soube desde que abriu os olhos que está de novo em Wisconsin. E sabe mais uma coisa: pode voltar. Quando quiser. O verdadeiro condado de Coulee, o condado de Coulee do *interior* está só a um desejo e um movimento de distância. Isso o enche de alegria e medo em partes iguais.

Jack se levanta e volta descalço para a casa com o travesseiro embaixo do braço. Imagina que sejam cinco da manhã. Mais três horas de sono o deixarão pronto para qualquer coisa. Nos degraus da varanda, ele toca no algodão de sua cueca Jockey. Embora sua pele esteja molhada, a cueca está quase seca. Claro que está. Durante a maior parte do tempo que passou dormindo ao relento (como passou tantas noites naquele outono quando tinha 12 anos) a cueca não estava nele. Estava em outro lugar.

— Na terra do Opopânace — diz Jack, e entra. Três minutos depois, está dormindo de novo, na própria cama. Quando acorda às oito, com o sol sensato entrando pela janela, quase poderia achar que sua última viagem foi um sonho.

Mas, no íntimo, sabe que não foi.

Capítulo Dezoito

Lembra aquelas vans da imprensa que entraram no estacionamento atrás da delegacia? E da contribuição de Wendell Green para o alvoroço, antes que a lanterna enorme do policial Hrabowski o tirasse do ar? Tão logo as equipes dentro das vans perceberam a aparente inevitabilidade de um motim, pudemos ter certeza de que se mostraram à altura das circunstâncias, pois, no dia seguinte, as sequências filmadas da noite selvagem dominam as telas de televisão em todo o estado. Às nove horas, pessoas em Racine e Milwaukee, pessoas em Madison e Delafield, e pessoas que moram tão no norte do estado que precisam de antena parabólica para pegar qualquer canal de tevê estão olhando por cima de suas panquecas, seus pratos de cereal, seus ovos estrelados e seus bolinhos quentes untados com manteiga para ver um policial baixo e de aparência nervosa acabar com a grande e fervorosa carreira promissora de demagogo de um repórter acertando-o com um instrumento pesado. E também podemos ter certeza de uma outra coisa: que em nenhum lugar essas sequências são vistas de forma tão ampla e compulsiva quanto em French Landing e nas comunidades vizinhas de Centralia e Arden.

Pensando sobre vários assuntos de uma vez, Jack Sawyer assiste a tudo numa pequena tevê portátil colocada na bancada de sua cozinha. Ele espera que Dale Gilbertson não revogue a suspensão de Arnold Hrabowski, embora desconfie muito que o Húngaro Maluco em breve voltará à ativa. Dale só *acha* que o quer definitivamente fora da polícia: ele tem o coração muito mole para ouvir as súplicas de Arnie — e depois daquela noite, até um cego pode ver que Arnie vai suplicar, sem dar trégua. Jack também espera que aquele horrível Wendell Green seja despedido ou se mude dali em desgraça. O repórter não deve se colocar em sua matéria, e cá está o bom e velho garganta Wendell ladrando para pedir sangue como um lobisomem. No entanto, Jack tem a sensação deprimente de que Wendell Green vai conseguir sair das atuais dificuldades à custa de muita lábia (ou seja, de muita *mentira*) e continuar sendo um grande chato. E Jack está refletindo sobre a descrição de Andy Railsback do velho desagradável testando as maçanetas no terceiro andar do Hotel Nelson.

Lá estava ele, *o Pescador*, depois de finalmente lhe ser dada uma forma. Um velho de bata azul e um pé de chinelo listrado de preto e amarelo, como uma abelha. Andy Railsback se perguntara se aquele velho de aspecto desagradável havia fugido da Casa Maxton para a Velhice. Esta era uma ideia importante, Jack pensou. Se "Chapa" Burnside for o homem que plantou as fotografias no quarto de George Potter, a Maxton seria um esconderijo perfeito para ele.

Wendell Green está assistindo às notícias na Sony em seu quarto de hotel. Ele não consegue tirar os olhos da tela, embora o que veja ali lhe provoque uma mistura de sentimentos — raiva, vergonha e humilhação — que faz seu estômago ferver. O galo em sua cabeça lateja, e todas as vezes que vê aquele tira abaixo da crítica vindo por trás dele com a lanterna erguida, ele enfia os dedos nos cabelos grossos e ondulados na parte de trás da cabeça e apalpa o calombo delicadamente. O raio do galo parece do tamanho de um tomate maduro e prestes a arrebentar. Ele tem sorte de não ter tido uma concussão. Aquele borra-botas podia tê-lo matado!

Tudo bem, talvez ele tenha se excedido um pouco, talvez tenha ultrapassado um limite profissional; ele nunca afirmou ser perfeito. Os caras do noticiário local enchem-lhe o saco, toda essa baboseira sobre Jack Sawyer. Quem é o jornalista número um na cobertura do caso do Pescador? Quem anda arriscando perder o emprego, dia após dia? Quem *deu nome ao cara*? Não foram aqueles bobocas do Buck e do Stacey que secam o cabelo com secador, aqueles repórteres e âncoras locais que querem ser famosos e sorriem para a câmera a fim de mostrar suas coroas de jaqueta, com certeza. Wendell Green é uma lenda aqui, uma estrela, a coisa mais próxima de um gigante do jornalismo já produzida pelo oeste de Wisconsin. Mesmo em Madison, o nome de Wendell Green representa excelência inquestionável. E se o nome Wendell Green agora é como o padrão-ouro, espere até ele acabar ganhando um Prêmio Pulitzer à custa de suas reportagens sobre o Pescador.

Então, segunda de manhã ele tem que entrar no escritório e acalmar seu editor. Grande coisa. Não é a primeira vez, e não será a última. Os bons repórteres fazem ondas; ninguém admite isso, mas o negócio é esse, isso é matéria boa que ninguém lê até ser tarde demais. Quando entrar na sala do seu editor, ele sabe o que vai dizer: *A maior matéria do dia, e você viu algum outro repórter ali?* E quando tiver o editor comendo na sua mão de novo, o que não vai demorar nada, ele pretende ir falar com um vendedor da Goltz's chamado Fred Marshall. Uma das fontes mais valiosas de Wendell sugeriu que o Sr. Marshall tem uma informação importante sobre seu xodó especial, o caso do Pescador.

Arnold Hrabowski, agora um herói para sua adorável mulher, Paula, está assistindo às notícias com uma excitação pós-coito e pensando que ela tem razão: ele devia mesmo ligar para o chefe Gilbertson para ter a suspensão revogada.

Imaginando com parte do cérebro onde poderia procurar o velho adversário de George Potter, Dale Gilbertson vê Bucky e Stacey tornarem a dar um corte para o espetáculo do Húngaro Maluco batendo em Wendell Green e acha que realmente deveria reintegrar o carinha em suas funções. Você quer ver a tacada que Arnie deu? Dale não pode evitar — aquela tacada realmente ilumina seu dia. É como assistir a Mark McGwire, como assistir a Tiger Woods.

Sozinha em sua casinha escura ao lado da rodovia, Wanda Kinderling, que mencionamos de passagem uma vez ou outra, está ouvindo rádio. Por que ela está ouvindo rádio? Alguns meses atrás, ela teve que decidir entre pagar a conta da tevê a cabo ou comprar mais 2 litros de vodca Aristocrat, e, sinto muito, Bucky e Stacey, mas Wanda seguiu a sua felicidade, fez o que o seu coração mandou. Sem o serviço a cabo, seu televisor pega pouco mais que chuvisco e uma linha escura que sobe em sua tela continuamente. Wanda sempre odiou Bucky e Stacey mesmo, juntamente com quase todo mundo na televisão, especialmente quem parecia satisfeito e bem-arrumado. (Ela tem uma aversão especial aos apresentadores dos noticiários da manhã e aos âncoras das redes.) Wanda não anda satisfeita nem bem-arrumada desde que seu marido, Thorny, foi acusado por aquele cabotino arrogante de crimes terríveis que ele jamais poderia ter cometido. Jack Sawyer arruinou a vida dela, e ela não vai perdoar nem esquecer.

Aquele homem armou uma cilada para seu marido. Fez uma *armação*. Sujou o nome inocente de Thorny e mandou-o para a cadeia para se fazer de eficiente. Wanda espera que nunca peguem o Pescador, porque o Pescador é exatamente o que aqueles filhos da mãe sujos merecem. Quem joga *sujo é* sujo, e gente assim pode ir direto para o quinto dos infernos — é o que Wanda acha. Deixe que ele mate cem fedelhos, que mate mil, e, depois disso, ele pode começar a matar os pais deles. Thorny não poderia ter matado aquelas piranhas em Los Angeles. Aqueles foram crimes sexuais, e Thorny não ligava para sexo, graças a Deus. O resto dele cresceu, mas sua parte masculina nunca; a coisinha dele era do tamanho do seu dedo mínimo. Era impossível ele ligar para mulheres da vida e coisas do sexo. Mas Jack Sawyer morava em Los Angeles, não? Então *ele* não poderia ter matado aquelas piranhas, aquelas putas, e posto a culpa em Thorny?

O locutor descreve as ações da noite passada do ex-tenente Sawyer, e Wanda Kinderling cospe bílis, pega o copo na mesa de cabeceira e apaga o fogo em suas entranhas com quatro dedos de vodca.

Gorg, que pareceria um visitante normal a gente como Wanda, não presta atenção às notícias, pois está longe, na Lonjura.

Em sua cama na Maxton, Charles Burnside está curtindo sonhos não exatamente dele, pois emanam de outro ser, de outro lugar, e pintam um mundo que ele nunca viu sozinho. Crianças maltrapilhas, escravizadas, passam por labaredas vivas caminhando com pezinhos ensanguentados, girando rodas enormes que giram rodas maiores ainda que alimentam os lindos motores de destruição que sobem sobem no céu-preto-e-vermelho. A Grande Combinação! Um fedor acre de metal em fusão e algo realmente repugnante, algo como urina de dragão, perfuma o ar, como o faz também a catinga pesada do desespero. Demônios escarlates agitando seus rabos grossos e chicoteiam as crianças, fazendo-as prosseguir. Um clangor estrondoso castiga os ouvidos. Estes são os sonhos do melhor amigo e mestre amoroso de Burny, o Sr. Munshun, um ser de deleite perverso e infinito.

Depois do final da ala Margarida, em frente ao belo saguão e passando pelo pequeno cubículo de Rebecca Vilas, Chipper Maxton está preocupado com questões muito mais banais. A pequena tevê numa prateleira em cima do cofre transmite a maravilhosa imagem do Húngaro Maluco Hrabowski encaçapando Wendell Green com uma bela tacada, com sua lanterna de peso, mas Chipper mal nota o momento esplêndido. Tem que arranjar os 13 mil dólares que deve a seu bookmaker, e só tem metade desta quantia. Ontem, a adorável Rebecca foi até Monroe sacar quase tudo o que ele tinha depositado ali, e ele pode usar uns 2 mil dólares de sua própria conta, desde que os reponha antes do fim do mês. Com isso, ficam mais ou menos 6 mil, uma quantia que exigirá uma contabilidade seriamente criativa. Felizmente a contabilidade criativa é uma especialidade de Chipper, e quando começa a pensar em suas opções, ele vê a atual dificuldade como uma oportunidade.

Afinal de contas, ele abriu a empresa antes de tudo para roubar o mais possível, não? Afora gozar dos serviços da Srta. Vilas, roubar é mais ou menos a única atividade que o deixa verdadeiramente feliz. A quantidade é quase irrelevante: como vimos, Chipper sente tanto prazer em tirar uns trocados dos parentes visitantes depois da Festa do Morango quanto em sonegar 10 ou 15 mil dólares ao governo. A emoção está em *não ser pego*. Então ele precisa de 6 mil; por que não pegar 10 mil? Assim, ele pode deixar sua própria conta intacta e ainda ter mais 2 mil para brincar. Ele tem dois conjuntos de livros no computador, e pode facilmente sacar o dinheiro da conta bancária da companhia sem fazer soar o alarme durante a próxima auditoria oficial, que será dentro de mais ou menos um mês. A menos que os auditores exijam os extratos bancários, e assim mesmo há alguns truques que ele pode usar. Mas é uma pena que haverá a auditoria — Chipper gostaria de ter um pouco mais de tempo para maquiar os rombos. Perder os 13 mil não era o problema, ele pensa. O problema era ele ter perdido esse dinheiro na *hora errada*.

Para manter tudo claro na cabeça, Chipper puxa o teclado para si e manda o computador imprimir extratos completos dos dois conjuntos de livros referentes ao mês passado. Quando os auditores aparecerem, neném, aquelas páginas terão alimentado o cortador de papéis e saído como macarrão.

Vamos passar de uma forma de loucura a outra. Depois que o proprietário do Holiday Trailer Park esticou um indicador trêmulo para apontar para a residência Freneau, Jack vai se dirigindo para lá pelo caminho de terra com dúvidas crescentes. O Airstream de Tansy é o último e o mais malconservado de uma fileira de quatro. Dois dos outros são rodeados por um belo canteiro de flores, e o terceiro foi vestido com toldos verdes listrados que o deixam com uma aparência de casa. O quarto não exibe nenhum sinal de decoração nem de benfeitoria. Flores murchas e mato ralo crescem desordenadamente na terra dura à sua volta. As persianas estão abaixadas. O ar de miséria e desperdício paira sobre ele, juntamente com uma característica que Jack poderia definir, se parasse para pensar nisso, como *resvalamento*. De uma maneira não óbvia, o trailer parece errado. A infelicidade distorceu-o, como pode distorcer uma pessoa, e quando Jack salta da picape e se encaminha para os blocos de concreto colocados na frente da entrada, suas dúvidas aumentam. Ele já não sabe mais por que veio a esse lugar. Ocorre-lhe que ele não pode dar a Tansy Freneau nada senão sua piedade, e essa ideia o deixa inquieto.

Então ocorre-lhe que essas dúvidas mascaram seus sentimentos verdadeiros, que têm a ver com o desconforto que o trailer desperta nele. Ele não quer entrar naquilo. O resto é uma racionalização; ele não tem escolha senão continuar em frente. Seus olhos encontram o capacho, um toque tranquilizador do mundo normal que ele já sente que está desaparecendo em volta dele, ele pisa no degrau mais alto e bate à porta. Nada acontece. Talvez ela ainda esteja mesmo dormindo e prefira continuar assim. Se ele fosse Tansy, ficaria na cama o máximo possível. Se ele fosse Tansy, passaria *semanas* na cama. Mais uma vez afastando a relutância, Jack torna a bater à porta e diz:

— Tansy? Você está de pé?

Uma vozinha de dentro responde:

— De pé onde?

Ora, Jack pensa, e diz:

— Fora da cama. Sou Jack Sawyer, Tansy. Nos conhecemos ontem à noite. Estou ajudando a polícia, e lhe disse que passaria na sua casa, hoje.

Ele ouve passos caminhando para a porta.

— Você é o homem que me deu as flores? Ele era um homem bom.

— Sou eu.

Ouve-se o clique do trinco, e a maçaneta gira. A porta se abre. Uma nesga de rosto com a tez ligeiramente cor de azeitona e um olho só brilham da escuridão do interior.

— É você. Entre logo. *Logo.*

Ela recua, abrindo uma fresta apenas suficiente para ele passar. Tão logo ele entra, ela bate a porta e torna a trancá-la.

A luz candente nas beiradas das cortinas e das persianas acentua a escuridão do longo interior do trailer. Há uma lâmpada suave acesa sobre a pia, e outra semelhante ilumina uma mesinha ocupada também por uma garrafa de licor de café, um copo sujo decorado com uma imagem de um personagem de desenho animado e um álbum. O círculo de luz criado pela lâmpada estende-se para incluir metade de uma cadeira baixa forrada de tecido junto à mesa. Tansy Freneau afasta-se da porta e dá dois passos leves e delicados em direção a ele. Ela inclina a cabeça e cruza as mãos embaixo do queixo. A expressão ansiosa, ligeiramente vidrada em seus olhos, aflige Jack. Mesmo segundo a definição mais ampla e abrangente de sanidade, esta mulher não é sã. Ele não sabe o que lhe dizer.

— Quer... sentar? — Com um gesto de anfitriã, ela lhe indica uma cadeira de madeira de espaldar alto.

— Se estiver bem para você.

— Por que não estaria? Vou sentar na *minha cadeira*, por que você não deveria sentar naquela?

— Obrigado — diz Jack, e senta-se, vendo-a voltar à porta para verificar a tranca.

Satisfeita, Tansy lhe dá um sorriso luminoso e volta para sua cadeira, andando quase com a graça de uma bailarina. Quando se abaixa para sentar na cadeira, ele diz:

— Tem medo que alguém possa vir aqui, Tansy? Tem alguém que você não queira deixar entrar?

— Ah, tem — ela diz e se inclina à frente, franzindo o cenho numa exibição exagerada de seriedade infantil. — Mas não é *alguém*, é uma *coisa*. E jamais, jamais vou deixá-la entrar em minha casa de novo, jamais. Mas vou deixar você entrar porque você é um homem muito bom e me deu aquelas flores bonitas. E é muito bonito, também.

— Gorg é a coisa que você não quer deixar entrar, Tansy? Você está com medo de Gorg?

— Estou — diz ela formalmente. — Aceita uma xícara de chá?

— Não, obrigado.

— Bem, *eu* vou aceitar. Chá é muito, muito bom. Tem um pouco de gosto de café. — Ela levanta as sobrancelhas e lhe lança um vivo olhar interrogativo. Ele faz que não com a cabeça. Sem sair da cadeira, Tansy serve dois dedos de licor em seu copo e torna a pousar a garrafa na mesa. A figura em seu copo, Jack vê, é Scooby-Doo. Tansy bebe do copo. — Humm. Você tem namorada? Eu podia ser sua namorada, sabe, especialmente se você me desse mais daquelas flores lindas. Eu as botei num vaso. — Ela pronuncia a palavra como uma paródia de uma mãe de família de Boston. — Está vendo?

Na bancada da cozinha, os lírios-do-vale com as cabeças caídas estão dentro de um pote de conservas cheio de água até a metade. Removidos dos Territórios, eles não têm muito tempo de vida. Estão sendo envenenados por este mundo, supõe Jack, em um ritmo com o qual não conseguem lidar. Cada grama de coisas boas que colocam no ambiente é subtraída de sua essência. Tansy, ele percebe, ainda não afundou por causa do resíduo dos Territórios que os lírios conservam — quando eles morrerem, sua persona protetora de menininha virará pó, e sua loucura pode engoli-la. Aquela loucura veio de Gorg; ele apostaria a vida nisso.

— Eu *tenho* um namorado, mas ele não conta. O nome dele é Lester Moon. Beezer e os amigos dele o chamam de Queijo Fedido, mas não sei por quê. Lester não é tão fedorento, pelo menos quando está sóbrio.

— Fale-me de Gorg — diz Jack.

Afastando o dedo mínimo do copo de Scooby-Doo, Tansy toma mais um gole de licor de café. Ela franze o cenho.

— Ah, esse é um assunto chatíssimo.

— Quero saber sobre ele, Tansy. Se você me ajudar, posso garantir que ele nunca mais vai incomodá-la.

— Mesmo?

— E você estará ajudando a encontrar o homem que matou sua filha.

— Não posso falar sobre isso agora. É muito perturbador.

Tansy passa a mão livre no colo como se estivesse limpando uma migalha. Seu rosto se contrai, e uma expressão nova aparece em seus olhos. Por um segundo, a Tansy desesperada e desprotegida vem à tona, ameaçando explodir numa loucura de dor e de raiva.

— Gorg parece gente, ou outra coisa?

Tansy vira a cabeça de um lado para o outro muito devagar. Ela está se dominando de novo, reintegrando uma personalidade que pode ignorar suas verdadeiras emoções.

— Gorg não parece gente. Absolutamente.

— Você disse que ele lhe deu a pena que você estava usando. Ele parece uma ave?

— Gorg não parece uma ave, ele *é* uma ave. E sabe de que espécie? — Ela se inclina à frente de novo, e seu rosto assume a expressão de uma menina de 6 anos prestes a contar a pior coisa que sabe. — *Corvo*. É isso que ele é, um *corvo* grande e velho. Todo preto. Mas não luzidio. — Seus olhos se arregalam com a seriedade do que ela tem para dizer. — Ele veio das Trevas Infernais. Isso é de um poema que a Sra. Normandie nos ensinou na sexta série. "O corvo", de Edgar Allan Poe.

Tansy se endireita, tendo passado adiante esse pedaço de história literária. Jack imagina que a Sra. Normandie devia usar a mesma expressão pedagógica satisfeita que agora está no rosto de Tansy, mas sem o brilho doentio que ela tem nos olhos.

— As Trevas Infernais não são parte deste mundo — prossegue Tansy. — Sabia disso? São *paralelas* a este mundo e estão *fora*. Você precisa encontrar uma porta se quiser ir lá.

Isso é como falar com Judy Marshall, Jack percebe abruptamente, mas uma Judy sem profundidade de alma e sem a incrível coragem que a resgatou da loucura. No momento em que Judy Marshall lhe vem à cabeça, ele sente o desejo de vê-la de novo, um desejo tão forte que Judy parece ser a chave única e essencial do quebra-cabeça que o cerca. E se é a chave, é também a porta que a chave abre. Jack quer sair da atmosfera escura e pervertida do trailer de Tansy; quer desmarcar com os Thunder Five, pegar a estrada e subir para Arden e aquele hospital triste onde a radiosa Judy Marshall encontrou a liberdade numa ala isolada para doentes mentais.

— Mas não quero jamais encontrar essa porta, porque não quero ir lá — diz Tansy com uma voz cantada. — As Trevas Infernais são um mundo *mau*. Lá, tudo está em *chamas*.

— Como sabe disso?

— Gorg me contou — ela murmura. O olhar de Tansy foge dele e se fixa no copo de Scooby-Doo. — Gorg gosta de fogo. Mas não porque o fogo o aquece. Porque queima as coisas, e ele fica feliz com isso. Gorg disse... — Ela abana a cabeça e leva o copo à boca. Em vez de beber normalmente, ela inclina o líquido para a boca do copo e lambe-o. Seus olhos correm para tornar a encontrar os dele. — Acho que meu chá é mágico.

Tenho certeza que acha, pensa Jack, e seu coração quase explode pela delicada Tansy perdida.

— Você não pode chorar aqui — ela lhe diz. — Você parecia querer chorar, mas não pode. A Sra. Normandie não deixa. Mas você pode me beijar. Quer me beijar?

— Claro que sim — ele diz. — Mas a Sra. Normandie também não deixa as pessoas se beijarem.

— Ah, bem. — Tansy dá outra lambida no conteúdo do copo. — Podemos fazer isso mais tarde, quando ela sair da sala. E você pode me abraçar, como Lester Moon. E tudo que Lester faz você pode fazer. Comigo.

— Obrigado — diz Jack. — Tansy, você pode me contar algumas das outras coisas que Gorg disse?

Ela inclina a cabeça e faz e desfaz um bico com os lábios.

— Ele disse que chegou aqui por um buraco em chamas. Com beiradas reviradas. E disse que eu era mãe, e tinha que ajudar minha filha. No poema, o nome dela é Lenore, mas o verdadeiro nome dela é Irma. E ele disse... ele disse que um velho mau comeu a perna dela, mas havia coisas piores que poderiam ter acontecido com a minha Irma.

Por alguns segundos, Tansy parece entrar dentro de si mesma, desaparecer por trás de uma superfície estacionária. Sua boca fica meio aberta; ela nem pestaneja. Quando volta do lugar aonde foi, parece uma estátua se animando lentamente. Sua voz é quase baixa demais para ser ouvida.

— Eu devia *dar um jeito* naquele velho, dar um jeito nele, mas para valer. Só que você me deu meus lindos lírios, e ele não era o homem certo, era?

Jack tem vontade de gritar.

— Ele disse que havia coisas piores — sussurra Tansy em tom descrente. — Mas não disse o que era. Em vez de dizer, me mostrou. E quando eu vi, achei que meus olhos ficaram queimados. Embora eu ainda conseguisse enxergar.

— O que viu?

— Um lugar enorme, todo de fogo — Tansy diz. — Subindo toda vida. — Ela se cala, e um tremor interno a percorre, começando em seu rosto, descendo e lhe saindo pelos dedos. — *Irma* não está lá. Não, ela não está. Ela morreu, e um velho mau comeu a perna dela. Ele me mandou uma carta, mas eu nunca recebi. Então Gorg a leu para mim. Não quero pensar naquela carta.

Ela parece uma garotinha descrevendo algo que ouviu em terceira mão, ou inventou. Há uma cortina grossa entre Tansy e o que ela viu e ouviu, e essa cortina a permite funcionar. Jack mais uma vez se pergunta o que acontecerá com ela quando os lírios morrerem.

— E agora — ela diz —, se você não for me beijar, está na hora de ir embora. Quero ficar um pouco sozinha.

Surpreso com sua determinação, Jack se levanta e começa a dizer algo cortês e sem sentido. Tansy indica-lhe a porta.

Lá fora, o ar parece carregado de maus odores e produtos químicos invisíveis. Os lírios dos Territórios conservavam mais poder do que Jack imaginara, o suficiente para adoçar e purificar o ar de Tansy. O chão sob os pés de Jack está crestado, e um azedume seco paira no ar. Jack quase tem que se obrigar a respirar enquanto se encaminha para a picape, porém, quanto mais respirar, mais depressa vai se readaptar ao mundo normal. O mundo *dele*, embora agora este mundo pareça envenenado. Ele quer fazer apenas uma coisa: subir a rodovia 93 até o mirante de Judy Marshall e seguir em frente, atravessar Arden, entrar no estacionamento, passar as portas do hospital, as barreiras do Dr. Spiegleman e da carcereira Jane Bond, até poder se encontrar novamente na presença vivificante da própria Judy Marshall.

Ele quase pensa que ama Judy Marshall. Talvez a ame mesmo. Sabe que precisa dela: Judy é sua porta e sua chave. Sua *porta*, sua *chave*. O que quer que isso signifique, é a verdade. Certo, a mulher da qual ele precisa é casada com o simpaticíssimo Fred Marshall, mas ele não quer se casar com ela; na verdade, ele nem quer exatamente dormir com ela, só quer ficar na frente dela e ver o que acontece. *Algo* vai acontecer, com certeza, mas quando ele tenta visualizar o que é, só vê uma explosão de peninhas vermelhas, não a imagem que esperava.

Sentindo-se trêmulo, Jack se apoia na cabine da picape com uma das mãos enquanto agarra o puxador da porta com a outra. Ambas as superfícies lhe queimam as mãos, e ele as abana um pouco. Quando entra no carro, o assento também está quente. Ele abaixa o vidro e, com um sentimento de perda, nota que o mundo voltou a ter um cheiro normal para ele. Cheira bem. Cheira a verão. Aonde ele vai? Esta é uma pergunta interessante, ele acha, mas depois de ter voltado à estrada e não ter feito mais que 30 metros, a silhueta baixa e cinza de madeira do Sand Bar surge à sua esquerda, e, sem hesitar, ele entra no estacionamento absurdamente vasto, como se soubesse desde sempre aonde estava indo. Procurando uma sombra, Jack chega aos fundos do prédio e vê o único indício de paisagismo do bar, um grande bordo brotando do asfalto do outro lado do estacionamento. Ele leva a Ram até a sombra do bordo e salta, deixando a janela aberta. Ondas de calor reverberam dos outros dois únicos carros do pátio.

São 11h20. Ele está ficando com fome, também, já que seu café da manhã consistiu numa xícara de café e uma torrada com geleia, e isso foi há três horas. Jack tem a sensação de que a tarde será longa. É melhor ele comer alguma coisa enquanto espera os motoqueiros.

A porta dos fundos do Sand Bar dá para uma estreita alcova de toalete que leva a um longo espaço retangular com um bar faiscante de um lado e uma carreira de sólidos reservados de madeira do outro. Duas grandes mesas de bilhar ocupam o meio da sala e, centrada na parede entre elas, há uma *jukebox*. Na frente da sala, uma grande tela de televisão está pendurada onde pode ser vista por todos, a cerca de 2,50 m do assoalho de madeira limpo. Cortou-se o som de um comercial que nunca identifica bem a finalidade do produto. Após a claridade agressiva do estacionamento, o bar parece agradavelmente escuro, e enquanto os olhos de Jack se adaptam, as poucas luminárias baixas parecem soltar raios enevoados de luz.

O barman, que Jack julga ser o famoso Lester "Queijo Fedido" Moon, ergue os olhos quando Jack entra, depois volta a se concentrar no exemplar do *Herald* aberto no bar. Quando Jack pega um banco alguns palmos à sua direita, ele torna a erguer os olhos. Queijo Fedido não é tão terrível quanto Jack esperava. Ele está usando uma camisa limpa apenas um pouco mais branca do que a sua cara redonda de feições miúdas e sua cabeça raspada. Moon tem o ar inconfundível, meio profissional e meio ressentido, de alguém que assumiu o negócio da família e desconfia que se daria melhor fazendo outra coisa. A intuição de Jack lhe diz que essa sensação de frustração cansada é a fonte do apelido dele entre os motoqueiros, porque lhe dá o aspecto de alguém que espera sentir um cheiro desagradável a qualquer momento.

— Posso comer alguma coisa aqui? — pergunta-lhe Jack.

— A lista do que tem está no quadro.

O barman vira para o lado e indica um quadro branco com letras móveis que listam o cardápio. Hambúrguer, cheeseburger, cachorro-quente, *bratwurst*, *kielbasa*, sanduíches, batata frita, cebola frita. O gesto do homem tem a intenção de fazer Jack sentir-se pouco observador, e funciona.

— Desculpe, não vi o quadro.

O barman dá de ombros.

— Um cheeseburger, ao ponto, com fritas, por favor.

— O almoço não começa antes de 11h30, como diz no quadro. Está vendo? — Outro gesto meio escarninho para o quadro. — Mas mamãe está se preparando lá dentro. Posso lhe passar o pedido agora, e ela começa a preparar quando estiver pronta.

Jack lhe agradece, e o barman olha para a tela da televisão, vai até o fim do bar e desaparece numa esquina. Segundos depois, ele volta, olha para a tela e pergunta a Jack o que gostaria de beber.

— Ginger ale — diz Jack.

Olhando a tela, Lester Moon pressiona o bico do reservatório de refrigerante com um copo de cerveja, enche o copo e o empurra para Jack. Depois, desliza a mão no balcão para pegar o controle remoto e diz:

— Espero que você não se importe, mas eu estava vendo esse filme antigo. Bem engraçado.

Ele aperta um botão no controle remoto e, por cima de seu ombro esquerdo, Jack ouve a voz de sua mãe dizer: *Parece que Smoky vai chegar tarde hoje. Espero que aquele pestinha aprenda como lidar com a bebida dele.*

Antes que ele possa virar para ficar de frente para a tela, Lester Moon está lhe perguntando se ele se lembra de Lily Cavanaugh.

— Ah, sim.

— Sempre gostei dela quando eu era garoto.

— Eu também — diz Jack.

Como Jack soube instantaneamente, o filme é *The Terror of Deadwood Gulch,* uma comédia faroeste de 1950 em que o então famoso e ainda lembrado com ternura Bill Towns, uma espécie de Bob Hope dos pobres, fazia o papel de um jogador e trapaceiro covarde que chega à pequena comunidade Potemkin de Deadwood Gulch, Arizona, e logo é confundido com um famoso pistoleiro. Como a bela e espirituosa proprietária de um *saloon* chamado Lazy 8, o animado centro da vida social da aldeia, Lily Cavanaugh é muito apreciada pela malta de vaqueiros, desocupados, rancheiros, mercadores, homens da lei e pela ralé que lota o bar toda noite. Ela faz os clientes entregarem os revólveres na porta e prestarem atenção aos modos, que tendem para o opopânace. Na cena que está passando agora, que é mais ou menos meia hora depois do início do filme, Lily está sozinha em seu saloon, tentando se ver livre de uma abelha persistente.

Uma abelha* para a Rainha dos B's, pensa Jack, e sorri.

No inseto barulhento, Lily tenta bater com um pano, um mata-moscas, uma flanela, uma vassoura, um coldre. A abelha dribla todas as suas tentativas, zunindo de lá para cá, do bar para uma mesa de jogo, para a tampa de uma garrafa de uísque, as tampas de outras três garrafas seguidas, a tampa de um piano de parede, muitas vezes esperando a adversária vir chegando disfarçadamente, e sair voando um segundo antes de a última arma bater onde ela estava. É uma pequena sequência encantadora que beira a palhaçada, e quando Jacky tinha 6, 6, 6, ou talvez 7 anos, e estava morrendo de rir com a cena de sua competente mãe tentando em vão vencer aquele estorvo voador, e de repente querendo saber como os caras do filme conseguiram que o inseto *fizesse* aquelas

---

* Bee, em inglês, o que permite o trocadilho a seguir. [N. da T.]

coisas todas, sua mãe explicara que não era uma abelha de verdade, mas sim uma encantada, produzida pelo departamento de efeitos especiais.

Lester Moon diz:

— Nunca soube como eles conseguiram que a abelha fosse para onde eles queriam. Será que *treinaram* a bichinha?

— Primeiro eles a filmaram sozinha no set — diz Jack, tendo concluído que, afinal de contas, Queijo Fedido é um sujeito bastante decente, com muito bom gosto em matéria de atrizes. — Os efeitos especiais depois botaram a abelha na cena. Não é uma abelha de verdade, é um desenho, uma animação. Não dá para dizer, dá?

— De jeito nenhum. Tem certeza? Como sabe disso, afinal de contas?

— Li num livro em algum lugar — diz Jack, usando sua resposta polivalente para tais perguntas.

Resplandecente em um traje de trapaceiro elegante, Bill Towns entra pelas portas de vaivém do Lazy 8 e olha com concupiscência para a proprietária sem ver que ela está partindo em direção da abelha mais uma vez instalada sobre o bar reluzente. Ele está pensando em romance, e caminha com arrogância.

Estou vendo que você voltou querendo mais, figurão, diz Lily. *Você deve gostar daqui.*

Garota, este é o lugar mais gostoso de todo o Missouri. Me faz lembrar o lugar onde eu ganhei de Black Jack McGurk no pôquer. Coitado do Black Jack. Ele nunca sabia quando passar.

Com um barulho parecendo um B-52 a toda, a abelha encantada, uma criatura fictícia dentro da ficção, lança-se na cabeça elegantemente enchapelada de Bill Towns. A cara do ator fica comicamente tremendo de medo. Ele agita os braços, pula, grita. A abelha encantada faz acrobacias aéreas em volta do pseudopistoleiro em pânico. O chapéu maravilhoso de Towns cai; o cabelo se despenteia. Ele vai andando para uma mesa e, com um aceno final, mete-se embaixo dela e implora por ajuda.

Olhos grudados na abelha que passeia tranquila, Lily vai até o bar e pega um copo e um jornal dobrado. Aproxima-se da mesa, observando a abelha andando em círculos. Ela dá um pulo à frente e abaixa o copo, prendendo-a. A abelha voa para cima e bate no fundo do copo. Lily inclina o copo, enfia o jornal dobrado ali embaixo e levanta as mãos, segurando o jornal contra a boca do copo.

A câmera recua, e vemos o jogador covarde olhando de debaixo da mesa enquanto Lily abre as portas e solta a abelha.

Atrás dele, Lester Moon diz:

— O cheeseburger está pronto, moço.

Durante a meia hora seguinte, Jack come seu sanduíche e tenta se concentrar no filme. O sanduíche está ótimo, da melhor qualidade, com aquele sabor suculento que só se consegue graças a uma grelha bem untada, e as batatas fritas estão perfeitas, douradas e crocantes por fora, mas sua atenção fica fugindo de *The Terror of Deadwood Gulch*. O problema não é que ele tenha visto o filme umas 12 vezes talvez; o problema é Tansy Freneau. Certas coisas que ela disse o perturbam. Quanto mais pensa nelas, menos entende o que está acontecendo.

Segundo Tansy, o corvo — o *corvo* — chamado Gorg veio de um mundo paralelo, fora deste que conhecemos. Ela devia estar falando dos Territórios. Usando uma frase de "O corvo" de Poe, ela chamou esse outro mundo de "Trevas Infernais", o que era bastante bom para alguém como Tansy, mas não parecia de modo algum aplicável aos Territórios mágicos. Gorg dissera a Tansy que tudo nesse mundo estava *em chamas*, e nem mesmo as Terras Secas estavam de acordo com essa descrição. Jack se lembrava das Terras Secas e do trem estranho que o levou juntamente com Richard Racional, então um Richard Racional doente e esgotado, por aquele vasto deserto vermelho. Criaturas estranhas viviam ali, homens-jacarés e pássaros com cara de macacos barbudos, mas certamente não era uma terra em chamas. As Terras Secas eram o produto de algum desastre passado, não o local de uma conflagração presente. O que Tansy dissera? *Um lugar enorme, todo de fogo... subindo toda vida.* O que ela vira, para que paisagem Gorg lhe abrira os olhos? Parecia uma grande torre em chamas, ou um edifício alto consumido pelo fogo. Uma torre em chamas, um prédio em chamas num mundo em chamas — como esse mundo podia ser os Territórios?

Jack esteve nos Territórios duas vezes nas últimas 48 horas, e o que ele viu foi lindo. Mais que lindo — purificador. A verdade mais profunda que Jack sabe sobre os Territórios é que eles contêm uma espécie de magia sagrada: a magia que ele viu em Judy Marshall. Por causa dessa magia, os Territórios podem conferir uma bênção maravilhosa a seres humanos. A vida daquela mulher extraordinária, forte e amada gozando Bill Towns na tela à sua frente foi salva por um objeto dos Territórios. Porque Jack estivera nos Territórios — e talvez porque ele segurara o Talismã —, quase todo cavalo em que ele aposta chega em primeiro lugar, cada ação que ele compra triplica de valor, cada mão de pôquer que ele joga ganha o bolo.

Então, de que mundo Tansy está falando? E o que é essa coisa toda sobre Gorg chegando aqui por um buraco em chamas?

Quando Jack passou para o outro lado ontem, ele sentira algo triste, algo doentio, a sudoeste, e ele desconfiou que era lá que iria achar o duplo do Pescador. Matar o Pescador, matar o duplo; não importava o que ele fizesse primeiro, o outro se enfraqueceria. Mas...

Ainda não fazia sentido. Quando a pessoa viaja entre mundos, apenas *passa* — não começa um incêndio na beira do mundo e o atravessa para entrar em outro.

Alguns minutos antes do meio-dia, o ronco das motos abafa as vozes na tela.

— Há, moço, talvez o senhor queira se mandar — diz Moon. — São os...

— Os Thunder Five — diz Jack. — Eu sei.

— Tudo bem. É só porque alguns dos meus clientes se borram de medo deles. Mas, desde que a gente os trate bem, eles se comportam bem.

— Eu sei. Não há por que se preocupar.

— Quer dizer, se você pagar uma cerveja ou alguma coisa para eles, eles acham que você é legal.

Jack levanta-se do banco e encara o barman.

— Lester, não há por que ficar nervoso. Eles estão vindo aqui para se encontrar comigo.

Lester pisca. Pela primeira vez, Jack repara que suas sobrancelhas são tirinhas finas e arqueadas, como as de uma vampe de 1920.

— Tudo bem, tudo bem. É melhor eu começar a servir um caneco de Kingsland.

Ele pega um caneco embaixo do balcão do bar, coloca-o embaixo da torneira do chope Kingsland e abre a válvula. Um jato espesso de líquido âmbar jorra para dentro do caneco e se transforma em espuma.

O barulho das motocicletas vai aumentando até chegar na frente do prédio, depois para. Beezer St. Pierre empurra a porta e entra, seguido de perto por Doc, Ratinho, Sonny e Kaiser Bill. Eles parecem vikings, e Jack está felicíssimo em vê-los.

— Fedido, desligue a porra dessa tevê — ruge Beezer. — E não viemos aqui para beber, então esvazie esse caneco no ralo. Do jeito que você serve, só tem colarinho mesmo. E quando acabar, volte para a cozinha com sua mãe. Nosso assunto com esse homem não tem nada a ver com você.

— Tudo bem, Beezer — diz Moon com uma voz trêmula. — Só preciso de um segundo.

— Então é o que você tem — diz Beezer.

Beezer e os outros se alinham na frente do bar, alguns deles olhando fixo para Queijo Fedido, alguns, mais bondosamente, para Jack. Ratinho ainda está usando trancinhas no cabelo, e passou uma substância antirreflexo embaixo dos olhos, como um jogador de futebol. Kaiser Bill e Sonny tornaram a prender o cabelo num rabo de cavalo. Chope e espuma correm do caneco para o ralo.

— Tudo bem, rapazes — diz Moon.

Ouvem-se seus passos nos fundos do bar. Uma porta se fecha.

Os membros dos Thunder Five se separam e se espalham em frente a Jack. A maioria deles cruzou os braços sobre o peito, e músculos se intumescem.

Jack empurra o prato para o fundo do bar, levanta-se e diz:

— Antes de ontem à noite, algum de vocês já tinha ouvido falar em George Potter?

Da beira da mesa de bilhar mais perto da porta de entrada onde está sentado, Jack está de frente para Beezer e Doc, que se inclinam em seus bancos. Kaiser Bill, dedo nos lábios e cabeça baixa, está ao lado de Beezer. Ratinho está deitado na segunda mesa de bilhar, apoiando a cabeça com a mão. Batendo os punhos e de cara enfezada, Sonny está andando de um lado para o outro entre o bar e a jukebox.

— Tem certeza que ele não disse "Casa Desolada", como o romance de Dickens? — pergunta Ratinho.

— Tenho — diz Jack, lembrando que não deve se surpreender toda vez que um desses caras demonstrar que frequentou a faculdade. — Era "Casa Negra".

— Cruzes, eu quase acho que... — Ratinho balança a cabeça.

— Como era mesmo o sobrenome do empreiteiro? — pergunta Beezer.

— Burnside. O nome provavelmente é Charles, conhecido também como "Chapa". Há muito tempo, ele se chamava qualquer coisa como "Beer Stein".

— Beerstein? Bernstein?

— Você me pegou — diz Jack.

— E você acha que ele é o Pescador.

Jack faz que sim com a cabeça. Beezer está olhando para ele como se tentando ver a parte de trás de sua cabeça.

— Tem certeza?

— Quase absoluta. Ele plantou as Polaroids no quarto de Potter.

— Droga. — Beezer desce do banco e vai até os fundos do bar. — Quero me certificar de que ninguém esquece o óbvio. — Ele se abaixa e levanta com uma lista telefônica na mão. — Sabem o que quero dizer? — Beezer abre o catálogo em cima do balcão do bar, folheia algumas páginas para a frente, para trás, e corre o dedo grosso por uma coluna de nomes. — Nenhum Burnside. Que pena.

— Mas a ideia foi boa — diz Jack. — Hoje de manhã, tentei a mesma coisa.

Sonny faz uma pausa em seu regresso da jukebox e cutuca Jack com o dedo.

— Há quanto tempo essa maldita casa foi construída?

— Quase trinta anos atrás. Nos anos 70.

— Poxa, éramos todos crianças nessa época, em Illinois. Como é que íamos saber sobre essa casa?

— Vocês circulam por aí. Achei que tinha grande chance de que conhecessem a casa. E ela é mal-assombrada. As pessoas costumam falar sobre casas assim.

E falavam, em casos normais, pelo menos, pensava Jack. Em casos normais, as casas ficavam mal-assombradas porque passavam algum tempo vazias, ou porque algo terrível havia acontecido nelas. Nesse caso, ele pensou, a casa propriamente dita era terrível, e as pessoas, que, não fora por isso, falariam dela, mal se lembravam de a terem visto. A julgar pela resposta de Dale, a Casa Negra se transformara numa sombra inexistente e desaparecera.

Ele diz:

— Pensem nisso. Tentem se lembrar. Nesses anos que vocês moram em French Landing, já ouviram falar de uma casa que parecia ter uma maldição? A Casa Negra provocou ferimentos nas pessoas que a construíram. Os operários odiavam a casa; tinham medo dela. Diziam que a pessoa não podia ver a própria sombra quando chegava perto da construção. Diziam que era assombrada, enquanto estavam trabalhando na obra! Todos eles acabaram indo embora, e Burnside teve que terminar de construí-la sozinho.

— Fica isolada em algum lugar por aí — diz Doc. — Obviamente, essa coisa não está à vista. Não fica num loteamento como a Vila da Liberdade. Você não vai encontrá-la na alameda Robin Hood.

— Certo — diz Jack. — Eu devia ter mencionado isso antes. Potter me disse que ficava um pouco afastada do que ele chamava de "a estrada", numa espécie de clareira. Então é na mata, Doc, você tem razão. É isolada.

— Ei, ei, ei — Ratinho diz, passando as pernas por sobre o lado da mesa de bilhar e se levantando com um gemido.

Os olhos dele estão apertados, e ele bate com a mão gorda na testa.

— Se eu conseguisse me lembrar...

Ele deixa escapar um uivo de frustração.

— *O quê?* — A voz de Beezer está duas vezes mais alta que o normal, e a palavra soa como um paralelepípedo batendo numa calçada de cimento.

— Eu *sei* que eu vi a porra dessa casa — ele diz. — Assim que você começou a falar nela, eu tive a sensação de que parecia familiar. Ficou na minha cabeça, mas não quis vir para fora. Quando tentei pensar nela, sabe, tentei lembrar, fiquei vendo aquelas luzes faiscantes. Quando Jack disse que era na mata, eu sabia do que ele estava falando. Eu tinha uma imagem clara da casa. Cercada por todas essas luzes faiscantes.

— Isso não parece muito a Casa Negra — diz Jack.

— Parece, sim. As luzes não estavam verdadeiramente lá, eu só as *via*. — Ratinho faz essa observação como se fosse algo absolutamente racional.

Sonny dá uma gargalhada, e Beezer abana a cabeça e diz:

— Merda.

— Não estou entendendo — diz Jack.

Beezer olha para Jack, ergue um dedo e pergunta a Ratinho:

— Estamos falando de julho, agosto, dois anos atrás?

— Claro — diz Ratinho. — O verão do Ácido Final. — Ele olha para Jack e sorri. — Dois anos atrás, conseguimos um ácido incrível. Um comprimido, e você tem seis horas das viagens mais *inacreditáveis*. Ninguém jamais teve uma experiência ruim com a coisa. Era tudo *uma onda*, sabe o que quero dizer?

— Acho que posso imaginar — diz Jack.

— A pessoa até podia trabalhar sob o efeito do ácido. Podia *dirigir,* cara. Montar na moto, ir aonde imaginasse. Fazer qualquer coisa normal era moleza. Você não ficava ferrado, operava muito além do seu máximo.

— Timothy Leary não estava *completamente* errado — diz Doc.

— Nossa, era um bagulho maravilhoso — diz Ratinho. — A gente tomou até não ter mais, e aí o negócio todo acabou. *Toda* aquela coisa de ácido. Se não dava para conseguir daquele, não tinha por que tomar mais nada. Eu nunca soube de onde vinha aquilo.

— Você não quer saber de onde veio — diz Beezer. — Confie em mim.

— Então você estava com esse ácido na cuca quando viu a Casa Negra — diz Jack.

— Claro. Por isso eu vi as luzes.

Muito lentamente, Beezer pergunta:

— Onde ela fica, Ratinho?

— Não sei exatamente. Mas espere, Beezer, deixe eu falar. Isso foi no verão que eu estava com a Nancy Baixinha Hale, lembra?

— Claro — diz Beezer. — Isso foi uma pena desgraçada. — Ele olha para Jack. — A Nancy Baixinha morreu logo depois desse verão.

— Fiquei arrasado — diz Ratinho. — Era como se ela tivesse ficado alérgica a ar e a sol, de uma hora para outra. Vivia doente. Erupções pelo corpo todo. Ela não aguentava ficar fora de casa, porque a claridade lhe feria a vista. Doc não conseguia imaginar o que havia de errado com ela, então a levou para o grande hospital de La Riviere, mas lá também não conseguiram descobrir qual era o problema. Falamos com uns caras da Clínica Mayo, mas eles não ajudaram nada. Ela morreu *dura*, cara. Cortava o coração ver isso acontecer. Cortou o meu, sem dúvida.

Ele fica calado um bom tempo, durante o qual fica olhando para a barriga e os joelhos, e ninguém mais diz uma palavra.

— Certo — diz Ratinho finalmente, levantando a cabeça. — Eis o que me lembro. Naquele sábado, Nancy Baixinha e eu estávamos viajando com o Final, simplesmente passeando por uns lugares que a gente curtia. Fomos para o parque na beira do rio em La Riviere, fomos até Dog Island e o Mirante. Voltamos nessa direção e subimos o penhasco. Lindo, cara. Depois disso, não estávamos a fim de ir para casa, então fiquei rodando por ali. Nancy Baixinha viu aquela placa PROIBIDA A ENTRADA pela qual eu devo ter passado umas cem vezes sem ver.

Ele olha para Jack Sawyer.

— Não posso dizer ao certo, mas acho que era na 35.

Jack faz que sim com a cabeça.

— Se a gente não estivesse sob o efeito do Final, acho que ela também jamais teria visto aquela placa. Ah, cara, está tudo me voltando. "O que é isso", ela diz, e juro, precisei olhar duas ou três vezes antes de ver a placa, estava toda ferrada e amassada, com dois buracos de bala enferrujados. Meio metida entre as árvores. "Alguém quer nos manter longe dessa estrada", diz Nancy Baixinha. "O que estão escondendo ali, afinal?" Algo assim. "Que estrada?", pergunto eu, e aí vejo. Quase nem é algo que se possa chamar de estrada. Só dá passagem para um carro, se for estreito. Árvores grossas dos dois lados. Poxa, não imaginei que tivesse nada de interessante escondido ali, a menos que fosse um velho barracão. Além disso, não gostei do aspecto dela.

Ele olha para Beezer.

— Como assim, não gostou do aspecto dela? — pergunta Beezer. — Já vi você entrar em lugares que você sabia que não eram bons. Ou está ficando *místico* para cima de mim, Ratinho?

— Chame do que quiser, porra. Estou lhe contando como foi. Foi como se aquela placa estivesse dizendo AFASTE-SE SE SABE O QUE É BOM PARA VOCÊ. Me deu uma sensação ruim.

— Porque era um lugar ruim — interrompe Sonny. — Já vi uns lugares ruins. Eles não querem você ali, e lhe passam essa informação.

Beezer lhe lança um olhar comedido e diz:

— Não me interessa quão maligno é esse lugar *ruim*, se é onde o Pescador mora, eu vou lá.

— E eu vou com você — diz Ratinho —, mas ouça. Eu queria pegar aquilo e arranjar um frango frito ou alguma coisa, que junto com o Final teria sido como comer a comida do Paraíso, ou o que quer que Coleridge tenha dito, mas Nancy Baixinha queria entrar *porque* tinha a mesma sensação que eu. Ela era uma mulher corajosa, cara. Teimosa, também. Então eu entro, e Nancy Baixinha vem atrás de mim dizendo: "Não seja fresco, Ratinho, vamos dar o fora daqui", então eu acelero um pouco e tudo fica esquisitíssimo, mas tudo o que eu consigo ver é aquela trilha entrando nas árvores e a merda que eu *sei* que não está ali.

— Como o quê? — pergunta Sonny, com o que parece ser o espírito da investigação científica.

— Aquelas formas escuras vindo para a beira da estrada e olhando através das árvores. Umas duas delas correram na minha direção, mas eu passei por elas rolando como fumaça. Sei lá, talvez elas *fossem* fumaça.

— Sem essa, era ácido — diz Beezer.

— Pode ser, mas não parecia. Além do mais, o Final nunca se vira contra você, lembram? Não tinha a ver com *escuridão*. De qualquer forma, justo antes que a merda batesse no ventilador, de repente, eu estava pensando em Kiz Martin. Lembro disso, muito bem. Era como se eu praticamente pudesse vê-la, bem na minha frente, como ela era quando a botaram na ambulância.

— Kiz Martin — diz Beezer.

Ratinho vira-se para Jack.

— Kiz era uma garota com quem eu saí na época de faculdade. Ela vivia implorando para a deixarmos andar de moto conosco, e um dia o Kaiser disse tudo bem, ela podia pegar a moto dele. Kiz tinha *enfiado* a droga, cara, ela começa a catar *lá dentro*. E aí ela passa por cima de um raio de um gravetinho, acho que era...

— Era maior que um graveto — diz Doc. — Um galhinho. Talvez tivesse uns três dedos de diâmetro.

— O que é a conta para testar seu equilíbrio, especialmente se você não tem prática de moto — diz Ratinho. — Ela passa por cima desse galhinho, a moto capota e Kiz voa e cai na estrada. Meu coração quase parou, cara.

— Eu soube que ela tinha morrido assim que cheguei suficientemente perto para ver o ângulo da cabeça dela — diz Doc. — Nem adiantava tentar ressuscitá-la. Nós a cobrimos com nossas jaquetas e eu fui chamar uma ambulância. Dez minutos depois ela estava sendo removida. Um dos caras me reconheceu de quando eu trabalhei na emergência, senão podiam ter nos causado problema.

— Eu me perguntava se você era médico mesmo — diz Jack.

— Completei minha residência em cirurgia na UI, larguei tudo nessa época mesmo. — Doc sorri para ele. — Andar com esses caras e começar a fazer cerveja parecia mais divertido que passar o dia inteiro cortando gente.

— Ratinho — diz Beezer.

— Sim. Eu estava chegando à curva da estradinha e parecia que Kiz estava ali na minha frente, era tudo tão vivo. Os olhos dela fechados, e a cabeça pendurada feito uma folha prestes a cair. *Puxa vida*, eu disse a mim mesmo, *isso não é o que eu quero ver neste exato momento*. Eu senti tudo aquilo de novo... a sensação que eu tive quando Kiz bateu na estrada. Um pavor doentio. Esta é a palavra, pavor doentio.

"E a gente faz a curva, e eu ouço um cachorro rosnando no mato. Não rosnando simplesmente, *rosnando*. Como se ali tivesse vinte cachorrões, todos furiosos. Minha cabeça começa a parecer que vai explodir. E eu olho para a frente para ver se um bando de lobos ou alguma coisa vem vindo para cima da gente, e custo um pouco a perceber que aquela coisa sombria e esquisita que estou vendo ali na frente é uma casa. Uma casa negra.

"Nancy Baixinha está socando as minhas costas e batendo na minha cabeça, gritando para eu parar. Pode acreditar, eu posso continuar com o programa, porque a última coisa que eu quero fazer é me aproximar mais daquele lugar. Eu paro a moto, e Nancy Baixinha salta e vomita na beira da estrada. Ela segura a cabeça e vomita mais. Eu estou de perna bamba, sentindo um peso no peito. Aquela *coisa*, seja lá o que for, está desatinada no mato e vem se aproximando. Dou mais uma olhada para o fim da estrada, e o raio daquela casa feia entra pelo mato adentro, como se estivesse se arrastando para lá, só que está parada. E fica maior quanto mais a gente olha para ela! Então eu vejo as luzes faiscantes em volta dela, e elas parecem perigosas — *Não se aproxime*, elas estão me dizendo, *saia daqui, Ratinho*. Tem outra placa de PROIBIDA A ENTRADA encostada na varanda, e essa placa, cara... essa placa meio que piscava, como se dissesse DESTA VEZ ESTOU FALANDO SÉRIO, AMIGO.

"Estou com uma dor de cabeça de rachar, mas boto Nancy Baixinha em cima na moto, e ela parece um peso morto encostado em mim, só que está aguentando, e eu ligo a moto, giro e me mando. Quando chegamos em casa, ela se deita e fica três dias de cama. Para mim, parecia que eu mal podia lembrar o que aconteceu. A coisa toda era meio *sinistra*. Na minha cabeça. De qualquer forma, quase não tive tempo de pensar no assunto, porque Nancy Baixinha ficou doente e eu tinha que cuidar dela quando eu não estava no trabalho. Doc deu alguma coisa para baixar a febre dela, e ela melhorou, então a gente podia tomar cerveja e queimar fumo e andar de moto, como antes, mas ela nunca mais foi a mesma. No fim de agosto, ela começou a piorar de novo, e tive que interná-la no hospital. Na segunda semana de setembro, por mais que estivesse lutando, Nancy Baixinha faleceu."

— Que altura tinha Nancy Baixinha? — Jack pergunta, imaginando uma mulher mais ou menos do tamanho de Ratinho.

— Nancy Baixinha Hale tinha mais ou menos o corpo de Tansy Freneau — diz Ratinho, parecendo surpreso com a pergunta. — Se ela ficasse em pé na minha mão, dava para eu levantá-la com um braço.

— E você nunca falou sobre isso com ninguém — diz Jack.

— Como eu podia falar sobre isso? — pergunta Ratinho. — Primeiro, eu estava louco de preocupação com Nancy Baixinha, e depois isso saiu da minha cabeça. Essas merdas esquisitas fazem isso com a gente, cara. Em vez de ficarem na nossa cabeça, elas se apagam.

— Sei exatamente o que você quer dizer — Jack fala.

— Acho que eu também — diz Beezer —, mas eu diria que o Final tirava a merda da nossa realidade por um tempo. Mas você viu a casa, a Casa Negra.

— Direto — diz Ratinho.

Beezer focaliza Jack.

— E você diz que o Pescador, o asqueroso desse Burnside, a construiu.

Jack faz que sim com a cabeça.

— Então talvez ele esteja morando lá, e tenha instalado um monte de engenhocas para espantar as pessoas de lá.

— Pode ser.

— Então acho que vamos deixar Ratinho nos levar até a rodovia 35 e ver se ele acha aquela estradinha de que ele estava falando. Você vem com a gente?

— Não posso — diz Jack. — Primeiro tenho que falar com uma pessoa em Arden, uma pessoa que acho que pode nos ajudar. Ela tem outra peça do quebra-cabeça, mas não posso explicar isso até falar com ela.

— Essa mulher sabe de alguma coisa?

— Ah, sabe — diz Jack. — Ela sabe de alguma coisa.

— Tudo bem — diz Beezer, e se levanta. — A escolha é sua. Vamos ter que falar com você depois.

— Beezer, quero estar com vocês quando entrarem na Casa Negra. O que quer que a gente tenha que fazer ali, o que quer que a gente veja... — Jack faz uma pausa, tentando encontrar as palavras certas. Beezer está balançando nos calcanhares, quase pulando de ansiedade para dar uma batida na toca do Pescador. — Você vai me querer lá. Nesse negócio, tem mais coisa do que você imagina, Beezer. Você já vai saber do que eu estou falando, e vai ser capaz de segurar o rojão, acho que vocês todos vão, mas se eu tentasse descrever isso agora, vocês não acreditariam em mim. Quando chegar a hora, vocês precisarão de mim para enfrentar a situação, se a gente chegar lá. Vocês ficarão felizes por eu estar lá. Estamos num momento difícil aqui, e nenhum de nós quer pôr tudo a perder.

— O que o faz pensar que vou pôr tudo a perder? — pergunta Beezer, com uma doçura enganadora.

— Qualquer pessoa poria, se não tivesse a última peça do quebra-cabeça. Vá lá. Veja se Ratinho consegue achar a casa que ele viu há dois anos. Investigue-a. Não entre nela. Para fazer isso, você precisa de mim.

Depois que investigá-la, volte aqui, e falarei com você assim que puder. Eu deverei estar de volta antes de duas e meia, três, no máximo.

— Aonde você vai em Arden? Talvez eu queira ligar para você.

— Ao Hospital Luterano do Condado Francês. Ala D. Se não conseguir falar comigo, deixe um recado com o Dr. Spiegleman.

— Ala D, há? — Beezer diz. — Tudo bem, acho que hoje todo mundo é louco. E acho que posso me satisfazer só com uma olhada nessa casa, desde que saiba que, hoje à tarde, em alguma hora posso contar com você para explicar essas peças todas que eu sou muito burro para entender.

— Não vai demorar, Beezer. Estamos chegando perto. E a última coisa de que eu chamaria você é de burro.

— Imagino que você deve ter sido um tira do diabo — diz Beezer. — Embora ache que metade das coisas que você diz é merda, não consigo evitar acreditar nelas. — Ele se vira e bate com os punhos no balcão. — Queijo Fedido! Já não tem mais perigo. Pode sair da cozinha.

Capítulo Dezenove

Jack sai do estacionamento atrás dos Thunder Five, e, por ora, vamos deixá-lo sozinho em sua viagem para o norte na rodovia 93, em direção ao mirante de Judy Marshall e à ala isolada de Judy Marshall. Como Jack, os motoqueiros estão rumando para o desconhecido, mas o desconhecido deles está a oeste, na rodovia 35, na terra do passado que vai se acumulando constantemente, e queremos saber o que eles vão encontrar ali. Estes homens não parecem estar nervosos; eles ainda projetam a confiança maciça com que irromperam no Sand Bar. Na verdade, eles nunca demonstram nervosismo, pois situações que deixariam as pessoas preocupadas ou aflitas, em geral, os deixam agressivos. O medo não os afeta da mesma forma que afeta os outros, também: nos raros momentos em que eles sentiram medo, de um modo geral, tenderam a gostar da sensação. A seus olhos, o medo representa uma oportunidade oferecida por Deus para focar sua concentração coletiva. Graças à extraordinária solidariedade deles, essa concentração é imensa. Para aqueles de nós que não são membros de uma gangue de motoqueiros nem da Marinha, solidariedade significa pouco mais que o impulso compassivo que nos leva a consolar um amigo desamparado; para Beezer e seu bando alegre, solidariedade é a garantia de que você está sempre escorado. Eles estão nas mãos uns dos outros e sabem disso. Para os Thunder Five, a segurança realmente reside em números.

No entanto, o encontro para o qual eles estão correndo não tem precedentes nem analogias em sua experiência. A Casa Negra é algo novo, e sua novidade — a pura *estranheza* da história de Ratinho — vai se entranhando em todos eles.

Treze quilômetros a oeste de Centralia, onde o platô em volta do loteamento de trinta anos de Potsie dá para a longa extensão de mata que chega até a Maxton, Ratinho e Beezer vão lado a lado na frente dos outros. Beezer de vez em quando olha para o amigo, fazendo-lhe uma pergunta sem palavras. A terceira vez que abana a cabeça, Ratinho acompanha o gesto com um aceno para trás que significa *Pare de me encher, eu lhe digo quando estivermos lá.* Beezer fica para trás; Sonny, Kaiser Bill e Doc automaticamente supõem que Beezer está lhes dando um sinal, e fazem uma fila única.

Na cabeça da coluna, Ratinho a toda hora tira os olhos da estrada para inspecionar o lado direito. A estradinha é difícil de ver, Ratinho sabe, e agora deve estar mais invadida pelo mato do que há dois anos. Ele está tentando encontrar o branco da placa amassada de PROIBIDA A ENTRADA. A placa também pode estar parcialmente tapada pela vegetação. Ele diminui a velocidade para 55. Os quatro atrás dele acompanham sua mudança de ritmo com a suavidade de uma longa prática.

Isolado dos Thunder Five, Ratinho já viu o destino deles, e no mais recôndito de sua alma mal pode acreditar que vai lá de novo. A princípio, a facilidade e a rapidez com que suas lembranças saíram daquele porão escuro lhe agradaram; agora, em vez de sentir que recuperara sem esforço uma parte perdida de sua vida, ele tem a sensação de estar à mercê daquela tarde perdida. Um grave perigo então — e ele não tem dúvida de que uma *força* grande e perigosa tocara-o de leve para avisá-lo — agora é um perigo maior. A memória devolveu uma conclusão miserável que ele repeliu há muito tempo: que a estrutura hedionda que Jack Sawyer chamava de Casa Negra matara Nancy Baixinha Hale tão certamente quanto se seus caibros tivessem caído em cima dela. Mais moral do que física, a feiura da Casa Negra exalava emanações tóxicas. Nancy Baixinha fora morta pelos venenos invisíveis que o toque de aviso carregava; agora Ratinho tem que olhar para esse conhecimento sem pestanejar. Ele sente as mãos dela em seus ombros, e seus ossos finos estão cobertos de carne podre.

Se eu tivesse 1,59m e pesasse 47 quilos em vez de 1,80m e 130 quilos, agora eu estaria apodrecendo também, ele pensa.

Ratinho pode procurar a estrada estreita e a placa à sua beira com os olhos de um piloto de caça, mas outra pessoa tem que as ver, porque ele nunca verá. Seu inconsciente fez uma promessa, e a decisão foi unânime.

Cada um dos outros homens, Sonny, Doc, Kaiser, e até Beezer, também associou a morte de Nancy Baixinha à Casa Negra, e as mesmas especulações comparativas sobre a altura e o peso lhes passaram pela cabeça. No entanto, Sonny Cantinaro, Doc Amberson, Kaiser Bill Strassner e, especialmente, Beezer St. Pierre supõem que, qualquer que fosse o veneno que cercava a Casa Negra, ele havia sido preparado num laboratório por seres humanos que sabiam o que estavam fazendo. A velha e primitiva segurança desses quatro homens provém do fato de andarem juntos desde a faculdade; se alguma coisa os deixa ligeiramente inquietos, é que Ratinho Baumann, e não Beezer, esteja à testa daquela coluna. Embora Beezer deixasse Ratinho mandá-lo para trás, a posição de Ratinho contém um indício de insurreição, de motim: o universo foi sutilmente desarrumado.

A 18 metros dos fundos da propriedade Maxton, Sonny resolve pôr fim a esta farsa, acelera sua Softail, passa roncando pelos amigos e emparelha com Ratinho. Ratinho olha para ele com um sinal de preocupação, e Sonny vai para a beira da estrada.

Quando todos eles pararam, Ratinho diz:

— Qual é o seu problema, Sonny?

— Você — diz Sonny. — Ou você errou a entrada, ou sua história inteira é furada.

— Eu *disse* que não sabia direito onde é.

Ele nota com um alívio quase incomensurável que as mãos mortas de Nancy Baixinha já não seguram seus ombros.

— Claro que não. Você estava cheio de ácido!

— Ácido do *bom*.

— Bem, não tem nenhuma estrada lá na frente, isso eu sei. É só árvore até a porra do lar dos velhos.

Ratinho reflete sobre o trecho de estrada à frente como se a estrada pudesse ser ali, afinal de contas, embora ele saiba que não é.

— Merda, Ratinho, estamos praticamente na cidade. Estou vendo a *rua Queen* daqui.

— É — diz Ratinho. — Tudo bem.

Se puder chegar à rua Queen, ele pensa, aquelas mãos nunca mais hão de pegá-lo.

Beezer vai puxando sua Electra Glide até eles e diz:

— Tudo bem o quê, Ratinho? Você concorda que é lá para trás, ou a estrada é em algum outro lugar?

Franzindo o cenho, Ratinho vira a cabeça para olhar para a rodovia.

— Droga. *Acho* que é por aqui, a menos que eu estivesse muito doidão naquele dia.

— Nossa, como isso pode ter acontecido? — diz Sonny. — Olhei para cada centímetro de chão em que a gente passou, e tenho certeza absoluta que não vi nenhuma estrada. Você viu, Beezer? E placa de PROIBIDA A ENTRADA, você viu alguma?

— Vocês não entendem — diz Ratinho. — Essa merda não quer ser vista.

— Quem sabe você devesse ir para a ala D com Sawyer — diz Sonny. — As pessoas ali apreciam visionários.

— Cale a boca, Sonny — diz Beezer.

— Eu já estive ali, e você não — diz Ratinho. — Quem de nós sabe do que está falando?

— Já ouvi o bastante de vocês — diz Beezer. — Ainda acha que é por aqui, Ratinho?

— Até onde posso lembrar, acho.

— Então a gente passou. Vamos voltar e olhar de novo, e se não encontrarmos, vamos procurar em outro canto. Se não for aqui, é entre dois vales na 93, ou na mata do morro que leva ao mirante. Temos muito tempo.

— O que lhe dá tanta certeza? — Sonny pergunta.

Uma ligeira ansiedade sobre o que eles podem encontrar o está deixando agressivo. Ele preferiria voltar para o Sand Bar e virar um caneco de Kingsland enquanto implicava com Fedido a perder seu tempo de bobeira pelas estradas.

Beezer olha para ele, e seus olhos crepitam.

— Conhece outro lugar com árvores suficientes para ser chamado de mata?

Sonny recua imediatamente. Beezer nunca vai desistir e voltar ao Sand Bar. Beezer está nessa até o fim. Tem a ver sobretudo com Amy, mas também está ligado a Jack Sawyer. Sawyer impressionou Beezer paca aquela noite, foi isso, e agora Beezer acha que tudo o que o cara diz é o máximo. Para Sonny, isso não faz sentido nenhum, mas Beezer é quem dá as ordens, então, por ora, Sonny imagina, eles vão todos ficar correndo de um lado para o outro feito agentes novatos do FBI durante algum tempo. Se esse programa adote-um-policial continuar por mais de dois dias, Sonny planeja ter uma conversinha com Ratinho e o Kaiser. Doc sempre ficará do lado de Beezer, em qualquer hipótese, mas os outros dois são capazes de ouvir a voz da razão.

— Tudo bem, então — diz Beezer. — Vamos riscar daqui até a rua Queen. *Sabemos* que não tem estrada porra nenhuma nesse trecho. Vamos voltar por onde viemos, dar mais uma olhada. Fila única o tempo todo. Ratinho, você é o cabeça de novo.

Ratinho aceita com um gesto de cabeça e se prepara para sentir aquelas mãos nos ombros de novo. Acelerando sua Fat Boy, ele vai em frente e toma seu lugar à testa da fila. Beezer vai atrás dele, e Sonny segue Beezer, com Doc e o Kaiser nas duas últimas posições.

Cinco pares de olhos, pensa Sonny. *Se não virmos a estrada desta vez, não vamos ver nunca. E não vamos porque o raio dessa estrada é no meio do estado. Quando Ratinho e a patroa dele estavam doidões com o Final, eles podem ter andado centenas de quilômetros e achado que tinham dado uma volta no quarteirão.*

Todo mundo procura no lado oposto da estrada e na beira da mata. Cinco pares de olhos, como diz Sonny, registram uma linha ininterrupta de carvalhos e pinheiros. Ratinho estabeleceu uma velocidade entre uma caminhada rápida e uma corrida média, e as árvores passam devagar. Nesse passo, eles podem notar o musgo empolando os troncos dos carvalhos e as manchas luminosas no chão da floresta, que é marrom-acinzentado e parece uma camada de feltro amassado. Um mundo escondido de árvores eretas, réstias de luz e troncos caídos estende-se para trás da primeira fila sentinela. Dentro desse mundo, trilhas que não são trilhas formam um labirinto entre os troncos grossos e levam a clareiras misteriosas. Sonny de repente percebe uma tribo de esquilos fazendo ginástica de esquilo no mapa de galhos que se entrelaçam formando uma cobertura intermitente. E com os esquilos surge de repente um bando de pássaros.

Tudo isso lhe lembra as matas da Pensilvânia que ele explorava quando garoto, antes de seus pais venderem a casa e se mudarem para Illinois. Aquelas matas continham um êxtase que ele não encontrou mais em lugar nenhum. A convicção de que Ratinho não viu as coisas direito e de que eles estão procurando no lugar errado ganha uma densidade interna maior. Há pouco, Sonny falara de lugares ruins e, destes, pelo menos a um ele havia ido, com certeza absoluta. Pela experiência de Sonny, os lugares *ruins,* os que deixavam a pessoa saber que não era bem-vinda, em geral ficavam em fronteiras ou perto de fronteiras.

No verão, depois da formatura do ensino médio, ele e seus dois melhores amigos, todos eles fanáticos por motocicleta, levaram suas motos para Rice Lake, Wisconsin, onde ele tinha duas primas bem engraçadinhas para exibir aos amigos. Sal e Harry se empolgaram com as garotas, e as garotas acharam os motoqueiros sensuais e exóticos. Depois de dois dias passados como aquela pessoa que literalmente está sobrando, Sonny propôs estender a viagem por uma semana e, a fim de ampliar sua educação, ir trepando até Chicago e gastar o resto do dinheiro em cerveja e piranhas até terem que voltar para casa. Sal e Harry adoraram a ideia e, na terceira noite em Rice Lake, botaram os sacos enrolados nas motos e partiram para o sul, com o máximo de estardalhaço possível. Às 22h eles haviam conseguido estar mais perdidos que cego em tiroteio.

Pode ter sido a cerveja, pode ter sido falta de atenção, mas por uma razão ou outra eles saíram da estrada e, no breu de uma noite rural, viram-se na entrada de uma cidade quase inexistente chamada Harko. Harko não figurava no mapa de posto de gasolina que eles tinham, mas devia ser perto da fronteira de Illinois, de um lado ou de outro. Harko parecia consistir em um motel abandonado, um mercadinho caindo aos pedaços e um moinho de grãos vazio. Quando os garotos chegaram ao moinho, Sal e Harry ficaram reclamando de cansaço e de fome e quiseram voltar para passar a noite no motel.

Sonny, que não estava menos exausto, acompanhou-os; assim que eles entraram no pátio escuro defronte ao motel, ele teve um mau pressentimento em relação ao lugar. O ar parecia mais pesado, a escuridão mais escura do que deveria ser. A Sonny, parecia que presenças malignas e invisíveis assombravam o lugar. Quase conseguia divisá-las enquanto eles caminhavam entre os bangalôs. Sal e Harry zombaram de suas restrições: ele era um covarde, um fresco, um *mulherzinha.* Eles arrombaram uma porta e desenrolaram seus sacos de dormir num quarto retangular vazio e cheio de pó. Sonny atravessou a rua com o dele e dormiu num campo.

A aurora o despertou, e seu rosto estava molhado de orvalho. Ele se levantou de um pulo, mijou no capim alto e conferiu as motocicletas do outro lado da estrada. Lá estavam elas, todas três, apoiadas em seus descansos em frente a uma porta arrombada. A placa de néon apagada na entrada do pátio dizia CABANA DA LUA-DE-MEL. Ele atravessou a estrada estreita e passou a mão nos assentos reluzentes e molhados das motocicletas. Um barulho engraçado vinha do quarto onde seus amigos estavam dormindo. Já sentindo o gosto do medo, Sonny abriu a porta arrombada. Se não tivesse de início se recusado a compreender o que estava à sua frente, o que ele viu no quarto o teria feito desmaiar.

Com a cara raiada de sangue e lágrimas, Sal Turso estava sentado no chão. A cabeça decepada de Harry Reilly descansava em seu colo, e um mar de sangue cobria o chão e revestia as paredes. O corpo de Harry jazia solto e desmembrado em cima de seu saco de dormir empapado de sangue. O corpo estava nu; Sal estava vestido apenas com uma camiseta vermelho-sangue. Sal ergueu as duas mãos — a que segurava sua faca de estimação e a que só segurava um punhado de sangue — e levantou a cara contorcida para o olhar paralisado de Sonny. *Não sei o que aconteceu.* A voz dele era alta e esganiçada, diferente. *Não me lembro de fazer isso, como pude ter feito isso? Me ajude, Sonny. Não sei o que aconteceu.*

Sem conseguir falar, Sonny saiu dali e se mandou em sua moto. Ele não sabia ao certo aonde estava indo, só sabia que ia embora de Harko. Pouco mais de 3 quilômetros adiante na estrada, ele chegou a uma cidadezinha de verdade, com gente, e alguém finalmente o levou para falar com o xerife.

Harko: *ali* era um lugar ruim. De certa forma, seus dois colegas de colégio morreram lá, porque Sal Turso se enforcou numa penitenciária estadual seis meses depois de ter sido condenado à prisão perpétua por homicídio qualificado. Em Harko, não se viam melros de asa vermelha nem pica-paus. Até os pardais ficavam longe de Harko.

Aquele pequeno trecho da 35? Nada senão uma floresta simpática e confortável. Deixe que eu lhe diga, senador, Sonny Cantinaro viu Harko, e isso não é Harko. Nem chega perto. Podia ser em outro mundo. O que encontra o olhar de avaliação e o espírito cada vez mais impaciente de Sonny é mais ou menos 2 quilômetros de bela paisagem arborizada. Poder-se-ia chamá-la de uma minifloresta. Ele pensa que seria legal ir ali sozinho um dia, esconder a Harley e simplesmente caminhar entre os grandes carvalhos e pinheiros, aquela grande almofada de feltro embaixo de seus pés, descobrindo os pássaros e os esquilos malucos.

Sonny olha para as árvores sentinelas do outro lado da estrada, gozando sua antecipação do prazer futuro, e um clarão pula em cima dele do escuro ao lado de um enorme carvalho. Envolvido na visão de caminhar sozinho sob aquela cobertura verde, ele quase não leva isso em conta, julgando ser um efeito da luz, uma breve ilusão. Então ele se lembra do que deveria estar procurando, e vai mais devagar, inclina-se para o lado e vê, emergindo de um emaranhado de vegetação na base de um carvalho, um buraco de bala enferrujado e um P grande e preto. Sonny atravessa a estrada e avança 10 centímetros. O P se expande para PRO. Ele não acredita, mas lá está ela, o raio da placa de Ratinho. Ele avança mais um palmo, e a frase inteira aparece.

Sonny põe a moto em ponto morto e planta um pé no chão. A escuridão perto do carvalho se estende como uma teia para a árvore seguinte à beira da estrada, que também é um carvalho, embora não tão enorme. Atrás dele, Doc e o Kaiser atravessam a estrada e param. Ele os ignora e olha para Beezer e Ratinho, que já estão uns 10 metros adiante, examinando intensamente as árvores.

— Ei — ele grita. Beezer e Ratinho não o ouvem. — *Ei! Parem.*

— Encontrou? — Doc grita.

— Vá até aqueles babacas e traga-os de volta — diz Sonny.

— É aqui? — Doc pergunta, espiando para dentro das árvores.

— O que, acha que encontrei um corpo? Claro que é aqui.

Doc acelera, para bem atrás de Sonny e olha para a mata.

— Doc, está vendo? — grita Kaiser Bill, e acelera também.

— Não — diz Doc.

— Não dá para ver daqui — diz-lhe Sonny. — Quer fazer o favor de se mexer e dizer a Beezer para voltar aqui?

— Por que você não faz isso, em vez de me pedir? — diz Doc.

— Porque, se eu sair daqui, talvez não consiga encontrar de novo a porra da placa — responde Sonny.

Ratinho e Beezer, agora 20 metros estrada acima, vão seguindo alegremente seu caminho.

— Bem, ainda não estou vendo — diz Doc.

Sonny suspira.

— Venha aqui, ao meu lado. — Doc emparelha sua Fat Boy com a moto de Sonny, depois avança alguns centímetros. — Aqui — diz Sonny, apontando para a placa.

Doc aperta os olhos e se debruça, botando a cabeça acima do guidom de Sonny.

— Onde? Ah, agora estou vendo. Está toda ferrada.

A metade superior da placa está revirada e cobre a metade inferior. Um rapaz antissociável passou por ali e amassou a placa com um taco de beisebol. Seus irmãos mais velhos, mais adiantados na escola da criminalidade, tentaram matá-la com suas espingardas .22, e ele só estava dando o golpe de misericórdia.

— Onde deve ser a estrada? — pergunta Doc.

Sonny, que está um pouco perturbado a essa altura, indica o manto de escuridão à direita da placa estendendo-se para o carvalho seguinte, menor. Enquanto ele olha para a árvore, a escuridão perde sua bidimensionalidade e se aprofunda para trás como uma caverna, ou um buraco negro suavemente aberto no ar. A caverna, o buraco negro, se transforma na estrada de terra, de cerca de 1,60m de largura, que sempre deve ter sido.

— É aí, com certeza absoluta — diz Kaiser Bill. — Não sei como nenhum de nós não viu da primeira vez.

Sonny e Doc se entreolham, percebendo que o Kaiser chegou tarde demais para ver a estrada parecer se materializar de uma parede preta com a espessura de uma folha de papel.

— É meio enganador — diz Sonny.

— A vista tem que se adaptar — diz Doc.

— Tudo bem — diz Kaiser Bill —, mas se vocês dois quiserem ficar discutindo sobre quem vai contar ao Ratinho e ao Beeze, deixem-me livrá-los do seu sofrimento.

Ele põe a moto em marcha e parte como um mensageiro da Primeira Guerra Mundial com um despacho quente do front. Agora bem adiantados estrada acima, Ratinho e Beezer param e olham para trás, aparentemente tendo ouvido o barulho da moto.

— Acho que é isso — diz Sonny, com um olhar constrangido para Doc. — Nossa vista tem que se adaptar.

— Não podia ser outra coisa.

Menos convencidos do que gostariam de estar, os dois deixam o assunto morrer para assistir à conversa de Kaiser Bill com Beezer e Ratinho. O Kaiser aponta para Sonny e Doc, Beezer aponta. Então Ratinho aponta para eles, e o Kaiser aponta de novo. Parece uma discussão numa versão extremamente primitiva de linguagem de sinais. Quando todo mundo viu o ponto, Kaiser Bill gira com a moto e volta roncando pela estrada com Beezer e Ratinho na sua cola.

Sempre há aquela sensação de desordem, de anarquia, quando Beezer não está à testa.

O Kaiser para à beira da estrada estreita. Beezer e Ratinho param ao lado dele, e Ratinho acaba postado diretamente em frente à clareira na mata.

— Não deveria ter sido *tão* difícil de ver — diz Beezer. — Mas lá está ela, de qualquer forma. Eu estava começando a ter minhas dúvidas, Ratinho.

— Aham — diz este.

Seu jeito habitual, de intelectual durão com uma maneira brincalhona de ver o mundo, perdeu toda a animação. Por baixo de seu bronzeado de motoqueiro, sua pele parece pálida e talhada.

— Quero dizer a verdade a vocês — Beezer fala. — Se Sawyer estiver certo a respeito desta casa, o desgraçado que a construiu pode ter preparado armadilhas e surpresas de todo tipo. Isso foi há muito tempo, mas se for mesmo o Pescador, ele tem mais razão do que nunca para manter as pessoas longe do berço dele. Então temos que ter cuidado com a nossa retaguarda. A melhor maneira de fazer isso é entrar com tudo e estar preparado. Ponham as armas onde puderem alcançá-las logo, certo?

Beezer abre um de seus alforjes e tira uma pistola Colt 9mm com coronha de marfim e cano de aço azulado. Ele carrega a arma e a destrava. Sob seu olhar, Sonny puxa sua enorme Magnum .357 da sacola, Doc, uma Colt idêntica à de Beezer, e Kaiser Bill, um velho Special .38 S&W que ele tem desde o fim dos anos 70. Eles metem no bolso de suas jaquetas de couro as armas que até este momento só foram usadas em estandes de tiro. Ratinho, que não possui arma de fogo, apalpa as várias facas que esconde na parte de trás do cós e nos bolsos da frente e do lado de seu jeans, e embainhadas nos dois pés de suas botas.

— Tudo bem — diz Beezer. — Qualquer pessoa ali dentro vai nos ouvir chegando, não importa o que fizermos, e talvez *já* tenha nos ouvido, então não tem sentido sermos discretos nisso. Quero uma entrada agressiva, exatamente aquilo em que vocês são bons. Podemos usar a velocidade a nosso favor. Dependendo do que acontecer, chegaremos o mais perto possível da casa.

— E se nada acontecer? — pergunta Kaiser. — Tipo, se a gente entrar aí e for indo até chegar à casa? Quero dizer, não vejo nenhuma razão para ficar apavorado aqui. Tudo bem, aconteceu uma coisa ruim com Ratinho, mas... sabe. Não quer dizer que vai acontecer de novo.

— Aí a gente curte o passeio — diz Beezer.

— Não quer dar uma olhada dentro da casa? — pergunta Kaiser. — Talvez ele tenha crianças ali.

— Talvez *ele* esteja ali — diz-lhe Beezer. — Se estiver, não importa o que eu tenha dito a Sawyer, a gente faz com que ele saia. Vivo será melhor do que morto, mas eu não me importaria de deixá-lo muito mal de saúde.

Ele recebe um rugido de aprovação. Ratinho não contribui para essa concordância sem palavras mas, em outros aspectos, universal; ele abaixa a cabeça e aperta os punhos do guidom de sua moto.

— Porque Ratinho já foi lá, ele entra na frente. Doc e eu estaremos bem atrás dele, com Sony e o Kaiser cobrindo a nossa retaguarda. — Beezer olha para eles e diz: — Fiquem mais ou menos um metro, um metro e meio atrás, certo?

Não ponha Ratinho na frente; você tem que ir à testa, fala a cabeça de Sonny, mas ele diz:

— Tudo bem, Beeze.

— Em fila — diz Beezer.

Eles levam as motos para as posições que Beezer especificou. Quem estivesse dirigindo depressa pela rodovia 35 teria que pisar no freio para evitar atropelar pelo menos dois homens corpulentos em cima de suas motos, mas a estrada permanece vazia. Todo mundo, incluindo Ratinho, liga seu motor e se prepara para arrancar. Sonny bate o punho no do Kaiser e olha para aquele túnel escuro entrando na mata.

Um grande corvo pousa num galho baixo, inclina a cabeça e parece fitar Sonny nos olhos. O corvo deve estar olhando para eles todos, Sonny sabe, mas não consegue afastar a ilusão de que a ave esteja olhando diretamente para ele, e que seus insaciáveis olhos negros estejam dançando com malícia. A sensação desconfortável de que o corvo está se divertindo ao vê-lo debruçado em sua moto faz Sonny pensar em sua Magnum.

Transformo você num bolo de penas ensanguentadas, neném.

Sem abrir as asas, o corvo pula para trás e desaparece na folhagem do carvalho.

— VAMOS! — grita Beezer.

Na hora em que Ratinho arranca, as mãos podres de Nancy Baixinha lhe apertam os ombros. Seus ossos finos pressionam o couro com força suficiente para lhe deixar marcas na pele. Embora ele saiba que isso é impossível — ninguém pode se ver livre do que não existe —, a súbita explosão de dor o faz tentar sacudi-la dali. Ele balança os ombros e meneia o guidom, e a moto bambeia. Conforme a moto vai descendo, Nancy Baixinha vai forçando mais. Quando Ratinho se endireita, ela chega para a frente, lhe envolve o peito com os braços ossudos e chapa o corpo contra suas costas; os dentes dela lhe mordem a pele.

É demais. Ratinho sabia que ela tornaria a aparecer, mas não que o apertaria tanto. E, apesar da velocidade em que vai, ele tem a sensação de estar andando através de uma substância mais pesada e mais viscosa que o ar, uma espécie de xarope que o freia, o retém. Ele e a moto parecem anormalmente densos, como se a gravidade exercesse uma força maior sobre a estradinha do que sobre qualquer outro lugar. Sua cabeça lateja, e ele já ouve aquele cachorro rosnando na mata à direita. Ele poderia aguentar isso tudo, supõe, não fora pelo que o detivera da última vez em que passara por ali: uma mulher morta. Na época era Kiz Martin; agora a mulher morta é Nancy Baixinha, e ela monta nele como um dervixe, batendo em sua cabeça, socando-o do lado, estapeando-lhe as orelhas. Ele sente os dentes dela deixando seu pescoço e afundando no ombro esquerdo de sua jaqueta. Um braço se agita na frente dele, e ele entra num nível mais profundo de choque e horror ao perceber que este braço é visível. Tiras de pele pairam sobre ossos compridos; ele vê larvas brancas entrando nos poucos nós remanescentes de carne.

Uma mão parecendo ao mesmo tempo esponjosa e ossuda pousa-lhe na bochecha e lhe sobe pelo rosto. Ratinho não consegue mais se conter: sua mente entra em pânico, e ele perde o controle da moto. Quando entra na curva que leva à Casa Negra, as rodas já estão perigosamente inclinadas, e o brusco movimento de asco de Ratinho acaba de desequilibrar a moto.

Quando ela tomba, ele ouve o cão rosnando a apenas alguns metros dali. A Harley cai em cima de sua perna esquerda e vai deslizando à frente, com ele e sua horripilante passageira atrás. Quando Ratinho vê a Casa Negra assomando de seu abrigo escuro em meio às árvores, uma mão podre lhe tapa os olhos. Seu grito é um fio fino e vivo de som contra a fúria do cachorro.

Alguns segundos depois de entrar, Beezer sente o ar engrossar e congelar em volta dele. É um *truque*, ele diz a si mesmo, uma ilusão produzida pelas toxinas fundidoras de cuca do Pescador. Confiando que os outros não serão enganados por essa ilusão, ele levanta a cabeça e olha por cima das costas largas e da cabeça cheia de trancinhas de Ratinho para ver a estrada virar à esquerda uns 15 metros adiante. O ar denso parece lhe pesar nos braços e nos ombros, e ele sente o início da mãe e do pai de todas as dores de cabeça, uma dor imprecisa e insistente que começa como uma pontada forte atrás de seus olhos e vai latejando para dentro de seu cérebro. Beezer dá a Doc meio segundo de atenção, e, pelo que vê, Doc está dando conta do recado. Uma olhada no velocímetro lhe diz que ele está indo a 55 quilômetros por hora e acelerando, de modo que eles deverão estar a 100 quando entrarem na curva.

À sua esquerda, um cachorro rosna. Beezer saca a pistola do bolso e ouve o rosnado acompanhando o ritmo com que eles se encaminham para a curva. A faixa de dor em sua cabeça se amplia e se intensifica; parece empurrar seus olhos de dentro para fora, fazendo-os saltar das órbitas. O cachorrão — tem que ser um cachorro, o que mais poderia ser? — está se aproximando, e a fúria de seus barulhos faz Beezer ver uma cabeça gigantesca se sacudindo com olhos vermelhos inflamados e fios grossos de baba escorrendo de uma boca aberta cheia de dentes de tubarão.

Duas coisas distintas destroem sua concentração: a primeira é que ele vê Ratinho jogando o corpo para a frente e para trás na moto ao entrar na curva, como se estivesse tentando coçar as costas no ar denso; a segunda é que a pressão atrás de seus olhos triplica, e logo depois que ele vê Ratinho entrando no que é um tombo certo os vasos sanguíneos em seus olhos explodem. De vermelho forte, sua visão passa rapidamente ao negro absoluto. Uma voz feia começa em sua cabeça, dizendo: *Amy zentou no meu colo e me aprasou. Ressolvi gomer ela. Como ela esberneou. Matei ela zuvogata...*

— Não — grita Beezer, e a voz que está fazendo pressão em seus olhos se transforma numa risada áspera. Durante menos de um segundo, ele vê uma criatura alta fantasmagórica, vê um olho só, um lampejo de dentes brancos embaixo de um chapéu ou capuz...

... e o mundo de repente gira em volta dele e ele acaba estatelado de costas no chão, com a moto lhe pesando no peito. Tudo o que ele vê está manchado de um vermelho-escuro e fervilhante. Ratinho está gritando, e quando vira a cabeça na direção dos gritos, Beezer vê um Ratinho vermelho jazendo numa estrada vermelha com um cachorrão vermelho correndo para cima dele. Beezer não acha sua pistola; ela foi lançada no mato. Gritos, berros e o ronco das motocicletas lhe enchem os ouvidos. Ele sai de baixo da moto gritando não sabe o quê. Um Doc vermelho passa zunindo em sua moto vermelha e quase o derruba de novo. Ele ouve um tiro, depois outro.

Doc vê Beezer olhar para ele e tenta não demonstrar o quanto está enjoado. Uma água suja ferve em seu estômago e suas estranhas se contorcem. Parece que ele vai a 8 quilômetros por hora, o ar está muito denso e rançoso. Por alguma razão, sua cabeça pesa 15 ou 20 quilos, o que é a pior coisa; quase seria interessante se ele pudesse deter o desastre que está acontecendo dentro dele. O ar parece se *concentrar*, se *solidificar* e depois *explodir*, sua cabeça se transforma numa bola de boliche superpesada que quer cair no seu peito. Um rosnado gigantesco vem da mata ao lado dele, e Doc quase cede ao impulso de vomitar. Ele está vagamente consciente de que Beezer está sacando a arma, e supõe que devia fazer o mesmo, mas parte de seu problema é que a lembrança de uma menina chamada Daisy Temperly mudou-se para sua mente, e a lembrança de Daisy Temperly lhe paralisa a vontade.

Como residente em cirurgia no hospital universitário em Urbana, Doc realizara, sob supervisão, quase cem cirurgias de todo tipo e assistira a outras tantas. Até Daisy Temperly ter sido levada para a sala de cirurgia, todas elas correram bem. Complicado, mas não especificamente difícil ou implicando risco de vida, o caso dela envolvia enxertos ósseos e outros reparos. Daisy estava sendo montada de novo após um sério acidente automobilístico, e ela já passara por duas cirurgias anteriores. Duas horas após o início do procedimento, o chefe do departamento, o supervisor de Doc, foi chamado para uma cirurgia de emergência, e deixou Doc encarregado de terminar o que ele havia começado. Em parte por estar há 48 horas sem dormir, em parte porque, naquele estado de exaustão, ele se imaginara passeando na estrada com Beezer, Ratinho e seus outros novos amigos, ele cometeu um erro — não durante, mas após a operação. Ao receitar a medicação, calculou mal a dosagem e, duas horas depois, Daisy Temperly estava morta. Ele poderia ter feito alguma coisa para salvar sua carreira, mas nada fez. Foi autorizado a terminar a residência, e depois largou a medicina definitivamente. Falando com Jack Sawyer, ele simplificara enormemente seus motivos.

O tumulto em seu estômago não pode mais ser contido. Doc vira a cabeça e vomita com a moto em movimento. Não é a primeira vez que fez isso, mas é a mais dolorosa e a que mais suja. Sua cabeça pesa como uma bola de boliche, impedindo-o de esticar o pescoço, de modo que seu ombro e seu braço direitos ficam salpicados de vômito; e o que sai dele dá a sensação de ser vivo e equipado com dentes e garras. Ele não se surpreende ao ver sangue misturado com o vômito que jorra de sua boca. Seu estômago se dobra de dor.

Sem intenção de fazer isso, Doc diminuiu a velocidade e, quando acelera e torna a olhar para a frente, vê Ratinho tombar de lado e entrar na curva à frente deslizando atrás da moto. Seus ouvidos reportam um chiado, como uma cascata distante. Fracamente, Ratinho grita; no mesmo tom, Beezer berra "Não!". Logo depois disso, o Beeze entra de cabeça numa pedra grande ou em outro obstáculo qualquer, porque sua Electra Glide sai do chão, dá uma cambalhota no ar compacto e tomba em cima dele. Ocorre a Doc que sua missão fodeu de vez. O mundo inteiro virou para a esquerda e agora eles estão ferrados. Ele faz a única coisa sensata: tira a fiel 9mm do bolso e tenta imaginar em que atirar primeiro.

Seus ouvidos estouram, e os sons em volta dele espocam. Ratinho ainda está gritando. Doc não consegue entender como não ouviu o barulho do cachorro antes, porque até com o ronco das motos e os gritos de Ratinho, aquele rosnado móvel é o som mais alto da mata. A porra do Cão dos Baskervilles está correndo para cima deles, e tanto Ratinho quanto Beezer estão fora de combate. Pelo barulho que faz, a coisa deve ser do tamanho de um urso. Doc aponta a pistola para a frente e dirige com uma só mão ao passar a toda por Beezer, que está saindo de debaixo da moto dele. Aquele som altíssimo — Doc imagina um cachorro do tamanho de um urso abrindo a boca em volta da cabeça de Ratinho, e apaga a imagem no ato. As coisas estão acontecendo depressa demais, e se ele não prestar atenção, aquelas mandíbulas podem se fechar *nele*.

Ele só tem tempo de pensar: *Esse não é um cachorro normal, nem mesmo um enorme...*

... quando algo enorme e preto sai a toda da mata à sua direita e dá uma guinada na direção de Ratinho. Doc puxa o gatilho, e, com o barulho da pistola, o bicho dá meia-volta e rosna para ele. Tudo o que Doc consegue ver claramente são dois olhos vermelhos e uma boca vermelha aberta com uma língua comprida e um monte de caninos afiados. Tudo o mais é borrado e indistinto, sem mais definição do que se fosse coberto por uma capa turbilhonante. Um raio de puro terror com o sabor tão limpo e forte quanto vodca barata transpassa Doc do esôfago aos testículos, e sua moto rabeia e para — ele parou-a por puro reflexo. De repente parece noite fechada. Claro que ele não pode ver aquilo — como se pode ver um cachorro preto quando é noite fechada?

A criatura gira de novo e corre para cima de Ratinho.

O bicho não quer vir para cima de mim por causa da arma e porque os outros dois caras estão bem atrás de mim, pensa Doc. Sua cabeça e seus braços parecem ter ganho mais 20 quilos cada um, mas ele luta contra o peso dos músculos e endireita o braço e atira de novo. Dessa vez, ele *sabe* que acertou aquela coisa, mas a única reação dela é estremecer, saindo do rumo por um momento. O grande borrão da cabeça do bicho vem embalado para cima de Doc. O rosnado fica mais alto ainda, e fios de baba de cachorro longos e prateados voam de sua boca aberta. Algo que lembra um rabo abana de um lado para o outro.

Quando Doc olha para o talho vermelho, sua determinação fraqueja, seus braços pesam mais, e ele mal consegue segurar a cabeça em pé. Sente-se como se estivesse caindo dentro daquele bucho vermelho; a pistola balança em sua mão bamba. Num momento suspenso na eternidade, a mesma mão escreve uma receita pós-operatória para Daisy Temperly. A criatura trota em direção a Ratinho. Doc pode ouvir a voz de Sonny, praguejando furiosamente. Uma explosão estrondosa em seu lado direito sela seus dois ouvidos, e o mundo fica em silêncio absoluto. *Pronto*, Doc diz a si mesmo. *Escuridão ao meio-dia.*

Para Sonny, a escuridão bate na mesma hora que a dor lancinante em sua cabeça e em seu estômago. Uma única faixa de agonia se esgarça por seu corpo todo, um fenômeno tão extremo e sem paralelo que ele supõe ter apagado também a luz do dia. Ele e Kaiser Bill estão 2,50m atrás de Beezer e Doc, e a uns 4,50m do início da estreita estrada de terra. O Kaiser solta o guidom e aperta a cabeça. Sonny entende exatamente o que ele está sentindo: um pedaço de 1,20m de cano de ferro em brasa foi enfiado pelo tampo de sua cabeça e empurrado para suas entranhas, queimando tudo que toca.

— Ei, cara — ele diz em seu sofrimento, notando que o ar ficou pegajoso, como se átomos individuais de oxigênio e dióxido de carbono fossem suficientemente viscosos para grudar-lhe na pele.

Então Sonny nota que os olhos do Kaiser estão se revirando para trás, e percebe que o homem está morrendo ao lado dele. Por mais enjoado que esteja, ele precisa fazer alguma coisa para proteger o Kaiser. Sonny estende a mão para alcançar a moto do outro, observando da melhor maneira possível o desaparecimento das íris do Kaiser embaixo de suas pálpebras superiores. Um jato de sangue jorra de suas narinas, e seu corpo cai para trás no assento e rola para o chão. Por alguns segundos, ele é arrastado por uma bota presa no guidom, mas a bota sai e a moto acaba parando.

A barra de ferro em brasa parece romper seu estômago, e Sonny não tem escolha; deixa a outra moto cair, dá um gemido, inclina-se para o lado e vomita o que parece ser cada refeição que já comeu. Quando não tem mais nada dentro, seu estômago se sente melhor, mas John Henry decidiu enfiar cravos gigantescos em seu crânio. Seus braços e suas pernas estão bambos. Sonny focaliza sua moto. Ela parece estar parada. Ele não entende como pode ir adiante, mas vê uma mão salpicada de sangue ligar sua moto e consegue ficar reto quando ela arranca. *Isso é meu sangue?*, ele se pergunta, e se lembra de duas compridas bandeiras vermelhas saindo do nariz do Kaiser.

Um barulho que crescia no fundo vira o som de um 747 fazendo a aproximação para aterrissar. Sonny acha que a última coisa que ele quer fazer hoje é olhar para o animal capaz de fazer aquele barulho. Ratinho estava certíssimo: este é um lugar muito ruim, junto com a encantadora cidade de Harko, Illinois. Sonny não deseja encontrar mais Harkos, certo? Uma foi suficiente. Então por que está seguindo em frente em vez de dar meia-volta e correr para a paz ensolarada da rodovia 35? Por que está tirando aquela enorme pistola do bolso? É simples. Ele não vai deixar aquele cachorro-avião-a-jato causar problemas para seus cupinchas, por mais que sua cabeça esteja doendo.

John Henry continua batendo esses cravos de cinco dólares enquanto Sonny ganha velocidade e aperta os olhos para a estrada à sua frente, tentando entender o que está acontecendo. Alguém grita, ele não consegue identificar quem. No meio do grito, ele ouve o inconfundível barulho de uma motocicleta batendo no chão depois de uma capotagem, e seu coração estremece. *Beezer sempre deve ser o batedor,* ele pensa, *senão a gente está pedindo castigo*. Uma arma dispara com um grande estampido. Sonny se força a atravessar os átomos pegajosos no ar, e cinco ou seis segundos depois, vê Beezer, que está se levantando com dificuldade ao lado de sua moto virada. Alguns metros depois de Beezer surge o vulto volumoso de Doc, montado em sua moto e apontando sua 9mm para algo na estrada à sua frente. Doc atira, e uma chama vermelha jorra do cano da pistola.

Sentindo-se mais abatido e inútil do que nunca, Sonny pula da moto em movimento e corre para Doc, tentando olhar para o que está além dele. A primeira coisa que vê é um clarão saindo da moto de Ratinho, que aparece tombada de lado na estrada, uns 6 metros à frente, no alto da curva. Então ele encontra Ratinho, de bunda no chão e fugindo de um bicho que Sonny mal consegue ver, a não ser pelos olhos e os dentes. Sem ter consciência da torrente de obscenidades que lhe jorra pela boca, Sonny aponta a pistola para a criatura e atira ao passar correndo por Doc.

Doc está ali parado; Doc está fora de combate. O estranho animal que está na estrada dá uma dentada na perna de Ratinho. Vai arrancar um naco de músculo do tamanho de um hambúrguer, mas Sonny acerta-o com a porra de um *míssil* de ponta oca de sua Magnum, de maneira um pouco exibida para prática de alvo, mas, dadas as circunstâncias, não mais que prudente, muito obrigado. Contrariando todas as expectativas e as leis da física, a bala encantada de Sonny não abre um buraco do tamanho de uma bola de futebol no pelo da criatura. A bala maravilhosa empurra o bicho para o lado e o distrai da perna de Ratinho; ela nem o derruba. Ratinho urra de dor.

O cachorro corre de um lado para o outro e olha para Sonny com olhos vermelhos do tamanho de bolas de beisebol. Ele arreganha uma boca com dentes brancos e pontiagudos, e morde o ar. Fios de baba se projetam de suas mandíbulas. A criatura abaixa os ombros e se adianta. Incrivelmente, seu rosnado aumenta de volume e ferocidade. Sonny está sendo avisado: se não der meia-volta e correr, é o próximo no cardápio.

— Toma, porra — diz Sonny, e atira na boca do bicho.

A cabeça dele deveria ficar toda estraçalhada, mas, um segundo depois do disparo da Magnum, nada muda.

Ai, merda, Sonny pensa.

Os olhos da coisa-cão estão inflamados, e sua cabeça selvagem e cuneiforme parece ir-se esboçando fora da escuridão e saltar aos olhos. Como se um manto negro tivesse sido parcialmente puxado, Sonny consegue ver um pescoço grosso descendo até ombros gordos e patas dianteiras fortes. Talvez a maré esteja virando aqui, talvez esse monstro afinal de contas seja vulnerável. Sonny segura o pulso direito com a mão esquerda, aponta no peito da coisa-cão e dá outro tiro. O estampido parece estofar seus ouvidos com algodão. Todos os cravos em sua cabeça esquentam como fios elétricos, e uma dor aguda canta entre suas têmporas.

Gotas de sangue escuro pingam do peito da criatura. No meio do ser de Sonny Cantinaro, um triunfo puro e primitivo ganha vida. Mais partes do monstro vão sumindo, as costas largas e uma sugestão de suas patas traseiras. De nenhuma raça conhecida e com 1,30m de altura, a coisa-cão é mais ou menos do tamanho de um lobo gigantesco. Quando isso parte para cima dele, Sonny torna a atirar. Como um eco, o som da sua arma é repetido de algum lugar logo ali atrás; uma bala como uma vespa com uma superpressão passa zunindo pelo seu peito.

A criatura vacila para trás, mancando, com uma perna ferida. Seus olhos enraivecidos penetram nos de Sonny. Ele se arrisca a olhar por cima do ombro e vê Beezer preparado no meio da estrada estreita.

— Não olhe para mim, atire! — grita Beezer.

A voz dele parece despertar Doc, que ergue o braço e mira. Então todos três estão puxando seus gatilhos, e a estradinha parece o estande de tiro num dia movimentado. A coisa-cão (*cão do inferno*, pensa Sonny) dá um passo manco para trás e abre a horripilante boca para urrar de raiva e frustração. Antes de terminado o urro, a criatura encolhe as patas traseiras embaixo do corpo, atravessa a estrada com um salto e some na mata.

Sonny contém o impulso de desmaiar sob uma onda de alívio e cansaço. Doc gira o corpo e continua atirando no escuro atrás das árvores até Beezer tocar em seu braço e mandá-lo parar. O ar fede a cordite e a algum cheiro animal que é almiscarado e enjoativamente doce. Uma fumaça acinzentada parece quase branca ao subir no ar mais escuro.

A cara abatida de Beezer vira-se para Sonny, e o branco de seus olhos está carmim.

— Você acertou a porra daquele bicho, não?

Através dos chumaços de algodão em seus ouvidos, a voz de Beezer parece baixa.

— Merda, acertei. Pelo menos duas vezes, talvez três.

— E Doc e eu acertamos uma vez cada um. Que diabo é aquela coisa?

— "Que diabo" está certo — diz Sonny.

Chorando de dor, Ratinho repete pela terceira vez seu grito de "Socorro!", e os outros finalmente o ouvem. Caminhando lentamente e apertando a parte do corpo que mais dói, eles vão mancando pela estrada e se ajoelham na frente de Ratinho. A perna direita de seu jeans está rasgada e empapada de sangue, e seu rosto está contorcido.

— Vocês são surdos, seus babacas?

— Quase — diz Doc. — Diga que não levou uma bala na perna.

— Não, mas deve ter sido milagre. — Ele faz uma careta e respira fundo. O ar chia entre seus dentes. — Do jeito que vocês estavam atirando. Pena que não conseguiram mirar antes que ele mordesse a minha perna.

— Eu mirei — diz Sonny. — Por isso você ainda *tem* perna.

Ratinho olha para ele, depois balança a cabeça.

— O que aconteceu com o Kaiser?

— Ele perdeu mais ou menos um litro de sangue pelo nariz e desmaiou — Sonny lhe diz.

Ratinho suspira como se diante da fragilidade da espécie humana.

— Acho que podemos tentar sair deste lugar de merda maluco.

— Sua perna está boa? — Beezer pergunta.

— Não está quebrada, se é o que você está querendo dizer. Mas também não está boa.

— O quê? — Doc pergunta.

— Não posso dizer — Ratinho responde. — Não respondo a perguntas médicas de caras todos vomitados.

— Você consegue andar na moto?

— Consigo, porra, Beezer. Desde que você me conhece, algum dia eu não consegui?

Beezer e Sonny pegam cada um de um lado e, com um esforço atroz, botam Ratinho em pé. Quando soltam os braços dele, Ratinho dá uns passos pesados para o lado.

— Isso não é certo — ele diz.

— É brilhante — diz Beezer.

— Beeze, amigo velho, sabe que seus olhos estão vermelhíssimos? Você está parecendo o Drácula, porra.

Até onde é possível correr, eles estão correndo. Doc quer dar uma olhada na perna de Ratinho; Beezer quer se certificar de que Kaiser Bill ainda está vivo, e todos eles querem sair daquele lugar e voltar a um ambiente normal. Nenhum deles pode ter certeza de que a coisa-cão não esteja preparando outro ataque.

Enquanto eles falam, Sonny busca a Fat Boy de Ratinho e a leva para seu proprietário. Ratinho pega o guidom e dá a partida em sua máquina, fazendo uma careta ao se deslocar. Beezer e Doc resgatam suas motos, e Sonny puxa a dele de uma moita de mato para botá-la em pé.

Beezer percebe que, quando estava na curva da estrada, não procurou a Casa Negra. Lembra-se de Ratinho dizer: *Essa merda não quer ser vista,* e acha que Ratinho sacou: o Pescador não os queria ali, e o Pescador não queria que sua casa fosse vista. Tudo o mais estava girando em sua cabeça do jeito que sua Electra Glide girara depois que aquela voz feia falara em sua mente. Beezer estava certo de uma coisa, porém: Jack Sawyer não ia mais esconder o jogo dele.

Então, uma ideia terrível lhe ocorreu, e ele perguntou:

— Alguma coisa engraçada, alguma coisa realmente *estranha,* aconteceu com vocês antes que o cachorro do inferno saísse da mata? Quero dizer, além da coisa física.

Ele olha para Doc, e Doc enrubesce. *Alô?,* Beezer pensa.

Ratinho diz:

— Vá se foder. Não vou falar sobre isso.

— Estou com Ratinho — diz Sonny.

— Acho que a resposta é sim — conclui Beezer.

Kaiser Bill jaz na beira da estrada de olhos fechados e com a frente do corpo molhada de sangue da boca até a cintura. O ar continua cinza e pegajoso; seus corpos parecem pesar 500 quilos, as motos, rodar em rodas de chumbo. Sonny arrasta a moto até emparelhar com o corpo de Kaiser e chuta-o, não com muita delicadeza, nas costelas.

O Kaiser abre os olhos e geme.

— Porra, Sonny — ele diz. — Você me chutou. — Suas pálpebras estremecem, e ele levanta a cabeça do chão e vê o sangue lhe empapando as roupas. — O que aconteceu? Fui baleado?

— Você se comportou como um herói — diz Sonny. — Como se sente?

— Péssimo. Onde fui atingido?

— Como vou saber? — diz Sonny. — Vamos embora, vamos sair daqui.

Os outros passam em fila. Kaiser Bill consegue se pôr de pé e, depois de outra luta épica, levanta a moto. Ele a arrasta pela trilha atrás dos outros, impressionado com sua dor de cabeça e a quantidade de sangue em seu corpo. Quando passa pelas últimas árvores e alcança os amigos na rodovia 35, a claridade súbita lhe fere a vista, seu corpo parece suficientemente leve para sair flutuando, e ele quase torna a desmaiar.

— Acho que não fui baleado — diz.

Ninguém presta atenção em Kaiser. Doc está perguntando a Ratinho se ele quer ir para o hospital.

— Nada de hospital, cara. Hospital mata.

— Pelo menos me deixe dar uma olhada na sua perna.

— Tudo bem, pode dar.

Doc se ajoelha na beira da estrada e puxa a boca da calça de Ratinho até o início do joelho. Ele apalpa com dedos surpreendentemente delicados, e Ratinho contrai o rosto.

— Ratinho — ele diz —, eu nunca tinha visto uma mordida de cachorro como essa.

— Eu também nunca tinha visto um cachorro como aquele.

O Kaiser diz:

— Que cachorro?

— Tem alguma coisa engraçada nessa ferida — diz Doc. — Você precisa de antibiótico, e agora mesmo.

— Você não tem antibiótico?

— Claro que tenho.

— Então vamos voltar para a casa de Beezer, e você pode me espetar todo.

— Como você quiser — diz Doc.

Capítulo Vinte

Mais ou menos na hora em que Ratinho e Beezer não veem a estradinha em cuja beira está a placa de PROIBIDA A ENTRADA, Jack Sawyer responde ao toque irritante de seu celular, torcendo para ser Henry Leyden com informações sobre a voz na fita do 911. Embora uma identificação fosse algo maravilhoso, ele não espera que Henry identifique a voz; o Pescador-Burnside é da idade de Potsie, e Jack não supõe que o velho vilão tenha alguma vida social, ali ou nos Territórios. O que Henry *pode* fazer, porém, é aplicar seus ótimos ouvidos às nuanças da voz de Burnside e descrever o que ouve nela. Se não soubéssemos que era justificada a confiança de Jack na capacidade do amigo de ouvir distinções e padrões inaudíveis a outras pessoas, essa confiança pareceria irracional como a crença na magia: Jack tem fé que um Henry Leyden descansado e revigorado captará pelo menos um ou dois detalhes cruciais de história ou personagem que estreitarão a procura. Qualquer coisa que Henry capte interessará a Jack.

Se outra pessoa está lhe ligando, ele tenciona livrar-se dela, seja ela quem for, depressa.

A voz que responde a seu alô o faz rever seus planos. Fred Marshall quer falar com ele, e Fred está tão nervoso e incoerente que Jack precisa lhe pedir para ir mais devagar e recomeçar.

— Judy está pirando de novo — Fred diz. — Só... balbuciando e divagando, e endoidando como antes, tentando rasgar as paredes, ai meu Deus, eles a trancaram, e ela odeia isso, ela quer ajudar Ty, é tudo por causa daquela fita. Nossa, vai ser demais para aguentar, Jack, Sr. Sawyer, sério, e sei que estou falando demais, mas estou preocupadíssimo.

— Não me diga que mandaram para ela a fita do 911 — diz Jack.

— Não, não... que fita do 911? Estou falando da que foi entregue hoje no hospital. Endereçada a Judy. Você acredita que a deixaram *ouvir* aquilo? Estou com vontade de estrangular o Dr. Spiegleman e aquela enfermeira, Jane Bond. O que há com essas pessoas? A fita chega, eles dizem, ah, legal, cá está uma fita ótima para a senhora ouvir, Sra. Marshall, espere aí, já volto com um gravador. Numa *enfermaria para doentes mentais*? Eles nem se dão ao trabalho de ouvir primeiro? Olhe, seja o que for que você está fazendo, eu ficaria eternamente grato se me deixasse pegá-lo, e levá-lo lá. Você poderia falar com ela. Você é a única pessoa capaz de acalmá-la.

— Não precisa me pegar, porque já estou indo para lá. O que havia na fita?

— Não estou entendendo. — Fred Marshall ficou consideravelmente mais lúcido. — Por que está indo lá sem mim?

Depois de pensar um segundo, Jack lhe conta uma mentira deslavada.

— Pensei que você já estivesse lá. É pena que não está.

— Eu teria a sensatez de examinar a fita antes de deixá-la ouvi-la. Sabe o que tinha naquilo?

— O Pescador — Jack diz.

— Como soube?

— Ele é um grande comunicador — diz Jack. — Quão horrível é?

— Você vai me dizer, e aí saberemos os dois. Estou juntando o que ouvi de Judy e o que o Dr. Spiegleman me contou depois. — A voz de Marshall começa a fraquejar. — O Pescador estava caçoando dela. Você acredita? Ele disse: *Seu garoto está muito sozinho.* Depois, ele disse alguma coisa como: *Ele anda implorando para ligar para casa e falar com a mamãe.* Só que Judy diz que ele tinha um sotaque estrangeiro esquisito, ou um problema de fala, ou alguma coisa, então ele não era fácil de entender logo. Então ele diz: *Fale com sua mamãe, Tyler,* e Tyler... — A voz de Fred desafina, e Jack pode ouvi-lo reprimir sua agonia antes de recomeçar. — Tyler, ah, Tyler aparentemente estava muito angustiado para fazer outra coisa senão gritar por socorro. — Uma inspiração demorada e hesitante chega pelo telefone. — E ele *chorou*, Jack, ele *chorou*.

Sem conseguir mais conter os sentimentos, Fred chora abertamente, sem defesa. A respiração chia em sua garganta: Jack ouve todos os barulhos molhados, sem dignidade e incontroláveis que as pessoas fazem quando a dor e a tristeza cancelam todos os outros sentimentos, e fica comovido com Fred Marshall.

Os soluços diminuem.

— Sinto muito. Às vezes acho que eles vão ter que *me* trancar.

— Esse era o fim da fita?

— *Ele* falava de novo. — Fred respira ruidosamente por um momento, limpando a cabeça. — Se gabando do que ia fazer. *Fai der mais assassinatos, e mais tebois tisso, Xuu-di, famos todos nos tiferdir à peça.* Spiegleman citou esse lixo para mim! As crianças de French Landing vão ser colhidas feito trigo. *Colhitas veido trico.* Quem fala assim? Que tipo de gente é essa?

— Quem me dera saber — diz Jack. — Talvez ele esteja falando com sotaque para parecer mais assustador. Ou para disfarçar a voz. — *Ele nunca disfarçaria a voz,* pensa Jack, *está muito satisfeito consigo mesmo para se esconder atrás de um sotaque.* — Vou ter que pegar a fita no hospital e ouvi-la. E ligo para você assim que tiver alguma informação.

— Tem mais uma coisa — diz Marshall. — Eu devo ter cometido um erro. Wendell Green passou aqui uma hora atrás.

— Qualquer coisa que envolva Wendell Green automaticamente é um erro. Então, o que aconteceu?

— Parecia que ele sabia tudo a respeito de Tyler e só precisava que eu confirmasse. Achei que ele poderia ter ficado sabendo por Dale, ou pelos policiais estaduais. Mas Dale ainda não falou de nós para a imprensa, falou?

— Wendell tem uma rede de pequenos furões que o abastece de informações. Se sabe de alguma coisa, foi assim que tomou conhecimento. O que você lhe contou?

— Mais ou menos tudo — responde Marshall. — Inclusive da fita. Ai, meu Deus, sou muito burro. Mas achei que não teria problema, achei que a coisa acabaria saindo mesmo.

— Fred, você lhe contou algo sobre mim?

— Só que Judy confia em você e que ambos estamos gratos por sua ajuda. E acho que disse que talvez você fosse falar com ela hoje à tarde.

— Você mencionou o boné de beisebol de Ty?

— Acha que sou *louco*? Por mim, esse negócio é entre você e Judy. Se eu não entendo, não vou falar sobre o assunto com Wendell Green.

Pelo menos eu o fiz prometer ficar longe de Judy. Ele tem muita fama, mas sinto que ele não é isso tudo que dizem que ele é.

— Você disse muita coisa — Jack resume. — Entrarei em contato.

Quando Fred Marshall desliga, Jack tecla o número de Henry.

— Talvez eu chegue um pouco atrasado, Henry. Estou indo para o Luterano do Condado Francês. Judy Marshall recebeu uma fita do Pescador, e se me deixarem ficar com ela, eu a levo para você. Tem alguma coisa estranha acontecendo aqui... na fita de Judy, acho que ele tem um sotaque estrangeiro.

Henry diz a Jack que não há pressa. Ele ainda não ouviu a primeira fita, e agora vai esperar até Jack chegar com a segunda. Talvez descubra alguma coisa útil se as ouvir em sequência. Pelo menos poderia dizer a Jack se foram feitas pela mesma pessoa.

— E não se preocupe comigo, Jack. Daqui a pouco, a Sra. Morton vai passar aqui para me levar à KDCU. George Rathbun hoje me ajuda a ganhar dinheiro, menino, seis ou sete anúncios de rádio. "Até um *cego* sabe que você quer levar seu bem, seu amor, sua queridinha, sua mulher, sua melhor amiga de todas as horas, para jantar fora hoje à noite, e não há melhor lugar para mostrar seu reconhecimento à patroa velha do que levá-la ao Cousin Buddy's Rib Crib na rua South Wabash, no belo centro de La Riviere."

— "A patroa velha?"

— Você paga para ter George Rathbun e tem George Rathbun, com os defeitos e tudo.

Rindo, Jack diz a Henry que vai vê-lo mais tarde, e acelera a Ram até 110. O que Dale vai fazer, multá-lo por excesso de velocidade?

Ele estaciona defronte ao hospital em vez de dar a volta até o estacionamento, e atravessa a rua com a cabeça cheia dos Territórios e de Judy Marshall. As coisas estão acontecendo muito depressa, estão ganhando velocidade, e Jack tem a sensação de que tudo converge para Judy — não, para Judy e *ele*. O Pescador os escolheu mais premeditadamente do que escolheu as três primeiras vítimas. Amy St. Pierre, John Irkenham e Irma Freneau simplesmente tinham a idade certa — quaisquer três crianças serviriam —, mas Tyler era o filho de Judy Marshall, e isso o colocava à parte. Judy vislumbrara os Territórios, Jack viajara por eles, e o Pescador vive ali como uma célula cancerosa vive num organismo saudável. O Pescador enviou uma fita a Judy, a Jack, um presente medonho. Na casa de Tansy Freneau, ele vira Judy como sua chave e a porta que ela abria, e aonde essa porta levava senão à Lonjura de Judy?

Lonjura. Nossa, isso é bonito. Lindo, na verdade.

Aaah... a palavra evoca o rosto de Judy Marshall, e quando ele vê esse rosto, uma porta em sua mente, uma porta que é dele e só dele, se abre e, por um momento, Jack Sawyer para completamente e, em estado de choque, apavorado e animado com a expectativa, fica paralisado na rua a 2 metros da entrada do hospital.

Pela porta em sua mente sai um fluxo de imagens desconexas: uma roda-gigante parada, policiais de Santa Monica chegando atrás de um cordão de isolamento amarelo, os reflexos da calva de um negro. Sim, a calva de um negro, aquilo que ele real e verdadeiramente não quisera ver de jeito nenhum, na verdade desejara desesperadamente não ver, então olhe bem, garoto, lá está aquilo de novo. Havia uma guitarra, mas a guitarra estava em algum outro lugar; a guitarra pertencia ao magnífico, exigente, animador e desolado Speedy Parker, Deus o abençoe Deus amaldiçoe seus olhos Deus o ama Speedy, que tangia suas cordas e cantava

Jack Viajante,
Jack sempre a viajar,
Ir é um longo caminho,
Mais longo ainda é voltar.

As palavras giram em volta dele, palavras dentro de mundos e outros mundos paralelos, separados por uma fina membrana composta de mil portas, se a pessoa conseguisse achá-las. Milhões de penas vermelhas, pequeninas, penas do peito de um sabiá, centenas de sabiás, passaram por uma daquelas portas, a de Speedy. *Sabiá*, como em *ovo azul de sabiá*, obrigado, Speedy, e uma música que dizia: *Acorde, acorde, seu dorminhoco.*

Ou: *Acorde, acorde, seu PASPALHÃO!*

Loucamente, Jack ouve o rugido não-tão-amável de George Rathbun: *Até um CEEEGO poderia ter previsto ISSO, seu BRONCO!*

— Ah, sim? — diz Jack em voz alta. Ainda bem que a enfermeira-chefe Jane Bond, carcereira Bond, Agente 000, não pode ouvi-lo. Ela é forte, mas, por outro lado, é injusta, e se fosse aparecer ao lado dele agora, ela provavelmente o poria a ferros, o sedaria e o arrastaria de volta para seu domínio. — Bem, sei de uma coisa que você não sabe, colega: Judy Marshall tem um Duplo, e o Duplo já está sussurrando pela parede há bastante tempo. Não surpreende que ela finalmente tenha começado a gritar.

Um adolescente ruivo vestido com uma camiseta BEISEBOL E. M. ARDEN abre a porta lateral a 2 metros de Jack e lhe lança um olhar desconfiado e desconcertado. *Cara, os adultos são esquisitos,* diz o olhar; *eu não estou feliz por ser criança?* Já que é um aluno do ensino médio e não um profissional de saúde mental, ele não põe nosso herói a ferros nem o arrasta sedado para o quarto acolchoado. Simplesmente toma cuidado para passar longe do louco e continua andando, se bem que com uma ponta de inibição no andar.

Trata-se de Duplos, claro. Censurando-se por sua burrice, Jack bate na cabeça com os nós dos dedos. Ele deveria ter visto isso antes; deveria ter entendido *imediatamente.* Se tem alguma desculpa, é que a princípio recusou-se a pensar no caso apesar dos esforços de Speedy para acordá-lo, depois ficou tão envolvido em se concentrar no Pescador que até aquela manhã, enquanto assistia à sua mãe na tevê enorme do Sand Bar, esqueceu-se de considerar o Duplo do monstro. Na infância de Judy Marshall, seu Duplo lhe respondera através daquela membrana entre os dois mundos; tendo ficado cada vez mais alarmado no mês passado, o Duplo quase enfiara os braços pela membrana e sacudira Judy até deixá-la sem sentidos. Porque Jack tem uma natureza única e não tem Duplo, a tarefa correspondente caiu para Speedy. Agora que tudo parece fazer sentido, Jack não pode acreditar que custou tanto a ver o padrão.

E é por *isso* que ele se ressentia de tudo que o impedia de ficar na frente de Judy Marshall: Judy é a porta para o Duplo dela, para Tyler e para a destruição do Pescador e do contrário dele nos Territórios, o construtor da estrutura satânica e em chamas que um corvo chamado Gorg mostrou a Tansy Freneau. O que quer que aconteça na ala D hoje, há de modificar o mundo.

Vibrando de ansiedade, Jack passa da claridade intensa do dia ao amplo espaço ocre do saguão. Os mesmos pacientes de roupão de banho parecem ocupar as muitas cadeiras; num canto distante, os mesmos médicos discutem um caso complicado ou, quem sabe, aquele décimo buraco difícil no Country Club de Arden; os mesmos lírios dourados erguem suas atentas cabeças viçosas do lado de fora da loja de presentes. Essa repetição tranquiliza Jack, o faz andar mais depressa, pois envolve e amortece os acontecimentos imprevisíveis que o esperam no quinto andar.

O mesmo funcionário entediado responde ao proferimento da mesma senha com um cartão verde idêntico, se não o mesmo, carimbado VISITANTE. O elevador surpreendentemente parecido com o do Hotel Ritz na Place Vendôme sobe obediente e estremece ao passar pelos segundo, terceiro e quarto andares, em seu ritmo de senhora nobre, parando para receber um jovem médico descarnado que lembra Roderick Usher, depois deixa Jack no quinto, onde a bela luz ocre parece um ou dois tons mais escura que no enorme saguão lá embaixo. Do elevador, Jack refaz o trajeto que fez com seu guia Fred Marshall pelo corredor, passando por dois conjuntos de portas duplas e as estações intermediárias da Gerontologia e do Ambulatório de Oftalmologia e do Anexo dos Prontuários, aproximando-se cada vez mais do imprevisto imprevisível, à medida que os corredores vão ficando mais estreitos e mais escuros, e sai como antes na sala secular com janelas altas e estreitas e muita madeira cor de nogueira.

E ali o encanto se quebra, pois o atendente sentado atrás do balcão encerado, a pessoa que é atualmente a guardiã deste reino, é mais alta, mais jovem e consideravelmente mais emburrada que sua contrapartida da véspera. Quando Jack pede para ver a Sra. Marshall, o jovem olha com desdém para seu cartão de VISITANTE e indaga se ele por acaso é parente ou — outra olhadela para o cartão — um profissional da medicina. Nenhum dos dois, admite Jack, mas se o jovem pudesse se dar ao trabalho de informar à enfermeira Bond que o Sr. Sawyer deseja falar com a Sra. Marshall, é praticamente garantido que a enfermeira Bond abrirá as portas de aço proibitivas e o fará entrar, já que isso é mais ou menos o que ela fez ontem.

Isso está muito bem, se por acaso for verdade, concede o jovem, mas a enfermeira Bond não vai abrir porta nenhuma nem fazer ninguém entrar, pois hoje a enfermeira Bond está de folga. Talvez quando o Sr. Sawyer apareceu ontem para falar com a Sra. Marshall ele estivesse acompanhado de um membro da família, digamos, o Sr. Marshall?

Sim. E se o Sr. Marshall fosse consultado, digamos, por telefone, ele convenceria o jovem que está no momento discutindo o assunto de uma forma louvavelmente responsável com o Sr. Sawyer a deixar o cavalheiro entrar prontamente.

Talvez seja este o caso, assegura o jovem, mas as normas do hospital exigem que funcionários não médicos em posições como as do jovem obtenham autorização para quaisquer telefonemas.

E de quem, Jack deseja saber, esta autorização seria obtida?

Da enfermeira-chefe interina, a enfermeira Rack.

Jack, que está ficando meio puto dentro das calças, como se diz, sugere neste caso que o jovem procure a excelente enfermeira Rack e obtenha a autorização exigida, para que as coisas possam prosseguir da forma que o Sr. Marshall, o marido da paciente, desejaria.

Não, o jovem não vê razão para seguir tal linha de ação, porque fazê-lo representaria uma lamentável perda de tempo e energia. O Sr. Sawyer não é membro da família da Sra. Marshall; portanto, a excelente enfermeira Rack em hipótese alguma concederia a autorização.

— Tudo bem — diz Jack, desejando poder estrangular aquele fulaninho irritante —, vamos subir um degrau na escala administrativa, sim? O Dr. Spiegleman está na casa?

— Talvez — diz o jovem. — Como vou saber? O Dr. Spiegleman não me conta tudo o que ele faz.

Jack aponta para o telefone no fim do balcão.

— Não espero que saiba, espero que descubra. Vá *já* para aquele telefone.

O jovem se arrasta no balcão para alcançar o telefone, revira os olhos, digita duas teclas numeradas e se apoia no balcão de costas para a sala. Jack o ouve resmungar sobre Spiegleman, suspirar, depois dizer:

— Tudo bem, pode me transferir.

Transferido, ele resmunga alguma coisa que inclui o nome de Jack. O que quer que ele tenha ouvido como resposta o faz dar um pulo e se endireitar e olhar disfarçadamente por cima do ombro com os olhos arregalados para Jack.

— Sim, doutor. Ele está aqui agora, sim. Direi a ele.

Ele põe o fone no gancho.

— O Dr. Spiegleman já vem. — O garoto, ele não tem mais que 20 anos, recua e mete as mãos nos bolsos. — Você é aquele tira, hein?

— Que tira? — diz Jack, ainda irritado.

— O da Califórnia que veio aqui e prendeu o Sr. Kinderling.

— Sim, sou eu.

— Eu sou de French Landing, e puxa, foi o maior choque. Para a cidade toda. Ninguém imaginaria. O Sr. *Kinderling*? Está brincando? Ninguém ia imaginar nunca que uma pessoa como ele... sabe, mataria gente.

— Você o conheceu?

— Bem, numa cidade como French Landing todo mundo mais ou menos se conhece, mas eu não conhecia realmente o Sr. Kinderling, a não ser de dizer oi. Quem eu conhecia era a mulher dele. Ela era minha professora de catecismo na Luterana Monte Hebron.

Jack não consegue evitar; ri do absurdo de a mulher do assassino dar aulas de catecismo. A lembrança de Wanda Kinderling irradiando ódio para ele durante a leitura da sentença de seu marido interrompe a sua risada, mas é tarde demais. Ele vê que ofendeu o rapaz.

— Como ela era? — ele pergunta. — Como professora.

— Era só uma professora — diz o menino. Sua voz é ressentida, sem inflexão. — Ela nos fazia decorar todos os livros da Bíblia. — Ele vira para o outro lado e murmura. — Algumas pessoas acham que ele não fez aquilo.

— O que você disse?

O rapaz se vira um pouco para Jack, mas olha para a parede marrom à sua frente.

— Eu disse que algumas pessoas acham que ele não fez aquilo. O Sr. Kinderling. Acham que o botaram na cadeia porque ele era um cara de uma cidade pequena e não conhecia ninguém lá.

— Que horror — diz Jack. — Quer saber a verdadeira razão pela qual o Sr. Kinderling foi para a cadeia?

O garoto acaba de se virar e olha para Jack.

— Porque ele era culpado de assassinato e confessou. Pronto, só isso. Duas testemunhas o colocaram no local do crime, e duas outras pessoas o viram num avião para L.A., quando ele disse a todo mundo que estava indo para Denver. Depois disso, ele disse: "Tudo bem, fui eu. Queria saber como era matar uma garota, e um dia não consegui mais aguentar, então saí e matei uma." O advogado dele tentou livrá-lo alegando insanidade, mas, na audiência dele, o júri declarou que ele era são, e ele foi para a cadeia.

O garoto abaixa a cabeça e resmunga alguma coisa.

— Não ouvi — diz Jack.

— Existem muitas maneiras de fazer um cara confessar. — O rapaz repete a frase num tom apenas suficientemente alto para ser ouvido.

Então, ecoam passos na galeria, e um homem de cavanhaque e óculos de aro de metal, vestido com um jaleco branco, vem na direção de Jack com a mão estendida. O garoto se afastou. A oportunidade de convencer o atendente de que ele não espancara Thornberg para que ele confessasse escapou. O homem sorridente de jaleco branco e cavanhaque pega a mão de Jack, apresenta-se como Dr. Spiegleman e declara ser um prazer conhecer tão famoso personagem. (*Personagem* é gozação, Jack pensa.) Um homem que até então estava atrás do médico e não havia sido notado aparece e diz:

— Ei, doutor, sabe o que seria perfeito? Se o Sr. Famoso e eu entrevistássemos aquela senhora juntos. O dobro de informação na metade do tempo. Perfeito.

O estômago de Jack fica azedo. Wendell Green entrou na festa.

Depois de cumprimentar o médico, Jack vira-se para o outro homem.

— O que está fazendo aqui, Wendell? Você prometeu a Fred Marshall que ficaria longe da mulher dele.

Wendell Green põe as mãos para o alto e balança para trás nos calcanhares.

— Estamos mais calmos hoje, tenente Sawyer? Não estamos inclinados a tratar a socos a imprensa trabalhadeira, estamos? Tenho que dizer, estou ficando meio cansado de ser atacado pela polícia.

O Dr. Spiegleman franze o cenho para ele.

— O que está dizendo, Sr. Green?

— Ontem, antes de aquele tira me nocautear com a lanterna, o tenente Sawyer aqui me deu um soco no estômago sem motivo nenhum.

Ainda bem que sou um homem sensato, do contrário eu já teria entrado na Justiça. Mas, doutor, sabe de uma coisa? Eu não ajo assim. Acredito que tudo dá mais certo se cooperarmos uns com os outros.

Na metade desse discurso egoísta, Jack pensa: *Que inferno,* e olha para o jovem atendente. Os olhos do rapaz ardem de asco. Uma causa perdida: agora Jack jamais convencerá o rapaz de que não maltratou Kinderling. Quando Wendell Green acaba de se congratular consigo mesmo, Jack já está cheio de sua afabilidade capciosa e bajuladora.

— O Sr. Green ofereceu-me uma porcentagem do que ele ganhasse se eu o deixasse vender fotografias do corpo de Irma Freneau — Jack diz ao médico. — O que ele está pedindo agora é igualmente impensável. O Sr. Marshall insistiu para que eu viesse aqui ver a mulher dele, e fez o Sr. Green prometer *não* vir.

— Tecnicamente, isso pode ser verdade — diz Green. — Como um jornalista experiente, sei que as pessoas muitas vezes dizem coisas que não pensam e das quais acabam se arrependendo. Fred Marshall entende que a reportagem sobre a mulher dele vai sair, mais cedo ou mais tarde.

— Entende?

— Especialmente à luz da última comunicação do Pescador — diz Green. — Essa fita prova que Tyler Marshall é sua quarta vítima, e que, por milagre, ele ainda está vivo. Por quanto tempo acha que isso pode ser escondido do público? E o senhor não concordaria que a mãe do garoto deveria ser capaz de explicar a situação em suas próprias palavras?

— Eu me recuso a ser aborrecido assim. — O médico fecha a cara para Green e lança um olhar de advertência para Jack. — Sr. Green, estou quase prestes a mandá-lo sair deste hospital. Desejo discutir vários assuntos com o tenente Sawyer em particular. Se o senhor e o tenente conseguirem entrar num acordo, isso é com vocês dois. Obviamente, não vou permitir uma entrevista conjunta com minha paciente. Também não tenho nenhuma certeza de que ela vá falar com o tenente Sawyer. Ela está mais calma do que estava hoje de manhã, mas ainda está frágil.

— A melhor maneira de lidar com o problema dela é deixá-la se expressar — diz Green.

— O senhor quer se calar *já*, Sr. Green? — diz o Dr. Spiegleman. Os queixos duplos que aparecem por baixo de seu cavanhaque ficam quase rubros. Ele olha furioso para Jack.

— Qual é especificamente a sua solicitação, tenente?

— O senhor tem um gabinete neste hospital, doutor?

— Tenho.

— Seria ideal se eu pudesse conversar meia hora, talvez, com a Sra. Marshall num ambiente seguro e sossegado, onde nossa conversa fosse completamente confidencial. Seu gabinete seria perfeito. Há gente demais na ala, e não se pode falar sem ser interrompido ou ser ouvido por outros pacientes.

— Meu gabinete — diz Spiegleman.

— Se o senhor quiser.

— Venha comigo — diz o médico. — Sr. Green, faça o favor de ficar ao lado do balcão enquanto o tenente Sawyer e eu entramos na galeria.

— O que o senhor mandar. — Ele executa uma mesura debochada e vai saltitando para o balcão. — Em sua ausência, tenho certeza que esse belo rapaz e eu encontraremos algum assunto para conversar.

Sorrindo, Wendell Green apoia os cotovelos no balcão e observa Jack e o Dr. Spiegleman saírem da sala. Seus passos percutem nos ladrilhos do chão até parecer que eles estão no meio do corredor. Então, faz-se silêncio. Ainda sorrindo, Wendell dá meia-volta e encontra o atendente encarando-o sem disfarçar.

— Eu leio o senhor sempre — diz o rapaz. — O senhor escreve muito bem.

O sorriso de Wendell torna-se beatífico.

— Bonito *e* inteligente. Que combinação fantástica. Como é o seu nome?

— Ethan Evans.

— Ethan, não temos muito tempo aqui, então vamos correr com isso. Você acha que membros responsáveis da imprensa devem ter acesso a informações de que o público precisa?

— Claro.

— E você não concordaria que uma imprensa informada é uma de nossas melhores armas contra monstros como o Pescador?

Uma única ruga vertical aparece no cenho de Ethan Evans.

— Armas?

— Deixe eu dizer dessa maneira. Não é verdade que quanto mais sabemos sobre o Pescador, mais chance temos de detê-lo?

O menino balança a cabeça, e a ruga desaparece.

— Diga, acha que o médico vai deixar Sawyer usar o gabinete dele?

— Provavelmente, sim — diz Evans. — Mas não gosto do jeito que aquele Sawyer trabalha. Ele tem uma brutalidade de polícia. Como quando eles batem nas pessoas para fazê-las confessar. Isso é brutalidade.

— Tenho outra pergunta para você. Duas perguntas, na verdade. Há algum armário no gabinete do Dr. Spiegleman? E há algum jeito de você me levar lá sem passar por aquele corredor?

— Ah. — Os olhos apagados de Evans brilham momentaneamente com inteligência. — O senhor quer *ouvir*.

— Ouvir e gravar. — Wendell Green bate no bolso que contém seu gravador cassete. — Para o bem do público, que Deus abençoe a todos.

— Bem, pode ser, sim — diz o rapaz. — Mas o Dr. Spiegleman, ele...

Uma nota de vinte dólares apareceu magicamente enrolada no dedo anular da mão direita de Wendell Green.

— Ande logo, e o Dr. Spiegleman nunca vai saber de nada. Certo, Ethan?

Ethan Evans arranca a nota da mão de Wendell e o chama para vir para trás do balcão, onde ele abre uma porta e diz:

— Vamos, depressa.

Há luzes baixas acesas nas duas pontas do corredor escuro. O Dr. Spiegleman diz:

— Deduzo que o marido da minha paciente lhe contou da fita que ela recebeu hoje de manhã.

— Contou. Como chegou aqui, sabe?

— Acredite, tenente, depois que vi o efeito que aquela fita causou na Sra. Marshall e a ouvi pessoalmente, tentei saber como ela chegou à minha paciente. Toda a nossa correspondência passa pela sala de correspondência do hospital antes de ser entregue, *toda*, seja para pacientes, médicos ou para a administração. Dali, dois voluntários entregam-nas aos destinatários. Deduzo que o pacote com a fita estivesse na sala de correspondência do hospital quando um voluntário passou lá hoje de manhã. Porque o pacote estava endereçado só com o nome da minha paciente, o voluntário foi até a nossa sala de informações gerais. Uma das meninas a levou para cima.

— Alguém não devia tê-lo consultado antes de dar a fita e um gravador a Judy?

— Claro. A enfermeira Bond teria feito isso imediatamente, mas ela não está de plantão hoje. A enfermeira Rack, que está de plantão, supôs que o nome no envelope fazia referência a um apelido de infância e achou que alguma amizade antiga da Sra. Marshall lhe mandara umas músicas para animá-la. E há um gravador cassete no posto de enfermagem, então ela pôs a fita no gravador e entregou-o à Sra. Marshall.

Na penumbra do corredor, os olhos do médico adquirem um brilho sardônico.

— Então, como pode imaginar, foi um inferno. A Sra. Marshall regrediu ao estado em que deu entrada no hospital, o que inclui uma gama de comportamentos alarmantes. Felizmente, por acaso eu estava na casa, e quando ouvi o que tinha acontecido, mandei que a sedassem e a colocassem num quarto seguro. Um quarto seguro, tenente, tem paredes acolchoadas. A Sra. Marshall havia reaberto as feridas nos dedos, e eu não queria que ela se machucasse mais. Quando o sedativo fez efeito, fui falar com ela. Ouvi a fita. Talvez eu devesse ter chamado a polícia imediatamente, mas minha primeira responsabilidade é com minha paciente, e, em vez de chamar a polícia, liguei para o Sr. Marshall.

— De onde?

— Do quarto seguro, pelo meu celular. O Sr. Marshall naturalmente insistiu em falar com a mulher, e ela quis falar com ele. Ficou muito angustiada durante a conversa, e eu tive que lhe dar outro sedativo. Quando ela se acalmou, saí da sala e tornei a ligar para o Sr. Marshall, para lhe contar mais especificamente sobre o conteúdo da fita. Quer ouvi-la?

— Agora não, doutor, obrigado. Mas quero lhe perguntar sobre um aspecto dela.

— Então pergunte.

— Fred Marshall tentou imitar o modo como o senhor reproduziu o sotaque do homem que gravou a fita. Ele lhe soou como algum sotaque reconhecível? Alemão, talvez?

— Andei pensando sobre isso. Parecia uma pronúncia alemã de inglês, mas não era bem isso. Se parecia com alguma coisa reconhecível, era como inglês falado por um francês tentando fazer um sotaque alemão, se isso faz sentido para o senhor. Mas, realmente, eu nunca ouvi nada parecido.

Desde o começo dessa conversa, o Dr. Spiegleman andou medindo Jack, avaliando-o de acordo com padrões que Jack nem sequer pode começar a entender. Sua expressão continua tão neutra e impessoal quanto a de um policial de trânsito.

— O Sr. Marshall me informou que pretendia lhe telefonar. Parece que o senhor e a Sra. Marshall formaram um vínculo bastante extraordinário. Ela respeita sua habilidade no seu serviço, o que é de esperar, mas também parece confiar no senhor. O Sr. Marshall pede que o senhor seja autorizado a entrevistar a mulher dele, e a mulher dele me diz que precisa falar com o senhor.

— Então não deve ser nenhum problema para o senhor deixar que eu fale com ela em particular por meia hora.

O sorriso do Dr. Spiegleman some tão logo aparece.

— Minha paciente e o marido dela demonstram confiança no senhor, tenente Sawyer, mas esta não é a questão. A questão é se eu posso ou não confiar no senhor.

— Confiar em mim para fazer o quê?

— Uma série de coisas. Primeiro, agir pensando no bem de minha paciente. Evitar angustiá-la demais, e também lhe dar falsas esperanças. Minha paciente desenvolveu uma série de delírios centrados na existência de outro mundo de alguma forma contíguo ao nosso. Ela acha que o filho dela está sendo mantido cativo em outro mundo. Preciso lhe dizer, tenente, que minha paciente e o marido dela acham que o senhor está familiarizado com esse mundo de fantasia, isto é, minha paciente aceita inteiramente esta crença, e o marido aceita só provisoriamente, com a alegação de que isso reconforta a mulher dele.

— Entendo isso. — Só há uma coisa que Jack pode dizer ao médico agora, e ele diz. — E o que o senhor deve entender é que em todas as minhas conversas com os Marshall ando agindo na qualidade não oficial de consultor do Departamento de Polícia de French Landing e seu chefe, Dale Gilbertson.

— Qualidade não oficial?

— O chefe Gilbertson andou me pedindo para aconselhá-lo na condução da investigação do Pescador, e há dois dias, depois do desaparecimento de Tyler Marshall, finalmente concordei em fazer o que pudesse. Não tenho nenhum status oficial. Só estou dando ao chefe e à equipe dele o benefício da minha experiência.

— Deixe eu esclarecer isso, tenente. O senhor andou induzindo os Marshall a erro quanto à sua familiaridade com o mundo de fantasia do delírio da Sra. Marshall?

— Vou lhe responder assim, doutor. Sabemos pela fita que o Pescador realmente está mantendo Tyler Marshall cativo. Podemos dizer que ele não está mais neste mundo, mas no do Pescador.

O Dr. Spiegleman ergue as sobrancelhas.

— Acha que esse monstro habita o mesmo universo que nós? — pergunta Jack. — Eu não, nem o senhor. O Pescador vive num mundo só dele, que opera de acordo com regras fantasticamente detalhadas que ele criou ou inventou ao longo dos anos. Com todo o respeito, minha experiência me deixou muito mais familiarizado com estruturas como essa do que os Marshall, a polícia e, a não ser que tenha trabalhado muito com criminosos psicopatas, até o senhor.

— Está falando de fazer perfis? Algo assim?

— Anos atrás, fui convidado a ingressar numa unidade especial do Programa de Análise de Crimes Violentos para a elaboração de perfis, dirigida pelo FBI. — *E isso é o maior eufemismo,* Jack pensa consigo mesmo. *Agora é a sua vez, doutor.*

Siegleman balança a cabeça, lentamente. O brilho distante pisca nas lentes de seus óculos.

— Acho que entendo, sim. — Ele pondera. Suspira, cruza os braços sobre o peito e pondera mais um pouco. Então olha Jack nos olhos. — Tudo bem. Vou deixar que a veja. Sozinho. No meu gabinete. Por 30 minutos. Não haveria de querer atrapalhar um procedimento investigativo avançado.

— Obrigado — diz Jack. — Isso será extremamente útil, prometo-lhe.

— Sou psiquiatra há muito tempo para acreditar em promessas como essa, tenente Sawyer, mas espero que consiga resgatar Tyler Marshall. Deixe-me levá-lo ao meu gabinete. O senhor pode esperar lá enquanto busco minha paciente e a levo até lá por outro corredor. É um pouco mais rápido.

O Dr. Spiegleman marcha para o fim do corredor escuro e vira à esquerda, depois novamente à esquerda, tira uma gorda penca de chaves do bolso e abre uma porta sem identificação. Jack entra atrás dele numa sala que parece ter sido criada pela união de duas salas pequenas. Metade do cômodo é tomado por uma comprida escrivaninha de madeira, uma cadeira, arquivos e uma mesa de centro de tampo de vidro com pilhas de revistas em cima; a outra metade é dominada por um sofá e a poltrona reclinável de couro colocada em sua extremidade. Pôsteres de Georgia O'Keeffe decoram as paredes. Atrás da mesa há uma porta que Jack supõe dê para um pequeno armário; a porta em frente, atrás da poltrona e entre as duas metades do gabinete, parece dar para uma sala contígua.

— Como está vendo — diz o Dr. Spiegleman —, uso este espaço como gabinete e consultório suplementar. A maioria dos meus pacientes entra pela sala de espera, e eu vou trazer a Sra. Marshall por ali. Me dê dois ou três minutos.

Jack agradece-lhe e o médico sai depressa pela porta da sala de espera.

No pequeno armário, Wendell Green tira o gravador cassete do bolso do paletó e cola tanto a máquina quanto a orelha na porta. Seu polegar está no botão RECORD, e seu coração está disparado. Mais uma vez, o jornalista mais ilustre do oeste de Wisconsin está fazendo seu dever para com o homem da rua. Pena que esteja tão escuro naquele armário, mas estar enfiado num buraco negro não é o primeiro sacrifício que Wendell fez por essa sagrada vocação; além do mais, tudo o que ele realmente precisa ver é a luzinha vermelha em seu gravador.

Então, uma surpresa: embora o Dr. Spiegleman tenha saído da sala, lá está a voz dele, perguntando pelo tenente Sawyer. Como aquele charlatão freudiano voltou sem abrir nem fechar uma porta, e o que aconteceu com Judy Marshall?

Tenente Sawyer, preciso falar com o senhor. Atenda o telefone. Tem uma ligação para o senhor e parece urgente.

Claro — ele está no interfone. Quem pode estar ligando para Jack Sawyer e por que a urgência? Wendell espera que o Garoto de Ouro aperte o botão VIVA VOZ, mas infelizmente o Garoto de Ouro não faz isso, e Wendell deve se dar por satisfeito de ouvir só um lado da conversa.

— Uma ligação? — diz Jack. — De quem?

— Ele não quis se identificar — diz o médico. — Alguém a quem o senhor disse que iria à ala D.

Beezer com notícias da Casa Negra.

— Como faço para atender a ligação?

— É só apertar o botão que está piscando — diz o médico. — Linha um. Levo a Sra. Marshall quando eu vir que o senhor já desligou.

Jack aperta o botão e diz:

— Jack Sawyer.

— Graças a Deus — diz a voz mel-e-tabaco de Beezer St. Pierre. — Cara, você tem que vir aqui em casa, quanto antes melhor. Deu tudo errado.

— Você achou a casa?

— Ah, sim, achamos a Casa Negra, sim. Ela não nos recebeu exatamente bem. Aquele lugar quer ficar *escondido,* e faz você saber disso. Alguns dos caras estão machucados. A maioria de nós vai ficar bem, mas Ratinho, sei lá. Ele pegou alguma coisa terrível de uma mordida de cachorro, se aquilo era um cachorro, o que eu duvido. Doc fez o que pôde, mas... Diabo, o cara está fora de si, e não quer deixar a gente levá--lo para o hospital.

— Beezer, por que você não o leva assim mesmo, se ele está precisando?

— Não fazemos as coisas assim. Ratinho não pisa num hospital desde que o velho dele morreu em um. Ele tem muito mais medo de hospital do que do que está acontecendo com a perna dele. Se o levássemos para o Geral de La Riviere, ele provavelmente cairia morto na Sala de Emergência.

— E se não caísse, nunca iria perdoá-los.

— Você sacou. Em quanto tempo pode estar aqui?

— Ainda tenho que conversar com a mulher de que lhe falei. Talvez em uma hora, não mais que isso, de qualquer forma.

— Você não me ouviu? Ratinho está morrendo em cima da gente. Temos um monte de coisas para dizer um ao outro.

— Concordo — diz Jack. — Trabalhe comigo nisso, Beez.

Ele desliga, vira para a porta perto da cadeira do consultório e espera seu mundo mudar.

Do que ele estava falando?, pergunta-se Wendell. Ele desperdiçou dois minutos de fita numa conversa entre Jack Sawyer e o FDP idiota que estragou o filme que poderia ter pago um bom carro e uma casa elegante num promontório sobre o rio, e tudo o que ele ouviu foram inutilidades. Wendell merece o bom carro e a casa elegante, já os ganhou três vezes, e sua sensação de privação o deixa ressentidíssimo. Os Garotos de Ouro recebem tudo de mão beijada, as pessoas tropeçam umas nas outras para lhes dar coisas de que eles nem precisam, mas um lendário trabalhador altruísta e um cavalheiro da imprensa como Wendell Green? Wendell tem que pagar *vinte pratas* para se esconder num armário escuro e abarrotado de coisas só para fazer o seu trabalho!

Seus ouvidos formigam quando ele ouve a porta se abrir. A luz vermelha está acesa, o fiel gravador passa a fita pronta de um carretel para o outro, e o que quer que aconteça agora vai mudar tudo. O intestino de Wendell, aquele órgão infalível, seu melhor amigo, esquenta com a segurança de que a justiça em breve será sua.

A voz do Dr. Spiegleman passa pela porta do armário e fica gravada na fita que está rodando:

— Agora vou deixar vocês dois sozinhos.

Garoto de Ouro:

— Ótimo.

O fechar suave da porta, o clique da lingueta. Depois, longos segundos de silêncio. *Por que eles não estão se falando?* Mas, claro... a resposta é óbvia. *Estão esperando que o gordão do Spiegleman saia do raio de escuta.*

Ah, isso é uma delícia, é isso que é! O sussurro dos passos do Garoto de Ouro caminhando para aquela porta quase confirma a excelente intuição do repórter. Ó intestino de Wendell Green, Ó Instrumento

Maravilhoso e Confiável, mais uma vez você traz os bens jornalísticos! Wendell ouve, a máquina grava o próximo ruído inevitável: o clique da tranca.

Judy Marshall:

— Não esqueça a porta atrás de você.

Garoto de Ouro:

— Como vai?

Judy Marshall:

— Muitíssimo melhor, agora que você está aqui. A porta, Jack.

Outro conjunto de passos, outro inconfundível encaixe de uma tranca de metal.

Garoto-prestes-a-se-arruinar:

— Andei pensando em você o dia inteiro. Andei pensando sobre *isso*.

A Prostituta, a Puta, a Rameira:

— Meia hora basta?

Ele Com o Pé na Armadilha:

— Se não bastar, ele só terá que bater nas portas.

Wendell mal consegue se conter para não cantar de alegria. Essas duas pessoas vão realmente fazer sexo uma com a outra, vão arrancar a roupa e trepar como bichos. Cara, isso é que é vingança! Quando Wendell Green acabar com ele, Jack Sawyer vai estar com a reputação pior que a do Pescador.

Os olhos de Judy parecem cansados, seu cabelo está fraco e as pontas de seus dedos estão vestidas com o branco incrível da gaze nova, mas além de registrar a profundidade de seus sentimentos, seu rosto brilha com a beleza clara e duramente conquistada da força imaginativa que ela convocou para merecer o que viu. A Jack, Judy Marshall parece uma rainha presa injustamente. Em vez de disfarçar sua nobreza de espírito inata, a bata de hospital e a camisola desbotada realçam-na muito mais. Jack tira os olhos dela por tempo suficiente para olhar para a segunda porta, depois dá um passo em direção a ela.

Ele vê que não pode lhe contar nada que ela já não saiba. Judy completa o movimento que ele começou; vai para a frente dele e estende as mãos para serem seguradas.

— Andei pensando em você o dia inteiro — ele diz, pegando as mãos dela. — Andei pensando sobre *isso*.

A resposta dela inclui tudo o que ela veio ver, tudo o que eles precisam fazer.

— Meia hora basta?

— Se não bastar, ele só terá que bater nas portas.

Eles sorriem; ela aumenta a pressão nas mãos dele.

— Então ele pode ficar batendo.

Muitíssimo de leve, ela o puxa, e o coração de Jack bate com a expectativa de um abraço.

O que ela faz é muito mais extraordinário que um mero abraço: ela abaixa a cabeça e, com dois toques leves e secos dos lábios, beija-lhe as mãos. Então ela aperta as costas da mão direita dele no rosto, e recua. Os olhos dela se acendem.

— Você sabe da fita.

Ele faz que sim com a cabeça.

— Fiquei louca quando ouvi, mas mandá-la para mim foi um erro. Ele me forçou demais. Porque voltei a ser aquela criança que ouvia outra criança sussurrando através de uma parede. Enlouqueci e tentei rasgar a parede. Ouvi meu filho gritar me pedindo socorro. E ele estava ali, do outro lado da parede. Aonde você tem que ir.

— Aonde *nós* temos que ir.

— Aonde nós temos que ir. Sim. Mas não posso atravessar a parede, e você pode. Então você tem trabalho para fazer, o trabalho mais importante que pode haver. Você tem que encontrar Ty, e tem que deter o abalá. Eu não sei o que é, exatamente, mas detê-lo é seu *trabalho*. Estou dizendo isso direito: você é um puliça?

— Você falou certo — diz Jack. — Sou um puliça. Por isso este é meu trabalho.

— Então isso também é certo. Você tem que se *livrar* de Gorg e do amo dele, o Sr. Munshun. O nome dele mesmo não é este, mas soa assim: Sr. Munshun. Quando endoidei e tentei varar o mundo, ela me disse, e ela podia falar baixinho no meu ouvido. Eu estava muito perto!

O que deduz dessa conversa Wendell Green, orelha e gravador colados à porta? Não é o que ele esperava ouvir: os grunhidos e gemidos animais de desejo sendo satisfeito ativamente. Wendell Green range os dentes, contrai o rosto num esgar de frustração.

— Adoro que você tenha se permitido ver — diz Jack. — Você é um ser humano incrível. Não há uma pessoa em mil que poderia sequer entender o que isso significa, muito menos fazer isso.

— Você fala demais — diz Judy.

— Quero dizer que amo você.

— À sua maneira, você me ama. Mas sabe de uma coisa? Só de vir aqui você me tornou mais do que eu era. Há uma espécie de *raio* que sai de você, e eu só me segurei nesse raio. Jack, você *viveu* lá, e tudo o que eu podia fazer era dar uma espiada ali de vez em quando. Mas isso basta. Estou satisfeita. Você e a ala D me deixam viajar.

— O que você tem dentro de você a deixa viajar.

— Certo, três vivas para um surto de loucura bem examinado. Agora está na hora. Você tem que ser um puliça. Só posso ir até a metade do caminho, mas você vai precisar de toda a sua força.

— Acho que sua força vai surpreendê-la.

— Pegue as minhas mãos e faça isso, Jack. Atravesse. Ela está esperando, e tenho que dar você para ela. Você sabe o nome dela, não?

Ele abre a boca, mas não consegue falar. Uma força que parece vir do centro da Terra invade seu corpo, mandando uma descarga elétrica por sua corrente sanguínea, encolhendo seu crânio, colando seus dedos trêmulos aos de Judy, que também tremem. Uma sensação de imensa leveza e mobilidade cresce nos espaços vazios de seu corpo; ao mesmo tempo, ele nunca teve tanta consciência da obstinação de seu corpo, de sua resistência ao voo. Quando eles partirem, ele pensa, será como o lançamento de um foguete. O chão parece vibrar sob seus pés.

Ele consegue baixar os olhos por seus braços até Judy Marshall, que está encostada para trás com a cabeça paralela ao chão trêmulo, de olhos fechados, sorrindo num transe de realização. Uma faixa de luz branca tremeluzente a rodeia. Os belos joelhos, as pernas brilhando embaixo da bainha da velha roupa azul, os pés descalços plantados. Aquela luz também bruxuleia em volta dele. *Tudo isso vem dela,* pensa Jack, *e de...*

Ouve-se um barulho de precipitação, e as gravuras de Georgia O'Keeffe voam das paredes. O sofá baixo desencosta da parede; papéis sobem rodopiando da mesa instável. Uma lâmpada halógena magra se espatifa no chão. E por todo o hospital, em cada andar, em cada quarto e em cada enfermaria, camas vibram, televisores ficam pretos, instrumentos chacoalham em suas bandejas chacoalhantes, luzes bruxuleiam. Brinquedos caem das prateleiras da loja de presentes e os vasos com os lírios de haste comprida deslizam pelo mármore. No quinto andar, lâmpadas explodem provocando chuvas de faíscas douradas.

O barulho de furacão aumenta, aumenta, e com um grande zunido torna-se um lençol de luz, que imediatamente se transforma num ponto do tamanho de uma cabeça de alfinete e desaparece. Quem desaparece também é Jack Sawyer; e quem desaparece do armário é Wendell Green.

Sugados *para os Territórios, soprados para fora de um mundo e sugados para outro, fulminados e arrastados, cara, estamos cem níveis acima da passagem simples e conhecida.* Jack está deitado, olhando para um lençol branco esgarçado que oscila como uma vela rasgada. Um quarto de segundo atrás, ele viu outro lençol feito de pura luz, e não literal como este. O ar suave e fragrante o abençoa. A princípio, ele só tem consciência de que alguém segura sua mão direita, depois, de que uma mulher incrível está deitada ao lado dele. Judy Marshall. Não, não é Judy Marshall, a quem ele realmente ama, à sua maneira, mas sim outra mulher incrível, que uma vez sussurrou para Judy através de uma parede de noite e recentemente chegou muito mais perto. Ele esteve prestes a dizer o nome dela quando...

Um rosto encantador parecido com o de Judy e ao mesmo tempo diferente entra em seu campo visual. Foi feito no mesmo torno, assado no mesmo forno, cinzelado pelo mesmo escultor apaixonado, porém mais delicadamente, com um toque mais leve e mais acariciante. Jack está tão maravilhado que não consegue se mexer. Mal consegue respirar. Essa mulher cujo rosto agora está acima dele, sorrindo com ternura e impaciência, nunca foi casada nem teve filhos, nunca viajou para fora de seus Territórios nativos, nunca entrou num avião, num carro, nunca ligou uma televisão, nunca tirou gelo de um freezer nem usou um micro-ondas; e irradia inteligência e graça interior. Ela tem, ele vê, uma luz interior.

Humor, ternura, compaixão, inteligência brilham em seus olhos e falam a partir das curvas de sua boca, da própria forma de seu rosto. Ele

sabe o nome dela, e o nome dela é perfeito para ela. Parece a Jack que ele se apaixonou num instante por essa mulher, que se engajou no ato à causa dela, e finalmente, ele vê que pode dizer o nome perfeito dela:
Sophie.

Capítulo Vinte e Um

— Sophie.

Ainda segurando a mão dela, ele se levanta, puxando-a com ele. Os pés dele tremem. Os olhos dele parecem quentes e grandes demais para as órbitas. Ele está tão apavorado quanto exaltado, exatamente na mesma medida. Seu coração palpita, mas, ah, as batidas são doces. Na segunda tentativa, ele consegue dizer o nome dela um pouco mais alto, mas sua voz ainda não sai direito, e seus lábios estão tão dormentes que parecem ter sido esfregados com gelo. Ele fala como um homem que levou um soco forte no estômago.

— Sim.
— Sophie.
— Sim.
— Sophie.
— Sim.

Há algo estranhamente familiar nisso, essa sua repetição do nome dela e a resposta simples que ela dá. Familiar e engraçado. E ele se lembra: há uma cena quase idêntica a esta em *The Terror of Deadwood Gulch*, depois que um dos clientes do Saloon Lazy 8 nocauteou Bill Towns com uma garrafa de uísque. Lily, no papel da doce Nancy O'Neal, joga um balde de água na cara dele, e quando ele senta, eles...

— Isso é engraçado — diz Jack. — É um trecho bom. A gente devia estar rindo.

Com o mais leve dos sorrisos, Sophie diz:

— Sim.
— Morrendo de rir.
— Sim.
— *Sorrendo* de rir.
— Sim.

— Eu não estou falando mais inglês, estou?
— Não.

Ele vê duas coisas nos olhos azuis dela. A primeira é que ela não sabe a palavra *inglês*. A segunda é que ela sabe exatamente o que ele quer dizer.

— Sophie.
— Sim.
— Sophie-Sophie-Sophie.

Tentando apreender a realidade disso. Tentando martelar isso como quem prega um prego no lugar certo.

Um sorriso lhe ilumina o rosto e lhe enriquece a boca. Jack imagina como seria beijar aquela boca, e fica de perna bamba. De repente, ele tem 14 anos de novo e está se perguntando se ousa dar um beijo de boa-noite na namorada depois de deixá-la em casa.

— Sim-sim-sim — ela diz, firmando o sorriso. E depois: — Já pegou a coisa? Você entende que está aqui e como chegou aqui?

Acima e em volta dele, as ondas do panejamento de um tecido branco diáfano suspiram como uma respiração viva. Meia dúzia de correntes conflitantes toca seu rosto e o faz se dar conta de que ele estava coberto de suor do outro mundo e está cheirando mal. Ele limpa a testa e as faces com o braço em movimentos rápidos, sem querer perdê-la de vista mais que um instante de cada vez.

Eles estão numa espécie de tenda. É enorme — dividida em vários compartimentos —, e Jack pensa rapidamente no pavilhão em que a Rainha dos Territórios, o Duplo de sua mãe, jazia moribunda. Aquele lugar era cheio de cores e salas, recendendo a incenso e tristeza (pois a morte da Rainha parecia inevitável, claro — era só uma questão de tempo). Este está malconservado e esfrangalhado. As laterais e o teto estão furados, e onde permanece inteiro, o tecido branco é tão fino que dá para Jack ver o terreno inclinado lá fora, e as árvores que o vestem. Farrapos tremulam das beiradas de alguns dos buracos quando o vento sopra. Bem em cima de sua cabeça, ele vê uma forma bordô imprecisa. Uma espécie de cruz.

— Jack, você entende como você...
— Entendo. Eu atravessei. — Embora esta não seja a palavra que sai de sua boca. O significado literal da palavra que sai parece ser *estra-*

da horizontal. — E parece que suguei um bom número de acessórios de Spiegleman comigo. — Ele se abaixa e pega uma pedra chata com uma flor gravada. — Acho que em meu mundo isto era uma gravura de Georgia O'Keeffe. E isso — ele aponta para uma tocha chamuscada e sem fogo encostada numa das paredes frágeis do pavilhão —, acho que era uma — mas não há palavras para aquilo naquele mundo, e o que sai de sua boca soa tão feio quanto uma praga em alemão — lâmpada halógena.

Ela franze o cenho.

— Lampa da losna?

Ele sente os lábios se abrirem num pequeno sorriso.

— Não importa.

— Mas você está bem.

Ele entende que ela precisa que ele esteja bem, então dirá que está, mas não está. Está doente e feliz por isso. Ele é um papai apaixonado e não quer outra coisa. Descontando o que sentia pela mãe — um tipo de amor muito diferente, apesar do que os freudianos possam pensar —, é a primeira vez para ele. Ah, naturalmente ele *pensava* já ter tido e superado paixões, mas isso foi antes de hoje. Antes do azul tranquilo dos olhos dela, do sorriso, e até do jeito que as sombras criadas pela tenda decadente passam pelo rosto dela como cardumes de peixes. Neste momento, ele tentaria voar de uma montanha por ela, se ela pedisse, ou atravessaria uma floresta em chamas, ou iria buscar gelo polar para esfriar o chá dela, e estar bem *não* é isso.

Mas ela precisa que ele esteja.

Tyler precisa que ele esteja.

Sou um puliça, ele pensa. A princípio, o conceito parece insubstancial comparado à beleza dela — à simples *realidade dela* —, mas aí começa a fazer efeito. Como sempre fez. O que mais o levou ali, afinal de contas? Contra a vontade e as melhores intenções dele?

— Jack?

— Sim. Estou bem. Já atravessei antes. *Mas nunca para chegar à presença de tamanha beleza,* ele pensa. *Este é o problema. Você é o problema, minha dama.*

— Sim. Ir e vir é seu dom. *Um* de seus dons. Assim me disseram.

— Quem disse?

— Daqui a pouco — diz ela. — Daqui a pouco. Há muito o que fazer, no entanto acho que preciso de um instante. Você... me tira o fôlego.

Jack está felicíssimo em saber isso. Ele vê que ainda está segurando a mão dela, e a beija, como Judy beijou suas mãos no mundo do outro lado da parede, e, ao fazer isso, ele vê a gaze nas pontas de três dos dedos dela. Ele gostaria de ter a coragem de tomá-la nos braços, mas ela o intimida: sua beleza e sua presença. Ela é ligeiramente mais alta que Judy — coisa de 5 centímetros, certamente não mais que isso — e tem o cabelo mais claro, o tom dourado do mel bruto pingando de um pente quebrado. Está usando um vestido simples de algodão branco, debruado de um azul que combina com seus olhos. O estreito decote em V emoldura o pescoço dela. A bainha cai logo abaixo dos joelhos. Suas pernas estão nuas, mas ela está usando uma pulseira de prata no tornozelo, tão fina que quase não se vê. Ela tem mais busto que Judy e é um pouco mais larga de quadris. *Irmãs*, você poderia pensar, só que elas têm as mesmas sardas no nariz e a mesma cicatriz branca nas costas da mão esquerda. Diferentes acidentes causaram aquela cicatriz, Jack não tem dúvida, mas também não tem dúvida que esses acidentes ocorreram no mesmo dia e na mesma hora.

— Você é o Duplo dela. O Duplo de Judy Marshall. — Só que a palavra que lhe sai da boca não é *Duplo*; por incrível e idiota que pareça, soa como *harpa*. Depois ele pensará em como as cordas de uma harpa ficam juntas, só a um dedo de distância umas das outras, e concluirá que essa palavra afinal de contas não é tão tola.

Ela olha para baixo, desalentada, depois torna a erguer a cabeça e tenta sorrir.

— *Judy*. Do outro lado da parede. Quando éramos crianças, Jack, falávamos juntas muitas vezes. Mesmo quando crescemos, embora aí falássemos nos sonhos uma da outra. — Ele está alarmado vendo lágrimas se formarem em seus olhos e depois lhe escorrendo pelo rosto. — Eu a enlouqueci? A fiz ficar maluca? Por favor, diga que não.

— Não — diz Jack. — Ela está na corda bamba, mas ainda não caiu. Aquela ali é dura.

— Você tem que lhe trazer Tyler de volta — diz-lhe Sophie. — Por nós duas. Eu nunca tive filhos. Não *posso* ter filhos. Eu fui... maltratada, entende. Quando eu era pequena. Maltratada por uma pessoa que você conheceu bem.

Uma terrível certeza se forma na mente de Jack. Em volta deles, o pavilhão em ruínas tremula e geme com a brisa maravilhosamente perfumada.

— Foi Morgan? Morgan de Orris?

Ela abaixa a cabeça, e talvez seja o melhor a fazer. A cara de Jack, naquele momento, está repuxada num esgar feio. Naquele momento, ele gostaria de poder matar de novo o Duplo de Morgan Sloat. Ele pensa em lhe perguntar como ela foi maltratada, e aí ele se dá conta de que não precisa.

— Quantos anos você tinha?

— Doze — ela diz... como Jack sabia que ela diria.

Foi naquele mesmo ano, o ano em que Jacky tinha 12 anos e veio aqui para salvar a mãe. Mas *será* que ele veio aqui? Será que aqui é mesmo os Territórios? De alguma maneira, não parece ser. É quase... mas não exatamente.

Não é surpresa para ele que Morgan estuprasse uma criança de 12 anos, e o fizesse de uma maneira que não a deixasse mais ter filhos. Absolutamente. Morgan Sloat, às vezes conhecido como Morgan de Orris, queria mandar não só em um ou dois mundos, mas no universo inteiro. O que são algumas crianças estupradas para um homem com tais ambições?

Ela passa delicadamente os polegares na pele embaixo dos olhos dele. É como ser tocado por plumas. Ela está olhando para ele com uma espécie de espanto.

— Por que você está chorando, Jack?

— O passado — ele diz. — Não é sempre o que faz chorar? — E pensa na mãe, sentada à janela, fumando um cigarro e ouvindo "Crazy Arms" no rádio. — Sim, é sempre o passado. Aí é que está o sofrimento, em tudo que não se pode superar.

— Talvez sim — ela concede. — Mas hoje não há tempo para pensar no passado. É no futuro que temos que pensar hoje.

— Sim, mas se eu puder fazer só umas perguntas...

— Tudo bem, mas não muitas.

Jack abre a boca e tenta falar, e faz uma cara meio embasbacada quando nada sai. Aí ele ri.

— Você também me tira o fôlego — ele lhe diz. — Tenho que ser honesto a respeito disso.

Um leve rubor aparece nas faces de Sophie, e ela baixa os olhos. Abre a boca para dizer alguma coisa... depois aperta os lábios de novo. Jack gostaria que ela tivesse falado e ao mesmo tempo está feliz por ela não ter feito isso. Ele aperta a mão dela com delicadeza, e ela olha para ele, arregalando os olhos azuis.

— Eu conheci você? Quando você tinha 12 anos?

Ela faz que não com a cabeça.

— Mas eu a vi.

— Talvez. No grande pavilhão. Minha mãe era uma das criadas da Rainha Boa. Eu também era... a mais moça. Você pode ter me visto nessa época. Acho que você me viu, *sim*.

Jack custa um pouco a digerir a maravilha disso, depois continua. O tempo é curto. Ambos sabem disso. Dá quase para ele sentir o tempo correndo.

— Você e Judy são Duplos, mas nenhuma de vocês viaja... ela nunca esteve na sua cabeça aqui e você nunca esteve na cabeça *dela*, lá. Vocês... falam através de uma parede.

— É.

— Quando ela escreveu coisas, era você, sussurrando através da parede.

— Era. Eu sabia o quanto eu a estava forçando, mas eu tinha que fazer isso. *Tinha!* Não se trata apenas de lhe restituir o filho, por mais importante que isso possa ser. Há considerações maiores.

— Tais como?

Ela balança a cabeça.

— Eu não sou a pessoa para lhe dizer. A pessoa que vai fazer isso é muito melhor que eu.

Ele estuda os pequenos curativos que lhe cobrem as pontas dos dedos, e pensa na força que Sophie e Judy devem ter feito para tentar atravessar a parede para se encontrar. Morgan Sloat aparentemente podia virar Morgan Orris quando quisesse. Quando era um menino de 12 anos, Jack encontrara outras pessoas com o mesmo dom. Ele, não. Ele tinha uma natureza única e sempre fora Jack nos dois mundos. Judy e Sophie, no entanto, deram provas de ser incapazes de atravessar de um mundo para o outro, fosse lá como fosse. Algo fora deixado de fora delas, e elas só podiam sussurrar através da parede entre os mundos. Devia haver coisas mais tristes, mas, naquele momento, ele não consegue pensar em nenhuma.

Jack olha em volta para a tenda em frangalhos, que parece respirar com a claridade e a sombra. Farrapos tremulam. Na sala ao lado, por um buraco na parede de tecido diáfano, ele vê alguns catres virados.

— O que é este lugar? — ele pergunta.

Ela sorri.

— Para alguns, um hospital.

— Ah? — Ele ergue os olhos e mais uma vez repara na cruz. Agora bordô mas, sem dúvida, um dia, vermelha. *Uma cruz vermelha, burro*, ele pensa. — Ah! Mas não é um pouco... bem... velho?

O sorriso de Sophie se abre, e Jack percebe que é irônico. Seja que tipo de hospital for, ou tenha sido, ele está imaginando que tenha pouca ou nenhuma semelhança com os hospitais nos seriados *General Hospital* ou *Plantão médico*.

— Sim, Jack. *Muito* velho. Uma vez, havia 12 ou mais dessas tendas nos Territórios, No-Mundo e Mundo Médio; agora só há algumas. Talvez só esta. Hoje está aqui. Amanhã... — Sophie levanta as mãos, depois as abaixa. — Em qualquer lugar! Talvez até do lado da parede onde está Judy.

— Mais ou menos como um programa itinerante de medicina.

Isso é supostamente uma piada, e ele fica espantado quando ela primeiro balança afirmativamente a cabeça, depois ri e bate palmas.

— É, é mesmo! Embora você não fosse querer ser tratado ali.

O que exatamente ela está tentando dizer?

— Suponho que não — ele concorda, olhando para as paredes podres, os painéis aos pedaços do teto e as escoras velhíssimas. — Não parece exatamente esterilizado.

Seriamente (mas com os olhos faiscando), Sophie diz:

— No entanto, se você fosse um paciente, acharia que é incomensuravelmente lindo. E consideraria suas enfermeiras, as Irmãzinhas, as mais bonitas que qualquer pobre paciente já teve.

Jack olha em volta.

— Onde estão elas?

— As Irmãzinhas não saem quando faz sol. E se quisermos continuar nossas vidas com a bênção, Jack, cada um de nós já vai ter se separado e seguido seu caminho a partir daqui, bem antes de escurecer.

É triste para ele ouvi-la mencionar caminhos separados, embora ele saiba que isso é inevitável. A tristeza não diminui sua curiosidade, porém; uma vez "puliça", parece, sempre "puliça".

— Por quê?

— Porque as Irmãzinhas são vampiros, e os pacientes delas nunca ficam bons.

Espantado, aflito, Jack olha em volta procurando sinais delas. Certamente a incredulidade não lhe passa pela cabeça — um mundo que pode gerar lobisomens pode gerar tudo, ele supõe.

Ela toca o pulso dele. Um pequeno estremecimento de desejo o percorre.

— Não tenha medo, Jack, elas também servem ao Feixe. *Todas* as coisas servem ao Feixe!

— Que feixe?

— Não importa. — A pressão da mão em seu pulso aumenta. — A pessoa que pode responder às suas perguntas estará aqui em breve, se já não está. — Ela lhe lança um olhar enviesado que contém um lampejo de sorriso. — E depois que a tiver ouvido, você estará mais apto a fazer perguntas relevantes.

Jack percebe que foi claramente repreendido, mas, partindo dela, isso não dói. Ele se permite ser conduzido por todas as salas do hospital grande e antigo. À medida que vão passando de uma sala a outra, ele sente o quanto aquele lugar é realmente grande. Também percebe que, apesar das brisas frescas, sente um cheiro fraco e desagradável, algo que pode ser uma mistura de vinho fermentado e carne estragada. Quanto ao tipo de carne, Jack teme que pode imaginar muito bem. Depois de visitar mais de cem locais de crime de homicídio, ele *deveria* poder.

Seria indelicado ir embora enquanto Jack está conhecendo o amor da vida dele (sem falar que seria um defeito da narrativa), então não fomos. Agora, no entanto, vamos atravessar as finas paredes da tenda do hospital. Lá fora há uma paisagem seca, mas não desagradável, de pedras vermelhas, sálvia, flores do deserto meio parecidas com o lírio-mariposa, pinheiros atrofiados e alguns cactos. De algum lugar não muito longe, ouve-se o suspiro constante e fresco de um rio. O pavilhão do hospital farfalha e tremula tão oniricamente quanto as velas de um navio singrando a favor dos ventos alísios. Voando ao longo do lado leste da grande tenda em ruínas à nossa maneira fácil e peculiarmente agradável, vemos um rastro de lixo. Há mais pedras com desenhos, há uma rosa de cobre maravilhosamente bem-feita que foi deformada por algum calor fortíssimo, há um pequeno tapete de trapos que parece ter sido cortado em dois por um cutelo de açougueiro. Há outras coisas também, coisas que resistiram a qualquer modificação em sua passagem ciclônica de um mundo a outro. Vemos a caixa escura de um tubo de imagem de televisor jazendo em meio a cacos de vidro espalhados, várias pilhas Duracell AA, um pente e, talvez o mais estranho de tudo, uma calcinha de náilon branca com a palavra *Sunday* escrita de um lado num rosa bem-comportado. Houve uma colisão de mundos; aqui, ao longo do lado leste do pavilhão do hospital, há uma mistura de detritos que atesta quão forte foi essa colisão.

No fim desta nuvem de fumaça suja — a cabeça do cometa, podemos dizer — está sentado um homem que reconhecemos. Não estamos acostumados a vê-lo vestido com uma bata marrom tão feia (e ele claramente não sabe como usar tal vestimenta, porque, se olharmos para ele do ângulo errado, podemos ver *muito* mais do que queremos), ou de sandálias em vez de sapatos de biqueira, ou com o cabelo apanhado num rabo de cavalo grosseiro e preso com uma tira de couro cru, mas este é sem dúvida Wendell Green. Ele está falando sozinho. Uma baba espirra dos cantos de sua boca. Ele está olhando fixo para um bolo de papel almaço amassado em sua mão direita. Ignora todas as mudanças mais cataclísmicas que ocorreram à volta dele e focaliza apenas esta. Se conseguir entender como seu minigravador Panasonic transformou-se num pequeno bolo de papel antigo, talvez passe ao resto. Antes, não.

Wendell (continuaremos a chamá-lo de Wendell, sim, e não se preocupe com qualquer nome que ele possa ou não ter neste cantinho de existência, já que *ele* não sabe nem quer saber qual é) espia as pilhas Duracell AA. Ele se arrasta até elas, pega-as e começa a tentar enfiá-las no pequeno bolo de papel almaço. Não funciona, claro, mas isso não o impede de tentar. Como George Rathbun poderia dizer: "Dê àquele menino um mata-moscas e ele tentará usá-lo para caçar o jantar."

— Nossa — diz o repórter investigativo favorito do condado de Coulee, enfiando repetidamente as pilhas no papel almaço. — Nossa... entra. Nossa... entra! Droga, entra no...

Um som, parecendo um tilintar do que só pode ser, valha-nos Deus, esporas, interrompe a concentração de Wendell, e ele ergue uns olhos esbugalhados. Sua sanidade talvez não tenha ido embora para sempre, mas certamente pegou a mulher e os filhos e saiu de férias. E a atual visão diante de seus olhos também não há de persuadi-la a voltar tão cedo.

Certa vez, em nosso mundo, havia um ótimo ator negro chamado Woody Strode. (Lily o conheceu; na verdade, atuou com ele, numa chanchada da American International chamada *Execution Express*.) O homem que agora se aproxima do lugar onde Wendell Green está agachado com suas pilhas e seu bolo de papel almaço é parecidíssimo com esse ator. Ele está usando jeans desbotado, uma camisa de cambraia azul, um lenço de pescoço e um revólver pesado num cinturão de couro onde faíscam uns 12 cartuchos. Ele é calvo e tem olhos fundos. Pendurada em um dos ombros por uma alça de desenho curioso, ele tem uma guitarra. Empoleirado no outro, tem o que parece ser um papagaio. O papagaio tem duas cabeças.

— Não, não — diz Wendell num tom de repreensão moderado. — Não. Não veja. Não veja. Isso.

Ele abaixa a cabeça e mais uma vez tenta enfiar as pilhas no bolo de papel.

A sombra do recém-chegado cai sobre Wendell, que se recusa firmemente a erguer os olhos.

— Oi, estrangeiro — diz o recém-chegado.

Wendell continua sem olhar.

— Meu nome é Parkus. Sou a lei por aqui. Qual é a sua graça?

Wendell se recusa a responder, a menos que possamos chamar de resposta os grunhidos baixos que saem de sua boca babada.

— Perguntei seu nome.

— Wen — diz nosso velho conhecido (não podemos chamá-lo realmente de amigo), sem erguer os olhos. — Wen. Dell. Gree... Green. Eu... eu... eu...

— Não precisa se apressar — diz Parkus (não sem compaixão). — Posso esperar até seu ferro de marcar ficar em brasa.

— Eu... águia da notícia!

— Ah? Isso que você é? — Parkus se agacha; Wendell se encolhe contra a parede frágil do pavilhão. — Bem, isso não faz tocar o surdo na frente da parada? Vou lhe dizer uma coisa, já vi águias-*pescadoras*, e já vi águias-*vermelhas*, e já vi *açores*, mas você é minha primeira águia da *notícia*.

Wendell olha para cima, piscando rapidamente.

No ombro esquerdo de Parkus, uma cabeça do papagaio diz:

— Deus é amor.

— Vá para a puta que o pariu — replica a outra cabeça.

— Todos precisam buscar o rio da vida — diz a primeira cabeça.

— Chupa o meu pau — diz a segunda.

— Crescemos para Deus — responde a primeira.

— Queima um baseado — convida a segunda.

Embora ambas as cabeças falem de maneira uniforme — até em tons de discurso razoável —, Wendell se encolhe mais ainda, depois olha para baixo e recomeça furiosamente seu trabalho inútil com as pilhas e o bolo de papel, que agora está desaparecendo no tubo encardido de seu punho.

— Não ligue para eles — diz Parkus. — Claro que *eu* não ligo. Já nem os ouço, e é verdade. Calem a boca, meninos.

Os papagaios ficam calados.

— Uma cabeça é o Sagrado, a outra, o Profano — diz Parkus. — Deixo as duas por perto só para me lembrar que...

Ele é interrompido pelo som de passos se aproximando, e torna a se levantar com agilidade, de uma vez só. Jack e Sophie estão chegando, de mãos dadas, com a total despreocupação de crianças a caminho da escola.

— Speedy! — grita Jack, abrindo um sorriso.

— Ora, Jack Viajante! — diz Parkus, com outro sorriso. — Prazer em vê-lo! Olhe só para você, você está crescido.

Jack corre e abraça Parkus, que também o abraça, com entusiasmo. Logo depois, Jack segura Parkus com os braços estendidos e o estuda.

— Você era mais velho, *a mim* parecia mais velho, pelo menos. Nos dois mundos.

Ainda sorrindo, Parkus balança a cabeça afirmativamente. E quando torna a falar, é com o sotaque de Speedy Parker.

— Acho que pareço mais velho, Jack. Você era uma criança, lembra?

— Mas...

Parkus faz um gesto com a mão.

— Às vezes, pareço mais velho, às vezes, não muito. Tudo depende de...

— Idade e sabedoria — diz piedosamente uma cabeça do papagaio, ao que a outra responde:

— Seu velho caduco.

— ... depende do lugar e das circunstâncias — Parkus conclui, depois diz: — E mandei vocês ficarem calados. Se continuarem, sou capaz de torcer esse pescoço descarnado de vocês. — Ele volta a atenção para Sophie, que está olhando arregalada para ele, espantada e tímida como uma corça. — Sophie — ele diz. — É maravilhoso ver você, querida. Eu não disse que ele viria? E cá está ele. Demorou um pouco mais que eu esperava, só isso.

Ela faz uma pequena reverência para ele, abaixando um joelho, curvando o pescoço.

— Obrigada — diz ela. — Venha em paz, pistoleiro, e siga o seu caminho pelo Feixe com meu amor.

Diante disso, Jack sente um calafrio estranho e forte, como se muitos mundos tivessem falado num tom harmônico, baixo, mas sonoro.

Speedy — assim Jack ainda pensa nele — pega a mão dela e insiste para que ela fique de pé.

— Levante, menina, e olhe nos meus olhos. Não sou nenhum pistoleiro aqui, não nas terras da fronteira, mesmo se de vez em quando eu ainda levar o velho berro. De qualquer forma, tenho muita coisa para falar com você. Não é hora para cerimônia. Venham até a subida comigo, vocês dois. Vocês têm que palestrar, como dizem os pistoleiros. Ou eu costumava dizer, antes que o mundo continuasse. Matei uma boa braçada de perdizes, e acho que elas vão dar um bom prato.

— E o... — Jack aponta para aquela coisa agachada e ranzinza que é Wendell Green.

— Ora, ele parece bem ocupado — diz Parkus. — Me disse que é uma águia da notícia.

— Receio que ele esteja se supervalorizando — retruca Jack. — O velho Wendell ali é um *abutre* da notícia.

Wendell vira um pouco a cabeça. Ele se recusa a erguer os olhos, mas seus lábios se abrem num sorrisinho irônico que pode ser mais um reflexo que realmente um sorriso.

— Ouvi. Isso. — Ele luta. A boca torna a se esticar, e dessa vez o sorrisinho não parece tanto um reflexo. É, na verdade, um ríctus agressivo. — Ga. *Ga.* Ga-roto de ouro. Holly. Wood.

— Ele conseguiu pelo menos conservar um pouco do charme e da *joie de vivre* — diz Jack. — Vai ficar bem aqui?

— Quase ninguém com alguma coisa na cabeça chega perto da tenda das Irmãzinhas — diz Parkus. — Ele vai ficar bem. E se sentir o cheiro de alguma coisa gostosa no ar e vier dar uma olhada, ora, acho que podemos lhe dar de comer. — Ele se vira para Wendell. — Vamos logo ali. Se quiser vir nos visitar, ora, basta vir. Está me entendendo, Sr. Águia da Notícia?

— Wen. Dell. *Green.*

— Wendell Green, sim senhor. — Parkus olha para os outros. — Vamos. Vamos embora.

— Não devemos esquecer dele — murmura Sophie, com uma olhadela para trás. — Vai escurecer dentro de poucas horas.

— Não — Parkus concorda quando eles chegam ao topo da ladeira mais próxima. — Não daria para deixá-lo ao lado daquela tenda depois de escurecer. Não daria de jeito nenhum.

Há mais folhagem na descida do outro lado da ladeira — há até um riachinho, presumivelmente a caminho do rio que Jack pode ouvir a distância —, mas o lugar ainda parece mais com o norte de Nevada do que com o oeste de Wisconsin. No entanto, de certa forma, pensa Jack, isso faz sentido. A última travessia não foi comum. Ele se sente como uma pedra que vai repicando na superfície de um lago, de uma borda a outra; quanto ao pobre Wendell...

À direita de onde eles descem o outro lado do barranco, um cavalo foi amarrado à sombra do que Jack julga ser uma iúca. A uns 30 metros na descida do barranco à esquerda, há um círculo de pedras erodidas. Dentro do círculo, uma fogueira, ainda por acender, foi cuidadosamente preparada. Jack não gosta muito do aspecto do lugar — as pedras lhe lembram dentes velhos. E ele não é o único a não gostar. Sophie para, apertando mais os dedos dele.

— Parkus, a gente tem que ir ali? Por favor, diga que não.

Parkus vira-se para ela com um sorriso gentil que Jack conhece bem: um sorriso de Speedy Parker, com certeza.

— O Demônio Falante foi embora deste círculo há muito tempo, querida — diz ele. — E você sabe que essas coisas são o melhor que há para uma história.

— No entanto...

— Agora não é hora de ter chilique — Parker lhe diz. Ele fala com uma ponta de impaciência, e "chilique" não é exatamente a palavra que ele usa, mas só como a mente de Jack a traduz. — Você esperou por ele na tenda do hospital das Irmãzinhas...

— Só porque *ela* estava lá do outro lado...

— ... e agora eu quero que você venha junto.

De repente, Jack o acha mais alto. Os olhos dele brilham. Jack pensa: *Um pistoleiro. Sim, suponho que ele poderia ser um pistoleiro. Como num dos velhos filmes de Mamãe, só que de verdade.*

— Tudo bem — ela diz, baixo. — Se tivermos que ir. — Então olha para Jack. — Será que você passaria o braço em volta de mim?

Jack, podemos estar certos, está feliz em atendê-la.

Enquanto põem o pé entre duas das pedras, Jack parece ouvir uma confusão feia de palavras sussurradas. Entre elas, uma voz é momentaneamente clara, parecendo deixar um rastro de visgo à medida que entra no ouvido dele: *Antar antar antar, aha, os becinhos ensanquentatos, ele fem xá, meu crante amico Munshun, e tenho um prêmio e tanto parra ele, aha, aha...*

Jack olha para o velho amigo enquanto Parkus se agacha perto de um saco e afrouxa o cordão em cima.

— Ele está perto, não? O Pescador. E a Casa Negra, isso também está perto.

— É — diz Parkus, e do saco ele despeja os cadáveres estripados de uma dúzia de pássaros gordos.

* * *

Pensamentos de Irma Freneau entram novamente na cabeça de Jack ao ver as perdizes, e ele acha que não vai conseguir comer. Ver Parkus e Sophie colocarem os pássaros em espetos verdes reforça esta ideia. Mas, depois que o fogo é aceso e os pássaros começam a tostar, o estômago dele intervém, insistindo em que as perdizes estão cheirosíssimas e provavelmente vão estar ainda mais gostosas. Aqui, ele lembra, tudo sempre está.

— E cá estamos nós, no círculo falante — diz Parkus. Seus sorrisos foram guardados por ora. Ele olha para Jack e Sophie, que estão sentados um ao lado do outro e ainda de mãos dadas, com uma gravidade sombria. A guitarra dele foi apoiada numa pedra próxima. Ao lado dela, Sagrado e Profano dorme com as duas cabeças enfiadas nas penas, sonhando seus sonhos sem dúvida bifurcados. — O Demônio pode ter ido embora há muito, mas as lendas dizem que essas coisas deixam um resíduo que pode acender a língua.

— Como beijar a Pedra Blarney,* talvez — sugere Jack.

Parkus balança a cabeça.

— Nada de bajulação hoje.

Jack diz:

— Se pelo menos estivéssemos tratando com um canalha comum. Com quem eu pudesse lidar.

Sophie olha para ele intrigada.

— Ele quer dizer um artista que voltou a produzir — Parkus lhe diz. — Uma pessoa incorrigível. — Ele olha para Jack. — E de certa forma, é com isso que você está tratando. Carl Bierstone não é nada de mais. É um monstro comum, digamos. O que *não* quer dizer que ele não gostaria de alguns assassinatos. Mas, quanto ao que está acontecendo em French Landing, ele foi usado. Possuído, vocês diriam no mundo de vocês, Jack. Tomado pelos espíritos, diríamos nos Territórios...

— Ou rebaixado por porcos — acrescenta Sophie.

— É. — Parkus está fazendo que sim com a cabeça. — No mundo logo depois desta fronteira, o Mundo Médio, eles diriam que ele foi infestado por um demônio. Mas um demônio é muito maior do que o pobre espírito esfarrapado que morava neste círculo de pedras.

---

* Uma pedra no castelo de Blarney, perto de Cork, na Irlanda, que transforma quem a beija em grandes bajuladores. [N. da T.]

Jack mal ouve isso. Seus olhos estão brilhando. *Era alguma coisa como bir stain,* George Potter lhe disse ontem à noite, mil anos atrás. *Não é isso, mas parece.*

— Carl Bierstone — ele diz. Ele ergue um punho cerrado, depois o sacode em triunfo. — Este era o nome dele em Chicago. Burnside, aqui em French Landing. Caso encerrado, fim de jogo, vamos nessa. Onde ele está, Speedy? Me poupe um pouco de tempo...

— *Cale... a boca* — diz Parkus.

O tom é baixo e quase mortal. Jack pode sentir Sophie se encolhendo junto a ele. Ele também se encolhe um pouco. Não parece nada seu amigo falando, absolutamente nada. *Você tem que parar de pensar nele como Speedy,* Jack diz a si mesmo. *Este não é quem ele é ou jamais foi. Era só um personagem que ele fazia, alguém que podia acalmar e encantar um garoto assustado fugindo com a mãe.*

Parkus vira os pássaros, que agora estão bem tostados de um lado e com o molho pingando no fogo.

— Sinto muito falar em tom áspero com você, Jack, mas você precisa se dar conta de que o Pescador é café-pequeno comparado com o que está realmente acontecendo.

Por que não diz a Tansy Freneau que ele é café-pequeno? Por que não diz a Beezer St. Pierre?

Jack pensa isso, mas não fala. Está com muito medo do brilho que viu nos olhos de Parkus.

— Isso também não é sobre os Duplos — diz Parkus. — Você tem que tirar essa ideia da cabeça. Isso é apenas algo que tem a ver com nosso mundo e o mundo dos Territórios, um elo. Você pode matar um sujeito incorrigível aqui e acabar com a carreira de seu canibal lá. E se você o matar lá, em Wisconsin, a coisa dentro dele vai pular para outro hospedeiro.

— A coisa...?

— Quando estava em Albert Fish, Fish o chamava de o Homem da Segunda-feira. O sujeito que você procura o chama de Sr. Munshun. As duas coisas são apenas formas de tentar dizer algo que não pode ser pronunciado em nenhuma língua da Terra, em nenhum mundo terreno.

— Quantos mundos há aqui, Speedy?

— Muitos — diz Parkus olhando para o fogo. — E isso diz respeito a cada um deles. Por que outra razão você acha que andei atrás de você assim? Mandando-lhe penas, ovos de sabiá, fazendo tudo o que eu podia fazer para despertar você?

Jack pensa em Judy, escavando paredes até ficar com as pontas dos dedos sangrando, e sente vergonha. Speedy andou fazendo mais ou menos a mesma coisa, parece.

— Acorde, acorde, seu bronco — ele diz.

Parkus parece dividido entre a reprovação e um sorriso.

— Claro que você deve ter me visto no caso que o fez sair correndo de L.A.

— Ah, cara, por que acha que fui?

— Você correu como Jonas, quando Deus lhe disse para ir pregar contra a maldade em Nínive. Pensei que eu teria que mandar uma baleia engolir você.

— Eu me *sinto* engolido — Jack lhe confessa.

Baixinho, Sophie diz:

— Eu também.

— Fomos todos engolidos — diz o homem com a arma na ilharga. — Estamos no ventre da besta, gostem ou não. É o *ka*, que é o destino e o fado. Seu Pescador, Jack, é agora o seu *ka. Nosso ka.* Isso é mais que assassinato. Muito mais.

E Jack vê algo que francamente o deixa se borrando. Lester Parker, também conhecido como Parkus, também está morto de medo.

— Esse negócio diz respeito à Torre Negra — ele declara.

Ao lado de Jack, Sophie dá um grito baixo e desesperado de terror e abaixa a cabeça. Ao mesmo tempo, ergue a mão e faz o sinal contra mau-olhado para Parkus, repetidas vezes.

Aquele cavalheiro não parece levar isso a mal. Ele simplesmente volta ao trabalho tornando a virar os pássaros nos espetos.

— Agora me ouçam — ele diz. — Ouçam e façam o mínimo de perguntas que puderem. Ainda temos uma chance de resgatar o filho de Judy Marshall, mas o tempo voa.

— Fale — diz Jack.

Parkus fala. A certa altura em sua história, ele considera que os pássaros estão no ponto e os serve em pedras chatas. A carne está macia, quase se soltando dos ossinhos. Jack come esfaimadamente, tomando grandes goles da água doce de Parkus toda vez que o odre volta a ele. Ele não perde mais tempo comparando crianças mortas com perdizes mortas. A fornalha precisa ser alimentada, e ele a alimenta com vontade. O mesmo faz Sophie, comendo com os dedos e lambendo-os sem a menor cerimônia nem o menor embaraço. O mesmo, no final, faz Wendell Green, embora se recuse a entrar no círculo de pedras velhas. Quando Parkus lhe joga uma perdiz bem dourada, no entanto, Wendell a pega com admirável destreza e afunda a cara na carne úmida.

— Você perguntou quantos mundos — começa Parkus. — A resposta, na Língua Superior, é *da fan*: palavras além do que se pode dizer.

Com um dos espetos chamuscados, ele desenha um oito deitado, que Jack reconhece como o símbolo grego do infinito.

— Há uma Torre que os prende no lugar. Pense nisso como um eixo sobre o qual muitas rodas giram, se você quiser. E há uma entidade que derrubaria essa torre. Ram Abalá.

Diante disso, as chamas do fogo parecem escurecer momentaneamente e ficar vermelhas. Jack gostaria de poder acreditar que isso é só um truque de sua mente sobrecarregada, mas não consegue.

— O Rei Rubro — diz ele.

— Sim. Seu ser físico está encerrado numa cela no alto da Torre, mas ele tem outra manifestação, tão real quanto, e esta vive em Can-tá Abalá, a corte do Rei Rubro.

— Dois lugares ao mesmo tempo. — Considerando sua viagem entre o mundo da América e o mundo dos Territórios, Jack não tem muita dificuldade em absorver esse conceito.

— Sim.

— Se ele, ou essa coisa, destruir a Torre, isto não fará fracassar o objetivo dele? Neste processo, ele não destruirá o ser físico dele?

— Pelo contrário: ele o libertará para vagar pelo que então será o caos... din-tá... a fornalha. Algumas partes do Mundo Médio já caíram nessa fornalha.

— Quanto disso eu realmente preciso saber? — pergunta Jack.

Ele está consciente de que o tempo está voando no seu lado da parede, também.

— Difícil dizer o que você precisa saber e o que não precisa — diz Parkus. — Se eu deixar de fora a informação errada, talvez todas as estrelas se apaguem. Não só aqui, mas em um milhão de universos. Esse é o inferno disso. Escute, Jack, o Rei anda tentando destruir a Torre e se libertar por muito, muito tempo. Para sempre, talvez. É um trabalho lento, porque a Torre é mantida no lugar por feixes entrecruzados que agem como cordas de retensão. Os Feixes estão seguros há milênios e o estariam por milênios afora, mas nos últimos duzentos anos, isso é, falando em tempo como você conta, Jack; para você, Sophie, seria quase quinhentas vezes a Terra-Cheia...

— Tanto tempo — diz ela. É quase um suspiro. — Muito tempo mesmo.

— Na grande curva das coisas, é tão pouco como um fósforo numa sala escura. Mas enquanto as coisas boas em geral levam muito tempo para se desenvolver, o mal tem um jeito de surgir desenvolvido e pronto, como o boneco da caixa de surpresas. O ka é um amigo do mal assim como do bem. Abarca as duas coisas. E por falar nisso... — Parkus vira-se para Jack. — Já ouviu falar na Idade do Ferro e na Idade do Bronze, não?

Jack faz que sim com a cabeça.

— Nos níveis mais altos da Torre, há os que chamam os últimos duzentos anos do nosso mundo de Idade do Pensamento Envenenado. Isso significa...

— Você não precisa me explicar isso — diz Jack. — Conheci Morgan Sloat, lembra? Eu sabia o que ele planejara para o mundo de *Sophie*.

De fato. O plano básico fora transformar um dos favos de mel mais doces do universo primeiro num local de férias para os ricos, depois numa fonte de trabalho não qualificado e, finalmente, num depósito de lixo, provavelmente radiativo. Se isso não for um exemplo de pensamento envenenado, Jack não sabe o que é.

Parkus diz:

— Seres racionais sempre abrigaram telepatas entre eles; isso é verdade em todos os mundos. Mas eles são normalmente criaturas raras. Prodígios, você pode dizer. Mas desde que a Idade do Pensamento Envenenado chegou ao nosso mundo, Jack, e infestou-o como um demônio, tais seres tornaram-se muito mais comuns. Não tão comuns como nas Terras Secas, mas comuns, sim.

— Você fala de leitores de mente — diz Sophie, como se querendo ter certeza.

— Sim — concorda Parkus —, mas não *só* de leitores de mente. Pré-cognatas. Teleportos: saltadores de mundo como o velho Jack Viajante aqui, em outras palavras, e telecinéticos. Os leitores de mente são os mais comuns, os telecinéticos, os mais raros... e os mais valiosos.

— Para *ele*, você quer dizer — ressalva Jack. — Para o Rei Rubro.

— Sim. Nos últimos duzentos anos, o abalá passou boa parte do tempo dele reunindo uma equipe de escravos telepáticos. A maioria deles veio da Terra e dos Territórios. *Todos* os telecinéticos vêm da Terra. Essa coleção de escravos, esse gulag, é seu feito supremo. Nós os chamamos de os Sapadores. Eles... — Ele se cala, pensando. Depois: — Sabem como uma galé navega?

Sophie faz que sim com a cabeça, mas Jack a princípio não tem ideia do que Parkus está falando. Ele tem uma visão maluca de uma cozinha totalmente equipada viajando pela Rota 66.

— Muitos remadores — diz Sophie, depois faz um movimento de remar que põe seu busto encantadoramente em evidência.

Parkus está balançando a cabeça afirmativamente.

— Em geral, escravos acorrentados juntos. Eles...

De fora do círculo, Wendell de repente se mete na conversa.

— Spart. Cus. — Ele faz uma pausa, franzindo o cenho, depois tenta de novo. — *Spart*-a-cus.

— O que ele quer dizer? — Parkus pergunta, franzindo o cenho. — Você faz ideia, Jack?

— Um filme chamado *Spartacus* — Jack diz —, e você está errado como de hábito, Wendell. Acho que você está pensando em *Ben-Hur*.

Parecendo mal-humorado, Wendell estende as mãos engorduradas.

— Mais. Carne.

Parkus puxa a última perdiz do espeto quente e joga-a entre duas das pedras, onde Wendell está sentado com aquela cara sebosa e pálida espiando por entre os joelhos.

— Presa fresca para a águia da notícia — diz ele. — Agora faça-nos o favor de calar a boca.

— Ou. O quê. — O velho brilho desafiador está aumentando nos olhos de Wendell.

Parkus saca do coldre parte de seu ferro de fogo. A coronha, feita de sândalo, está gasta, mas o cano faísca com um brilho assassino.

Ele não precisa dizer mais nada; segurando o segundo pássaro na mão, Wendell Green levanta a bata e sobe depressa a ladeira. Jack fica aliviadíssimo ao vê-lo partir. Spartacus *mesmo*, ele pensa, e bufa.

— Então o Rei Rubro quer usar esses Sapadores para destruir os Feixes — diz Jack. — É isso, não é? Este é o plano dele.

— Parece que você está falando de algo futuro — diz Parkus com moderação. — Isso está acontecendo *agora*, Jack. Basta olhar para o seu próprio mundo, se quiser ver a desintegração em curso. Dos seis Feixes, só um ainda permanece inalterado. Dois outros ainda geram o mesmo poder de sustentação. Três estão mortos. Um deles se extinguiu há milhares de anos, no curso normal das coisas. Os outros... mortos pelos Sapadores. Tudo em dois séculos ou menos.

— Cristo — diz Jack.

Ele está começando a entender como Speedy podia chamar o Pescador de café-pequeno.

— O trabalho de proteger a Torre e os Feixes sempre pertenceu à antiga guilda de guerra de Gilead, chamados pistoleiros neste e em muitos outros mundos. Eles também geram uma força psíquica poderosa, Jack, uma força plenamente capaz de se opor aos Sapadores do Rei Rubro, mas...

— Os pistoleiros todos se foram, salvo um — diz Sophie, olhando para a pistola grande na ilharga de Parkus. E, com uma esperança tímida: — A menos que você realmente *seja* um também, Parkus.

— Eu não, querida — diz ele —, mas há mais de um.

— Pensei que Roland fosse o último. Assim dizem as histórias.

— Ele fez pelo menos outros três — diz-lhe Parkus. — Não tenho ideia de como isso pode ser possível, mas acredito que seja verdade. Se Roland ainda estivesse sozinho, os Sapadores já teriam derrubado a Torre há muito tempo. Mas com a força desses outros aliada à dele...

— Não tenho nenhuma pista do que você está falando — diz Jack. — Eu *tinha*, de certa forma, mas você me deixou perdido mais ou menos duas curvas atrás.

— Não há necessidade de você entender tudo isso para fazer seu trabalho — diz Parkus.

— Graças a Deus.

— Quanto ao que você *realmente* precisa entender, deixe as galés e os remadores e pense em termos dos filmes de faroeste que sua mãe costumava fazer. Para começar, imagine um forte no deserto.

— Essa Torre Negra de que você está sempre falando. É o forte.

— Sim. E cercando o forte, em vez de índios selvagens...

— Os Sapadores. Comandados pelo grande chefe Abalá.

Sophie murmura:

— O Rei está na Torre, comendo pão e bardana. Os Sapadores, no porão, fazendo toda a grana.

Jack sente um calafrio leve mas singularmente desagradável sacudir sua coluna: ele pensa em patas de rato correndo em cima de cacos de vidro.

— O quê? Por que você diz isso?

Sophie olha para ele, enrubesce, balança a cabeça, olha para baixo.

— É o que *ela* diz, às vezes. Judy. É como eu a ouço, às vezes.

Parkus pega um dos espetos chamuscados e desenha na terra pedregosa ao lado do oito.

— Forte aqui. Índios predadores aqui, comandados pelo chefe implacável, mau e, muito provavelmente, louco. Mas aqui... — À direita, ele desenha na terra uma flecha cruel. Ela aponta para as formas rudimentares indicando o forte e os índios que o sitiam. — O que sempre acontece na última hora em todos os melhores faroestes de Lily Cavanaugh?

— A cavalaria — diz Jack. — Somos nós, suponho.

— Não — diz Parkus. Seu tom é paciente, mas Jack desconfia que esteja lhe custando muito manter esse tom. — A cavalaria é Roland de Gilead e seus novos pistoleiros. Ou assim ousam esperar aqueles de nós que desejam que a Torre fique em pé, ou caia quando for a hora dela. O Rei Rubro espera conter Roland, e terminar o trabalho destruindo a Torre enquanto ele e seu bando continuam de longe. Isso significa reunir todos os Sapadores que ele puder, especialmente os telecinéticos.

— Tyler Marshall está...

— Pare de interromper. Isso já é bastante difícil sem interrupções.

— Você era muito mais animador, Speedy — Jack diz em tom de censura.

Por um momento, ele pensa que o velho amigo vai lhe passar outro sabão — ou talvez até perder completamente a cabeça e transformá-lo num sapo —, mas Parkus relaxa um pouco e solta uma risada.

Sophie ergue os olhos, aliviada, e aperta a mão de Jack.

— Ah, bem, talvez você tenha razão de puxar meu fio um pouco — diz Parkus. — Ficar todo enrolado não vai ajudar nada, vai? — Ele toca o grande ferro em sua ilharga. — Não seria surpresa para mim que eu passasse a ter alguns delírios de grandeza pelo fato de usar esta coisa.

— Isso é um pouco mais que ser zelador de parque de diversões — concede Jack.

— Tanto na Bíblia, no seu mundo, Jack, quanto no Livro da Boa Agricultura, no *seu*, Sophie querida, há uma passagem que diz mais ou menos isso: "Pois em meu reino há muitas moradas." Bem, na corte do Rei Rubro há muitos *monstros*.

Jack ouve uma risada curta e dura lhe escapar da boca. Seu velho amigo fez uma piada de policial tipicamente de mau gosto, ao que parece.

— Há os cortesãos do Rei... seus cavaleiros andantes. Eles têm todo tipo de tarefa, imagino, mas, nesses últimos anos, seu trabalho principal é encontrar Sapadores talentosos. Quanto mais talentoso o Demolidor, maior a recompensa.

— Eles são caçadores de cabeça — murmura Jack, e não percebe a ressonância do termo até que o mesmo tenha saído de sua boca.

Ele o usou no sentido empresarial, mas naturalmente há outro sentido, mais literal. Caçadores de cabeça são canibais.

— Sim — concorda Parkus. — E eles têm subcontratadores mortais, que trabalham por... ninguém gosta de dizer por prazer, mas que outro nome dar a isso?

Jack então tem uma visão de pesadelo: uma caricatura de Albert Fish em pé numa calçada de Nova York com um cartaz dizendo TRABALHO POR COMIDA. Ele aperta o braço em volta de Sophie. Os olhos azuis dela se voltam para ele, e ele os fita satisfeito. Eles o acalmam.

— Quantos Sapadores Albert Fish mandou para o amigo dele Sr. Segunda-feira? — Jack quer saber. — Dois? Quatro? Uma dúzia? E eles pelo menos morrem, para o abalá ter que os substituir?

— Não morrem — responde Parkus com gravidade. — Eles são mantidos num lugar, um porão, sim, ou uma caverna, onde essencialmente não há tempo.

— *Purgatório.* Cristo.

— E isso não tem importância. Albert Fish já se foi há muito tempo. O Sr. Segunda-feira agora é o Sr. Munshun. O trato que o Sr. Munshun tem com o seu matador é simples: esse Burnside pode matar e comer todas as crianças que quiser, desde que sejam crianças *sem talento*. Se ele encontrar alguma que *seja* talentosa, algum Demolidor, a criança tem que ser imediatamente devolvida ao Sr. Munshun.

— Que vai levá-la para o abalá — murmura Sophie.

— Isso mesmo — diz Parkus.

Jack sente que está de volta a um terreno relativamente sólido, e está felicíssimo em se encontrar ali.

— Já que Tyler não foi morto, ele deve ser talentoso.

— "Talentoso" não é bem a palavra. Tyler Marshall é, potencialmente, um dos dois mais poderosos Sapadores de toda a história de todos os mundos. Se eu puder voltar rapidamente à analogia do forte cercado por índios, então poderíamos dizer que os Sapadores são como flechas de fogo disparadas de cima dos muros... um novo tipo de arma de guerra. Mas Tyler Marshall não é uma simples flecha de fogo. Ele é mais um míssil teleguiado.

— Ou uma arma atômica.

Sophie diz:

— Não sei o que é isso.

— Você não quer saber — retruca Jack. — Acredite em mim.

Ele olha para os rabiscos na terra. Está surpreso com o poder de Tyler? Não, não muito. Não depois de sentir a aura de força que cerca a mãe do menino. Não depois de conhecer o Duplo de Judy, cujo vestido e o jeito simples não conseguem esconder uma personagem que o impressiona como sendo quase majestosa. Ela é linda, mas ele sente que a beleza é uma das coisas menos importantes nela.

— Jack? — Parkus lhe pergunta. — Você está bem? — *Não há tempo para estar de outra maneira*, sugere seu tom.

— Me dê um minuto — diz Jack.

— Não temos muito t...

— Isso ficou perfeitamente claro para mim — Jack diz, comendo as palavras, e sente Sophie se surpreender com seu tom de voz. — Agora, me dê um minuto. Deixe-me fazer meu trabalho.

De baixo de penas verdes arrepiadas, uma das cabeças do papagaio murmura:

— Deus ama o lavrador pobre.

A outra retruca:

— É por isso que fez uma porrada deles?

— Tudo bem, Jack — Parkus diz, e vira a cabeça de lado para o céu.

Tudo bem, o que temos aqui, Jack pensa. *Temos um garotinho de muito valor e o Pescador sabe que ele tem valor. Mas esse Sr. Munshun ainda não o tem, senão Speedy não estaria aqui. Dedução?*

Sophie, olhando ansiosamente para ele. Parkus, ainda olhando para o céu azul irrepreensível no alto desta fronteira entre os Territórios — o que Judy Marshall chama de Lonjura — e O Que Quer Que Venha Depois. A mente de Jack está correndo mais agora, se acelerando como um trem expresso saindo da estação. Ele sabe que o negro calvo está olhando para o céu à procura de um certo corvo malévolo. Sabe que a mulher clara ao lado dele está olhando para ele com o tipo de fascínio que poderia virar amor, se lhe fossem dados mundo e tempo bastantes. Acima de tudo, porém, ele está perdido em seus próprios pensamentos. São pensamentos de um "puliça".

Agora Bierstone é Burnside, e está velho. Velho e não anda se saindo muito bem no departamento da cognição ultimamente. Acho que talvez ele tenha ficado dividido entre o que deseja, que é guardar Tyler para si, e o que prometeu àquele Munshun. Em algum lugar, há uma mente confusa, frágil e perigosa tentando se decidir. Se ele escolher matar Tyler e botá-lo no caldeirão, como a bruxa de "João e Maria", é ruim para Judy e Fred. Sem falar em Tyler, que já deve ter visto coisas que deixariam louco um Marine veterano. Se o Pescador devolver o garoto ao Sr. Munshun, é ruim para todo mundo. Não é de espantar que Speedy tivesse dito que o tempo voava.

— Você sabia que isso ia acontecer, não? — ele diz. — Vocês dois. Deviam saber. Porque Judy sabia. Ela ficou meses esquisita, desde bem antes de começarem os crimes.

Parkus se mexe e olha para o outro lado, constrangido.

— Eu sabia que algo ia acontecer, sim, houve grandes perturbações deste lado, mas eu estava fazendo outro trabalho. E Sophie não pode atravessar. Ela veio para cá com os homens voadores e vai voltar da mesma maneira quando nossa palestra tiver terminado.

Jack vira-se para ela.

— Você é quem minha mãe foi um dia. Tenho certeza. — Ele supõe que não esteja sendo inteiramente claro a respeito disso, mas não consegue evitar; sua mente está tentando ir em muitas direções ao mesmo tempo. — Você é a sucessora de Laura DeLoessian. A Rainha deste mundo.

Agora Sophie é quem se sente constrangida.

— Eu não era ninguém no grande esquema das coisas, não era mesmo, e era assim que eu gostava. O que eu fazia, sobretudo, era escrever cartas de recomendação e agradecer às pessoas por virem me ver... só que, em minha qualidade oficial, eu sempre dizia "nós". Eu gostava de caminhar, de desenhar flores e de catalogá-las. Eu gostava de caçar. Então, por azar, por mau comportamento e porque os tempos eram difíceis, eu me vi em último lugar na linha real. Rainha deste mundo, como você diz. Casada uma vez, com um homem bom e simples, mas meu Fred Marshall morreu e me deixou sozinha. Sophie, a Estéril.

— Não diga isso — Jack diz.

Ele fica surpreso em ver o quanto lhe dói ouvi-la referir-se a si mesma desta maneira amarga e debochada.

— Se você não tivesse uma natureza só, Jack, seu Duplo seria meu primo.

Ela vira os dedos esguios de modo que agora é ela quem o está segurando, e não o contrário. Quando ela torna a falar, sua voz é baixa e apaixonada.

— Deixe todas as grandes questões de lado. Tudo o que *eu* sei é que Tyler Marshall é filho de Judy, que eu a amo, que não quero vê-la magoada em nenhum dos mundos que existem. Ele é a coisa mais próxima do filho que eu jamais vou ter. Isso tudo eu sei, e mais: que você é o único que pode salvá-lo.

— Por quê? — Ele sentiu isso, claro. Por que outro motivo, em nome de Deus, ele está aqui? Mas isso não diminui sua perplexidade. — Por que eu?

— Porque você tocou no Talismã. E embora tenha perdido parte do poder dele ao longo dos anos, ainda lhe sobra muito.

Jack pensa nos lírios que Speedy lhe deixou no banheiro de Dale. Como o cheiro ficou em suas mãos mesmo depois que ele deu o buquê propriamente dito para Tansy. E ele se lembra de como era o Talismã na escuridão povoada de murmúrios do Pavilhão da Rainha, subindo esplendoroso, transformando tudo antes de finalmente desaparecer.

Ele pensa: Ainda *está transformando tudo.*

— Parkus.

É a primeira vez que ele chama o outro, o outro "puliça", por esse nome? Ele não sabe com certeza, mas acha que talvez seja.

— Sim, Jack.

— O que sobrou do Talismã basta? Basta para eu enfrentar o Rei Rubro?

Parkus parece involuntariamente chocado.

— Nunca em sua vida, Jack. Nunca em *qualquer* vida. O abalá o apagaria como uma vela. Mas talvez baste para você enfrentar o Sr. Munshun. Para entrar nas terras-de-fornalha e tirar Tyler de lá.

— Há máquinas — diz Sophie. Ela parece estar tendo um sonho soturno e funesto. — Máquinas vermelhas e máquinas pretas, todas perdidas dentro da fumaça. Há grandes esteiras e inúmeras crianças em cima delas. As crianças andam, andam, movendo as esteiras que movem as máquinas. Lá embaixo nas tocas de raposa. Lá embaixo nos buracos de rato onde nunca bate sol. Lá embaixo nas grandes cavernas onde ficam as terras-de-fornalha.

Jack está totalmente abalado. Ele se vê pensando em Dickens — não em *Casa desolada*, mas sim em *Oliver Twist*. E, claro, ele pensa na conversa com Tansy Freneau. *Pelo menos Irma não está lá*, ele pensa. *Não nas terras-de-fornalha, ela não. Ela morreu, e um velho mau comeu-lhe a perna. Tyler, porém... Tyler...*

— Eles andam até os pés sangrarem — murmura ele. — E o caminho para lá...?

— Acho que você sabe — diz Parkus. — Quando você encontrar a Casa Negra, você vai encontrar o caminho para as terras-de-fornalha... as máquinas... o Sr. Munshun... e Tyler.

— O menino está vivo. Você tem certeza.

— Sim — Parkus e Sophie dizem ao mesmo tempo.

— E onde está Burnside agora? Essa informação pode acelerar um pouco as coisas.

— Não sei — responde Parkus.

— Cristo, se você sabe quem ele *era*...

— Foram as impressões digitais — diz Parkus. — As impressões no telefone. Sua primeira ideia sobre o caso. A Polícia Estadual de Wisconsin pegou o nome Bierstone no banco de dados do Programa de Análise dos Crimes Violentos do FBI. Você tem o nome Burnside. Isso deveria bastar.

Polícia Estadual de Wisconsin, FBI, PACV, banco de dados: estes termos saem em velho e bom inglês americano, e neste lugar soam de modo desagradável e estranho aos ouvidos de Jack.

— Como sabe tudo isso?

— Tenho minhas fontes em nosso mundo; mantenho o ouvido colado no chão. Como você sabe por experiência própria. E certamente você é suficientemente tira para fazer o resto sozinho.

— Judy acha que você tem um amigo que pode ajudar — diz Sophie inesperadamente.

— Dale? Dale Gilbertson? — Jack acha isso meio difícil de acreditar, mas supõe que Dale possa ter descoberto algo.

— Não sei o nome. Judy acha que ele é como muitos aqui na Lonjura. Um homem que vê muito porque não vê nada.

Dale não, afinal de contas. É de Henry que ela está falando.

Parkus se levanta. As cabeças do papagaio se erguem, revelando quatro olhos brilhantes. Sagrado e Profano voa para o ombro dele e se instala ali.

— Acho que nossa palestra está encerrada — diz Parkus. — *Tem* que estar. Está pronto para voltar, meu amigo?

— Estou. E suponho que é melhor levar Green, por menos que eu queira. Acho que ele não duraria muito aqui.

— De fato.

Jack e Sophie, ainda de mãos dadas, estão no meio da subida quando Jack se dá conta de que Parkus está em pé no círculo falante com o papagaio no ombro.

— Você não vem?

Parkus faz que não com a cabeça.

— Vamos seguir caminhos diferentes agora, Jack. Talvez eu torne a vê-lo.

Se eu sobreviver, Jack pensa. *Se* qualquer um *de nós sobreviver.*

— Enquanto isso, siga o seu caminho. E seja fiel.

Sophie faz outra reverência.

— *Sai.*

Parkus faz um cumprimento de cabeça para ela e bate uma pequena continência para Jack Sawyer. Jack vira-se e leva Sophie de volta para a tenda de hospital em ruínas, imaginando se algum dia tornará a ver Speedy Parker.

Wendell Green — repórter de primeira, investigador destemido, explicador do bem e do mal para o povão — está sentado no mesmo lugar, segurando o papel almaço amassado numa das mãos e as pilhas na outra. Ele recomeçou a resmungar, e mal olha quando Sophie e Jack se aproximam.

— Você vai fazer o melhor que puder, não vai? — pergunta Sophie. — Por ela.

— E por você — diz Jack. — Agora me escute. Se isso acabar e todos nós ainda estivermos em pé... e eu voltar aqui... — Ele descobre que não pode dizer mais nada. Está apavorado com sua temeridade. Esta é uma rainha, afinal de contas. Uma *rainha*. E ele está... o quê? Tentando convidá-la para sair?

— Talvez — ela diz, olhando para ele com seus olhos azuis firmes. — Talvez.

— Esse é um talvez que você quer? — ele pergunta baixinho.

— É.

Ele se abaixa e toca os lábios dela com os seus. É rápido, quase não é um beijo. É também o melhor beijo de sua vida.

— Acho que vou desmaiar — ela lhe diz quando ele torna a se endireitar.

— Não brinque comigo, Sophie.

Ela pega a mão dele e a pressiona contra a parte de baixo de seu seio esquerdo. Ele sente seu coração batendo.

— Isso é uma piada? Se fosse correr mais, ela tropeçaria e cairia.

Ela o solta, mas ele deixa mais um pouco a mão onde está, encostada naquele calor que brota dali.

— Eu iria com você, se eu pudesse — ela diz.

— Eu sei disso.

Ele olha para ela, sabendo que se não começar a andar agora, imediatamente, nunca o fará. É uma vontade de não deixá-la, mas não é só isso. A verdade é que ele nunca teve tanto medo na vida. Procura algo banal para levá-lo de volta à Terra — para diminuir o martelar de seu coração — e descobre o objeto perfeito na criatura murmurante que é Wendell Green. Põe um joelho no chão.

— Está pronto, garotão? Quer fazer uma viagem para o poderoso Mississípi?

— Não. Me. Toque. — E depois, num jato quase poético: — Hollywood babaca de merda!

— Acredite em mim, se não tivesse que fazer isso, eu não faria. E pretendo lavar as mãos logo que puder.

Ele olha para Sophie e vê toda a Judy nela. Toda a *beleza* nela.

— Amo você — ele diz.

Antes que ela possa responder, ele pega a mão de Wendell, fecha os olhos, e atravessa.

Capítulo Vinte e Dois

Agora há algo que não é bem silêncio: um zunido puro e agradável que ele já ouviu uma vez. No verão de 1997, Jack foi para Vacaville, no norte, com um clube de paraquedistas do DPLA chamado os Voadores F.P. Foi um desafio, uma dessas idiotices em que a pessoa se mete depois de uma noitada de muita cerveja e da qual, depois, não consegue se safar. Conservando alguma dignidade. Ou seja, sem parecer um merda. Ele esperava ficar com medo; em vez disso, ficou animado. No entanto, nunca mais repetira a façanha, e agora sabe por quê: ele quase se lembrara, e alguma parte assustada dele deve ter sabido disso. Era o barulho antes que se puxasse a corda de abertura — aquele zunido puro e solitário do vento nos ouvidos. Nada mais para se ouvir senão as batidas macias e rápidas do coração e — talvez — o estalo nos ouvidos quando se engole a saliva que estava em queda livre, como o resto da pessoa.

Puxe a corda de abertura, Jack, ele pensa. *Hora de puxar a corda de abertura, senão a aterrissagem vai ser dificílima.*

Agora há um novo barulho, baixo a princípio mas que rapidamente vira uma grande zoada. *Alarme de incêndio,* ele pensa, e depois: *Não, é uma* sinfonia *de alarmes de incêndio.* No mesmo instante, a mão de Wendell Green é puxada com força da sua. Ele ouve um gritinho fraco quando seu colega paraquedista é levado para longe dele, e depois há um cheiro...

Madressilva...

Não, é o cabelo dela...

... e Jack arfa com um peso no peito e no diafragma, uma sensação de que o ar foi expulso de dentro dele. Há mãos nele, uma em seu ombro, outra na altura de seus rins. Cabelo fazendo cócegas em seu rosto. O barulho dos alarmes. O barulho de gente gritando em confusão. Uma correria ecoando.

— jack jack jack você está bem

— Convide uma rainha para sair, leve uma pancada violenta — ele resmunga.

Por que está tão escuro? Ele ficou cego? Está pronto para aquele trabalho intelectual e financeiramente compensador como árbitro em Miller Park?

— *Jack!* — Uma bofetada estala em seu rosto. Forte.

Não, cego não. Seus olhos só estão fechados. Ele os abre e Judy está debruçada em cima dele, cara a cara. Sem pensar, ele a agarra pelos cabelos atrás da nuca com a mão esquerda, traz seu rosto até o dele e a beija. Ela expira dentro de sua boca — um arquejo revertido de surpresa que insufla seus pulmões com a eletricidade dela — e depois o beija também. Ele nunca foi beijado com tal intensidade em toda a vida. Suas mãos vão até o seio por baixo da camisola, e ele sente o galope frenético do coração dela — *Se fosse correr mais, ela tropeçaria e cairia,* Jack pensa — embaixo daquela curva firme. No mesmo instante, ela enfia a mão por dentro da camisa dele, a qual, de alguma forma, se desabotoou, e lhe belisca o mamilo. É uma sensação forte e quente como a da bofetada. E ela faz isso, enfia-lhe a língua na boca com um movimento rápido, entrando e saindo, como uma abelha numa flor. Ele aperta mais sua nuca e Deus sabe o que teria acontecido depois, mas naquele momento algo cai no corredor com um grande estardalhaço de vidro se espatifando, e alguém grita. A voz é alta e quase assexuada de pânico, mas Jack acredita que seja Ethan Evans, o jovem enfezado da galeria.

— Volte aqui! Pare de correr, *diacho!*

Claro que é Ethan, só uma pessoa formada pela escola de catecismo da Igreja Luterana Mount Hebron usaria *diacho*, mesmo em situações extremas.

Jack se afasta de Judy. Ela se afasta dele. Eles estão no chão. A camisola de Judy está levantada até a cintura, expondo uma calcinha lisa de náilon branca. A camisa de Jack está aberta, assim como sua calça. Seus sapatos ainda estão calçados, mas nos pés errados, pelo que ele sente. Ali perto, a mesa de centro de tampo de vidro está virada e as revistas que estavam em cima dela estão espalhadas. Algumas parecem ter tido a capa arrancada por uma ventania.

Mais gritos no corredor, mais algumas risadas e uivos loucos. Ethan Evans continua a gritar para pacientes mentais que correm desordenadamente, e agora uma mulher também está gritando — a enfermeira-chefe Rack, talvez. Os alarmes zurram sem parar.

De repente, uma porta abre e Wendell Green entra correndo na sala. Atrás dele há um armário com roupas todas espalhadas, as mudas de roupa do Dr. Spiegleman todas reviradas. Numa das mãos, Wendell está segurando um minigravador Panasonic. Na outra, ele tem vários objetos tubulares reluzentes. Jack está disposto a apostar que são pilhas Duracell AA.

As roupas de Jack foram desabotoadas (ou talvez abertas por um pé de vento), mas o estado de Wendell é muito pior. Sua camisa está em frangalhos. Sua barriga cai sobre uma cueca samba-canção, muito manchada de mijo na frente. Ele vem arrastando a calça de gabardine marrom por um pé. A calça desliza pelo chão como uma pele de cobra. E embora ele esteja de meias, a do pé esquerdo parece estar pelo avesso.

— O que você fez? — berra Wendell. — *Ah seu Hollywood filho da puta, O QUE VOCÊ FEZ COM M...*

Ele para. Seu queixo cai. Seus olhos se arregalam. Jack nota que o cabelo do repórter parece estar em pé como os espinhos de um porco-espinho.

Wendell, enquanto isso, está vendo Jack Sawyer e Judy Marshall, abraçados no chão coberto de cacos de vidro e papéis espalhados, com as roupas desarrumadas. Eles ainda não estão bem em flagrante delícia, mas se Wendell já viu duas pessoas à beira deste estado, estas são elas. Sua mente está girando e cheia de lembranças impossíveis, seu equilíbrio está péssimo, seu estômago está batendo como uma lavadora sobrecarregada de roupas e espuma; ele está precisando desesperadamente de algo em que se segurar. Precisa de notícias. Melhor ainda, precisa de *escândalo*. E ali, à sua frente no chão, estão as duas coisas.

— ESTUPRO! — Wendell berra a plenos pulmões. Um sorriso aliviado repuxa os cantos de sua boca. — *SAWYER ME ESPANCOU E AGORA ESTÁ ESTUPRANDO UMA DOENTE MENTAL!*

A Wendell não parece exatamente estupro, mas quem já gritou *SEXO CONSENSUAL!* a plenos pulmões e atraiu alguma atenção?

— Faça aquele idiota calar a boca — diz Judy.

Ela puxa para baixo a bainha da camisola e se prepara para ficar em pé.

— Cuidado — Jack diz. — Há cacos de vidro por toda parte.

— Estou bem — ela diz secamente. Depois, virando-se para Wendell com aquele absoluto destemor que Fred conhecia tão bem: — Cale a boca! Não sei quem você é, mas pare de gritar. Ninguém está sendo...

Wendell se afasta de Hollywood Sawyer, arrastando as calças. *Por que não vem alguém?*, ele pensa. *Por que não vem alguém antes que ele me dê um tiro, ou algo assim?* Em sua agitação beirando a histeria, Wendell ou não registrou os alarmes e a gritaria geral ou acha que aquilo está acontecendo em sua cabeça, só mais uma informação falsa para acompanhar suas "lembranças" absurdas de um pistoleiro negro, uma bela mulher vestida com uma bata e o próprio Wendell Green agachado no chão comendo um pássaro semicozido como um homem das cavernas.

— Fique longe de mim, Sawyer — ele diz, recuando com as mãos estendidas à frente. — Tenho um advogado extremamente esfaimado. Cuidado, seu babaca, encoste um dedo em mim que ele e eu vamos lhe arrancar tudo o que você... AI! *AI!*

Wendell pisou num caco de vidro, Jack vê — provavelmente de uma das gravuras que antes decoravam as paredes e agora estão decorando o chão. Ele dá mais um passo em falso para trás, e agora pisa na própria calça que está sendo arrastada, e cai estatelado na poltrona de couro onde o Dr. Spiegleman presumivelmente senta enquanto interroga os pacientes sobre suas infâncias perturbadas.

O repórter investigativo número um de La Riviere olha com olhos arregalados e horrorizados para o Neanderthal que se aproxima, depois joga o minigravador em cima dele. Jack vê que a máquina está toda arranhada. Ele a isola.

— *ESTUPRO!* — grita Wendell. — *ELE ESTÁ ESTUPRANDO UMA DAS DOIDAS! ELE ESTÁ...*

Jack lhe dá um soco na ponta do queixo, recuando o punho só um pouquinho no último instante, aplicando o murro com uma força quase científica. Wendell cai para trás na poltrona do Dr. Spiegleman, revirando os olhos, os pés se contorcendo como se num ritmo gostoso que só os semi-inconscientes podem apreciar verdadeiramente.

— O Húngaro Maluco não poderia ter feito melhor — murmura Jack. Ocorre-lhe que Wendell deveria se submeter a um exame neurológico completo num futuro não muito distante. Sua cabeça passou por dois dias difíceis.

A porta que dá para a galeria se abre. Jack fica na frente da poltrona para esconder Wendell, metendo a camisa para dentro da calça (em algum momento, ele puxou o zíper da calça, graças a Deus). Uma auxiliar de enfermagem põe a cabeça fofa dentro do gabinete do Dr. Spiegleman. Embora deva ter 18 anos, seu pânico a faz parecer ter uns 12.

— Quem está gritando aqui? — pergunta ela. — Quem está ferido?

Jack não sabe o que dizer, mas Judy age como uma profissional.

— Era um paciente — diz ela. — O Sr. Lackley, acho eu. Ele entrou, gritou que íamos todas ser estupradas, depois tornou a sair correndo.

— Vocês têm que sair logo — diz a eles a auxiliar de enfermagem. — Não deem ouvidos àquele idiota do Ethan. E não usem o elevador. Achamos que foi um terremoto.

— Agora mesmo — diz Jack com azedume, e embora ele não se mexa, o tom serve bem para a auxiliar; ela sai. Judy vai depressa para a porta. Esta fecha, mas não tranca. O alisar está sutilmente empenado.

Havia um relógio na parede. Jack olha naquela direção, mas o relógio caiu com o mostrador virado para o chão. Ele se dirige para Judy e pega-a pelos braços.

— Quanto tempo eu fiquei lá?

— Não muito — diz ela —, mas que saída você fez! Ka-*pou*! Conseguiu alguma coisa? — Ela olha para ele com um ar de súplica.

— O bastante para saber que tenho que voltar já para French Landing — ele lhe diz.

O bastante para saber que amo você, que sempre vou amar você, neste mundo ou em qualquer outro.

— Tyler... está vivo?

Ela inverte a pressão da mão dele, de modo que agora é ela que o está segurando. Sophie fez exatamente a mesma coisa na Lonjura, Jack lembra.

— *Meu filho está vivo?*

— Está. E eu vou buscá-lo para você.

Os olhos dele encontram a mesa de Spiegleman, que andou pela sala e está com todas as gavetas abertas. Ele vê algo interessante numa daquelas gavetas e corre pelo carpete, pisando em cacos de vidro e chutando uma das gravuras.

Na gaveta do alto à esquerda do vão da escrivaninha há um gravador consideravelmente maior que o fiel Panasonic de Wendell Green, e um pedaço rasgado de papel pardo. Jack pega primeiro o papel. Escrito na frente com garranchos que ele viu tanto na Lanchonete do Ed quanto em sua própria varanda está isso:

> Entregar a JUDY MARSHALL
> também conhecida como SOPHIE

Há o que parecem ser selos no canto superior da folha rasgada. Jack não precisa examiná-los muito para saber que são realmente recortados de envelopes de açúcar, e que foram colados por um perigoso velho caquético chamado Charles Burnside. Mas a identidade do Pescador já não importa muito, e Speedy sabia disso. Sua localização também não importa, porque Jack tem uma ideia de que Chapa Burnside pode atravessar para uma nova, mais ou menos quando quiser.

Mas não pode levar com ele o portal real. O portal para a terra-de-fornalha, para o Sr. Munshun, para Ty. Se Beezer e seus amigos descobrirem que...

Jack põe o papel de embrulho na gaveta, aperta o botão EJECT no gravador e tira a fita. Mete o cassete no bolso e se encaminha para a porta.

— Jack.

Ele olha para ela. Para além deles, os alarmes de incêndio disparam, malucos gritam e riem, funcionários correm para baixo e para cima. Os olhos deles se encontram. Na limpidez azul do olhar de Judy, Jack quase pode tocar naquele outro mundo com seus cheiros doces e suas constelações estranhas.

— Lá é maravilhoso? Tanto quanto nos meus sonhos?

— É maravilhoso — ele lhe diz. — E você também é. Aguente firme, sim?

No meio do corredor, Jack vê uma cena desagradável: Ethan Evans, o jovem que teve Wanda Kinderling como professora de catecismo, agarrou pelos braços gordos uma velha desorientada e a está sacudindo para trás e para a frente. O cabelo frisado da mulher voa em volta de sua cabeça.

— *Cale a boca!* — o jovem Sr. Evans está berrando para ela. — *Cale a boca, sua vaca velha maluca! Você não vai a lugar nenhum a não ser o raio do seu quarto!*

Algo em seu sorriso de desprezo torna óbvio que mesmo agora, com o mundo virado de cabeça para baixo, o jovem Sr. Evans está gostando tanto de seu poder de comandar quanto de seu dever cristão de maltratar. Isso é o suficiente para deixar Jack irritado. O que o enfurece é o olhar apavorado de incompreensão no rosto da velha. Isso o faz pensar em meninos com quem ele conviveu há muito tempo, num lugar chamado Casa do Sol.

O faz pensar em Lobo.

Sem parar nem diminuir o passo (eles agora já entraram na fase final das festividades, e, de alguma forma, ele sabe disso), Jack dá um murro na têmpora do Sr. Evans. Esse figurão larga sua vítima robusta e esganiçada, bate na parede e escorrega para o chão, os olhos arregalados e espantados.

— Ou você não prestava atenção na aula de catecismo, ou a mulher do Kinderling lhe ensinou coisas erradas — diz Jack.

— Você... me... acertou — murmura o jovem Sr. Evans.

Ele termina sua lenta queda estatelado no chão do corredor, no meio do caminho entre o Anexo dos Prontuários e o Ambulatório de Oftalmologia.

— Maltrate outro paciente, esta, aquela com quem eu estava acabando de falar, *qualquer* paciente, e vou fazer mais que isso — promete Jack ao jovem Sr. Evans.

Logo ele está descendo as escadas, de dois em dois degraus, sem notar o punhado de pacientes de avental que olham para ele intrigados e meio assustados, com uma expressão de admiração. Veem-no como se ele fosse uma visão passando com uma capa de luz, uma maravilha tão brilhante quanto misteriosa.

Dez minutos depois (bem depois de Judy Marshall ter voltado serenamente para seu quarto sem ajuda profissional de qualquer espécie), os alarmes silenciam. Uma voz amplificada — talvez nem a própria mãe do Dr. Spiegleman a teria reconhecido como a de seu filho — começa a berrar dos alto-falantes. Diante deste escarcéu inesperado, pacientes que já estavam bem calmos começam a gritar de novo. A velha que foi vítima da agressão que tanto irritou Jack Sawyer está agachada embaixo do balcão da recepção com as mãos em cima da cabeça resmungando algo sobre os russos e a Defesa Civil.

— A EMERGÊNCIA TERMINOU! — Garante Spiegleman a seu pessoal. — NÃO HÁ INCÊNDIO! QUEIRAM DIRIGIR-SE ÀS SALAS DE REUNIÃO DE CADA ANDAR! AQUI É O DR. SPIEGLEMAN, E REPITO QUE A EMERGÊNCIA *TERMINOU*!

Lá vem Wendell Green, trançando por ali a caminho da escada, esfregando delicadamente o queixo com a mão. Ele vê o jovem Sr. Evans e lhe oferece uma ajuda. Por um momento, parece que Wendell vai ser puxado, mas aí o Sr. Evans apoia as nádegas na parede e consegue se pôr de pé.

— A EMERGÊNCIA TERMINOU! REPITO, A EMERGÊNCIA *TERMINOU*! ENFERMEIRAS, AUXILIARES DE ENFERMAGEM E MÉDICOS, QUEIRAM ACOMPANHAR TODOS OS PACIENTES ATÉ AS SALAS DE REUNIÃO DE CADA ANDAR!

O jovem Sr. Evans vê o calombo roxo no queixo de Wendell.
Wendell vê o calombo roxo na têmpora do jovem Sr. Evans.

— Sawyer? — pergunta o jovem Sr. Evans.

— Sawyer — confirma Wendell.

— O veado me deu um murro — confidencia o jovem Sr. Evans.

— O filho da puta veio por trás de *mim* — diz Wendell. — Aquela Marshall. Ele estava com ela no chão. — Abaixa a voz. — Estava se preparando para *estuprá-la*.

Todo o jeito do jovem Sr. Evans diz que ele está aflito, porém não surpreso.

— Alguma coisa precisa ser feita — diz Wendell.

— Tem razão.

— As pessoas precisam ser informadas.

Aos poucos, a velha chama volta aos olhos de Wendell. As pessoas *serão* informadas. Por ele! Porque é isso que ele faz, por Deus! Ele *informa* as pessoas!

— É — diz o jovem Sr. Evans. Ele não se importa tanto quanto Wendell (falta-lhe o engajamento ardente de Wendell), mas há uma pessoa a quem ele *irá* contar. Uma pessoa que merece ser consolada em suas horas solitárias, que foi abandonada em seu próprio Monte das Oliveiras. Uma pessoa que beberá o conhecimento da maldade de Jack Sawyer como as próprias águas da vida.

— Esse tipo de comportamento não pode ser varrido para baixo do tapete — diz Wendell.

— De jeito nenhum — concorda o jovem Sr. Evans. — De jeito nenhum, Zé.

Jack mal havia deixado para trás os portões do Condado Francês luterano quando seu telefone celular toca. Ele pensa em parar no acostamento para atender, ouve o barulho de carros de bombeiro chegando e resolve dessa vez correr o risco de dirigir falando ao telefone. Quer estar fora da área antes que o Corpo de Bombeiros local apareça e o faça ir mais devagar.

Ele abre o pequeno Nokia.

— Sawyer.

— Onde você está, porra? — berra Beezer St. Pierre. — Cara, andei batendo na tecla *redial* com tanta força que ela quase caiu do telefone!

— Eu estava... — Mas não há como ele terminar isso e permanecer razoavelmente perto da verdade. Ou talvez haja. — Acho que entrei numa daquelas zonas mortas onde o celular simplesmente não pega...

— Deixe para lá a aula de ciências, amigo. Venha já para cá. O endereço é alameda Nailhouse, nº 1... É a Rodovia Municipal ao sul da Chase. É a casa de dois andares marrom-cocô de neném da esquina.

— Eu acho — diz Jack, e pisa um pouco mais fundo no acelerador da Ram. — Estou indo para aí.

— Qual é sua posição, cara?

— Ainda Arden, mas estou andando. Posso estar aí em meia hora, talvez.

— *Porra!* — Há um estrondo alarmante no ouvido de Jack quando, na alameda Nailhouse, em algum lugar, Beezer dá um murro em algo. Provavelmente na parede mais próxima. — O que há com você, porra? Ratinho está se acabando, *depressa*. Estamos fazendo o melhor que podemos, quem de nós ainda está aqui, mas ele está se *acabando*.

Beezer está arfando, e Jack acha que ele está tentando não chorar. A ideia de Armand St. Pierre naquele estado específico é alarmante. Jack olha para o velocímetro da Ram, vê que está em 110, e diminui um pouco. Ele não ajudará ninguém se estrepando num acidente rodoviário entre Arden e Centralia.

— O que você quer dizer com "quem de nós ainda está aqui"?

— Não importa, simplesmente venha para cá, se quiser falar com Ratinho. E ele certamente quer falar com você, porque fica dizendo seu nome. — Beezer abaixa a voz. — Quando não está delirando. Doc está fazendo o que pode. Eu e a Ursa, também, mas estamos remando contra a maré aqui.

— Diga a ele para aguentar — diz Jack.

— Ora porra, cara, diga você.

Há um chocalhar no ouvido de Jack, um murmúrio baixo de vozes. Depois outra voz, uma que quase não parece humana, fala em seu ouvido.

— Tem que andar logo... tem que chegar aqui, cara. A coisa... me mordeu. Eu posso sentir isso ali dentro. Feito ácido.

— Aguente, Ratinho — diz Jack. Seus dedos estão brancos no telefone. Ele se admira que a caixa simplesmente não estale em sua mão. — Estarei aí o mais rápido possível.

— É melhor estar. Outros... já esqueceram. Eu não. — Ratinho ri. O som é incrivelmente medonho, um bafo saído direto de uma sepultura aberta. — Tenho... o soro da memória, sabe? Está me comendo... me comendo vivo... mas eu tenho.

Ouve-se o barulho do telefone mudando de mão outra vez, depois uma voz nova. De mulher. Jack supõe que seja a Ursa.

— Você os chamou — ela diz. — Você provocou isso. Não deixe que seja a troco de nada.

Há um clique em seu ouvido. Jack joga o telefone no banco e decide que 110 talvez não seja muito depressa, afinal de contas.

Alguns minutos depois (parecem a Jack minutos longuíssimos), ele está apertando os olhos por causa do clarão do sol no riacho Tamarack. Dali, quase pode ver sua casa, e a de Henry.

Henry.

Jack bate de leve com o polegar no bolso do peito e ouve o chocalhar da fita cassete que ele tirou do gravador no gabinete de Spiegleman. Não há razão para entregá-la a Henry agora; em vista do que Potter lhe contou a noite passada e do que Ratinho está guardando para lhe contar hoje, essa fita e a do 911 ficaram mais ou menos redundantes. Além do mais, ele tem que correr para a alameda Nailhouse. Há um trem se preparando para deixar a estação, e é muito provável que Ratinho Baumann vá estar nele.

E no entanto...

— Estou preocupado com ele — diz Jack baixinho. — Até um cego poderia ver que estou preocupado com Henry.

O sol forte de verão, agora baixando no céu da tarde, se reflete no riacho e o brilho da reverberação dança no rosto dele. Cada vez que esse reflexo bate em seus olhos, eles parecem queimar.

Henry também não é o único com quem Jack está preocupado. Ele tem uma sensação ruim em relação a todos os seus novos amigos e conhecidos de French Landing, desde Dale Gilbertson e Fred Marshall até figurantes como o velho Steamy McKay, um cavalheiro idoso que ganha a vida engraxando sapatos em frente à biblioteca pública, e Ardis Walker, que dirige a loja de iscas caindo aos pedaços na beira do rio. Em sua imaginação, todas essas pessoas agora parecem de vidro. Se o Pescador decidir dar um Dó agudo, elas vão vibrar e se espatifar, virando pó. Só que já não é bem com o Pescador que ele está preocupado.

Isto é um caso, ele se lembra. *Mesmo incluindo toda a esquisitice dos Territórios, isto ainda é um caso, e não é o primeiro em que você já esteve em que tudo de repente começou a parecer muito grande. Em que as sombras pareciam muito longas.*

É verdade, mas em geral aquela sensação de casa maluca ou falsa perspectiva desaparece uma vez que ele começa a ter o controle das coisas. Desta vez é pior, e muito. Ele sabe por que, também. A sombra longa do Pescador é uma coisa chamada Sr. Munshun, um caçador de talentos imortal de outro plano existencial. E o fim nem sequer é esse, porque o Sr. Munshun também faz uma sombra. Uma sombra *vermelha*.

— Abalá — murmura Jack. — Abalá-dun e o Sr. Munshun e o corvo Gorg, simplesmente três velhos amigos caminhando juntos nas trevas infernais.

Por alguma razão, isso o faz pensar na Morsa e no Carpinteiro de *Alice*. O que foi que eles levaram para passear ao luar? Vôngoles? Mexilhões? Jack não consegue se lembrar nem a pau, embora uma fala venha à tona e ressoe em sua mente, dita com a voz de sua mãe:

— *Chegou a hora, disse a Morsa, de falar de muitas coisas.*

O abalá presumivelmente está em sua corte (isto é, a parte dele que não está presa na Torre Negra de Speedy), mas o Pescador e o Sr. Munshun poderiam estar em qualquer lugar. Eles sabem que Jack Sawyer andou interferindo? Claro que sim. Mas, hoje, todo mundo sabe disso. Eles podem tentar retê-lo fazendo alguma maldade com um de seus amigos? Um certo locutor esportivo-metaleiro-fã de bebop, por exemplo.

É mesmo. E agora, talvez porque tenha se sensibilizado para isso, ele pode mais uma vez sentir aquela energia desagradável saindo da paisagem a sudoeste, a que ele sentiu quando atravessou pela primeira vez na vida adulta. Quando a estrada vira para sudoeste, ele quase a perde. Então, quando a Ram embica de novo para sudoeste, o latejar venenoso torna a ganhar força, batendo em sua cabeça como um início de enxaqueca.

É a Casa Negra que você está sentindo, só que não é bem uma casa. É um buraco de verme na maçã da existência, que vai dar direto nas terras-de-fornalha. É uma porta. Talvez estivesse só encostada antes de hoje, antes que Beezer e seus amigos aparecessem ali, mas agora está escancarada e deixando entrar uma correnteza danada. Ty precisa ser levado de volta, sim... mas aquela porta precisa ser fechada, também. Antes que sabe Deus que coisas horríveis venham rosnando por aí.

Jack abruptamente joga a Ram na rodovia Tamarack. Os pneus cantam. Seu cinto de segurança se tensiona, e, por um momento, ele acha que a picape pode capotar. Mas ela se mantém em pé, e ele vai voando na direção da estrada do Vale Noruega. Ratinho terá que aguentar um pouco mais; ele não vai deixar Henry ali sozinho. Seu amigo não sabe, mas vai fazer uma excursãozinha até a alameda Nailhouse. Até essa situação se estabilizar, Jack acha que o sistema de turma é muito apropriado.

Seria ótimo se Henry estivesse em casa, mas ele não está. Elvena Morton, flanela na mão, vem responder aos insistentes toques de campainha de Jack.

— Ele está na KDCU, gravando comerciais — diz Elvena. — Eu mesma o deixei lá. Não sei por que ele não grava aqui no estúdio, alguma coisa em relação aos efeitos sonoros, acho que foi o que ele disse. Estou admirada que ele não tenha lhe falado isso.

O chato é que Henry falou. O Rib Crib do Cousin Buddy. A patroa velha. Belo centro de La Riviere. Tudo isso. Ele até disse a Jack que Elvena Morton iria levá-lo. Algumas coisas aconteceram com Jack desde essa conversa — ele encontrou seu velho amigo de infância, apaixonou-se pelo Duplo de Judy Marshall e, só de passagem, foi inteirado de seu básico Segredo de Toda Existência —, mas nada disso o impede de cerrar a mão esquerda e se dar um murro bem no meio dos olhos com ela. Em vista da rapidez com que as coisas estão caminhando agora, fazer este desvio desnecessário lhe parece um lapso quase imperdoável.

A Sra. Morton está arregalando os olhos para ele, espantada.

— É a senhora que vai pegá-lo, Sra. Morton?

— Não, ele vai tomar um drinque com alguém da ESPN. Henry disse que a pessoa depois o traz em casa. — Ela abaixa o tom de voz para um timbre de confidencialidade em que os segredos são, de certa forma, mais bem transmitidos. — Henry não disse isso abertamente, mas acho que podem vir pela frente coisas importantes para George Rathbun. Coisas muito importantes.

O *Barragem dos bichos da Terra* ser transmitido em rede nacional? Jack não ficaria de todo surpreso, mas agora não tem tempo de se alegrar por Henry. Entrega à Sra. Morton a fita cassete, sobretudo para não sentir que esta foi uma viagem *inteiramente* perdida.

— Deixe isto para ele onde...

Ele para. A Sra. Morton está olhando para ele com ar de quem sabe e acha graça. *Onde é certo que ele veja* é o que Jack quase disse. Outra falha mental. Detetive de cidade grande, mesmo.

— Vou deixar no estúdio dele, perto da mesa de som — diz ela. — Ali, ele acha. Jack, pode não ser da minha conta, mas você não está com boa cara. Está muito pálido, e posso jurar que emagreceu 5 quilos desde a semana passada. E... — Ela parece meio embaraçada. — Seus sapatos estão trocados.

Estão mesmo. Ele os destroca, equilibrando-se primeiro num pé, depois no outro.

— Foram 48 horas difíceis, mas estou aguentando firme, Sra. M.

— É o negócio do Pescador, não é?

Ele faz que sim com a cabeça.

— E tenho que ir. A gordura, como dizem, está no fogo. — Ele se vira, reconsidera, volta. — Deixe um recado para ele no gravador da cozinha, sim? Diga para ele ligar para o meu celular. Assim que chegar. — Então, uma ideia levando à outra, ele aponta para a fita sem etiqueta na mão dela. — Não ponha isso para tocar, certo?

A Sra. Morton parece chocada.

— Eu nunca faria uma coisa dessas! Seria o mesmo que abrir a correspondência de alguém!

Jack faz que sim com a cabeça e lhe esboça um sorriso.

— Ótimo.

— É... ele na fita? É o Pescador?

— É — diz Jack. — É ele.

E há coisas piores esperando, ele pensa, mas não diz. *Coisas muito piores.*

Ele volta depressa para a caminhonete, não propriamente correndo.

Vinte minutos depois, Jack estaciona em frente à casa de dois andares cor de cocô de neném na alameda Nailhouse. A alameda Nailhouse e o emaranhado sujo de ruas em volta lhe parecem estranhamente silenciosos debaixo daquele sol quente de tarde de verão. Um vira-lata (é, na verdade, o bicho que vimos à porta do Hotel Nelson ontem à noite mesmo) atravessa mancando o cruzamento da Ames com a Rodovia Municipal, mas o tráfego que há não passa muito disso. Jack tem uma visão desagradável da Morsa e do Carpinteiro passeando pela margem leste do Mississípi com os residentes hipnotizados da alameda Nailhouse seguindo atrás deles. Passeando ao longo do fogo. E do caldeirão.

Ele respira fundo duas vezes, tentando se acalmar. Não longe da periferia da cidade — perto da rua que leva à Lanchonete do Ed, na verdade —, aquele zumbido incômodo em sua cabeça chegou ao auge, tornando-se algo semelhante a um grito sinistro. Durante algum tempo, aquilo foi tão forte que Jack se perguntou se não acabaria saindo da estrada, e diminuiu a velocidade da Ram para 60. Depois, felizmente, aquilo foi passando para a parte de trás de sua cabeça e sumiu. Ele não viu a placa de PROIBIDA A ENTRADA marcando a estrada abandonada que dá acesso à Casa Negra, nem a procurou, mas sabia que estava lá. A questão é se ele vai ou não conseguir se aproximar dela quando chegar a hora sem simplesmente explodir.

— Vamos — ele diz a si mesmo. — Não há tempo para essa merda.

Ele salta da picape e começa a subir o passeio de cimento rachado. Há um risco meio apagado de jogo da amarelinha ali, e Jack automaticamente desvia para evitá-lo, sabendo que é um dos poucos artefatos remanescentes atestando que uma pessoinha chamada Amy St. Pierre passou brevemente por essa existência. Os degraus da varanda estão secos e cheios de farpas. Ele está morto de sede e pensa: *Poxa, eu seria capaz de matar alguém por um copo d'água, ou uma boa...*

A porta se abre, batendo no lado da casa como uma pistola disparada no silêncio ensolarado, e Beezer sai correndo.

— Cristo todo-poderoso, achei que você *nunca* chegaria aqui!

Olhando nos olhos alarmados e agoniados de Beezer, Jack percebe que nunca contará a esse cara que talvez consiga encontrar a Casa Negra sem a ajuda de Ratinho, que graças a seu tempo nos Territórios ele tem uma espécie de telêmetro na cabeça. Não, nem mesmo se eles ficarem amigos íntimos para o resto da vida, do tipo que costumam contar tudo um para o outro. O Beez sofreu como Jó, e não precisa descobrir que a agonia de seu amigo foi em vão.

— Ele ainda está vivo, Beezer?

— Por um fio. Talvez um fio e meio. Agora estamos só Doc, a Ursa e eu. Sonny e Kaiser Bill ficaram com medo, fugiram como dois cães chicoteados. Entre aqui, luz do sol.

Não parece que Beezer dê a Jack outra escolha; pega-o pelo ombro e puxa-o para dentro da casinha da alameda Nailhouse como se ele fosse uma mala.

Capítulo Vinte e Três

— Mais um! — diz o cara da ESPN.

Parece mais uma ordem que um pedido, e embora Henry não possa ver o sujeito, ele sabe que aquele ali nunca praticou nenhum esporte na vida, profissional ou não. Ele tem o cheiro de gordura e ligeiramente oleoso de alguém que esteve acima do peso praticamente desde que nasceu. O esporte talvez seja sua compensação, com o poder de calar lembranças de roupas compradas na seção Tamanhos Grandes na Sears e todos aqueles bordões infantis como "Zé Bolão mandou no chão, no banheiro chegou não, entalou lá no portão".

O nome dele é Penniman.

— Igual ao Little Richard! — ele disse a Henry quando se apertaram as mãos na estação de rádio. — Famoso cantor de rock dos anos 50? Talvez se lembre dele.

— Vagamente — disse Henry, como se em determinada época não tivesse tido cada compacto lançado por Little Richard. — Acho que ele era um dos Pais Fundadores.

Penniman riu ruidosamente, e naquela risada Henry vislumbrou um futuro possível para si. Mas seria um futuro almejado por ele? As pessoas riam de Howard Stern, também, e Howard Stern era um imbecil.

— Mais um drinque! — Penniman agora repete. Eles estão no bar da Pousada Oak Tree, onde Penniman deu cinco pratas de gorjeta ao garçom para trocar o canal da tevê do boliche na ABC para a ESPN, embora não haja nada passando àquela hora do dia senão as excelentes dicas de golfe e pescaria de rio. — Mais um drinque, só para selar o trato!

Mas eles *não* têm trato nenhum, e Henry não tem certeza se quer fazer algum. Fazer um programa nacional com George Rathbun como parte da programação de rádio da ESPN seria atraente, e para ele não é problema nenhum mudar o nome do programa de *Barragem dos bichos da Terra* para *Barragem esportiva ESPN* — o foco principal continuaria sendo as áreas do centro e do norte do país — mas...

Mas o quê?

Antes de sequer começar a trabalhar na pergunta, ele sente de novo o cheiro: My Sin, o perfume que sua mulher costumava usar certas noites, quando queria enviar um certo sinal. Cotovia era como ele costumava chamá-la nessas certas noites, quando o quarto ficava escuro e eles dois ficavam cegos para tudo exceto os cheiros e as texturas um do outro.

Cotovia.

— Sabe, acho que não vou aceitar esse drinque — diz Henry. — Tenho um trabalho para fazer em casa. Mas vou pensar na sua oferta. Seriamente.

— Ah-ah-ah — diz Penniman, e Henry sente por certas minúsculas perturbações no ar que o homem está sacudindo um dedo embaixo de seu nariz.

Henry se pergunta como Penniman reagiria se ele de repente avançasse e decepasse o dedo ofensivo com uma mordida na segunda junta. Se lhe mostrasse um pouco da hospitalidade do condado de Coulee estilo Pescador. Quão alto Penniman gritaria? Tão alto quanto Little Richard antes da pausa instrumental de "Tutti Frutti", talvez? Ou nem tanto?

— Não pode ir até eu estar pronto para levá-lo — diz-lhe o Sr. Eu Sou Gordo Mas Já Não Importa. — Você é meu carona, sabe? — Ele está na quarta dose de gimlet, e suas palavras saem ligeiramente pastosas. *Meu amigo*, pensa Henry, *seria mais fácil eu enfiar um furão no rabo do que entrar num carro com você no volante.*

— Na verdade, eu posso — diz Henry amavelmente.

Nick Avery, o barman, vai ter uma tarde da pesada: o gordo lhe passou cinco para trocar o canal da tevê, e o cego lhe deu cinco para ligar para o Skeeter's Taxi enquanto o gordo estava no banheiro, abrindo um pouco mais de espaço.

— Há?

— Eu disse "Na verdade, eu posso". Barman?

— Ele está lá fora, senhor. — Avery lhe diz. — Chegou há dois minutos.

Ouve-se um estalo pesado quando Penniman vira no banco de bar. Ao captar a presença do táxi que está esperando na entrada do hotel, Henry não pode ver, mas pode sentir o homem franzindo o cenho.

— Ouça, Henry — diz Penniman. — Acho que talvez você não consiga entender sua situação atual. Há estrelas no firmamento do rádio esportivo, claro que há. Gente como a Fabulosa Babe do Esporte e Tony Kornheiser ganham centenas de milhares de dólares por ano só em locução, centenas de milhares, *fácil*. Mas você ainda não está nesse nível. A porta atualmente está fechada para você. Mas eu, meu amigo, sou um porteiro e tanto. O resultado é que se eu digo que a gente devia tomar mais um drinque, então...

— Barman — diz Henry calmamente, depois faz que não com a cabeça. — Não posso chamar você só de barman: isso pode funcionar para Humphrey Bogart, mas não funciona para mim. Como é o seu nome?

— Nick Avery, senhor. — A última palavra sai automaticamente, mas Avery jamais a usaria ao falar com o outro. Os dois sujeitos lhe deram cinco dólares de gorjeta, mas o de óculos escuros é o cavalheiro. Não tem nada a ver com o fato de ele ser cego, é só alguma coisa que ele *é*.

— Nick, quem mais está no bar?

Avery olha em volta. Em um dos reservados do fundo, dois homens bebem cerveja. No saguão, o porteiro está ao telefone. No bar propriamente dito, absolutamente ninguém a não ser esses dois caras — um esguio, tranquilo e cego, o outro gordo, suado e começando a ficar puto.

— Ninguém, senhor.

— Não tem uma... senhora?

Cotovia, quase ele disse. *Não tem uma cotovia?*

— Não.

— Escute aqui — diz Penniman, e Henry acha que nunca ouviu ninguém tão diferente de "Little Richard" Penniman na vida. Esse cara é mais branco que Moby Dick... e deve ser do mesmo tamanho. — Temos muito mais para discutir aqui. — *Mucho mais pra distuti* é como sai. — Isto é, a não ser — *A num cê* — que você esteja tentando me participar que não tem interesse.

Jamais, a voz de Penniman diz aos ouvidos educados de Henry Leyden. *Estamos falando em botar uma máquina de dinheiro em sua sala, amor, seu próprio caixa eletrônico, e não tem jeito de você recusar isso.*

— Nick, não sente cheiro de perfume? Alguma coisa muito leve e antiga? My Sin, talvez?

Uma mão mole cai no ombro de Henry como um saco de água quente.

— O pecado, amigo velho, seria você se recusar a tomar mais um drinque comigo. Até um cego poderia ver o...

— Sugiro que tire as mãos de cima dele — diz Avery, e talvez os ouvidos de Penniman não estejam *inteiramente* surdos para nuances, porque a mão sai imediatamente do ombro de Henry.

Então outra mão a substitui, mais em cima. Toca a parte de trás do pescoço de Henry numa carícia fria que começa e logo para. Henry inspira. O cheiro do perfume vem com ela. Em geral os cheiros desaparecem após um período de exposição, à medida que se amortecem os receptores que os captaram temporariamente. Mas dessa vez, não. Esse cheiro, não.

— Não tem um perfume? — Henry quase implora.

A sensação da mão dela em seu pescoço ele pode rejeitar como uma alucinação tátil. Mas seu nariz nunca o trai.

Nunca até aquela hora, pelo menos.

— Sinto muito — diz Avery. — Posso sentir cheiro de cerveja... amendoim... do gim e da loção após barba desse homem...

Henry faz que sim com a cabeça. As luzes em cima do fundo do bar deslizam pelas lentes escuras de seus óculos quando ele desce com graça do banco.

— Acho que você quer mais um drinque, meu amigo — Penniman diz no que ele sem dúvida julga ser um tom de ameaça educada.

— Mais um drinque, só para comemorar, depois levo você em casa no meu Lexus.

Henry sente o cheiro do perfume de sua mulher. Ele tem certeza disso. E pareceu sentir a mão de sua mulher na nuca. No entanto, de repente, é no miudinho Morris Rosen que ele se vê pensando — Morris, que queria que ele ouvisse "Where Did Our Love Go", tocado por Dirtysperm. E, naturalmente, que Henry pusesse essa música em sua persona do Rato de Wisconsin. Morris Rosen, que tem mais integridade num dos dedinhos de unha roída do que esse palhaço tem no corpo inteiro.

Ele toca o braço de Penniman. Sorri para a cara não vista de Penniman, e sente relaxarem os músculos embaixo da palma de sua mão. Penniman decidiu que vai fazer o que quer. De novo.

— Pegue meu drinque — diz Henry amavelmente —, acrescente ao *seu* e enfie os dois nesse seu rabo gordo. Se precisar de alguma coisa para prendê-los lá dentro, ora, pode enfiar seu trabalho depois.

Henry se vira e se encaminha energicamente para a porta, orientando-se com sua eficaz precisão costumeira e com uma mão esticada na frente por segurança. Nick Avery começou a aplaudir espontaneamente, mas Henry mal ouve isso, já tirou Penniman da cabeça. O que o ocupa é o cheiro do perfume My Sin. A fragrância se dissipa um pouco quando ele chega ao calor da tarde... mas não é um suspiro amoroso que ele ouve ao lado de seu ouvido esquerdo? O tipo de suspiro que sua mulher às vezes dava antes de adormecer depois do amor? Sua Rhoda? Sua Cotovia?

— Ei, táxi! — ele chama do meio-fio embaixo do toldo.

— Aqui, amigo, você é cego?

— Como um morcego — concorda Henry, e caminha na direção do som da voz.

Ele irá para casa, porá os pés para cima, tomará um copo de chá e depois ouvirá o raio da fita do 911. Talvez seja esta tarefa até agora não realizada que esteja lhe causando esses arrepios e essas tremedeiras atuais — saber que tem que se sentar no escuro e ouvir a voz de um canibal assassino de crianças. Certamente deve ser isso, porque não há razão para ter medo de sua Cotovia, há? Se ela fosse voltar — voltar e assombrá-lo —, ela certamente o assombraria com amor.

Não?

Sim, ele pensa, e senta no banco traseiro abafado do táxi.

— Para onde, amigo?

— Estrada do Vale Noruega — diz Henry. — É uma casa branca com detalhes azuis, recuada na estrada. Você vai vê-la logo depois que atravessar o riacho.

Henry encosta no banco e vira o rosto perturbado para a janela aberta. French Landing lhe parece estranha hoje... *carregada*. Como algo que escorregou, escorregou até estar agora prestes a simplesmente cair da mesa e se espatifar no chão.

Diga que ela voltou. Diga que sim. Se é com amor que ela veio, por que o cheiro do perfume dela me deixa tão aflito? Quase revoltado? E por que o contato dela (o contato imaginado, ele garante a si próprio) era tão desagradável?

Por que o toque dela era tão frio?

Depois da ofuscação do dia, a sala da casa de Beezer é tão escura que a princípio Jack não consegue distinguir nada. Então, quando seus olhos se ajustam um pouco, ele vê por quê: cobertores — duplos, pelo aspecto — foram pendurados nas duas janelas da sala e a porta do outro cômodo do térreo, quase certamente a cozinha, foi fechada.

— Ele não aguenta a claridade — diz Beezer.

Ele fala baixo para não ser ouvido do outro lado da sala, onde a forma de um homem jaz num sofá. Outro homem está ajoelhado ao lado dele.

— Talvez o cachorro que o mordeu estivesse raivoso — diz Jack.

Ele não acredita nisso.

Beezer faz que não com a cabeça de forma decidida.

— Não é uma reação fóbica. Doc diz que é psicológica. Onde a luz bate nele, a pele começa a derreter. Já ouviu alguma coisa semelhante?

— Não.

E Jack também nunca sentiu um fedor parecido com o desse quarto. Há o zumbido não de um, mas sim de dois ventiladores de mesa, e ele pode sentir o vento cruzado, mas esse cheiro é muito viscoso para ir embora. Há a catinga de carne podre — de gangrena em carne dilacerada —, mas Jack já sentiu esse cheiro antes. É o outro cheiro que o está incomodando, algo parecido com sangue e flores de enterro e fezes, tudo misturado. Ele faz um ruído de engulho, não consegue evitar, e Beezer olha para ele com uma certa compreensão impaciente.

— É ruim, sim, eu sei. Mas é feito a jaula dos macacos no zoológico, cara. Você se acostuma depois de algum tempo.

A porta de vaivém para a outra sala se abre, e uma mulherzinha enxuta de cabelos louros na altura do ombro passa. Está levando uma bacia. Quando a luz bate na figura deitada no sofá, Ratinho grita. É um som horrivelmente grosso, como se os pulmões do homem tivessem começado a se liquefazer. Algo — talvez fumaça, talvez vapor — começa a subir da pele de sua testa.

— Aguente, Ratinho — diz o homem ajoelhado.

É Doc. Antes que a porta da cozinha volte e se feche, Jack consegue ler o que está colado em sua maleta preta gasta. Em algum lugar nos Estados Unidos, pode haver outro médico ostentando um adesivo de para-choque que diz REGRAS DO LOBO DA ESTEPE no lado da maleta de médico, mas provavelmente não em Wisconsin.

A mulher se ajoelha ao lado de Doc, que pega um pano na bacia, torce-o e o põe na testa de Ratinho. Ratinho dá um gemido trêmulo e começa a tremer todo. A água escorre de suas faces para dentro da barba. A barba parece estar se desprendendo em placas sarnentas.

Jack avança, dizendo a si mesmo que vai se acostumar com o cheiro, certamente que vai. Talvez até seja verdade. Enquanto isso, ele deseja um pouco de Vick VapoRub que a maioria dos detetives do DPLA naturalmente leva no porta-luvas. Um toque em cada narina seria muito bom agora.

Há um aparelho de som (malconservado) e um par de alto-falantes (enormes) nos cantos da sala, mas não há televisão. Há pilhas de caixotes de livros encostadas na parede, nos pontos onde não há porta ou janela, fazendo o espaço parecer ainda menor do que é, quase como uma cripta. Jack tem uma ponta de claustrofobia em sua constituição, e agora este circuito esquenta, aumentando seu desconforto. A maioria dos livros parece tratar de religião e filosofia — ele vê Descartes, C. S. Lewis, o Bhagavad-Gita, o *Tenets of Existence* [Princípios da existência] de Steven Avery —, mas há muita ficção, livros sobre a fabricação de cerveja e (em cima de um alto-falante gigante) o livro *trash* de Albert Goldman sobre Elvis Presley. Em cima do outro alto-falante há uma fotografia de uma garotinha com um sorriso esplêndido, sardas e um mar de cabelos louro-avermelhados. Ver a criança que riscou o jogo da amarelinha ali na frente deixa Jack doente de raiva e tristeza. Pode haver seres e causas do outro mundo, mas também há um velho doente rondando por ali que precisa ser detido. Ele deveria se lembrar disso.

A Ursa dá lugar para Jack em frente ao sofá, afastando-se graciosamente embora esteja ajoelhada e ainda segurando a bacia. Jack vê que ali dentro há mais dois panos úmidos e um monte de pedras de gelo derretendo. Essa visão o deixa com mais sede que nunca. Ele pega uma, e mete-a na boca. Então volta a atenção para Ratinho.

Um cobertor xadrez foi puxado até o seu pescoço. Sua testa e as maçãs do seu rosto — os lugares que a barba em decomposição não cobre — estão macilentas. Seus olhos estão fechados. Seus lábios estão arregaçados para mostrar dentes de uma brancura impressionante.

— Ele está... — Jack começa, e aí os olhos de Ratinho se abrem.

O que quer que Jack fosse lhe perguntar lhe sai totalmente da cabeça. Em volta das íris cor de avelã, os olhos de Ratinho ficaram de um escarlate inquieto e instável. É como se o homem estivesse olhando para um terrível crepúsculo radioativo. Dos cantos internos dos seus olhos escorre uma espécie de espuma preta.

— *O livro da transformação filosófica* trata da dialética mais atual — diz Ratinho, falando serena e lucidamente —, e Maquiavel também trata dessas questões.

Jack quase consegue imaginá-lo numa sala de palestras. Isto é, até começar a bater queixo.

— Ratinho, é Jack Sawyer.

Nenhum reconhecimento naqueles olhos estranhos vermelhos e cor de avelã. A espuma preta em seus cantos parece se mexer, porém, como se de certa forma tivesse sensibilidade. Ouvindo-o.

— É Hollywood — murmura Beezer. — O tira. Lembra?

Uma das mãos de Ratinho está em cima do cobertor xadrez. Jack pega-a, e abafa um grito de surpresa quando ela se fecha apertando a dele com uma força incrível. Está quente, também. Tão quente quanto um biscoito saindo do forno. Ratinho dá um longo suspiro arfado, e o mau cheiro é fétido — carne estragada, flores podres. *Ele está apodrecendo*, Jack pensa. *Apodrecendo de dentro para fora. Ah, Cristo, me ajude a enfrentar isto.*

Cristo talvez não possa ajudar, mas a lembrança de Sophie talvez possa. Jack tenta fixar os olhos dela na memória, aquele lindo olhar azul calmo e transparente.

— Ouça — diz Ratinho.

— Estou ouvindo.

Ratinho parece se concentrar. Embaixo do cobertor, seu corpo treme de uma forma solta e descoordenada, que para Jack está próxima de um ataque. Em algum lugar, há um relógio fazendo tique-taque. Em algum lugar, há um cão latindo. Um barco apita no Mississípi. Afora esses sons, tudo é silêncio. Em toda a vida, Jack só consegue se lembrar de uma única suspensão das coisas do mundo como essa, e foi quando ele estava num hospital de Beverly Hills, esperando a mãe terminar o longo processo de morrer. Em algum lugar, Ty Marshall aguarda que venham resgatá-lo. Espera que venham, pelo menos. Em algum lugar há Sapadores trabalhando com afinco, tentando destruir o eixo em torno do qual gira toda a existência. Aqui só há este aposento eterno com seus ventiladores fracos e seus vapores nocivos.

Os olhos de Ratinho se fecham, depois tornam a se abrir. Eles se fixam no recém-chegado, e Jack de repente tem certeza de que uma grande verdade vai ser revelada. A pedra de gelo não está mais em sua boca; Jack supõe que ele a mastigou e engoliu sem sequer se dar conta, mas não ousa pegar outra.

— Continue, amigo — diz Doc. — Você põe isso para fora e depois eu lhe dou mais uma injeção subcutânea de droga. Da boa. Talvez você durma.

Ratinho não presta atenção. Seus olhos mutantes seguram os de Jack. Suas mãos seguram as de Jack, apertando ainda mais. Jack quase pode sentir os ossos dos dedos sendo esmagados.

— Não... saia e compre um equipamento da melhor qualidade — diz Ratinho, e de seus pulmões podres sai mais um bafo terrivelmente fétido.

— Não...?

— A maioria das pessoas para de fazer cerveja depois de... um ou dois anos. Até quem se dedica a isso por hobby. Fazer cerveja não é... para frescos.

Jack olha em volta para Beezer, que retribui o olhar, impassível.

— Ele está indo e vindo. Tenha paciência. Espere por ele.

Ratinho aperta-lhe a mão ainda mais, depois afrouxa bem na hora em que Jack decide que não vai aguentar.

— Pegue um pote grande — Ratinho lhe recomenda. Seus olhos saltam. As sombras avermelhadas vão e vêm, vão e vêm, correndo pela paisagem curva de suas córneas, e Jack pensa. *É a sombra* daquilo. *A sombra do Rei Rubro. Ratinho já está com um pé na corte dele.* — Dezenove litros... pelo menos. Você encontra os melhores em... peixarias. E como recipiente para a fermentação... jarras plásticas para gelar água são boas... são mais leves que vidro, e... estou queimando. Cristo, Beez, estou queimando!

— Foda-se, vou injetar isso nele — diz Doc, e abre sua maleta.

Beezer agarra o braço dele.

— Ainda não.

Lágrimas de sangue começam a escorrer dos olhos de Ratinho. O grude preto parece transformar-se em minúsculas gavinhas. Elas descem avidamente, como se tentando pegar a umidade e bebê-la.

— O que detém a fermentação — Ratinho sussurra. — Thomas Merton é um merda, nunca deixe ninguém lhe dizer outra coisa. Ali não tem nenhuma ideia de verdade. Você tem que deixar os gases escaparem enquanto impede a poeira de entrar. Jerry Garcia não era Deus. Kurt Cobain não era Deus. O perfume que ele sente não é da falecida mulher dele. Ele captou o olhar do Rei. *Gorg-dez-abalá, i-li-li.* O opopânace morreu, viva o opopânace.

Jack se debruça mais no cheiro de Ratinho.

— Quem está sentindo cheiro de perfume? Quem captou o olhar do rei?

— O Rei maluco, o Rei mau, o Rei triste. Ling-a-ding-ding, salve o Rei.

— Ratinho, *quem* captou o olhar do Rei?

Doc diz:

— Pensei que você quisesse saber do...

— *Quem?* — Jack não sabe por que isso parece importante para ele, mas parece. Será algo que alguém lhe disse recentemente? Foi Dale? Tansy? Foi, Deus nos livre, Wendell Green?

— Coar, misturar e botar pressão — Ratinho diz confidencialmente. — É disso que se precisa quando a fermentação termina! E não se pode botar cerveja em garrafa com tampa de atarraxar! Se...

Ratinho vira a cabeça para o outro lado, aconchega-a no ombro, abre a boca e vomita. A Ursa grita. O vômito é amarelo cor de pus salpicado de partículas pretas como o grude no canto dos olhos de Ratinho. É vivo.

Beezer sai do quarto depressa, não propriamente correndo, e Jack faz o melhor que pode para proteger Ratinho do breve clarão que entra da cozinha. A mão que está segurando Jack afrouxa mais um pouco.

Jack vira-se para Doc.

— Acha que ele está indo?

Doc faz que não com a cabeça.

— Desmaiou de novo. O pobre do velho Ratinho não vai partir assim tão facilmente. — Ele lança um olhar lúgubre e assombrado para Jack. — É melhor que isso valha a pena, Sr. Policial. Porque, se não valer, vou arrebentá-lo.

Beezer volta com uma trouxa enorme de trapos, e calçou um par de luvas de cozinha verdes. Sem falar, limpa a poça de vômito entre o ombro de Ratinho e o encosto do sofá. Os pontos pretos pararam de se mexer, e isso é bom. Não os ter visto se mexendo teria sido melhor ainda. O vômito, Jack vê consternado, corroeu o tecido puído do sofá como um ácido.

— Vou puxar o cobertor um instantinho — diz Doc, e a Ursa se levanta imediatamente, ainda segurando a bacia com o gelo derretido. Ela vai até uma das estantes e fica ali de costas, tremendo.

— Doc, isso é algo que eu realmente precise ver?

— Acho que talvez seja. Acho que você não sabe com o que está lidando, mesmo agora. — Doc segura o cobertor e tira-o de debaixo da mão fraca de Ratinho. Jack vê que mais daquele grude preto começou a escorrer do sabugo das unhas do moribundo. — Lembre-se que isso só aconteceu há duas horas, Sr. Policial.

Ele puxa o cobertor para baixo. De costas para eles, Susan "Ursa" Osgood encara as grandes obras da filosofia ocidental e começa a chorar em silêncio. Jack tenta conter o grito e não consegue.

Henry paga o táxi, entra em casa e respira fundo o frescor calmante do ar-condicionado. Há um leve aroma — doce — e ele diz a si mesmo que é só o cheiro de flores frescas, uma das especialidades da Sra. Morton. Ele sabe que não é, mas agora não quer mais nada com fantasmas. Está se sentindo realmente melhor, e supõe saber por quê: foi por ter dito ao cara da ESPN para enfiar o trabalho no rabo. Nada mais apropriado para fazer um sujeito ganhar o dia, especialmente quando o sujeito em questão está bem empregado, é possuidor de dois cartões de crédito que estão muito longe de passar do limite e tem uma jarra de *iced tea* na geladeira.

Henry agora ruma para a cozinha, seguindo pelo corredor com a mão estendida à frente, para sentir os obstáculos e deslocamentos. Não há outro som senão o sussurro do aparelho de ar-condicionado, o zumbido da geladeira, as batidas de seus saltos no assoalho...

... e um suspiro.

Um suspiro amoroso.

Henry fica onde está por um momento, depois se vira, com cuidado. Será que o aroma doce está um pouco mais forte agora, especialmente vindo em sua direção, para a sala e a porta da entrada? Ele acha que sim. E não são flores; não faz sentido se enganar sobre isso. Como sempre, o nariz sabe. É o aroma de My Sin.

— Rhoda? — ele diz, e depois, mais baixo: — Cotovia?

Nenhuma resposta. É óbvio. Ele só está nervoso, apenas isso; tremendo de medo, e por que não?

— Por que sou o sheik, neném — diz Henry. — O Sheik, o Shake, o Xeque.

Nenhum cheiro. Nenhum suspiro sensual. E, no entanto, ele está atormentado pela ideia da mulher ali na sala, envolta na mortalha perfumada da tumba, observando-o em silêncio quando ele entrou e passou cegamente diante dela. Sua Cotovia, saída do Cemitério Noggin Mound para uma visitinha. Talvez para ouvir o último CD de Slobberbone.

— Pare com isso — ele diz baixinho. — Pare com isso, seu pateta.

Ele entra em sua cozinha grande e bem-organizada. Ao passar pela porta, aperta automaticamente um botão no painel ali. A voz da Sra. Morton vem pelo alto-falante, que é tão high-tech que ela quase poderia estar ali dentro.

— Jack Sawyer passou aqui e deixou outra fita que quer que você ouça. Ele disse que era... sabe, aquele homem. Aquele homem mau.

— Homem mau, sim — Henry murmura, abrindo a geladeira e deleitando-se com o bafo gelado. Sua mão vai sem titubear para uma das três latas de cerveja Kingsland guardadas na porta. Esqueça o *iced tea*.

— As duas fitas estão em seu estúdio, perto da mesa de som. Além disso, Jack queria que você ligasse para o celular dele. — A voz da Sra. Morton assume um ligeiro tom de sermão. — Se falar com ele, espero que lhe diga para ter cuidado. E tenha cuidado você também. — Uma pausa. — *Além do mais,* não se esqueça de jantar. Está tudo pronto. Segunda prateleira da geladeira, à esquerda.

— Ai, ai, ai — diz Henry, mas está sorrindo quando abre a cerveja. Ele vai ao telefone e tecla o número de Jack.

No assento da Dodge Ram estacionada em frente à alameda Nailhouse, nº 1, o celular de Jack toca. Desta vez, não há ninguém ali dentro para ser incomodado por aquele apito baixinho, mas penetrante.

— O proprietário do aparelho para o qual você ligou não está disponível no momento. Por favor, tente mais tarde.

Henry desliga, volta ao portal e aperta outro botão ali no painel. As vozes que dão a hora e a temperatura são todas versões da sua, mas ele programou o aparelho de modo a nunca saber qual vai ouvir. Dessa vez, é o Rato de Wisconsin, gritando feito louco no silêncio ensolarado e refrigerado de sua casa, que nunca pareceu tão longe da cidade quanto hoje.

— São 16h22! A temperatura externa é de 28 graus! A interna é de 21! Para que diabo você quer saber? Para que diabo *alguém* quer saber? Mastigue e engula, *tuuudo...*

... sai pelo mesmo lugar. Certo. Henry aperta o botão de novo, calando o grito que é a marca registrada do Rato. Como ficou tarde tão depressa? Nossa, agora mesmo não era meio-dia? Aliás, agora mesmo ele não era jovem, tinha 20 anos e era tão cheio de energia que ela quase lhe saía pelos ouvidos? O que...

Ouve-se de novo aquele suspiro, desviando o curso predominantemente autodebochado de seu raciocínio. Um suspiro? Mesmo? Mais provavelmente, apenas o compressor do ar-condicionado. Ele pode dizer isso a si mesmo, afinal.

— Tem alguém aí? — pergunta Henry. Há um tremor em sua voz que ele odeia, uma tremedeira de velho. — Tem alguém em casa comigo?

Por um segundo terrível, ele quase tem medo que alguém responda. Nada responde — *claro*, nada — e ele acaba com a lata de cerveja em três longos goles. Decide voltar para a sala e ler um pouco. Talvez Jack ligue. Talvez ele se controle melhor depois que tiver um pouco de álcool no organismo.

E talvez o mundo acabe nos próximos cinco minutos, ele pensa. *Assim você nunca precisará lidar com a voz do raio daquelas fitas esperando no estúdio. O raio daquelas fitas que estão ali ao lado da mesa de som como bombas por explodir.*

Henry volta lentamente para a sala, com a mão estendida à frente, dizendo a si mesmo não ter medo, nem um pouco de medo, de tocar a cara morta de sua mulher.

Jack Sawyer já viu muita coisa, já foi a lugares onde não se pode alugar um carro na Avis e a água tem gosto de vinho, mas nunca viu nada igual à perna de Ratinho Baumann. Ou melhor, o horror pestilento e apocalíptico que foi a perna de Ratinho Baumann. O primeiro impulso de Jack quando consegue mais ou menos se controlar de novo é repreender Doc por ter tirado a calça de Ratinho. Jack continua pensando em linguiças, e como o invólucro faz com que elas mantenham a forma mesmo após a frigideira estar chiando no fogão. Esta é sem dúvida uma comparação idiota, *primo stupido*, mas a mente humana sob pressão encena cabriolas bastante estranhas.

Ainda há a *forma* de uma perna ali — mais ou menos —, mas a carne saiu do osso. A pele acabou quase toda, virando uma substância fluida que parece uma mistura de leite e banha. O emaranhado de músculos embaixo do que resta da pele está bambo e sofrendo a mesma metamorfose cataclísmica. A perna infeccionada está numa espécie de movimento indisciplinado, na medida em que o sólido fica líquido e o líquido escorre chiando implacavelmente para o sofá em que Ratinho está deitado. Junto com o cheiro de podre quase insuportável, Jack pode sentir o cheiro de pano queimado e tecido derretido.

Projetando-se desse bolo espalhado e lembrando vagamente uma perna, há um pé parecendo extraordinariamente intacto. *Se quisesse, eu poderia arrancá-lo... como uma abóbora.* Essa ideia o incomoda mais que o aspecto da perna seriamente ferida, e, por um momento, Jack só consegue inclinar a cabeça, tendo um engulho e tentando não vomitar na camisa.

Talvez o que o salve seja uma mão em suas costas. É Beezer, oferecendo todo o consolo que é capaz de oferecer. A cor afogueada sumiu completamente da cara de Beezer. Ele parece um motociclista voltando da tumba num mito urbano.

— Viu? — Doc está perguntando, e sua voz parece vir de muito longe. — Isto não é catapora, meu amigo, embora parecesse um pouco quando começou. Ele já está com manchas vermelhas na perna esquerda... na barriga... no saco. É mais ou menos o aspecto da pele em volta da mordida quando o trouxemos para cá, só uma vermelhidão e um empolado. Pensei: "Merda, não é nada, tenho bastante Zithromax para acabar com isso antes do entardecer." Bem, está vendo como o Zithro adiantou. Está vendo como *qualquer* coisa adiantou. O negócio está corroendo o sofá, e acho que, quando acabar com o sofá, vai passar para o chão. Essa merda tem *fome*. Então, valeu a pena, Hollywood? Acho que só você e Ratinho sabem a resposta para isso.

— Ele ainda sabe onde é a casa — diz Beezer. — Eu não tenho ideia, embora a gente tenha acabado de *vir* de lá. Nem você. Não é?

Doc faz que não com a cabeça.

— Mas Ratinho sabe.

— Susie, querida — diz Doc à Ursa. — Quer trazer outro cobertor? Este está quase rasgando.

A Ursa vai de bom grado. Jack se levanta. Suas pernas estão bambas, mas aguentam-no.

— Proteja-o — ele diz a Doc. — Vou até a cozinha. Se não beber alguma coisa, vou morrer.

Jack bebe água direto da bica. Engolindo até sentir uma pontada no meio da testa e arrotar como um cavalo. Então fica ali parado, olhando o quintal de Beezer e da Ursa. Um balancinho simpático foi fincado ali naquele tirirical. Jack sofre ao olhar para aquilo, mas olha assim mesmo. Depois da loucura da perna de Ratinho, parece importante ele se lembrar que está ali por uma razão. Se a lembrança dói, tanto melhor.

O sol, dourado agora ao descer para o lado do Mississípi, o ofusca. O tempo não parou, afinal de contas, ao que parece. Pelo menos fora daquela casinha. Fora da alameda Nailhouse, nº 1, o tempo na verdade parece estar correndo mais. Ele está agoniado pensando que foi tão inútil ir ali quanto ter passado na casa de Henry; está aflito com a ideia de que o Sr. Munshun e seu chefe, o abalá, o estão acionando como um brinquedo de corda com uma chave nas costas enquanto eles fazem o trabalho deles. Ele pode seguir esse zumbido em sua cabeça até a Casa Negra, então por que diabo simplesmente não entra na picape e *faz* isso?

O perfume que ele está sentindo não é de sua falecida mulher.

O que isso quer dizer? Por que a ideia de alguém sentindo cheiro de perfume o deixa tão doido e com tanto medo?

Beezer bate na porta da cozinha, assustando-o. O olho de Jack se fixa num bordado pendurado em cima da mesa da cozinha. Em vez de DEUS ABENÇOE NOSSO LAR, diz HEAVY METAL THUNDER. Com uma *Harley-Davidson* cuidadosamente pregada embaixo.

— Volte aqui, homem — diz o Beez. — Ele acordou de novo.

Henry está numa trilha na mata — ou talvez seja um caminho — e há alguma coisa atrás dele. Cada vez que se vira para ver — no sonho, ele pode ver, mas ver não é vantagem — há um pouco mais dessa coisa ali. Parece ser um homem vestido a rigor, mas o homem é assustadoramente comprido, com dentes pontiagudos que se projetam por sobre um beiço vermelho e sorridente. E ele parece — será possível? — ter um olho só.

Da primeira vez que Henry olha para trás, a forma é só um borrão leitoso em meio às árvores. Da outra vez, ele pode distinguir o movimento inquieto de seu paletó e uma mancha vermelha tremulando que pode ser uma gravata ou uma echarpe. Mais adiante está o covil dessa coisa, uma toca fétida que só por coincidência parece uma casa. Sua presença zune na cabeça de Henry. Em vez de cheirar a pinho, a mata avançando dos dois lados recende a um perfume pesado, enjoativo: My Sin.

Está me conduzindo, ele pensa consternado. *O que quer que seja aquela coisa lá atrás, ela está me conduzindo como um bezerro para o matadouro.*

Ele pensa em virar à esquerda ou à direita, em usar o milagre de sua nova visão para fugir pela mata. Só que lá também há coisas. Formas escuras tremulando como echarpes sujas de fuligem. Ele quase pode ver a mais próxima. É uma espécie de cão gigantesco com uma língua comprida tão vermelha quanto a gravata da aparição, e de olhos saltados.

Não posso deixar essa coisa me fazer ir para a casa, ele pensa. *Tenho que sair fora disso antes que ela me leve para lá... mas como? Como?*

A ideia lhe ocorre com uma simplicidade espantosa. Tudo o que ele tem a fazer é acordar. Porque isso é um sonho. Isso é só...

— *É um sonho!* — Henry grita, e faz um movimento brusco para a frente. Ele não está andando, está *sentado*, sentado em sua própria poltrona, e logo vai ficar com os fundilhos molhados porque adormeceu com uma lata de cerveja Kingsland equilibrada entre as pernas e...

Mas nada derrama, porque não há lata de cerveja. Ele tateia cautelosamente à direita e, sim, lá está ela, em cima da mesa com seu livro, uma edição em braile de *Reflections in a Golden Eye.** Ele deve tê-la posto ali antes de adormecer e depois tido aquele horrível pesadelo.

Só que Henry tem certeza de que não fez isso. Ele estava segurando o livro, e a cerveja estava entre suas pernas liberando suas mãos para tocar os pontinhos em relevo que contam a história. Algo com muita consideração pegou o livro e a lata depois que ele adormeceu e os pousou na mesa. Algo que cheira a perfume My Sin.

O ar está *empesteado* desse perfume.

Henry respira fundo, com as narinas abertas e a boca fechada.

— Não — diz ele, falando com muita clareza. — Sinto o cheiro de flores... e xampu de carpete... e cebola frita de ontem à noite. Muito fraco, mas ainda dá para sentir. O nariz sabe.

Tudo isso é verdade. Mas o cheiro *estava* ali. Agora saiu porque *ela* foi embora, mas ela vai voltar. E de repente ele quer que ela venha. Se está com medo, com certeza é do desconhecido, certo? Só isso e nada mais. Ele não quer ficar sozinho ali, sem nenhuma companhia senão a memória daquele sonho rançoso.

E as fitas.

Ele precisa ouvir as fitas. Prometeu a Jack.

---

* Reflexos nos olhos de oiro, *edição portuguesa de 1989. Adaptado para o cinema por John Huston em 1967, recebeu o título de* O pecado de todos nós. *[N. do E.]*

Henry se levanta trêmulo e vai até o painel de controle. Desta vez é recebido pela voz de Henry Shake, um sujeito sereno, se é que isso já existiu.

— Alô pessoal, todo mundo no agito, são 19h14, no relógio Bulova. Lá fora a temperatura está muito agradável, 24 graus, e aqui no Salão de Baile Faz-de-conta está ótima, 21 graus. Então, por que não soltar uma grana, chamar sua garota e criar um pouco de magia?

Dezenove e quatorze! Quando foi a última vez que ele dormiu três horas de dia? Aliás, quando foi a última vez que ele teve um sonho em que enxergava? A resposta a esta segunda pergunta, até onde ele se lembra, é nunca.

Onde era aquele caminho?

O que era a coisa atrás dele?

O que era o lugar na frente dele, aliás?

— Não importa — Henry diz à sala vazia... se é que *está* vazia. — Foi um sonho, só isso. As fitas, por outro lado...

Ele não quer ouvi-las, nunca na vida teve tão pouca vontade de ouvir uma coisa (com a possível exceção de Chicago cantando "Alguém sabe realmente que horas são?"), mas tem que ouvir. Se isso pode salvar a vida de Ty Marshall, ou a vida de outra criança, ele precisa ouvir.

Lentamente, temendo cada passo, Henry Leyden vai às cegas até o estúdio, onde duas fitas esperam por ele na mesa de som.

— No céu não tem cerveja — canta Ratinho numa voz monótona e sem timbre.

Suas faces estão cobertas de feias manchas vermelhas e seu nariz parece estar afundando de lado na cara, como um atol depois de um terremoto submarino.

— Por isso a gente bebe aqui. E quando... formos embora... daqui... nossos amigos beberão a cerveja toda.

Já está assim há horas: pensamentos filosóficos, instruções para o entusiasta iniciante na fabricação de cerveja, trechos de música. A luz que atravessa os cobertores nas janelas diminuiu bastante.

Ratinho faz uma pausa, os olhos fechados. Depois começa outra musiquinha.

— Centenas de garrafas de cerveja na parede, cem garrafas de cerveja... se uma dessas garrafas por acaso cair...

— Tenho que ir embora — diz Jack.

Ele aguentou ali da melhor maneira possível, convencido de que Ratinho ia lhe dar alguma coisa, mas já não pode esperar mais. Em algum lugar, Ty Marshall está esperando por *ele*.

— Espere — diz Doc.

Ele vasculha a maleta e tira uma agulha hipodérmica. Levanta-a na penumbra e bate no êmbolo de vidro com a unha.

— O que é isso?

Doc lança um sorriso lúgubre para Jack e Beezer.

— Velocidade — diz ele, e injeta a droga no braço de Ratinho.

Por um momento, nada acontece. Então, quando Jack está abrindo a boca novamente para dizer que precisa ir embora, Ratinho arregala os olhos, que agora estão vermelhos — um vermelho sangue. No entanto, quando eles se viram em sua direção, Jack sabe que Ratinho o está vendo. Talvez vendo-o de fato pela primeira vez desde que ele chegou ali.

A Ursa sai correndo da sala, deixando morrer atrás de si uma única sentença:

— Basta basta basta basta...

— Porra — Ratinho diz com uma voz esganiçada. — Porra, estou fodido. Não?

Beezer toca rapidamente a cabeça do amigo, mas com ternura.

— É, cara. Acho que está. Você pode nos ajudar a sair dessa?

— Me mordeu uma vez. Só uma vez, e agora... agora... — Seus olhos vermelhos medonhos viram-se para Doc. — Mal enxergo você. A porra desses olhos estão bem esquisitos.

— Você está se acabando — diz Doc. — Não vou mentir para você, cara.

— Nem eu — diz Ratinho. — Me dê alguma coisa para eu escrever. Para desenhar um mapa. Depressa. Não sei o que você injetou em mim, Doc, mas o negócio do cachorro é mais forte. Não vou durar muito. Depressa!

Beezer tateia em volta do pé do sofá e pega uma brochura tamanho comercial. Em vista daquela merda séria nas prateleiras, Jack quase acha graça — o livro é *Os 7 hábitos de pessoas altamente eficientes*. Beezer arranca a quarta capa e a dá para Ratinho com o lado em branco virado para cima.

— Lápis — diz Ratinho com a voz rouca. — Depressa. Estou com tudo, cara. Estou com tudo... aqui. — Ele toca na testa. Um pedaço de pele do tamanho de uma moeda de 25 centavos lhe sai na mão. Ratinho limpa-o no cobertor como se fosse uma meleca.

Beezer tira um toco de lápis roído do bolso do colete. Ratinho o pega e faz um esforço patético para sorrir. A coisa preta escorrendo do canto de seus olhos continua aumentando, e agora está em suas faces como placas de geleia estragada. Mais dessa substância está saindo dos poros da sua testa em minúsculos pontinhos pretos que lembram a Jack os livros em braile de Henry. Quando Ratinho morde o beiço concentrado, imediatamente abre um talho na carne tenra. O sangue começa a lhe escorrer para a barba. Jack supõe que o cheiro de carne podre continue ali, mas Beezer tinha razão: ele se acostumou com aquele cheiro.

Ratinho vira a capa do livro de lado, depois faz uma série de rabiscos rápidos.

— Olhe — ele diz a Jack. — Esse é o Mississípi, certo?

— Certo — diz Jack.

Quando se debruça para olhar, Jack começa a sentir o cheiro de novo. De perto, nem é um fedor; é um miasma tentando lhe descer pela garganta. Mas Jack não se afasta. Sabe o esforço que Ratinho está fazendo. O mínimo que Jack pode fazer é desempenhar o seu papel.

— Aqui é o centro da cidade, o Nelson, a Lucky's, o Teatro Agincourt, o Taproom... aqui é onde a rua Chase dá na rua Lyall, depois rodovia 35... aqui é a Vila da Liberdade... o Pavilhão dos Veteranos de Guerra... a Goltz's... ai, Cristo...

Ratinho começa a se debater no sofá. Pústulas em seu rosto e na parte superior de seu tronco estouram e começam a dessorar. Ele grita de dor. A mão que não está segurando o lápis vai até o seu rosto e bate nele de modo ineficaz.

Algo dentro de Jack fala, então, fala com uma voz radiante e imperativa que ele se lembra de sua época na estrada há tanto tempo. Ele supõe que seja a voz do Talismã, ou o que quer que reste dela em sua mente e em sua alma.

Aquilo não quer que ele fale, está tentando matá-lo antes que ele possa falar, está na coisa preta, talvez seja a coisa preta, você tem que se ver livre dessa coisa...

Algumas coisas só podem ser feitas sem a interferência pudica da mente; quando o trabalho é desagradável, o instinto em geral é melhor. Então, é sem pensar que Jack estica o braço, pega entre os dedos o grude preto que escorre dos olhos de Ratinho e puxa. A princípio, a substância só estica, como se fosse de borracha. Ao mesmo tempo, Jack pode senti-la se contorcendo em sua mão, talvez tentando beliscá-lo ou mordê-lo. Então ela se solta com um barulho de corda beliscada. Com um grito, Jack joga no chão o tecido preto em convulsão.

A substância tenta deslizar para baixo do sofá — Jack vê isso ao limpar a mão na camisa, repugnado. Doc fecha a maleta. Beezer esmaga a coisa com o salto de uma bota de motociclista. Faz um barulho de diarreia.

— Que merda é essa, porra? — pergunta Doc. A voz dele, normalmente rouca, chegou quase a um registro de falsete. — Que *merda*...

— Nada daqui — diz Jack —, e não importa. Olhe para ele! Olhe para Ratinho!

A vermelhidão dos olhos de Ratinho cedeu; no momento, ele parece quase normal. Certamente, *os* está vendo, e a dor parece ter acabado.

— Obrigado — ele murmura. — Eu gostaria que você pudesse pegar tudo assim, mas, cara, já está voltando. Preste atenção.

— Estou ouvindo — diz Jack.

— É melhor ouvir — Ratinho retruca. — Você acha que sabe. Acha que consegue achar o lugar de novo, mesmo que esses dois não possam, e talvez possa, mas talvez não saiba tanto quanto... ah, *porra*.

De sob o cobertor, ouve-se uma coisa arrebentando quando algo cede. O suor escorre pela cara de Ratinho, misturando-se ao veneno preto que lhe sai dos poros e deixando sua barba molhada e de um tom cinza sujo. Seus olhos se reviram para Jack, e Jack vê neles aquele brilho vermelho começando a toldá-los de novo.

— Isso é horrível — Ratinho arfa. — Nunca pensei que eu iria embora desta maneira. Olhe, Hollywood... — O moribundo faz um pequeno retângulo em seu mapa improvisado. — Isso...

— A Lanchonete do Ed, onde encontramos Irma — Jack diz. — Eu sei.

— Muito bem — murmura Ratinho. — Ótimo. Agora olhe... do outro lado... o lado de Schubert e Gale... e para oeste...

Ratinho faz uma linha indo para o norte a partir da rodovia 35. Desenha pequenos círculos de cada lado da linha. Jack interpreta isso como sendo representações de árvores. E, atravessado na frente da linha, como um portão: PROIBIDA A ENTRADA.

— É — murmura Doc. — Era aí, sim. A Casa Negra.

Ratinho não presta atenção. Seu olhar vago está fixado unicamente em Jack.

— Me ouça, tira. Está ouvindo?

— Estou.

— Nossa, é melhor que esteja — Ratinho lhe diz.

Como sempre, o trabalho prende Henry, absorve-o, arrebata-o. O tédio e a tristeza nunca conseguiram se opor a essa velha atração pelo som do mundo dotado de visão. Aparentemente, o medo também não. O momento mais difícil não é ouvir as fitas, mas arranjar coragem para enfiar a primeira no grande painel de áudio TEAC. Naquele momento de hesitação, ele está certo de que pode sentir o cheiro do perfume da mulher mesmo no ambiente filtrado do estúdio. Naquele momento de hesitação, ele tem absoluta certeza de que não está sozinho, de que alguém (ou *algo*) está do lado de fora do estúdio, olhando para ele pela vidraça da porta. E esta é, de fato, a verdade absoluta. Abençoados com a visão como somos, podemos ver o que Henry não pode. Queremos dizer a ele o que há ali, trancar a porta do estúdio, pelo amor de Deus, trancá-la *já*; mas só podemos ficar olhando.

Henry procura o botão PLAY no gravador. Então seu dedo muda de rumo e bate no botão do interfone.

— Alô? Tem alguém aí?

A figura em pé na sala de Henry, olhando para ele do jeito que alguém poderia olhar para um peixe exótico dentro de um aquário, não faz nenhum barulho. O que resta de sol está do outro lado da casa e a sala vai ficando bem escura, sendo Henry compreensivelmente esquecido no que toca a acender luzes. Os divertidos chinelos de abelha de

Elmer Jesperson (não que divirtam muito nestas circunstâncias) são o que há de mais claro ali.

A figura olhando pela vidraça da porta do estúdio está sorrindo. Numa das mãos, está segurando a tesoura de jardim da garagem de Henry.

— Última chance — diz Henry, e quando não há resposta, ele vira o Rato de Wisconsin, gritando no interfone, tentando dar um susto na coisa que está lá fora para fazê-la se revelar:

— *Agora vamos, amor, agora venha, seu veado, fale com Ratty!*

A figura espiando Henry recua — como uma cobra pode recuar quando sua presa faz uma finta —, mas não emite nenhum som. De entre os dentes sorridentes sai uma língua grossa, balançando e se esticando debochadamente. Essa criatura andou mexendo no perfume que a Sra. Morton nunca teve coragem de tirar da penteadeira no pequeno quarto de vestir contíguo ao quarto principal, e agora o visitante de Henry está recendendo a My Sin.

Henry resolve que é só sua imaginação lhe pregando uma peça de novo — ei, que erro, Morris Rosen lhe teria dito, se estivesse ali — e aperta o botão PLAY com a ponta do dedo.

Ele ouve alguém pigarreando, e depois Arnold Hrabowski se identifica. O Pescador o interrompe sem lhe dar tempo de terminar: *Alô, babaca.*

Henry volta a fita, torna a ouvir: *Alô, babaca.* Volta e ouve mais uma vez: *Alô, babaca.* Sim, ele já ouviu essa voz antes. Tem certeza. Mas onde? A resposta vai chegar, respostas desse tipo sempre chegam — alguma hora —, e descobrir é metade da graça. Henry ouve, encantado. Seus dedos dançam para trás e para a frente nos botões do gravador como os dedos de um concertista nos teclados de um Steinway. A sensação de estar sendo observado desaparece, embora a figura do lado de fora do estúdio — a coisa calçada com os chinelos de abelha e segurando a tesoura de jardim — não se mexa. Seu sorriso se dissipou um pouco. O rosto envelhecido vai ficando cada vez mais fechado. Há confusão naquele olhar, e talvez o primeiro leve toque de medo. O velho monstro não gostou que o peixe cego dentro do aquário tenha captado sua voz. Obviamente, não importa; talvez seja até parte da graça, mas, se for, é a graça do Sr. Munshun, não a *dele*. E a graça deles deveria ser a mesma, não?

Você tem uma emergência. Não eu. Você.

— Não eu, *você* — diz Henry. A mímica é tão boa que é esquisito. — Um pouco de *sauerkraut* em sua salada, *mein* amigo, *ja*?

Seu pior pesadelo... pior pesadelo.

Abalá.

Sou o Pescador.

Henry está ouvindo, atento. Ele deixa a fita correr um pouco, depois ouve a mesma frase quatro vezes seguidas: *Vá tomar no cu, seu macaco... vá tomar no cu, seu macaco... seu macaco... macaco.*

Não, *macaco*, não. A voz na verdade está dizendo *magago. MAGA-go.*

— Não sei onde você está agora, mas você foi criado em Chicago — murmura Henry. — Lado Sul. E...

Calor na cara. De repente ele se lembra de calor na cara. Por que isso, gente? Por que isso, Ó grandes sábios?

Você não vale mais que um macaco num pau.

Macaco num pau.

Macaco...

— Macaco — diz Henry. Agora está esfregando as têmporas com as pontas dos dedos. — Macaco num pau. MAGA-go num bau. Quem disse isso?

Ele põe para tocar a 911: *Vá tomar no cu, seu macaco.*

Ele puxa pela memória: *Você não vale mais que um macaco num pau.*

Calor na cara.

Calor? Luz?

Ambos?

Henry tira a fita 911 e põe a que Jack trouxe hoje.

Alô Judy. Hoje você é Judy ou é Sophie? O abalá manda lembranças, e Gorg diz "Có-có-có!" [Risada vigorosa, fleugmática.] *Ty também manda um beijo. Seu filhinho está muito sozinho...*

Quando a voz chorosa e apavorada de Tyler Marshall ressoa pelos alto-falantes, Henry faz uma careta e corre com a fita.

Haferrá mais assassinatos.

O sotaque agora está bem mais carregado, uma coisa burlesca, uma piada, *Os sobrinhos do capitão encontram o lobisomem,* mas de certa forma mais revelador por causa disso.

Seus vilhinhos... golhitos feito drico. Feito drico. Golhitos feito...

— Colhidos como um macaco num pau — Henry diz. — MAGA-go. GOLHI-tos. Quem é você, seu filho da puta?

Voltar para a fita 911.

Há chicotes no inferno e correntes no Sheol. Mas é quase *jigodes no inferno*, quase *gorrendes no Shayol.*

Jigotes, Gorrendes. MAGA-go num pau. Um bau.

— Você não vale mais... — Henry começa, e depois, de repente, lembra-se de outra fala.

— "*O pesadelo de Lady Magowan.*" Essa é boa.

Um pesadelo com quê? Jigodes no inferno? Gorrendes no Shayol? Maga-gos em paus?

— Meu Deus — Henry diz baixinho. — Ai... meu... Deus. O baile. *Ele estava no baile.*

Agora tudo começa a se encaixar. Como eles foram burros! Criminosamente burros! A bicicleta do menino... estava bem ali. *Bem ali*, pelo amor de Deus! Eles foram todos cegos, que sejam todos árbitros.

— Mas ele era tão *velho* — sussurra Henry. — E senil! Como poderíamos imaginar que um homem desses podia ser o Pescador?

Outras perguntas acompanham esta. Se o Pescador for um morador da Casa Maxton para a Velhice, por exemplo, onde em nome de Deus ele poderia ter escondido Ty Marshall? E como o filho da mãe circula por French Landing? Ele tem um carro em algum lugar?

— Não importa — murmura Henry. — Agora não, afinal de contas. Quem é ele e *onde* está? Isto é o que importa.

O calor na cara — o primeiro esforço de sua mente para localizar a voz do Pescador no tempo e no espaço — fora o refletor, claro, o refletor de Stan Sinfônico, o rosa de frutinhas amadurecendo. E uma mulher, uma velha simpática...

Sr. Stan, uu-uu, Sr. Stan?

... perguntara-lhe se ele aceitava pedidos. Só que antes que Stan pudesse responder, uma voz tão apagada e dura quanto duas pedras sendo atritadas uma na outra...

Eu estava aqui primeiro, velha.

... interrompera. Apagada... e dura... e com aquela leve aspereza germânica que dizia Lado Sul de Chicago, provavelmente segunda ou até terceira geração. Não *estafa* aqui primeiro, não *felha*, mas aqueles *fs* reveladores andaram escondidos, não? Ah, sim.

— Maga-go — diz Henry, olhando para a frente. Olhando para Charles Burnside, se pudesse se dar conta. — Bau. Golhito. *Hasta la vista...* neném.

Era nisso que tudo se resumia, no final? Um velho maníaco e louco que falava parecido com Arnold Schwarzenegger?

Quem era a mulher? Se puder lembrar o nome dela, ele pode ligar para Jack... ou para Dale, se Jack continuar sem atender o telefone... e pôr um fim no pesadelo de French Landing.

O pesadelo de Lady Magowan. Essa é boa.

— Pesadelo — diz Henry, depois, ajustando a voz: — Pesa*telo*. — Mais uma vez, a mímica é boa. Certamente boa demais para o velho em pé do lado de fora do estúdio. Ele agora está com uma cara muito enfezada, rangendo a tesoura de jardim. Como pode o cego ali falar tão igual a ele? Não está certo; é *completamente* impróprio. O velho monstro está com muita vontade de cortar as cordas vocais da garganta de Henry Leyden. Logo fará isso, promete a si mesmo.

E as comerá.

Sentado na cadeira giratória, tamborilando nervosamente no carvalho reluzente à sua frente, Henry lembra o breve encontro no palco. O baile da Festa do Morango mal havia começado quando isso aconteceu.

Me diga seu nome e o que gostaria de ouvir.

Sou Alice Weathers e... "Moonglow", por favor. Com Benny Goodman.

— Alice Weathers — diz Henry. — Este era o nome dela, e se ela não sabe *seu* nome, meu amigo homicida, então *eu sou* um macaco num pau.

Ele começa a se levantar, e é aí que alguém — alguma *coisa* — começa a bater, bem de leve, na vidraça da porta.

A Ursa se aproximou, quase a contragosto, e agora ela, Jack, Doc e o Beez estão em volta do sofá. Ratinho está afundado nele. Parece uma pessoa morrendo de forma horrível na areia movediça.

Bem, Jack pensa, *não há areia movediça, mas ele está morrendo de forma horrível, sim. Acho que isso não se discute.*

— Ouçam — Ratinho lhes diz.

O grude preto voltou a se formar no canto de seus olhos. Pior, está escorrendo dos cantos de sua boca. O fedor de podre fica mais forte que nunca conforme o mecanismo interno de Ratinho desiste da luta. Jack está francamente espantado com o fato de os órgãos terem durado tanto.

— Você fala — diz Beezer. — Nós ouvimos.

Ratinho olha para Doc.

— Quando eu acabar, me dê os foguetes. A droga do Cadillac. Entendeu?

— Você quer ir embora na frente do que quer que você tenha.

Ratinho faz que sim com a cabeça.

— Pode deixar — Doc concorda. — Você vai embora sorrindo.

— Duvido, irmão, mas vou tentar.

Ratinho volta os olhos vermelhos para Beezer.

— Quando isso acabar, me embrulhe numa das barracas de náilon que tem na garagem. Me enfie na banheira. Aposto que, à meia-noite, você vai conseguir me fazer descer pelo ralo com a água, feito espuma de cerveja. Mas eu tomaria cuidado. Não... toque... no que sobrou.

A Ursa cai em prantos.

— Não chore, querida — diz Ratinho. — Vou embora na frente. Doc prometeu. Beez?

— Aqui, amigo.

— Faça uma pequena cerimônia fúnebre para mim. Sim? Leia um poema... aquele de Auden... aquele que sempre deixava você com o saco gelado...

— "Não lerás a Bíblia pela prosa" — diz Beezer. Ele está chorando. — Pode deixar, Ratinho.

— Ponha para tocar um Dead... "Ripple", talvez... e veja se está bastante cheio de Kingsland para me batizar direito para a próxima vida. Acho que não vai ter túmulo nenhum para vocês mijarem em cima, mas... faça o melhor que puder.

Jack ri disso. Ele não consegue evitar. E agora é a sua vez de captar toda a força dos olhos cor de carmim de Ratinho.

— Prometa que vai esperar até amanhã para ir lá, tira.

— Ratinho, não garanto que possa fazer isso.

— *Tem* que fazer. Se for lá hoje à noite, não precisa se preocupar com o cão diabo... as outras coisas na mata em volta daquela casa... as outras coisas... — Os olhos vermelhos se reviram horrivelmente. O visgo preto lhe escorre para a barba feito piche. Depois, ele de alguma forma se força a continuar. — As outras coisas naquela mata vão comer você feito doce.

— Acho que este é um risco que tenho que correr — diz Jack, franzindo o cenho. — Em algum lugar, há um garotinho...

— A salvo — murmura Ratinho.

Jack ergue as sobrancelhas, em dúvida se ouviu direito o que Ratinho disse. E mesmo que tenha ouvido, será que pode confiar no que ouviu? Ratinho tem um veneno ruim e poderoso agindo dentro dele. Até agora, conseguiu resistir, comunicar-se apesar de tudo, mas...

— A salvo por algum tempo — diz Ratinho. — Não de tudo... há coisas que ainda podem pegá-lo, suponho... mas por ora ele está a salvo do Sr. Munching. É este o nome dele? Munching?

— Munshun, eu acho. Como sabe disso?

Ratinho agracia Jack com um sorriso de um mistério ímpar. É o sorriso de uma bruxa moribunda. Mais uma vez, ele consegue tocar na testa, e Jack nota horrorizado que os dedos do infeliz estão derretendo e ficando pretos das unhas para baixo.

— Tenho isso aqui, homem. Tenho *tudo* aqui. Já lhe disse. E ouça: é melhor o garoto ser comido por algum inseto ou caranguejo gigante lá... onde ele está... do que você morrer tentando resgatá-lo. Se você fizer isso, o abalá vai acabar com o garoto, não tenha dúvida. É o que seu... amigo diz.

— Que amigo? — pergunta Doc desconfiado.

— Não importa — diz Ratinho. — *Hollywood* sabe. Não sabe, Hollywood?

Jack balança a cabeça com relutância. É Speedy, claro. Ou Parkus, se você preferir.

— Espere até amanhã — diz Ratinho. — Ao meio-dia, quando o sol está a pino nos dois mundos. *Prometa.*

A princípio, Jack não diz nada. Está arrasado, quase em estado de agonia.

— De qualquer forma, já seria praticamente noite fechada antes de você poder chegar de volta à rodovia 35 — diz calmamente a Ursa.

— E tem merda naquela mata, sim — diz Doc. — Faz as coisas naquele *A bruxa de Blair* parecerem mansas paca. Acho que você não vai querer tentar isso no escuro. A menos que tenha vontade de morrer.

— Quando acabarem... — Ratinho murmura. — Quando acabarem... se algum de vocês sobrar... Ponham fogo na casa. Aquele buraco. Aquele túmulo. Ponham fogo em tudo, estão me ouvindo? *Fechem a porta.*

— Sim — Beezer diz. — Ouvimos e entendemos, amigo.

— A última coisa — diz Ratinho. Ele agora está falando diretamente para Jack. — Talvez você consiga achá-la... mas acho que tenho uma outra coisa de que você precisa. É uma palavra. É poderosa para você por causa de algo em que você tocou. Há muito tempo. Eu não entendo essa parte, mas...

— Está certo — Jack lhe diz. — Eu entendo. Qual é a palavra, Ratinho?

Por um momento, ele acha que, no final, Ratinho não vai conseguir lhe dizer. Há algo visivelmente lutando para impedir que ele diga a palavra, mas nessa luta Ratinho sai ganhando. É, Jack pensa, muito provavelmente, a última vitória de sua vida.

— *D'yamba* — diz Ratinho. — Agora você, Hollywood. Você diz.

— *D'yamba* — diz Jack e uma fileira de livros pesados escorrega de uma das prateleiras improvisadas no pé do sofá. Os livros ficam parados no ar... e depois caem no chão com um estrondo.

A Ursa dá um gritinho.

— Não esqueça essa palavra — diz Ratinho. — Você vai precisar dela.

— Como? Vou precisar *como*?

Ratinho balança a cabeça com lassidão.

— Não... sei.

Beezer estica a mão por cima do ombro de Jack e pega o mapinha rabiscado.

— Você vai nos encontrar amanhã no Sand Bar — ele diz a Jack. — Esteja lá por volta das 11h30, e devemos entrar no raio daquela pista ao meio-dia. Até lá, talvez eu simplesmente fique com isso. Uma medidazinha de segurança para garantir que você fará o que Ratinho quer.

— Tudo bem — diz Jack.

Ele não precisa de mapa para encontrar a Casa Negra de Chapa Burnside, mas Ratinho quase certamente tem razão: não deve ser o tipo de lugar que você quer atacar depois que escurece. Ele odeia deixar Tyler Marshall nas terras-de-fornalha — parece errado de uma forma quase pecaminosa —, mas precisa lembrar que há mais coisas em jogo do que um garotinho perdido.

— Beezer, tem certeza que quer voltar lá?

— Não, poxa, não quero voltar — diz Beezer, quase indignado. — Mas alguma coisa matou minha filha... minha *filha*!... *e chegou* aqui de *lá*! Vai me dizer que não sabe que isso é verdade?

Jack não responde. Claro que é verdade. E claro que ele quer ter Doc e o Beez com ele quando pegar o caminho para a Casa Negra. Isto é, se eles aguentarem vir.

D'yamba, ele pensa. *D'yamba. Não esqueça.*

Ele volta para o sofá.

— Ratinho, você...

— Não — diz Doc. — Acho que ele não vai precisar da droga do Cadillac, afinal.

— Há? — Jack olha com ar de idiota para o cervejeiro-motoqueiro enorme. Ele se *sente* idiota. Idiota e exausto.

— Não tem nada funcionando senão o relógio dele — diz Doc, e aí começa a cantar.

Pouco depois, Beezer faz coro, depois a Ursa. Jack se afasta do sofá pensando uma coisa estranhamente parecida com o que Henry pensou: Como ficou tarde tão cedo? Como isso aconteceu?

— No céu, não tem cerveja... por isso a gente bebe aqui... e quando formos... embora daqui...

Jack atravessa a sala pé ante pé. Do outro lado, há um relógio de bar da cerveja Kingsland Premium Golden aceso. Nosso velho amigo — que finalmente aparenta cada ano que tem e não parece ter tanta sorte — olha a hora incrédulo, sem aceitá-la até compará-la com o seu próprio relógio. Quase oito horas. Ele está ali há *horas*.

Está quase escuro, e o Pescador ainda está lá em algum lugar. Sem falar em seus colegas do outro mundo.

D'yamba, ele pensa de novo ao abrir a porta. E, quando sai na varanda tosca e fecha a porta ao passar, fala alto com grande sinceridade para o dia que escurece:

— Speedy, eu gostaria de lhe torcer o pescoço.

Capítulo Vinte e Quatro

D'yamba é um feitiço brilhante e poderoso; associações poderosas formam uma teia que se estende ao infinito, ramificando-se. Quando Jack Sawyer tira o veneno vivo dos olhos de Ratinho, a *d'yamba* começa a brilhar dentro da mente do moribundo, e essa mente momentaneamente se expande virando conhecimento; um pouco de sua força radiante passa pelos filamentos da teia e logo uma pitada de *d'yamba* chega a Henry Leyden. No caminho, a *d'yamba* atinge Tansy Freneau, que, sentada num cubículo com janela do Sand Bar, observa uma jovem bonita e atrevida assumir uma forma sorridente na claridade do outro lado do estacionamento e percebe, um segundo antes do desaparecimento da miragem, que lhe foi dado ver um lampejo da pessoa que sua Irma se tornaria; e atinge Dale Gilbertson, que, quando ia da delegacia para casa, de repente sente um desejo ardente de estar na presença de Jack Sawyer, um desejo como um aperto no coração, e faz a promessa de perseguir o caso do Pescador até o fim com ele, sejam quais forem os obstáculos; a *d'yamba* corre por um filamento até Judy Marshall e abre uma janela para a Lonjura, onde Ty está deitado numa cela cor de ferro, aguardando o resgate *e ainda vivo*; dentro de Charles Burnside, atinge o verdadeiro Pescador, o Sr. Munshun, antes conhecido como Homem da Segunda-feira, na hora em que os nós dos dedos de Burny batem no vidro. O Sr. Munshun sente uma corrente de ar sutil penetrar em seu peito como um aviso e fica gelado de raiva e ódio com essa violação; Charles Burnside, que, desconhecendo o que seja a *d'yamba*, não pode odiá-la, pega a emoção de seu mestre e se lembra da vez em que um garoto dado como morto em Chicago saiu de um saco de lona e encharcou o banco traseiro de seu carro de sangue incriminador. Sangue *terrivelmente* incriminador, uma substância que continuava debochando dele muito tempo depois de ele ter limpado seus vestígios visíveis.

Mas Henry Leyden, com quem começamos essa cadeia, não é visitado pela graça nem pela raiva; o que atinge Henry é um tipo de clareza informada.

As visitas de Rhoda, ele se dá conta, foram todas produzidas por sua solidão. A única coisa que ele ouviu subindo as escadas foi a necessidade sem fim que tem de sua mulher. E o ser do lado de fora de seu estúdio é o velho medonho da Maxton, que tenciona fazer com Henry o mesmo que fez com três crianças. Quem mais apareceria a esta hora e bateria na porta do estúdio? Dale, não, Jack, não, nem certamente Elvena Morton. Qualquer outra pessoa ficaria do lado de fora e tocaria a campainha na porta.

Henry não leva mais de alguns segundos para considerar suas opções e elaborar um plano rudimentar. Ele supõe ser mais rápido e mais forte que o Pescador, que parece um homem de 85 anos no mínimo; e o Pescador não sabe que a pessoa destinada a ser sua vítima conhece sua identidade. Para tirar proveito dessa situação, Henry tem que parecer intrigado mas amável, como se estivesse meramente curioso a respeito de seu visitante. E uma vez aberta a porta do estúdio, que infelizmente Henry deixou destrancada, ele terá que agir com rapidez e decisão.

Estamos à altura disso?, Henry se pergunta, e pensa: *É melhor estarmos.*

As luzes estão acesas? Não; porque esperava estar sozinho, ele não se deu ao trabalho de fazer a palhaçada de acendê-las. A pergunta então é: quão escuro está lá fora? Talvez não o suficiente, Henry imagina — dali a uma hora, ele poderá circular pela casa sem ser visto absolutamente e fugir pela porta dos fundos. Agora, suas chances provavelmente não são mais que meio a meio, mas o sol está se pondo nos fundos de sua casa, e, com cada segundo que conseguir ganhar, ele terá mais uma fração de escuridão na sala e na cozinha.

Talvez dois segundos se tenham passado desde que a figura de tocaia bateu na vidraça, e Henry, que manteve a perfeita calma de alguém que não ouviu o ruído feito pelo visitante, não pode mais protelar. Fingindo estar distraído com seus pensamentos, ele segura com uma das mãos a base de um pesado troféu de Excelência em Radiodifusão aceito *in absentia* por George Rathbun alguns anos atrás e, com a outra, numa bandeja rasa à sua frente, pega um canivete deixado na estação de rádio da universidade por um admirador como um tributo ao Rato de Wisconsin. Henry usa o canivete para abrir caixas de CD, e não faz muito tempo, procurando algo para fazer com as mãos, aprendeu a amolá-lo. Com a lâmina retraída, o canivete parece uma estranha caneta achatada. Duas armas são duas vezes melhor do que uma, ele pensa, especialmente se seu adversário imagina que a segunda é inofensiva.

Agora já faz quatro segundos que se ouviram as batidas na vidraça, e, cada qual à sua maneira, Burny e o Sr. Munshun ficaram consideravelmente mais nervosos. O Sr. Munshun se repugna com a sugestão de *d'yamba* que de alguma forma contaminou esta cena, não fora por isso, maravilhosa. A aparição desse elemento só pode significar uma coisa: que uma pessoa ligada ao cego conseguiu se aproximar suficientemente da Casa Negra para ter provado os venenos de seu feroz guardião. E isso, por sua vez, significa que agora o odioso Jack Sawyer sem dúvida sabe da existência da Casa Negra e tenciona romper suas defesas. Está na hora de destruir o cego e voltar para casa.

Burny registra apenas uma mistura incipiente de ódio e uma emoção surpreendentemente parecida com um medo vindo de dentro de seu amo. Burny sente raiva pelo fato de Henry Leyden se ter apropriado de sua voz, pois sabe que isso representa uma ameaça; mais ainda que seu impulso de autoproteção, ele sente um desejo ardente do prazer simples porém profundo de derramar sangue. Quando Henry tiver sido carneado, Charles Burnside deseja fazer mais uma vítima antes de voar para a Casa Negra e entrar num reino no qual ele pensa como Sheol.

Seus nós dos dedos grandes e deformados batem mais uma vez na vidraça.

Henry vira a cabeça para a janela fingindo à perfeição uma surpresa moderada.

— *Achei* que houvesse alguém ali. Quem é?... Vamos, fale. — Ele aperta um botão e fala no microfone: — Se você está dizendo alguma coisa, eu não estou ouvindo. Me dê um ou dois segundos para eu me organizar aqui, e já vou sair.

Ele vira de novo para a frente e se debruça sobre a mesa. Sua mão esquerda parece tocar displicentemente o belo troféu; sua mão direita não está à vista. Henry parece profundamente concentrado. Na realidade, está se concentrando mais que nunca no que ouve.

Ele escuta a maçaneta da porta do estúdio girar no sentido dos ponteiros do relógio com uma lentidão maravilhosa. A porta se abre um dedo, dois dedos, três. O perfume floral almiscarado de My Sin invade o estúdio, parecendo cobrir com uma fina película química o microfone, as latas de fita, todos os *als* e a parte de trás do pescoço deliberadamente exposto de Henry. A sola do que parece um chinelo se arrasta no chão. Henry aperta suas armas e aguarda o som específico que será o seu sinal. Ele ouve mais um passo quase mudo, depois mais outro, e sabe que o Pescador mexeu-se atrás dele. O homem está carregando uma arma, algo que corta a nuvem de perfume com um cheiro de planta de jardim e lubrificante. Henry não pode imaginar o que seja, mas o movimento do ar lhe diz que é mais pesada que uma faca. Até um cego pode ver isso. Um desajeitamento no modo como o Pescador dá o próximo passo silenciosíssimo sugere a Henry que o velho está segurando essa arma com as duas mãos.

Uma imagem se formou na mente de Henry: a de seu adversário em pé atrás dele posicionado para atacar, e, a essa imagem, ele agora acrescenta braços estendidos para cima. As mãos seguram um instrumento semelhante a uma tesoura de jardim. Henry tem suas próprias armas, sendo a surpresa a melhor delas, mas a surpresa precisa chegar no momento certo para ser eficaz. Na verdade, se quiser evitar uma morte rápida e suja, sua sincronia tem que ser perfeita. Ele abaixa mais o pescoço sobre a mesa e aguarda o sinal. Sua calma o surpreende.

Um homem que não está sendo observado portando um objeto semelhante a uma tesoura de jardim ou qualquer outra tesoura pesada atrás de uma vítima sentada, antes de desferir o golpe, levará mais de um segundo para curvar as costas e levantar os braços, a fim de imprimir o máximo de impulso à pancada. Quando ele estica os braços e curva as costas, sua roupa mexe. O tecido escorrega na carne; um tecido pode agarrar no outro; um cinto pode estalar. Ele enche o peito de ar. Uma pessoa comum ouve poucas ou nenhuma dessas perturbações reveladoras, mas pode-se contar que Henry Leyden ouve todas elas.

Enfim, afinal ele ouve. O tecido roça na pele e farfalha contra o próprio tecido; o ar entra chiando nas narinas de Burny. Instantaneamente, Henry empurra a cadeira para trás, virando-se ao mesmo tempo, e dá com o troféu em seu agressor enquanto ele está ereto. Dá certo!

Ele sente a força do golpe lhe descer pelo braço e ouve um gemido de choque e de dor. O cheiro de My Sin lhe enche as narinas. A cadeira lhe bate nos joelhos. Henry aperta o botão do canivete, sente a lâmina comprida pular para fora e a empurra à frente. A faca entra na carne. De uma distância de um palmo de seu rosto vem um grito de indignação. Henry torna a espancar o agressor com o troféu, depois puxa o canivete e torna a cravá-lo. Braços magros envolvem seu pescoço e seus ombros, enchendo-o de repulsa, e uma onda de mau hálito quebra em seu rosto.

Ele se dá conta de que foi ferido, pois sente uma dor, aguda na superfície e difusa por baixo, do lado direito das costas. *O raio da tesoura de jardim,* ele pensa, e tenta dar outra facada. Dessa vez, não acerta. Uma mão áspera o pega pelo cotovelo, e outra lhe agarra o ombro. As mãos o empurram para a frente e, para manter-se em pé, ele apoia o joelho no assento da cadeira. Um nariz comprido lhe acerta o nariz e desloca seus óculos escuros. O que se segue o repugna: duas carreiras de dentes parecendo conchas quebradas se cravam em sua bochecha esquerda. O sangue lhe escorre pelo rosto. As carreiras de dentes se encontram e arrancam um naco oval da pele de Henry, e sobrepondo-se ao choque ardente da dor, que é terrível, muito pior do que a dor em suas costas, ele pode ouvir seu sangue espirrar na cara do velho monstro. O medo e a repulsa, juntamente com uma descarga incrível de adrenalina, lhe dão forças para esfaquear o homem enquanto se desvencilha dele. A lâmina se liga a uma parte móvel do corpo do Pescador — um braço, acha Henry.

Antes que possa sentir algo parecido com uma satisfação, ele ouve o barulho de uma tesoura de jardim cortando em seco antes de acertar-lhe a mão do canivete. Isso acontece quase antes que ele possa compreender: as lâminas da tesoura lhe rasgam a pele, lhe cortam os ossos e lhe decepam os dois últimos dedos da mão direita.

E aí, como se a tesoura de jardim fosse o último contato do Pescador com ele, ele está livre. Seu pé encontra a porta, chuta-a, e ele se lança pelo vão. Aterrissa num chão tão pegajoso que seu pé escorrega quando ele tenta se levantar. Esse sangue todo pode ser seu?

A voz que ele andou estudando em outra época, outra era, vem da porta do estúdio.

— Você me esfaqueou, seu bicão babaca.

Henry não está por ali esperando para ouvir; está fugindo, desejando não sentir que estava deixando um rastro largo de sangue. De alguma forma, ele parece estar todo ensanguentado, sua camisa está empapada e as suas pernas estão molhadas atrás. O sangue continua a lhe escorrer pelo rosto, e, apesar da adrenalina, ele pode sentir a energia se esvaindo. Quanto tempo ainda tem antes de morrer de hemorragia — 20 minutos?

Ele vai correndo do corredor para a sala.

Não vou sair desta, pensa Henry. *Perdi muito sangue. Mas pelo menos posso chegar até a porta e morrer lá fora, onde o ar está fresco.*

Do corredor, a voz do Pescador o alcança.

— Comi um pedaço do seu rosto e agora vou comer seus dedos. Está me ouvindo, seu bicão babaca?

Henry consegue chegar à porta. Sua mão fica escorregando na maçaneta; a maçaneta resiste a ele. Ele tateia para encontrar o trinco, que foi pressionado para baixo.

— Eu disse: está *ouvindo*?

O Pescador está se aproximando, e sua voz está carregada de ódio. Tudo o que Henry tem a fazer é apertar o trinco que destranca a porta e girar a maçaneta. Ele poderia estar fora da casa num segundo, mas seus dedos remanescentes não querem lhe obedecer. *Tudo bem, vou morrer,* ele diz a si mesmo. *Vou seguir Rhoda, vou seguir minha Cotovia, minha linda Cotovia.*

Um barulho de mastigação, que termina com um estalar de beiços e barulhos de trituração.

— Você tem gosto de merda. Estou comendo seus dedos, e eles têm gosto de merda. Sabe do que eu gosto? Sabe qual é minha comida preferida? Nádegas de criancinha tenras. Albert Fish também gostava disso, ah, se gostava. *Mmmm-mmm!* BUMBUM DE NENÉM! Isso é COMER BEM!

Henry se dá conta de que escorregou encostado na porta impossível de abrir e agora está descansando de quatro no chão, respirando muito pesadamente. Vai se arrastando para trás do sofá estilo Missões, sobre cujo conforto ele ouvira Jack Sawyer lendo muitas palavras eloquentes escritas por Charles Dickens. Uma das coisas que agora nunca será capaz de fazer, ele se dá conta, é descobrir como termina *Casa desolada*. Outra é tornar a ver seu amigo Jack Sawyer.

Os passos do Pescador entram na sala e param.

— Muito bem, onde você está, seu babaca? Você não pode se esconder de mim. — A tesoura de jardim faz *tique-tique*.

Ou o Pescador ficou tão cego quanto Henry, ou não dá para enxergar na escuridão da sala. Uma gotinha de esperança, uma chama de fósforo, brilha na alma de Henry. Talvez seu adversário não consiga ver os interruptores.

— Babaca! — *Papa-ga*. — Droga, onde você se escondeu? — *Troca. Onte focê se esconteu?*

Isso é fascinante, pensa Henry. Quanto mais irritado e frustrado fica o Pescador, mais seu sotaque se carrega desse não alemão esquisito. Não é mais o Lado Sul de Chicago, mas não é mais nada também. Certamente não é alemão, mesmo. Se tivesse ouvido a descrição do Dr. Spiegleman desse sotaque como o de um francês tentando falar inglês como um alemão, Henry teria balançado a cabeça concordando e sorrindo. Parece uma espécie de sotaque alemão *espacial*, algo que sofreu uma mutação para o alemão sem jamais ter ouvido essa língua.

— Você me machucou, seu porco fedorento! — *Focê me machugou, seu borco vetorrendo!*

O Pescador vai cambaleando para a poltrona e vira de lado. Com aquele sotaque de Chicago, ele diz:

— Vou encontrar você, amigo, e quando encontrar, vou decepar sua cabeça.

Uma lâmpada bate no chão. Os pés calçados com chinelos vão pesadamente para o lado direito da sala.

— Um cego se esconde no escuro, há? Ah, essa é legal, legal mesmo. Deixe eu lhe dizer uma coisa. Há muito tempo que não provo uma língua, mas acho que experimentarei a sua. — Uma mesinha e a lâmpada em cima dela fazem barulho e caem no chão. — Tenho uma informação para você. Língua é engraçado. Velho não tem um gosto muito diferente de jovem, embora, obviamente, língua de garotinho seja muito mais gostosa. *Quanto eu erra Fridz Hahhmun, eu comi muitas líncuas, ha ha.*

Estranho — essa versão extraterrestre de um sotaque alemão sai do Pescador como uma segunda voz. Um punho bate na parede, e os passos se aproximam. Usando os cotovelos, Henry se arrasta contornando o outro lado do sofá, buscando a proteção de uma mesa baixa e comprida. Os passos pisam em sangue, e quando Henry descansa a cabeça nas mãos, um jato de sangue quente lhe espirra na cara. A agonia abrasadora em seus dedos quase abafa a dor que ele sente no rosto e nas costas.

— Você não pode se esconder para sempre — diz o Pescador. Imediatamente, ele muda para o sotaque estranho e replica. — *Pasta, Burn-Burn. Demos cosas mais imbordantes parra facer.*

— Ei, foi você que o chamou de *papaca*. Ele me *machucou*!

— *Rapossas em tocas de rapossas, aha, ratos em tocas de ratos, isso tampém machuca. Meus popres pepês machucam, aha, pem pior que a xente.*

— Mas e ele?

— *Ele fai sancrar até morrer, fai sancrar até morrer. Teixa ele morrer.*

No escuro, só podemos deduzir o que está acontecendo. Charles Burnside parece estar fazendo uma imitação sinistra das duas cabeças do papagaio de Parkus, Sagrado e Profano. Quando fala com a própria voz, ele vira a cabeça para a esquerda; quando fala com o sotaque de extraterrestre, olha para a direita. Vendo sua cabeça girar de um lado para o outro, poderíamos estar assistindo a um ator como Jim Carrey ou Steve Martin fingindo ser as duas metades de uma personalidade dividida — só que este homem não é engraçado. Suas duas personalidades são horríveis, e as vozes delas ferem os nossos ouvidos. A maior diferença entre elas é que a cabeça da esquerda, a extraterrestre gutural, é a que comanda: suas mãos guiam o outro veículo, e a cabeça da direita — nosso Burny — é essencialmente um escravo. Desde que a diferença entre eles passou a ser tão clara, ficamos com a impressão de que o Sr. Munshun não vai demorar muito a se livrar da pele de Charles Burnside e jogá-la fora como uma meia velha.

— Mas eu QUERO matá-lo! — grita Burny.

— *Ele xá está mortu, mortu. Chack Zawyuh vai ficar de corraçon partido. Chack Zawyuh não fai saper o que vacer. Famos acorra até a Maxton e famos matar Chibbuh, zim? Focê quer matar Chibbuh eu acho, zim?*

Burny ri.

— Sim, eu *querro* matar Chipper. *Querro* fazer picadinho daquele babaca e roer os ossos dele. E se a madame arrogante dele estiver lá, quero lhe decepar a cabeça, lhe chupar a língua e engoli-la.

Para Henry Leyden, essa conversa parece loucura, possessão demoníaca ou ambas as coisas. Suas costas e a ponta de seus dedos mutilados continuam sangrando, e ele não tem condições de estancar o sangue. O cheiro daquela sangria toda embaixo e em volta dele o deixa nauseado, mas a náusea é o menor de seus problemas. Uma vertigem, uma sensação de agradável torpor — este é seu verdadeiro problema, e sua melhor arma é sua própria dor. Ele precisa permanecer consciente. De alguma forma, precisa deixar um recado para Jack.

— *Então xá famos, Burn-Burn, e temos um encontro com Chibbuh, zim? E tebois... ah e tebois, tebois famos para a lintíssima Cassa Negra, meu Burn, Burn, e na Cassa Negra potemos nos preparrar para o Rei Rubro!*

— Quero encontrar o Rei Rubro — diz Burny. Há um fio de baba pendurado em sua boca, e, por um instante, seus olhos brilham no escuro. — Vou dar o guri Marshall para o Rei Rubro, e o Rei Rubro vai gostar de mim, porque só vou comer um naco de bundinha, uma mãozinha, algo assim.

— *Ele fai costar de focê por minha causa, Burn-Burn, pois o Rei me atorra, a mim, Senhor Mum-shun! E quanto o Rei reina acima de qualquer coisa, as rapossas nas tocas chorram, chorram, chorram até morrer, porque você e eu, eu, eu, a xente vai comer comer comer comer até os mundos de todos os lados serem só casca de amendoim!*

— Casca de amendoim. — Burny ri, e suga ruidosamente outro fio de baba. — É comida pra diabo.

A qualquer momento agora, pensa Henry, o horroroso velho Burn-Burn vai fazer o pagamento de um sinal substancial na Ponte de Brooklyn.

— *Fenha.*

— Estou indo — diz Burnside. — Primeiro quero deixar um recado.

Há um silêncio.

A próxima coisa que Henry ouve é um zunido curioso juntamente com o *chlape-chlape* de calçados encharcados passando por um chão grudento. A porta do armário embaixo da escada bate ao abrir; a do estúdio bate ao fechar. Um cheiro de ozônio chega e passa. Eles foram embora; Henry não sabe como isso aconteceu, mas sente que está sozinho. Quem quer saber como aconteceu? Henry tem coisas mais importantes em que pensar.

— *Trapalho mais imbordante* — ele diz em voz alta. — Esse cara é tão alemão quanto eu sou uma galinha carijó.

Ele sai se arrastando de debaixo da mesa comprida e se apoia no tampo para se levantar. Quando estica as costas, sua mente bambeia e fica cinza, e ele agarra o pé de uma lâmpada para não cair.

— Não desmaie — ele diz. — É proibido desmaiar.

Henry pode andar, ele tem certeza. Passou a maior parte da vida andando, afinal de contas. Sendo assim, também pode dirigir um carro; dirigir é até mais fácil que andar, só que jamais alguém teve *cojones* para deixá-lo demonstrar seus talentos ao volante. Diabo, se Ray Charles podia dirigir — e *podia, pode,* Ray Charles provavelmente está *agora mesmo* pegando a primeira saída à esquerda na estrada —, por que não Henry Leyden? Bem, por acaso Henry não tem um automóvel à sua disposição no momento, então vai ter que se resignar a uma caminhada enérgica. Bem, de qualquer forma, tão enérgica quanto possível.

E aonde vai Henry nesse agradável passeio pela sala encharcada de sangue?

— Ora — ele diz a si mesmo —, a resposta é óbvia. Para o meu estúdio. Estou a fim de dar uma volta até meu lindo estudiozinho.

Sua mente entra novamente no cinza, e o cinza deve ser evitado. Temos um antídoto para o sentimento cinza, não temos? Temos, sim: o antídoto é um bom sabor agudo de dor. Henry bate com a mão boa nos tocos dos dedos amputados — ai garoto, é mesmo, o braço inteiro ficou em chamas ali. Braço em chamas, isso vai dar certo. Fagulhas disparadas de dedos em fogo *hão* de nos levar até o estúdio.

Deixe essas lágrimas rolarem. Morto não chora.

— O cheiro de sangue parece riso — diz Henry. — Quem disse isso? Alguém. Está num livro. — "O cheiro de sangue parecia riso." Grande frase. Agora ponha um pé na frente do outro.

Quando chega ao pequeno corredor que vai dar no estúdio, ele encosta na parede um instante. Uma onda de cansaço voluptuoso começa no centro de seu peito e lhe lambe o corpo. Ele endireita a cabeça, salpicando a parede com o sangue de sua bochecha ferida.

— Continue falando, seu pateta. Falar sozinho não é loucura. É uma coisa maravilhosa para se fazer. E sabe de uma coisa? É como você ganha a vida: você fala sozinho o dia inteiro!

Henry desencosta da parede, dá um passo, e George Rathbun fala através de suas cordas vocais.

— Amigos, vocês SÃO meus amigos, quero que isso fique claro, parece que nós aqui na KDCU-AM estamos com alguns problemas técnicos. Os níveis de energia estão caindo e foram registrados cortes parciais, foram sim. Não tenham medo, meus queridos. *Não* tenham medo! Enquanto estou falando, estamos só a míseros quatro passos da porta do estúdio, e já, já, estaremos correndo, sim senhor. Nenhum canibal velho e sua sombra alienígena pode tirar essa estação do ar, há--HÁ, antes de fazermos nossa derradeira transmissão.

É como se George Rathbun desse vida a Henry Leyden, em vez de o contrário. Suas costas estão mais retas, e ele mantém a cabeça em pé. Dois passos o levam até a porta fechada do estúdio.

— É uma pega difícil, meus amigos, e se Pokey Reese vai agarrar essa bola, seria melhor a luva dele estar limpíssima. O que ele está fazendo ali, gente? Dá para acreditar no que estamos vendo? Ele pode estar metendo a mão no bolso da calça? Está tirando alguma coisa dali? Puxa vida, isso deixa a cabeça rodando... Pokey está usando O VELHO TRUQUE DO LENÇO! Isso mesmo! Está LIMPANDO a luva, LIMPANDO a mão que arremessa, DEIXANDO CAIR o lenço, AGARRANDO a maçaneta... E a porta está ABERTA! Pokey Reese fez isso de novo, está DENTRO DO ESTÚDIO!

Henry enrola o lenço nas pontas dos dedos e vai tateando até a cadeira.

— E Rafael Furcal parece perdido ali, o homem está tateando para encontrar a bola... Esperem, esperem, ele está com ela? Pegou uma ponta? SIM! Ele está com o BRAÇO da bola, com as COSTAS da bola, e está puxando-a para CIMA, senhoras e senhores, a bola está EM PÉ! Furcal se senta, vai indo para o consolo. Estamos encarando muito sangue aqui, mas beisebol é um esporte sangrento quando eles partem para cima de você com AS TRAVES da chuteira para cima.

Com os dedos da mão esquerda, da qual a maior parte do sangue foi limpa, Henry aperta o botão ON do gravador grande e aproxima o microfone. Está sentado no escuro ouvindo o chiado da fita passando de uma bobina à outra, e sente-se estranhamente satisfeito de estar ali, fazendo o que faz noite após noite há milhares de noites. Uma exaustão aveludada lhe percorre o corpo e a mente, escurecendo tudo em que toca. É muito cedo para ceder. Ele vai capitular em breve, mas primeiro precisa fazer seu trabalho. Precisa falar com Jack Sawyer falando consigo mesmo, e para fazer isso, apela para os espíritos familiares que lhe dão voz.

George Rathbun:

— Fim do nono, e o time da casa está indo para o vestiário, amigo. Mas o jogo não TERMINA até o último CEGO estar MORTO!

Henry Shake:

— Estou falando com *você*, Jack Sawyer, e não quero que você fique uma fera comigo à toa. Fique calmo e escute seu velho amigo Henry, o Sheik, o Shake, o Xeque, sim? O Pescador veio me visitar e, quando saiu daqui, estava indo para a Maxton. Ele quer matar Chipper, o dono da casa. Chame a polícia, salve-o se puder. O Pescador mora na Maxton, você sabia? Ele é um velho com um demônio dentro do corpo. Queria me impedir de lhe contar que reconheci a voz dele. E queria mexer com os seus sentimentos — acha que, me matando, pode arruinar você. Não lhe dê essa satisfação, certo?

O Rato de Wisconsin:

— *PORQUE ISSO SERIA REALMENTE UM HORROR! CÉREBROS-PEIXE ESTARIAM COMENDO VOCÊ NUM LUGAR CHAMADO CASA NEGRA, E VOCÊ TEM QUE ESTAR PREPARADO PARA O FILHO DA MÃE!* ARRANQUE *OS OVOS DELE!*

A voz estridente do Rato termina com um acesso de tosse.

Henry Shake, arfando:

— Nosso amigo o Rato foi chamado de repente. O garoto tem tendência a se irritar demais.

George Rathbun:

— FILHO, está tentando ME dizer que...

Henry Shake:

— Calma. Sim, ele tem o direito de se irritar. Mas Jack não quer que a gente grite com ele. Jack quer informações.

George Rathbun:

— Então acho melhor você andar logo e dar informações para ele.

Henry Shake:

— O negócio é este, Jack. O Pescador não é muito brilhante nem o demônio dele, ou seja lá o que for, cujo nome é algo parecido com Sr. Munshun. Ele também é incrivelmente vaidoso.

Henry Leyden se recosta na cadeira e fica olhando o vazio por um ou dois segundos. Não está sentindo nada da cintura para baixo, e o sangue que sai de sua mão formou uma poça em volta do microfone. Dos tocos de seus dedos, vem um latejar constante que vai diminuindo.

George Rathbun:

— *Agora* não, Chuckles!

Henry Leyden balança a cabeça e diz:

— Vaidoso e idiota, você pode vencer, meu amigo. Agora tenho que terminar a emissão. Jack, você não precisa se sentir muito mal por minha causa. Eu tive uma vida maravilhosa, e, já, já, vou estar com minha querida Rhoda. — Ele sorri no escuro; seu sorriso se abre. — Ah, Cotovia. Alô.

Às vezes, o cheiro de sangue pode parecer riso.

O que é isso, no final da alameda Nailhouse? Uma horda, um enxame de coisas gordas zumbindo e voejando em volta de Jack Sawyer, parecendo quase *iluminadas* à luz do entardecer, como páginas radiantes de um texto sagrado. Muito pequenas para serem beija-flores, elas parecem levar seu brilho interno individual quando estão voando juntas. Se forem vespas, Jack vai ter um problema sério. No entanto, elas não picam; seus corpos redondos roçam em seu rosto e suas mãos, encostando em seu corpo como um gato se encosta nas pernas do dono, dando e recebendo conforto.

No momento, elas lhe dão muito mais conforto do que recebem, e nem Jack consegue explicar por que isso é assim. As criaturas em volta dele não são vespas, beija-flores, nem gatos, mas *são* abelhas, abelhas de mel, e normalmente ele teria medo de se ver no meio de um enxame de abelhas. Especialmente se elas parecessem pertencer a uma espécie de raça de abelhas-mestras, superabelhas, maiores do que qualquer outra que ele tenha visto antes, com o dourado mais dourado, o preto mais forte. No entanto, Jack não está com medo. Se fossem picá-lo, elas já teriam feito isso. E, desde o início, ele entendeu que elas não queriam lhe fazer mal. O contato de seus muitos corpos não pode ser mais macio; o conjunto de seus zumbidos é baixo e harmonioso, pacífico como um hino protestante. Depois dos primeiros segundos, Jack simplesmente deixa acontecer.

As abelhas se aproximam ainda mais, e seu ruído baixo pulsa em seus ouvidos. Parece fala, ou música. Por um instante, tudo o que ele pode ver é uma rede apertada de abelhas movendo-se para lá e para cá; então as abelhas pousam nele todo, exceto no oval de seu rosto. Cobrem-lhe a cabeça como um capacete. Cobrem-lhe os braços, o peito, as costas, as pernas. Abelhas pousam em seus sapatos e os escondem. Apesar do número, elas quase não pesam. As partes expostas do corpo de Jack, suas mãos e seu pescoço, parecem envolvidas em caxemira. Um terno denso, leve como uma pluma, brilha preto e dourado sobre Jack Sawyer. Ele levanta os braços, e as abelhas se movem com ele.

Jack já viu fotografias de apicultores cobertos de abelhas, mas isto não é uma fotografia e ele não é um apicultor. Seu espanto — na verdade, seu puro prazer com a surpresa desta visita — o deixa perplexo. Pois enquanto as abelhas estão grudadas nele, ele esquece a morte terrível de Ratinho e a terrível tarefa do dia seguinte. O que não esquece é Sophie; gostaria que Beezer e Doc fossem lá fora, para poderem ver o que está acontecendo, porém, mais do que isso, gostaria que Sophie pudesse ver. Talvez, graças à *d'yamba*, ela possa. Alguém está reconfortando Jack Sawyer, alguém está lhe desejando coisas boas. Uma presença amorosa e invisível lhe oferece apoio. Parece uma bênção esse apoio. Vestido com seu traje de abelha amarelo e preto brilhante, Jack imagina que se desse um passo para cima, decolaria. As abelhas o carregariam por cima dos vales. Elas o carregariam por cima das colinas onduladas. Como os homens alados nos Territórios que carregaram Sophie, ele voaria. Em vez de ter as duas asas deles, teria milhares para segurá-lo no ar.

Em nosso mundo, Jack se lembra, as abelhas voltam para a colmeia antes do anoitecer. Como se lembradas de sua rotina diária, as abelhas saem da cabeça de Jack, de seu tronco, seus braços e suas pernas, não em massa, como um tapete vivo, mas sim individualmente e em grupos de cinco ou seis, ficam pairando sobre ele, depois rodopiam e saem como balas para o leste sobre as casas do lado de dentro da alameda Nailhouse, e desapareçam em uníssono no mesmo infinito escuro. Jack só percebe o barulho que elas fazem quando este barulho desaparece com elas.

Nos segundos antes de poder novamente começar a se encaminhar para sua picape, ele tem a sensação de que alguém está tomando conta dele... o quê? Ele entende quando gira a chave na ignição da Ram e aperta o acelerador: ele foi abraçado.

Jack não calcula o quanto precisará do calor desse abraço, nem sabe de que forma ele lhe será retribuído, na noite que vem chegando.

Em primeiro lugar, ele está exausto. Teve o tipo do dia que *deveria* acabar num acontecimento surreal como um abraço de um enxame de abelhas: Sophie, Wendell Green, Judy Marshall, Parkus — aquele cataclismo, aquele dilúvio! — e a morte estranha de Ratinho Baumann, essas coisas o deixaram tenso, arfando. Seu corpo está louco para descansar. Quando deixa French Landing e entra na paisagem ampla e escura do campo, está tentado a parar na beira da estrada e tirar um cochilo de meia hora. A noite profunda promete o repouso do sono, e este é o problema: ele pode acabar dormindo no carro a noite inteira, o que o deixaria sentindo-se cansado e com o corpo dolorido num dia em que deveria estar em plena forma.

Agora, ele não está em plena forma — nem de longe, como seu pai, Phil Sawyer, costumava dizer. Agora, está sem gás, outra das expressões preferidas de Phil Sawyer, mas ele imagina que possa ficar acordado tempo suficiente para visitar Henry Leyden. Talvez Henry Leyden tenha fechado negócio com o cara da ESPN — talvez Henry mude para um mercado mais amplo e ganhe muito mais dinheiro. Henry não precisa absolutamente de mais dinheiro do que tem, pois sua vida parece impecável, mas Jack gosta da ideia de seu caro amigo de repente nadando em dinheiro. Um Henry com grana extra para torrar é um Henry que Jack adoraria ver. Imagine as roupas maravilhosas que ele poderia comprar! Jack imagina ir para Nova York com ele, ficar num bom hotel como o Carlyle ou o St. Regis, ir com ele a meia dúzia de boas lojas masculinas, ajudá-lo a escolher o que ele quisesse.

Quase tudo fica bem em Henry. Ele parece melhorar todas as roupas que usa, não importa quais sejam, mas ele tem gostos muito definidos e especiais. Henry gosta de um certo estilo clássico, até antiquado. Ele muitas vezes usa padrões de risca de giz, xadrez, tweeds de espinha-de-peixe. Ele gosta de algodão, linho e lã. Às vezes usa gravatas-borboleta, echarpes e lencinhos que saem do bolso do peito. Nos pés, ele usa mocassins, sapatos de biqueira e botas de cano curto de couro bom e macio. Nunca usa tênis nem jeans, e Jack nunca o viu de camiseta com dizeres. A pergunta era: como um homem cego de nascença desenvolveu um gosto tão particular para se vestir?

Ah, Jack se dá conta, *foi a mãe dele. Sem dúvida. Ele adquiriu esse gosto com a mãe.*

Por alguma razão, este reconhecimento ameaça trazer lágrimas aos olhos de Jack. *Fico muito emotivo quando fico cansado assim,* ele diz a si mesmo. *Cuidado, ou você vai exagerar.* Mas diagnosticar um problema não é o mesmo que resolvê-lo, e ele não consegue seguir o seu próprio conselho. O fato de Henry Leyden ter-se mantido a vida inteira fiel às ideias da mãe sobre roupas masculinas é para Jack lindo e comovente. Implica um tipo de lealdade que ele admira — lealdade tácita. Henry provavelmente tem muito da mãe: a rapidez de raciocínio, o amor à música, o equilíbrio, a absoluta falta de autopiedade. Equilíbrio e falta de autopiedade são uma grande combinação, Jack pensa; ajudam a definir coragem.

Henry *é* corajoso, Jack se lembra. Henry é quase destemido. É engraçado como ele fala sobre ser capaz de dirigir um carro, mas Jack tem certeza de que, se o deixassem, seu amigo pularia sem hesitar ao volante do Chrysler mais próximo, ligaria o motor e zarparia para a autoestrada. Ele não exultaria nem se exibiria, sendo tal comportamento estranho à sua natureza; Henry acenaria com a cabeça para o para-brisa e diria coisas do tipo: "Parece que o milho está bonito e alto para esta época do ano", e "Ainda bem que Duane finalmente resolveu pintar a casa". E o milho estaria alto, e Duane Updahl teria pintado a casa recentemente, informações transmitidas a Henry por seus misteriosos sistemas sensoriais.

Jack decide que se conseguir sair vivo da Casa Negra, dará a Henry a oportunidade de dar uma volta na Ram. Eles podem acabar embicados numa vala, mas vai valer a pena pela expressão na cara de Henry. Um sábado à tarde, ele vai levar Henry à rodovia 93 e deixá-lo dirigir até o Sand Bar. Se Beezer e Doc não foram estraçalhados por cães sobrenaturais e sobreviveram à viagem à Casa Negra, eles têm que ter uma chance de usufruir a conversa de Henry, que, por estranho que pareça, se adéqua perfeitamente à deles. Beezer e Doc *deviam* conhecer Henry Leyden, eles iam adorar o cara. Depois de algumas semanas, eles o botariam em cima de uma Harley, chispando de Centralia para o Vale Noruega.

Se ao menos *Henry* pudesse ir com eles à Casa Negra. O pensamento transpassa Jack com a tristeza de uma ideia inspirada que nunca poderá ser posta em prática. Henry seria corajoso e firme. Jack sabe, entretanto o que mais lhe agrada nisso é que ele e Henry depois poderão sempre conversar sobre o que fizeram. Essas conversas — os dois, em uma sala ou outra, neve se acumulando no telhado — seriam maravilhosas, mas Jack não pode pôr Henry em perigo assim.

— É uma bobagem pensar nisso — Jack diz em voz alta, e percebe que lamenta não ter sido completamente aberto e franco com ele. É daí que vem a preocupação idiota, seu silêncio teimoso.

Não é o que ele não conseguirá dizer no futuro; é o que ele não disse no passado. Ele deveria ter sido honesto com Henry desde o começo. Deveria ter-lhe contado sobre as penas vermelhas e os ovos de sabiá e sua inquietação crescente. Henry o teria ajudado a abrir os olhos; a resolver a própria cegueira, que era mais prejudicial que a de Henry.

Tudo isso acabou, Jack decide. Chega de segredos. Já que tem a sorte de ter a amizade de Henry, vai demonstrar que a valoriza. De agora em diante, contará tudo a Henry, incluindo o pano de fundo: os Territórios, Speedy Parker, o morto no píer de Santa Monica, o boné de beisebol de Tyler Marshall. Judy Marshall. Sophie. Sim, ele tem que contar a Henry sobre Sophie — como ainda não fez isso? Henry se alegrará por ele, e Jack não pode esperar para ver como ele fará isso. A alegria de Henry não será igual à de ninguém; Henry imprimirá um efeito delicado, tranquilo e bondoso à expressão de sua satisfação, aumentando, portanto, a satisfação de Jack. Que amigo incrível, *literalmente* incrível! Se você fosse descrever Henry para alguém que não o conhecesse, ele pareceria incrível. Alguém *assim*, morando sozinho no meio do mato? Mas lá estava ele, sozinho, numa área inteiramente obscura do Vale Noruega, condado Francês, Wisconsin, esperando o capítulo mais recente de *Casa desolada*. A essa hora, prevendo a chegada de Jack, ele teria acendido as luzes da cozinha e da sala, como faz há anos em homenagem à sua mulher muito amada.

Jack pensa: *Eu não devo ser muito ruim, se tenho um amigo assim.*

E pensa: *Eu realmente adoro Henry.*

Agora, mesmo no escuro, tudo lhe parece belo. O Sand Bar, com todas as lâmpadas de néon acesas no vasto estacionamento; as árvores finas e intermitentes realçadas por seus faróis depois da curva para a 93; os compridos campos invisíveis; as lâmpadas acesas penduradas como enfeites de Natal na varanda da Roy's Store. O chacoalhar na primeira ponte e a curva fechada para as profundezas do vale. Um pouco recuada em relação ao lado esquerdo da estrada, a primeira das casas de fazenda brilha no escuro, as luzes em suas janelas acesas como velas sacramentais. Tudo parece tocado por um significado mais alto, tudo parece *falar*. Jack se lembra da primeira vez que Dale o trouxe a este vale, e esta lembrança também é sagrada.

Jack não sabe disso, mas lágrimas estão lhe escorrendo pelo rosto. Seu sangue canta nas veias. As pálidas casas de fazenda brilham meio escondidas pela escuridão, e dessa escuridão inclina-se a moita de lírios-tigre que o saudaram em sua primeira viagem descendo o vale. Os lírios-tigre brilham à luz de seus faróis, depois ficam para trás, murmurando. Sua fala perdida encontra a fala dos pneus rodando ansiosa e suavemente para a casa acolhedora de Henry Leyden. Amanhã ele pode morrer, Jack sabe, e esta pode ser a última noite de sua vida. O fato de ele *precisar* vencer não significa que *vá* vencer; impérios majestosos e épocas nobres caíram, e o Rei Rubro pode irromper da torre e devastar mundo após mundo, espalhando o caos.

Eles poderiam todos morrer na Casa Negra: ele, Beezer e Doc. Se isso acontecer, Tyler Marshall será não só um Sapador, um escravo acorrentado a um remo num Purgatório intemporal, mas um Superdemolidor, um Sapador movido a energia nuclear que o abalá usará para transformar todos os mundos em fornalhas cheias de cadáveres em chamas. *Passando por cima do meu cadáver,* Jack pensa, e morre de rir — é tão literal!

Que momento extraordinário; ele está rindo enquanto enxuga as lágrimas. O paradoxo de repente o faz sentir-se como se estivesse sendo cortado ao meio. Beleza e terror, beleza e dor — não há saída do enigma. Exausto, aflito, Jack não consegue se esquecer da fragilidade essencial do mundo, de seu movimento constante e inexorável para a morte, nem livrar-se da consciência mais profunda de que neste movimento está a fonte de todo o seu sentido. Você está vendo toda essa beleza de tirar o fôlego? Olhe bem, porque num instante seu coração *vai* parar.

No segundo seguinte, ele se lembra do enxame de abelhas douradas que desceu sobre ele: foi por isso que elas o reconfortaram, exatamente por isso, ele diz a si mesmo. A bênção das bênçãos que desaparece. O que você ama você precisa amar mais ainda, porque um dia não haverá mais isso. Parecia verdade, mas não parecia ser a verdade toda.

Contra a vastidão da noite, ele vê a forma gigantesca do Rei Rubro segurando no alto um garotinho para usar como lente que acenderá os mundos transformando-os em deserto em chamas. O que Parkus disse estava certo: ele não pode destruir o gigante, mas pode descobrir que é possível resgatar o menino.

As abelhas disseram: *Salve Ty Marshall.*

As abelhas disseram: *Ame Henry Leyden.*

As abelhas disseram: *Ame Sophie.*

Isso é bastante próximo, bastante certo para Jack. Para as abelhas, estas frases todas eram a mesma. Ele supõe que as abelhas bem poderiam ter dito: *Faça o seu trabalho, puliça,* e esta frase só era ligeiramente diferente. Bem, ele faria o seu trabalho, sim. Depois de ter recebido tal milagre, ele não poderia fazer mais nada.

Seu coração se aquece quando ele entra na ladeira de Henry. O que era Henry senão outro tipo de milagre?

Hoje à noite, Jack decide com alegria, ele vai dar ao incrível Henry Leyden uma emoção que ele jamais esquecerá. Hoje à noite, ele contará a história inteira a Henry Leyden, toda a longa história da viagem que ele fez quando tinha 12 anos: as Terras Secas, Richard Racional, o Agincourt e o Talismã. Não vai deixar de lado o Oatley Tap e a Casa do Sol, pois esses feitos deixarão Henry maravilhosamente alvoroçado. E Lobo? Henry vai ficar louco com Lobo; Lobo vai fazê-lo morrer de rir. Enquanto Jack falar, cada palavra que ele disser será um pedido de desculpas por ter ficado tanto tempo calado.

E quando terminar de contar a história toda, contando-a nos mínimos detalhes, da melhor forma possível, o mundo, este mundo, terá se transformado, pois haverá ali uma pessoa além dele sabendo tudo o que aconteceu. Jack mal pode imaginar qual será a sensação de ter a represa de sua solidão tão *obliterada,* tão *destruída,* mas pensar nisso o inunda com a expectativa do alívio.

Ora, isso é estranho... Henry não acendeu as luzes, e sua casa parece escura e vazia. Ele deve ter adormecido.

Sorrindo, Jack desliga o motor e salta do carro. A experiência lhe diz que ele não vai dar mais de três passos dentro da sala antes que Henry se levante e finja que estava o tempo todo acordado. Uma vez, quando Jack o encontrou no escuro assim, ele disse: "Eu estava descansando a vista." Então, como vai ser hoje? Ele estava planejando seu tributo de aniversário Lester Young-Charlie Parker, e achou mais fácil se concentrar assim? Estava pensando em fazer peixe frito e queria ver se a comida tinha outro gosto se fosse preparada no escuro? Seja o que for, será divertido. E talvez eles comemorem o novo contrato de Henry com a ESPN!

— Henry? — Jack bate na porta, depois a abre e se inclina para dentro. — Henry, seu fingido, você está dormindo?

Henry não responde, e a pergunta de Jack cai num vazio mudo. Ele não enxerga nada. A sala é um pano bidimensional de escuridão.

— Ei, Henry, estou aqui. E, garoto, tenho uma história e tanto para você!

Mais silêncio mortal.

— Há — diz Jack, e entra.

Imediatamente seus instintos gritam que ele deveria *sair, ir embora, se mandar.* Mas por que ele deveria ter essa sensação? Essa é só a casa de Henry; ele já entrou lá centenas de vezes, e sabe que Henry ou adormeceu no sofá, ou foi até sua casa, o que deve ter sido exatamente o que aconteceu. Henry teve uma oferta espetacular do representante da ESPN e, excitado — pois até Henry Leyden pode ficar excitado, basta olhar com um pouco mais de atenção do que se olha para a maioria das pessoas —, decidiu passar na casa de Jack para lhe fazer uma surpresa. Como Jack não tivesse aparecido até as seis horas, ele resolveu esperá-lo. E, neste momento, deve estar ferrado no sono no sofá de Jack, em vez de no dele.

Tudo isso é plausível, mas não altera a mensagem berrando dos terminais nervosos de Jack. *Vá! Saia! Você não quer estar aí!*

Ele torna a chamar o nome de Henry, e sua resposta é o silêncio que ele espera.

O estado de espírito transcendente que o carregou vale abaixo quase desapareceu, mas ele não sentiu quando passou, só sentiu que pertence ao passado. Se ele ainda fosse um detetive de homicídios, esta seria a hora em que sacaria a arma. Jack entra em silêncio na sala. Dois odores fortes lhe chegam. Um é o cheiro de perfume e o outro...

Ele sabe o que o outro é. Sua presença aqui significa que Henry está morto. A parte de Jack que não é tira argumenta que o cheiro de sangue não significa necessariamente uma coisa dessas. Henry pode ter sido ferido numa luta, e o Pescador poderia tê-lo levado para outros mundos, como fez com Tyler Marshall. Henry pode estar amarrado em algum bolsão dos Territórios, poupado para ser usado como moeda de barganha, ou como isca. Ele e Ty podem estar lado a lado, esperando socorro.

Jack sabe que nada disso é verdade. Henry está morto, e o Pescador o matou. Agora sua tarefa é encontrar o corpo. Ele é um "puliça"; tem que agir como "puliça". O fato de que ver o cadáver de Henry seja a última coisa no mundo que ele quer ver não muda a natureza de sua tarefa. A tristeza vem de muitas formas, mas o tipo de tristeza que está aumentando dentro de Jack parece ser feito de granito. Faz com que ele ande mais devagar e cerre suas mandíbulas. Quando ele vai para a esquerda e procura o interruptor de luz, sua tristeza pesada dirige sua mão para o lugar certo na parede com tanta segurança quanto se fosse Henry.

Porque está olhando para a parede quando as luzes se acendem, só sua visão periférica capta o interior da sala, e o estrago não parece ser tão extenso quanto ele temera. Uma lâmpada foi derrubada, uma cadeira virada. Mas quando Jack vira a cabeça, dois aspectos da sala de Henry marcam suas retinas. O primeiro é um slogan vermelho na parede creme à sua frente; o segundo, a quantidade de sangue no chão. As manchas de sangue são como um mapa do avanço de Henry pela sala e para sair dela. Gotas de sangue como as deixadas por um animal ferido começam no corredor e seguem, acompanhadas por muitas voltas e salpicos, para trás do sofá estilo Missões, onde formam uma poça. Outra poça grande cobre o assoalho embaixo da mesa baixa e comprida onde às vezes Henry costumava colocar seu aparelho portátil de CD e empilhar os CDs da noite. Da mesa, outra série de borrões e gotas levam-no de volta para o corredor. A Jack, parece que Henry devia estar muito depauperado de sangue quando se sentiu suficientemente seguro para se arrastar de sob a mesa. *Se* foi assim que a coisa se passou.

Enquanto Henry jazia morto ou agonizando, o Pescador pegara alguma coisa de pano — sua camisa? um lenço? — e a usara como um pincel gordo e desajeitado. Ele o mergulhara no sangue atrás do sofá. Levantara-o pingando para a parede e escrevera algumas letras. Então repetira a ação várias vezes até ter desenhado a última letra de seu recado na parede.

OI HOLLYWOOD VEM MI PEGAAR
RR RR RR RR

Mas o Rei Rubro não escreveu as iniciais debochadas nem Charles Burnside. Elas foram pintadas na parede pelo amo do Pescador, cujo nome em nossos ouvidos soa como *Sr. Munshun.*

Não se preocupe, já vou pegar você, Jack pensa.

A esta altura, ele não poderia ser criticado por andar lá fora, onde o ar não está empesteado de sangue e perfume, e usar seu telefone celular para ligar para a rua Sumner. Talvez Bobby Dulac esteja de plantão. Ele pode até descobrir que Dale ainda se encontra na delegacia. Para cumprir com todos os seus deveres cívicos, ele precisa falar apenas oito ou nove palavras. Depois disso, ele pode botar o celular no bolso e sentar nos degraus da frente da casa de Henry até os guardiães da lei e da ordem subirem a toda a longa ladeira. Haveria um monte deles, pelo menos quatro carros, talvez cinco. Dale teria que chamar os policiais estaduais, e Brown e Black poderiam sentir-se obrigados a chamar o FBI. Em mais ou menos 45 minutos a sala de Henry estaria cheia de homens medindo coisas, tomando notas, colocando etiquetas de provas e fotografando manchas de sangue. Haveria o legista e o furgão da perícia. E quando o primeiro estágio dos vários trabalhos de todo mundo terminasse, dois homens de jaleco branco sairiam com uma maca pela porta da frente e colocariam a maca no que quer que eles estivessem dirigindo.

Jack não considera essa possibilidade por mais que alguns segundos. Ele quer ver o que o Pescador e o Sr. Munshun fizeram com Henry — precisa ver, não tem escolha. Sua tristeza lúgubre exige isso, e se não obedecer às ordens de sua tristeza, ele jamais se sentirá totalmente inteiro de novo.

Sua tristeza, que está fechada como uma caixa-forte de aço em torno de seu amor por Henry Leyden, leva-o mais para dentro da sala. Jack anda lentamente, escolhendo o caminho como uma pessoa que atravessa um riacho vai pisando de pedra em pedra. Ele está procurando os lugares vazios onde pode pôr os pés. Do outro lado da sala, letras vermelhas de 20 centímetros escorridas zombam do seu avanço.

OI HOLLYWOOD

Isso parece ficar acendendo e apagando, como uma placa de néon. oi hollywood oi hollywood.

VEM MI PEGAAR
VEM MI PEGAAR

Ele quer praguejar, mas o peso de sua tristeza não lhe permite pronunciar as palavras que lhe entram na mente. No fim do corredor que dá para o estúdio e para a cozinha, Jack pisa numa mancha de sangue comprida e vira de costas para a sala e os lampejos de néon que desviam a sua atenção. A luz só penetra cerca de um metro para dentro do corredor. A cozinha é um breu total. A porta do estúdio está meio aberta e um reflexo de luz brilha suave em sua vidraça.

Há sangue por todo lado no chão do corredor. Ele não pode mais evitar pisar naquilo, mas vai pelo corredor mirando a porta aberta do estúdio. Henry Leyden nunca deixou a porta aberta para o pequeno corredor; mantinha-a fechada. Henry era *organizado*. Tinha que ser: se deixasse a porta do estúdio aberta, bateria nela quando fosse para a cozinha. A confusão deixada pelo assassino de Henry perturba Jack mais do que ele deseja admitir, talvez até mais do que ele reconheça. Esse pandemônio representa uma verdadeira violação, e, pelo amigo, Jack se incomoda enormemente com aquilo.

Ele chega à porta, encosta nela, abre-a mais. Um fedor concentrado de perfume e sangue paira no ar. Quase tão escuro quanto a cozinha, o estúdio só deixa Jack enxergar a forma apagada do consolo e os retângulos escuros dos alto-falantes fixados na parede. A janela da cozinha flutua como um lençol negro, invisível. Ainda com a mão na porta, Jack chega mais perto e vê, ou acha que vê, o espaldar alto de uma cadeira e uma forma esticada na mesa em frente ao consolo. Só então ele ouve o ruído da fita batendo no fim de um rolo.

— Aimeudeus — diz Jack, numa palavra só, como se o tempo todo ele não estivesse esperando exatamente aquilo que está à sua frente. Com uma certeza terrível e insistente, o som da fita deixa claro que Henry está morto. A tristeza de Jack anula seu desejo covarde de sair para chamar cada policial do estado de Wisconsin impelindo-o a tatear para encontrar o interruptor. Ele não pode sair; precisa ser testemunha, como foi de Irma Freneau.

Seus dedos roçam o interruptor de plástico acionado para baixo e pousam nele. De dentro de sua garganta, vem um gosto acre, metálico. Ele aciona o interruptor para cima, e a luz inunda o estúdio.

O corpo de Henry sentado na cadeira de couro de espaldar alto está debruçado sobre a mesa, segurando o troféu do microfone com ambas as mãos, a cara deitada sobre o lado direito. Ele ainda está de óculos escuros, mas uma das hastes finas de metal está torta. A princípio, tudo parece ter sido pintado de vermelho, pois a camada de sangue quase uniforme que cobre a mesa andou pingando por algum tempo no colo de Henry, e todo o equipamento foi borrifado de vermelho. Parte da bochecha de Henry foi arrancada com uma mordida. Faltam dois dedos em sua mão direita. Aos olhos de Jack, que vão fazendo um balanço enquanto registram todos os detalhes da sala, a maior parte do sangue perdido por Henry veio de uma ferida em suas costas. Roupas ensanguentadas escondem a ferida, mas a quantidade de sangue empoçada no encosto da cadeira e pingando dali é igual à que cobre a mesa. Quase todo o sangue do chão pingou da cadeira. O Pescador deve ter cortado um órgão interno, ou seccionado uma artéria.

Muito pouco sangue, afora a fina névoa em cima dos controles, atingiu o gravador. Jack não lembra bem como essas máquinas funcionam, mas já viu Henry trocar os rolos uma quantidade de vezes suficiente para ter uma noção do que fazer. Ele desliga o gravador e enfia a ponta da fita no rolo vazio. Então, liga a máquina e aperta REWIND. A fita desliza suavemente pelos cabeçotes, passando de um rolo para o outro.

— Você fez uma fita para mim, Henry? — pergunta Jack. — Aposto que fez, mas espero que você não tenha morrido me dizendo o que eu já sei.

A fita faz clique e para. Jack aperta PLAY e prende a respiração.

Em toda sua glória de pescoço troncudo e cara vermelha, George Rathbun explode dos alto-falantes.

— Fim do nono, e o time da casa está indo para o vestiário, amigo. Mas o jogo não TERMINA até o último CEGO estar MORTO!

Jack bambeia encostado na parede.

Henry Shake adentra o quarto e lhe diz para ligar para a Maxton. O Rato de Wisconsin aparece e grita sobre a Casa Negra. O Sheik, o Shake, o Xeque e George Rathbun travam um curto debate, que o Shake vence. É demais para Jack; ele não consegue conter as lágrimas, e nem se dá ao trabalho de tentar. Deixa-as rolar. A última atuação de Henry comove-o enormemente. É tão *generosa,* tão *pura* — tão puramente Henry. Henry Leyden manteve-se vivo apelando para seus eus alternados, e eles deram conta do recado. Eles eram uma equipe fiel, George e o Shake e o Rato, e afundaram junto com o navio, não que tivessem muita escolha. Henry Leyden reaparece, e, com uma voz cada vez mais sumida, diz que Jack pode vencer o *vaidoso e idiota.* A voz agonizante de Henry diz que ele teve uma vida maravilhosa. Sua voz vira um sussurro e profere três palavras repletas de grata surpresa: *Ah, Cotovia. Olá.* Jack pode ouvir o sorriso nessas palavras.

Chorando, Jack sai trôpego do estúdio. Ele quer desabar numa cadeira e chorar até não ter mais lágrimas, mas não pode decepcionar tanto a si mesmo nem a Henry. Vai pelo corredor, enxuga os olhos e espera que a tristeza pesada o ajude a lidar com sua dor. Ela o ajudará a lidar com a Casa Negra, também. A tristeza não deve ser detida nem desviada: ela funciona como aço em sua coluna.

O fantasma de Henry Shake murmura: *Jack, essa tristeza nunca vai deixá-lo. Isso o deprime?*

— *Não dá para ser de outro jeito.*

Desde que você saiba. Aonde quer que vá, o que quer que faça. Em toda porta por onde passe. Com cada mulher. Se tiver filhos, com seus filhos. Você vai ouvi-la em todas as músicas que escutar, vai vê-la em cada livro que ler. Ela será parte da comida que você comer. Estará para sempre com você. Em todos os mundos. Na Casa Negra.
— Eu sou ela, e ela sou eu.
O sussurro de George Rathbun é duas vezes mais alto que o do Sheik Shake Xeque: *Ora, droga, filho, posso ouvir você falar D'YAMBA?*
— D'yamba.
Acho que agora você sabe por que as abelhas o abraçaram. Você tem um telefonema para dar?

Sim, ele tem. Mas não aguenta mais estar nessa casa toda ensanguentada; precisa estar ao ar livre, na noite quente de verão. Deixando os pés pisarem onde podem, Jack atravessa a sala destruída e sai da casa. Sua tristeza vai com ele, pois ele é ela e ela é ele. O céu imenso paira no alto, trespassado de estrelas. Ele pega o fiel telefone celular.

E quem atende na delegacia de French Landing? Arnold "Lanterna" Hrabowski, claro, com um novo apelido e recém-reintegrado como membro do efetivo. As notícias de Jack deixam Lanterna Hrabowski agitadíssimo. O quê? Nossa! Ah, não. Ah, quem poderia acreditar? Poxa. É, sim senhor. Vou cuidar disso agora mesmo, pode apostar.

Então, enquanto o antigo Húngaro Maluco tenta evitar que as mãos e a voz tremam enquanto liga para a casa do chefe e dá o recado de dois lados de Jack, o próprio Jack se afasta da casa, da ladeira e de sua picape, de tudo que lhe lembre seres humanos, e vai para um campo cheio de touceiras de capim amarelo-esverdeadas. Sua tristeza o guia, pois sua tristeza sabe mais que ele do que ele precisa.

Acima de tudo, ele precisa de descanso. De dormir, se for possível dormir. Um lugar macio no chão plano longe do tumulto de luzes vermelhas e sirenes e policiais furiosos e hiperativos que vão chegar. Longe desse desespero todo. Um lugar onde um homem possa deitar a cabeça e ter uma visão representativa dos céus locais. A 800 metros do início do campo, Jack chega a tal lugar entre um milharal e o sopé pedregoso dos morros arborizados. Sua mente entristecida diz a seu corpo entristecido e exausto para se deitar e ficar à vontade, e seu corpo obedece. No alto, as estrelas parecem vibrar e perder a nitidez, embora, naturalmente, estrelas de verdade nos céus familiares e verdadeiros não ajam desta forma, então deve ser ilusão de ótica. O corpo de Jack se espreguiça, e a placa de grama e terra embaixo de seu corpo parece se ajustar em volta dele, embora isso, também, deva ser ilusão, pois é sabido que, na vida real, o chão tende a ser insensível, inflexível e duro. A mente entristecida de Jack Sawyer diz a seu corpo entristecido e dolorido para adormecer, e por incrível que pareça, ele adormece.

Em minutos, o corpo adormecido de Jack Sawyer sofre uma transformação sutil. Suas extremidades parecem amolecer, suas cores — seu cabelo cor de trigo, seu blusão de couro claro, seus sapatos marrons macios — clareiam. Uma estranha transparência, uma névoa, uma nebulosidade, entra no processo. É como se pudéssemos olhar através da massa nebulosa e indistinta de seu corpo com a respiração calma e ver as folhas macias e amassadas que formam seu colchão. Quanto mais olhamos, mais claramente podemos ver a relva embaixo dele, pois seu corpo está ficando cada vez menos nítido. No fim, é apenas um bruxuleio em cima da grama, e quando o trecho de grama com a forma de Jack se desamassa, o corpo que o amassou já foi embora há muito.

Capítulo Vinte e Cinco

Ah, esqueça isso. Sabemos aonde Jack Sawyer foi quando desapareceu da beira do milharal, e sabemos quem é provável que ele encontre quando chegar lá. Já basta disso. Queremos divertimento, queremos excitação! Felizmente para nós, Charles Burnside, aquele velho encantador, com quem sempre se pode contar para botar uma almofada barulhenta embaixo do assento do governador durante um banquete, pingar um pouquinho de pimenta no ensopado, peidar no encontro de oração, está neste momento emergindo de um vaso sanitário e entrando num cubículo no banheiro masculino da ala Margarida. Notamos que o velho Burny, nosso Burn-Burn, está abraçado com a tesoura de jardim de Henry Leyden, na verdade, está embalando-a, como quem embala uma criança. De um talho feio em seu braço direito ossudo, escorre sangue para o cotovelo. Quando coloca um pé, calçado com o chinelo de abelha pertencente a outro residente, na borda do vaso, ele se põe de pé e sai, meio trôpego. Sua boca está retorcida numa expressão enfezada, e seus olhos parecem buracos de bala, mas não supomos que ele também leve uma carga de tristeza pesada. Ele tem a boca das calças e a frente da camisa ensanguentadas; a camisa ficou escura com a hemorragia causada pela ferida em seu abdome.

    Com uma careta, Burny abre a porta do cubículo e sai no banheiro masculino vazio. Lâmpadas fluorescentes no teto refletem-se no espelho comprido em cima da fileira de pias; graças a Butch Yerxa, que está trabalhando um segundo turno porque o funcionário da noite avisou que estava bêbado e não ia trabalhar, os ladrilhos brancos do chão brilham. Nessa brancura toda, o sangue nas roupas e no corpo de Charles Burnside parece radiosamente vermelho. Ele tira a camisa e a joga na pia antes de ir para o outro lado do banheiro até um armário marcado com um pedaço de esparadrapo no qual alguém escreveu CURATIVOS. Velhos têm tendência a cair em seus banheiros, e o pai de Chipper previdentemente instalou o armário onde achou que poderia ser necessário. O chão está salpicado de sangue.

Burny pega um bolo de toalhas de papel, molha-as com água fria e as coloca no lado da pia mais próxima. Então, abre o armário dos curativos, pega um rolo grande de esparadrapo e um chumaço de gaze, e rasga uma tira de 15 centímetros de esparadrapo. Limpa o sangue em volta da ferida na barriga e pressiona o talho com as toalhas de papel molhadas. Retira as toalhas e pressiona a ferida com uma compressa de gaze. Desajeitadamente, põe o esparadrapo sobre a gaze. Faz assim também um curativo na facada que levou no braço.

Agora espirais de sangue cobrem os ladrilhos brancos.

Ele vai até a fileira de pias e passa água fria na camisa. A água fica vermelha na cuba. Burny continua esfregando a camisa velha debaixo da água fria até a água sair de um rosa pálido só um pouco mais escuro que sua pele. Satisfeito, ele torce a camisa, sacode-a uma ou duas vezes, e torna a vesti-la. O fato de que ela lhe cole no corpo não o incomoda nada. Seu objetivo é uma versão muito básica de aceitabilidade, não elegância: na medida do possível, ele quer passar despercebido. As bocas de suas calças estão ensopadas de sangue, e os chinelos de Elmer Jesperson estão vermelho-escuros e molhados, mas ele acha que quase ninguém vai se dar ao trabalho de olhar para seus pés.

Dentro dele, uma voz áspera continua dizendo: *Mais tepreza, Burn-Burn, mais tepreza!*

O único erro de Burny é que, enquanto abotoa a camisa molhada, ele se olha no espelho. O que ele vê o deixa chocado. Apesar de sua feiura, Charles Burnside sempre aprovou a imagem que os espelhos lhe devolviam. Em sua opinião, ele é um cara preparado para enfrentar as situações difíceis — esperto, imprevisível e matreiro. O homem que está olhando para ele do outro lado do espelho não é nada parecido com o velho especulador astuto de que Burny se lembrava. O homem que o está encarando parece imbecilizado, esgotado e seriamente doente. Olhos fundos e vermelhos, faces encovadas, um caminho de veias tortuosas sobressaindo no crânio calvo como o de uma caveira... até seu nariz parece mais ossudo e mais torto do que antes. Ele é o tipo de velho que mete medo em criancinhas.

Focê tefe assustar criancinha, Burn-Burn. Está na horra de ir antanto.

Ele não podia ter uma cara tão ruim, podia? Se tivesse, teria notado muito antes disso. Não, não era assim que Charles Burnside encarava o mundo. O banheiro está branco demais, só isso. Um branco como este faz você parecer descolorido. Faz você parecer esfolado como um coelho. O horror moribundo no espelho se aproxima mais, e as manchas descoradas em sua pele pareceram escurecer. O espetáculo de seus dentes o faz fechar a boca.

Então seu amo é como um anzol em sua mente, puxando-o para a porta e resmungando: *Horra, horra.*

Burny sabe por que é *horra*: — Sr. Munshun quer voltar para a Casa Negra. O Sr. Munshun vem de um lugar longíssimo de French Landing e certas partes da Casa Negra, que eles construíram juntos, parecem com o mundo de seu lar — as partes mais internas, que Charles Burnside raramente visita, e que o deixam hipnotizado, fraco e cheio de desejo, e enjoado quando o faz. Quando tenta imaginar o mundo que deu origem ao Sr. Munshun, ele visualiza uma paisagem escura e escarpada, coberta de caveiras. Nas encostas e nos picos nus erguem-se casas como castelos que mudam de tamanho, ou somem, quando a pessoa pisca. Dos desfiladeiros vacilantes vem uma cacofonia industrial misturada aos gritos de crianças torturadas.

Burnside está ansioso para voltar à Casa Negra, também, mas pelos prazeres mais simples do primeiro conjunto de aposentos, onde ele pode descansar, comer comida enlatada e ler seus álbuns de recortes. Ele saboreia o cheiro específico que habita esses cômodos, uma sequência de podre, suor, sangue seco, mofo, esgoto. Se pudesse destilar essa fragrância, ele a usaria como colônia. Também um petisco doce chamado Tyler Marshall está trancado num quarto localizado em outra camada da Casa Negra — e outro mundo — e Burny não pode esperar para atormentar o pequeno Tyler, para correr suas mãos enrugadas pela bela pele do garoto. Tyler Marshall *empolga* Burny.

Mas há prazeres que ainda estão para ser colhidos neste mundo, e está na *horra* de se ocupar deles. Burny espia por uma fresta na porta do banheiro e vê que Butch Yerxa sucumbiu ao cansaço e ao bolo de carne da lanchonete. Ele ocupa sua cadeira como um boneco grande demais, os braços em cima da mesa e o queixo gordo descansando no que seria um pescoço em uma pessoa normal. Aquela útil pedrinha pintada está a alguns centímetros da mão direita de Butch, mas Burny não precisa da pedra, pois adquiriu um instrumento muito mais versátil. Ele gostaria de ter descoberto o potencial das tesouras de jardim há mais tempo. Em vez de uma lâmina, você tem duas. Uma para cima, uma para baixo, *tique-tique*! E afiadas! Ele não tencionava amputar os dedos do cego. Naquela hora, considerava a tesoura uma variedade primitiva de faca, mas quando levou a facada no braço, mandou a tesoura para cima do cego, e ela mais ou menos cortou os dedos do infeliz sozinha, tão depressa e com tanta destreza quanto os açougueiros de antigamente em Chicago costumavam fatiar toucinho.

Chipper Maxton vai ser engraçado. Ele merece o que vai ter, também. Burny imagina que Chipper é responsável pela forma como ele se deteriorou. O espelho lhe disse que ele está uns 10 quilos mais magro do que deveria estar, talvez até 15, e não admira — olhe a gororoba que servem na lanchonete. Chipper anda garfando na comida, Burny acha, do mesmo modo como garfa em tudo o mais. O estado, o governo, a Previdência, Chipper rouba de todos eles. Algumas vezes, quando ele achava que Charles Burnside estava muito fora do ar para tomar conhecimento das coisas, Maxton lhe disse para assinar guias indicando que ele fora submetido a uma cirurgia, de próstata, de pulmão. Na visão de Burny, metade do dinheiro da Previdência que pagou a cirurgia inexistente deveria ser seu. Era o seu nome que estava na guia, não era?

Burnside entra no corredor e avança de mansinho para o saguão, deixando pegadas sangrentas com os chinelos encharcados. Porque terá que passar pelo posto de enfermagem, ele enfia a tesoura no cós da calça e cobre-a com a camisa. As faces flácidas, os óculos de aro dourado e o cabelo cor de lavanda de uma coroa inútil chamada Georgette Porter estão visíveis para Burnside acima do balcão do posto de enfermagem. As coisas podiam ser piores, ele pensa. Desde que entrou no M18 e o encontrou se masturbando pelado no meio do quarto, Georgette Porter tem pavor dele.

Ela o vê, parece conter um estremecimento, e torna a olhar para o que quer que esteja fazendo com as mãos. Tricotando, provavelmente, ou lendo o tipo de livro de mistério em que um gato soluciona o crime. Burny se aproxima mais do posto e cogita usar a tesoura na cara de Georgette, mas decide que é perda de energia. Quando chega ao balcão, olha por cima e vê que ela tem um livro nas mãos, exatamente como ele imaginava.

Ela olha para ele com uma profunda desconfiança.

— Você hoje está apetitosa mesmo, Georgie.

Ela olha para o corredor, depois para o saguão, e vê que tem que lidar com ele sozinha.

— O senhor devia estar no seu quarto, Sr. Burnside. É tarde.

— Não se meta, Georgie. Tenho o direito de dar uma volta.

— O Sr. Maxton não gosta que os residentes entrem nas outras alas, então por favor fique na Margarida.

— O chefão está aqui hoje?

— Acho que está, sim.

— Ótimo.

Ele vira as costas e continua em direção ao saguão, e ela grita para ele.

— Espere!

Ele olha para trás. Ela está em pé, um indício certo de grande preocupação.

— O senhor não vai incomodar o Sr. Maxton, vai?

— Fale mais um pouco e vou incomodar *você*.

Ela põe a mão na garganta e finalmente repara no chão. Seu queixo cai e suas sobrancelhas levantam.

— Sr. Burnside, o que o senhor tem nos chinelos? E na boca das calças? Está arrastando isso para todo lado!

— Você não pode ficar de bico fechado, pode?

Lugubremente, ele volta para o posto de enfermagem. Georgette Porter se encosta na parede, e quando percebe que poderia ter tentado fugir, Burny já está na frente dela. Ela retira a mão da garganta e estende-a como um sinal de parar.

— Bruaca idiota.

Burnside tira a tesoura da cinta, segura os cabos e corta-lhe os dedos com tanta facilidade quanto se fossem gravetos.

— Idiota.

Georgette ficou tão incrédula e chocada que não consegue se mexer. Olha para o sangue esguichando dos quatro tocos em sua mão.

— Cretino desgraçado.

Ele abre a tesoura e lhe enfia uma das lâminas na garganta. Georgette emite um ruído de gargarejo sufocado. Ela tenta pegar a tesoura, mas ele a puxa de seu pescoço e levanta-a na altura de sua cabeça. As mãos dela se agitam, espalhando sangue. A expressão na cara de Burny é a de um homem que finalmente admite ter que limpar a caixinha de seu gato. Ele mira e crava a lâmina molhada no olho direito dela, e Georgette já está morta quando seu corpo escorrega pela parede e se dobra no chão.

A 10 metros do início do corredor, Butch Yerxa resmunga sonhando.

— Elas nunca ouvem — murmura Burny para si mesmo. — Você tenta, tenta. Mas elas sempre pedem isso no final. Prova que o querem... como aqueles merdinhas idiotas em Chicago.

Ele puxa a lâmina da tesoura da cabeça de Georgette e limpa-a no ombro da blusa dela. A lembrança de um ou dois daqueles merdinhas em Chicago provoca um formigamento em seu membro, que começa a endurecer dentro daquelas calças velhas e folgadas. Alô! Ah... a magia das lembranças ternas. Embora, como já vimos, Charles Burnside de vez em quando tenha ereções enquanto dorme, quando está acordado, elas são tão raras a ponto de serem quase inexistentes, e ele fica tentado a abaixar as calças e ver o que poderia fazer com aquilo. Mas e se Yerxa acordasse? Ele suporia que *Georgette Porter*, ou pelo menos o cadáver dela, excitara-lhe os desejos há muito reprimidos. Não dava para aceitar isso — de jeito nenhum. Até um monstro tem seu orgulho. Melhor continuar até a sala de Chipper Maxton e esperar que seu martelo não amoleça antes que chegue a hora de bater o prego.

Burny enfia a tesoura no cós das calças atrás e puxa a camisa molhada, afastando-a do corpo. Vai arrastando os pés pelo corredor da ala Margarida, atravessa o saguão vazio e chega à porta lustrosa que uma placa de latão onde se lê WILLIAM MAXTON, DIRETOR realça ainda mais. Ele a abre com reverência, evocando a imagem de um garoto de 10 anos há muito falecido chamado Herman Flagler, também conhecido como "Poochie", uma de suas primeiras conquistas. Poochie! Poochie tenro! Aquelas lágrimas, aqueles soluços de dor e alegria misturadas, aquela rendição a um desamparo absoluto: a leve camada de sujeira nos joelhos esfolados e nos braços esguios de Poochie. Lágrimas quentes; um jato de urina de seu pirulito apavorado.

Chipper não proporcionará uma alegria dessas, mas podemos ter certeza de que *algo* vai haver. Seja como for, Tyler Marshall está amarrado esperando na Casa Negra, num desamparo absoluto.

Charles Burnside atravessa o cubículo sem janela de Rebecca Vilas. O traseiro pálido e com covinhas fundas de Poochie Flagler brilhando em sua mente. Ele põe a mão na próxima maçaneta, espera um instante para se acalmar e gira-a ruidosamente. A porta se abre apenas o bastante para revelar Chipper Maxton, único monarca deste reino, debruçado sobre sua mesa, a cabeça apoiada no punho, usando um lápis amarelo para fazer anotações em dois conjuntos de documentos. Um vestígio de sorriso lhe suaviza o ríctus acentuado da boca; seus olhos molhados traem a sugestão de um brilho; o lápis ocupado desliza de um lado para o outro entre as duas pilhas de papéis, fazendo minúsculas marcas. Tão entretido naquela tarefa está Chipper, que não nota que já não está sozinho até seu visitante ter entrado e chutado a porta para trás.

Quando a porta bate, Chipper ergue os olhos com uma expressão de surpresa irritada e olha para a figura à sua frente. Sua atitude quase imediatamente vira um entusiasmo antipático e debochado que ele julga desarmar o interlocutor.

— Na sua terra, Sr. Burnside, as pessoas não batem na porta? Simplesmente vão entrando, é?

— Vão entrando — diz seu visitante.

— Não importa. A verdade é que ando querendo falar com o senhor.

— Falar comigo?

— É. Entre, sim? Sente-se. Receio que possamos estar com um probleminha, e quero explorar algumas possibilidades.

— Ah — diz Burny. — Um problema. — Ele afasta a camisa do peito e se adianta, deixando para trás pegadas cada vez mais fracas que Maxton não vê.

— Sente-se — diz Chipper, indicando a cadeira em frente à sua mesa. — Puxe um turco e descanse os ossos. — Esta expressão é de Franky Shellbarger, o gerente de empréstimos do First Farmer, que a usa a toda hora nas reuniões do Rotary locais, e, embora Chipper Maxton não tenha idéia do que possa ser um turco neste sentido, ele acha a palavra o máximo. — Meu velho, precisamos ter uma conversa de coração aberto.

— Ah — diz Burny, e senta-se bem empertigado por causa da tesoura. — *Te corraçom aperdo.*

— É, a ideia é essa. Ei, essa camisa está molhada? Está! Não dá, amigo velho. Você pode se resfriar e morrer, e nenhum de nós quer isso, quer? Você está precisando de uma camisa seca. Deixe eu ver o que posso fazer por você.

— Não se incomode, seu macaco escroto.

Chipper Maxton já está em pé, esticando a camisa, e as palavras do velho o pegam momentaneamente desprevenido. Ele se recupera bem, sorri e diz:

— Fique aqui, Chicago.

Embora a menção de sua cidade natal lhe dê um frio na espinha, Burnside não demonstra nada quando Maxton dá a volta na mesa e atravessa a sala. Ele observa o diretor sair. *Chicago.* Onde Poochie Flagler e Sammy Hooten e Ferd Brogan e os outros todos viveram e morreram. Deus os abençoe. Espigas de grão, folhas de relva, tão sujas tão lindas tão sedutoras. Com seus sorrisos e seus gritos. Como todas as crianças brancas de cortiço, imaculadamente alvas sob a crosta de sujeira, o branco suspeito dos pobres da cidade, dos que em breve se perderão. Os ossos finos de suas omoplatas, projetando-se para fora como se para romper a fina camada de carne. O velho órgão de Burny se enrijece como se lembrasse das bandalheiras de outros tempos. *Tyler Marshall*, ele cantarola para si mesmo, *Tyzinho lindo, vamos nos divertir um pouco antes de lhe entregarmos ao chefe, vamos sim, se vamos.*

A porta bate atrás dele, arrancando-o de seu devaneio erótico. Mas sua velha mula, seu cavalo velho está desperto e pronto para dar o melhor de si, corajoso e impetuoso como sempre foi nos dias de glória.

— Não tem ninguém no saguão — reclama Maxton. — Aquela velha, como é o nome dela, Porter, Georgette Porter, está na cozinha enchendo o pandulho, aposto, e Butch Yerxa está ferrado no sono na cadeira. O que devo fazer, saquear os *quartos* para achar uma camisa seca?

Ele passa por Burnside, joga as mãos para cima e se atira na cadeira. É tudo uma encenação, mas Burny já viu coisa muito melhor que isto. Chipper não pode intimidar Burny, nem se souber algumas coisas a respeito de *Chicago*.

— Não preciso de camisa nova — ele diz. — Babaca.

Chipper se encosta na cadeira e cruza as mãos atrás da cabeça. Ele sorri — este paciente o diverte, é um gaiato.

— Ora, ora. Aqui não precisa xingar. Você não me engana mais, velho. Não engulo sua encenação de Alzheimer. Não engulo nada disso.

Ele é simpático e está relaxado, passando a confiança de um jogador com um *four* de ases na mão. Burny imagina que ele está sendo vítima de uma armação para algum trabalho sujo ou alguma chantagem, o que torna o momento mais delicioso ainda.

— Mas tenho que tirar o chapéu para você — prossegue Chipper. — Você enganou todo mundo ao seu redor, inclusive a mim. Deve ser preciso uma disciplina *incrível* para fingir Alzheimer em estágio avançado. Essa coisa toda de desabar na cadeira, comer comida de neném dada na boca, se borrar nas calças. Fingir que não entende o que as pessoas falam.

— Eu não estava fingindo, seu babaca.

— Então não espanta que você tenha encenado uma volta, quando é que foi, há um ano? Eu teria feito a mesma coisa. Quer dizer, viver na clandestinidade é uma coisa, mas fazer isso como um vegetal é outra. Então temos um milagrezinho, não? Nosso Alzheimer aos poucos reverte, vem e vai, como um resfriado comum. É um bom negócio, de todo jeito. Você consegue circular e chatear os outros, e dá menos trabalho para a equipe. Você ainda é um dos meus pacientes preferidos, Charlie. Ou devo chamá-lo de Carl?

— Estou cagando para como você me chama.

— Mas Carl é o seu nome verdadeiro, não?

Burny nem sequer dá de ombros. Ele espera que Chipper vá direto ao assunto antes que Butch Yerxa acorde, veja as pegadas e descubra o corpo de Georgette Porter, porque, embora esteja interessado na história de Maxton, ele quer chegar à Casa Negra sem *muita* interferência. E Butch Yerxa provavelmente vai brigar.

Com a ilusão de estar brincando de gato e rato e ser o gato, Chipper sorri para o velho de camisa rosa molhada e vai em frente.

— Um detetive estadual me ligou hoje. Disse que o FBI tinha identificado uma impressão digital daqui. Pertencia a um homem muito mau chamado Carl Bierstone que é procurado há quase quarenta anos. Em 1964, ele foi sentenciado pela morte de uns garotos que ele molestou, só que fugiu do carro que o levava para a prisão. Matou dois guardas mesmo desarmado. Nenhum sinal dele desde então. Hoje ele deve ter 85 anos, e o detetive achou que Bierstone devia ser um de nossos residentes. O que tem a dizer, Charles?

Nada, evidentemente.

— Charles Burnside é muito próximo de Carl Bierstone, não é? E não temos nenhuma informação sobre suas origens. Isso faz de você um residente singular aqui. Para o resto das pessoas, temos mais ou menos uma árvore genealógica, mas você meio que veio do nada. A única informação que temos sobre você é sua idade. Quando apareceu no Hospital Geral de La Riviere em 1996, você dizia ter 78 anos. Assim você seria da mesma idade do fugitivo.

Burnside lhe dá um sorriso verdadeiramente perturbador.

— Acho que eu devo ser o Pescador, também, então.

— Você tem 85 anos. Não acho que seja capaz de arrastar um bando de garotos por metade do condado. Mas acho que é esse Carl Bierstone, e os tiras ainda estão ansiosos para pegar você. O que me leva a essa carta que chegou há alguns dias. Venho querendo discuti-la com você, mas você sabe como as coisas andam movimentadas por aqui. — Ele abre a gaveta da mesa e puxa uma folha de papel arrancada de um bloco amarelo. Na folha, há uma mensagem curta, batida à máquina. "De Pere, Wisconsin", diz. Sem data. "A quem interessar possa" é como começa. "Lamento informá-lo de que já não posso mais arcar com as mensalidades em benefício de meu sobrinho, Charles Burnside." Só isso. Em vez de assinar, ela datilografou seu nome. "Althea Burnside."

Chipper põe a folha amarela na frente dele e cruza as mãos em cima do papel.

— Que negócio é esse aqui, Charles? Não há nenhuma Althea Burnside morando em De Pere, disso eu sei. E ela não pode ser sua tia. Quantos anos teria? Pelo menos 100. Mais provavelmente 110. Não acredito. Mas esses cheques chegavam, pontualmente, desde o seu primeiro mês aqui na Maxton. Algum companheiro, algum antigo sócio seu, anda tomando conta de você, meu amigo. E queremos que ele continue a fazer isso, não?

— Para mim, tanto faz, babaca.

Isso não é bem verdade. Tudo o que Burny sabe das mensalidades pagas pelo banco em De Pere é que o Sr. Munshun organizou-as há muito tempo, e, se esses pagamentos terminarem, bem... o que termina com eles? Ele e o Sr. Munshun estão nisso juntos, não?

— Vamos, garoto — diz Chipper. — Você pode fazer melhor que isso. Estou querendo um pouco de cooperação aqui. Garanto que você não quer passar por aquela confusão toda de ser preso, tirar as impressões digitais e seja lá o que pode acontecer depois disso. E eu, pessoalmente, não gostaria de fazer você passar por tudo isso. Porque o verdadeiro rato aqui é esse seu amigo. Me parece que esse cara, seja ele quem for, está esquecendo que você tem alguma coisa a respeito dele dos velhos tempos, certo? E está achando que não tem que garantir mais que você tenha os seus pequenos confortos. Só que isso é um erro. Aposto que você pode corrigir o cara, fazê-lo entender a situação.

A mula de Burny, seu cavalo velho, amoleceu e murchou como um balão furado, o que aumenta sua tristeza. Desde que entrou na sala desse escroque meloso, ele perdeu algo vital: uma sensação de propósito, uma noção de imunidade, uma superioridade. Ele quer voltar para a Casa Negra. A Casa Negra vai deixá-lo novamente em forma, pois a Casa Negra é magia, magia *sinistra*. A amargura de sua alma entrou na construção dela; a tristeza de seu coração infiltrou cada viga e cada trave.

O Sr. Munshun ajudou Burnside a ver as possibilidades da Casa Negra, e contribuiu com muitos toques de sua própria invenção. Há regiões da Casa Negra que Charles Burnside nunca entendeu realmente, e que o assustam, muito: uma ala subterrânea parece conter sua carreira secreta em Chicago, e quando chegava perto dessa parte da casa, ele podia ouvir os gemidos de súplica e os gritos pungentes de centenas de garotos condenados bem como seus próprios gritos de comando, seus gemidos de êxtase. Por uma razão qualquer, a proximidade de seus triunfos anteriores o fazia sentir-se pequeno e perseguido, um proscrito, em vez de um senhor. O Sr. Munshun o ajudara a se lembrar da escala de seu feito, mas o Sr. Munshun não tivera nenhuma utilidade com relação a outra região da Casa Negra, uma região pequena, um quarto na melhor das hipóteses, mais precisamente um cofre-forte, que abriga toda a sua infância, e que ele jamais visitou. A mera alusão a esse quarto faz Burny sentir-se como um recém-nascido deixado na rua para morrer congelado.

A notícia da defecção da fictícia Althea Burnside tem o mesmo efeito em versão menor. Isso é intolerável, e ele não precisa, na verdade, não pode suportar.

— É — ele diz. — Vamos pôr as coisas em pratos limpos. Vamos nos entender.

Ele levanta da cadeira, e um barulho que parece vir do centro de French Landing o faz andar rápido. É o gemido de sirenes da polícia, no mínimo duas, talvez três. Burny não sabe ao certo, mas supõe que Jack Sawyer tenha descoberto o corpo de seu amigo Henry, só que Henry não estava bem morto e conseguiu dizer que reconhecera a voz do assassino. Então Jack ligou para a delegacia e aí estamos.

Seu próximo passo o leva para a frente da mesa. Ele olha para os papéis ali em cima e na mesma hora capta o que significam.

— Corrigindo a escrita, hein? Além de babaca, você é um mutreteiro.

Num espaço de tempo mínimo, a cara de Chipper Maxton registra uma gama incrível de sentimentos. Ira, surpresa, confusão, orgulho ferido, raiva e incredulidade cruzam a paisagem de suas feições enquanto Burny põe a mão atrás das costas e pega a tesoura de jardim. No escritório, ela parece mais agressiva do que na sala de estar de Henry Leyden.

A Chipper, as lâminas parecem do tamanho de uma foice. E quando tira os olhos delas e olha para o velho em pé à sua frente, Chipper vê um rosto mais demoníaco que humano. Os olhos de Burnside brilham vermelhos, e seus lábios se arregaçam mostrando dentes pavorosos, brilhando como cacos de espelho.

— Para trás, amigo — grita Chipper. — A polícia está praticamente no saguão.

— Não sou surdo.

Burny enfia uma lâmina na boca de Chipper e fecha-lhe a tesoura na bochecha suada. O sangue esguicha na mesa, e os olhos de Chipper se arregalam. Burny dá um puxão na tesoura, e vários dentes e um pedaço da língua de Chipper voam da ferida arreganhada. Ele se levanta e se inclina à frente para pegar as lâminas. Burnside recua e decepa metade da mão direita de Chipper.

— *Poxa*, está afiada — diz ele.

Então Maxton dá a volta na mesa trôpego, espirrando sangue para todos os lados e urrando como um alce. Burny se esquiva, recua e crava a tesoura na protuberância embaixo da camisa social sobre a barriga de Chipper. Quando a puxa, Chipper cambaleia, geme e cai de joelhos. O sangue sai dele como de uma garrafa virada. Ele cai para a frente e se apoia nos cotovelos. Chipper Maxton não está achando mais graça; ele balança a cabeça e murmura algo que é uma súplica para ser deixado em paz. Um olho vermelho como um olho de boi revira-se para Charles Burnside e exprime em silêncio um desejo de misericórdia estranhamente impessoal.

— Mãe de Misericórdia — diz Burny —, este é o fim de Rico?

Que graça — ele não pensava neste filme* há anos. Rindo da própria inteligência, ele se debruça, posiciona as lâminas de ambos os lados do pescoço de Chipper e quase consegue cortar-lhe a cabeça.

As sirenes entram berrando na rua Queen. Logo policiais estarão correndo pela calçada; logo irromperão pelo saguão adentro. Burnside joga a tesoura nas costas largas de Chipper e lamenta não ter tempo para mijar no cadáver nem cagar na cabeça dele, mas o Sr. Munshun está resmungando sobre *horra, horra, horra.*

— Não sou burro, você não precisa me dizer — diz Burny.

Ele sai de mansinho do escritório e passa pelo cubículo da Srta. Vilas. Quando entra no saguão, pode ver as luzes piscando na capota de duas viaturas da polícia passando do outro lado da sebe. Elas param perto do lugar onde ele pôs pela primeira vez a mão em volta do pescoço esguio de menino de Tyler Marshall. Burny acelera um pouco o passo. Quando chega ao início do corredor da ala Margarida, dois policiais com cara de neném irrompem pela abertura da cerca.

Na galeria, Butch Yerxa está em pé esfregando a cara. Ele olha para Burnside e diz:

— O que aconteceu?

— Vá lá — diz Burny. — Leve-os ao escritório. Maxton está ferido.

---

* O filme em questão é *Little Caesar* (Alma no lodo), de Mervyn Leroy (1930), com Edward G. Robinson no papel de Rico. [N. da T.]

— Ferido? — Sem conseguir se mexer, Butch está olhando boquiaberto para as roupas ensanguentadas de Burnside e suas mãos pingando.
— Vá!

Butch vai tropeçando, e os dois jovens policiais entram correndo pela grande porta de vidro, da qual o cartaz de Rebecca Vilas foi retirado.

— O escritório! — berra Butch, apontando para a direita. — O chefe está ferido!

Enquanto Yerxa indica a porta do escritório apontando para a parede, Charles Burnside passa correndo por ele. Pouco depois, já entrou no banheiro masculino da ala Margarida e vai chispando para um dos cubículos.

E Jack Sawyer? Nós já sabemos. Isto é, sabemos que ele adormeceu num lugar receptivo entre o limite de um milharal e um morro do lado leste do Vale Noruega. Sabemos que seu corpo ficou mais leve, menos substancial, nebuloso. Que ficou vago e diáfano. Podemos supor que, antes de seu corpo ficar transparente, Jack entrou num certo sonho nutritivo. E neste sonho, podemos supor, um céu de um azul de ovo de sabiá sugere um espaço infinito para os habitantes de uma bela propriedade residencial em Roxbury Drive, Beverly Hills, na qual Jacky tem 6, 6, 6, ou 12, 12, 12 anos ou as duas idades ao mesmo tempo, e Papai tocava variações legais em sua corneta, corneta, corneta. ("Darn That Dream", Henry Shake poderia lhe dizer, é a última música em *Daddy Plays the Horn* de Dexter Gordon.) Naquele sonho, todo mundo foi viajar e ninguém foi a nenhum outro lugar, e um garoto viajante capturou um prêmio sensacional, e Lily Cavanaugh Sawyer capturou um abelhão num copo. Sorrindo, ela o levou até a porta de vaivém e o soltou. Então o abelhão viajou para longe, para a Lonjura, e enquanto viajava, mundos e mundos em seus cursos misteriosos tremiam e balançavam, e Jack também viajava em seu próprio curso misterioso para o azul infinito de ovo de sabiá e, na esteira precisa da abelha, voltou aos Territórios, onde estava dormindo num campo silencioso. Então, naquele mesmo sonho, Jack Sawyer, uma pessoa de menos de 12 anos e mais de 30, atarantado de tristeza e amor, é visitado durante o sono por uma certa mulher de olhar terno. E ela está deitada ao lado dele em sua cama de relva macia e o toma nos braços e o corpo agradecido dele conhece a felicidade de seu toque, de seu beijo, de sua profunda bênção. O que eles fazem, sozinhos, nos Territórios distantes, não é da nossa conta, mas unimos a bênção de Sophie à nossa própria e os deixamos, com a urgência mais delicada possível para o que, afinal de contas, é da conta *deles*, e abençoa esse menino e essa menina, esse homem e essa mulher, esse querido casal, como nada mais pode abençoar, nós, certamente, não.

A volta vem como deve vir, com os cheiros limpos e ricos de terra e milho, e o despertador de um galo cantando na fazenda dos primos de Gilbertson. Uma teia de aranha com gotas de orvalho brilhando prende o pé esquerdo do sapato de Jack a uma pedra coberta de musgo. Uma formiga passando pelo pulso direito de Jack carrega uma folha de grama que leva no V de sua dobra central uma gota brilhante e trêmula de água recém-fabricada. Sentindo-se tão maravilhosamente descansado como se também tivesse sido recém-criado, Jack tira a esforçada formiga do pulso e desvencilha o sapato da teia de aranha, e fica em pé. Gotas de orvalho faíscam em seu cabelo e em suas sobrancelhas. A 800 metros do campo, o prado de Henry rodeia a casa de Henry. Lírios-tigre estremecem com a fresca brisa matutina.

Lírios-tigre estremecem...

Quando ele vê o capô de sua picape despontando dos fundos da casa, tudo lhe volta. Ratinho, e a palavra dada a ele por Ratinho. A casa de Henry, o estúdio de Henry, sua mensagem final. A esta hora, toda a polícia e todos os investigadores terão ido embora, e a casa estará vazia, cheia de manchas de sangue. Dale Gilbertson — como provavelmente os policiais estaduais Brown e Black — estará procurando por ele. Jack não está interessado nos policiais estaduais, mas quer falar com Dale. Está na hora de inteirar Dale de alguns fatos espantosos. O que Jack tem a dizer a Dale vai lhe abrir os olhos, mas devemos lembrar o que John Wayne, o Duke, disse a Dean Martin sobre quebrar ovos e fazer omeletes. Nas palavras de Lily Cavanaugh, quando Duke falava, todo mundo *ouvia*, e Dale Gilbertson deve ouvir, pois Jack quer sua companhia fiel e decidida em sua viagem pela Casa Negra.

Passando pelo lado da casa de Henry, Jack leva as pontas dos dedos aos lábios e toca na madeira, transferindo o beijo. *Henry. Por todos os mundos, por Tyler Marshall, por Judy, por Sophie e por você, Henry Leyden.*

O celular na cabine da Ram indica ter três mensagens armazenadas, todas de Dale, que ele apaga sem ouvir. Em casa, a luz vermelha da secretária eletrônica pisca 4-4-4, repetindo-se com a insistência implacável de um recém-nascido com fome. Jack aperta o PLAYBACK. Quatro vezes, um Dale Gilbertson, cada vez mais infeliz, pergunta pelo paradeiro de seu amigo Jack Sawyer e comunica seu grande desejo de conversar com o mesmo cavalheiro, sobretudo a respeito do assassinato de seu tio e amigo em comum, Henry, mas não faria mal falar sobre o maldito *massacre* na Maxton, faria? E o nome Charles Burnside lhe lembra algo?

Jack olha o relógio em seu pulso e, achando que deve estar errado, olha para o da cozinha. O do pulso afinal está certo. São 5h42 e o galo continua cantando atrás do celeiro de Randy e Kent Gilbertson. De repente lhe bate um cansaço mais pesado que a força da gravidade. Alguém com certeza está tomando conta do telefone na rua Sumner, mas Dale também com certeza está dormindo em sua cama, e Jack só quer falar com Dale. Ele dá um grande bocejo, como um gato. O jornal ainda nem foi entregue!

Ele tira a jaqueta e joga-a numa cadeira, depois torna a bocejar, abrindo ainda mais a boca que antes. Talvez aquele milharal afinal de contas não fosse confortável: o pescoço de Jack parece pinçado, e suas costas doem. Ele sobe a escada, atira as roupas numa poltrona em seu quarto e cai na cama. Na parede em cima da poltrona está seu quadrinho ensolarado de Fairfield Porter, e Jack se lembra da reação de Dale diante dele, na noite em que desembalaram e penduraram todos os quadros. *Tudo bem,* Jack pensa, *se conseguirmos sair vivos da Casa Negra, dou-lhe o quadro. E vou obrigá-lo a levá-lo: ameaçarei cortá-lo em pedacinhos e queimá-lo no fogão se ele não levar. Direi a ele para dá-lo a Wendell Green!*

Seus olhos já estão fechando; ele afunda nos lençóis e desaparece deste mundo, embora desta vez não literalmente. Ele sonha.

Está descendo uma trilha difícil numa floresta, indo para um prédio em chamas. Animais e monstros se contorcem e berram dos dois lados, em geral não à vista, mas de vez em quando acenando com uma mão nodosa, uma cauda cheia de pontas, uma asa negra e esquelética.

Estas coisas, ele decepa com uma espada pesada. Seu braço dói, e seu corpo inteiro está cansado e dolorido. Ele está sangrando em algum lugar, mas não consegue ver nem sentir a ferida, apenas o movimento lento do sangue escorrendo na parte de trás de suas pernas. As pessoas que se encontravam com ele no começo da viagem morreram todas, e ele está — pode estar — morrendo. Ele gostaria de não estar sozinho, pois está aterrorizado.

O prédio em chamas fica cada vez mais alto à medida que ele se aproxima. Berros e gritos vêm de lá, e o prédio está rodeado por um perímetro de árvores mortas e chamuscadas e cinzas fumegando. Este perímetro se amplia a cada segundo, como se o prédio estivesse devorando a natureza toda, palmo a palmo. Tudo está perdido, e o prédio em chamas e a criatura sem alma que é seu dono e ao mesmo tempo seu prisioneiro triunfarão, mundo seco sem fim, amém. Din-tá, a grande fornalha, comendo tudo o que vê pela frente.

As árvores à sua direita envergam e contorcem seus galhos queixosos, e uma grande agitação acontece nas folhas escuras e pontiagudas. Gemendo, os troncos enormes se curvam, e os galhos se entrelaçam uns nos outros como cobras, criando uma parede maciça de folhas cinza e pontiagudas. Dessa parede emerge, com uma lentidão terrível, a impressão de uma cara descarnada e ossuda. Com 1,50m do alto do crânio ao queixo, a cara se projeta apoiada na camada de folhas, indo de um lado para o outro à procura de Jack.

A cara é tudo que já o apavorou, machucou, lhe desejou mal, seja neste mundo ou nos Territórios. A carantonha lembra vagamente um monstro humano chamado Elroy que uma vez tentou estuprar Jack num bar miserável chamado Oatley Tap, depois sugere Morgan de Orris, depois Sunlight Gardener, depois Charles Burnside, mas à medida que continua sua busca cega de um lado para o outro, ela sugere todas essas caras malignas superpostas e transformando-se em uma. Um medo absoluto deixa Jack petrificado.

A cara se projetando da massa de folhas procura o caminho para baixo, depois vira e para seu movimento constante e serpeante de um lado para o outro. Está apontada diretamente para ele. Os olhos cegos o veem, o nariz sem narinas o cheira. Um frêmito de prazer percorre as folhas, e a cara avança, ficando cada vez maior. Sem conseguir se mexer, Jack olha por cima do ombro para ver um homem em estado de putrefação apoiar-se numa cama estreita. O homem abre a boca e grita: *"D'YAMBA!"*

O coração aos pulos, um grito morrendo antes de deixar sua garganta, Jack pula da cama e levanta antes de constatar completamente que acordou de um sonho. Seu corpo todo parece trêmulo. O suor lhe escorre da testa e lhe molha o peito. Aos poucos, o tremor passa, à medida que ele compreende o que está realmente em volta dele: não uma cara gigantesca surgindo de uma feia parede de folhas, mas os limites familiares de seu quarto. Pendurado na parede em frente, há um quadro que ele pretende dar para Dale Gilbertson. Ele enxuga o rosto e se acalma. Precisa de um banho. Seu relógio lhe diz que agora são 9h47. Ele dormiu quatro horas, e é hora de se organizar.

Quarenta e cinco minutos depois, de banho tomado, vestido e alimentado, Jack liga para a delegacia e pede para falar com o chefe Gilbertson. Às 11h25, ele e um Dale dúbio e agora educado — um Dale que está louco para ver alguma prova da história louca do amigo — saem do carro do chefe estacionado embaixo da única árvore do estacionamento do Sand Bar e atravessam o asfalto quente passando por duas Harleys estacionadas, e se encaminham para a entrada dos fundos.

PARTE IV

A CASA NEGRA E MAIS ALÉM

Capítulo Vinte e Seis

Já tivemos nossa conversinha sobre *resvalamento*, e está muito tarde para criticar o assunto mais que um pouco, mas você não diria que a maioria das casas é uma tentativa de conter o resvalamento? De impor no mundo pelo menos uma ilusão de normalidade e sanidade? Pense na Vila da Liberdade, com seus nomes piegas mas carinhosos — Camelot e Avalon e alameda Sta. Marian. E pense na gracinha de casa na Vila da Liberdade onde Fred e Judy e Tyler Marshall moraram juntos. De que mais você poderia chamar a casa número 16 da alameda Robin Hood senão de uma ode ao corriqueiro, um hino ao prosaico? Poderíamos dizer o mesmo da casa de Gilbertson, ou de Jack, ou de Henry, não? Da maioria das casas nos arredores de French Landing, na verdade. O furacão destruidor que varreu a cidade não muda o fato de que as casas são muralhas corajosas contra o resvalamento, tão nobres quanto humildes. São lugares de sanidade.

A Casa Negra — como a Hill House de Shirley Jackson, como a monstruosidade da virada do século em Seattle conhecida como Rose Red* — *não* é sadia. Não é inteiramente deste mundo. É difícil de olhar de fora — os olhos ficam sempre pregando peças —, mas se a pessoa *conseguir* firmar a vista por alguns segundos, vê uma residência de três andares de tamanho perfeitamente normal. A cor é inusitada, sim — o exterior todo preto, até as janelas pintadas de preto —, e ela tem um aspecto acachapado e inclinado que despertaria ideias inquietantes sobre sua integridade estrutural, mas se a pessoa pudesse apreciá-la despida do glamour daqueles outros mundos, ela pareceria quase tão comum quanto a casa de Fred e Judy... se não tão bem conservada.

Por dentro, no entanto, é diferente.

Por dentro, a Casa Negra é *grande*.

---

* Filme de Craig R. Baxley com roteiro de Stephen King (2002). [N. da T.]

A Casa Negra é, na verdade, quase infinita.

Certamente não é lugar para a pessoa se perder, embora ocasionalmente isso aconteça — vagabundos e às vezes uma infeliz criança fujona, bem como vítimas de Charles Burnside-Carl Bierstone —, e há relíquias aqui e ali marcando sua passagem: trapos de roupa, tristes arranhões nas paredes de quartos gigantescos com dimensões estranhas, uma pilha de ossos de vez em quando. Aqui e ali, o visitante pode ver uma caveira, como as que iam dar nas barrancas do rio Hanover durante o reinado de terror de Fritz Haarman no início da década de 1920.

Este não é um lugar onde a pessoa queira se perder.

Vamos passar pelos quartos e cantinhos e corredores e frestas, com a segurança de saber que podemos voltar ao mundo exterior, o mesmo mundo antirresvalamento, sempre que quisermos (e no entanto continuamos inquietos ao passar por lances de escada que parecem quase intermináveis e por corredores que viram um ponto ao longe). Ouvimos um eterno zumbido baixo e o barulho fraco de mecanismos estranhos. Ouvimos o assobio idiota de um vento constante, seja do lado de fora ou nos andares acima e abaixo de nós. Às vezes ouvimos um latido baixo de cão de caça que, sem dúvida, é o cão-diabo do abalá, o que matou o pobre velho Ratinho. Às vezes ouvimos o grasnido sardônico de um corvo e entendemos que Gorg está aqui, também — em algum lugar.

Passamos por salas destruídas e salas ainda mobiliadas com um esplendor pálido e decadente. Muitas delas certamente são maiores do que a casa inteira em que se escondem. E acabamos chegando a uma humilde sala de estar, mobiliada com um sofá de crina antigo e poltronas de veludo vermelho desbotado. Sente-se um cheiro de comida sendo preparada com estardalhaço. (Ali por perto há uma cozinha que jamais devemos visitar... isto é, se quisermos dormir sem tornar a ter pesadelos.) A parte elétrica da casa tem no mínimo 70 anos. Como é possível isso, perguntamos, se a Casa Negra foi construída na década de 1970? A resposta é simples: grande parte da Casa Negra — *a maior parte* — é muito mais antiga. As cortinas nesta sala são pesadas e desbotadas. A não ser pelos novos recortes amarelados que foram colados ao velho papel de parede verde, é uma sala que não estaria deslocada no andar térreo do Hotel Nelson. É um lugar sinistro e ao mesmo tempo estranhamente banal, um espelho de acordo com a imaginação do velho monstro que se escondeu aqui, que está dormindo no sofá de crina com a frente da camisa ganhando um vermelho sinistro. A Casa Negra não é dele, embora em sua grandiosidade patológica ele pense diferente (e o Sr. Munshun não o desengane). Esta sala, no entanto, é.

Os recortes em volta dele nos dizem tudo o que precisamos saber das fascinações letais de Charles "Chapa" Burnside.

SIM, EU A COMI, DECLARA FISH: *New York Herald Tribune*

COLEGA DE BILLY GAFFNEY DECLARA — "FOI O HOMEM CINZA QUE LEVOU BILLY, FOI O BICHO-PAPÃO": *World Telegram* de Nova York

SEGUE HORROR DE GRACE BUDD: FISH CONFESSA!: *Long Island Star*

FISH ADMITE TER "ASSADO E COMIDO" WM GAFFNEY: *New York American*

FRITZ HAARMAN, O "AÇOUGUERO DE HANOVER", EXECUTADO POR 24 ASSASSINATOS: *World* de Nova York

LOBISOMEM DECLARA: "FUI MOVIDO POR AMOR, NÃO POR LUXÚRIA." HAARMAN MORRE SEM SE ARREPENDER: *The Guardian*

ÚLTIMA CARTA DO CANIBAL DE HANOVER: "NÃO PODEM ME MATAR, ESTAREI ENTRE VOCÊS PARA SEMPRE": *World* de Nova York

    Wendell Green *adoraria* isso, não?
    E há mais. Valha-nos Deus, há muito mais. Até Jeffrey Dahmer está aqui, declarando EU QUERIA ZUMBIS.
    A figura no sofá começa a gemer e a se mexer.
    — *Agorte, Burny!*
    Isso parece vir do ar, não de sua boca... embora seus lábios se movam, como os de um ventríloquo de segunda categoria.
    Burny geme. Sua cabeça vira para a esquerda.
    — Não... precisa dormir. Tudo... dói.
    A cabeça vira para a direita num gesto de negação e o Sr. Munshun torna a falar.

— *Agorte, eles fão chegar. Focê brezissa mutar o carrodo teles te lucar.*

A cabeça vira para o outro lado. Dormindo, Burny acha que o Sr. Munshun continua a salvo dentro de sua cabeça. Ele esqueceu que as coisas são diferentes aqui na Casa Negra. Burny tolo, agora prestes a se tornar inútil! Mas ainda não exatamente neste ponto.

— Não pode... me deixar em paz... barriga dói... o cego... porra do cego me feriu na barriga...

Mas a cabeça vira para o outro lado e a voz torna a falar do ar ao lado da orelha direita de Burny. Burny luta com ela, sem querer despertar e encarar todo o feroz impacto da dor. O cego o feriu *muito* mais seriamente do que ele pensou na hora, no calor do momento. Burny insiste para a voz tenaz que o garoto está a salvo onde se encontra, que eles nunca vão achá-lo mesmo se conseguirem ter acesso à Casa Negra, que vão se perder em suas entranhas desconhecidas de salas e galerias e vão vagar até enlouquecer e depois morrer. O Sr. Munshun, porém, sabe que um deles é diferente de todos os que já passaram por ali. Jack Sawyer conhece o infinito, e isso o torna um problema. O garoto precisa ser tirado pelos fundos e levado para o Fim-do-mundo, para a própria sombra de Din-tá, a grande fornalha. O Sr. Munshun diz a Burny que talvez ele ainda possa comer um pouco do garoto antes de entregá-lo ao abalá, mas ali não. Muito perigoso. Sinto muito.

Burny continua a protestar, mas esta é uma batalha que ele não vai vencer, e sabemos disso. O ar viciado de carne cozida da sala já começa a mudar e girar quando o dono da voz chega. Primeiro vemos um redemoinho preto, depois um borrão vermelho — uma echarpe — e aí o início de uma cara branca incrivelmente comprida, que é dominada por um único olho preto de tubarão. Este é o *verdadeiro* Sr. Munshun, a criatura que só pode viver dentro da cabeça de Burny fora da Casa Negra e de seus arredores encantados. Ele logo estará inteiramente ali, puxará Burny até acordá-lo (vai torturá-lo até acordá-lo, se necessário), e usará Burny até ainda haver alguma coisa para a qual ele sirva. Pois o Sr. Munshun não pode mudar Ty de sua cela na Casa Negra.

Quando ele estiver no Fim-do-mundo — no Sheol de Burny —, as coisas serão diferentes.

Afinal Burny abre os olhos. Suas mãos nodosas, que derramaram tanto sangue, agora procuram sentir a umidade de seu próprio sangue passando para sua camisa. Ele olha, vê a mancha que se formou ali e deixa escapar um grito de horror e covardia. Não lhe parece justo que, após ter assassinado tantas crianças, ele fosse mortalmente ferido por um cego; parece-lhe terrível, injusto.

Pela primeira vez ocorre-lhe uma ideia *extremamente* desagradável: e se ainda tiver que pagar mais por tudo o que fez durante sua longa carreira? Ele viu o Fim-do-mundo; viu a estrada Congro, que vai serpeando por ali até Din-tá. A paisagem seca, em chamas, em volta da estrada Congro parece o inferno, e certamente An-tak, a Grande Combinação, é o próprio inferno. E se um lugar desses estiver esperando por ele? E se...

Ele sente uma dor horrível e paralisante na barriga. O Sr. Munshun, agora quase totalmente materializado, enfiou uma mão fumarenta, não totalmente transparente, na ferida que Henry fez com o canivete.

Burny grita. Lágrimas escorrem pelo rosto do velho infanticida.

— *Não me machuque.*

— Endão faza o que eu manto.

— *Não posso* — Burny choraminga. — Estou morrendo. Veja este sangue todo! Acha que posso superar uma coisa como esta? *Tenho 85 anos, porra!*

— Está encrossanto, Burn-Burn... mas tem agueles to oudro lato que botem gurrar as suas verritas.

O Sr. Munshun, como a própria Casa Negra, é difícil de ver. Ele entra e sai de foco. Às vezes, aquela cara terrivelmente comprida (ela esconde quase todo o seu corpo, como a cabeça inchada de uma caricatura que aparece nos jornais na página ao lado do editorial) tem dois olhos, às vezes só um. Às vezes, parece que, de seu crânio distendido, sobem tufos emaranhados de cabelo cor de laranja, e às vezes, o Sr. Munshun parece ser tão calvo como Yul Brynner. Só os lábios vermelhos e as presas pontiagudas que se escondem dentro deles permanecem bastante constantes.

Burny olha o cúmplice com alguma esperança. Suas mãos, enquanto isso, continuam explorando sua barriga, que agora está dura e encaroçada. Ele desconfia que os caroços sejam coágulos. Ah, ele ter sido ferido tão seriamente! Isso não era para acontecer! Não era para acontecer nunca! Ele devia estar protegido! Devia...

— Nem é imbossífel — diz o Sr. Munshun — os anos serrem dirratos de focê assim como a betrra foi dirrata ta dumpa de Xesus Grisdo.

— Voltar a ser jovem — diz Burny, e dá um suspiro baixo e áspero. Seu hálito fede a sangue e dejetos. — Sim, eu gostaria disso.

— Glarro! E essas goissas são bossífeis — diz o Sr. Munshun balançando a cara grotescamente instável. — Esses bressendes são parra o apalá tar. Mas eles não são bromeditos, Charles, meu munshinho, mas eu *posso* lhe bromeder uma goissa.

A criatura de terno preto e echarpe vermelha dá um pulo à frente com uma agilidade terrível. Sua mão esguia torna a entrar subitamente na camisa de Burnside, e desta vez se cerra e provoca uma dor mais forte do que qualquer dor que o velho monstro jamais sonhou na vida... embora tenha feito os inocentes padecerem tanto ou mais.

A fisionomia fétida do Sr. Munshun sobe para a de Burny. O olho único brilha.

— Está sendinto, Burny? Está sendinto, seu saco felho e misserráfel te zuxeirra e trisdessa? Ho-ho, ha-ha, *glarro* que está! São seus indestinos que tenho na mão! E se focê não se mexer acorra, *schwinhund,* fou arrangá-los desse seu corpo, ho-ho, ha-ha, e enrolá-los no seu besgozo! Focê fai morrer zabento que está se zufogando com seus bróbrios *indestinos*! Um truque que abrenti com o bróbrio Fritz, Fritz Haarman, que era tão chofem e simbádigo! Acorra! O que tiz? Fai tracê-lo ou fai *zufocar?*

— *Eu trago!* — grita Burny. — *Eu trago o menino, mas pare, pare, você está me dilacerando!*

— Lefe-o à telecazia. A *telegazia,* Burn-Burn. Este não é parra os purragos de rato, as tocas de raposa, nem parra a Compinazão. Nata de pecinhos sancranto parra Dyler; ele trapalha parra o apalá tele com *isso.*

Um dedo comprido, tendo na ponta uma unha preta brutal, vai até a enorme testa e bate ali acima dos olhos (por enquanto, Burny vê dois olhos, e depois o segundo torna a desaparecer).

— Ententeu?

— *Sim! Sim!*

Suas entranhas estão em fogo. E a mão em sua camisa se contorce sem parar.

A terrível autoestrada da cara do Sr. Munshun paira à sua frente.

— A *telecazia,* parra onte focê lefou os outros especiais.

— SIM!

O Sr. Munshun solta. Recua. Felizmente para Burny, ele está começando a ficar novamente sem substância, a desincorporar. Recortes amarelados surgem não atrás dele, mas *através* dele. No entanto, o olho único paira no ar acima do borrão mais pálido da echarpe.

— Zertifique-ze de que ele estecha ussanto o poné. Zopreduto esse dem que ussar o poné.

Burnside faz que sim com a cabeça ansiosamente. Ele ainda recende levemente a perfume My Sin.

— O boné, sim, eu tenho o boné.

— Guitato, Burny. Focê é felho e está verrito. O carrodo é chovem e está tesesberrato. Se focê teixá-lo fuchir...

Apesar da dor, Burny sorri. Uma das crianças fugindo *dele*! Mesmo uma das especiais! Que ideia!

— *Não se preocupe* — ele diz. — *Mas se... falar com ele... com o Abalá-dum... diga a ele que ainda não morri. Se fizer com que eu melhore, ele não vai se arrepender. E se fizer com que eu seja jovem de novo, eu lhe trarei mil jovens. Mil Sapadores.*

Sumindo cada vez mais. Agora o Sr. Munshun é de novo apenas um reflexo, uma perturbação leitosa no ar da sala de Burny no fundo da casa que ele um dia abandonou pela Maxton. Quando percebeu que realmente precisava de alguém para cuidar dele em seu crepúsculo.

— Traca-o só tessa *fez*, Burn-Burn. Traca-o só tessa fez, e focê serrá regombenzato.

O Sr. Munshun se foi. Burny levanta e se debruça no sofá de crina. Fazer isso lhe esprime a barriga, e a dor resultante o faz gritar, mas ele não para. Procura no escuro e puxa uma sacola de couro preto arranhada. Segura-a pela boca e sai da sala, mancando e segurando a barriga distendida que não para de sangrar.

E Tyler Marshall, que nessas páginas todas foi pouco mais que um rumor? Quão seriamente ele foi ferido? Quão assustado está? Conseguiu conservar o juízo?

Quanto a seu estado físico, ele teve uma concussão, mas ela já está sarando. Fora isso, o Pescador não fez mais nada senão lhe acariciar o braço e as nádegas (uma sensação arrepiante que fez Tyler pensar na bruxa de *João e Maria*). Quanto ao mental... vocês ficariam chocados de ouvir que, enquanto o Sr. Munshun está incitando Burny, o filho de Fred e Judy está *feliz*?

Está. Ele está feliz. E por que não? Está em Miller Park.

Os Milwaukee Brewers confundiram todos os especialistas este ano, todos os catastrofistas que proclamaram que, no Quatro de Julho, eles estariam na lanterna. Bem, ainda é relativamente cedo, mas o Quatro de Julho já passou e o Brew Crew voltou ao Miller empatado com o Cincinnati em primeiro lugar. Eles têm uma boa chance, em grande parte graças ao taco de Richie Sexson, que passou dos Cleveland Indians para os Milwaukee e que andava "realmente jogando o fino", na terminologia pungente de George Rathbun.

Eles têm uma boa chance, e *Ty está no jogo! EXCELENTE!* Não só está lá, como conseguiu uma cadeira na primeira fila. Ao lado dele — grande, suando, vermelho, uma cerveja Kingsland na mão e outra guardada embaixo da cadeira para uma emergência — está o Magnífico George em pessoa, gritando a plenos pulmões. Jeromy Burnitz, dos Brewers, acabou de ser chamado à primeira numa jogada violenta, e embora não haja dúvida de que o jogador do Cincinnati colocado perto da segunda base segurou bem a bola e livrou-se logo dela, também não há dúvida (pelo menos na mente de George Rathbun) de que Burnitz estava certo! Ele sobe no crepúsculo, sua careca brilhando sob um céu docemente arroxeado, a espuma da cerveja a lhe escorrer pelo braço levantado, os olhos azuis cintilando (dá para ver que ele enxerga muito com esses olhos, quase tudo) e Ty espera por isso, todos eles esperam por isso, e lá está, aquele avatar de verão no condado de Coulee, aquele berro maravilhoso que significa que está tudo bem, o terror foi renegado e o resvalamento foi cancelado.

— *VAMOS, ÁRBITRO, DÁ UM TEMPO! DÁ UM TEMPO! ATÉ UM CEGO PODERIA VER QUE ELE ESTAVA CERTO!*

A multidão do lado da primeira base fica louca ao ouvir esse brado, não mais que as cerca de 14 pessoas sentadas atrás da faixa onde se lê MILLER PARK SAÚDA GEORGE RATHBUN E OS VENCEDORES DESTE ANO DO CONCURSO KDCU BREWER. Ty está pulando, rindo e agitando o boné dos Brewers. O que torna isso duplamente excelente é que ele se esqueceu de se inscrever no concurso este ano. Ele acha que seu pai (ou talvez sua mãe) se inscreveu por ele... e ele ganhou! Não o grande prêmio, que era ser o responsável pelo equipamento dos Brewers durante toda a série Cincinnati, mas o que ele ganhou (isto é, além dessa excelente cadeira com os outros vencedores) é, na opinião dele, ainda melhor. Naturalmente Richie Sexson não é Mark McGwire — *ninguém* consegue bater na bola como Big Mac —, mas Sexson foi um assombro para os Brewers este ano, simplesmente um *assombro*, e Tyler Marshall ganhou...

Alguém está sacudindo seu pé.

Ty tenta se desvencilhar, sem querer perder o sonho (este refúgio extraordinário do horror que lhe aconteceu), mas a mão é implacável. Sacode. Sacode, sacode.

— Agorte — rosna uma voz, e o sonho começa a escurecer.

George Rathbun vira-se para Ty, e o menino vê uma coisa espantosa, os olhos que ainda há pouco eram de um azul tão profundo e perspicaz ficaram baços e leitosos. *Cruzes, ele é* cego, pensa Ty. *George Rathbun é mesmo um...*

— Agorte — a voz grossa diz.

Agora está mais perto. Num instante, o sonho se apagará totalmente. Antes que isso aconteça, George fala com ele. A voz é calma, totalmente diferente do grito costumeiro do locutor esportivo.

— O socorro está vindo — ele diz. — Então fique calmo, seu gatinho. Fique...

— Agorte, seu merda!

A pressão em seu tornozelo é fortíssima, paralisante. Com um grito de protesto, Ty abre os olhos. É assim que ele volta para o mundo, e para a nossa história.

Ele se lembra de onde está quase de imediato. É uma cela com barras de ferro cinza-avermelhado no meio de um corredor de pedra iluminado com lâmpadas cobertas de teias de aranha. Há um prato de ensopado num canto. No outro, um balde dentro do qual ele deve mijar (ou fazer cocô se precisar fazer — até agora, não precisou, ainda bem). A única outra coisa no quarto é um colchonete velho e sujo do qual Burny acabou de arrastá-lo.

— Está bem — diz Burny. — Afinal acordado. Ótimo. Agora, levante-se. De pé, babaca. Não tenho tempo para me meter com você.

Tyler se levanta. Tem uma vertigem e põe a mão no cocuruto. Sente ali um galo recoberto por uma crosta. Quando encosta no local, a dor se irradia até as mandíbulas, que se cerram. Mas a dor também afasta a vertigem. Ele olha para sua mão. Há partículas de casca de ferida e sangue seco ali. *Foi onde ele me bateu com o raio daquela pedra dele. Se fosse com mais força, eu estaria tocando harpa.*

Mas o velho também foi ferido de alguma forma. Sua camisa está toda ensanguentada; sua cara enrugada de ogró está macilenta e abatida. Atrás dele, a porta da cela está aberta. Ty calcula a distância até a galeria, esperando não estar fazendo isso de forma muito óbvia. Mas Burny já está neste jogo há muito tempo. Xá tefe mais to que um bediz tentanto fuchir com seus becinhos ensanquentatos, ho ho.

Ele enfia a mão na sacola e tira um aparelho preto com um cabo de pistola e um bico de aço inoxidável.

— Sabe o que é isso, Tyler? — pergunta Burny.

— Uma Taser — diz Ty. — Não é?

Burny ri, revelando os tocos de dente.

— Garoto esperto! Um garoto que vê tevê, garanto. É uma Taser, sim. Mas de um tipo especial: derruba uma vaca a 30 metros. Entende? Tente correr, garoto, e derrubo você como um tonel de tijolos. Venha cá fora.

Ty sai da cela. Ele sabe aonde esse homem medonho pretende levá--lo, mas já é um certo alívio livrar-se da cela. O colchonete era o pior. Ele sabe, de alguma forma, que não foi o único garoto a chorar até adormecer nele com o coração doendo e um galo na cabeça dolorida, nem o 10º.

Nem, provavelmente, o 50º.

— Vire à esquerda.

Ty vira. Agora o velho está atrás dele. Um instante depois, ele sente os dedos ossudos apertarem o lado direito de seu traseiro. Não é a primeira vez que o velho faz isso (cada vez que acontece, o menino se lembra da bruxa em *João e Maria*, pedindo que as crianças perdidas botem o braço para fora da gaiola), mas desta vez a pressão é diferente. Mais fraca.

Morra logo, Ty pensa, e o pensamento — sua calma fria — é muito, muito Judy. *Morra logo, velho, para eu não ter que morrer.*

— Esta é minha — diz o velho... mas parece estar sem fôlego, já não muito seguro de si. — Vou assar a metade, e fritar o resto. Com *bacon*.

— Acho que você não vai conseguir comer muito — diz Ty, surpreso com a calma em sua voz. — Parece que ventilaram sua barriga leg...

Há um estalo, acompanhado de um ardor agitado em seu ombro esquerdo. Ty grita e se encosta na parede do outro lado do corredor em frente à sua cela, tentando apertar o local ferido, tentando não chorar, tentando agarrar-se só um pouquinho ao seu belo sonho de estar no jogo com George Rathbun e os outros vencedores do concurso KDCU Brewer. Ele sabe que realmente se esqueceu de se inscrever este ano, mas, em sonhos, estas coisas não importam. É isso que é tão lindo neles.

Ah, mas está doendo *muito*. E apesar de todos os seus esforços — toda a Judy Marshall que há nele —, as lágrimas começam a correr.

— Quer outro? — arfa o velho. Ele parece doente e histérico, e até um garoto da idade de Ty sabe que esta é uma combinação perigosa. — Quer outro? Só para dar sorte?

— Não — arfa Ty. — Não me bata de novo, por favor.

— Então vá andando! E chega de piadinhas!

Ty começa a andar. Está ouvindo um barulho de água caindo em algum lugar. E, muito baixinho, o grasnido de um corvo — provavelmente o mesmo que o enrolou, e como ele gostaria de ter a .22 de Ebbie e dar um tiro naquelas penas pretas luzidias e más. O mundo externo parece a anos-luz de distância. Mas George Rathbun disse-lhe que o socorro estava a caminho, e às vezes as coisas que você ouve em sonho se realizam. Sua própria mãe lhe disse isso uma vez, e muito antes de ter começado a ficar ruim da cabeça, também.

Eles chegam a uma escada em caracol que parece nunca mais parar de descer. Lá de baixo, sobe um cheiro de enxofre e carne assada. Baixinho, ele ouve o que podem ser gritos e gemidos. O barulho de mecanismo está mais alto. Há estalos sinistros que podem ser correias de transmissão e correntes.

Ty faz uma pausa, pensando que o velho não vai tornar a bater nele a menos que seja indispensável. Porque Ty pode rolar esta longa escada em caracol. Pode bater com a cabeça no lugar que o velho já acertou com a pedra, ou quebrar o pescoço, ou cair pela lateral. E o velho o quer vivo, pelo menos por hora. Ty não sabe por quê, mas sabe que sua intuição é verdadeira.

— Aonde estamos indo, moço?

— Você vai descobrir — diz Burny com sua voz curta, sem fôlego. — E se acha que não ouso lhe bater enquanto estivermos na escada, meu amiguinho, você está errado. Agora, vá andando.

Tyler Marshall vai descendo a escada, passando por vastas galerias e balcões, rodando e descendo, rodando e descendo. Às vezes sente-se um cheiro de repolho podre. Às vezes, de velas queimadas. Às vezes, de mofo podre. Ele conta 150 degraus, depois para de contar. Suas coxas estão ardendo. Atrás dele, o velho está arfando, e por duas vezes tropeça, praguejando e segurando o corrimão antigo.

Caia, velho, Ty cantarola mentalmente. *Caia e morra, caia e morra.*

Mas, afinal, eles estão lá embaixo. Chegam a uma sala redonda com um teto de vidro sujo. No alto, há um céu cinza pendurado como uma sacola suja. Há plantas escapando de vasos quebrados, enviando tentáculos gulosos por um chão de tijolos quebrados cor de laranja. À frente, duas portas — portas-janelas, Ty acha que se chamam — estão abertas. Passando as portas, há um pátio caindo aos pedaços cercado por árvores antigas. Algumas são palmeiras. Algumas, aquelas com as grossas raízes aéreas, podem ser figueiras-bravas. Outras, ele não sabe. De uma coisa ele tem certeza: não estão mais em Wisconsin.

No pátio, está um objeto que ele conhece muito bem. Algo de seu próprio mundo. Os olhos de Tyler Marshall ficam marejados diante daquela visão, que é quase a visão de uma cara conhecida num lugar totalmente estranho.

— Pare, seu macaco. — O velho parece sem fôlego. — Vire para cá.

Quando faz isso, Tyler tem a satisfação de ver que a mancha na camisa do velho ficou maior. Riscas de sangue agora se estendem para seus ombros, e o cós de seu folgado jeans azul ficou preto. Mas a mão segurando a Taser está firme como uma rocha.

Que Deus o amaldiçoe, Tyler pensa. *Que Deus o amaldiçoe com o inferno.*

O velho pôs a sacola numa mesinha. Ele simplesmente fica parado onde está, recobrando o fôlego. Depois, procura no saco (algo ali dá um estalo metálico fraco) e tira um boné marrom. É do tipo que caras como Sean Connery às vezes usam nos filmes. O velho estende o boné.

— Ponha isso. E se tentar agarrar minha mão, bato em você.

Tyler pega o chapéu. Seus dedos, esperando a textura da camurça, se surpreendem com algo metálico, quase como folha de flandres. Ele sente um zumbido desagradável na mão, como uma versão amena do tranco da Taser. Ele olha para o velho suplicando.

— Tenho que fazer isso?

Burny levanta a Taser e arreganha os dentes num sorriso silencioso. Com relutância, Ty põe o boné.

Desta vez, o zumbido enche sua cabeça. Por um momento, ele não consegue pensar... e aí essa impressão passa, deixando-o com uma estranha sensação de fraqueza nos músculos e com as têmporas latejando.

— Meninos especiais precisam de brinquedos especiais — diz Burny, e sai *meninos esbeziais, pringuedos esbeziais.* Como sempre, o sotaque ridículo do Sr. Munshun se apagou um pouco, aumentando aquele toque do sul de Chicago que Henry detectou na fita do 911. — *Agora* podemos sair.

Porque de boné, estou a salvo, Ty pensa, mas a ideia se desfaz e vai embora quase na mesma hora que vem. Ele tenta pensar em seu nome do meio, mas se dá conta de que não consegue. Tenta pensar no nome do corvo mau e também não consegue — seria alguma coisa como Corgi? Não, isso é uma raça de cachorro. O boné o está confundindo, ele percebe, e é isso que *deve* fazer.

Agora eles entram no pátio pelas portas abertas. O ar está perfumado com o cheiro das árvores e dos arbustos que cercam a parte dos fundos da Casa Negra, um cheiro pesado e enjoativo. *Encorpado,* de certa forma. O céu cinza parece quase tão baixo que pode ser tocado. Ty sente cheiro de enxofre e algo amargo, elétrico e suculento. O barulho de máquinas é muito mais alto ali.

A coisa que Ty reconheceu nos tijolos quebrados é um carrinho de golfe. O modelo Tiger Woods.

— Meu pai vende esses carrinhos — diz Ty. — Na Goltz's, onde ele trabalha.

— De onde acha que esse veio, babaca? Entre. Sente na direção.

Ty olha para ele, espantado. Seus olhos azuis, talvez graças ao efeito do boné, ficaram injetados de sangue e um tanto confusos.

— Não tenho idade para dirigir.

— Ah, não vai ter problema. Um *bebê* poderia dirigir este bebê. Sente na direção.

Ty obedece. Na verdade, ele já dirigiu um carro desses no estacionamento da Goltz's, com o pai vigilante sentado no banco do carona. Agora, o velho medonho está se instalando nesse mesmo lugar, gemendo e segurando a barriga perfurada. A Taser está na outra mão, porém, e o bico de aço continua apontado para Ty.

A chave está na ignição. Ty gira-a. Ouve-se um clique na bateria embaixo deles. A luz do painel onde se lê CARGA está verde. Agora ele só precisa pisar no acelerador. E dirigir, claro.

— Por enquanto está bom — diz o velho. Ele tira a mão direita do ventre e aponta com um dedo sujo de sangue. Ty vê um caminho de cascalho desbotado. Antigamente, antes que as árvores e a vegetação tomassem conta dali, aquilo provavelmente era uma via particular, de saída da área da casa. — Agora vá. E vá devagar. Se correr, acerto você. Tente bater com o carro e lhe quebro o pulso. Aí você pode dirigir com uma mão só.

Ty pisa no acelerador. O carrinho de golfe faz um movimento brusco. O velho leva um tranco, pragueja e aponta a Taser ameaçadoramente.

— Seria mais fácil se eu pudesse tirar o boné — diz Ty. — Por favor, tenho certeza que se o senhor só me deixasse...

— Não! O boné fica! *Dirija!*

Ty acelera devagar. O carrinho atravessa o pátio, os pneus de borracha novos em folha amassando cacos de tijolos. Há um desnível quando eles passam do pavimento para a rampa de acesso. Folhas pesadas — parecem molhadas, suadas — roçam os braços de Tyler. Ele se encolhe. O carrinho de golfe dá uma guinada. Burny espeta a Taser no garoto, rosnando.

— Da próxima vez você vai ver o que é bom! É uma promessa!

Uma cobra atravessa serpeando o cascalho tomado pelo mato, e Ty dá um gritinho através dos dentes cerrados. Ele não gosta de cobras, nem quis tocar na inofensiva cobra verde que a Sra. Locher levou para a escola, e essa coisa é do tamanho de uma jiboia, com olhos de rubi e presas que deixam sua boca aberta num perpétuo sorriso agressivo.

— Vá! Dirija!

A Taser sendo agitada em sua cara. O boné zumbindo baixinho em seus ouvidos. *Atrás* de seus ouvidos.

O caminho vira para a esquerda. Um tipo de árvore carregada com o que parecem tentáculos inclina-se sobre eles. As pontas dos tentáculos fazem cócegas nos ombros de Ty e em sua nuca arrepiada e de cabelo em pé.

Nosso carrodo...

Ele ouve isso em sua cabeça, apesar do boné. O som é fraco, distante, mas está ali.

Nosso carrodo... sim... nosso...

Burny está sorrindo.

— Está ouvindo, não? Eles gostam de você. Eu também. Somos todos amigos aqui, não vê? — O sorriso vira uma careta. Ele torna a apertar a barriga. — Maldito cego imbecil! — arfa ele.

Então, de repente, as árvores somem. O carro de golfe entra numa planície ameaçadora, erodida. Os arbustos diminuem, e Ty vê que mais adiante eles são totalmente substituídos por um monte de pedras soltas: morros sobem e descem embaixo daquele céu cinzento e ameaçador. Alguns pássaros enormes volteiam preguiçosamente. Uma criatura peluda, de ombros caídos, desce cambaleando um desfiladeiro estreito e desaparece antes que Ty possa ver exatamente o que é... não que ele quisesse fazer isso. O estardalhaço das máquinas está mais forte, sacudindo a terra. O baque de bate-estacas; o barulho de equipamentos velhos; o guincho de engrenagens. Tyler sente o volante do carrinho vibrando em suas mãos. Na frente deles, a via termina numa estrada de chão larga. Do outro lado da estrada, há um muro de pedras brancas redondas.

— Isso que você está ouvindo é a usina elétrica do Rei Rubro — diz Burny.

Ele fala com orgulho, porém há mais que um toque de medo por trás da informação.

— A Grande Combinação. Um milhão de crianças morreram em suas correias de transmissão, e um zilhão ainda morrerá, pelo que eu saiba. Mas isso não é para você, Tyler. Afinal, talvez você tenha um futuro. Mas primeiro eu vou comer o meu pedacinho de você. Vou, sim.

Suas mãos sujas de sangue acariciam a nádega de Ty no alto.

— Um bom agente tem direito a dez por cento. Mesmo um urubu velho como eu sabe disso.

A mão recua. Ótimo. Ty esteve prestes a gritar e só segurou o grito com a ideia de estar no Miller Park com o velho e bom George Rathbun. *Se eu tivesse entrado realmente no concurso Brewer,* ele pensa, *nada disso teria acontecido.*

Mas ele acha que isso pode não ser realmente verdade. Algumas coisas têm que acontecer, só isso. *Têm que acontecer.*

Ele só espera que o que esse velho horroroso quer não seja uma delas.

— Vire à esquerda — rosna Burny, recostando-se. — Cinco quilômetros. Mais ou menos.

E, quando faz a curva, Tyler percebe que as espirais de névoa que sobem do chão não são absolutamente névoa. São espirais de fumaça.

— Sheol — diz Burny, como se lendo sua mente. — E este é o único caminho que passa por ele: estrada Congro. Se sair dela, vai encontrar coisas capazes de fazê-lo em pedaços só para vê-lo gritar. Meu amigo me disse aonde levar você, mas pode haver uma *beguena* mudança de planos. — Sua cara de dor fica com uma expressão mal-humorada. Ty acha que isso lhe dá um aspecto extraordinariamente imbecil. — Ele me machucou. Puxou minhas entranhas. Não confio nele. — E, numa horrível cantiga infantil: — Carl Bierstone não confia no Sr. Munshun! Não confia mais não! Mais não!

Ty não diz nada. Concentra-se em manter o carrinho de golfe no meio da estrada Congro. Arrisca-se a olhar para trás, mas a casa, em seu efêmero chafurdeiro de vegetação tropical, sumiu, oculta pelo primeiro dos morros erodidos.

— Ele terá o que é dele, mas eu terei o que é meu. Está me ouvindo, garoto? — Quando Ty não responde, Burny brande a Taser. — *Está me ouvindo, seu macaco babaca?*

— Estou — diz Ty. — Claro.

Por que você não morre? Deus, se estiverdes aqui, por que não estendeis o braço e botais o Vosso dedo no coração podre dele para fazê-lo parar de bater?

Quando Burny torna a falar, sua voz é matreira.

— Você olhou para o muro do outro lado, mas acho que não olhou bem de perto. Melhor dar outra espiada.

Tyler olha adiante do velho encurvado. Por um instante, não entende... depois entende. As grandes pedras brancas que se estendem a perder de vista do outro lado da estrada Congro não são pedras. São caveiras.

O que é este lugar? Ai, Deus, como ele quer a mãe dele! Como quer ir para *casa*!

Começando a chorar novamente, o cérebro amortecido e zumbindo embaixo do boné que parece de pano mas não é, Ty vai se embrenhando cada vez mais com o carrinho na terras-fornalhas. No Sheol.

Socorro — qualquer tipo de ajuda — nunca pareceu estar tão longe.

Capítulo Vinte e Sete

Quando Jack e Dale entram no frescor do ar-refrigerado, só há três pessoas no Sand Bar. Beezer e Doc estão no bar, com refrigerantes à frente — um sinal de Fim dos Tempos, se é que já existiu isso, pensa Jack. Escondido no fundo da penumbra (um pouco mais recuado, ele estaria na cozinha primitiva da espelunca) encontra-se Queijo Fedido. Há uma energia vindo dos motoqueiros, ruim, e Fedido não quer saber dela. Em primeiro lugar, porque nunca viu Beezer e Doc sem Ratinho, Sonny e Kaiser Bill. Depois, ai, Deus, por causa do detetive da Califórnia e do raio do chefe de polícia.

A jukebox está apagada e desligada, mas a tevê está acesa, e não é bem uma surpresa para Jack ver que o filme da tarde na AMC apresenta sua mãe e Woody Strode. Ele tenta se lembrar o título, e logo lhe vem à cabeça: *Expresso Execução*.

— Você não quer estar ali dentro, Bea — diz Woody. Neste filme, Lily faz o papel de uma herdeira de Boston chamada Beatrice Lodge, que vai para o oeste e vira fora da lei, principalmente para irritar o pai metido a besta. — Parece que vai ser a última viagem da gangue.

— Ótimo — diz Lily.

Sua voz é glacial, seus olhos mais glaciais ainda. O filme é uma bosta, mas, como sempre, ela está perfeita no papel. Jack tem que rir um pouco.

— O quê? — Dale lhe pergunta. — O mundo inteiro ficou louco, e você está rindo de quê?

Na tevê, Woody Strode diz:

— Como assim, *ótimo*? O mundo inteiro ficou louco.

Jack Sawyer diz, bem baixinho:

— Vamos abater tantos quanto pudermos. Mande dizer a eles que estamos aqui.

Na tela, Lily diz a mesma coisa para Woody. Os dois estão prestes a subir a bordo do Expresso Execução, e cabeças vão rolar — o bom, o mau e o feio.

Dale olha para o amigo, assombrado.

— Sei a maioria das falas dela — diz Jack, quase em tom de desculpa. — Ela era minha mãe, sabe.

Antes que Dale possa responder (supondo que alguma resposta lhe tenha ocorrido), Jack vai ter com Beezer e Doc no bar. Ele olha para o relógio da cerveja Kingsland ao lado da televisão: 11h40. Devia ser meio-dia — em situações como esta, sempre deve ser meio-dia,* não?

— Jack — diz Beezer, e o cumprimenta com um aceno de cabeça. — Como tem passado, amigo?

— Vai-se indo. Estão com tudo em cima?

Doc levanta o colete, revelando o cabo de uma pistola.

— É uma Colt 9. Beez está com uma igual. Bom ferro, tudo registrado e correto. — Ele olha para Dale. — Você vem com a gente, vem?

— Esta é a minha cidade — diz Dale —, e o Pescador acaba de matar meu tio. Não entendo muita coisa do que Jack anda me dizendo, mas disso eu sei. E se ele diz que há uma chance de resgatar o filho de Judy Marshall, acho melhor a gente tentar. — Ele olha para Jack. — Trouxe para você um revólver de serviço. Um dos Ruger automáticos. Está lá no carro.

Jack balança a cabeça distraidamente. Ele não está ligando muito para as armas porque, uma vez que estiverem do outro lado, elas quase certamente se transformarão em outra coisa. Arpões, possivelmente lanças. Talvez estilingues. Será o Expresso Execução, sim — a última viagem da gangue Sawyer —, mas ele duvida que vá ser parecido com o desse filme antigo dos anos 60. Embora ele vá levar o Ruger. Pode haver trabalho para ele deste lado. Nunca se sabe, não é?

— Pronto para partir? — Beezer pergunta a Jack.

Seus olhos estão fundos, assombrados. Jack acha que Beez não dormiu muito a noite passada. Ele torna a olhar para o relógio e decide — por pura superstição apenas — que não quer partir para a Casa Negra

---

* Em inglês, high noon, o que remete ao famoso filme de faroeste *High Noon* (*Matar ou morrer*), de Fred Zinneman (1952), no qual a ação se passa em tempo real. [N. da T.]

naquela hora, afinal de contas. Vão deixar o Sand Bar quando os ponteiros do relógio Kingsland estiverem marcando meio-dia em ponto, não antes disso. A hora fatal de Gary Cooper.

— Quase — ele diz. — Está com o mapa, Beez?

— Estou, mas também estou achando que você não precisa mesmo dele, precisa?

— Talvez não — concorda Jack —, mas vou me garantir de todas as maneiras.

Beezer balança a cabeça positivamente.

— Estou grilado com isso. Mandei a patroa para a casa da mãe em Idaho. Depois do que aconteceu com o coitado do Ratinho, não tive que argumentar muito. Nunca mandei minha mulher de volta para a casa dos pais, cara. Nem na vez em que tivemos nossa briga feia com os Pagãos. Mas estou com um pressentimento horrível em relação a isso. — Ele hesita, depois desembucha. — Parece que nenhum de nós vai voltar.

Jack põe a mão no braço carnudo de Beezer.

— Não é tarde demais para recuar. Você não vai cair no meu conceito.

Beezer reflete longamente, depois balança a cabeça.

— Amy me aparece em sonhos, às vezes. Nós conversamos. Como vou falar com ela se não a defender? Não, cara, estou nessa.

Jack olha para Doc.

— Estou com Beez — diz Doc. — Às vezes a pessoa simplesmente tem que resistir. Além do mais, depois do que aconteceu com Ratinho... — Ele dá de ombros. — Deus sabe o que podemos ter pegado dele. Ou andando em volta daquela casa. O futuro pode ser curto depois disso, de qualquer maneira.

— Como foi com Ratinho? — indaga Jack.

Doc dá uma risada curta.

— Como ele disse. Hoje, às três da manhã, fizemos o velho Ratinho escorrer com a água pelo ralo da banheira. Não sobrou nada a não ser espuma e cabelo.

Ele faz uma careta como se seu estômago estivesse tentando se revoltar, depois bebe todo o copo de Coca-Cola.

— Se vamos fazer alguma coisa — diz Dale —, vamos logo.

Jack olha para o relógio. São 11h50.

— Daqui a pouco.

— Não estou com medo de morrer — diz Beezer abruptamente. — Nem estou com medo daquele cão-diabo. Já viu que se lhe metermos bala que chegue, ele sente. É a *sensação* que a porra daquele lugar dá na gente. O ar fica grosso. A cabeça dói e os músculos ficam fracos. — Depois, com um sotaque britânico surpreendentemente bom: — Não tem nada a ver com ressaca, garoto.

— Minha barriga foi o pior — diz Doc. — Isso e...

Mas fica quieto. Nunca fala sobre Daisy Temperly, a garota que ele matou com uma penada errada num bloco de receituário, mas pode vê-la agora com tanta clareza quanto os caubóis de faz de conta na tevê do Sand Bar. Loura, ela era. De olhos castanhos. Algumas vezes ele a fez sorrir (mesmo quando ela estava sofrendo) cantando aquela canção para ela, a canção de Van Morrison sobre a garota de olhos castanhos.

— Eu vou por Ratinho — diz Doc. — *Preciso* ir. Mas aquela casa... é doente. Você não sabe, homem. Pode achar que entende, mas não entende.

— Entendo mais do que você pensa — diz Jack. Agora é sua vez de parar para refletir. Beezer e Doc se lembram da palavra que Ratinho disse antes de morrer? Eles se lembram de *d'yamba*? Deviam lembrar, estavam lá, viram os livros escorregar da estante e ficar pendurados no ar quando Jack disse essa palavra... mas Jack tem quase certeza que se lhes perguntasse agora, eles o olhariam com expressões intrigadas, ou talvez simplesmente vazias. Em parte porque *d'yamba* é difícil de lembrar, como a localização precisa da pista que vai da rodovia 35 sadia e antirresvalamento até a Casa Negra. Principalmente, porém, porque a palavra era para ele, para Jack Sawyer, o filho de Phil e Lily. Ele é o chefe da gangue Sawyer porque é diferente. Ele viaja, e viajar abre os horizontes.

O quanto disso tudo ele deve lhes contar? Nada, provavelmente. Mas eles precisam acreditar, e, para isso, ele precisa usar a palavra de Ratinho. No íntimo ele sabe que precisa usá-la com cuidado — a *d'yamba* é como uma arma; só tem capacidade para um número limitado de tiros —, e ele odeia usá-la ali, tão longe da Casa Negra, mas vai fazer isso. Porque eles precisam acreditar. Se não acreditarem, aquela brava aventura para resgatar Ty é capaz de acabar com eles todos ajoelhados na frente da Casa Negra, botando sangue pelas ventas e pelos olhos, vomitando e cuspindo dentes no ar venenoso. Jack pode lhes dizer que a maior parte do veneno vem de suas próprias mentes, mas falar é fácil. Eles precisam acreditar.

Além do mais, são só 11h53.

— Lester — ele diz.

O barman andava escondido, esquecido, perto da porta de vaivém da cozinha. Não espionando — está muito longe para isso —, mas sem querer se mexer e chamar atenção. Agora parece que, de qualquer forma, chamou.

— Você tem mel aí? — pergunta Jack.

— M-mel?

— Abelha faz, Lester. Chapeleiro faz chapéu e abelha faz mel.

Algo parecido com compreensão surge nos olhos de Lester.

— Sim, claro. Tenho mel para fazer Kentucky Getaways. E...

— Ponha no bar — Jack lhe diz.

Dale está irrequieto.

— Se o tempo é tão curto quanto você acha, Jack...

— Isso é importante.

Ele vê Lester Moon botar uma pequena bisnaga plástica de mel no bar e descobre que está pensando em Henry. Como Henry gostaria do pequeno milagre que Jack está prestes a fazer! Mas, claro, ele não precisaria encenar um truque desses para Henry. Não precisaria desperdiçar parte do precioso poder da palavra. Porque Henry acreditaria logo, como ele acreditara que Henry podia dirigir de Trempealeau até French Landing — diabo, até a porra da *lua* — se alguém tivesse a coragem de lhe dar a oportunidade e as chaves do carro.

— Eu levo para você — diz Lester bravamente. — Não tenho medo.

— Bote-o na outra ponta do bar — Jack lhe diz. — Basta isso.

O barman obedece. A bisnaga tem forma de urso. Está pousada em cima de um raio de sol de seis para o meio-dia. Na televisão, o tiroteio começou. Jack ignora-o. Ele ignora tudo, focando a mente de forma tão brilhante quanto um ponto de luz através de uma lente de aumento. Por um momento, ele deixa esse foco apertado permanecer vazio, depois, enche-o com uma única palavra:

(D'YAMBA)

Na mesma hora, ele ouve um zumbido baixo. O zumbido fica mais alto. Beezer, Doc e Dale olham em volta. Por um momento, nada acontece, então o portal ensolarado escurece. É quase como se uma nuvem de chuva muito pequena tivesse entrado no Sand Bar...

Queijo Fedido deixa escapar um grito estrangulado e recua, agitando os braços.

— Vespas! — ele grita. — São vespas! *Saiam da frente!*

Mas não são vespas. Doc e Lester Moon podem não saber o que é aquilo, mas Beezer e Dale são garotos do interior. Sabem reconhecer uma abelha. Jack, enquanto isso, só olha para o enxame. O suor brotou em sua testa. Ele está se concentrando com toda a força no que deseja que as abelhas façam.

Elas envolvem tão densamente a bisnaga de mel que esta quase desaparece. Então, seu zumbido se intensifica, e a bisnaga começa a subir, balançando de um lado para o outro como um pequeno míssil com um sistema de comando realmente encrencado. Depois, devagarinho, vem hesitando na direção da gangue Sawyer. A bisnaga está montada numa almofada de abelhas 15 centímetros acima do bar.

Jack estende a mão aberta. A bisnaga vem para ela. Jack fecha os dedos. Atracação completa.

Por um momento, as abelhas rodeiam-lhe a cabeça, o zumbido delas competindo com Lily, que está gritando:

— Deixe o altão filho da mãe para mim! Foi ele que estuprou Stella!

Então elas saem pela porta e vão embora.

O relógio da cerveja Kingsland marca 11h57.

— Santa Maria, mãe de Deus — murmura Beezer.

Os olhos dele estão esbugalhados, quase saltando das órbitas.

— Você andou escondendo o jogo, me parece — diz Dale.

Sua voz está inquieta.

Da ponta do bar, vem um baque macio. Lester "Queijo Fedido" Moon, pela primeira vez na vida, desmaiou.

— Agora vamos — diz Jack. — Beez, você e Doc vão na frente. Vamos estar logo atrás de vocês no carro de Dale. Quando chegarem ao atalho e na placa de PROIBIDA A ENTRADA, *não entrem*. Apenas estacionem as motos. Vamos fazer o resto do caminho de carro, mas primeiro vamos botar um pouco disso no nariz. — Jack segura a bisnaga. É uma versão de plástico do Ursinho Pooh, suja no meio onde Lester a segura e a aperta. — Podemos até passar um pouco de mel dentro das narinas. Meio pegajoso, mas é melhor do que vomitar as tripas.

Confirmação e aprovação estão surgindo nos olhos de Dale.

— Como botar Vick VapoRub embaixo do nariz no local de um assassinato — ele diz.

Não tem nada a ver com isso, mas Jack faz que sim com a cabeça. Porque isso tem a ver com *acreditar*.

— Vai dar certo? — pergunta Doc incrédulo.

— Vai — responde Jack. — Você ainda vai sentir algum desconforto, não tenho dúvida nenhuma, mas será moderado. Então vamos atravessar para... bem, para um outro lugar. Depois disso, não dá para apostar mais nada.

— Pensei que o garoto estivesse na casa — diz Beez.

— Acho que provavelmente foi levado para outro lugar. E a casa... é uma espécie de cupinzeiro. Vai dar em outro... — *Mundo* é a primeira palavra que vem à mente de Jack, mas de alguma forma ele não pensa que *seja* uma palavra, não no sentido dos Territórios. — Em outro lugar.

Na tevê, Lily acaba de levar a primeira de umas seis balas. Ela morre com essa, e, em criança, Jack sempre odiou isso, mas pelo menos ela cai atirando. Leva alguns dos filhos da mãe com ela, inclusive o altão que estuprou sua amiga, e isso é bom. Jack espera poder fazer o mesmo. Acima de tudo, porém, espera poder levar Tyler Marshall de volta para os pais.

Ao lado da televisão, o relógio passa de 11h59 para 12h.

— Vamos, meninos — diz Jack Sawyer. — Vamos embora.

Beezer e Doc montam em seus cavalos de aço. Jack e Dale vão calmamente para a viatura do chefe, então param quando uma picape Ford entra a toda no estacionamento do Sand Bar, derrapando no cascalho e correndo na direção deles, levantando um rastro de poeira no ar de verão.

— Ai, Cristo — Dale murmura.

Jack vê pelo pequeno boné de beisebol ridiculamente pousado na cabeça do motorista que é Fred Marshall. Mas se o pai de Ty acha que vai se unir à missão de resgate, seria melhor ele pensar de novo.

— Graças a Deus, peguei vocês! — grita Fred quase caindo da picape. — Graças a Deus!

— Quem é o próximo? — pergunta Dale delicadamente. — Wendell Green? Tom Cruise? George W. Bush, de braço dado com a porra da Miss Universo?

Jack mal o ouve. Fred está tentando tirar um pacote comprido da picape, e Jack se interessa logo. A coisa naquele pacote poderia ser um rifle, mas de alguma forma ele não acha que seja. Jack de repente se sente como uma bisnaga sendo levantada por abelhas, não tanto agindo, mas sofrendo uma ação. Ele avança.

— Ei, meu irmão, vamos embora! — grita Beezer. Embaixo dele, o motor de sua Harley começa a roncar. — Vamos...

Então Beezer *grita*. Doc também, com um susto tão grande que quase derruba a moto em ponto morto entre suas coxas. Jack sente algo parecendo um raio atravessar sua cabeça e vai cambaleando até bater em Fred, que também está gritando incoerentemente. Por um momento, os dois parecem ou estar dançando com o embrulho comprido que Fred trouxe ou brigando por causa dele.

Só Dale Gilbertson — que ainda não esteve nos Territórios, ainda não esteve perto da Casa Negra, e não é pai de Ty Marshall — não foi afetado. No entanto sente algo lhe subir à cabeça, algo como um grito interno. O mundo treme. De repente, parece ter mais cor, mais dimensão.

— O que foi isso? — grita ele. — Bom ou ruim? Bom ou ruim? *O que está acontecendo aqui?*

Por um momento, nenhum deles responde. Estão assombrados demais para responder.

Enquanto um enxame de abelhas está carregando no ar uma bisnaga de mel em cima de um balcão de bar em outro mundo, Burny está dizendo a Ty Marshall para virar para a parede, droga, apenas virar para a parede.

Eles se encontram num pequeno barracão imundo. Os barulhos das máquinas estridentes estão muito mais perto. Ty também pode ouvir gritos e soluços e berros ásperos e o que só podem ser chicotadas estalando. Agora eles estão muito perto da Grande Combinação. Ty já a viu, um grande zigue-zague confuso de metal partindo de um poço fumegante cerca de 800 metros para leste e subindo nuvens adentro. Parece a concepção de arranha-céu de um louco. Uma coleção de Rube Goldberg de calhas e cabos e correias e plataformas, tudo movido pelas crianças que marcham cambaleando e enrolam as correias e puxam as grandes alavancas. Uma fumaça avermelhada sobe dali em vapores malcheirosos.

Por duas vezes, enquanto o carrinho de golfe seguia devagar, Ty ao volante e Burny todo torto encostado no banco do carona com a Taser apontada, batalhões de homens verdes esquisitos passaram por eles. Suas feições eram confusas, sua pele, pregueada e semelhante a de répteis. Eles usavam túnicas de couro semicurtido com tufos de pelo ainda aparecendo em alguns pontos. A maioria levava lanças; muitos tinham chicotes.

Supervisores, disse Burny. *Eles mantêm as rodas do progresso girando.* Ele começou a rir, mas a risada transformou-se em gemido e o gemido num grito de dor estridente e afogado.

Ótimo, Ty pensou friamente. E aí, pela primeira vez empregando uma palavra preferida de Ebbie Wexler: *Morra logo, seu veado.*

A cerca de 3 quilômetros dos fundos da Casa Negra, eles viram uma enorme plataforma de madeira à esquerda. Uma coisa parecendo um guindaste móvel projetava-se dali. Um poste comprido saía do topo, chegando quase até a estrada. Uma quantidade de pontas de corda esfarrapada pendia deste poste, balançando na brisa quente e sulfurosa. Embaixo da plataforma, em terra estéril onde o sol nunca batia, havia confusões de ossos e montes antigos de pó branco. Para um lado, havia uma montanha de sapatos. Por que eles levavam as roupas e deixavam os sapatos era uma pergunta a que Ty provavelmente não poderia ter respondido mesmo se não estivesse usando o boné (*pringuetos esbeziais parra carrodos esbeziais*), mas uma frase solta lhe veio à cabeça: costume da terra. Ele tinha uma ideia de que isso era algo que seu pai às vezes dizia, mas não tinha certeza. Não conseguia nem se lembrar da cara do pai com clareza.

A forca estava rodeada de corvos. Eles se empurravam e se viravam para acompanhar o progresso do carrinho de golfe com seu zumbido.

Nenhum era o corvo especial, aquele com o nome que Ty já não lembrava mais, mas ele sabia por que eles estavam ali. Estavam esperando carne fresca para pinicar, era isso. Esperando olhos recém-mortos para engolir. Sem falar nos pezinhos descalços dos mortos sem sapatos.

Depois da pilha de calçados jogados fora e se deteriorando, uma pista quebrada levava para o norte, passando por um morro fumegante.

— Estrada da Casa da Estação — Burny disse. Parecia estar falando mais sozinho do que com Ty a essa altura, talvez estivesse começando a delirar. No entanto, a Taser ainda apontava para o pescoço de Ty, sem vacilar. — É para onde devo levar o garoto especial. — *Lefar o carrodo esbezial.* — É para onde vão os especiais. O Sr. Munshun foi buscar o mono. O mono do Fim-do-mundo. Antigamente, havia mais dois. Patricia... e Blaine. Eles morreram. Ficaram malucos. Se suicidaram.

Ty continuou dirigindo e ficou calado, mas era obrigado a achar que quem tinha ficado maluco era o velho Burn-Burn (*mais* maluco, ele pensou). Ele sabia sobre os monotrilhos, até andara em um na Disney, em Orlando, mas monotrilhos chamados Blaine e Patricia? Era uma idiotice.

A Estrada da Casa da Estação ficou para trás. À frente, o vermelho enferrujado e o cinza-escuro da Grande Combinação se aproximaram. Ty via formigas andando em esteiras cruelmente íngremes. Crianças. Algumas de outros mundos, talvez — mundos adjacentes a este —, mas muitas do seu próprio. Garotos cujos rostos apareciam por algum tempo em caixas de leite e depois desapareciam para sempre. Guardados mais um pouco no coração de seus pais, claro, mas, mesmo aí, acabando por ficar empoeirados, transformando-se de lembranças vivas em fotografias velhas. Crianças dadas como mortas, enterradas em covas rasas sabe-se lá onde por pervertidos que as usaram e depois as jogaram fora. Em vez de mortas, elas estavam ali. Algumas delas, em todo caso. *Muitas* delas. Lutando para puxar as alavancas e girar as rodas e mover as correias enquanto os supervisores de olhos amarelos e pele verde estalavam seus chicotes.

Enquanto Ty olhava, uma das formigas caiu pela lateral do prédio enrolado, coroado de vapor. Ele julgou ouvir um grito fraco. Ou seria um grito de alívio?

— Dia lindo — disse Burny sem forças. — Vou aproveitá-lo mais quando conseguir alguma coisa para comer. Ter alguma coisa para comer... sempre me revigora. — Seus olhos velhos estudaram Ty, apertando-se um pouco nos cantos com uma cordialidade repentina. — Bumbum de neném é a melhor comida, mas o seu não vai ser ruim. Não, não vai ser nada ruim. Ele disse para levar você para a estação, mas não tenho certeza de que ele vai me dar a minha parte. Minha... comissão. Talvez ele seja honesto... talvez ainda seja meu amigo... mas acho que vou pegar a minha parte primeiro, para garantir. A maioria dos agentes tira os seus dez por cento da parte de cima. — Ele estendeu a mão e cutucou Ty logo abaixo da cintura. Mesmo através do jeans, dava para o garoto sentir a ponta da unha do velho. — Acho que vou tirar os meus da bunda. — Uma risada asmática e dolorosa, e Ty não ficou propriamente aborrecido em ver uma bolha de sangue aparecer entre os lábios rachados do velho. — Da *bunda*, entende? A unha cutucou de novo o lado da nádega de Ty.

— Entendo — disse Ty.

— Você vai conseguir peidar da mesma forma — disse Burny. — Só que vai ter que dar *sempre* aquela puxadinha disfarçada de um lado! — Mais risada asmática. Sim, ele parecia em delírio ou à beira do delírio, no entanto, a ponta da Taser continuava firme como uma rocha. — Continue dirigindo, garoto. Mais 800 metros na estrada Congro. Você vai ver um pequeno barracão de teto de zinco, no pé de um barranco. É à direita. É um lugar especial. Especial para mim. Vire ali.

Ty, sem opção, obedeceu. E agora...

— Faça o que estou mandando! Vire para a porra da parede! Levante as mãos e passe-as por esses anéis!

Ty não saberia definir a palavra *eufemismo* numa aposta, mas sabe que chamar aqueles aros de metal de "anéis" é besteira. O que está pendurado na parede do fundo são elos.

O pânico se agita em seu cérebro como um bando de passarinhos, ameaçando esconder seus pensamentos. Ty luta para aguentar — luta seriamente. Se ceder ao pânico, se começar a berrar e a gritar, estará acabado. Ou o velho vai matá-lo ao trinchá-lo, ou o amigo do velho vai levá-lo para um lugar horrível que Burny chama de Din-tá. Em qualquer das hipóteses, Ty nunca mais tornará a ver os pais. Nem French Landing. Mas se conseguir manter a calma... aguardar sua chance...

Ah, mas isso é difícil. O boné que ele está usando na verdade ajuda um pouco neste aspecto — tem um efeito entorpecedor que ajuda a evitar o pânico —, mas ainda é difícil. Porque ele não é o primeiro garoto que o velho trouxe aqui, nem foi o primeiro a passar longas horas arrastadas naquela cela na casa do velho. Há uma churrasqueira chamuscada e engordurada montada no canto esquerdo do barracão, embaixo de uma chaminé de zinco. A grelha está enganchada em dois bujões de gás com os dizeres PROPANO DE LA RIVIERE reproduzidos em estêncil nas laterais. Pendurados na parede, há luvas de forno, espátulas, pinças, pincéis para untar e garfos de carne. Há tesouras e soquetes de carne e pelo menos quatro trinchantes afiados. Um deles é quase tão comprido quanto uma faca cerimonial.

Pendurado ao lado deste, há um avental imundo com a inscrição PODE BEIJAR O COZINHEIRO.

O cheiro no ar lembra a Ty o piquenique da Associação dos Veteranos de Guerra a que seus pais o levaram no Dia do Trabalho passado. Foi chamado de Maui Wowie porque as pessoas que foram deviam sentir-se como se estivessem passando o dia no Havaí. Havia uma grande churrasqueira no centro do Parque La Follette na beira do rio, servida por mulheres de saias de capim e homens com camisas berrantes cobertas de passarinhos e folhagem tropical. Havia porcos inteiros assando num buraco chamejante no chão, e o cheiro parecia o deste barracão. Só que este é rançoso... e velho... e...

E não exatamente de porco, pensa Ty. *É...*

— Eu devo ficar aqui conversando com você o dia inteiro, seu chato?

A Taser chia. Tyler sente um formigamento doloroso e debilitante entrar-lhe no pescoço. Sua bexiga se solta e ele molha as calças. Não consegue evitar. Mal se dá conta disso, na verdade. Em algum lugar (numa galáxia muito distante) uma mão trêmula mas ainda terrivelmente forte empurra Ty para a parede e os elos que foram soldados em placas de aço a cerca de 1,60m do chão.

— Aí! — grita Burny, e dá uma risada cansada e histérica. — Sabia que você acabaria levando um para dar sorte! Garoto esperto, não? Sabidinho! Agora passe as mãos pelos anéis e não vamos mais fazer besteira com isso!

Ty estendeu as mãos para evitar bater com a cara na parede dos fundos do barracão. Seus olhos estão a menos de 30 centímetros da madeira, e dá para ele ver muito bem as velhas camadas de sangue que a cobrem. Que a *revestem*. O sangue tem um fedor metálico antigo. Embaixo de seus pés, o chão parece esponjoso. Com textura de gelatina. Desagradável. Isso pode ser uma ilusão no sentido físico, mas Ty sabe que o que está sentindo é todavia bem real. Isso é terreno de cadáveres. O velho pode não preparar suas terríveis refeições aqui sempre — pode não ter esse luxo —, mas este é o lugar de que gosta. Como disse, é especial para ele.

Se eu o deixar prender as minhas mãos nessas argolas, pensa Ty, *não vou poder fazer mais nada. Ele vai me cortar todo. E depois de começar a cortar, talvez não consiga mais parar — nem por esse Sr. Munshun, nem por ninguém. Então, prepare-se.*

Esta última ideia não parece uma das suas. É como ouvir a voz de sua mãe em sua cabeça. Sua mãe ou alguém como ela. Ty se acalma. O bando de pássaros em pânico de repente desapareceu, e ele está com as ideias tão claras quanto o boné permite. Sabe o que precisa fazer. Ou tentar fazer.

Ele sente o bico da Taser escorregar entre suas pernas e pensa na cobra serpeando pela via coberta de mato, com aquela boca cheia de presas.

— Passe a mão por esses anéis agora mesmo, senão vou fritar suas bolas como ostras. — *Ojdrras,* é como soa.

— Tudo bem — diz Ty. Ele fala com uma voz alta, queixosa. Espera parecer estar morrendo de medo. Deus sabe que não deve ser difícil dar essa impressão. — Tudo bem, tudo bem, só não me machuque, estou fazendo isso agora, está vendo? Está vendo?

Ele passa a mão pelos anéis. Os anéis são grandes e folgados.

— Mais alto! — A voz ameaçadora continua em seus ouvidos, mas a Taser não está mais entre suas pernas, pelo menos. — Enfie-as o mais que puder!

Ty obedece. Os elos entram e finalmente param em seus antebraços. Seus pulsos estão para cima. Suas mãos parecem estrelas-do-mar no escuro. Atrás, ele torna a ouvir aquele tilintar quando Burny vasculha a sacola. Ty compreende. O boné pode estar confundindo um pouco as suas ideias, mas isso é muito óbvio para não entender. O velho filho da mãe tem algemas ali dentro. Algemas que foram usadas muitíssimas vezes. Ele vai algemar os pulsos de Ty acima dos elos, e o menino ficará ali em pé — ou pendurado, se desmaiar — enquanto o velho monstro o trincha.

— Agora ouça — diz Burny. Ele parece sem fôlego, mas também parece *animado* de novo. A perspectiva de uma refeição o revigorou, devolveu-lhe uma certa dose de vitalidade. — Estou apontando esta pistola para você com uma das mãos. Vou algemar seu pulso esquerdo com a outra. Se você se mexer... se fizer *um movimento,* garoto... você leva, vai ver o que é bom. Entende?

Ty faz que sim para a parede manchada de sangue.

— Não vou me mexer — ele balbucia. — Sinceramente, não vou.

— Primeiro uma mão, depois a outra. É assim que eu faço.

Há uma complacência revoltante em sua voz. A Taser pressiona Ty entre as omoplatas o suficiente para machucar. Grunhindo com o esforço, o velho se debruça sobre o ombro esquerdo de Ty. Ty pode sentir o cheiro de suor e sangue e velhice. *É igual a João e Maria,* ele pensa, só que ele não tem nenhum forno para dentro do qual empurrar seu algoz.

Você sabe o que fazer, Judy lhe diz friamente. *Ele talvez não lhe dê uma chance, e se não der, não deu. Mas se der...*

Uma algema é colocada em volta de seu pulso esquerdo. Burny está grunhindo baixinho, no ouvido de Ty. O velho estica o braço... a Taser mexe... mas não vai muito longe. Ty fica imóvel enquanto Burny fecha a algema e aperta-a. Agora a mão esquerda de Ty está presa à parede do barracão. Pendurada em seu pulso esquerdo pela corrente de aço está a algema que Burny tenciona lhe botar no pulso direito.

O velho, ainda arfando com esforço, chega para a direita. Passa o braço pela frente de Ty, procurando a algema pendente. A Taser está de novo cutucando as costas de Ty. Se o velho pegar a algema, Ty está frito (de várias maneiras). E ele quase pega. Mas a argola foge de sua mão, e em vez de esperar que o movimento pendular a traga de volta para onde ele possa pegá-la, Burny se inclina mais à frente. O lado ossudo de sua cara está encostado no ombro direito de Ty.

E quando ele se inclina para pegar a algema que continua balançando, Ty sente o toque da Taser primeiro ficar mais leve, depois desaparecer.

Agora!, grita Judy dentro da cabeça de Ty. Ou talvez seja Sophie. Ou talvez as duas juntas. *Agora, Ty! É a sua chance, não vai haver outra!*

Ty puxa o braço direito para baixo, livrando-se do elo. Não seria bom para ele tentar empurrar Burny para longe — o velho monstro pesa mais 30 quilos que ele ou mais —, e Ty não tenta. Em vez disso, chega para a esquerda, forçando de maneira atroz o ombro esquerdo e o pulso esquerdo, que está algemado.

— O que... — Burny começa, e aí a mão tateante de Ty pega o que quer: o saco pendurado e frouxo dos ovos do velho. Ele aperta com toda a força de seu corpo. Sente os testículos do monstro sendo esmagados um contra o outro; sente um deles arrebentar e murchar. Ty grita, um grito de aflição e horror e triunfo selvagem, tudo misturado.

Burny, pego totalmente de surpresa, urra. Tenta recuar, mas Ty o está segurando com uma força de harpia. Sua mão — tão pequena, tão incapaz (ou assim se pensaria) de qualquer defesa séria — virou uma garra. Se havia uma hora para usar a Taser, é agora... mas, para sua surpresa, a mão de Burny abriu. A Taser jaz no chão de terra batida do barracão impregnada de sangue antigo.

— Me solte! Está MACHUCANDO! Está ma...

Antes de conseguir terminar, Ty dá um puxão no saco esponjoso e murcho dentro da calça velha de algodão; usa toda a força do pânico, e alguma coisa ali dentro *rasga*. As palavras de Burny se dissolvem num urro líquido de agonia. Ele nunca imaginara tamanha dor... certamente nunca em relação a si próprio.

Mas não basta. A voz de Judy diz que não, e Ty talvez saiba disso, afinal. Ele machucou o velho — deu-lhe o que Ebbie Wexler sem dúvida chamaria de "a porra de uma ruptura" —, mas não basta.

Ele solta e vira para a esquerda, girando na mão presa. Vê o velho balançando diante dele no escuro. Do outro lado, o carrinho de golfe está parado na porta aberta, delineado contra um céu cheio de nuvens e fumaça de incêndio. Os olhos do velho monstro estão imensos e incrédulos, inchados de lágrimas. Ele olha boquiaberto para o garotinho que fez isso.

Logo voltará a compreensão. Aí, Burny é capaz de pegar uma das facas da parede — ou talvez um dos garfos de carne — e esfaquear o prisioneiro acorrentado até a morte, praguejando e xingando-o aos gritos ao fazer isso, chamando-o de macaco, filho da mãe, babaca fodido. Não pensará um segundo no grande talento de Ty. Nem lhe restará o menor temor do que possa acontecer com ele, Burny, se o Sr. Munshun — e o abalá — tiverem o prêmio roubado. Na verdade, Burny não é senão um animal psicótico, e já, já, sua natureza essencial vai se soltar e descarregar nessa criança acorrentada.

Tyler Marshall, filho de Fred e da formidável Judy, não dá essa chance a Burny. Durante a última parte do trajeto, ele pensou diversas vezes no que o velho disse sobre o Sr. Munshun — *ele me machucou, ele puxou minhas entranhas* — e torceu para ter a sua oportunidade de dar uns puxões. Agora, ela chegou. Pendurado no elo com o braço esquerdo puxado cruelmente para cima, ele joga a mão direita à frente. Pelo buraco na camisa de Burny. Pelo buraco que Henry fez com o canivete. De repente, Ty segurou algo pegajoso e molhado. Ele agarra isso e puxa um bolo de tripas de Charles Burnside pelo rasgão da camisa.

A cabeça de Burny vira para o teto do barracão. Seu queixo bate convulsivamente, as veias em seu pescoço encarquilhado saltam e ele dá um grande urro de agonia. Tenta se afastar, o que talvez seja a pior coisa que um homem pode fazer quando alguém o está segurando pelo fígado e pelos pulmões. Um pedaço de tripa cinza-azulado, da grossura de uma linguiça e talvez ainda tentando digerir a última refeição de Burny na lanchonete da Maxton, sai espocando como uma rolha de champanhe ao deixar a garrafa.

As últimas palavras de Charles "Chapa" Burnside:

— *LARGUE, SEU PORQUINHO!*

Tyler não larga. Em vez disso, sacode furiosamente a alça de tripa como um terrier com um rato nos dentes. Sangue e uma secreção amarelada espirram do buraco na barriga de Burny.

— Morra! — Tyler se ouve dizer. — *Morra, seu velho escroto. MORRA LOGO!*

Burny recua mais um passo, cambaleando. Seu queixo cai, e a parte superior de uma dentadura vai parar no chão. Ele está olhando para duas alças de suas próprias entranhas esticadas como nervos a lhe sair pelo rasgão de camisa ensanguentada na mão direita da criança terrível. E vê uma coisa ainda mais medonha: uma espécie de luminosidade branca rodeou o garoto. Está lhe incutindo mais força do que ele teria de outra maneira. Incutindo-lhe a força para puxar do corpo de Burny suas entranhas vivas e como *doeu*, como *doeu*, como *doeu* mesm...

— Morra! — grita o garoto com uma voz estridente e entrecortada. — *Ah, por favor, VOCÊ NUNCA VAI MORRER?*

E afinal, Burny cai de joelhos. Seu olhar cada vez mais fraco se fixa na Taser e ele estende uma mão trêmula para ela. Antes que a mão chegue, a luz da consciência deixa os olhos de Burny. A dor que ele sentiu não chega nem à centésima parte do sofrimento que ele infligiu, mas é tudo o que seu corpo antigo pode aguentar. Ele emite um grasnido gutural, depois cai para trás, e, quando cai, mais tripas saem de seu baixo-ventre. Ele não tem consciência disso nem de mais nada.

Carl Bierstone, também conhecido como Charles Burnside, também conhecido como "Chapa" Burnside, está morto.

Por mais de 30 segundos, nada se move. Tyler Marshall está vivo, mas a princípio só está pendurado no eixo de seu braço esquerdo algemado, ainda segurando uma alça do intestino de Burny na mão direita. Segurando com uma força mortal. Finalmente, alguma noção de consciência lhe informa as suas condições. Ele se põe de pé, aliviando a pressão quase intolerável na base do ombro esquerdo. De repente ele vê que tem o braço direito sujo de sangue coagulado até o bíceps e um punhado de entranhas de um morto na mão. Larga aquilo e corre para a porta, esquecendo que ainda está acorrentado à parede até levar um tranco e sentir de novo uma dor desesperadora no ombro.

Você fez um bom trabalho, sussurra a voz de Judy-Sophie. *Mas tem que sair daí, e depressa.*

Lágrimas começam a rolar de novo por seu rosto sujo e pálido, e Ty começa a gritar o mais alto que pode.

— Socorro! Alguém me ajude! Estou no barracão! ESTOU NO BARRACÃO!

Na frente do Sand Bar, Doc fica onde está, com a moto roncando entre as pernas, mas Beezer desliga a dele, abaixa o descanso com o salto da bota e vai até Jack, Dale e Fred. Jack encarregou-se do embrulho que o pai de Ty lhes trouxe. Fred, enquanto isso, segurou a camisa de Jack. Dale tenta conter o homem, mas, para Fred Marshall, agora só há duas pessoas no mundo: ele e Hollywood Jack Sawyer.

— Era ele, não era? Era Ty. *Era o meu filho. Eu o ouvi!*

— Era — diz Jack. — Era mesmo e você ouviu mesmo.

Ele ficou muito pálido, Beezer vê, mas à parte isso, está calmo. Absolutamente não o incomoda que o pai do menino desaparecido tenha puxado sua camisa para fora das calças. Não, toda a atenção de Jack está no embrulho.

— O que, em nome de Deus, está acontecendo aqui? — Dale pergunta queixoso. Ele olha para Beezer. — Você sabe?

— O garoto está num barracão em algum lugar — diz Beezer. — Não é verdade?

— É — diz Jack.

Fred larga abruptamente a camisa de Jack e recua cambaleando, soluçando. Jack não presta atenção nele nem faz nenhum esforço para enfiar a fralda da camisa amassada para dentro da calça. Continua olhando para o embrulho. Ele meio que espera selos de envelopes de açúcar, mas não, este é só um exemplo da velha e simples correspondência registrada. Seja lá o que for, foi postada como correspondência urgente para o Sr. Tyler Marshall, alameda Robin Hood, nº 16, French Landing. O endereço do remetente foi escrito em vermelho: Sr. George Rathbun, KDCU, Península Drive, nº 4, French Landing. Embaixo disso, escrito em letras pretas grandes:

ATÉ UM CEGO PODE VER QUE O CONDADO DE COULEE ADORA O CONCURSO DOS BREWERS!

— Henry, você nunca desiste, desiste? — murmura Jack. Lágrimas lhe queimam os olhos. A ideia da vida sem seu velho amigo o deixa arrasado de novo, o deixa sentindo-se impotente e perdido e idiota e machucado.

— Tio Henry o quê? — Dale pergunta. — Jack, tio Henry está *morto*.

Jack já não tem mais certeza disso, de alguma forma.

— Vamos — diz Beezer. — Temos que pegar esse garoto. Ele está vivo, mas não está em segurança. Isso para mim é claro como água. Vamos resolver o assunto. Podemos entender o resto depois.

Mas Jack — que não só ouviu o grito de Tyler, mas também, por um momento, viu através dos olhos de Tyler — não tem muito o que entender. Na verdade, entender agora se resume a uma coisa só. Ignorando Beezer e Dale, ele se aproxima do pai choroso de Ty.

— Fred.

Fred continua chorando.

— Fred, se quiser tornar a ver seu filho algum dia, controle-se e ouça-me.

Fred ergue os olhos vermelhos e em lágrimas. O boné de beisebol ridiculamente pequeno ainda está pousado em sua cabeça.

— O que tem aí dentro, Fred?

— Deve ser um prêmio daquele concurso que George Rathbun faz todo verão. O concurso dos Brewers. Mas, para começar, não sei como Ty poderia ter ganho alguma coisa. Umas duas semanas atrás, ele estava danado por ter esquecido de se inscrever. Até perguntou se eu *tinha* me inscrito no concurso por ele, e eu meio que... bem, respondi com três pedras na mão. — Mais lágrimas rolam pelo rosto barbado de Fred quando ele se lembra desse fato. — Isso foi mais ou menos na época em que Judy estava ficando... estranha... Eu estava preocupado com ela e simplesmente meio que... lhe respondi com três pedras na mão. Você sabe? — O peito de Fred sobe. Ele emite um chiado aquoso e seu pomo de adão sobe e desce. Ele enxuga os olhos com o braço. — E Ty... tudo o que ele disse foi: "Tudo bem, papai." Ele não ficou danado comigo, não ficou emburrado nem nada. Porque esse era o tipo de garoto que ele era. Que *é*.

— Como soube que era para trazer isso para mim?

— Seu amigo ligou — diz Fred. — Ele disse que o carteiro tinha trazido uma coisa e eu tinha de levá-la para você aqui, imediatamente. Antes que você fosse embora. Ele chamava você...

— Ele me chamava de Jack Viajante.

Fred Marshall olha para ele pensativo.

— Isso mesmo.

— Ótimo. — Jack fala com delicadeza, quase distraído. — Vamos buscar seu filho agora.

— Eu vou. Estou com meu rifle de caça na picape...

— E é onde ele vai ficar. Vá para casa. Arrume um canto para ele. Arrume um canto para sua mulher. E deixe a gente fazer o que tem de fazer. — Jack olha primeiro para Dale, depois para Beezer. — Vamos — ele diz. — Vamos embora.

Cinco minutos depois, a viatura do chefe do DPFL está indo a toda para oeste na rodovia 35. Logo à frente, como uma guarda de honra, Beezer e Doc vão emparelhados, o sol brilhando no cromo de suas motos. Árvores com toda a folhagem de verão aglomeram-se dos dois lados da estrada.

Jack sente o zumbido que é a marca registrada da Casa Negra começar a crescer furiosamente dentro de sua cabeça. Ele descobriu que pode se abstrair desse barulho se precisar, impedir que se espalhe e cubra com estática todo o seu processo de pensamento, mas ainda assim é desagradabilíssimo. Ele se serviu de um dos Ruger .357 que são as armas de serviço do Departamento de Polícia; o revólver está agora enfiado no cós de seu jeans azul. É uma surpresa para ele sentir quão agradável é o peso da arma em sua mão, quase como uma volta ao lar. As armas podem não ter muita serventia no mundo por trás da Casa Negra, mas primeiro eles têm que chegar lá, não? E segundo Beezer e Doc, a aproximação não está exatamente desguarnecida.

— Dale, você tem um canivete?

— No porta-luvas — diz Dale. Ele olha o embrulho comprido no colo de Jack. — Presumo que queira abrir isso.

— Presumiu certo.

— Você pode explicar algumas coisas enquanto abre? Tipo se podemos ou não esperar que, quando já estivermos dentro da Casa Negra, Charles Burnside pule de uma porta secreta com um machado e comece...

— Os dias de Chapa Burnside pulando em cima de pessoas terminaram — diz Jack. — Ele está morto. Ty Marshall o matou. Foi isso que sentimos na frente do Sand Bar.

O carro do chefe dá uma guinada tão violenta — atravessa para o lado esquerdo da estrada — que Beezer olha para trás por um momento, espantado com o que acaba de ver pelo retrovisor. Jack acena rapidamente para ele, um aceno rápido — *Vamos, não se preocupe com a gente* — e Beez torna a virar para a frente.

— *O quê?* — arfa Dale.

— O velho filho da mãe estava machucado, mas tenho uma ideia de que Ty ainda fez uma coisa corajosíssima. Brava e engenhosa também.

Jack está pensando que Henry amaciou Burnside, e Ty *deu cabo* dele. O que George Rathbun sem dúvida chamaria uma dobradinha legal.

— Como...

— Arrancou-lhe as tripas. Só com as mãos. *A MÃO.* Garanto que a outra está acorrentada de alguma forma.

Dale fica calado, vendo os motociclistas à sua frente entrando numa curva com os cabelos voando por baixo de seus gestos simbólicos de obediência à lei do capacete de Wisconsin. Jack, enquanto isso, está rasgando o papel pardo de embrulho e revelando um comprido cartucho branco. Alguma coisa rola de um lado para o outro lá dentro.

— Você está me dizendo que um garoto de 10 anos estripou um assassino serial. Um *canibal* serial. Você de alguma forma sabe disso.

— É.

— Acho dificílimo de acreditar.

— Baseado no pai, acho que posso entender. Fred é... — Um *fraco* é o que vem à mente, mas isso é uma injustiça e uma inverdade. — Fred tem o coração mole — diz Jack. — Judy, no entanto...

— Fibra — diz Dale. — Ela *tem* isso, me disseram.

Jack dá um sorriso sem graça para o amigo. Ele está com o zumbido confinado a uma pequena porção do cérebro, mas nesta pequena porção o estardalhaço é o de um alarme de incêndio. Eles estão quase chegando.

— Tem mesmo — ele diz a Dale. — E o garoto também. Ele é... corajoso.

O que Jack quase disse é *Ele é um príncipe.*

— *E* está vivo.

— Sim.

— Acorrentado e escondido em algum lugar.

— Certo.

— Atrás da casa de Burnside.

— Aham.

— Se a minha geografia está correta, isso o coloca em algum lugar na mata perto de Schubert e Gale.

Jack sorri e não diz nada.

— Está certo — diz Dale lentamente. — O que entendi errado?

— Não importa. O que é bom, porque é impossível explicar.

Jack só espera que Dale esteja com a cabeça bem no lugar, porque é capaz de receber um bombardeio danado na próxima hora.

Ele rasga com a unha o adesivo que fecha a caixa. Abre-a. Há uma folha de plástico de bolha embaixo. Jack puxa o papel, joga-o no chão do carro e olha para o prêmio de Ty Marshall do concurso dos Brewers — um prêmio que ele ganhou embora aparentemente nunca tenha se inscrito no concurso.

Jack dá um pequeno suspiro de assombro. Ele ainda tem muito de criança para reagir ao objeto que vê, embora nunca tivesse jogado beisebol depois de ter passado da idade para a Liga Infantil. Porque um taco tem um algo mais, não tem? Algo que fala às nossas crenças primitivas sobre a pureza da luta e a força de nosso time. O time da casa. Da direita e do *branco*. Certamente Bernard Malamud sabia disso; Jack leu *The Natural* vinte vezes, sempre esperando um final diferente (e quando o cinema lhe ofereceu um, ele detestou), sempre amando o fato de Roy Hobbs ter chamado seu taco de Wonderboy. E não ligue para os críticos com toda aquela conversa indigesta sobre a lenda arturiana e símbolos fálicos; às vezes um charuto é só fumaça e um taco é um taco. Um pau grande. Algo que serve para se fazer *home runs*.

— Puxa vida — diz Dale, dando uma olhada. E ele parece *mais moço*. Infantil. Olhos arregalados. Então Jack não é o único, aparentemente. — Taco de quem?

Jack levanta-o com cuidado da caixa. Escrita a caneta Pilot preta em cima do bastão há esta mensagem:

Para Tyler Marshall   Continue batendo! Seu amigo, Richie Sexson

— Richie Sexson — diz Jack. — Quem é Richie Sexson?

— Grande batedor dos Brewers — diz Dale.

— É tão bom quanto Roy Hobbs?

— Roy... — Então Dale sorri. — Ah, naquele filme! Robert Redford, certo? Não, acho que não... Ei, o que está fazendo?

Ainda segurando o taco (na verdade, ele quase acerta a bochecha direita de Dale com a ponta), Jack põe a mão na buzina.

— Estacione — ele diz. — É aqui. Essas antas estiveram aqui ontem mesmo e passaram direto.

Dale sai para o acostamento, pisa no freio abruptamente e põe a alavanca de mudança em ponto morto. Quando olha para Jack, seu rosto está extraordinariamente pálido.

— Ai, cara, Jack, não estou me sentindo muito bem. Talvez tenha sido o café da manhã. Nossa, espero que eu não vá começar a vomitar.

— Esse zumbido que você ouve na cabeça é do café da manhã? — pergunta Jack.

Dale arregala os olhos.

— Como você...

— Porque eu também ouço. E sinto no estômago. Não é o seu café da manhã. É a Casa Negra. — Jack estende a bisnaga. — Ande. Passe mais um pouco em volta das narinas. Dentro também. Você vai se sentir melhor.

Transmitindo uma confiança absoluta. Porque aqui não se trata de armas secretas nem de fórmulas secretas; certamente não se trata de mel. Trata-se de *crença*. Eles deixaram o reino do racional e entraram no reino do resvalamento. Jack tem certeza disso tão logo abre a porta do carro.

À sua frente, as motos dão meia-volta. Beezer, com uma cara impaciente, está sacudindo a cabeça: *Não, não, aqui não*.

Dale vai ter com Jack na frente do carro. Seu rosto ainda está pálido, mas a pele em volta e embaixo de seu nariz está brilhando, melada, e ele parece bem firme.

— Obrigado, Jack. Melhorou muito. Não sei como passar mel em volta do nariz pôde afetar meus *ouvidos*, mas o zumbido também melhorou muito. Não é nada senão um zumbido baixo.

— Não é aqui! — berra Beezer puxando a Harley para a frente da viatura.

— É — diz Jack calmamente, olhando para a mata ininterrupta. Sol em folhagem verde contrastando com zigue-zagues loucos de sombra. Tudo tremendo e instável, zombando da perspectiva. — É aqui. O esconderijo do Sr. Munshun e da gangue da Casa Negra, como o Duke nunca disse.

Agora o barulho aumenta com o ronco da moto de Doc emparelhando com Beezer.

— Beez está certo! Estivemos aqui ainda *ontem*, seu idiota! Não acha que sabe do que estamos falando?

— Aqui é só mata dos dois lados — intervém Dale. Ele aponta para o outro lado da estrada onde, 50 metros a sudoeste de onde eles estão, há uma fita amarela da polícia tremulando de um par de árvores. — Este é o caminho para a Lanchonete do Ed, ali. O lugar que a gente quer deve ser depois disso...

Embora você saiba que é aqui, pensa Jack. Na verdade, maravilha-se. *Por que outra razão você se besuntou de mel como o ursinho Pooh num dia feliz?*

Ele desvia a vista para Beezer e Doc, que também estão parecendo extraordinariamente indispostos. Jack abre a boca para falar com eles... e algo se agita no alto de seu campo visual. Ele contém o impulso natural de olhar e definir a fonte deste movimento. Algo — provavelmente sua velha parte Jack Viajante — pensa que seria uma péssima ideia fazer isso. Algo já os está observando. Melhor não saber que foi detectado.

Ele pousa o taco de Richie Sexson, encostando-o na lateral do carro em ponto morto. Pega o mel de Dale e estende-o para Beez.

— Pronto — diz —, lambuze-se.

— Não há *por que* fazer isso, seu idiota! — grita Beezer exasperado. — *Não... é... aqui!*

— Seu nariz está sangrando — Jack diz num tom moderado. — Só um pouco. O seu também, Doc.

Doc passa um dedo embaixo do nariz e olha para a mancha vermelha, pasmo. Começa:

— Mas eu *sei que* não...

Aquela agitação de novo, no alto do campo visual de Jack. Ele a ignora e olha para a frente. Beezer, Doc e Dale olham, e Dale é o primeiro a ver.

— Caramba — diz ele baixinho. — Uma placa de PROIBIDA A ENTRADA. Estava aí antes?

— Estava — diz Jack. — Está aí há trinta anos ou mais, eu diria.

— Porra — diz Beez, e começa a esfregar mel em volta do nariz. Ele enfia generosas quantidades dentro das narinas; gotas resinosas brilham em sua barba arruivada de viking. — A gente teria passado direto, doutor. Teria ido até a cidade. Puxa, talvez até Rapid City, Dakota do Sul. — Ele passa o mel para Doc e faz uma careta para Jack. — Sinto muito, cara. A gente devia saber. Sem desculpa.

— Onde está a estradinha de acesso? — Dale está perguntando, e depois: — Ah. Está *ali*. Eu poderia *jurar*...

— Que não tinha nada ali, eu sei — diz Jack.

Ele está rindo. Olhando para os amigos. Para a gangue Sawyer. Certamente não está olhando para os trapos pretos tremulando nervosamente na parte superior de seu campo visual, nem para baixo de sua cintura, onde sua mão está sacando lentamente o Ruger .357 do cós. Ele sempre foi um dos melhores. Atirando do estande, ele só foi premiado umas poucas vezes, mas quando se tratava de concurso de rapidez no gatilho, dava-se muito bem. Ficava entre os cinco primeiros, em geral. Jack não sabe se esta é uma habilidade que ele conservou, mas acha que já vai descobrir.

Sorrindo para eles, observando Doc besuntar o focinho de mel, Jack diz com uma voz normal:

— Há alguma coisa nos observando. Não olhem. Vou tentar atirar nela.

— O que é? — Dale pergunta, sorrindo de volta. Ele não olha para cima, só para a frente. Agora pode ver com bastante clareza o caminho sombrio que deve levar à casa de Burnside. Não estava ali, ele poderia jurar que não estava, mas agora está.

— É um pé no saco — diz Jack, e de repente levanta o Ruger, segurando a coronha com as duas mãos. Ele vai atirando quase antes de ver com seus olhos, e pega inteiramente desprevenido um grande corvo negro empoleirado no galho de um carvalho. A ave dá um guincho chocado — "ÓÓÓC" — e aí é estraçalhada em seu poleiro. O sangue voa contra o céu azul desmaiado de verão. Penas caem em chumaços escuros como sombras da meia-noite. E um corpo. O cadáver bate no acostamento defronte do caminho com um baque pesado. Um olho negro e vítreo olha para Jack Sawyer com uma expressão de surpresa.

— Você deu cinco ou seis tiros? — pergunta Beezer num tom de profundo assombro. — Foi tão rápido que eu nem vi.

— Descarreguei tudo — diz Jack.

Ele imagina que continua não sendo dos piores em rapidez no gatilho, afinal de contas.

— É um corvo grande, porra — diz Doc.

— Não é um corvo qualquer — diz-lhe Jack. — É Gorg. — Ele avança para o corpo fulminado que jaz no chão. — Como vai, cara? Como está? — ele cospe em Gorg, uma ostra suculenta. — Isso foi por atrair as crianças — diz. Então, de repente, chuta o cadáver do corvo para dentro da vegetação rasteira. O corvo voa descrevendo um arco manco, as asas enroladas no corpo como uma mortalha. — E isso foi por perturbar a mãe de Irma.

Os três estão olhando para ele, com expressões idênticas de perplexidade e assombro. Quase de medo. É um olhar que cansa Jack, embora ele suponha que precise aceitá-lo. Lembra-se de seu velho amigo Richard Sloat olhando para ele da mesma maneira, depois de perceber que o que chamava de "coisas da ilha Seabrook" não se confinava à ilha Seabrook.

— Vamos — diz Jack. — Todo mundo no carro. Vamos acabar com isso.

Sim, e eles precisam andar rápido porque um certo cavalheiro de um olho só logo estará procurando por Ty, também. O Sr. Munshun. *Olho do rei*, Jack pensa. *Olho do abalá. É isso que Judy queria dizer — o Sr. Munshun. Quem ou o que quer que ele realmente seja.*

— Não gosto de deixar as motos aqui na beira da estrada, cara — diz Beezer. — Qualquer um pode chegar e...

— Ninguém vai ver — Jack lhe diz. — Três ou quatro carros passaram desde que estacionamos, e ninguém sequer olhou para nós. E sabe por quê?

— Já começamos a atravessar, não? — Doc pergunta. — Aqui é o limite. A fronteira.

— Opopânace — diz Jack.

A palavra simplesmente sai.

— Hã?

Jack pega o taco de Ty que foi de Richie Sexson e instala-se no banco do carona do carro.

— Quer dizer vamos embora — ele diz. — Vamos encerrar este assunto.

E então a gangue Sawyer faz sua última viagem — subindo o caminho arborizado e venenoso que leva à Casa Negra. A claridade forte da tarde rapidamente cai para o reflexo ameaçador de uma noite de novembro encoberta. Na mata cerrada de ambos os lados, formas escuras se emaranham e rastejam e às vezes voam. Elas não têm muita importância — Jack acha; são só fantasmas.

— Você vai recarregar esse revólver? — Beezer pergunta do assento traseiro.

— Não — diz Jack, olhando para o Ruger sem muito interesse. — Acho que ele já fez o serviço dele.

— Devemos estar prontos para quê? — pergunta Dale com uma voz esganiçada.

— Tudo — responde Jack.

Ele concede a Dale Gilbertson um sorriso sem humor. À frente deles, está uma casa que não conserva sua forma, mas sim rodopia e balança da maneira mais aflitiva. Às vezes, parece não ser maior que uma humilde casa de fazenda; um piscar de olhos, e parece um monolito irregular escondendo todo o céu; outro piscar de olhos e parece ser uma construção baixa e desconjuntada, estendendo-se para trás sob a cobertura da floresta por uma distância que poderia chegar a quilômetros. Ela emite um zumbido baixo que parece o murmúrio de vozes.

— Estejam preparados para tudo.

Capítulo Vinte e Oito

Mas, de início, não há nada.

Os quatro saltam e ficam na frente do carro de Dale, dando a todo mundo a impressão de que estão posando para o tipo de foto de grupo que acabará na parede do escritório de alguém. Só que o fotógrafo estaria na varanda da Casa Negra — é para lá que eles estão virados — e na varanda só há a segunda placa de PROIBIDA A ENTRADA, encostada no pilar descascado de uma escada em caracol. Alguém desenhou uma caveira ali com uma caneta Pilot ou um lápis-cera. Burny? Algum adolescente intrépido que aceitou o desafio de ir até a casa? Dale fez algumas loucuras aos 17 anos, arriscou a vida com uma lata de tinta em aerossol mais de uma vez, mas ainda acha isso difícil de acreditar.

O ar está ameaçador e silencioso, como antes de uma tempestade. Além disso, fede, mas o mel parece filtrar o pior do cheiro. Na mata, alguma coisa faz um barulho denso que Dale nunca ouviu antes. *Gruu-uuu.*

— O que é isso? — ele pergunta a Jack.

— Não sei — Jack responde.

Doc diz:

— Já ouvi crocodilos. É o barulho que eles fazem quando estão com tesão.

— Aqui não são as Everglades — diz Dale.

Doc lhe lança um sorrisinho.

— Também não é mais Wisconsin, tampouco Toto. Ou talvez você não tenha notado.

Dale notou muito bem. Em primeiro lugar, há a maneira como a casa está sempre mudando de forma — como às vezes parece *enorme,* como se consistisse em muitas casas superpostas. Uma cidade talvez do tamanho de Londres dobrada debaixo de um único teto. E então há as árvores. Há carvalhos e pinheiros velhos, há bétulas qual fantasmas esquálidos, há bordos vermelhos — todos nativos da área —, mas ele também vê organismos radiculares retorcidos que parecem figueiras--bravas modificadas. E estarão elas *andando*? Nossa, Dale espera que não. Mas, de qualquer maneira, estão *sussurrando*. Ele tem quase certeza disso. Pode ouvir as palavras deslizando pelo zumbido em sua cabeça, e não são palavras encorajadoras, longe disso.

Temato... tecomo... teodeio...

— Cadê o cachorro? — pergunta Beezer. Ele está empunhando sua 9mm. — Aqui, totó! Tenho uma coisinha gostosa para você! Vem pegar logo!

Em vez do cachorro, aquele ronco gutural torna a vir da mata, desta vez mais perto: *GRUU-UUUU!* E as árvores sussurram. Dale olha para a casa, observa a súbita superposição de andares entrando num céu que ficou branco e frio e sente uma vertigem como uma onda de graxa quente lhe passando pela cabeça. Sente vagamente Jack pegá-lo pelo braço para ele não cair. Ajuda um pouco, mas não o bastante; o chefe de polícia de French Landing vira para a esquerda e vomita.

— Ótimo — diz Jack. — Bote para fora. Livre-se disso. E vocês, Doc? Beez?

Os Thunder Two lhe dizem que estão bem. Por enquanto, é verdade, mas Beezer não sabe quanto tempo vai durar o equilíbrio. Seu estômago está roncando, baixo e devagar. *Bem, e se eu botar tudo para fora aqui?*, ele pensa. *Segundo Jack, Burnside não vai se importar.*

Jack vai à frente subindo a escada da varanda, parando para chutar logo a placa enferrujada de PROIBIDA A ENTRADA com a caveira pichada para dentro de uma moita de mato ali ao lado, que se fecha logo sobre ela qual uma mão gulosa. Dale se lembra de como Jack cuspiu no corvo. Seu amigo agora parece diferente. Mais jovem e mais forte.

— Mas nós *vamos* entrar — diz Jack. — Vamos entrar com tudo.

A princípio, porém, parece que não vão. A porta de entrada da Casa Negra não está apenas trancada. Não há fresta nenhuma entre a porta e o montante. Na verdade, de perto, a porta parece pintada, um *trompe l'oeil*.

Atrás deles, na mata, algo grita. Dale pula. O grito vai ficando de uma estridência atroz, vira uma gargalhada louca e de repente se cala.

— Os nativos estão agitados, porra — comenta Doc.

— Quer tentar uma janela? — Beezer pergunta a Jack.

— Não. Vamos entrar pela frente.

Jack andou levantando o taco de Richie Sexson enquanto falava. Agora, o abaixa, parecendo intrigado. Ouve-se uma vibração vindo de trás deles, aumentando de volume rapidamente. E o dia, já escuro neste estranho buraco de floresta, parece escurecer mais ainda.

— E agora? — pergunta Beezer, virando-se novamente para a rampa de acesso e a radiopatrulha estacionada. Está segurando a 9mm junto ao ouvido. — E...

E então se cala. A arma balança para o lado e para baixo. Seu queixo cai.

— Puta merda — diz Doc baixinho.

Dale, ainda mais baixo:

— Isso é obra sua, Jack? Se for, você realmente *anda* escondendo o jogo.

Escureceu porque a clareira defronte da Casa Negra agora ganhou uma cobertura de abelhas. Mais abelhas vêm chegando do caminho, uma cauda de cometa marrom-dourada. Elas emitem uma vibração sonolenta e benfazeja que abafa completamente o áspero zumbido do alarme de incêndio. A coisa que soa como um jacaré rouco na mata se cala, e as formas oscilantes das árvores desaparecem.

A mente de Jack de repente se enche de pensamentos e imagens de sua mãe: Lily dançando, Lily circulando atrás de uma das câmeras antes de uma cena importante com um cigarro entre os dentes, Lily sentada olhando pela janela da sala enquanto Patsy Cline canta "Crazy Arms".

Em outro mundo, claro, ela fora outro tipo de rainha, e o que é uma rainha sem um leal séquito real?

Jack Sawyer olha para a vasta nuvem de abelhas — milhões delas, talvez bilhões; todas as colmeias do Meio-Oeste devem estar vazias esta tarde — e sorri. Isso muda a forma de seus olhos e as lágrimas que andavam se acumulando ali escorrem-lhe pelo rosto. *Olá*, ele pensa. *Olá, meninas.*

O zumbido baixo e agradável das abelhas parece mudar ligeiramente, como se em resposta. Talvez só em sua imaginação.

— Elas são para quê, Jack? — pergunta Beezer.

O assombro ecoa em sua voz.

— Não sei exatamente — diz Jack. Ele vira-se de novo para a porta, levanta o taco e bate uma vez com ele na porta. — *Abram!* — ele grita. *Eu ordeno, em nome da Rainha Laura DeLoessian! E em nome de minha mãe!*

Ouve-se um estalo altíssimo, tão alto e penetrante que Dale e Beez recuam, com uma careta. Beezer realmente tapa os ouvidos. Uma fresta aparece no alto da porta e continua se abrindo da esquerda para a direita. No canto direito superior da porta, a abertura gira e desce reto, criando uma frincha através da qual sopra um vento cheirando a mofo. Jack sente um bafo de algo acre e ao mesmo tempo familiar: o cheiro de morte que ele sentiu pela primeira vez na Lanchonete do Ed.

Jack põe a mão na maçaneta e experimenta-a. Ela gira livremente em sua mão. Ele abre o caminho para a Casa Negra.

Mas, antes que ele possa convidar os companheiros a entrar, Doc Amberson começa a gritar.

Alguém — talvez seja Ebbie, talvez T. J., talvez o velho pateta Ronnie Metzger — está puxando o braço de Ty. Dói pra cacete, mas isso não é o pior. Quem está puxando o braço também está fazendo aquele zumbido que parece vibrar dentro da cabeça dele. Há também um barulho metálico

(a Grande Combinação, isso é a Grande Combinação)

mas este zumbido...! Cara, este zumbido *dói*.

— Pare com isso — resmunga Ty. — Pare com isso, Ebbie, senão eu...

Ouvem-se gritos fracos filtrando-se por esse zumbido elétrico, e Ty Marshall abre os olhos. Não há nenhum instante misericordioso de graça quando ele não sabe ao certo quem é ou o que lhe aconteceu. Tudo volta com a força de uma cena terrível — um acidente de carro com mortos jazendo em volta, digamos — que lhe aparece na frente antes que você possa olhar para o outro lado.

Ele aguentara até o velho morrer; obedecera à voz de sua mãe e mantivera a calma. Mas, uma vez que começou a gritar por socorro, o pânico voltara e o engolira. Ou talvez fosse o choque. Ou ambas as coisas. De qualquer forma, ele desmaiara enquanto ainda gritava por socorro. Há quanto tempo estava pendurado ali pelo braço esquerdo acorrentado, inconsciente? É impossível dizer pela luz que entra pela porta do galpão; isso parece não ter mudado. Como os vários estrondos e gemidos da enorme máquina, e Ty entende que isso continua sem parar, juntamente com os gritos das crianças e o estalo dos chicotes enquanto os guardas desumanos fazem o trabalho prosseguir sempre. A Grande Combinação nunca para. Ela funciona com sangue e terror e nunca tira um dia de folga.

Mas aquele zumbido — aquele zumbido elétrico encorpado, como o maior barbeador Norelco do mundo —, que diabo é isso?

O Sr. Munshun foi pegar o mono. A voz de Burny está na voz dele. Um sussurro abjeto. *O mono do Fim-do-mundo.*

Uma aflição terrível entra sorrateiramente no coração de Ty. Ele não tem dúvida nenhuma de que o que está ouvindo é esse monotrilho mesmo, ainda agora parando sob a cobertura no final da estrada da Casa da Estação. O Sr. Munshun vai procurar o garoto dele, seu carrodo esbezial, e quando não o vir (nem Burn-Burn, também), virá procurá-lo?

— Claro que sim — grasna Ty. — Ah, garoto. Vá tomar banho.

Ele olha para a mão esquerda. Seria muito fácil puxá-la pelo elo, se não fosse a algema. Ele dá vários puxões para baixo, mas a algema apenas bate no elo. A outra algema, a que Burny estava tentando pegar quando Ty agarrou-lhe o saco, está balançando, fazendo o garoto se lembrar da força nesta ponta da estrada da Casa da Estação.

Aquele zumbido que faz chorar e bater o queixo de repente para.

Ele desligou a coisa. Agora está me procurando na estação, para se certificar de que não estou lá. E quando se certificar, o que vai acontecer? Ele sabe deste lugar? Claro que sabe.

A aflição de Ty está se transformando num arrepio gelado de horror. Burny negaria isso. Burny diria que o barracão ali naquele brejo seco era seu segredo, um lugar especial para ele. Em sua arrogância doida, nunca lhe teria ocorrido o quanto essa ideia equivocada poderia servir para o objetivo de seu suposto amigo.

Judy fala de novo dentro da cabeça de Ty, e desta vez ele está razoavelmente certo de que *é* mesmo sua mãe. *Você não pode depender de mais ninguém. Eles podem chegar a tempo, mas podem não chegar. Você tem que supor que não vão chegar. Tem que sair desta sozinho.*

Mas *como*?

Ty olha para o corpo retorcido do velho, jazendo no chão ensanguentado com a cabeça quase para fora da porta. A lembrança do Sr. Munshun tenta se impor, o amigo de Burny descendo a estrada da Casa da Estação agora mesmo (ou talvez dirigindo seu próprio carrinho de golfe), querendo pegá-lo e levá-lo para o abalá. Tyler afasta a imagem. Ela vai fazê-lo entrar em pânico de novo, e ele não pode mais se dar a esse luxo. Já não tem mais tempo.

— Não posso alcançá-lo — diz Ty. — Se a chave estiver no bolso dele, estou liquidado. Caso encerrado, fim de jogo, vamos nes...

Seus olhos topam com algo no chão. É o saco que o velho estava carregando. O que continha o boné. E as algemas.

Se as algemas estavam ali dentro, talvez a chave também esteja.

Ty estica o pé esquerdo o máximo que pode. Não adianta. Não consegue alcançar o saco. Faltam pelo menos 10 centímetros. Dez centímetros, e o Sr. Munshun está vindo, vindo.

Ty quase sente o cheiro dele.

Doc grita sem parar, vagamente consciente de que os outros estão berrando para que ele pare, está tudo bem, não há nada a temer, vagamente consciente de que está machucando a garganta, provavelmente fazendo-a sangrar. Essas coisas não importam. O que importa é que quando abriu a porta da entrada da Casa Negra, Hollywood expôs o recepcionista oficial.

O recepcionista oficial era Daisy Temperly, a namorada de olhos castanhos de Doc. Ela está usando um bonito vestido rosa. Sua pele é branca como papel, a não ser do lado direito da testa, de onde cai um pedaço de pele, expondo o crânio vermelho por baixo.

— Entre, Doc — diz Daisy. — Podemos falar sobre como você me matou. E você pode cantar. Pode cantar para mim. — Ela sorri. O sorriso se arregaça e mostra uma boca cheia de dentes de vampiro protuberantes. — Você pode cantar para mim *para sempre*.

Doc dá um passo em falso para trás, vira-se para fugir, e é aí que Jack o agarra e o sacode. Doc Amberson é um sujeito forte — 117 pelado, mais para 127 quando todo vestido de Guerreiro da Estrada como agora —, mas Jack sacode-o facilmente, balançando a cabeça do homenzarrão para trás e para a frente. A cabeleira comprida de Doc se agita.

— Essas coisas todas são ilusões — diz Jack. — Imagens planejadas para manter afastadas visitas indesejáveis como nós. Não sei o que você viu, Doc, mas o que viu não existe.

Doc olha com cuidado por cima do ombro de Jack. Por um momento, ele vê um redemoinho rosa que vai diminuindo — é como a chegada do cão-diabo, só que de trás para a frente — e some. Ele olha para Jack. Lágrimas lhe escorrem pela cara queimada de sol.

— Eu não tive intenção de matá-la — ele diz. — Eu a *amava*. Mas estava cansado naquela noite. Muito cansado. Sabe o que é estar cansado, Hollywood?

— Sei — diz Jack. — E se a gente sair desta, pretendo dormir uma semana. Mas agora... — Ele olha de Doc para Beezer. De Beezer para Dale. — Vamos ver mais coisas. A casa vai usar suas piores lembranças contra vocês: o que fizeram de errado, as pessoas que magoaram. Mas no geral, estou animado. Acho que muito do veneno saiu desta casa quando Burny morreu. Tudo o que temos a fazer é descobrir como passar para o outro lado.

— Jack — diz Dale.

Ele está em pé no vão da porta, no mesmo lugar em que Daisy recebeu seu velho médico. Seus olhos estão muito arregalados.

— O quê?

— Se orientar aí dentro... pode parecer mais fácil de falar do que de fazer.

Eles ficam em volta dele. Do outro lado da porta, há um vestíbulo redondo gigantesco, um lugar tão grande que faz Jack pensar rapidamente na Basílica de São Pedro. No chão há 4.000 metros quadrados de um tapete verde venenoso entrelaçado com cenas de tortura e blasfêmia. Desta sala, portas dão para todos os lugares. Além disso, Jack conta sete conjuntos de escadas em zigue-zague. Ele pisca e há seis. Torna a piscar e há uma dúzia, tão desconcertantes aos olhos quanto um desenho de Escher.

Ele pode ouvir a profunda vibração idiota que é a voz da Casa Negra. Pode ouvir algo mais, também: um riso.

Entre, está lhe dizendo a Casa Negra. *Entre e fique vagando para sempre por estas salas.*

Jack pisca e vê *mil* escadas, algumas andando, inchando e encolhendo. Há portas dando para galerias de quadros, de esculturas, em turbilhões, no vazio.

— O que fazemos agora? — Dale pergunta desolado. — Que diabo fazemos agora?

Ty nunca viu o amigo de Burny, mas, enquanto está ali pendurado na argola, acha que pode imaginá-lo bem facilmente. Neste mundo, o Sr. Munshun é uma criatura de verdade... mas não um ser humano. Ty vê uma figura agitada e ocupada de terno preto e gravata vermelha esvoaçante descendo a estrada da Casa da Estação. Essa criatura tem uma carantonha branca dominada por uma boca vermelha e um único olho indistinto. O emissário e principal assistente do abalá parece aos olhos da imaginação de Ty um Humpty-Dumpty mau. Ele está usando um colete abotoado com ossos.

Tenho que sair daqui. Tenho que pegar aquele saco... mas como?

Ele torna a olhar para Burny. Para o emaranhado horrendo das entranhas derramadas de Burny. E, de repente, vem a resposta. Em vez de pegar o saco, ele engancha na ponta do tênis uma alça suja de terra do intestino de Burny. Levanta-a, gira-a e depois a chuta devagarinho. A alça de intestino sai da ponta do tênis.

E laça o saco de couro.

Até aí, tudo bem. Agora, se ele conseguir arrastá-lo até onde seu pé possa alcançá-lo...

Tentando não pensar na figura atarracada e apressada com a cara grotescamente comprida, Ty torna a procurar usar o pé. Ele o enfia embaixo da alça de intestino e começa a puxar, devagar e com extremo cuidado.

— É impossível — diz Beezer categoricamente. — Nada pode ser tão grande. Você sabe disso, não?

Jack respira fundo, expira, torna a respirar e pronuncia uma única palavra com uma voz baixa e firme.

— Di-*yamba*? — pergunta Beez desconfiado. — Que diabo é di-*yamba*?

Jack não se dá ao trabalho de responder. Da vasta nuvem escura de abelhas que pairam zumbindo sobre a clareira (o carro de Dale agora é só uma massa peluda de um preto dourado defronte da varanda) emerge uma única abelha. *Ela,* pois sem dúvida é a abelha-rainha, voa entre Dale e Doc, para um instante na frente de Beezer, como se examinando-o (ou examinando o mel com que ele generosamente se besuntou), para na frente de Jack. É gorda, um contrassenso em termos de aerodinâmica e ridícula e de alguma forma absolutamente maravilhosa. Jack ergue um dedo como um professor prestes a se pronunciar ou o líder de uma banda prestes a marcar o tempo forte. A abelha se acende na ponta do dedo.

— Você vem dela? — Ele faz essa pergunta baixo, baixo demais para os outros ouvirem, mesmo Beezer, que está em pé a seu lado.

Jack não sabe exatamente a quem ele se refere. Sua mãe? Laura DeLoessian? Judy? Sophie? Ou há alguma outra Ela, uma força para contrabalançar o Rei Rubro? Isto, de alguma maneira, parece correto, mas ele supõe que nunca saberá ao certo.

Seja como for, a abelha só olha para ele com seus olhos pretos arregalados, asas indistintas. E Jack percebe que essas são perguntas para as quais não precisa de resposta. Ele andou sonolento, mas agora está desperto, está de pé. Esta casa é enorme e funda, um lugar cheio de baixezas e camadas de segredos, mas e daí? Ele tem o taco que Ty ganhou de prêmio, tem amigos, tem a *d'yamba,* e aqui está a Rainha das Abelhas. Isso basta. Ele está preparado para ir. Melhor — talvez o melhor de tudo —, ele está *feliz* em ir.

Jack leva a ponta do dedo à boca e sopra a abelha delicadamente para o vestíbulo da Casa Negra. Ela roda sem rumo por um momento, depois vira à esquerda como uma flecha e passa por uma porta com uma forma estranhamente inchada e obesa.

— Vamos — diz Jack. — Estamos trabalhando.

Os outros três trocam olhares inquietos, depois, seguem-no para dentro daquilo que o tempo todo foi o destino deles.

É impossível dizer quanto tempo a gangue Sawyer passa na Casa Negra, aquele buraco que cuspiu a coisa escorregadia em French Landing e nas cidades vizinhas. Da mesma forma, é impossível dizer com alguma clareza o que eles veem lá. Num sentido muito real, fazer um tour pela Casa Negra é como fazer um tour pelo cérebro de um doido, e em tal estrutura mental não se pode esperar encontrar planos para o futuro nem lembranças do passado. No cérebro de um louco, só existe o presente furioso, com seus intermináveis desejos esbravejados, suas especulações paranoicas e suas suposições grandiosas. Portanto, não surpreende que as coisas que eles veem na Casa Negra desapareçam de suas mentes tão logo desapareçam de sua vista, deixando apenas vagos sussurros de inquietação que podem ser o grito distante do opopânace. Esta amnésia é misericordiosa.

A abelha-rainha os conduz, e as outras abelhas seguem num enxame que descolore o ar com sua vastidão e voa por salas que estão em silêncio há séculos (pois certamente compreendemos — intuitiva se não logicamente — que a Casa Negra já existia muito antes de Burny ter construído seu nódulo mais recente em French Landing). A certa altura o quarteto desce uma escada de vidro verde. No abismo embaixo dos degraus, eles veem pássaros rodando como urubus com a cara branca e desesperada de bebês perdidos. Numa sala comprida e estreita como um ônibus, desenhos animados vivos — dois coelhos, uma raposa e um sapo de aspecto drogado usando luvas brancas — estão sentados em volta de uma mesa catando e comendo o que parecem ser pulgas. Eles são *desenhos animados,* em preto e branco, dos anos 1940, e dói na vista de Jack olhar para eles porque eles também são reais. O coelho dá-lhe uma piscadela cúmplice quando a gangue Sawyer passa, e no olho que não fecha Jack vê assassinato, definitivamente. Há um salão vazio onde se ouvem vozes gritando numa língua estranha que parece francês, mas não é. Há uma sala cheia de uma selva verde nauseante iluminada por um sol tropical escaldante. Pendendo de uma das árvores, há um enorme casulo que parece conter um bebê dragão ainda enrolado nas próprias asas.

— Isso não pode ser um dragão — diz Doc Amberson com uma voz estranhamente racional. — Eles nascem ou de ovos ou dos dentes de outros dragões. Talvez de ambas as coisas.

Eles descem um corredor comprido que de repente faz uma curva, transforma-se num túnel, e depois os joga num tobogã seboso enquanto uma percussão doida sai de alto-falantes escondidos. Para Jack, isso parece Cozy Cole, ou talvez Gene Krupa. Os lados caem, e, por um momento, eles estão escorregando sobre um abismo que literalmente parece não ter fim.

— Guiem-se com as mãos e os pés! — grita Beezer. — Se não quiserem cair pelo lado, GUIEM-SE!

Eles finalmente são jogados no que Dale chama de Sala da Sujeira. Passam com dificuldade por enormes montes de terra cheirando a sujeira sob um teto de zinco enferrujado com guirlandas de lâmpadas penduradas. Pelotões de minúsculas aranhas branco-esverdeadas andam para baixo e para cima como um cardume de peixes. Quando eles chegam ao outro lado, estão todos ofegantes e sem fôlego, os sapatos enlameados, as roupas imundas. Há três portas ali. A líder do grupo está zumbindo e fazendo acrobacias em frente à do meio.

— De jeito nenhum — diz Dale. — Quero trocar pelo que está atrás da cortina.*

Jack lhe diz que ele tem futuro como comediante, sem a menor dúvida, e então abre a porta que a abelha escolheu para eles. Do outro lado, há uma enorme lavanderia automatizada, que Beezer imediatamente chama de Salão da Limpeza. Juntos, eles seguem a abelha por um corredor úmido ladeado por lavadoras cheias de espuma borbulhando e secadoras tremendo e zumbindo. O ar recende a pão fresco. As lavadoras — cada qual com uma vigia única qual um olho zangado — formam uma pilha de 15 metros ou mais. Acima delas, num mar de poeira, afluem correntes agitadas de pombos. A toda hora, eles veem pilhas de ossos, ou alguma outra pista de que seres humanos passaram por ali (deliberadamente ou levados por alguém). Num corredor, eles encontram uma motoneta coberta de teias de aranha. Mais adiante, um par de patins femininos de rodas centralizadas. Numa vasta biblioteca, a palavra RISO foi formada com ossos humanos sobre uma mesa de mogno. Numa sala ricamente mobiliada (ainda que visivelmente descuidada), através da qual a abelha os conduz numa reta só, Dale e Doc observam que a arte numa parede parece consistir em caras humanas que foram cortadas, curadas e depois esticadas em quadrados de madeira. Grandes olhos perplexos foram pintados nas órbitas vazias. Dale acha que reconhece pelo menos uma das caras: Milton Wanderly, um

---

* Alusão ao programa de prêmios Let's Make a Deal [Vamos fazer um negócio], da rede americana NBC, que estreou em 1963, onde o participante podia trocar prêmios já conquistados por algo desconhecido que ficava atrás de uma cortina. [N. da T.]

professor primário que desapareceu há três ou quatro anos. Todo mundo havia suposto que o irmão mais moço de Don Wanderly simplesmente fora embora da cidade. *Bem,* Dale pensa, *foi mesmo.* No meio de um corredor de pedra ladeado de celas, a abelha entra numa pequena alcova sórdida e dá voltas em cima de um colchonete em frangalhos. A princípio, nenhum deles fala. Eles não precisam. Ty esteve ali, e não faz muito tempo. Eles quase podem sentir seu cheiro — seu medo. Então Beezer vira-se para Jack. Os olhos azuis sobre a viçosa barba arruivada estão furiosos.

— O velho filho da mãe o queimou com alguma coisa. Ou o matou.

Jack balança a cabeça de modo afirmativo. Ele também pode sentir o cheiro disso, embora não saiba nem queira saber se o faz com o nariz ou a mente.

— Burnside não vai matar mais ninguém — ele diz.

A abelha-rainha passa entre eles e volteia impaciente no corredor. À esquerda, por onde eles vieram, o corredor está preto de abelhas. Elas viram à direita e não à esquerda, e logo a abelha os está conduzindo para uma outra escada aparentemente interminável. A certa altura, eles atravessam uma breve garoa — em algum lugar, acima desta parte da escada, um cano nas entranhas inimagináveis da Casa Negra talvez esteja vazando. Seis dos degraus estão molhados, e todos eles veem rastros ali. Os rastros são muito indistintos para ter algum valor para uma equipe da perícia (Jack e Dale pensam a mesma coisa), mas a gangue Sawyer se anima: há um conjunto grande e um conjunto pequeno, e ambos os conjuntos são relativamente recentes. Agora eles estão chegando lá, por Deus! Eles começam a andar mais depressa, e atrás deles as abelhas descem numa vasta nuvem a zumbir, como uma praga do Antigo Testamento.

O tempo pode ter deixado de existir para a gangue Sawyer, mas para Ty Marshall tornou-se uma presença angustiante. Ele não pode saber ao certo se a sensação que tem da chegada do Sr. Munshun é imaginação ou premonição, mas está apavorado que seja esta última hipótese. Ele tem que dar o fora daquele galpão, *tem que,* mas o raio do saco continua fugindo dele. Ele conseguiu puxá-lo para perto com a alça dos intestinos; ironicamente, esta foi a parte fácil.

Ele não consegue alcançá-lo; por mais que se espiche ou por mais que puxe o ombro esquerdo e o pulso esquerdo algemado, ainda ficam faltando pelo menos dois palmos. Lágrimas de dor lhe escorrem pelo rosto. Toda lágrima que cai é logo substituída pelo suor cáustico que lhe escorre para dentro dos olhos da testa engordurada.

— Chute — diz ele. — Como no futebol. — Ele olha para o ser desfigurado esparramado na porta, seu ex-algoz. — Como no futebol, certo, Burn-Burn?

Ele encosta o pé de lado no saco, chuta-o para a parede, depois começa a levantá-lo contra a madeira manchada de sangue. Ao mesmo tempo, estica o braço... agora 35 centímetros... agora apenas 30... estica...

... e o saco de couro cai da ponta de seu tênis no chão. Ploft.

— Você está de olho para ver se ele chega, não está, Burny? — Ty arfa. — Tem que estar, sabe, estou de costas. Você é o vigia, certo? Você é... *Porra!*...

Desta vez o saco cai antes mesmo de ele começar a levantar o pé. Ty bate na parede com a mão livre.

Por que faz isso?, pergunta calmamente uma voz. Esta é a pessoa que fala como sua mãe, mas não *é* bem ela. *Isso vai ajudá-lo?*

— Não — diz Ty ressentido —, mas faz com que eu me sinta melhor.

Se você se libertar, vai sentir-se melhor. Agora tente de novo.

Ty torna a empurrar o saco para a parede. Ele o aperta com o pé, para sentir se pode haver mais alguma coisa lá dentro — uma chave, por exemplo —, mas não dá para sentir nada. Não de tênis. Ele começa a empurrar novamente o saco parede acima. Com cuidado... não muito depressa... como se chutasse a bola para o gol...

— Não o deixe entrar, Burny — ele arfa para o defunto atrás dele. — Você me deve essa. Não quero ir no mono. Não quero ir para o Fim-do-mundo. E não quero ser Sapador. Seja lá o que isso for, eu não quero ser. Quero ser explorador... talvez submarino, como Jacques Cousteau... ou piloto da Força Aérea... ou, quem sabe... *PORRA!*

Desta vez não é irritação o que sente quando o saco lhe cai do pé, mas sim raiva e quase pânico.

O Sr. Munshun se alvoroçando. Se aproximando. Tencionando levá-lo embora. *Din-tá. Abalá-dum.* Para todo o sempre.

— O raio da chave não deve estar aqui. — Sua voz está vacilando, é quase um soluço. — Está, Burny?

"Chapa" Burnside não emite opinião.

— Aposto que não tem nada ali dentro. A não ser talvez... sei lá... um tubo de pastilhas digestivas. Comer gente *tem* que dar indigestão.

Todavia, Ty torna a pescar o saco com o pé, e mais uma vez começa a difícil tarefa de empurrá-lo parede acima até uma altura que permita agarrá-lo com seus dedos esticados.

Dale Gilbertson morou a vida inteira no condado de Coulee, e está acostumado ao verde. Para ele, árvores e gramados e campos que se estendem a perder de vista são a norma. Talvez por isso ele olhe com tanto desagrado e com uma consternação crescente para as terras carbonizadas e fumegando no entorno da estrada Congro.

— O que *é* esse lugar? — pergunta ele a Jack.

As palavras saem em pequenas baforadas. A gangue Sawyer não tem carrinho de golfe e precisa ir a pé. Na verdade, Jack impôs um passo um pouco mais acelerado do que o ritmo com que Ty dirigiu o carrinho.

— Não sei bem — diz Jack. — Vi um lugar *assim* há muito tempo. Chamava-se as Terras Secas. Era...

Um homem esverdeado com a pele preguenada pula em cima deles de detrás de uma massa confusa de pedras enormes. Em uma das mãos ele tem um chicote curto e grosso — cujo nome verdadeiro Jack acredita seja rebenque.

— Báááá! — grita esta aparição soando esquisitamente como Richard Sloat quando Richard ri.

Jack ergue o taco de Ty e olha para a aparição com um ar interrogativo: *Quer apanhar?* Aparentemente, a aparição não quer. Ela fica um instante parada, depois se vira e foge. Enquanto desaparece no labirinto de pedras, Jack vê que há uma linha irregular de chifres em seus dois tendões de aquiles.

— Eles não gostam do Wonderboy — diz Beezer, olhando satisfeito para o taco.

O taco continua sendo um taco, assim como a 9mm e os Rugers .357 continuam sendo revólveres e *eles* continuam sendo *eles*: Jack,

Dale, Beezer, Doc. E Jack decide que não está muito surpreso com isso. Parkus *disse-lhe* que isso não tinha a ver com Duplos, disse isso durante sua conversa perto da tenda do hospital. Este lugar pode ser contíguo aos Territórios, mas *não* são os Territórios. Jack se esquecera disso.

Bem, sim, mas eu tinha outras coisas em mente.

— Não sei se vocês olharam bem para o muro do outro lado desta estradinha encantadora — diz Doc —, mas aquelas pedras brancas grandes realmente parecem ser caveiras.

Beezer dá uma espiada no muro de caveiras, depois torna a olhar para a frente.

— O que me preocupa é *aquilo* — ele diz.

Acima do horizonte acidentado, ergue-se uma grande confusão de aço, vidro e mecanismos. A coisa desaparece nuvens adentro. Eles podem ver as figuras minúsculas que se avolumam e labutam ali, pode ouvir o estalo dos chicotes. Desta distância, eles soam como tiros de espingardas .22.

— O que é isso, Jack?

A primeira coisa que vem à cabeça de Jack é que ele está olhando para os Sapadores do Rei Rubro, mas não — há muitos deles. O prédio lá embaixo é algum tipo de fábrica ou usina elétrica, movida por escravos. Por crianças sem talento suficiente para poderem ser Sapadores. Uma grande indignação surge em seu coração. Como se sentindo-a, o zumbido das abelhas fica mais alto atrás dele.

A voz de Speedy, sussurrando em sua cabeça: *Poupe sua raiva, Jack — seu primeiro trabalho é aquele garotinho. E o tempo é muito, muito curto.*

— Ai, Cristo — diz Dale, e aponta. — Aquilo é o que eu acho que é?

A forca pende como um esqueleto acima da estrada inclinada.

Doc diz:

— Se está pensando em forca, acho que você ganha as panelas de aço inoxidável e vai passar para a próxima rodada.

— Olhe aqueles sapatos todos — diz Dale. — Por que fariam uma pilha de sapatos assim?

— Só Deus sabe — diz Beezer. — É o costume local, imagino. Quão perto nós estamos, Jack? Tem alguma ideia?

Jack olha para a estrada diante deles, depois para a estrada saindo à esquerda, a com a forca antiga na esquina.

— Perto — ele diz. — Acho que estamos...

Então, à frente deles, começam os gritos. São os berros de uma criança que foi levada à beira da loucura. Ou talvez além da beira.

Ty Marshall pode ouvir o zumbido das abelhas se aproximando, mas acha que é só em sua cabeça, que não é mais que o barulho de sua ansiedade crescente. Ele não sabe quantas vezes tentou empurrar o saco de couro de Burny parede acima, perdeu a conta. Não lhe ocorre que se tirar o boné esquisito — o que tem aspecto de pano e textura de metal —, sua coordenação pode melhorar, pois esqueceu-se completamente do boné. Só sabe que está cansado, suando e tremendo, provavelmente em estado de choque, e se não conseguir pegar o saco agora, provavelmente vai desistir.

Provavelmente eu iria com o Sr. Munshun se ele apenas me prometesse um copo d'água, pensa Ty. Mas ele tem *realmente* a tenacidade de Judy nos ossos, e um pouco da insistência majestosa de Sophie, também. E, ignorando a dor em sua coxa, ele recomeça a levantar o saco contra a parede, esticando ao mesmo tempo a mão direita.

— Vinte e cinco centímetros... 20... o mais perto que ele chegou até agora...

A sacola escorrega para a esquerda. Vai cair de seu pé. De novo.

— Não — diz Ty delicadamente. — Desta vez, não.

Ele aperta mais o tênis contra a madeira, depois começa a levantar novamente.

Quinze centímetros, dez... sete, e o saco começa a se inclinar cada vez mais para a esquerda, *vai cair...*

— *Não!* — grita Ty, e se dobra à frente numa mesura vigorosa. Suas costas estalam. Seu ombro esquerdo torturado também. Mas seus dedos roçam no saco... e aí o pegam. Ele o traz em sua direção e depois, afinal de contas, quase o deixa cair.

— De jeito nenhum, Burny — arfa ele, primeiro tentando pegar o saco e depois agarrando-se a ele. — Você não me engana com *esse* truque velho, não me engana de jeito nenhum.

Ele dá uma mordida no canto do saco. O cheiro é horrível, podre — *eau* de Burnside. Ele ignora isso e abre o saco. A princípio, acha que está vazio, e dá um grito baixo, soluçante. Depois vê um brilho prateado. Chorando com os dentes cerrados, Ty enfia a mão direita dentro do saco bambo e pega a chave.

Não posso deixá-la cair, ele pensa. *Se deixar, vou perder o juízo. Vou mesmo.*

Ele não deixa. Levanta-a acima da cabeça, enfia-a no buraquinho no lado da algema em seu pulso esquerdo e gira-a. A algema abre.

Devagar, devagar, Ty puxa a mão do elo. As algemas caem no chão de terra do galpão. Enquanto está ali em pé, Ty tem uma ideia estranhamente persuasiva: ele realmente ainda está na Casa Negra, dormindo no colchonete rasgado com o balde de excrementos num canto da cela e o prato de ensopado de carne requentado no outro. Isso é só sua mente exausta lhe dando um pouquinho de esperança. Umas últimas férias antes que ele próprio vá para dentro da panela de ensopado.

De fora, vêm o barulho da Grande Combinação e os gritos das crianças que marcham, marcham, marcham com seus pezinhos ensanguentados, acionando-a. Em algum canto, está o Sr. Munshun, que quer levá-lo para um lugar pior até do que este.

Não é sonho. Ty não sabe para onde vai depois dali nem como voltará ao seu próprio mundo, mas o primeiro passo é sair deste galpão e daquelas imediações. Andando com as pernas bambas, como uma vítima de acidente se levantando pela primeira vez depois de uma longa permanência na cama, Ty Marshall passa por cima do cadáver esparramado de Burny e sai do galpão. O dia está encoberto, a paisagem é árida, e, até ali, aquele arranha-céu cambaio de dor e labuta domina o panorama, mas mesmo assim Ty sente uma satisfação imensa só de estar de novo na luz. De estar *livre*. Só depois de ter deixado para trás o barracão é que ele se dá conta realmente de quão completamente esperou morrer ali. Por um momento, Ty fecha os olhos e vira o rosto para o céu cinza. Assim, ele não vê a figura em pé ao lado do galpão, esperando prudentemente para certificar-se de que ele ainda estivesse usando o boné ao sair. Quando vê que está, Lorde Malshun — este é o mais próximo do nome dele que podemos chegar — adianta-se. Sua cara grotesca parece o côncavo de uma enorme colher de servir forrada de pele. O olho único salta estranhamente. Os lábios vermelhos sorriem. Quando ele deixa cair os braços em volta do menino, Ty começa a gritar — não só de medo e surpresa, mas de *indignação*. Ele deu tanto duro para se libertar, um duro terrível.

— Silêncio — sussurra Lorde Malshun, e quando Ty continua gritando (nos andares superiores da Grande Combinação, algumas das crianças viram-se na direção desses gritos até os ogros cruéis que servem de capatazes chicotearem-nas para que elas voltem a trabalhar), o senhor do abalá torna a falar, uma única palavra do Discurso Sinistro.

— *Pnung*.

Ty perde as forças. Se Lorde Malshun não o estivesse abraçando por trás, ele teria caído. Gemidos de protesto guturais continuam saindo da boca frouxa da criança, de onde escorre uma baba, mas os gritos cessaram. Lorde Malshun inclina sua cara comprida com formato de colher para a Grande Combinação e sorri. A vida é boa! Então ele olha para o galpão — rapidamente, mas com grande interesse.

— Fez por ele — diz Lorde Malshun. — E com o boné na cabeça, também. Garoto incrível! O Rei quer conhecê-lo pessoalmente antes de você ir para Din-tá, sabe? Ele pode lhe dar bolo e café. Imagine, jovem Tyler! Bolo e café com o abalá! Bolo e café com o Rei!

— ... não quero ir... quero ir para casa... minha määãã...

Estas palavras ditas em voz baixa se derramam soltas, como sangue de uma ferida mortal.

Lorde Malshun põe o dedo atravessado nos lábios de Tyler, e eles se contraem por trás de seu toque.

— Silêncio — torna a dizer o garimpeiro de talentos do abalá. — Há poucas coisas na vida mais chatas do que um companheiro de viagem barulhento. E temos uma longa viagem pela frente. Longe de sua casa, seus amigos e sua família... ah, mas não chore. — Pois Malshun observou as lágrimas que começavam a vazar dos cantos dos olhos do garoto sem forças e lhe rolar pelas faces. — Não chore, Ty. Você vai fazer novos amigos. O chefe Sapador, por exemplo. Todos os garotos gostam do chefe Sapador. O nome dele é Sr. Brautigan. Talvez ele lhe conte histórias das muitas fugas dele. Como são engraçadas! De *matar*! E agora, temos que ir! Bolo e café com o Rei! Segure esta ideia!

Lorde Malshun é corpulento e tem as pernas tortas (na verdade, suas pernas são mais curtas do que sua cara grotescamente comprida), mas ele é forte. Põe Ty debaixo do braço como se o garoto não pesasse mais do que uma trouxa com dois ou três lençóis. Ele olha uma última vez para Burny, sem muita tristeza — há um jovem no norte do estado de Nova York que parece muito promissor, e Burny já estava muito cansado, de qualquer forma.

Lorde Malshun põe a cabeça de lado e dá sua risada bufada quase sem som. Então parte, mas não sem antes dar um bom puxão no boné do menino. O garoto não é apenas um Sapador; talvez seja o Sapador mais poderoso que jamais existiu. Felizmente, ainda não se dá conta dos poderes que tem. Provavelmente, nada acontecerá se o boné cair, mas é melhor não arriscar.

Alvoroçando-se — até cantarolando baixinho —, Lorde Malshun chega ao fim do barranco, vira à esquerda na estrada Congro para o passeio de 800 metros de volta à estrada da Casa da Estação, e para de chofre. À sua frente, há quatro homens procedentes do que Lorde Malshun chama de Ter-tá. Este é um termo de gíria, não muito lisonjeiro. No Livro da Boa Agricultura, Ter é aquele período da Terra-Cheia em que os animais são cruzados para reproduzir. Lorde Malshun vê o mundo para além da porta de entrada da Casa Negra como uma espécie de vasto *caldo largo*, uma sopa viva na qual ele pode mergulhar sua concha — sempre em prol do abalá, claro! — sempre que quiser.

Quatro homens do Ter? Os lábios de Malshun se contraem de desprezo, causando convulsões em toda a extensão de sua cara. O que eles estão fazendo ali? O que podem esperar *realizar* ali?

O sorriso começa a vacilar quando ele vê o taco que um deles carrega. Está brilhando com uma luz cambiante que é de muitas cores, mas de alguma forma sempre branca no centro. Uma luz cegante. Lorde Malshun só conhece uma coisa que já tenha brilhado com essa luz e esta coisa é o Globo do Sempre, conhecido pelo menos por um garotinho errante como o Talismã. Este garoto tocou-o uma vez, e como Laura DeLoessian lhe poderia ter dito — como o próprio Jack sabe —, o toque do Talismã nunca se apaga de todo.

O sorriso desaparece inteiramente quando Lorde Malshun percebe que o homem com o taco *era aquele garoto*. Ele voltou para aborrecê-lo, mas se acha que vai pegar de volta o prêmio dos prêmios, está redondamente enganado. Aquilo é só um pau, afinal de contas, não o próprio Globo; talvez um pouco do poder residual do Globo ainda viva dentro do homem, mas certamente não muito. Certamente não pode haver mais que poeira, depois de todos esses anos.

E pó é o que valeria minha vida se eu deixasse que eles me tomassem esse menino, pensa Lorde Malshun. *Preciso...*

Seu único olho é atraído para o negro cúmulo-nimbo pairando atrás dos homens de Ter. A nuvem emite uma enorme vibração sonolenta. Abelhas? Abelhas com ferrões? Abelhas com ferrões entre ele e a estrada da Casa da Estação?

Bem, ele vai cuidar delas. Daqui a pouco. Primeiro vai tratar do caso desses homens chatos.

— Bom dia, cavalheiros — diz Lorde Malshun, com sua voz mais agradável.

O falso sotaque alemão desapareceu; agora ele soa como um falso aristocrata inglês numa comédia dos teatros do West End dos anos 1950. Ou talvez o propagandista alemão da Segunda Guerra Mundial Lorde Haw-Haw.

— É uma maravilha que tenham vindo de tão longe para nos visitar, uma perfeita *maravilha,* e num dia tão feio, também. Receio que aqui quase todos os dias *sejam* feios, os alvoroços de Fim-de-mundo simplesmente foram *feitos* para a falácia patética, sabem, e, caramba, eu não posso ficar. Receio que esta seja uma época de entrega de mercadorias, aqui.

Lorde Malshun ergue Ty e o sacode. Embora o menino esteja de olhos abertos e obviamente consciente, seus braços e suas pernas caem molengos como os de uma boneca de trapo.

— Ponha-o no chão, Munshun — diz o que está com o taco.

E Lorde Malshun percebe cada vez mais consternado que *poderia* ter problemas com este. Poderia mesmo. No entanto, seu sorriso se abre, mostrando toda a faixa vampiresca de seus dentes. Estes são pontiagudos e virados para dentro. Qualquer coisa mordida por eles ficaria estraçalhada tentando se livrar dessa armadilha espinhosa.

— Munshun? *Munshun?* Não tem ninguém aqui com este nome. Nem Sr. Segunda-feira, aliás. Foram-se todos, tchau, inté, adeusinho. Quanto a botar o menino no chão, eu não poderia fazer isso, caro rapaz, simplesmente *não poderia.* Eu assumi responsabilidades, sabe? E, realmente, vocês devem se considerar pessoas de sorte. Seu reino de terror local terminou! Viva! O Pescador morreu. Pelas mãos deste menino aqui, na verdade, deste menino perfeitamente admirável.

Ele dá outra sacudidela em Ty, sempre tomando cuidado para manter a cabeça dele levantada. Não haveria de querer que esse boné caísse, ah, não.

As abelhas o perturbam.

Quem mandou as abelhas?

— A mãe do garoto está num hospício — diz o homem com o pau.

Aquele pau está brilhando mais ferozmente que nunca. Lorde Malshun percebe isso com um medo cada vez mais profundo. Ele agora está com *muito* medo, e com o medo vem a raiva. É possível que eles consigam levá-lo? Realmente levar o menino?

— Ela está num hospício e quer o filho de volta.

Se é isso, é um cadáver que eles receberão pelo trabalho que tiveram.

Com medo ou não, o sorriso de Lorde Malshun se abre ainda mais. (Dale Gilbertson tem uma súbita visão de pesadelo: William F. Buckley, Jr. Com um olho e uma cara de 1,60m de comprimento.) Ele leva o corpo bambo de Ty à altura da boca e dá uma porção de mordidinhas finas no ar a menos de três dedos do pescoço exposto.

— Mande o marido dela lhe enfiar o pau e lhe fazer outro, meu filho. Tenho certeza de que ele pode fazer isso. Eles moram em Ter-tá, afinal de contas. As mulheres engravidam em Ter-tá só de andar na rua.

Um dos homens barbudos diz:

— Ela tem uma queda por este.

— Mas *eu* também, caro rapaz. *Eu* também.

Lorde Malshun morde realmente a pele do menino e sai sangue, como quando alguém se corta ao fazer a barba. Atrás deles, a Grande Combinação continua rangendo, mas os gritos cessaram. É como se as crianças movendo a máquina percebessem que algo mudou ou pode mudar; que o mundo atingiu um ponto de equilíbrio.

O homem com o taco brilhante dá um passo à frente. Lorde Malshun se encolhe de medo sem querer. É um erro mostrar fraqueza e medo, ele sabe, mas não consegue evitar. Pois este não é um tá normal. É alguém como um dos velhos pistoleiros, aqueles guerreiros do Alto.

— Dê mais um passo e corto a garganta dele, caro rapaz. Eu odiaria fazer isso, odiaria mesmo, mas não duvide nunca que eu vá fazer.

— Você estaria morto dois segundos depois — diz o homem com o pau. Ele parece completamente sem medo, seja por ele mesmo, seja por Ty. — É isso o que você quer?

Na verdade, se lhe fosse dado escolher entre morrer e voltar para o Rei Rubro de mãos abanando, a morte era o que Lorde Malshun escolheria, sim. Mas talvez isso não chegue a este ponto. O mundo que vai serenando agiu sobre o garoto, e vai agir sobre pelo menos três destes — os três comuns. Com eles jazendo de olhos abertos e desacordados na estrada, Lorde Malshun pode tratar do quarto. É Sawyer, claro. Este é o nome dele. Quanto às abelhas, certamente ele tem um número suficiente de palavras protetoras para conseguir chegar até o mono na estrada da Casa da Estação. E daí, se for picado algumas vezes?

— *É* isso o que você quer? — pergunta Sawyer.

Lorde Malshun sorri.

— *Pnung!* — ele grita, e atrás de Jack Sawyer, Dale, Beezer e Doc ficam imobilizados.

O sorriso de Lorde Malshun se arregaça.

— Agora, o que você vai fazer, meu amigo intrometido? O que vai fazer sem amigos para ap...

Armand "Beezer" St. Pierre se adianta. O primeiro passo é um esforço, mas depois disso é fácil. Seu próprio sorrisinho frio mostra os dentes dentro de sua barba.

— Você é responsável pela morte de minha filha — ele diz. — Talvez não a tenha matado com suas próprias mãos, mas incitou Burnside a fazer isso. Não? Eu sou o *pai,* babaca. Acha que pode me deter só com uma palavra?

Doc vai cambaleando para o lado do amigo.

— Você ferrou minha cidade — rosna Dale Gilbertson.

Ele também se adianta.

Lorde Malshun olha para eles incrédulo. O Discurso Sinistro não os detém. Não detém *nenhum* deles. Eles estão bloqueando a estrada! Eles ousam bloquear seu projeto de estrada do progresso!

— Vou matá-lo — ele rosna para Jack. — Vou matá-lo. Então, o que você diz, luz do sol? O que vai ser?

E então aí está ele, finalmente: o confronto. Não podemos assisti-lo do alto, infelizmente, já que o corvo com quem pegamos tantas caronas (todas à revelia de Gorg, nós lhe asseguramos) está morto, mas mesmo assistindo de lado reconhecemos esta cena arquetípica de 10 mil filmes — pelo menos dez deles estrelados por Lily Cavanaugh.

Jack aponta o taco, o que Beezer reconheceu como Wonderboy. Ele o segura com o cabo comprimindo o lado interno de seu antebraço e a outra extremidade apontada para a cabeça de Lorde Malshun.

— Ponha-o no chão — ele diz. — Última chance, meu amigo.

Lorde Malshun levanta mais o menino.

— Vá em frente! — grita ele. — Atire um raio de energia com essa coisa! Sei que pode fazer isso! Mas vai acertar o menino também! Vai acertar o menino t...

Uma linha de fogo imaculadamente branco é projetada da cabeça do taco de Richie Sexson; é fina como um grafite de lápis. Atinge o olho único de Lorde Malshun e o cozinha na órbita. A coisa emite um grito — nunca pensou que Jack o desafiaria, não uma criatura do *ter*, não importa quão provisoriamente elevada — e dá um bote, abrindo as mandíbulas para morder, mesmo na morte.

Antes que possa fazê-lo, *outro* raio de luz branca, este da aliança de prata amassada na mão esquerda de Beezer St. Pierre, é disparado e atinge em cheio a boca do emissário do abalá. A pelúcia vermelha dos lábios vermelhos de Lorde Malshun se incendeia... e ele continua de pé, cambaleando na estrada, em frente ao arranha-céu esquelético da Grande Combinação, tentando morder, tentando acabar com a vida do filho talentoso de Judy Marshall.

Dale dá um salto à frente, agarra o garoto pela cintura e pelos ombros, e o puxa, cambaleando para o lado da estrada. Sua cara honesta está pálida, triste e determinada.

— *Acabe com ele, Jack!* — berra Dale. — *Acabe com o filho da mãe!*

Jack avança para onde aquela coisa cega, carbonizada e aos uivos oscila na estrada Congro, o colete de botões de osso fumegando, as mãos compridas tateando. Jack inclina o taco no ombro direito e passa a mão por todo ele até empunhar o cabo. Nada de ratear esta tarde; esta tarde ele está usando um taco aceso com um fogo branco fulgurante, e seria um idiota se não batesse para fazer um *home run*.

— Vá, amorzinho — ele diz, e dá uma tacada que seria motivo de orgulho para o próprio Richie Sexson. Ou para Big Mac. Ouve-se um barulho surdo quando o taco, ainda acelerando, se liga com o lado da cabeça enorme de Lorde Malshun. Ela afunda como a casca de uma melancia podre, soltando um esguicho de um carmim brilhante. Pouco depois, a cabeça simplesmente explode, salpicando-os todos de sangue.

— Parece que o rei vai ter que encontrar um outro garoto — diz Beezer delicadamente. Ele limpa o rosto, vê um punhado de sangue e tecido murcho em sua mão, e limpa aquilo displicentemente na calça jeans desbotada. — *Home run,* Jack. Até um cego poderia ver isso.

Dale, com Tyler nos braços, diz:

— Fim de jogo, caso encerrado, vamos nessa.

O chefe de polícia de French Landing põe Ty cuidadosamente no chão. O menino olha para ele, depois para Jack. Um brilho turvo está surgindo em seus olhos. Pode ser alívio; pode ser compreensão mesmo.

— Taco — ele diz. Sua voz está rouca, quase impossível de entender para eles. Ele pigarreia e tenta de novo. — Taco. Sonhei com isso.

— Sonhou?

Jack se ajoelha na frente do menino e estende o taco. Ty não se mostra inclinado realmente a tomar posse do taco maravilhoso de Richie Sexson, mas toca-o com a mão. Afaga sua ponta salpicada de sangue. Só está olhando para Jack. É como se estivesse tentando entendê-lo. Ver a *verdade* dele. Perceber que, afinal de contas, ele foi resgatado.

— George — diz o garoto. — George. Rathbun. É cego mesmo.

— É — diz Jack. — Mas, às vezes, cego não é cego. Sabe disso, Tyler.

O garoto faz que sim com a cabeça. Jack jamais viu em toda a vida alguém parecendo tão fundamentalmente cansado, tão chocado e perdido, tão completamente esgotado.

— Quero — diz o garoto. Ele passa a língua nos lábios e torna a pigarrear. — Quero... beber. Água. Quero mãe. Ver minha mãe.

— Isso me parece um plano — diz Doc. Ele está olhando com inquietação para os restos mortais salpicados da criatura em quem eles ainda pensam como Sr. Munshun. — Vamos levar esse rapazinho de volta para Wisconsin antes que apareça algum amigo do Velho Zarolho.

— Certo — diz Beezer. — Tocar fogo na Casa Negra também está no meu programa. Vou jogar o primeiro fósforo. Ou talvez possa atirar de novo com a minha aliança. Seria ótimo. A primeira coisa, porém, é dar o fora.

— Não posso estar mais de acordo — diz Dale. — Acho que Ty não vai conseguir andar muito nem ir muito depressa, mas podemos nos revezar levando-o nas c...

— Não — diz Jack.

Eles olham para ele com graus variados de surpresa e consternação.

— Jack — diz Beezer. Ele fala com uma delicadeza estranha. — Às vezes a pessoa fica mais tempo do que deveria num lugar, cara.

— Ainda não terminamos — Jack lhe diz. Então ele balança a cabeça e se corrige. — *Ty* ainda não terminou.

Jack Sawyer se ajoelha na estrada Congro, pensando: *Eu não era muito mais velho do que esse garoto quando atravessei os Estados Unidos — e os Territórios — para salvar a vida da minha mãe.* Ele sabe que isso é verdade e ao mesmo tempo não consegue acreditar absolutamente na afirmação. Não consegue se lembrar como era ter 12 anos e nunca ter sido mais nada, ser pequeno e estar apavorado, em geral sem que o mundo notasse, e estar correndo na frente das sombras do mundo. Isso *devia* acabar; Ty já passou por nove tipos de inferno e merece ir para casa.

Infelizmente, aquilo *não* acabou. Falta fazer mais uma coisa.

— Ty.

— Quero. Casa.

Se havia brilho nos olhos do menino, agora não há mais. Ele está com a cara de choque de refugiados em pontos de controle de fronteira, e nos portões de campos de morte. O seu é o semblante vazio de alguém que passou muito tempo na escorregadia paisagem opopânace de resvalamento. E ele é uma criança, droga, só uma *criança*. Merece mais do que Jack Sawyer está prestes a lhe servir. Mas então Jack Sawyer uma vez mereceu mais do que recebeu e continuou vivo para contar a história. Isso não justifica nada, claro, mas lhe dá *realmente* coragem para ser um filho da mãe.

— Ty.

Ele segura o ombro do menino.

— Água. Mãe. Casa.

— Não — diz Jack. — Ainda não.

Ele gira o menino. O sangue de Lorde Malshun salpicado em seu rosto brilha muito. Jack pode sentir os homens com quem ele veio — homens que arriscaram a vida e a sanidade mental por ele — começarem a franzir o cenho. Não importa. Ele tem um trabalho para fazer. É um "puliça", e ainda há um crime em andamento ali.

— Ty.

Nada. O menino está prostrado. Está tentando se transformar em carne que nada faz senão respirar. Jack aponta para a feia confusão de escoras e correias e perfis e chaminés fumegando. Aponta para as formigas sobrecarregadas. A Grande Combinação desaparece pelas nuvens adentro e pelo chão estéril abaixo. Até onde em cada direção? Um quilômetro? Dois? Há crianças de máscaras de oxigênio acima das nuvens, tremendo enquanto fazem girar os moinhos e puxam as alavancas e giram as manivelas? Crianças embaixo que assam no calor de fogueiras subterrâneas? Lá embaixo nas tocas de raposa e nos buracos de rato onde nunca bate sol?

— O que é isso? — pergunta-lhe Jack. — Como você chama isso? Como *Burny* chama isso?

Ty não diz nada.

Jack lhe dá uma sacudidela. E nem é uma sacudidela delicada.

— Como você *chama* isso?

— Ei, cara — diz Doc. Seu tom é de profunda desaprovação. — Não há necessidade disso.

— Cale a boca — diz Jack sem olhar para ele. Está olhando para Ty. Tentando ver alguma coisa além do vazio do choque naqueles olhos azuis. Ele precisa que Ty veja a ruidosa máquina gigantesca que está lá adiante. Que veja mesmo. Pois até fazer isso, como pode abominá-la? — O que é isso?

Após uma longa pausa, Ty diz:

— Grande. A Grande. A Grande Combinação.

As palavras saem lenta e sonhadoramente, como se ele estivesse falando dormindo.

— A Grande Combinação, sim — diz Jack. — Agora pare-a.

Beezer arqueja. Dale diz:

— Jack, você enlouqueceu — e se cala.

— Eu. Não posso.

Ty olha sentido para ele, como se para dizer que Jack deveria saber disso.

— Pode, sim — diz Jack. — Pode e vai. O que acha, Ty? Que simplesmente vamos virar as costas para eles e levar você de volta para sua mãe e que ela vai lhe preparar um Ovomaltine e botá-lo na cama e todo mundo vai ser feliz para sempre? — Ele está começando a falar mais alto, e não faz nenhum esforço para se calar, mesmo quando vê que Tyler está chorando. Ele torna a sacudir o menino. Tyler se encolhe, mas não tenta realmente se desvencilhar. — Acha que vai haver alguma possibilidade de você viver feliz para sempre enquanto essas crianças continuarem andando, até caírem e serem substituídas por outras? Você verá a cara delas em sonhos, Tyler. Verá a cara e as mãozinhas sujas e os pezinhos ensanguentados delas na porra de seus *sonhos*.

— Pare com isso! — diz Beezer abruptamente. — Pare já, senão lhe dou um chute no rabo.

Jack se vira, e Beezer recua do brilho feroz em seus olhos. Olhar para Jack Sawyer neste estado é como olhar para o próprio din-tá.

— Tyler.

A boca de Tyler treme. Lágrimas lhe escorrem pelas faces sujas e ensanguentadas.

— Pare. *Quero ir para casa.*

— Depois que fizer a Grande Combinação parar. Aí você pode ir para casa. Antes, não.

— *Não posso!*

— Pode, Tyler. Pode, sim.

Tyler olha para a Grande Combinação, e Jack pode sentir o menino fazendo um esforço fraco, vacilante. Nada acontece. A esteira continua correndo; os chicotes continuam estalando; um ou outro pontinho aos gritos cai (ou se joga) do lado sul do edifício corroído pela ferrugem.

Tyler olha para ele, e Jack odeia a expressão idiota no olhar vazio do garoto, *abomina*.

— Não *poosso* — geme Tyler, e Jack se pergunta antes de tudo como um chorão daqueles conseguiu sobreviver ali. Será que esgotou toda sua habilidade num esforço louco e obstinado para fugir? É isso?

Ele não aceita. A raiva lhe sobe e ele esbofeteia Tyler. Com força. Dale arqueja. A cabeça de Ty balança, os olhos arregalados de surpresa.

E o boné voa.

Jack estava ajoelhado na frente do menino. Agora, ele leva um empurrão e cai sentado no meio da estrada Congro. O menino... o quê?

Me empurrou. Me empurrou com a mente.

Sim. E Jack de repente se dá conta de uma nova força brilhante neste lugar morto, um feixe de luz fulgurante rivalizando com o que iluminou o taco de Richie Sexson.

— Ihh, cacilda, o que aconteceu? — Doc grita.

As abelhas também sentem, talvez mais que os homens. Seu zumbido sonolento vira um grito estridente, e a nuvem escurece à medida que elas se juntam. Agora, parece um punho gigantesco embaixo das nuvens pendulares e festonadas.

— *Por que você me bateu?* — Ty pergunta a Jack, e Jack de repente percebe que o menino podia matá-lo com uma pancada, se quisesse.

Em Wisconsin, este poder estava escondido (a não ser para olhos treinados para ver). Aqui, porém... *aqui...*

— Para acordá-lo! — Jack responde gritando. Ele se levanta. — Era isso? — Ele aponta para o boné.

Ty olha para o boné e faz que sim com a cabeça. *Sim. O boné. Mas, até tirá-lo, você não sabia, não podia saber, o quanto esse boné estava roubando de você. Ou até alguém derrubá-lo de sua cabeça esquecida.* Ele olha de novo para Jack. Seus olhos estão arregalados e calmos. Perderam a expressão chocada, parada. Ele não está exatamente radiante, mas está aceso com uma luz interna que todos eles sentem — com um poder que sobrepuja o de Lorde Malshun.

— O que quer que eu faça? — pergunta ele.

Tyler Marshall: o filhote da leoa.

Mais uma vez Jack aponta para a Grande Combinação.

— Você é o motivo de tudo isso, Ty. Você é um Sapador. — Ele respira fundo e cochicha na concha cor-de-rosa da orelha do garoto.

— *Destrua isso.*

Tyler Marshall vira a cabeça e olha no fundo dos olhos de Jack. Ele diz:

— Destruir?

Jack faz que sim com a cabeça, e Ty olha de novo para a Grande Combinação.

— Tudo bem — ele diz, falando não para Jack, mas para si mesmo. Ele pisca, se equilibra, cruza as mãos na frente da cintura. Uma ruga minúscula aparece entre suas sobrancelhas, e os cantos de sua boca sobem sugerindo um sorriso. — Tudo bem — murmura Ty.

Durante um segundo, nada acontece.

Então brota um ronco do âmago da Grande Combinação. Sua porção superior reverbera como uma miragem de calor. Os guardas hesitam, e os gritos de metal torturado rasgam o ar. Visivelmente confusas, as crianças exploradas erguem os olhos, olham para todos os lados. O grito mecânico se intensifica, depois se divide em cem versões diferentes de tortura. Mecanismos entram em reversão. Engrenagens emperram e param fumegando; engrenagens se aceleram e perdem os dentes. A Grande Combinação estremece e sacode toda. No fundo da terra, caldeiras explodem e colunas de fogo e vapor sobem com força, parando e às vezes estraçalhando correias que funcionaram por mil anos, acionadas por bilhões de pezinhos ensanguentados.

É como se um enorme jarro de metal estivesse vazando por cem pontos ao mesmo tempo. Jack vê crianças pulando dos andares inferiores e descendo pela estrutura externa em longas filas ininterruptas. Vários rios de crianças saindo do prédio trêmulo.

Antes que os feitores de pele verde possam fazer uma tentativa organizada de impedir a fuga de seus escravos, as abelhas se reúnem em massa em volta da grande fundição. Quando os guardas começam a atacar as crianças, as abelhas descem numa maré furiosa de asas e ferrões. Um pouco do poder de Ty passou para elas, e suas ferroadas são fatais. Guardas caem das correias paradas e das escoras bambas. Outros atacam a si próprios, enlouquecidos, chicoteando e sendo chicoteados até despencarem na escuridão.

A gangue Sawyer não fica para ver o fim do massacre. A abelha-rainha voa na direção deles, deixando para trás o caos cada vez maior, paira acima de suas cabeças viradas para o alto e os conduz de volta à Casa Negra.

Em mundos superpostos — em mundos contíguos, em múltiplas dimensões infinito afora — o mal definha e se dispersa: déspotas morrem engasgados com ossos de galinha, tiranos são eliminados pelas balas dos assassinos, pelos doces envenenados preparados por suas amantes traidoras; torturadores encapuzados desabam moribundos em chãos de pedra ensanguentados. O feito de Ty reverbera pela série enorme e incontável de universos, desforrando-se do mal à medida que se espalha. Três mundos acima do nosso e na grande cidade ali conhecida como Londinorium, Turner Topham, que foi por duas décadas um respeitado deputado e por três um pedófilo sádico, se incendeia abruptamente enquanto caminha pela avenida lotada de gente conhecida como Pick-a-Derry. Dois mundos abaixo, um jovem soldador bem-apessoado chamado Freddy Garver, da ilha de Irse, outro membro menos experimentado da raça de Topham, ateia fogo na mão esquerda e queima cada partícula de carne de seus ossos.

Lá em cima, em seu confinamento distante, o Rei Rubro sente uma dor funda nas entranhas e se atira numa cadeira, contraindo o rosto. Algo, ele sabe, algo fundamental mudou em seu feudo triste.

No rastro da abelha-rainha, Tyler Marshall, os olhos acesos e o semblante sem medo, vai montado nos ombros de Jack como um rei menino. Atrás de Jack e seus amigos, centenas e centenas de crianças que estão fugindo da estrutura em decomposição da Grande Combinação vão entrando na estrada Congro e nos campos desolados ao lado. Algumas dessas crianças são do nosso mundo; muitas não. Crianças atravessam as planícies escuras e vazias em exércitos maltrapilhos, avançando em direção às entradas de seus próprios universos. Batalhões de crianças estropiadas partem mancando como colunas de formigas bêbadas.

As crianças que seguem a gangue Sawyer não são menos maltrapilhas que o resto. Metade delas está nua, ou praticamente nua. Essas crianças têm rostos que vimos em caixas de leite e panfletos com o cabeçalho DESAPARECIDO e em portais de crianças perdidas da Internet, rostos dos sonhos de mães desoladas e pais amargurados. Algumas delas estão sorrindo, algumas chorando, outras, fazendo ambas as coisas. As mais fortes ajudam as mais fracas. Elas não sabem para onde estão indo, nem se importam com isso. Estar indo, para elas, basta. Tudo o que sabem é que estão livres. A grande máquina que lhes roubou a força e a alegria e a esperança ficou para trás, e há uma cobertura de abelhas sedosa e protetora acima delas, e elas estão livres.

* * *

Exatamente às 16h16 a gangue Sawyer sai pela porta da frente da Casa Negra. Tyler agora está montado nos ombros avantajados de Beezer. Os homens descem os degraus e se postam na frente do carro de Dale Gilbertson (há uma quantidade de abelhas mortas no capô e na fenda onde os limpadores de para-brisa se escondem).

— Olhe para a casa, Hollywood — murmura Doc.

Jack olha. É *apenas* uma casa, agora — uma casa de três andares que pode ter sido um rancho respeitável, mas foi se deteriorando com os anos. Para piorar as coisas, alguém pintou-a de preto de cima a baixo e de cabo a rabo — até as janelas foram borradas com pinceladas desta cor. O efeito geral é triste e excêntrico, mas de modo nenhum sinistro. A forma instável da casa solidificou-se e, sem o charme do abalá, o que resta é só o lar abandonado de um velho que era bastante maluco e *extremamente* perigoso. Um velho do mesmo nível de monstros como Dahmer, Haarman e Albert Fish. O mal lascivo e desenfreado que habitou aquele prédio dissipou-se, dispersou-se, e o que sobra é tão banal como um velho resmungando numa cela do Corredor da Morte. Há algo que Jack precisa fazer com este lugar triste — algo que o Ratinho moribundo o fez prometer fazer.

— Doc — diz Beezer. — Olhe lá.

Um cachorro enorme — enorme, mas não monstruoso — vai cambaleando lentamente pelo caminho que vai dar na rodovia 35. Parece uma cruza de boxer com dinamarquês. O lado de sua cabeça e uma de suas patas traseiras foram arrancados.

— É seu cão-diabo — diz o Beez.

Doc fica boquiaberto.

— O que, *isso*?

— Isso — confirma Beezer. Ele saca a 9mm, tencionando acabar com o sofrimento da coisa, mas, antes que possa fazer isso, a coisa cai de lado, puxa o fôlego estremecendo, depois fica imóvel. Beezer vira-se para Jack e Dale. — É muito menor com a máquina desligada, não é?

— Quero ver a minha mãe — diz Ty calmamente. — Por favor, posso?

— Pode — diz Jack. — Você se importa de passar em casa e pegar seu pai? Acho que ele talvez goste de ir também.

Tyler dá um sorriso cansado.

— Sim — ele diz. — Vamos fazer isso.

— Pode deixar — Jack lhe diz.

Dale deu a volta no pátio e já está no início do caminho quando Ty grita:

— Olhem! Olhem! Lá vêm eles!

Dale para, olha pelo retrovisor e murmura:

— Ai, Jack. Minha Nossa Senhora.

Ele põe a alavanca de câmbio em ponto morto e salta. Todos eles saltam, olhando para trás, para a Casa Negra. Sua forma continua normal, mas, afinal de contas, parece que ainda não abandonou toda a magia. Em algum lugar, uma porta — talvez no porão ou num quarto ou numa cozinha suja e malcuidada mas, fora isso, perfeitamente comum — permanece aberta. Deste lado está o condado de Coulee; do outro, a estrada Congro, a enorme massa fumegante e recém-parada da Grande Combinação, e o Din-tá.

Abelhas estão saindo para a varanda da Casa Negra. Abelhas e as crianças que as abelhas estão guiando. Elas saem em bandos, rindo e chorando e de mãos dadas. Jack Sawyer tem uma imagem breve e intensa de bichos saindo da Arca de Noé depois do dilúvio.

— Santa Maria, Mãe de Deus — Dale torna a murmurar. O pátio está se enchendo de crianças rindo, chorando, murmurando.

Jack vai até Beezer, que se vira para ele com um sorriso radiante.

— Depois que todas as crianças passarem, temos que fechar a porta — diz Jack. — Para sempre.

— Sei que temos — diz Beezer.

— Por acaso você tem alguma ideia brilhante?

— Bem — diz Beezer —, deixe eu colocar a coisa desta maneira. Se você me prometer, mas prometer mesmo, não fazer nenhuma pergunta constrangedora nem tocar mais neste assunto, antes da meia-noite de hoje talvez eu consiga arranjar uma quantidade substancial de uma coisa supereficaz.

— O quê? Dinamite?

— Por favor — diz Beezer. — Eu não disse eficaz?

— Está querendo dizer...?

Beezer sorri, apertando os olhos.

— Estou feliz por tê-lo do meu lado — diz Jack. — Vejo você na estrada antes da meia-noite. Vamos precisar entrar sem ninguém ver, mas acho que não teremos problema.

— Com certeza não vamos ter nenhum na saída — diz Beezer.

Doc bate no ombro de Dale.

— Espero que nesta parte do mundo haja algumas organizações espertas de assistência à criança, chefinho. Acho que você vai precisar delas.

— Nossa... — Dale olha perturbado para Jack. — O que vou *fazer*?

Jack sorri.

— Acho que é melhor você ligar para... como é que Sarah os chama? O Pelotão da Cor?

Um brilho de esperança surge nos olhos de Dale Gilbertson. Ou talvez seja de triunfo incipiente. John P. Redding, do FBI, os policiais Perry Brown e Jeffrey Black, da Polícia Estadual de Wisconsin. Ele imagina esse trio de babacas confrontado com a aparição de uma cruzada medieval de crianças no oeste de Wisconsin. Imagina as pilhas dickensenianas de registros de ocorrência que um acontecimento tão inédito certamente geraria. Isso os manterá ocupados durante meses ou anos. Pode gerar colapsos nervosos. Certamente, vai lhes dar algo em que pensar além do chefe Dale Gilbertson de French Landing.

— Jack — ele diz. — O que exatamente você sugere?

— Em linhas gerais — Jack diz —, sugiro que eles devem ficar com todo o trabalho e você deve monopolizar todo o crédito. O que isso lhe parece?

Dale reflete.

— Muito justo — responde. — O que acha de levarmos esse guri para o pai dele, depois os dois até Arden para o menino ver a mãe?

— Ótimo — diz Jack. — Só gostaria que Henry estivesse aqui, também.

— Somos dois — diz Dale, e senta-se ao volante de novo.

Pouco depois, estão subindo a estradinha.

— E aquelas crianças todas? — pergunta Ty, olhando pelo vidro traseiro. — Vocês vão simplesmente *abandoná-las*?

— Vou ligar para a PEW assim que chegarmos à estrada — diz Dale. — Acho que eles devem entrar nisso imediatamente, vocês não acham? E o pessoal do FBI, claro.
— Certo — diz Beezer.
— Nota dez, porra — diz Doc.
— Um excelente telefonema administrativo — diz Jack, e senta Tyler em seu colo. — Enquanto isso, eles estarão bem — diz no ouvido do menino. — Eles já viram coisa muito pior que Wisconsin.

Vamos agora deslizar da janela do motorista como a brisa que somos e vê-los partir — quatro homens corajosos e uma criança corajosa que nunca mais será tão jovem (ou tão inocente). Atrás deles, o agora inofensivo e normal pátio da Casa Negra está infestado de crianças de cara suja e olhos maravilhados. Inglês é a língua de uma minoria aqui, e algumas das línguas que estão sendo faladas vão intrigar os melhores linguistas do mundo nos anos vindouros. Este é o início de uma sensação mundial (a reportagem de capa da revista *Time* da semana seguinte será "As Crianças Milagrosas Vindas do Nada") e, como Dale já conjecturou, um pesadelo burocrático.

Mesmo assim, elas estão a salvo. E nossos rapazes também estão a salvo. Todos eles voltaram inteiros do outro lado, e certamente nós não esperávamos isso; a maioria das buscas deste tipo em geral exige pelo menos um sacrifício (um personagem relativamente menor como Doc, por exemplo). Tudo vai bem quando acaba bem. E este *pode* ser o final, se vocês quiserem que seja; nenhum dos escritores que os trouxeram tão longe lhes negaria isso. Se escolherem *realmente* continuar, nunca digam que não foram avisados: vocês não vão gostar do que vai acontecer em seguida.

Xxxxx DRUDGE REPORT xxxxX

O CHEFE DO DP DE FRENCH LANDING RECUSA-SE A CANCELAR ENTREVISTA COLETIVA, CITA APOIO DE AUTORIDADES MUNICIPAIS; FONTES CONFIRMAM QUE CÉLEBRE POLICIAL DE L.A. COMPARECERÁ; FBI, P. E. DE WISC. DESAPROVAM VEEMENTEMENTE.

** Exclusivo **

Uma delas, Tyler Marshall, é de French Landing mesmo. Outra, Josella Rakine, é de Bating, um vilarejo do sul da Inglaterra. Uma terceira é de Bagdá. Ao todo, 17 das chamadas Crianças Milagrosas foram identificadas na semana após terem sido descobertas caminhando por uma autoestrada rural (Rodovia 35) no oeste de Wisconsin.

No entanto, essas 17 são a ponta do iceberg.

Fontes ligadas à investigação conjunta do FBI e da PEW (e agora da CIA?) informam ao Relatório Drudge que há pelo menos 750 crianças, muito mais do que a imprensa dominante noticiou. Quem são elas? Quem as levou, e para onde? Como chegaram à cidade de French Landing, que foi atormentada por um assassino serial (agora dado como morto) nas últimas semanas? Que papel teve Jack Sawyer, o detetive de Los Angeles que alcançou o estrelato só para se aposentar aos 31 anos? E quem foi responsável pela grande explosão que destruiu uma casa misteriosa na mata, considerada fundamental, pelo que se diz, no caso do Pescador?

Algumas destas perguntas podem ser respondidas amanhã no Parque La Follette de French Landing, quando o chefe do DP Dale Gilbertson dará uma entrevista coletiva. Seu velho amigo Jack Sawyer — tido como quem resolveu sozinho o caso do Pescador — estará ao seu lado quando ele subir ao pódio. Também se espera a presença de dois assessores, Armand St. Pierre e Reginald Amberson, que participaram da missão de resgate na semana passada.

A entrevista coletiva realizar-se-á apesar da forte — quase clamorosa — oposição da força-tarefa do FBI e da PEW comandada pelo agente John P. Redding e pelo detetive Jack Black da Polícia Estadual de Wisconsin. "Eles [os líderes da força-tarefa] acreditam que isto seja apenas um esforço desesperado de Gilbertson para salvar o emprego", disse uma fonte. "Ele estragou tudo, mas felizmente tem um amigo que entende muito de relações públicas."

Autoridades municipais de French Landing têm outra opinião. "Este verão foi um pesadelo para o povo de French Landing", diz a diretora financeira da cidade, Beth Warren. "O chefe Gilbertson quer garantir ao povo que o pesadelo acabou. Se puder nos dar algumas respostas sobre as crianças enquanto estiver fazendo isso, tanto melhor."

O foco de interesse está voltado para Jack "Hollywood" Sawyer, que ficou conhecendo o chefe Gilbertson e a cidade de French Landing durante o caso de Thornberg Kinderling, o chamado Assassino das Prostitutas. Sawyer foi exortado por Gilbertson a participar ativamente do caso do Pescador, e aparentemente teve um papel bastante importante nos acontecimentos que se seguiram.

Que acontecimentos foram esses, exatamente? É isto que o mundo está esperando para descobrir. As primeiras respostas podem chegar amanhã, no Parque La Follette, às margens do poderoso Mississípi.

Desenvolvendo...

Capítulo Vinte e Nove

— Estão prontos? — pergunta Dale.

— Ih, cara, sei lá — responde Doc.

Esta não é a quinta vez que ele diz isso, talvez nem a 15ª. Ele está pálido, quase hiperpneico. Os quatro estão num Winnebago — uma espécie de sala verde sobre rodas — que foi instalado à beira do Parque La Follette. Ali perto está o pódio onde eles vão se colocar (sempre supondo que Doc possa ficar em pé) e dar suas respostas cuidadosamente preparadas. Na ladeira que desce para o largo rio, estão reunidos aproximadamente quatrocentos profissionais da imprensa, além de câmeras de seis redes americanas e sabe Deus quantas estações estrangeiras. Os cavalheiros da imprensa não estão lá de muito bom humor, porque os melhores lugares em frente ao pódio foram reservados para uma amostra representativa (escolhida por sorteio) dos moradores de French Landing. Este foi o ponto em relação à coletiva sobre o qual Dale foi intransigente.

A ideia da coletiva propriamente dita partiu de Jack Sawyer.

— Relaxe, Doc — diz Beezer. Ele parece maior do que nunca com aquelas calças de linho cinza e aquela camisa social branca, quase um urso de smoking. Fez até um esforço para pentear a cabeleira. — E se achar que realmente vai fazer uma dessas três coisas... mijar, vomitar ou desmaiar, fique aqui.

— Não — diz Doc sentindo-se péssimo. — Desgraça pouca é bobagem. Se vamos tentar, vamos tentar.

Dale, resplandecente em seu uniforme de gala, olha para Jack. Este, para falar a verdade, está mais resplandecente em seu terno de verão com aquela gravata de seda azul. Um lenço azul combinando sai do bolso do peito de seu paletó.

— Tem certeza que esta é a coisa certa?

Jack tem certeza absoluta. Não se trata de recusar-se a permitir que o Pelotão da Cor de Sarah Gilbertson roube a cena; trata-se de garantir que seu velho amigo esteja numa posição inatacável. Ele pode fazer isso contando uma história muito simples, que os outros três vão apoiar. Ty fará o mesmo, Jack tem fé. A história é esta: o *outro* amigo de Jack, o finado Henry Leyden, descobriu a identidade do Pescador pela fita do 911. Esta fita foi fornecida por Dale, seu sobrinho. O Pescador matou Henry, mas não antes que o heroico Sr. Leyden o tivesse ferido mortalmente e passado seu nome à polícia. (O outro interesse de Jack nesta entrevista coletiva, o qual Dale compreende perfeitamente e a que dá todo o apoio, é garantir que Henry receba o crédito que merece.) Um exame do registro de imóveis de French Landing revelou o fato de que Charles Burnside possuía uma casa na rodovia 35, não longe da cidade. Dale designou como assessores Jack e dois pesos pesados que por acaso estavam na área (que seriam os Srs. Amberson e St. Pierre), e eles foram para lá.

— Daí em diante — Jack disse reiteradas vezes a seus amigos nos dias que antecederam a entrevista coletiva —, é vital vocês se lembrarem das três palavrinhas que levam à maioria das absolvições em julgamentos criminais. E quais são estas palavras?

— "Não me lembro" — disse Dale.

Jack fez que sim com a cabeça.

— Certo. Se você não tem uma história para lembrar, os filhos da mãe nunca podem fazê-lo tropeçar. Havia algo no ar dentro daquela casa...

— Sem mentira — Beezer resmungou e fez uma careta.

— ... e aquilo nos confundiu. O que a gente se lembra é disso: Ty Marshall estava no quintal, algemado ao poste do varal.

Antes que Beezer St. Pierre e Jack Sawyer passassem despercebidos pelas barricadas da polícia e vaporizassem a Casa Negra com explosivo plástico, um repórter foi lá e tirou um monte de fotos. Sabemos quem era o repórter, claro; Wendell Green finalmente realizou seus sonhos de fama e fortuna.

— E Burnside estava morto aos pés dele — disse Beezer.

— Certo. Com a chave das algemas no bolso. Dale, você descobriu isso e soltou o menino. Havia mais uma garotada no quintal, mas quantos eram...

— Nós não lembramos — respondeu Doc.
— Quanto ao sexo...
— Alguns meninos, algumas meninas — disse Dale. — Não lembramos exatamente quantos.
— E quanto a Ty, como ele foi levado, o que aconteceu com ele...
— Ele disse que não se lembrava — Dale falou, rindo.
— Nós fomos embora. Achamos que chamamos as outras crianças...
— Mas não lembramos exatamente — contribui o Beez.
— Certo, e de qualquer maneira, por ora, eles pareciam em segurança onde estavam. Foi quando botávamos Ty no carro que os vimos saindo.
— E ligaram para a Polícia Estadual de Wisconsin para pedir apoio — Dale disse. — Eu me lembro *disso, sim*.
— Claro que lembra — disse Jack com benevolência.
— Mas não sabemos como o raio daquele lugar foi arrasado, e não sabemos quem fez isso.
— Algumas pessoas — disse Jack — estão loucas para fazer justiça com as próprias mãos.
— Elas têm sorte de não terem explodido junto — disse Dale.
— Muito bem — Jack lhes diz agora. Eles estão em pé na porta. Doc arranjou meio baseado e quatro tapinhas fundos o acalmaram visivelmente. — Lembrem-se apenas por que estamos fazendo isso. A mensagem é que chegamos lá primeiro, encontramos Ty, só vimos *mais algumas* crianças, achamos que a situação delas era segura depois da morte de Charles Burnside, também conhecido como Carl Bierstone, o Monstro do Lado Sul e o Pescador. A mensagem é que Dale agiu corretamente (nós todos agimos) e entregou a investigação para o FBI e a PEW, que agora está segurando a criança. *As crianças,* eu acho, neste caso. A mensagem é que está tudo bem em French Landing de novo. E por fim, mas não por último, a mensagem é que Henry Leyden é o verdadeiro astro. O cego heroico que identificou Charles Burnside e solucionou o caso do Pescador, ferindo mortalmente o monstro e perdendo a própria vida ao fazer isso.
— Amém — diz Dale. — Doce velho tio Henry.
Fora do Winnebago, ele pode ouvir o burburinho de centenas de pessoas. Talvez até mil. Ele pensa: *É isso que os astros de rock ouvem antes*

de chegar ao palco. De repente ele sente um nó na garganta, e faz o que pode para engoli-lo. Acha que se continuar pensando em tio Henry vai ficar bem.

— Qualquer outra coisa — diz Jack —, perguntas muito específicas...

— A gente não se lembra — diz Beezer.

— Porque o ar era ruim — concorda Doc. — Cheirava a éter ou cloro ou alguma coisa assim.

Jack os examina, balança a cabeça aprovando, sorri. No geral, esta será uma ocasião feliz, ele pensa. Uma festa de amor. Certamente a ideia de que ele vá morrer dali a pouco não lhe passou pela cabeça

— Tudo bem — ele diz —, vamos lá fazer isso. Hoje à tarde, somos políticos numa entrevista coletiva, e são os políticos que aparecem que são eleitos.

Ele abre a porta da motocasa. O burburinho da multidão na expectativa aumenta.

Eles vão nesta ordem para o estrado armado para a ocasião: Beezer, Dale, Jack e o bom Doutor. Atravessam um clarão estelar quente e branco de flashes espocando e holofotes de televisão de 10-K. Jack não sabe por que precisam disso tudo — o dia está claro e quente, uma atração sedutora do condado de Coulee —, mas parece que precisam. Que sempre precisam. Vozes gritam "Aqui!" a toda hora. Gritam também perguntas, que eles ignoram. Quando chegar a hora de responder a perguntas, eles responderão — da melhor maneira possível —, mas agora estão simplesmente aturdidos com a multidão.

O barulho começa com os cerca de duzentos moradores de French Landing sentados em cadeiras de armar numa área isolada bem em frente ao pódio. Eles se levantam, alguns batendo palmas, outros agitando punhos cerrados no ar como lutadores de boxe vitoriosos. A imprensa entra no clima, e quando nossos quatro amigos sobem os degraus do pódio, o rugido se transforma em trovoada. Estamos com eles em cima do estrado, e, nossa, vemos muitas caras conhecidas olhando para a gente. Lá está Morris Rosen, que deu a Henry o CD do Dirtysperm em nosso primeiro dia na cidade. Atrás dele, está um contingente da agora extinta Casa Maxton para a Velhice: a encantadora Alice Weathers está rodeada por Elmer Jesperson, Ada Meyerhoff (de cadeira de rodas), Flora Flostad e os irmãos Boettcher, Hermie e Tom Tom. Tansy Freneau, parecendo meio aérea, mas já não totalmente louca, está ao lado de Lester Moon, que está com o braço em volta dela. Arnold "Lanterna" Hrabowski, Tom Lund, Bobby Dulac e os outros membros do departamento de Dale estão em pé, dançando e aclamando loucamente. Olhe ali — é Enid Purvis, a vizinha que ligou para Fred no trabalho no dia em que Judy finalmente pirou de vez. Lá está Rebecca Vilas, parecendo quase uma freira com um vestido fechado (mas não chore por ela, Argentina; Becky descolou uma boa grana, muito obrigada). Butch Yerxa está com ela. Atrás da multidão, escondidos envergonhados, mas incapazes de ficar longe do triunfo dos amigos, estão William Strassner e Hubert Cantinaro, mais conhecidos como Kaiser Bill e Sonny. Olhe ali! Herb Roeper, o barbeiro de Jack, ao lado de Buck Evitz, o seu carteiro. Tantos outros que conhecemos, e a quem precisamos dar adeus em circunstâncias nada alegres. Na primeira fila, Wendell Green está saltitando como uma galinha numa chapa quente (só Deus sabe como ele entrou na área isolada, sendo de La Riviere e não de French Landing, mas ele está ali), fotografando. Por duas vezes, esbarra em Elvena Morton, a governanta de Henry. Na terceira vez que faz isso, ela lhe dá um bom cascudo. Wendell mal parece notar. Sua cabeça já levou golpes piores ao longo da investigação do caso Pescador. E no canto vemos outra pessoa que podemos ou não reconhecer. Um negro idoso, de óculos escuros. Ele lembra um cantor de blues. Também se parece um pouco com um ator de cinema chamado Woody Strode.

Os aplausos eclodem sem parar. As pessoas dão vivas. Chapéus são jogados para o ar e voam ao vento de verão. A acolhida deles vira um milagre em si mesma, uma afirmação, talvez até uma aceitação das crianças, as quais muita gente supõe tenham sido mantidas em algum bizarro cativeiro sexual ligado à Internet. (Toda essa coisa esquisita não tem alguma ligação com a Internet?) E é claro que elas aplaudem porque o pesadelo terminou. O bicho-papão morreu no quintal de sua própria casa, morreu ao pé de um prosaico varal de roupas de alumínio agora vaporizado, e elas estão de novo a salvo.

Ah, como ressoam os vivas nestes últimos momentos da vida de Jack Sawyer no planeta Terra! Pássaros são espantados das margens do rio e voam guinchando para o céu, em busca de paragens mais calmas. No rio propriamente dito, um cargueiro responde aos vivas — ou talvez se una a eles —, apitando repetidas vezes. Ouros barcos pegam a ideia e aumentam a cacofonia.

Sem pensar no que está fazendo, Jack dá a mão esquerda a Doc e a direita a Dale. Dale dá a mão a Beezer, e a gangue Sawyer ergue os braços, de frente para a multidão.

Que, naturalmente, enlouquece. Não fosse pelo que vai acontecer a seguir, esta seria a foto da década, talvez do século. Eles estão ali em triunfo, símbolos vivos da vitória, de mãos dadas contra o céu, a multidão aclamando, as câmeras filmando, as Nikons fotografando, e é aí que a mulher na terceira fila começa o seu lance. Esta é outra pessoa que conhecemos, mas levamos um ou dois segundos para reconhecê-la, porque ela não tem nada a ver com o caso que andamos seguindo. Ela só andava... meio escondida por aí. Os duzentos lugares na frente foram sorteados com base no cadastro eleitoral de French Landing, tendo sido os felizardos escolhidos notificados por Debbi Anderson, Pam Stevens e Dit Jesperson. Esta mulher era o nº 199. Muitas pessoas se encolhem quando ela passa, embora, naquela excitação alegre, mal se deem conta de estar fazendo isso; esta mulher pálida com mechas de cabelo cor de palha grudadas na cara recende a suor, insônia e vodca. Ela tem uma bolsinha. A bolsinha está aberta. Ela está pondo a mão ali dentro. E nós que vivemos a segunda metade do século XX e, pelo milagre da tevê, assistimos a uma série de assassinatos e quase assassinatos, sabemos exatamente o que ela está procurando. Queremos gritar para avisar os quatro homens em pé, as mãos dadas levantadas para o céu, mas tudo o que podemos fazer é assistir.

Só o negro de óculos escuros vê o que está acontecendo. Ele se vira e começa a se deslocar, sabendo que ela já deve ter levado a melhor sobre ele, que ele talvez chegue tarde demais.

Não, Speedy Parker pensa. *Isso não pode acabar assim, não pode.*

— *Jack, abaixe-se!* — ele grita, mas ninguém o ouve com os aplausos, os vivas, os hurras entusiasmados. A multidão parece bloqueá-lo de propósito, crescendo à sua frente, não importa para que lado ele vá. Por um momento, Wendell Green, ainda andando de um lado para o outro como um homem tendo um ataque epilético, está no caminho da assassina. Então ela o empurra com a força de uma demente. Por que não? Ela *é* demente.

— Gente... — Dale está com a boca praticamente no microfone, e os alto-falantes montados nas árvores próximas gemem com o efeito de feedback. Ele ainda está segurando no alto a mão de Jack com a sua esquerda e a de Beezer com a sua direita. — Obrigado, gente, nós agradecemos muito o apoio, mas se vocês pudessem fazer silêncio...
 É aí que Jack a vê.
 Faz muito tempo, anos, mas ele a reconhece de imediato. E deveria; ela lhe cuspiu na cara um dia, quando ele saía do tribunal de Los Angeles. Cuspiu nele e o chamou de filho da mãe plantador de provas falsas para incriminar as pessoas. *Ela emagreceu 20 quilos desde então*, Jack pensa. *Talvez mais.* Então ele vê a mão dentro da bolsa, e antes que ela a retire, ele já sabe o que está acontecendo ali.
 O pior é que ele não pode fazer nada a respeito. Doc e Dale estão segurando as mãos dele para a morte. Ele respira fundo e grita como lhe ensinaram a fazer numa situação dessas — *Arma!* —, e Dale Gilbertson faz que sim com a cabeça como se para dizer, *É, sim, é carma.* Atrás dela, empurrando a multidão a aplaudir e a aclamar, ele vê Speedy Parker, mas a menos que Speedy tenha um truque particularmente bom guardado na manga...
 Ele não tem. Speedy Parker, conhecido nos Territórios como Parkus, está tentando entrar no corredor quando a mulher parada junto ao estrado tira a arma da bolsa. É uma coisinha feia, uma bulldog .32 com a coronha enrolada com fita isolante preta, e Jack só tem meio segundo para pensar que talvez a arma dispare na mão dela.
 — *Arma!* — Jack torna a gritar, e é Doc Amberson que o ouve e vê a mulher com o sorriso agressivo agachada bem embaixo dele.
 — Aiporra — diz Doc.
 — *Wanda, não!* — grita Jack.
 Doc soltou sua mão esquerda (Dale continua com a direita levantada no ar de verão) e Jack a estende para ela como um guarda de trânsito. A primeira bala de Wanda Kinderling vara a mão, expande-se ligeiramente, começa a cair e penetra no ombro esquerdo de Jack.

Wanda fala com ele. Há muito barulho para Jack ouvi-la, mas ele sabe o que ela está dizendo: *Pronto, seu filho da mãe plantador de provas falsas para incriminar as pessoas — Thorny manda lembranças.*

Ela descarrega as cinco balas remanescentes no peito e na garganta de Jack Sawyer.

Ninguém ouve os estampidos insignificantes feitos pela bulldog .32 de Wanda, não com aqueles vivas e aplausos, mas Wendell Green está com a câmera virada para cima, e quando o detetive cai para trás, o dedo de nosso repórter preferido aperta o botão que controla o obturador da Nikon por simples reflexo. Oito fotos são batidas. A terceira é *a* foto, a que acabará ficando tão conhecida quanto a foto dos *Marines* levantando a bandeira em Iwo Jima e a de Lee Harvey Oswald apertando a barriga na garagem da Delegacia de Polícia de Dallas. Na foto de Wendell, Jack Sawyer olha calmamente para a atiradora (que é só um borrão na extremidade inferior do quadro). A expressão em seu rosto poderia ser uma expressão de perdão. Vê-se claramente a luz pelo buraco na palma de sua mão estendida. Gotículas de sangue, vermelhas como rubis, pairam congeladas no ar ao lado de sua garganta rasgada.

Os vivas e aplausos param como se amputados. Há um momento de silêncio terrível, perplexo. Jack Sawyer, baleado duas vezes nos pulmões e uma no coração, bem como na mão e na garganta, está parado, olhando para o buraco embaixo de seus dedos abertos e em cima do pulso. Wanda Kinderling olha para ele com os dentes encardidos à mostra. Speedy Parker está olhando para Jack com uma expressão de horror patente que seus óculos escuros inteiriços não conseguem esconder. À sua esquerda, em cima de uma das quatro torres da mídia que cercam o palanque, um jovem cameraman desmaia e despenca para o chão.

Então, de repente, a imagem congelada que Wendell captou sem saber explode e tudo está em movimento.

Wanda Kinderling grita —*Vejo você no inferno, Hollywood* — (várias pessoas mais tarde confirmarão isto), e depois põe o cano da .32 na têmpora. Seu olhar de satisfação perversa dá lugar a um olhar mais típico de espanto quando o movimento de seu dedo nada produz senão um clique seco. A bulldog .32 está sem bala.

Pouco depois, ela está bastante obliterada — pescoço quebrado, ombro esquerdo quebrado, quatro costelas quebradas —, quando Doc mergulha em cima dela e a joga no chão. Ele bate com o pé esquerdo na cabeça de Wendell Green, mas desta vez Wendell não tem mais nada a não ser uma orelha sangrando. Bem, estava na hora de ele ter um descanso, não?

No palanque, Jack Sawyer olha incrédulo para Dale, tenta falar e não consegue. Ele cambaleia, fica mais um pouco em pé, depois desaba.

A expressão de Dale passou da alegria desconcertada ao choque e à consternação absolutos num piscar de olhos. Ele pega o microfone e grita:

— ELE FOI BALEADO! PRECISAMOS DE UM MÉDICO!

Os alto-falantes gritam com mais efeito feedback. Nenhum médico se adianta. Muita gente entra em pânico e começa a correr. O pânico se alastra.

Beezer está com um joelho apoiado no chão, virando Jack de barriga para cima. Jack olha para ele, ainda tentando falar. O sangue escorre dos cantos de sua boca.

— Ai, porra, está ruim, Dale, está *ruim mesmo* — grita Beezer, e aí é derrubado e cai estatelado.

Não se esperaria que o negro velho e descarnado que pulou no palanque pudesse derrubar um brigão como Beezer, mas este não é um velho comum. Como bem sabemos. Há uma aura fina, mas perfeitamente visível de luz branca em volta dele. Beezer vê. Seus olhos se arregalam.

A multidão, enquanto isso, sai correndo para todo lado. O pânico contagia algumas das damas e cavalheiros da imprensa também. Não Wendell Green; ele se mantém firme como um herói, fazendo fotos até sua Nikon ficar descarregada como a arma de Wanda Kinderling. Ele fotografa o negro com Jack Sawyer nos braços; fotografa Dale Gilbertson botando a mão no ombro do negro. Fotografa o negro se virando e falando com Dale. Quando Wendell depois pergunta ao chefe de polícia de French Landing o que o velho falou, Dale lhe diz que não se lembra — aliás, naquele pandemônio todo, ele mal podia entender, de qualquer forma. Tudo mentira, claro, mas podemos ter certeza de que se tivesse ouvido a resposta de Dale, Jack Sawyer teria ficado orgulhoso. Em caso de dúvida, diga-lhes que não lembra.

A última foto de Wendell mostra Dale e Beezer olhando com a mesma expressão perplexa o velho subir os degraus da motocasa com Jack Sawyer ainda nos braços. Wendell não sabe como um sujeito tão velho aguenta um homem tão grande — Sawyer tem 1,88m e deve pesar no mínimo 86 quilos —, mas ele supõe que seja a mesma coisa que permite que uma mãe louca de aflição levante o carro ou o caminhão embaixo do qual seu filho está preso. E isso não importa. É café-pequeno comparado com o que acontece a seguir. Porque, quando um grupo de homens liderados por Dale, Beez e Doc (Wendell está na retaguarda deste grupo) irrompe pela motocasa adentro, nada encontra senão uma cadeira virada e várias manchas do sangue de Jack Sawyer no cubículo onde Jack deu as instruções finais à sua pequena gangue. A trilha de sangue leva para o fundo, onde há uma cama de armar e um sanitário. E ali a trilha simplesmente se interrompe.

Jack e o velho que o carregou lá para dentro sumiram.

Doc e Beezer estão balbuciando, quase histéricos. Ficam saltando de perguntas sobre aonde Jack pode ter ido para lembranças agoniadas dos últimos momentos no palanque antes de começar o tiroteio. Parece que eles não conseguem esquecer isso, e Dale imagina que vai demorar muito até ele mesmo poder esquecer. Ele agora se dá conta de que Jack viu a mulher chegando, que estava tentando desvencilhar-se de sua mão para poder reagir.

Dale acha que talvez esteja na hora de largar o emprego de chefe afinal, encontrar outra linha de trabalho. No momento, ele quer afastar Beezer e Doc do Pelotão da Cor, quer acalmá-los. Ele tem uma coisa para lhes dizer que pode ajudar nisso.

Tom Lund e Bobby Dulac vão ao seu encontro, e os três escoltam Beez e Doc da motocasa, onde o agente especial Redding e o detetive Black da PEW já estão estabelecendo um PIC (perímetro de investigação criminal). Quando chegam atrás do palanque, Dale olha para as caras perplexas dos dois motoqueiros robustos.

— Escutem — diz Dale.

— Eu devia ter me posto na frente dele — diz Doc. — Eu vi a mulher chegando, por que não me pus na frente...

— Calem a boca e *escutem*!

Doc se cala. Tom e Bobby também estão escutando, os olhos arregalados.

— Aquele negro me disse uma coisa.

— O quê? — pergunta Beezer.

— Ele disse: "Deixe eu levá-lo, ainda pode haver uma chance."

Doc, que já tratou sua cota de feridas à bala, dá uma risadinha desolada.

— E você *acreditou* nele?

— Na hora, não, não exatamente — diz Dale. — Mas quando entramos ali e não tinha ninguém...

— Também não tinha porta dos fundos — acrescenta Beezer.

O ceticismo de Doc diminuiu um pouco.

— Você acha mesmo...?

— Acho — diz Dale Gilbertson, e enxuga os olhos. — E tenho que ter esperança. E vocês têm que me ajudar.

— Está certo — diz Beezer. — Então vamos ajudar.

E achamos que aqui devemos deixá-los de vez, sob o céu azul de verão perto do Pai das Águas, ao lado de um palanque com sangue nas tábuas. Já, já, a vida vai alcançá-los de novo e arrastá-los de volta para sua correnteza furiosa, mas por alguns momentos eles estão juntos, unidos na torcida por nosso amigo em comum.

Vamos deixá-los assim, vamos?

Vamos deixá-los na torcida.

ERA UMA VEZ, NOS TERRITÓRIOS...

Era uma vez (como todas as melhores histórias começavam, quando todos vivíamos na floresta e ninguém morava em outro lugar), um capitão dos Guardas Externos apavorado chamado Farren que conduzia um garotinho assustado pelo Pavilhão da Rainha. Porém, aquele garotinho não viu a corte da Rainha; não, ele foi levado secretamente por um labirinto de corredores, por lugares secretos e raramente visitados, onde aranhas faziam suas teias nos cantos altos e as correntes de ar quente vinham impregnadas de cheiros de comida da cozinha.

Finalmente, Farren suspendeu o menino pelas axilas. *Tem um painel agora na sua frente*, ele sussurrou — lembra-se? Acho que você esteve aqui. Acho que nós dois estivemos, embora fossemos mais jovens então, não? *Empurre-o para a esquerda.*

Jack fez o que lhe mandaram, e se viu espiando a alcova da Rainha; o quarto em que quase todo mundo esperava que ela morresse... assim como Jack esperara que sua mãe morresse no quarto na Pousada dos Jardins do Alhambra em New Hampshire. Era um quarto claro e arejado, cheio de enfermeiras alvoroçadas que haviam assumido uma atitude ocupada e decidida porque não tinham ideia de como ajudar sua paciente. O menino olhou pelo buraco da fechadura para dentro desse quarto, para uma mulher que primeiro ele pensou ser sua mãe transportada magicamente de alguma forma para esse lugar, e nós olhamos com ele, nenhum de nós imaginando que anos depois, já adulto, Jack Sawyer estaria deitado na mesma cama em que viu pela primeira vez o Duplo da mãe.

Parkus, que o trouxera de French Landing para os Baronatos Internos, agora está ao lado do painel pelo qual Jack, levantado pelo capitão Farren, olhou uma vez. Ao lado dele, está Sophie de Canna, agora conhecida nos Territórios como a Jovem Rainha e Sophie, a Boa. Não há enfermeiras no quarto hoje; Jack está deitado em silêncio debaixo de um ventilador que gira lentamente. Onde ele não está enfaixado com bandagens, sua pele está pálida. Suas pálpebras fechadas têm um leve tom arroxeado. O movimento para cima e para baixo do fino lençol de linho puxado até seu queixo é quase invisível... mas existe. Ele respira.

Por ora, pelo menos, ele está vivo.

Falando baixo, Sophie diz:

— Se ele nunca tivesse tocado no Talismã...

— Se nunca tivesse tocado no Talismã, se não o tivesse realmente segurado nos braços, ele teria morrido naquele palanque antes que eu pudesse ter chegado perto dele — diz Parkus. — Mas, claro, se não fosse pelo Talismã, para início de conversa, ele nunca teria estado ali.

— Ele tem alguma chance?

Ela olha para ele. Em algum lugar, em outro mundo, Judy Marshall já começou a recair em sua vida suburbana normal. Este tipo de vida, porém, seu Duplo não terá — tempos difíceis voltaram a esta parte do universo —, e seus olhos brilham com uma luz imperiosa, régia.

— Diga-me a verdade, senhor; não aceito mentira.

— Nem eu lhe mentiria, minha senhora — ele lhe diz. — Acredito que, graças à proteção residual do Talismã, ele se restabelecerá. A senhora estará sentada ao lado dele uma manhã ou uma noite, e seus olhos se abrirão. Não hoje, e, provavelmente, nem esta semana, mas em breve.

— E quanto a voltar ao mundo dele? O mundo dos amigos dele?

Parkus trouxe-a àquele lugar porque o espírito do menino que Jack foi ainda subsiste ali, espectral e com uma doçura infantil. Ele estava ali antes que a estrada de provações se abrisse à sua frente e o endurecesse de algumas maneiras. Ele estava ali com a inocência ainda intacta. O que surpreendeu Parkus em Jack como adulto — e o comoveu de uma forma que ele nunca esperou tornar a ser comovido — foi ver quanto daquela inocência ainda permanecia no homem em que o menino se transformara.

Isto também é efeito do Talismã, claro.

— Parkus? Você divaga.

— Não muito, minha senhora; não muito. A senhora pergunta se ele pode voltar ao mundo dele, depois de ter sido ferido mortalmente três vezes, talvez até quatro, depois de ter tido o coração perfurado, de fato. Eu o trouxe para cá porque toda a magia que tocou e modificou a vida dele é mais forte aqui; para o melhor ou para o pior, os Territórios são a fonte de Jack Sawyer desde que ele era criança. E deu certo. Ele está vivo. Mas ele acordará diferente. Estará...

Parkus faz uma pausa, pensando muito. Sophie espera calmamente ao lado dele. Vindo de longe, da cozinha, ouve-se o berro de um cozinheiro para um dos aprendizes.

— Há animais que vivem no mar, respirando com guelras — diz Parkus finalmente. — E, com o tempo, alguns deles desenvolveram pulmões. Tais criaturas podem viver tanto na água quanto na terra. Sim?

— Assim me ensinaram quando eu era criança — concorda Sophie com paciência.

— Mas algumas dessas últimas criaturas perderam as guelras e só podem viver na terra. Jack Sawyer agora é uma criatura deste tipo, acho eu. Você ou eu poderíamos mergulhar na água e nadar um pouco sob a superfície, e ele talvez possa voltar para visitar o mundo dele por períodos curtos... quando for a hora, claro. Mas se a senhora ou eu fôssemos tentar *viver* debaixo d'água...

— Morreríamos afogados.

— Com certeza. E se Jack fosse tentar viver de novo no mundo dele, voltando para aquela casinha no Vale Noruega, por exemplo, suas feridas voltariam em dias ou semanas. Talvez de formas diferentes — seu atestado de óbito poderia especificar parada cardíaca, por exemplo —, a bala de Wanda Kinderling é que o teria matado, da mesma maneira. O tiro de Wanda Kinderling no coração. — Parkus arreganha os dentes. — Mulher odiosa! Acho que o abalá não estava sabendo dela mais do que eu, mas olhe o estrago que ela fez!

Sophie ignora isso. Está olhando para o homem adormecido no outro quarto, em silêncio.

— Condenado a viver numa terra tão agradável quanto esta... — Ela vira para ele. — *É* uma terra agradável, não é, seu moço? Ainda uma terra agradável, apesar de tudo?

Parkus sorri e faz uma mesura. Um dente de tubarão balança num fino cordão de ouro pendurado em seu pescoço.

— É, mesmo.

Ela faz que sim vivamente.

— Então viver aqui não deve ser tão terrível.

Ele não diz nada. Um ou dois segundos depois, ela perde aquela vivacidade falsa e seus ombros relaxam.

— Eu odiaria — ela diz baixinho. — Ser barrada de meu próprio mundo a não ser para visitas curtas ocasionais... promessas... ter que ir embora assim que começasse a tossir ou sentir uma dorzinha no peito... eu odiaria.

Parkus dá de ombros.

— Ele terá que aceitar o que é. Goste ou não, ele perdeu as guelras. Agora é uma criatura dos Territórios. E Deus o Carpinteiro sabe que há trabalho para ele aqui. A questão da Torre está chegando ao clímax. Acho que Jack Sawyer pode ter um papel a desempenhar nisso, embora eu não possa dizer ao certo. Em todo caso, quando ele ficar curado, não faltará trabalho para ele. Ele é um "puliça", e, para estes, sempre há trabalho.

Ela olha pela fresta na parede, uma expressão perturbada no lindo rosto.

— A senhora precisa ajudá-lo, querida — diz Parkus.

— Eu o amo — ela diz, falando muito baixo.

— E ele a ama. Mas o que vem pela frente será difícil.

— Por que precisa ser assim, Parkus? Por que a vida precisa sempre pedir tanto e dar tão pouco?

Ele a puxa para seus braços e ela vai de bom grado, o rosto colado em seu peito.

No escuro atrás da alcova na qual Jack Sawyer dorme, Parkus responde à pergunta dela com uma única palavra:

Ka.

Epílogo

Ela está sentada ao lado da cama dele na primeira noite da Terra-Lua Cheia, dez dias após a conversa com Parkus na passagem secreta. Do lado do pavilhão, ela pode ouvir crianças cantando "The Green Corn A-Dayo". Em seu colo há uma peça de bordado. É verão, ainda verão, e o mistério estival adoça o ar.

E em seu quarto tremulante onde o Duplo de sua mãe jazeu um dia, Jack Sawyer abre os olhos.

Sophie põe de lado o bordado, inclina-se à frente e pousa os lábios de leve em sua orelha.

— Seja bem-vindo — diz ela. — Meu coração, minha vida e meu amor: seja bem-vindo.

14 de abril de 2001

2ª EDIÇÃO [2013] 4 reimpressões

ESTA OBRA FOI COMPOSTA EM GARAMOND PELA ABREU'S SYSTEM
E IMPRESSA EM OFSETE PELA LIS GRÁFICA SOBRE PAPEL PÓLEN NATURAL
DA SUZANO S.A. PARA A EDITORA SCHWARCZ EM JUNHO DE 2023

A marca FSC® é a garantia de que a madeira utilizada na fabricação do papel deste livro provém de florestas que foram gerenciadas de maneira ambientalmente correta, socialmente justa e economicamente viável, além de outras fontes de origem controlada.